전쟁과 평화 1

세계문학전집 353

# 전쟁과 평화 1

Война и мир

## 레프 톨스토이

연진희 옮김

민음사

# 차례

# 4권 차례

**베주호프가(家)**

**키릴 블라지미로비치 베주호프 백작**

**표트르 키릴로비치(혹은 키릴리치) 베주호프**  키릴의 아들. 프랑스식 이름은 피에르, 애칭은 페챠, 페트루샤, 페트루시카, 페치카 등.

**피에르의 사촌인 마몬토프가(家)의 세 자매**  각각의 이름은 카체리나(프랑스식 이름은 카티시), 올가, 소피야.

**볼콘스키가**

**니콜라이 안드레예비치(혹은 안드레이치) 볼콘스키 공작**

**안드레이 니콜라예비치 볼콘스키 공작**  니콜라이의 아들. 프랑스식 이름은 앙드레, 애칭은 안드루샤.

**마리야 니콜라예브나 볼콘스카야 공작 영애**  니콜라이의 딸. 프랑스식 이름은 마리, 애칭은 마샤, 마셴카.

---

1) 러시아 인명은 '이름, 부칭(아버지 이름+-예비치/-오비치), 성'으로 표기하는데 여성의 경우 부칭에 '-예브나/-오브나'를, 성에 '-아/-아야'를 붙인다. 여성이 결혼하면 부칭은 그대로 두되 아버지의 성 대신 남편의 성에 '-아/-아야'를 붙인다. 단, 아버지나 남편의 성이 자음으로 끝나면 '-아'를, 모음으로 끝나면 '-아야'를 붙인다. 부칭의 접미사를 결정하는 것은 아버지 이름의 마지막 음가다. '-이'로 끝나는 이름에는 '-예비치/-예브나'를, 자음으로 끝나는 이름에는 '-오비치/-오브나'를 붙인다. 단, '-야'로 끝나는 이름에는 '-치/-니치나'를 붙인다. 가까운 사이에는 '-예비치/-오비치' 대신 '-이치'를 붙이기도 한다. 가령 니콜라이 안드레예비치(혹은 안드레이치) 볼콘스키 공작의 아들은 안드레이 니콜라예비치(혹은 니콜라이치) 볼콘스키고, 딸의 이름은 마리야 니콜라예브나 볼콘스카야다.(니콜라이 일리이치 로스토프와 결혼한 후에는 성이 로스토바로 바뀐다.) 친한 사이에서는 대개 이름이나 애칭으로 부르고, 다소 격식을 갖추어야 하는 사이에서는 주로 이름+부칭으로 부른다.

**엘리자베타 카를로브나 볼콘스카야 공작 부인**　안드레이의 아내. 프랑스식 이름은 리즈, 애칭은 리자, 리자베타.

**니콜라이 안드레예비치 볼콘스키 공작**　안드레이와 리자의 아들. 프랑스식 이름은 니콜라, 애칭은 니콜루시카, 니콜렌카, 니콜린카, 니콜라시카, 니콜라샤, 코코, 콜랴.

## 로스토프가

**일리야 안드레예비치 로스토프 백작**　프랑스식 이름은 엘리.(러시아식 이름인 일리야와 프랑스식 이름인 엘리 모두 구약 성서에 나오는 예언자 엘리야를 가리킨다.) 애칭은 일리유시카, 일류시카.

**나탈리야 로스토바 백작 부인**(작품에는 부칭이 나오지 않음.)　일리야의 부인.

**베라 일리니치나**(혹은 일리니시나) **로스토바 백작 영애**　일리야의 만딸. 애칭은 베루시카, 베로치카.

**니콜라이 일리이치 로스토프 백작**　일리야의 맏아들.

**나탈리야 일리니치나 로스토바 백작 영애**　일리야의 작은딸. 프랑스식 이름은 나탈리, 애칭은 나타샤.

**표트르 일리이치 로스토프 백작**　일리야의 작은아들.

**소피야 알렉산드로브나**(작품에는 성이 나오지 않음.)　로스토프 백작 부부의 오촌 조카딸. 프랑스식 이름은 소피, 애칭은 소냐, 소뉴시카.

## 쿠라긴가

**바실리 세르게예비치**(혹은 세르게이치) **쿠라긴 공작**

**입폴리트 바실리예비치**(혹은 바실리이치) **쿠라긴 공작**　바실리의 큰아들.

**아나톨 바실리예비치 쿠라긴 공작**　바실리의 작은아들.

**엘레나 바실리예브나 쿠라기나 공작 영애**　바실리의 딸. 프랑스식 이름은 엘렌, 애칭은 룔랴.

## 드루베츠코이가

**안나 미하일로브나 드루베츠카야 공작 부인**　프랑스식 이름은 아네트.

**보리스 드루베츠코이 공작**(작품에는 부칭이 나오지 않음.)　안나의 아들. 애칭은 보랴, 보렌카.

## 그 밖의 인물

**드론 자하리치**(작품에는 성이 나오지 않음.) 보구차로보 마을의 촌장.

**라브루시카**(작품에는 부칭과 성이 나오지 않음.) 제니소프의 종졸. 이후 니콜라이 로스토프의 종졸이 됨.

**루이자 이바노브나 쇼스** 혹은 마리야 카를로브나 쇼스.(마담 쇼스로 지칭되는 이 인물의 이름과 부칭은 때에 따라 다르게 제시된다. 톨스토이가 혼동한 듯하다.)

**마리야 드미트리예브나 아호로시모바** 모스크바 사교계의 노부인.

**바실리 드미트리예비치(혹은 드미트리치) 제니소프** 경기병 장교이자 니콜라이 로스토프의 친구. 애칭은 바샤, 바시카.

**빌라르스키**(작품에는 이름과 부칭이 언급되지 않음.) 폴란드 백작인 프리메이슨.

**아말리야 예브게니예브나 부리엔** 마리야 공작 영애의 프랑스인 말벗. 애칭은 아멜리, 부리엔카. 아말리야 카를로브나라고도 불림.(부칭이 다른 것은 톨스토이의 실수로 보임.)

**안나 파블로브나 셰레르** 페테르부르크에서 귀족 살롱을 이끄는 여관(女官).

**알폰스 카를로비치(혹은 카를리치) 베르크** 보리스의 친구인 젊은 러시아 장교. 아돌프라고도 불림.

**야코프 알파티치**(작품에는 성이 나오지 않음.) 볼콘스키 영지의 관리인.

**오시프(혹은 이오시프) 바즈제예프** 프리메이슨의 주요 인사.

**줄리 카라기나**(작품에는 부칭이 나오지 않음.) 마리야 공작 영애의 친구이자 부유한 상속녀.

**치혼**(작품에는 부칭과 성이 나오지 않음.) 볼콘스키 노공작의 하인. 애칭은 치시카.

**투신**(작품에는 이름과 부칭이 나오지 않음.) 쇤그라벤 전투에서 러시아 포병대를 이끈 대위.

**표도르 이바노비치(혹은 이바니치) 돌로호프** 아나톨의 친구인 러시아 장교. 애칭은 페챠.

**플라톤 카라타예프** 프랑스군의 포로 막사에서 피에르와 친해진 농부 출신의 말단 병사.

**드미트리 바실리예비치**(작품에는 성이 나오지 않음.) 로스토프가의 집사. 애칭은 미챠, 미첸카, 미치카.

# 일러두기

1. 번역 대본으로는 『L. N. 톨스토이 선집』(전 12권, 프라브다 출판사, 1987) 중 3권, 4권, 5권, 6권을 사용했다. 『전쟁과 평화(Война и мир)』(엑스모 출판사, 2009)도 함께 사용했다. 두 판본은 문단을 구분하는 방식에서 다소 차이를 보이는데 이 책은 엑스모 출판사 판본의 문단 구분을 따랐다.

2. 러시아어 원문에서 프랑스어로 쓰인 부분은 굵은 글씨로 표기했으며, 그 밖의 외국어는 굵은 글씨로 쓰되 문장 끝에 외국어의 출처를 표기했다.(예: 독일어, 라틴어, 영어 등) 외국어 표현에 대한 번역은 톨스토이가 각주로 단 러시아어 번역문을 토대로 했다.

3. 러시아어 고유 명사와 도량형은 국립국어원의 외래어 표기법을 따르는 것을 원칙으로 하되 구개음화([d] 음과 [t] 음 뒤에 [ya], [yo], [yu], [i], [i´] 모음이 따를 경우 각각 [z]와 [ts]로 자음의 음가가 변경되는 현상)가 일어나는 경우는 발음상 편의를 위해 예외로 했다.(예: 페댜 → 페쟈, 미탸 → 미챠) 단, 영어를 비롯한 외국어에서 차용된 러시아어는 구개음화를 적용하지 않았다.(예: 파르티잔 등) 쟈, 져, 죠, 쥬, 챠, 쳐, 쵸, 츄의 음가를 자, 저, 조, 주, 차, 처, 초, 추로 표기하도록 한 조항도 예외로 했다.

4. 원문에서 강조를 위해 이탤릭체로 표시한 부분은 고딕체로 표시했다. 원문에서 부연 설명을 위해 ( ) 표시를 한 것은 그대로 따랐다.

5. 작품에 인용된 성경 텍스트는 대한성서공회가 간행한 『성경전서』(표준새번역 개정판, 2001)에서 인용했다.

6. 러시아 인명, 지명, 어휘, 문구 등을 병기할 경우 독자의 이해를 돕기 위해 러시아어 키릴 문자 대신에 로마자로 변환하여 표기했다. 단, 책 제목은 러시아어로 표기했다.

7. 톨스토이가 작품에 직접 주석을 단 경우에는 '톨스토이 주'라고 별도로 표시했다. 그 외 모든 주석은 옮긴이의 주다.

8. 톨스토이는 제정 러시아의 역법인 율리우스력에 따라 작품 속 사건을 서술하였다. 19세기 역법에 따르면 율리우스력은 오늘날 세계적으로 통용되는 그레고리력보다 십이 일 늦다. 따라서 톨스토이가 기술한 날짜를 그레고리력으로 전환할 때는 십이 일을 더하면 된다. 다만 20세기 이후에는 율리우스력의 날짜를 그레고리력보다 십삼 일 늦게 산정한다.

9. 등장인물 중 한 명인 제니소프는 혀가 짧아 'ㄹ'을 'ㄱ'으로 발음한다. 제니소프의 발음이 주는 우스꽝스러운 분위기를 전달하기 위해 그의 대사 중 'ㄹ' 부분을 전부 'ㄱ'으로 표기했다.

1부

# 1

"그러니까 공작, 제노바와 루카는 이제 부오나파르트 가문의 소유물이자 영지일 뿐이에요.[1] 아뇨, 당신에게 경고하겠어요. 만약 당신이 지금은 전쟁 중이 아니라고 말하거나 여전히 그 적그리스도(정말로 난 그가 적그리스도라고 확신해요.)의 온갖 추악한 짓과 만행을 옹호하려 한다면 난 당신을 아는 척

---

1) 1797년 나폴레옹은 1차 이탈리아 원정 후 제노바와 그 주변 지역에 리구리아 공화국을 세우고, 1805년 이 공화국을 프랑스에 합병했다. 1799년에는 루카를 점령하고, 1805년에 루카를 여동생 마리안느 엘리자(Marie-Anne-Elisa)가 통치하는 공국의 수도로 삼았다. 안나 파블로브나는 이 장면에서 나폴레옹의 성인 '보나파르트'를 코르시카식의 '부오나파르트'로 지칭하고 있다. 나폴레옹의 아버지는 본래 이탈리아의 작은 섬 코르시카 출신으로 프랑스에 귀화해 '부오나파르트'라는 성을 '보나파르트'로 바꾸었다. 당시 나폴레옹을 시골내기 출신이라 조롱하고자 했던 사람들은 그를 부오나파르트, 부나파르트, 보나파르티우스 등으로 불렀다.

도 하지 않겠어요. 이제 당신은 더 이상 나의 친구도 아니고, 당신이 말하듯 나의 충직한 종도 아니에요. 하지만 어서 와요. 반가워요. 내가 당신을 놀라게 했군요. 앉아서 이야기를 해 줘요."

1805년 7월, 여관(女官)이자 마리야 페오도로브나 황태후의 측근인 그 유명한 안나 파블로브나 셰레르는 그녀의 야회에 가장 먼저 도착한 고위직 관료 바실리 공작을 맞으며 이렇게 말했다. 안나 파블로브나는 며칠 동안 기침을 했다. 본인의 말에 따르면 그녀는 유행성 감기(유행성 감기는 당시 몇 안 되는 사람만 사용하던 새로운 용어였다.)를 앓고 있었다. 그날 아침 붉은 제복의 하인들이 발송한 작은 쪽지에는 어느 것이나 할 것 없이 이런 문구가 적혀 있었다.

백작(혹은 공작), 혹시 당신이 더 멋진 계획을 세워 두지 않았다면, 그리고 가엾은 병든 여인의 집에서 저녁을 보내는 계획에 별 위협을 느끼지 않는다면 말이죠, 오늘 7시에서 10시 사이 우리 집에서 당신을 볼 수 있다면 무척 기쁠 거예요.

— 아네트 셰레르[2]

"이런, 정말 맹렬한 공격이군요!" 안으로 들어오던 공작은 이런 식의 환영에 전혀 당황하지 않고 대답했다. 자수를 놓은

2) 톨스토이가 프랑스어로 표기한 프랑스식 이름은 굵은 글씨를 사용하고 (예: 니콜라), 러시아 철자로 발음을 표기한 프랑스식 이름에는 굵은 글씨를 사용하지 않았다.

궁정 제복에 긴 양말과 단화를 갖추고 별 모양의 훈장들을 단 그는 넓적한 얼굴에 환한 표정을 띠고 있었다.

그는 우리 선조들이 말할 때뿐 아니라 생각할 때도 구사했다는 그런 우아한 프랑스어로, 그리고 사교계와 궁정에서 늙어 간 저명인사 특유의 생색내는 듯한 나직한 억양으로 말했다. 그는 안나 파블로브나에게 다가가 향수를 뿌린 빛나는 대머리를 들이대며 그녀의 손에 입을 맞추고 소파에 편안히 앉았다.

"사랑하는 벗이여, 먼저 당신의 건강이 어떤지 말해 주겠습니까? 날 안심시켜 주시지요." 그는 목소리와 어조를 바꾸지 않은 채 말했다. 예의와 동정에서 나온 듯한 그 목소리와 어조에는 무심함이, 심지어 조롱마저 비쳤다.

"어떻게 건강할 수가 있겠어요…… 정신적으로 괴로운데……? 감정을 가진 사람이라면 이런 시대에 걱정 없이 지낼 수 있겠어요?" 안나 파블로브나가 말했다. "당신은 저녁 내내 우리 집에 머무를 거죠? 그렇게 해 주면 좋겠는데."

"영국 공사(公使)의 축하연은요? 오늘이 수요일이지요. 난 그곳에 얼굴을 내밀어야 한답니다. 딸이 이곳에 들러 날 데려갈 거예요." 공작이 말했다.

"오늘의 축하연은 취소된 줄 알았는데요. 솔직히 말해 축하연이니 불꽃놀이니 그 모든 게 이제 다 지긋지긋해요."

"당신이 그렇게 되길 바란다는 걸 그 사람들이 알았더라면 축하연을 취소했을 텐데요." 공작은 남이 믿어 주기를 바라지도 않는 말을 늘 그러듯이 태엽 감긴 시계처럼 이야기했다.

"날 괴롭히지 말아요. 그런데 노보실쵸프의 공문[3]과 관련해서 뭔가 결정된 것이 있나요? 당신은 다 알잖아요."

"어떻게 말해야 할까요?" 공작은 차갑고 권태로운 어조로 말했다. "무엇이 결정되었냐고요? 결정된 것이라면 부오나파르트가 자신의 배를 불태워 버린 일이라고나 할까요. 그러니 어쩌면 우리 역시 우리의 배를 불태우려 할지도 모르죠."

배우가 진부한 희곡의 한 배역을 연기하듯 바실리 공작은 언제나 느릿느릿 말했다. 그와 달리 안나 파블로브나 셰레르는 마흔이라는 나이에도 활기와 충동이 넘쳤다.

열광자로 존재하는 것은 그녀의 사회적 입장이 되었다. 그래서 가끔은 그렇게 할 마음이 들지 않을 때조차 자기를 아는 사람들의 기대를 저버리지 않기 위해 열광자가 되곤 했다. 안나 파블로브나의 얼굴에 항상 어려 있는 차분한 미소는 비록

---

3) 1804~1805년 영국, 러시아, 오스트리아, 스웨덴, 나폴리 왕국은 대프랑스 동맹(Coalitions against France)을 맺기로 계획했다. 그 사실을 안 나폴레옹은 영국에 평화 조약을 제안했다. 영국은 러시아의 알렉산드르 1세에게 협상을 중재해 줄 것을 요청했고, 알렉산드르 1세는 유럽 연합군과 나폴레옹 사이의 평화 조약을 중재하도록 노보실쵸프를 파리로 파견했다. 그러나 1805년 6월 베를린에 도착한 노보실쵸프는 나폴레옹이 루카와 제노바를 함락했다는 소식을 듣고는 알렉산드르 1세에게 이를 알리고 자신은 베를린에 남았다. 결국 평화 조약은 체결되지 않았고, 1805년 가을에 프랑스군과 러시아·오스트리아 연합군의 전쟁이 시작되었다. 니콜라이 니콜라예비치 노보실쵸프(Nikolai Nikolaevich Novosiltsyov, 1761~1836)는 러시아의 정치가이자 외교관이다. 알렉산드르 1세 초기에 자유주의 개혁을 권고한 인물로 1805~1806년에 여러 번 외교 사절단의 임무를 수행했다. 1813년 바르샤바 공국을 다스리는 임시 위원회의 부의장이었으며, 폴란드인들에 대한 가혹 행위로 악명을 떨쳤다.

그녀의 한물간 용모에는 어울리지 않았으나, 응석받이 아이들이 그러하듯 자신의 사랑스러운 결점을 늘 의식하고 있음을 드러냈다. 그녀는 그 결점을 고치고 싶지 않았고 고칠 수도 없었으며 고쳐야 할 필요를 느끼지도 않았다.

정치 활동에 대한 대화가 무르익자 안나 파블로브나가 흥분하기 시작했다.

"아, 오스트리아에 대한 이야기는 하지 말아요! 내가 아무것도 모르는지 모르죠. 하지만 오스트리아는 결코 전쟁을 원하지 않았고 지금도 원하지 않아요. 오스트리아는 우리를 배신할 거예요.[4] 오직 러시아만이 유럽의 구원자가 될 거라고요. 우리의 은혜로운 분은 자신의 지고한 사명을 아실 뿐 아니라 그것을 충실히 해 나가실 거예요. 그것만이 내가 유일하게 믿는 점이죠. 우리의 선하고 훌륭한 군주는 세상에서 가장 위대한 역할을 마주하고 계세요. 너무나 고결하고 좋은 분이니 하느님도 저버리지 않으실 거예요. 그분은 혁명의 히드라를 진압해야 하는 사명을 완수하실 거예요. 살인자와 악당의 얼굴을 한 그 혁명은 이제 더 끔찍한 것이 되어 버렸어요. 우리만이라도 그 정의로운 사람[5]의 피를 보상해 주어야 한다고

---

4) 오스트리아는 이전의 여러 전쟁에서 러시아와의 동맹을 깨뜨렸다. 1787~1791년 러시아와 오스만 제국 간 전쟁에서 러시아를 배신하고 오스만 제국 편에 섰으며, 1799년 이탈리아 원정에서도 프랑스 편으로 돌아섰다. 1801년에는 프랑스와 뤼네빌 평화 조약을 맺음으로써 2차 대프랑스 동맹마저 깨뜨렸다.

5) 부르봉 왕가의 마지막 정통 후계자인 앙기앵 공작(Louis-Antoine-Henri de Bourbon-Condé, Duke of Enghien, 1772~1804)이 살해된 사건을 암시

요. 우리가 누구를 믿어야 하냐고 굳이 당신에게 물어야 할까요? 장사치 근성을 가진 영국은 알렉산드르 황제의 숭고한 정신을 이해하지 못할 테고 이해할 수도 없을 거예요. 영국은 몰타에서 철수하기를 거부했어요.[6] 영국은 알고 싶어 해요. 우리의 군사 행동에서 저의를 찾고 싶어 하죠. 그들이 노보실쵸프에게 뭐라고 말했나요? 아무 말도 하지 않았어요. 스스로를 위해서는 아무것도 바라지 않고 오로지 세상의 행복만을 바라는 우리 황제의 희생을 그들은 이해하지 못했어요. 아마 이해할 수도 없을 거예요. 그리고 그들이 우리에게 무엇을 약속했던가요? 아무것도 약속하지 않았죠. 약속한 게 있다 해도 지켜지지 않을 거예요! 프로이센은 이미 선언했어요. 보나파르트는 패하지 않을 거라고, 온 유럽이 그에게 맞서 할 수 있는 일은 아무것도 없다고요. 난 하르덴베르크든 하우그비츠든 그들의 말을 한마디도 믿을 수 없어요.[7] 프로이센의 그 악

한다. 앙기앵 공작은 콩데 대공의 손자로 혁명 후 프랑스를 떠나 콩데 대공의 군대에서 활동하다가 군대 해산 후에는 바덴 공국에서 망명 생활을 했다. 나폴레옹은 그를 '프랑스 공화국에 대한 반역 행위의 주범'이라는 죄목으로 체포하여 군사 재판에 회부한 후 총살했다. 알렉산드르 1세는 유럽에서 이 행위를 공개적으로 항의한 유일한 군주였다.

6) 지중해에 위치한 몰타섬은 16세기 이후 성 요한 기사단의 지배를 받았으나 1798년에는 프랑스에, 1800년에는 영국에 점령되었다. 그 후 영국군은 아미앵 조약에 따라 몰타섬을 성 요한 기사단에 반환하고 떠나야 했지만 그러려 하지 않았다. 프랑스와 영국을 중재하려 한 러시아의 제안은 거부되었고, 프랑스와 영국은 1803년에 전쟁을 시작했다. 러시아는 대프랑스 동맹에 합류하여 이 전쟁에 참가했다.

7) 프로이센은 대프랑스 동맹에 가입하는 것을 주저했다. 당시 나폴레옹은 독일의 남부와 서부에 위치한 공국들을 차례차례 정복하고 있었다. 1805년

명 높은 중립주의는 그저 함정일 뿐이라고요. 난 오직 하느님만을, 그리고 사랑하는 우리 황제의 지고한 운명만을 믿어요. 그분이 유럽을 구원하실 거예요!" 문득 그녀는 자신의 열광을 조롱하는 듯한 미소를 지으며 말을 멈췄다.

"내가 생각하기에……." 공작이 미소를 지으며 말했다. "만약 우리의 친애하는 빈친게로데[8] 대신 당신이 파견되었더라면 그 격한 돌격으로 프로이센 왕의 동의도 받아냈을 것 같군요. 당신은 굉장한 달변가니까요. 차를 한잔 주시겠습니까?"

"지금 바로 드릴게요. 그건 그렇고." 그녀는 다시 마음을 가라앉히고 이렇게 덧붙였다. "오늘 우리 집에 매우 흥미로운 인물이 두 명 올 거예요. 한 사람은 모르테마르 자작이에요. 그는 로항을 통해 프랑스 명문가의 하나인 몽모랑시 가문과 이어져 있죠. 훌륭한 망명자들[9] 가운데 한 사람이에요. 진정한 망명자죠. 또 한 사람은 모리오 수도원장이에요. 당신은 그분의 심오

알렉산드르 1세는 오스트리아에 러시아 군대를 파견하면서 프로이센의 허락 없이 프로이센 영토를 통과하도록, 만약 프로이센 군대가 저항할 경우 공격을 감행하도록 명령했다. 1805년 하르덴베르크는 프로이센의 외무 대신이었고, 하우그비츠는 외교관이었다.

8) 1805년 5월 알렉산드르 1세는 대프랑스 동맹을 위한 전반적인 구상을 전하도록 빈친게로데 장군을 오스트리아로 파견했다. 페르디난트 페르디난도비치 빈친게로데(Ferdinand Ferdinandovich Winzingerode, 1770~1818)는 작센 공국 출생으로 1790년 오스트리아군에 입대했다. 1796년 이탈리아 원정 때 수보로프의 부대에 들어갔고, 콘스탄친 대공의 부관으로 임명되었다. 1802년 알렉산드르 1세의 부관이 되었고, 이후 오스트리아 원정에 참전했다. 1809년 다시 오스트리아군에, 1812년 또다시 러시아군에 들어갔으며 이후 유럽 원정에 참가했다.

9) 프랑스 혁명기에 외국으로 망명한 프랑스 귀족들을 가리킨다.

한 지성을 아나요? 그는 폐하를 알현했어요. 알아요?"

"아! 나도 몹시 반가울 겁니다." 공작이 말했다. "참, 물어 볼 게 있는데요." 그는 마침 뭐가 생각났다는 듯 매우 심드렁하게 덧붙였다. 지금 물으려는 것이 이 방문의 주된 목적이면서⋯⋯ "황태후께서 푼케 남작을 빈의 수석 비서관으로 임명하고 싶어 하신다는 게 사실입니까? 그 남작은 변변찮은 인간 같던데요." 어떤 사람들이 마리야 페오도로브나 황태후를 통해 남작에게 주려고 애쓰는 그 자리에 바실리 공작은 자기 아들을 앉히고 싶어 했다.

안나 파블로브나는 눈을 감다시피 했다. 그러한 몸짓은 자신이나 다른 어느 누구도 황태후가 좋아하고 마음에 들어 하는 것에 대해 이러쿵저러쿵할 수 없다는 뜻을 담고 있었다.

"푼케 남작은 황태후의 언니가 황태후께 추천한 사람이에요." 그녀는 애잔하고도 무미건조한 어조로 이렇게 말할 뿐이었다. 안나 파블로브나가 황태후를 입에 올린 순간 갑자기 그 얼굴에 헌신과 존경을 담은, 그리고 애잔함이 함께 묻어나는 충심 어린 깊은 표정이 떠올랐다. 그녀가 대화에서 자신의 고귀한 보호자를 언급할 때마다 나타나는 표정이었다. 그녀는 황태후 폐하께서 황송하게도 푼케 남작에게 **많은 존중**을 보이셨다고 말했고, 또다시 그녀의 눈길에 애수가 살짝 어렸다.

공작은 무심한 태도로 입을 다물었다. 안나 파블로브나는 궁정 사람답고 여자다운 특유의 노련하고도 기민한 재치를 발휘하여 황태후가 추천한 사람에 대해 감히 그런 식으로 비판한 공작을 손끝으로 살짝 튕기고도 싶고, 동시에 그를 위로 하고도 싶었다.

"그건 그렇고 당신 가족에 관한 이야기인데요." 그녀가 말했다. "아시나요? 따님은 사교계에 등장한 이후 사교계 전체의 기쁨이 되었어요. 사람들은 따님이 낮처럼 아름답다고 생각해요."

공작은 존중과 감사의 표시로 고개를 숙였다.

"난 종종 이런 생각을 해요." 잠시 침묵하던 안나 파블로브나가 공작에게 가까이 다가앉으며 상냥한 미소를 띤 채 말을 이었다. 마치 이러한 행동으로 정치와 사교계에 대한 이야기는 끝났으며 이제부터 마음에서 우러나온 정다운 이야기가 시작되리라는 것을 보여 주려는 듯했다. "난 '인생의 행복이 때로는 참으로 불공평하게 분배되는구나.'라는 생각을 종종 한답니다. 운명은 무엇 때문에 그처럼 훌륭한 자녀들(막내아들 아나톨은 빼고요. 난 그를 좋아하지 않거든요 ─ 그녀는 눈썹을 살짝 치켜 올리며 단호하게 이 말을 덧붙였다.)을, 그렇게 매력적인 자녀들을 당신에게 둘이나 주었을까요? 하지만 당신은 사실 누구보다도 그들을 낮게 평가하죠. 그러니 당신에게는 그런 자녀를 둘 자격이 없어요."

그러더니 특유의 환희에 찬 미소를 지었다.

"어쩔 도리가 없지 않습니까! 라바터[10]라면 내게 부성애의 자질이 부족하다고 말했을지 모르죠." 공작이 말했다.

"농담은 그만둬요. 난 당신과 진지하게 이야기를 나누고 싶

---

10) 요한 카스파 라바터(Johann Caspar Lavater, 1741~1801). 스위스의 신학자이자 의사. 얼굴 생김새가 정신적인 특성을 드러낸다는 인상학의 대표 인물이다.

어요. 있잖아요, 난 당신의 막내아들이 못마땅해요. 우리끼리 이야기지만(그녀의 얼굴은 슬픈 표정을 띠었다.) 황태후 폐하 앞에서 아나톨에 대한 이야기가 나왔답니다. 그래서 사람들이 당신을 동정하고 있어요."

공작은 아무 대답도 하지 않았다. 그러나 그녀는 의미심장한 표정으로 묵묵히 그를 응시하며 대답을 기다렸다. 바실리 공작은 얼굴을 찌푸렸다.

"날더러 어쩌란 말입니까?" 마침내 그가 말했다. "당신도 알다시피 난 그 아이들의 교육을 위해 아버지로서 할 수 있는 모든 일을 했습니다. 하지만 두 녀석은 **멍청이**가 되고 말았지요. 입폴리트는 적어도 순둥이 얼간이라도 되는데 아나톨은 골칫덩어리 얼간이예요. 이것이 유일한 차이랍니다." 그는 여느 때보다 더 부자연스럽고 더 활달한 미소를 지으며 말했다. 그러나 입가에 잡힌 주름살을 통해 전혀 예상치 못한 야비하고 불쾌한 어떤 것을 몹시도 선명하게 드러내고 말았다.

"그런데 어째서 당신 같은 사람들에게 그런 자식들이 나는 걸까요? 만약 당신이 아버지가 아니었다면 난 당신에 대해 아무것도 비난할 수 없었을 거예요." 안나 파블로브나는 시름에 잠긴 듯한 표정으로 눈을 들며 말했다.

"난 당신의 충실한 종이고, 오직 당신에게만 마음을 털어놓을 수 있어요. 내 자식들은 나라는 존재에게 일종의 족쇄랍니다. 그 아이들은 나의 십자가죠. 난 그런 식으로 스스로에게 변명을 한답니다. 어쩌겠습니까?" 그는 잔인한 운명에 대한 자신의 굴복을 몸짓으로 표현하며 잠시 침묵했다.

안나 파블로브나는 생각에 잠겼다.

"당신의 방탕한 아들 아나톨을 결혼시키는 문제에 대해 생각해 본 적이 없나요? 노처녀들에게는 결혼에 열광하는 병이 있다고 하잖아요. 아직은 나에게 그런 약점이 있다고 느끼지 않지만, 내 주위에 아버지와 살며 매우 불행해하는 어린 사람이 한 명 있답니다. 친척인 볼콘스카야 공작 영애죠." 바실리 공작은 아무 대답도 하지 않았다. 그러나 사교계 인사 특유의 민첩한 판단력과 기억력을 지닌 그는 고개를 끄덕여 보임으로써 그 정보를 고려해 보겠다는 의사를 표했다.

"없습니다. 아는지 모르겠군요. 난 그 아나톨이란 녀석 때문에 일 년에 4만 루블을 쓰고 있어요." 그는 말했다. 아마도 그에게는 상념의 우울한 전개를 억누를 힘이 없는 듯했다. 그는 잠시 침묵했다.

"이런 식으로 가면 오 년 후에는 과연 어떻게 될까요? 이런 게 아버지가 된다는 것의 이점이랍니다. 당신이 말한 공작 영애라는 분은 부유한가요?"

"아버지가 대단한 부자예요. 하지만 인색하죠. 지금은 시골에 살아요. 알죠? 그 유명한 볼콘스키 공작 말이에요. 선제 시대에 은퇴해서 '프로이센 왕'[11]이라는 별명을 얻은 사람이죠. 매우 똑똑한 사람이지만 별난 면을 지닌 괴팍한 사람이기도 해요. 그 가엾은 딸은 돌처럼 불행하답니다. 오빠가 한 명 있

---

11) '프로이센 왕'이라는 별명은 볼콘스키 노공작이 프로이센의 프리드리히 대제처럼 분칠한 땋은 머리 가발을 쓰고 반바지를 입는 등 옛 복식을 고집하여 생긴 별명인 듯하다.

는데, 쿠투조프 장군[12]의 부관이고 얼마 전 **리즈** 마이넨과 결혼했죠. 그가 오늘 우리 집에 올 거예요."

"**들어 봐요, 사랑하는 아네트!**" 공작은 상대방의 손을 덥석 부여잡고는 어떠한 이유에선지 아래쪽으로 잡아당기며 말했다. "**날 위해 이 일을 성사시켜 주십시오. 난 영원히 당신의 가장 충직한 종입니다.**(나의 촌장은 나에게 보고서를 쓸 때 '쫑'이라고 하지요.) 그녀는 훌륭한 가문 출신인 데다 부유하기까지 하군요. **나에게 필요한 것을 전부 갖추었어요.**"

그는 특유의 자유분방하고 허물없는 우아한 몸짓으로 여관의 손을 잡고 입을 맞추었으며, 그렇게 입을 맞춘 뒤에는 잠시 여관의 손을 잡고서 흔들었다. 그러고는 안락의자에 앉아 눈길을 다른 곳으로 돌렸다.

"**잠깐만요.**" 안나 파블로브나는 생각에 잠긴 채 말했다. "**오늘 리즈**(볼콘스키의 아내 말이에요.)**에게 말해 볼게요. 그러면 그 문제는 아마 잘 해결될 거예요. 내가 당신 집안에서 노처녀 수련을 쌓게 되었네요.**"

---

12) 미하일 일라리오노비치 쿠투조프(Mikhail Ilarionovich Kutuzov, 1745~1813). 러시아 원수. 예카체리나 대제의 치세 때 튀르크 전쟁에 참전하여 수보로프와 더불어 오차코프와 이즈마일 요새를 함락했다. 이 전쟁에서 심한 중상을 입고 한쪽 눈을 잃었다. 이후 알렉산드르 1세의 눈 밖에 나서 1802년 페테르부르크 군정 총독의 직위에서 해임되었다가 1805년 러시아군 총사령관으로 임명되어 나폴레옹을 무찌르기 위해 5만 병력을 이끌고 오스트리아로 출정했다. 이 장면의 시간적 배경인 1805년에 쿠투조프는 이미 군인으로서 높은 명성을 누렸다.

# 2

안나 파블로브나의 응접실이 점점 꽉 찼다. 페테르부르크의 상류층 귀족들이 도착했다. 나이와 성격은 매우 다양하지만 몸담고 살아가는 사회는 똑같은 사람들이었다. 바실리 공작의 딸인 아름다운 엘렌도 공사의 축하연에 함께 가기 위해 아버지를 데리러 왔다. 기장[13]이 달린 무도회 의상을 입고 있었다. 페테르부르크에서 가장 매력적인 여성으로 이름난 자그마한 젊은 볼콘스카야 공작 부인도 왔다. 지난겨울에 결혼한 그녀는 요즘 임신 때문에 사교계의 큰 모임에는 나오지 않았으나 조출한 야회에는 아직 드나들고 있었다. 바실리 공작의 아들인 입폴리트 공작도 모르테마르와 함께 와서 그를 소

---

13) 제정 러시아 시대에 여학교 우등 졸업생이나 궁정의 여관들에게 수여하던 기장(記章). 황후 이름의 머리글자가 수놓여 있었다.

개했다. 모리오 수도원장과 다른 많은 사람들도 왔다.

"당신은 아직 제 친척 아주머니를 만난 적이 없죠?" "당신이 그분과 친분이 있던가요?" 안나 파블로브나는 도착한 사람들에게 이렇게 말하고는 손님들이 도착하기 시작하자 다른 방에서 조용히 나타난, 볼록한 리본을 단 자그마한 노부인을 향해 매우 엄숙한 태도로 그들을 이끌었다. 안나 파블로브나는 손님으로부터 아주머니에게로 천천히 시선을 옮기며 손님의 이름을 소개하고는 걸음을 옮겼다.

아무도 모르고 아무도 흥미를 느끼지 않고 아무도 원하지 않는 이 아주머니를 위해 모든 손님들이 인사의 의식을 수행해 나갔다. 안나 파블로브나는 슬프고도 엄숙한 모습으로 공감을 표하며 그들의 인사를 눈으로 쫓고 말없이 그 인사를 받아들였다. 아주머니는 한 사람 한 사람에게 똑같이 그 사람의 건강과 자신의 건강에 대해, 그리고 다행히 오늘은 한결 나아진 황태후 폐하의 건강에 대해 말했다. 사람들은 모두 예의 바르게 조바심을 숨기고 다가왔다가 무거운 의무를 수행했다는 홀가분한 기분으로 노부인을 떠났다. 그러고는 저녁 내내 다시는 그녀를 찾지 않았다.

젊은 볼콘스카야 공작 부인은 금실로 수놓은 벨벳 손가방 안에 일감을 가지고 왔다. 약간 거뭇해진 솜털 밑의 예쁘장한 윗입술은 치아가 드러날 정도로 얇았다. 그러나 그로 인해 윗입술이 더욱 사랑스럽게 벌어졌고 이따금 한층 더 사랑스럽게 당겨져 아랫입술에 닿곤 했다. 완벽할 정도로 매력적인 여성에게 흔히 있는 일이지만, 그녀의 결점 — 얇은 입술과 반쯤 벌어진 입 — 은 그녀만의 독특한 아름다움으로 비쳤다. 모든 사람들이 임신 상태를 너무나 싹싹하게 견디고 있는, 건강과 생기로 넘치는 이 예쁘장한 예비 어머니를 보면서 즐거움을 느꼈다. 노인들도, 따분함을 느끼며 침울해하던 젊은이들도 그녀와 자리를 함께하고 잠시 이야기를 나눈 후에는 자신이 그녀를 닮아 가는 것 같다고 느꼈다. 그녀와 이야기를 나누고 그녀가 말 한 마디 한 마디 할 때마다 눈부신 미소와 하얗게 빛나며 계속 드러나는 치아를 본 사람들은 자신이 이날 따라 유난히 다정해지는 것 같다고 생각했다. 그리고 그것은 모든 사람의 생각이었다.

작은 공작 부인은 일감이 든 작은 손가방을 팔에 낀 채 종종걸음으로 뒤뚱거리며 테이블 주위를 돌다가 은제 사모바르 근처의 소파에 앉았다. 마치 그녀가 하는 모든 행동이 자신에게나 자신을 둘러싼 모든 사람들에게나 즐거운 일이라는 듯……

"일감을 가져왔어요." 그녀는 손가방 걸쇠를 풀며 그 자리에 함께 있는 모든 사람들을 향해 말했다.

"어머, 아네트, 심술궂은 장난 좀 치지 말아요." 그녀가 여주인에게 말을 걸었다. "나에게는 정말 작은 저녁 모임이라고 써 보냈잖아요. 내 차림새를 봐요."

그러더니 가슴보다 조금 아래에 커다란 리본을 매고 레이스 장식을 단 우아한 회색 드레스를 보여 주기 위해 두 팔을 벌렸다.

"진정해요, 리즈. 그래도 당신이 가장 예쁠 거예요." 안나 파블로브나가 대답했다.

"그런데 말이죠, 남편이 절 떠나려 한답니다." 공작 부인은 한 장군을 돌아보며 같은 어조로 말을 이었다. "죽으러 가는 거예요. 말해 봐요, 이런 혐오스러운 전쟁을 왜 하려는 거죠?" 그녀는 바실리 공작에게 이렇게 말하고는 대답을 채 기다리지 않고 바실리 공작의 딸인 아름다운 엘렌에게 말을 걸었다.

"참으로 사랑스러운 부인이군요, 저 작은 공작 부인 말입니다!" 바실리 공작은 나지막한 목소리로 안나 파블로브나에게 말했다.

작은 공작 부인이 도착한 직후 우람하고 뚱뚱한 남자가 들어왔다. 짧게 깎은 머리에 안경을 쓰고 최신 유행을 따른 밝은색 바지와 불룩한 주름 장식 타이와 갈색 연미복을 갖춰 입은 남자였다. 그 뚱뚱한 젊은 남자는 예카체리나 대제[14] 시대의

---

14) 예카체리나 대제(Ekaterina Alekseevna Romanova, 1729~1798). 프로이센 왕국의 속국이던 안할트체르프스트 공국에서 귀족의 딸로 태어났다. 본명은 소피 프레데리케 아우구스테인데, 이후 러시아 왕위 계승자인 카를 울리히 대공과 결혼하고 러시아 정교로 개종하면서 '예카체리나'라는 세례명을 얻었다. 카를 울리히 대공은 어리석고 무능한 언행 때문에 표트르 3세로 즉위한 이후에도 계속 통치 능력을 의심받은 반면, 학식 있고 통찰력 있는 예카체리나는 귀족과 백성의 민심을 얻었다. 결국 1762년 예카체리나는 황실 근위대의 힘을 빌려 남편을 폐위하고 스스로 예카체리나 2세로서 제위에 오른 후 군대를 장악했다. 통치 반년 만에 폐위된 표트르 3세는 팔 일 후 예카체리나의 정부인 오를로프에게 암살당했다. 계몽주의를 신봉하던 예카체리나는 치세 초기에 법전을 편찬하고 삼권분립에 기초한 체제를 만들고 농노제를 축소하려 했지만 귀족들의 반발로 개혁에 실패했다. 그러나 크림, 우크라이나, 벨라루스, 폴란드, 리투아니아 쪽으로 러시아 국경을 확장하고 튀

유명한 고관인 베주호프 백작의 사생아였다. 백작은 지금 모스크바에서 죽어 가고 있었다. 이 젊은 남자는 아직 어디에서도 근무한 적이 없는 데다 외국에서 교육을 받고 이제 막 돌아와 사교계 모임에 참석하는 것도 이번이 처음이었다. 안나 파블로브나는 자신의 살롱에서 가장 낮은 계층의 사람들을 대할 때 으레 그렇듯 고개를 까딱이며 그에게 인사를 건넸다. 그런데 가장 낮은 부류의 이런 인사를 하면서도 안나 파블로브나는 응접실로 들어오는 피에르를 본 순간 불안하고 두려운 표정을 지었다. 자리에 어울리지 않는 지나치게 거대한 무언가를 볼 때 나타나는 표정과 비슷했다. 사실 피에르가 응접실의 다른 남자들보다 좀 더 크긴 했지만, 그 두려움은 오로지 그를 응접실 안의 모든 사람들과 다르게 보이도록 만드는 지적이면서도 소심하고, 예리하면서도 자연스러운 그 시선 때문이었을 것이다.

"무슈 피에르, 불쌍한 병든 여인을 이렇게 방문해 주다니 정말 친절하군요." 피에르를 친척 아주머니 앞에 데려간 안나

─────────────────

르크 전쟁에 이김으로써 흑해로의 접근성을 확보하는 한편, 학문과 문예 장려, 많은 도시 건설, 교통 발달, 무역 확대, 행정 개혁 등 치세 동안 큰 성과를 이룩하여 '대제(大帝)'라 불리게 되었다. 그러다 푸가쵸프 봉기 이후 계몽주의에 대한 신념을 잃고 전제적인 노선으로 돌아섰다. 프랑스 혁명을 적대적인 시선으로 보며 프랑스에 군주제를 회복시켜야 한다고 주장하기도 했다. 한편 왕위 계승자인 아들 파벨을 좋아하지 않아 자신이 아끼는 손자 알렉산드르를 차르 자리에 올리려 했으나 관료들의 반대로 실패했다. 결국 그녀가 죽은 후 아들 파벨이 차르를 계승했지만 재위한 지 삼 년 육 개월 만에 암살당하여 알렉산드르 1세가 그 자리를 이었다.

파블로브나는 두려움이 깃든 표정으로 아주머니와 눈짓을 주고받으며 그에게 말을 건넸다. 피에르는 끓어오르는 듯한 목소리로 알 수 없는 말을 지껄이면서 눈으로 무언가를 계속 찾았다. 그는 작은 공작 부인에게 가까운 지인을 대하듯 인사를 건네며 기쁘고 즐거운 미소를 짓고는 안나 파블로브나의 아주머니에게 다가갔다. 안나 파블로브나의 두려움은 괜한 것이 아니었다. 왜냐하면 피에르가 황태후 폐하의 건강에 관한 아주머니의 말을 다 듣기도 전에 자리를 떴기 때문이다. 안나 파블로브나는 깜짝 놀라 그를 불러 세웠다.

"모리오 수도원장을 모르나요? 매우 흥미로운 분인데⋯⋯." 그녀가 말했다.

"네, 영구한 평화에 대한 그분의 계획을 들은 적이 있습니다. 매우 흥미롭긴 한데 과연 가능할지⋯⋯."

"그렇게 생각해요?" 안나 파블로브나가 말했다. 그저 무슨 말이라도 하기 위해, 그리고 다시 여주인의 의무로 돌아가기 위해서였다. 그러나 피에르는 조금 전과 정반대의 무례를 범했다. 조금 전에는 상대방의 말을 다 듣지도 않고 가 버리더니, 이번에는 그의 곁을 떠나야 하는 상대를 이야기로 붙든 것이다. 그는 고개를 숙이고 커다란 두 발을 벌린 채 왜 자신이 대수도원장의 계획을 망상이라고 생각하는지 안나 파블로브나에게 증거를 대기 시작했다.

"나중에 이야기하죠." 안나 파블로브나는 미소를 지으며 말했다.

그러고 나서 그녀는 처세술이 부족한 청년의 곁을 떠나 여

주인이라는 본연의 임무로 돌아갔다. 대화가 시들해진 곳에 언제라도 도움을 베풀 준비를 하며 계속 귀를 기울이고 주위를 눈여겨보았다. 방적 공장의 주인이 직공들을 곳곳에 앉혀 놓고 건물 안을 돌아다니다가 제대로 움직이지 않거나 너무 요란하게 삐걱대며 이상한 소리를 내는 물렛가락을 보면 재빨리 가서 기계를 멈추거나 적당한 속도로 가동시키듯, 안나 파블로브나도 응접실을 돌아다니다가 말없이 조용히 있거나 지나치게 떠드는 무리를 보면 다가가서 한마디 던지기도 하고 사람들의 자리를 바꾸기도 하며 대화의 기계를 다시 규칙적으로 적절하게 돌아가도록 만들었다. 그러나 이렇게 마음을 쓰는 동안에도 여전히 피에르에 대한 특별한 두려움을 드러냈다. 피에르가 모르테마르 주위에서 오가는 이야기를 들으려고 다가가다가 대수도원장이 이야기하고 있는 다른 모임으로 옮겨 가자 그녀는 그를 주의 깊게 바라보았다. 외국에서 교육받은 피에르에게는 안나 파블로브나의 집에서 열린 이 야회가 러시아에서 본 첫 야회였다. 그는 페테르부르크의 모든 인텔리겐치아들이 이곳에 모인다는 것을 알았다. 그래서 장난감 가게에 온 아이처럼 두 눈동자가 사방을 두리번거렸다. 그는 자신이 알아들을 수 있는 지적인 대화들을 놓칠까 봐 계속 걱정했다. 이곳에 모인 사람들의 자신만만하고 우아한 표정을 보면서 높은 수준의 지적인 화제를 계속 기다렸다. 마침내 그는 모리오에게 다가갔다. 대화는 흥미로워 보였다. 그는 그 자리에 선 채 젊은 사람들이 으레 그러기를 좋아하듯 자신의 생각을 말할 기회를 기다렸다.

# 3

안나 파블로브나의 야회가 점차 무르익었다. 물렛가락은 사방에서 규칙적으로 그칠 새 없이 윙윙거렸다. **친척 아주머니** 주위에는 울다가 지친 듯한 야윈 얼굴의 어느 중년 여자만 앉아 있었다. 그녀는 이 화려한 모임에 다소 어울리지 않았다. 그들을 제외하면 모임은 세 부류로 나뉘었다. 남성들이 많은 무리에서는 대수도원장이 중심이었고, 젊은 사람들 무리에서는 바실리 공작의 딸인 미녀 엘렌과 예쁘장하고 뺨이 발그레하며 젊은 나이에 비해 지나치게 포동포동한 젊은 볼콘스카야 공작 부인이 중심이었다. 나머지 무리의 중심은 모르테마르와 안나 파블로브나였다.

자작은 온화한 용모와 예절을 갖춘 잘생긴 청년이었다. 그는 스스로를 저명인사로 여기는 듯했으나 예의가 바른 사람이었기에 자신이 속한 사회가 자신을 향유하도록 겸허히 내버려 두었다. 분명 안나 파블로브나는 손님들에게 그를 대접하고 있는 듯했다. 지저분한 주방에서 보면 먹고 싶은 마음이 들지 않을 쇠고기 조각을 초자연적일 만큼 멋진 무언가인 양 식탁에 내는 우수한 수석 웨이터처럼 이날 밤 안나 파블로브나도 처음에는 자작을, 그다음에는 대수도원장을 초자연적일 만큼 세련된 어떤 것인 양 손님들의 식탁에 내놓았다. 모르테마르의 무리는 곧 앙기앵 공작의 피살 사건에 대해 이야기하기 시작했다. 자작은 앙기앵 공작이 자신의 아량 때문에 죽었다고, 보나파르트의 적의에는 특별한 이유가 있다고 말했다.

"아, 그래요! 그 이야기를 들려줘요, 자작." 안나 파블로브나는 이 문구에 루이 15세를 연상시키는 어떤 울림이 묻어 있음을 즐겁게 느끼며 말했다. "그 이야기를 들려줘요, 자작."

자작은 복종의 표시로 허리를 굽혀 인사하고는 정중하게 미소를 지었다. 안나 파블로브나는 자작 주위에 사람들을 불러 모으고는 모두에게 그의 이야기를 들어 보라고 청했다.

"자작은 그 공작과 개인적으로 아는 사이였어요." 안나 파블로브나가 한 남자에게 속삭였다. "자작은 굉장한 이야기꾼이랍니다." 그녀가 다른 남자에게 속삭였다. "훌륭한 사회에 속한 사람임이 분명하죠." 그녀가 또 다른 남자에게 말했다. 그렇게 자작은 뜨거운 접시에 야채를 곁들여 담아낸 로스트비프처럼 대단히 우아하고도 그 자신에게 유리한 광채를 띤 채 그 모임에 제공되었다.

자작은 벌써부터 이야기를 꺼내고 싶었기에 묘한 웃음을 지었다.

"이리 와요, 사랑하는 엘렌." 안나 파블로브나는 약간 멀찍이 다른 무리의 중심에 앉아 있던 아름다운 공작 영애에게 말했다.

엘렌 공작 영애는 생긋 웃었다. 그녀는 응접실에 들어올 때와 마찬가지로 완벽하게 아름다운 여성 특유의 한결같은 미소를 머금고 일어났다. 그러고는 담쟁이덩굴과 이끼로 장식한 하얀 무도회 드레스를 가볍게 사락거리면서, 하얀 어깨와 윤기 나는 머리카락과 다이아몬드를 빛내면서, 양쪽으로 갈라지며 길을 내준 남자들 사이를 지나 아무에게도 눈길을 주지 않되 모두에게 미소를 던지면서 똑바로 걸어왔다. 마치 자신의 몸매, 풍만한 어깨, 당시 유행대로 한껏 드러낸 가슴과 등의 아름다움에 탄복할 권리를 모두에게 친절히 허락하기라도 하듯, 마치 그곳에 무도회의 광채를 들여오기라도 하듯 엘렌은 안나 파블로브나에게로 다가갔다. 엘렌은 교태의 낌새조차 느껴지지 않을 만큼 대단히 아름다웠다. 오히려 그녀는 의심할 여지 없는 아름다움을, 지나치게 강렬하고 압도적인 인상을 풍기는 아름다움을 부끄러워하는 듯 보였다. 자신의 아름다움이 던지는 인상을 약하게 누그러뜨리길 바라면서도 어쩌지 못하는 것처럼 보였다.

"얼마나 아름다운 여인인가!" 엘렌을 본 사람은 누구나 이렇게 말했다. 엘렌이 앞에 앉아 여전히 변함없는 미소로 자작을 비추자 그는 특별한 무언가에 깊은 인상을 받은 듯 어깨를 움츠리며 눈을 내리깔았다.

"마담, 내가 이런 관객들 앞에서 솜씨를 발휘할 수 있을지 두렵군요." 그는 미소를 띤 채 고개를 숙이며 말했다.

공작 영애는 맨살이 드러난 탐스러운 한쪽 팔을 작은 테이블에 괴었을 뿐 뭔가 말할 필요를 느끼지 않았다. 그녀는 미소를 띠고 기다렸다. 자작이 이야기하는 내내 엘렌은 허리를 꼿꼿이 세우고 앉아 이따금 테이블에 살짝 올려놓은 자신의 둥그스름한 아름다운 팔을 바라보기도 하고, 그보다 한층 아름다운 가슴을 바라보면서 다이아몬드 목걸이를 바로잡기도 하고, 드레스 주름을 여러 번 매만지기도 했다. 이야기가 감동을 주는 순간에는 안나 파블로브나를 돌아보며 이내 그 여관의 얼굴에 떠오른 것과 똑같은 표정을 짓고는 다시 빛나는 미소를 띠며 안도하기도 했다. 엘렌을 뒤따라 작은 공작 부인도 티 테이블에서 자리를 옮겼다.

"기다려요, 일감을 가져올게요." 그녀가 말했다. "왜 그래요? 무슨 생각을 하는 거예요?" 그녀는 입폴리트 공작에게 말을 걸었다. "손가방을 좀 가져다줘요."

공작 부인은 생긋 웃으며 모두와 이야기를 나누다 갑자기 자리를 바꾸어 앉으며 즐거운 표정으로 옷매무새를 고쳤다.

"이제 괜찮아요." 그녀는 여러 번 이렇게 말하고는 이야기를 시작해 달라고 청하며 일감을 붙잡았다.

입폴리트 공작은 손가방을 들고 그녀를 따라와 안락의자를 가까이 당겨 그녀 옆에 앉았다.

사랑스러운 입폴리트는 놀랍게도 미인인 여동생과 매우 비슷해 보였다. 더욱 놀라운 것은 여동생과 닮기는 했는데 끔찍하게 못생겼다는 점이었다. 그의 외모가 여동생과 흡사하긴 했지만 여동생은 생기와 만족감이 어린 풋풋하고 한결같은 미소와 보기 드물게 고전적인 아름다움을 간직한 육체로 온통 빛났다. 반면 오빠는 똑같이 생긴 얼굴인데도 우둔함으로 흐리멍덩한 데다 늘 자신만만하고 까다로운 성격을 드러냈으며 몸은 앙상하고 나약했다. 이목구비 전체가 마치 뚜렷하지 않은 따분한 우거지상으로 오그라든 것 같았으며, 팔다리는 언제나 부자연스러운 자세를 취하고 있었다.

"유령에 대한 이야기가 아닌가요?" 입폴리트는 공작 부인 옆에 앉아 황급하게 오페라글라스를 눈에 대고 말했다. 마치 그 도구가 없으면 말을 꺼낼 수 없다는 듯······.

"천만에요." 놀란 이야기꾼이 어깨를 으쓱하며 말했다.

"내가 유령 이야기를 지독히 싫어해서 말이죠." 입폴리트 공작은 말을 내뱉고 난 후에야 그 의미를 깨달은 것이 분명한 투로 말했다.

말할 때의 자신만만한 태도 때문에 입폴리트 공작의 말이 대단히 재치 있었는지 대단히 멍청했는지 아무도 분간할 수 없었다. 그는 암녹색 연미복에, 그 자신의 표현에 따르면 **놀란 님프의 허벅지**색 바지를 입고 긴 양말과 단화를 신었다.

자작은 앙기앵 공작이 **마드무아젤 조르주**[15]를 만나려고 비밀리에 파리로 갔던 일, 그곳에서 유명 여배우의 애정을 만끽

---

15) 마드무아젤 조르주 위메(Mademoiselle George Weymer, 1787~1867)는 뛰어난 비극 배우로 수년 동안 나폴레옹의 정부였다. 1808년 페테르부르크로 와 이곳에서 큰 성공을 거두었다. 이 책 2권 5부에는 조르주가 엘렌의 살롱에 참석하여 낭송하는 장면이 나온다.

하던 보나파르트와 마주친 일, 공작과 마주친 나폴레옹[16]이

---

16) 나폴레옹 보나파르트(Napoléon Bonaparte, 1769~1821). 프랑스의 군인이자 정치가. 코르시카섬에서 이탈리아 소지주의 아들로 태어났다. 온 가족이 프랑스로 망명한 후 나폴레옹은 에콜 군사 학교를 마치고 혁명군의 포병대 대위가 되었다.

프랑스 혁명에 참여한 후 제1공화정 때 빠르게 진급하여 1796년 이탈리아 원정군의 사령관이 되었으며, 이 원정에서 오스트리아군을 격파하고 벨기에와 롬바르디아 지역을 넘겨받았다. 그러나 혁명 정부는 인기가 높아진 그를 견제하기 위해 1798~1799년에 이집트 원정을 보냈다. 나폴레옹이 이집트에 있는 동안 영국과 오스트리아는 프랑스의 왕정복고를 주장하며 프랑스를 압박했다. 이러한 상황을 주시하던 나폴레옹은 몰래 이집트를 빠져나와 1799년 11월 9일(혁명력 8년 브뤼메르 18일) 쿠데타를 일으켜 세 명의 통령을 두는 통령 정부를 세우고 자신은 원로원의 임명을 받아 십 년 임기의 제1통령이 되었다. 대외적으로는 마렝고 전투에서 승리해 오스트리아로부터 라인강 유역의 절반과 이탈리아 북부를 넘겨받았고, 영국과 아미앵 조약을 맺음으로써 주변국의 위협을 진정시켰다. 대내적으로는 세금 제도와 행정 제도를 개선하고, 생산력을 부흥시키고, 종교의 자유와 국가의 세속성과 경제 활동의 자유와 만민의 법 앞에서의 평등을 골자로 하는 '나폴레옹 법전'을 제정했다. 국민들의 지지가 높아지자 나폴레옹은 1802년 종신 통령으로서 독재권을 한층 강화했고, 1804년 국민 투표를 통해 제정을 수립하여 프랑스 제국의 초대 황제로 등극했다.

1805년 영국은 아미앵 조약을 파기하고 오스트리아와 러시아를 끌어들여 대프랑스 동맹을 맺었으며, 이로 인해 프랑스의 오스트리아 원정이 시작되었다. 아우스터리츠(오늘날 슬로바키아의 슬라프코프에 해당하는 지역)에서의 결정적 승리를 계기로 마침내 유럽 중앙부의 패권을 장악한 나폴레옹은 형 조제프를 나폴리 국왕에, 동생 루이를 네덜란드 국왕에 각각 앉히고, 자신은 라인 동맹을 발족시켜 독일에 강한 영향력을 행사했다. 이로써 샤를마뉴 대제부터 1000년 가까이 이어진 신성 로마 제국은 사실상 해체되었다.

프랑스가 독일에 대해 강한 영향력을 갖게 되자 이를 불안히 여긴 프로이센은 1806년 영국, 러시아, 스웨덴과 더불어 4차 대프랑스 동맹을 조직했다. 나폴레옹은 10월 예나-아우어슈테트 전투에서 프로이센군을 물리치고 베를린에 입성했다.

공교롭게도 걸핏하면 일어나는 가사 상태에 빠져 공작의 손
아귀에 놓였는데도 공작이 그 상황을 이용하지 않은 일, 그런

---

1807년 나폴레옹은 폴란드로 진격했고, 같은 해 프로이센을 구원하러 온
러시아군을 아일라우 전투와 프리들란트 전투에서 격파했다. 나폴레옹은 러
시아의 알렉산드르 1세와 틸지트 조약을 체결하여 프로이센 영토를 크게 축
소시키고 폴란드 지역들을 하나로 묶어 바르샤바 대공국을 수립했으며, 남
동생 제롬을 베스트팔렌의 왕으로 임명하여 두 나라를 프랑스 제국의 속국
으로 삼았다. 그리고 에스파냐의 국왕 페르디난드 7세를 내쫓고 직접 에스파
냐를 통치했으며, 스웨덴에는 프랑스군의 원수 베르나도트를 왕위 계승자로
파견하여 카를 14세로 세웠다. 그러나 정작 나폴레옹에게 호의적이지 않았
던 베르나도트는 이후 프랑스를 공격하는 주요 세력이 되었다.

처음에는 자국 귀족에게 억눌림을 받던 유럽의 부르주아지와 민중이 프
랑스군을 혁명군으로 환영했으나 프랑스군의 갖은 횡포에 점차 저항하게 되
었다. 이러한 갈등은 1808년 에스파냐를 점령한 나폴레옹이 형인 조제프를
에스파냐의 왕위에 앉히고 프랑스의 점령에 저항하는 에스파냐 게릴라들을
학살하자 더욱 거세졌다. 게다가 강력한 해군력을 바탕으로 프랑스 영향에
서 벗어나 있던 영국을 압박하고자 대륙 봉쇄령을 내리고 이를 어긴 러시아
를 응징하려 러시아 원정에서 대패한 일련의 과정은 나폴레옹을 쇠퇴의
길로 들어서게 만들었다.

프랑스의 대패를 목격한 유럽 각국은 일제히 반(反)나폴레옹의 기치를
내걸고 6차 대프랑스 동맹을 결성했다. 1813년 봄, 나폴레옹은 프로이센, 오
스트리아, 러시아, 스웨덴 등 동맹군과의 전투에서 승리를 거둔 후 휴전을 했
지만 라이프치히 전투에서 대패한 후 프랑스로 도망갔다. 1814년 동맹군은
프랑스로 진격하여 파리까지 함락하고 나폴레옹을 강제로 퇴위시켜 엘바섬
에 유배를 보냈다. 나폴레옹의 실각 후 각국 정상들은 빈 회의를 통해 전후
유럽을 어떻게 재편할지 의논했으나 각국의 이해관계가 복잡하여 제대로 진
행되지 않았다. 더구나 왕정복고 후 즉위한 루이 18세의 전근대적인 통치 방
식에 민중은 점차 불만을 품기 시작했다. 1815년 나폴레옹은 엘바섬을 탈출
하여 파리로 돌아와 복위에 성공했다. 그는 연합국에 평화 조약을 제안했다
가 거부당하자 다시 전쟁을 일으켰다. 결국 워털루 전투에서 패배하여 나폴
레옹의 '백일천하'는 끝나고, 그는 세인트헬레나섬에 유배된 후 그곳에서 죽
음을 맞았다.

데도 그런 아량에 대해 보나파르트가 나중에 죽음으로써 되갚은 일 등 당시의 일화를 매우 솜씨 있게 들려주었다.

이야기는 매우 멋지고 흥미로웠다. 특히 두 적수가 갑자기 서로를 알아보게 된 대목에서 부인들은 흥분에 싸인 듯했다.

"재미있군요." 안나 파블로브나는 뭔가 묻는 듯한 눈길로 작은 공작 부인을 돌아보았다.

"네, 재미있어요." 작은 공작 부인은 뜨개바늘을 일감에 꽂으며 속삭였다. 마치 이야기의 흥미와 매력 때문에 일감에 계속 열중할 수 없다는 뜻을 나타내기 위해서인 것 같았다.

자작은 이 무언의 찬사를 높이 평가하며 감사의 미소를 짓고는 이야기를 계속했다. 그러나 두려운 느낌을 주는 청년을 계속 주시하던 안나 파블로브나는 그 순간 그가 무언가에 대하여 대수도원장과 지나치게 격렬하고 시끄럽게 토론하고 있음을 알아채고 그 위험한 곳에 서둘러 도움의 손길을 뻗었다. 실제로 피에르는 대수도원장과 정치적 균형에 대한 대화를 시작하는 데 성공했다. 대수도원장도 젊은이의 순박한 열성에 흥미를 느꼈는지 그의 앞에서 자신이 좋아하는 사상을 펼치고 있었다. 두 사람은 지나칠 만큼 활기차고 자연스러운 태도로 서로에게 귀 기울이며 이야기를 나누었다. 이러한 모습이 안나 파블로브나는 못마땅했다.

"방법은 유럽의 균형과 국민의 권리입니다. 러시아처럼 잔혹성으로 유명한 강대국이 사심 없이 유럽의 균형을 지향하는 동맹의 수장이 되어야 합니다. 그러고 나면 그 강대국이 세계를 구할 겁니다!" 대수도원장이 말했다.

"도대체 그러한 균형을 어떻게 찾아낼 겁니까?" 피에르가 입을 열었다. 그러나 그 순간 안나 파블로브나가 다가와 피에르를 무섭게 노려보더니 이탈리아인을 향해 이 나라의 기후를 어떻게 견디고 있느냐고 물었다. 이탈리아인의 얼굴이 돌변하며 무례하리만치 위선적이고 달콤한 표정을 띠었다. 아마도 여성들과 대화할 때 습관적으로 짓는 표정인 듯했다.

"나에게 환대받는 행복을 누리게 해 준 사교계 여러분의, 특히 여성분들의 지성과 교양이 지닌 매력에 흠뻑 빠져 기후에 대해서는 미처 생각할 겨를이 없었습니다." 그가 말했다.

안나 파블로브나는 대수도원장과 피에르를 더 이상 내버려 두지 않고 감독의 편의를 위하여 그들을 전체 무리에 묶어 버렸다.

마침 그때 새로운 인물이 응접실로 들어왔다. 이 새로운 인물이란 작은 공작 부인의 남편인 젊은 공작 안드레이 볼콘스키였다. 볼콘스키 공작은 중간 키에 뚜렷하고 마른 윤곽을 지닌 매우 잘생긴 젊은이였다. 지친 듯한 권태로운 시선에서 조용하고 규칙적인 걸음에 이르기까지 그의 형상에 속한 모든 것은 자그마하고 생기발랄한 아내와 날카로운 대조를 이루었다. 그는 응접실에 있는 모든 이들을 잘 알 뿐만 아니라 너무나 염증을 느낀 나머지 그들을 보기만 해도, 그들의 말을 듣기만 해도 진저리를 내는 것 같았다. 그 모든 지긋지긋한 인간들 중에서도 예쁘장한 아내의 얼굴에 가장 진저리를 치는 듯했다. 그는 잘생긴 얼굴을 일그러뜨리며 찌푸린 표정으로 아내를 외면했다. 그는 안나 파블로브나의 손에 입을 맞추고는 눈을 가늘게 뜬 채 모임에 참석한 모든 사람들을 둘러보았다.

"전쟁에 나가려 한다죠, 공작?" 안나 파블로브나가 말했다.

"쿠투조프 장군이……." 볼콘스키 공작은 프랑스인처럼 마지막 음절인 '조프'에 강세를 주며 말했다. "나를 부관으로 원합니다."

"그럼 리즈는요? 당신 부인 말이에요."

"아내는 시골로 갈 겁니다."

"당신의 매혹적인 아내를 우리에게서 앗아 가다니 부끄럽지도 않나요?"

"앙드레." 아내는 남에게 말을 걸 때와 똑같이 아양을 떠는 투로 남편에게 말을 건넸다. "자작이 마드무아젤 조르주와 보나파르트에 대해 정말 멋진 이야기를 들려주었어요."

안드레이 공작은 얼굴을 찡그리며 고개를 돌렸다. 안드레이 공작이 응접실에 들어오는 순간부터 기쁨과 우정에 찬 눈길을 떼지 못하던 피에르가 그에게 다가가 손을 잡았다. 안드레이 공작은 돌아보지도 않은 채 자신의 손을 건드린 사람에게 짜증을 내며 얼굴을 찌푸렸다. 그러나 빙그레 웃는 피에르의 얼굴을 보자 뜻밖에도 선하고 즐거운 미소를 지었다.

"이럴 수가! 자네도 사교계에 드나드는군!" 그가 피에르에게 말했다.

"당신이 올 줄 알았거든요." 피에르가 대답했다. "당신 집으로 밤참을 들러 가겠습니다." 그는 계속 이야기를 하고 있던 자작에게 방해가 되지 않도록 조용히 덧붙였다. "괜찮죠?"

"아니, 안 돼." 안드레이 공작은 물어볼 필요도 없다는 뜻을 전하기 위해 웃음 띤 얼굴로 피에르의 손을 꼭 쥐며 말했다. 그는 뭐라고 더 말하려 했다. 하지만 그때 바실리 공작과 딸이 자리에서 일어나자 두 남자도 그들에게 길을 내주기 위해 일어섰다.

"용서하시오, 친애하는 자작." 바실리 공작은 프랑스인이 일어나지 않도록 그의 소맷자락을 의자 쪽으로 다정하게 잡아당기며 말했다. "공사의 공관에서 열리는 그 불행한 축하연이 나의 즐거움을 앗아 가고 당신의 말을 끊는군요." 그는 안나 파블로브나에게 말했다. "당신의 멋진 야회를 떠나게 되어 몹시 아쉽습니다."

딸인 엘렌 공작 영애는 드레스 주름을 살짝 쥐고서 의자 사이를 지나갔고, 그녀의 아름다운 얼굴에 어린 미소는 더욱 환하게 빛났다. 그녀가 옆을 지나갈 때 피에르는 놀라다시피 한 눈길로 그 아름다운 여인을 황홀하게 바라보았다.

"정말 아름답군." 안드레이 공작이 말했다.

"정말 그렇군요." 피에르가 말했다.

바실리 공작은 그들 옆을 지나치다 피에르의 손을 잡고는 안나 파블로브나를 돌아보았다.

"날 위해서라도 이 곰을 잘 지도해 주십시오." 그가 말했다. "여기 이 사람이 우리 집에서 지낸 지도 한 달이 되었는데 이렇게 사교계에서 본 것은 이번이 처음이군요. 젊은이에게 지적인 여성들과의 교제만큼 중요한 것도 없지요."

# 4

안나 파블로브나는 빙긋 웃으며 피에르에게 관심을 쏟겠다고 약속했다. 피에르가 아버지 쪽으로 바실리 공작과 친척 관계임을 알았던 것이다. 안나의 **아주머니**와 앉아 있던 중년 부인이 허둥지둥 일어나 바실리 공작을 대기실까지 쫓아갔다. 이제까지 계속 흥미 있는 척하던 표정이 그녀의 얼굴에서 싹 사라졌다. 울다가 지친 듯한 선량한 얼굴은 오직 불안과 두려움을 드러내고 있었다.

"공작, 우리 보리스에 대해 뭐라고 말 좀 해 줘요." 그녀는 대기실에서 그를 따라잡으며 말했다.(그녀는 '보리스'라는 이름을 발음할 때 보에 특히 강세를 주었다.) "난 더 이상 페테르부르크에 머물 수 없어요. 내가 가엾은 아들에게 어떤 소식을 가지고 돌아갈 수 있을지 말해 주겠어요?"

바실리 공작은 무례하다시피 한 태도로 마지못해 중년 부인의 말을 들으며 조바심마저 드러냈다. 그런데도 그녀는 그가 자리를 뜨지 못하도록 온화하고 감동적인 미소를 지어 보이며 그의 팔을 잡았다.

"폐하께 한마디 해 주는 것쯤은 당신에게 아무것도 아니잖아요. 그렇게만 해 주면 우리 아들은 곧장 근위대로 전속될 거예요." 그녀가 애원했다.

"내가 할 수 있는 모든 일을 할 테니 믿어 주십시오, 공작 부인." 바실리 공작이 대답했다. "하지만 내가 폐하께 간청하기는 어렵습니다. 골리친 공작[17]을 통해서 루만체프[18]에게 부탁해 보라고 조언하겠습니다. 그러는 편이 더 현명할 겁니다."

중년 부인은 드루베츠카야 공작 부인으로 러시아 명문가 가운데 하나인 드루베츠코이 가문의 일원이었다. 하지만 그녀는 가난했고, 오래전에 사교계에서도 물러났으며, 예전의 인맥도 잃었다. 지금 이 자리에 온 것은 외아들을 위한 근위대

---

17) 알렉산드르 니콜라예비치 골리친(Aleksandr Nikolaevich Golitsyn, 1773~1844). 알렉산드르 1세가 보수 노선으로 돌아선 이후 교육 대신이자 국무 협의회 의장으로 활약했다. 골리친이 1812년 12월 설립한 러시아 성서 협회는 최초로 러시아어 성서를 편찬하기도 했으나 억압적인 사회 분위기 형성에 큰 영향을 미쳤다. 이후 포시아가 교육 대신직과 성서 협회 회장직에서 골리친을 해임시키는 데 성공하자 성서 협회는 세력을 잃고 1826년 니콜라이 1세 때 폐지되었다. 1831년 복음주의적이고 비정치적 성향을 띤 러시아 성서 협회가 재건되어 1917년 러시아 혁명 때까지 계속 활동했다.

18) 니콜라이 페트로비치 루만체프(Nikolai Petrovich Rumyantsev, 1754~1826). 러시아의 정치가. 통상 대신과 국무 협의회 의장을 역임했다. 1807년 외무 대신이었던 그는 프랑스와의 동맹을 옹호했지만, 1812년 프랑스가 러시아를 침공했다는 소식을 듣고 심장 발작을 일으키기도 했다. 쿠투조프가 모스크바를 버리기로 결정했을 때는 쿠투조프의 해임을 촉구했다.

자리를 손에 넣기 위해서였다. 오직 바실리 공작을 만날 목적으로 초대장도 없이 나서서 안나 파블로브나의 야회에 왔고, 오직 그것 때문에 자작의 이야기를 듣고 있었다. 그녀는 바실리 공작의 말에 깜짝 놀랐다. 한때 아름다웠던 얼굴은 분노의 빛을 띠었으나 그것도 잠시였다. 그녀는 다시 미소를 지으며 바실리 공작의 팔을 더욱 세게 붙잡았다.

"내 말을 좀 들어줘요, 공작." 그녀가 말했다. "난 지금까지 한 번도 당신에게 부탁을 한 적이 없고 앞으로도 하지 않을 거예요. 이제까지 당신에 대한 내 아버지의 우정을 당신에게 언급한 적도 없었어요. 하지만 지금은 하느님의 이름으로 부탁할게요. 내 아들을 위해 이 일을 해 줘요. 그러면 당신을 은인으로 여길게요." 그녀는 황급히 이렇게 덧붙였다. "아니, 화내지 말고 약속해 줘요. 이미 골리친에게 부탁해 보았지만 거절하더군요. 부디 예전처럼 다정히 대해 줘요." 두 눈에 눈물이 어렸지만 그녀는 미소를 지으려 애쓰며 말했다.

"아빠, 늦겠어요." 문 앞에서 기다리던 엘렌 공작 영애가 고대 그리스 여인 같은 어깨 위의 아름다운 머리를 돌리며 말했다.

그러나 사교계에서의 영향력이란 사라지지 않도록 소중히 아껴야 할 자산이다. 바실리 공작은 그 점을 알았고, 자신에게 부탁하는 모든 사람들을 위해 청원을 하다가 머지않아 정작 스스로를 위해서는 청원할 수 없으리라고 판단한 다음부터 좀처럼 자신의 영향력을 행사하지 않았다. 그러나 드루베츠카야 공작 부인의 문제에 대해서는 그녀의 새로운 요청을 들고 난 후 양심의 가책 비슷한 무언가를 느꼈다. 그녀는 그가 관직에 첫걸음을 내디뎠을 때 그녀의 아버지에게 신세 진 사실을 떠올리게 했다. 게다가 그녀의 태도를 보며 깨달았다. 일단 무언가를 생각해 내면 그 희망을 이룰 때까지 물러나지 않고, 그렇게 되지 않을 경우 날이면 날마다 시시때때로 매달리며 난리법석이라도 피울 여자들, 특히 그런 어머니들의 부류에 그녀가 속한다는 사실을…… 그 마지막 생각이 그를 망설이게 했다.

"친애하는 안나 미하일로브나." 그는 친근함과 권태가 어린 평소의 목소리로 말했다. "내 힘으로는 당신이 바라는 일을 해내기가 거의 불가능합니다. 그렇지만 내가 당신을 얼마나 좋아하는지, 고인이 된 당신 아버님에 대한 기억을 얼마나 소중히 여기는지 증명하기 위해 그 불가능한 것을 해 보이죠. 당신 아들은 근위대로 전속될 겁니다. 내가 돕지요. 만족합니까?"

"고마워라, 당신은 나의 은인이에요! 당신에게서 다른 말을 들을 거라고는 생각하지 않았어요. 당신이 얼마나 다정한지 알았거든요."

그는 자리를 뜨려 했다.

"잠깐만요, 한마디만 더 할게요. 그런데 우리 아들이 근위대로 전속되면……." 그녀는 우물쭈물했다. "당신은 미하일 일라리오노비치 쿠투조프와 친하니 보리스를 그의 부관으로 천거해 줘요. 그럼 나도 안심할 거예요. 그러면 더 이상……."

바실리 공작이 빙긋 웃었다.

"그것은 약속할 수 없겠는데요. 쿠투조프가 총사령관에 임명된 후 얼마나 많은 사람들에게 에워싸여 있는지 당신도 알잖습니까? 그가 직접 내게 말하더군요. 모스크바의 모든 마님들이 자기 자식들을 전부 그의 부관으로 집어넣기 위해 협상하려 든다고요."

"아니에요, 약속해 줘요. 난 당신을 놓아주지 않을 거예요. 당신은 나의 고마운 은인이에요."

"아빠." 아름다운 딸은 다시 똑같은 어조로 같은 말을 되풀이했다. "늦겠어요."

"그럼 다음에 보죠. 먼저 가 보겠습니다. 나중에……."

"그럼 내일 폐하께 아뢰어 줄 거죠?"

"꼭 그렇게 하겠습니다. 하지만 쿠투조프 건은 약속할 수 없습니다."

"안 돼요, 약속해요, 약속해 줘요, 바질." 그의 뒤에서 안나 미하일로브나가 젊은 요부의 미소를 지으며 말했다. 한때는 분명 그녀에게 꼭 맞는 미소였을 테지만 이제 그 시든 얼굴에는 별로 어울리지 않았다.

그녀는 아마도 나이를 잊은 채 오래전부터 내려오는 여성의 모든 수단을 습관적으로 동원한 것 같았다. 그러나 그가 나가자마자 그녀의 얼굴은 다시 조금 전과 똑같은 차갑고 위선적인 표정을 띠었다. 여전히 자작의 이야기를 듣고 있는 무리로 되돌아간 그녀는 볼일도 마친 마당에 떠날 때가 되기만 기다리며 다시 듣는 척했다.

"그런데 당신은 밀라노의 대관식이라는 최근의 그 모든 희극을 어떻게 생각하나요?"[19] 안나 파블로브나가 말했다. "그리고 제노바와 루카의 사람들이 무슈 보나파르트에게 자신들의 바람을 전달한 새로운 희극은요? 무슈 보나파르트는 왕좌에 앉아 백성들의 소망을 이루어 주었다죠. 오! 참으로 황홀하군요! 아니, 그 이야기 때문에 미칠지도 모르겠어요. 온 세상이 이성을 잃었다고 생각해 봐요."

안드레이 공작은 안나 파블로브나의 얼굴을 똑바로 응시하며 빙긋 웃었다.

"하느님께서 내게 왕관을 주셨노라. 이것을 건드리는 자에게 화 있을지어다." 그가 말했다.(보나파르트가 왕위에 오를 때 한 말이다.) "사람들 말로는 그가 이 말을 할 때 참으로 훌륭하게 보였다더군요." 그는 이렇게 덧붙이더니 그 말을 이탈리아어로 한 번 더 되풀이했다. "Dio mi la dona, guai a chi la tocca."

"결국에는 그 말이 잔을 넘치게 만드는 한 방울이었으면 좋겠군요. 군주들은 모든 것을 위협하는 이 사람을 더 이상 참을 수 없을 거예요." 안나 파블로브나가 말했다.

"군주들이요? 물론 러시아에 대해 말하는 것은 아닙니다." 자작은 정중하고도 절망적인 어조로 말했다. "군주들이라 하셨나요, 마담? 하지만 그들이 루이 16세와 왕비와 마담 엘리자베스[20]를 위해 무엇을 했습니까? 아무것도 하지 않았습니

---

19) 1805년 나폴레옹은 스스로를 이탈리아 국왕으로 선언하며 5월 28일 밀라노에서 대관식을 올렸다.
20) 루이 16세와 마리 앙투아네트는 프랑스 대혁명 후 국민 공회에서 재판을 받고 1793년 단두대에서 처형되었으며, 루이 16세의 동생 엘리자베스는

다." 그는 활기를 띠며 계속 말을 이었다. "그래서 그들은 부르봉 왕가의 대의를 배신한 벌을 받는 겁니다. 내 말을 믿어 주십시오. 군주들이라니! 그들은 왕위를 찬탈한 자에게 축하 인사를 전하러 사절들을 보내고 있어요."

그러고 나서 경멸하듯 한숨을 쉬고는 다시 자세를 바꾸었다. 오랫동안 오페라글라스로 자작을 바라보던 입폴리트 공작은 이 말을 듣자 갑자기 작은 공작 부인 쪽으로 온몸을 돌리고 뜨개바늘을 빌려 달라더니 그것으로 테이블 위에 콩데 가문의 문장을 그려 보이기 시작했다. 그는 마치 공작 부인의 부탁이라도 받은 양 의미심장한 표정으로 그 문장을 설명했다.

"하늘빛의 붉은색으로 휘감긴 붉은색 막대기가 콩데 가문이지요."[21] 그가 말했다.

공작 부인은 미소를 띤 채 들었다.

"보나파르트가 일 년만 더 프랑스의 권좌에 있다가는……."

---

1794년 처형되었다.

21) "Bâton de gueules, engrêlé de gueules d'azur ─ maison Gondé." (프랑스어) 이 프랑스어 표현을 우리말로 옮기면 다음과 같다. "하늘빛의 붉은색으로 톱니 모양의 가장자리를 두른 붉은색 막대기가 콩데 가문이지요." 본문의 번역문은 톨스토이가 이 프랑스어 표현에 주석으로 붙인 러시아어 번역문을 역자가 다시 우리말로 옮긴 것이다.("Палка из пастей ─ оплётенная лазоревыми пастями дом Конде.") 사실 콩데가의 문장에 대한 입폴리트의 대사는 말이 안 되는 괴상하고 엉뚱한 표현이다. 러시아 엑스모 출판사에서 간행한 『전쟁과 평화』의 주석에는 부정확하게 사용된 문장학 용어들에서 이 번역 불가능한 문장이 비롯되었을 거라는 의견이 제시되어 있다. 나아가 입폴리트가 하려던 말은 '콩데가의 문장은 붉은색과 푸른색의 좁고 깔쭉깔쭉한 띠로 감싼 방패다.'일 텐데, 입폴리트의 어눌한 말솜씨를 드러내고자 톨스토이가 일부러 황당한 표현을 사용했을 것이라는 해석도 제기되었다.

타인의 말은 듣지 않고 다른 어느 누구보다 본인이 가장 잘 아는 문제 안에서 자기 상념의 흐름만 좇는 사람의 태도로 자작은 새로 꺼낸 이야기를 계속해 나갔다. "사태가 너무 멀리 나가게 될 겁니다. 음모와 강압과 추방과 사형으로 프랑스 사회는, 물론 상류 사회라는 의미입니다만, 영원히 멸망하고 말 겁니다. 그렇게 되면……."

그는 어깨를 움츠리며 두 손을 벌렸다. 피에르는 이야기에 흥미를 느껴 무언가 말하고 싶었지만 그를 감시하던 안나 파블로브나가 말을 가로막았다.

"알렉산드르 황제께서는……." 그녀는 황족에 관한 말을 할 때마다 풍기는 애수 어린 표정으로 말했다. "프랑스인들 스스로 통치 방식을 선택하도록 하겠다고 선언하셨어요. 그리고 난 프랑스가 왕위 찬탈자에게서 해방되기만 하면 분명 온 국민이 합법적인 국왕의 품에 몸을 던질 거라고 생각해요." 안나 파블로브나는 이 왕당파 망명자에게 친절히 대하려고 애쓰며 말했다.

"그 점은 의심스럽군요." 안드레이 공작이 말했다. "자작께서 사태가 이미 너무 멀리 나갔다고 추측하신 것은 전적으로 옳습니다. 내가 생각하기에 예전으로 돌아가기는 어려울 것 같군요."

"내가 듣기로는……." 피에르가 얼굴을 붉히며 다시 화제에 끼어들었다. "귀족 계급이 거의 다 보나파르트 편으로 넘어갔다던데요."

"그건 보나파르트파 사람들이 하는 말이고요." 자작은 피에르에게 눈길도 주지 않고 말했다. "지금은 프랑스의 여론을 알기가 어렵습니다."

"그건 보나파르트가 한 말입니다." 안드레이 공작이 냉소를 흘리며 말했다.(그는 자작을 좋아하지 않는 것 같았고, 그가 자작을 바라보지 않았다 해도 말은 자작을 겨냥하는 것 같았다.)

"나는 그들에게 영광의 길을 보여 주었다." 그는 잠시 침묵한 후 다시 나폴레옹의 말을 되풀이하며 말했다. "그들은 원하지 않았지만 나는 그들에게 나의 대기실 문을 열어 주었다. 그러자 그들이 떼를 지어 몰려들었다……. 그렇게 말할 권리가 나폴레옹에게 어느 정도나 있었는지 나로서는 잘 모르겠군요."

"전혀 없지요." 자작이 반박했다. "공작이 살해된 후 가장 열성적이던 사람들조차 더 이상 나폴레옹을 영웅으로 보지 않습니다." 자작은 안나 파블로브나를 돌아보며 말했다. "나폴레옹이 몇몇 사람들에게는 영웅이었을지 모릅니다. 하지만 공작이 살해당한 이후 천상에는 순교자가 한 명 늘고 지상에는 영웅이 한 명 줄었지요."

안나 파블로브나와 다른 사람들이 미소로 자작의 이 말을 인정할 틈도 없이 피에르가 다시 불쑥 대화에 끼어들었다. 안나 파블로브나는 그가 뭔가 무례한 말을 하리라 예감했지만 미처 말릴 수 없었다.

"앙기앵 공작의 처형은 국가 차원에서 불가피한 일이었습니다. 나폴레옹이 그 행위에 대한 책임을 혼자 떠맡기를 두려워하지 않았다는 바로 그 점에서 난 위대한 정신을 봅니다."

"하느님, 오 하느님!" 안나 파블로브나는 두려움에 질린 낯은 목소리로 중얼거렸다.

"어머, 무슈 피에르, 살인에서 위대한 정신을 보다니요?" 작은 공작 부인이 웃음 띤 얼굴로 일감을 끌어당기며 말했다.

"아! 오!" 여러 목소리가 탄식을 내뱉었다.

"멋지군요!" 입폴리트 공작이 영어로 말하고는 손바닥으로 자기 무릎을 치기 시작했다. 자작은 그저 어깨를 으쓱했다.

피에르는 안경 너머로 청중을 의기양양하게 바라보았다.

"내가 그렇게 말한 것은……." 그는 필사적으로 말을 이었다. "부르봉 왕가가 민중을 무정부 상태에 내버려 두고 혁명을 피해 달아났기 때문입니다. 오직 나폴레옹만이 혁명을 간파하고 쳐부술 수 있었습니다. 그 때문에 그는 공익을 위해 한 사람의 목숨 앞에서 머뭇거릴 수 없었던 겁니다."

"저쪽 테이블로 자리를 옮기지 않겠어요?" 안나 파블로브나가 말했다. 그러나 피에르는 대답도 않고 계속해서 말했다.

"아뇨." 그는 더욱 열정적으로 말했다. "나폴레옹은 위대합니다. 왜냐하면 혁명보다 높은 곳에 서서 시민의 평등이나 말과 언론의 자유 같은 모든 선한 것들을 보존한 채 혁명의 만용을 진압했기 때문이죠. 그가 권력을 쟁취한 것은 오직 그 때문입니다."

"그렇죠, 만일 그가 권력을 장악한 후 살인을 위해 이용하지 않고 합법적인 왕에게 넘겨주었다면 나도 그를 위대한 인간이라고 불렀을 겁니다." 자작이 말했다.

"그는 그렇게 할 수 없었을 겁니다. 민중이 나폴레옹에게 권력을 준 것은 오직 부르봉 왕가로부터 스스로를 해방하기 위해서였고, 또한 나폴레옹에게서 위대한 인간을 보았기 때문입니다. 혁명은 위대한 사건이었죠." 무슈 피에르는 이 필사적이고 도전적인 삽입 문장으로 자신의 위대한 청춘과 한시바삐 모든 것을 토로하고픈 갈망을 드러내며 계속해서 말했다.

"혁명과 국왕 시해가 위대한 사건이라뇨? 이다음에는…… 정말 저쪽 테이블로 자리를 옮기지 않겠어요?" 안나 파블로브나가 거듭 말했다.

"사회 계약설[22]이죠." 자작이 온화한 미소를 지으며 말했다.

"난 국왕 시해에 대해 말하는 게 아닙니다. 사상에 대해 말하는 겁니다."

"그래요, 강탈과 살인과 국왕 시해의 사상이죠." 다시 냉소적인 목소리가 끼어들었다.

"물론 극단적인 경우죠. 하지만 그런 것에 모든 의의가 있는 것은 아닙니다. 인간의 권리, 편견으로부터 해방, 시민의 평등에 의의가 있지요. 그리고 나폴레옹은 그 모든 사상들을 온전히 보존했습니다."

"자유와 평등이라……." 자작은 경멸조로 말했다. 마침내 이 젊은이에게 그 말의 모든 어리석음을 진지하게 증명해야

---

22) 장자크 루소(Jean-Jacques Rousseou, 1712~1778)는 「사회 계약설, 정치적 권리의 원칙(Du contrat social ou principes du droit politique)」(1762)에서 국가는 일반 의지, 즉 공익을 도모하는 개개인의 의지의 합으로써 통치해야 한다고 주장하면서 이른바 인민 주권과 직접 민주주의를 지지했다. 사회 계약설은 전제 군주의 자의적인 지배에 항거하여 일어선 근대 시민 계급에게 절대 왕정의 왕권신수설에 대항하기 위한 이론적 무기가 되었다.

겠다고 결심한 듯 보였다. "그런 것은 이미 오래전에 더럽혀진 요란한 말에 불과합니다. 자유와 평등을 좋아하지 않을 사람이 누가 있겠습니까? 우리의 구세주도 자유와 평등을 설교했지요. 과연 혁명 후에 사람들이 더 행복해졌습니까? 그 반대죠. 우리는 자유를 원했습니다만 나폴레옹은 그것을 짓밟아 버렸습니다."

안드레이 공작은 웃음 띤 얼굴로 피에르와 자작과 여주인을 계속 번갈아 보았다. 피에르가 돌발적인 발언을 처음 터뜨렸을 때에는 사교계에 익숙한 안나 파블로브나도 경악하고 말았다. 그러나 피에르가 내뱉은 불경스러운 말에도 자작이 냉정을 잃지 않는 것을 보자, 그리고 그런 말들을 막는 것이 이미 불가능하다는 확신이 들자 그녀는 힘을 그러모아 자작의 편에 서서 연설자를 공격했다.

"하지만 친애하는 무슈 피에르." 안나 파블로브나가 말했다. "결국에는 그저 보통 사람에 불과한 공작을 재판이나 죄목도 없이 처형할 수 있는 위대한 인간에 대해 당신은 도대체 어떻게 설명할 건가요?"

"묻고 싶군요." 자작이 물었다. "무슈께서는 브뤼메르 18일을 어떻게 해석합니까? 그것이 기만은 아닐까요? 위대한 인간의 행동 방식과는 조금도 비슷하지 않은 협잡입니다."

"그가 아프리카에서 죽인 포로들은요?"[23] 작은 공작 부인이

---

23) 나폴레옹은 1799년 9월 팔레스타인의 야파 항구를 포위 공격할 당시에 목숨을 살려 주는 조건으로 투항한 오스만 제국 군인들 4000명을 총살했다. 이 사건은 프랑스 평화 사절단 한 명이 살해된 데 대한 보복으로 추측된다.

말했다. "끔찍해요!" 그러더니 어깨를 움츠렸다.

"당신이 뭐라고 하든 그는 벼락출세한 인간일 뿐입니다." 입폴리트 공작이 말했다.

무슈 피에르는 누구에게 대답해야 할지 몰라 모든 사람들을 둘러보며 빙그레 웃었다. 그 미소는 다른 사람들의 미소처럼 남들의 웃지 않는 표정과 쉽게 조화되는 그런 것이 아니었다. 오히려 그의 경우에는 미소가 떠오르자 갑자기 진지하고 다소 음울하기까지 하던 표정이 순식간에 사라지고 어린아이 같이 선하며 심지어 우둔해 보이는, 마치 용서를 구하는 듯한 다른 표정이 떠올랐다.

피에르를 처음 본 자작은 이 자코뱅 당원이 결코 그의 말처럼 그렇게 무서운 사람이 아니라는 사실을 분명히 알게 되었다. 모두가 입을 다물었다.

"당신들은 이 사람이 모두에게 한꺼번에 대답하기를 바라는 겁니까?" 안드레이 공작이 말했다. "게다가 한 정치가의 행위 안에서도 한 개인으로서의 행위와 사령관이나 황제로서의 행위를 구분하는 것이 마땅합니다. 난 그렇게 생각합니다."

"네, 그래요, 물론입니다." 피에르는 자기 앞에 나타난 도움에 기뻐하며 맞장구를 쳤다.

"인정하지 않을 수는 없죠." 안드레이 공작은 계속해서 말했다. "아르콜레 다리 위의 나폴레옹도, 야파의 병원에서 페스트 환자에게 손을 내민 나폴레옹도 인간으로서 위대했습니다.[24]

---

24) 1796년 11월 17일 이탈리아 북부에서 오스트리아 군대와 교전하던 나

하지만…… 하지만 정당화하기 힘든 다른 행동들도 있지요."

안드레이 공작은 피에르의 말이 불러일으킨 거북함을 누그러뜨리고 싶었는지 돌아갈 채비를 하고 아내에게 신호를 보내며 몸을 일으켰다.

갑자기 입폴리트 공작이 일어나 손짓으로 모든 사람들을 만류하며 자리에 앉으라고 요청하더니 말문을 열었다.

"아, 오늘 난 모스크바에서 벌어진 매력적인 일화를 들었습니다. 당신에게 그 이야기를 대접해야겠군요. 용서하십시오, 자작, 난 그 이야기를 러시아어로 해야겠습니다. 그러지 않으면 이야기의 재미가 사라지거든요."

그러더니 입폴리트 공작은 러시아에 일 년 정도 체류한 프랑스인 같은 러시아어 발음으로 이야기를 시작했다. 다들 걸음을 멈추었다. 그만큼이나 활기차고 집요하게 입폴리트 공작이 자신의 이야기에 관심을 가져 달라고 요구한 것이다.

"모스코우에 어느 마님이 있었습니다. 귀부인 말입니다. 그런데 그녀는 매우 인색했습니다. 그녀는 카레타[25] 때문에 하

---

폴레옹은 아르콜레 다리가 적의 수중에 넘어가는 것을 막기 위해 깃발을 들고 근위 보병의 선두에 서서 다리를 향하여 돌진했다. 전투는 나폴레옹이 이끈 프랑스군의 대승으로 끝났다. 한편 1799년 야파에 진입한 프랑스군은 당시 그곳에 창궐하던 페스트로 큰 괴로움을 겪었다. 그때 나폴레옹은 베르티에 원수와 베시에르 원수를 데리고 페스트 환자들이 있는 병원을 방문했다.
25) 이 책에는 탈것이나 수레 종류에 대한 명칭이 스무 개 남짓 등장한다. 각 명칭은 이용자의 신분과 사용 목적을 암시하기 때문에 문맥에 따라 물체에 대한 지시 이상의 함축적 의미를 띤다. '수레'나 '짐마차'처럼 한 단어로 옮기

인 두 명이 필요했지요. 그것도 키가 아주 큰 사람으로요. 그녀의 취향이었습니다. 그런데 마님에게는 역시 키가 큰 시녀가 한 명 있었습니다. 마님이 말하길……."

이 부분에서 입폴리트 공작은 생각에 잠겼다. 분명 그 이야기를 생각해 내는 데 어려움을 느끼는 것 같았다.

"마님이 말하길…… 네, 마님은 이렇게 말했습니다. '얘야,(시녀 말입니다.) 제복을 입고 나와 같이 방문을 하러 가자. 넌 카레타 뒤에 타도록 해라.'"

이 부분에서 입폴리트 공작은 풋 하고 청중보다 훨씬 먼저 웃음을 터뜨렸다. 그것은 이야기꾼에게 불리한 효과를 자아냈다. 그러나 많은 사람들이 미소를 지었다. 그 가운데에는 중년의 귀부인과 안나 파블로브나도 있었다.

"마님은 외출했습니다. 갑자기 세찬 바람이 불었습니다. 하녀는 모자를 놓쳤습니다. 그러자 긴 머리카락이 풀어져 내렸습니다……."

그 순간 그는 더 이상 참지 못하고 숨이 끊어질 듯 킥킥거리기 시작하더니 웃음소리 사이로 이렇게 중얼거렸다.

---

기 어려운 탈것에 대해서는 러시아어 명칭의 음가를 사용하되, 각 명칭에 모양새와 용도에 관한 설명을 옮긴이 주로 덧붙인다. 한편 카레타(kareta)는 상자 모양의 차체에 유리창을 댄 승용 마차다. 1~2인용부터 4인용 이상에 이르기까지 차체의 크기가 다양하고 바퀴가 네 개 달렸다. 차체의 크기에 따라 2~4마리의 말이 마차를 끈다. 스프링이 장착되어 승차감이 편안하다. 차체의 앞에는 마부대가, 뒤에는 시종석이 딸려 있다. 가장 화려하고 귀족적인 승용 마차이며, 주로 대중 앞에 노출되기를 꺼리는 최고 상류층이나 귀족 여성들이 사용했다.

"그래서 온 세상이 알게 됐지요……."

그것으로 일화는 끝났다. 그가 왜 그 이야기를 했는지, 왜 꼭 러시아어로 해야 했는지는 분명치 않았으나 안나 파블로브나와 다른 사람들은 무슈 피에르의 불쾌하고 무례한 돌발적 행동을 그처럼 유쾌하게 마무리한 입폴리트 공작의 사교적인 감각에 대해 높이 평가했다. 그 일화 이후에 대화는 지난번 무도회와 곧 열릴 무도회, 공연, 누가 언제 어디서 누구를 만나는가에 대한 사소하고 시시한 소문 등으로 분산되었다.

# 5

손님들은 안나 파블로브나에게 멋진 야회에 대한 감사 인사를 하고 뿔뿔이 흩어지기 시작했다.

피에르는 둔한 사람이었다. 뚱뚱하고 보통 사람보다 키가 큰 데다 넓은 어깨와 큼지막한 붉은 손을 지닌 이 남자는 사람들 말대로 살롱에 들어가는 법을 몰랐으며, 살롱에서 나오는 법은 더더욱 몰랐다. 즉 나오기 전에 뭔가 매우 유쾌한 말을 남길 줄 몰랐던 것이다. 게다가 얼이 빠져 있었다. 그는 자리에서 일어날 때 자기 모자 대신에 장군의 깃털 달린 삼각모를 집어 들고는 장군이 돌려 달라고 말할 때까지 깃털을 잡아당기면서 계속 쥐고 있었다. 하지만 완전히 넋 나간 모습이나 살롱에 들어와 말하는 데 서툰 모습은 선량하고 순진하고 겸손한 표정으로 벌충되었다. 안나 파블로브나는 그를 돌아보더니 그리스도교도다운 온유한 모습으로 그의 무례를 용서하겠다는 뜻을 드러내면서 고개를 끄덕이고는 말했다.

"다시 만나고 싶군요. 하지만 당신이 견해를 바꾸었으면 하는 바람도 있어요, 친애하는 무슈 피에르." 그녀가 말했다.

안나 파블로브나가 이렇게 말하자 피에르는 아무 대답 없이 그저 고개 숙여 인사를 하고는 모든 사람을 향해 한 번 더 미소를 지어 보였다. 그 미소는 아마도 이런 뜻 외에 아무것도 말하지 않는 듯했다. '견해는 견해일 뿐 내가 얼마나 선량하고 훌륭한 청년인지 당신도 알잖아요.' 안나 파블로브나를 포함한 모든 사람들은 무의식중에 그것을 느끼고 있었다.

대기실로 나온 안드레이 공작은 망토를 걸쳐 주는 하인을 향해 어깨를 돌린 채 역시 대기실에 나와 있던 입폴리트 공작과 자기 아내의 잡담을 무심하게 듣고 있었다. 입폴리트 공작은 임신한 예쁘장한 공작 부인 옆에 서서 오페라글라스로 그녀를 똑바로 뚫어지게 쳐다보았다.

"들어가요, 아네트, 감기에 걸리겠어요." 작은 공작 부인은 안나 파블로브나에게 작별 인사를 했다. "그렇게 하기로 한 거예요." 그녀가 조그만 목소리로 덧붙였다.

안나 파블로브나는 작은 공작 부인의 시누이와 아나톨을 맺어 주는 혼담에 대해 이미 리자와 이야기를 끝낸 상태였다.

"당신을 믿어요, 사랑하는 친구." 안나 파블로브나도 조그만 목소리로 말했다. "그녀에게 편지를 쓰고, 아버님이 이 문제를 어떻게 생각하는지 나에게 알려 줘요. 그럼 다음에 봐요." 그리고 그녀는 대기실을 떠났다.

입폴리트 공작은 작은 공작 부인에게 다가가 얼굴을 바짝 숙이고 반쯤 속삭이는 투로 뭐라고 말했다.

공작 부인의 하인과 입폴리트 공작의 하인은 숄과 르댕고트[26]를 들고 서서 두 사람의 이야기가 끝나기를 기다리며 자신들은 이해할 수 없는 프랑스어 대화를 듣고 있었다. 무슨 이야기가 오고 가는지 알지만 아는 척하고 싶지 않다는 표정으로…… 공작 부인은 여느 때처럼 생글거리며 말하고 깔깔거리며 들었다.

"공사의 공관으로 가지 않은 게 천만다행입니다." 입폴리트 공작이 말했다. "따분해서 말이죠……. 멋진 야회였어요. 그렇지 않습니까?"

"사람들 말로는 무도회가 아주 근사할 거라더군요." 공작 부인이 솜털이 난 자그마한 입술을 추켜올리며 대답했다. "사교계의 아름다운 여인들은 모두 그곳에 있을 거라던데요."

"모두는 아니지요. 당신이 그곳에 있지 않을 테니까요. 모두는 아닙니다." 입폴리트 공작은 즐겁게 소리 내어 웃으며 말했다. 그리고는 하인이 든 숄을 잡아채더니 심지어 하인을 밀치며 공작 부인에게 숄을 둘러 주었다. 서툴러서 그러는지 일부러 그러는지(아무도 그것을 분간할 수 없겠지만) 숄을 걸쳐 준 뒤에도 오랫동안 손을 떼지 않은 채 그 젊은 여인을 거의 안다시피 했다.

그녀는 계속 생글거리며 우아하게 몸을 빼고 돌아서서 남

---

26) 18세기에 파리에서 유행하기 시작한 남성용 외투. 망토가 달리고 몸을 푹 덮을 정도로 긴 것이 특징이다.

편을 쳐다보았다. 안드레이 공작의 눈은 감겨 있었다. 그래서 몹시 피곤하고 졸려 보였다.

"준비됐소?" 그는 아내를 외면하며 물었다.

입폴리트 공작은 옷자락이 뒤꿈치보다 긴 새로운 스타일의 르댕고트를 부랴부랴 입고는 옷자락에 걸려 휘청거리면서 공작 부인을 뒤쫓아 현관 계단으로 뛰어갔다. 공작 부인은 하인의 부축을 받으며 카레타에 오르고 있었다.

"공작 부인, 다음에 뵙겠습니다." 그는 소리쳤다. 두 다리와 마찬가지로 혀가 꼬여 있었다.

공작 부인은 드레스 자락을 들어 올리며 카레타의 어둠 속에 자리를 잡고 앉았다. 남편은 기병도의 위치를 바로잡았다. 입폴리트 공작은 시중을 든다는 핑계로 모든 사람들의 길을 막아섰다.

"실례합니다." 안드레이 공작은 길을 가로막은 입폴리트 공작을 향해 무뚝뚝하고 불쾌한 기색을 드러내며 러시아어로 말했다.

"기다리겠네, 피에르." 안드레이 공작의 똑같은 목소리가 이번에는 다정하고 부드럽게 말했다.

마부가 말을 움직이자 카레타의 바퀴가 덜거덕거리기 시작했다. 입폴리트 공작은 현관 계단에 서서 자기가 집까지 데려다주겠다고 약속한 자작을 기다리며 돌발적인 웃음을 터뜨리곤 했다.


"음, 친구, 당신의 작은 공작 부인은 정말 사랑스럽군요.

정말 사랑스러워요." 자작은 입폴리트와 함께 카레타에 앉으며 말했다. "정말이지 참으로 사랑스럽습니다." 그는 자신의 손가락들 끝에 입을 맞추었다. "완전히, 완전히 프랑스 여자예요."

입폴리트는 풋 하고 웃음을 터뜨렸다. 자작이 말했다.

"당신은 무서운 분이군요. 표정은 순수한데 말이에요." 자작이 계속 말을 이었다. "저 불쌍한 남편이 안쓰럽군요. 세도가인 척하던 그 장교 말입니다."

입폴리트는 또다시 풋 하고 웃음을 터뜨리며 웃음소리 사이에 이런 말을 지껄였다.

"당신은 러시아 귀부인이 프랑스 귀부인만 못하다고 했죠. 다루는 법을 알기만 하면 됩니다."

안드레이 공작의 집에 먼저 도착한 피에르는 공작 집안과 친한 사이였기에 공작의 서재로 들어갔다. 그러고는 습관대로 곧 소파에 누워 책장에서 가장 먼저 눈에 띈 책(그것은 『카이사르의 기록』[27]이었다.)을 뽑아 팔꿈치를 괸 채 중간부터 읽기 시작했다.

"마드무아젤 셰레르에게 무슨 짓을 한 거야? 지금쯤 완전히 앓아누웠을걸." 서재로 들어오던 안드레이 공작이 작고 하

----

27) 율리우스 카이사르(Julius Caesar, 기원전 100~기원전 44)의 『갈리아 전쟁기(Commentarii de Bello Gallico)』를 가리킨다. 카이사르가 기원전 58년부터 기원전 51년까지 구 년에 걸친 갈리아 전쟁을 기록한 저작이며 총 여덟 권으로 되어 있다.(8권은 카이사르가 죽은 후 그의 부장이었던 아울루스 히르티우스가 기록했다.)

얀 두 손을 마주 비비며 말했다.

피에르는 소파가 삐걱거리도록 온몸을 들썩이며 돌아눕고
는 생기 넘치는 얼굴을 안드레이 공작에게 돌린 채 웃음 띤 표
정으로 한 손을 흔들었다.

"아니에요, 그 수도원장은 매우 흥미로운 분입니다. 다만
문제를 잘 파악하지 못할 뿐이죠……. 내가 생각하기에 영구
한 평화는 가능합니다. 그런데 이것을 어떻게 이야기해야 할
지 몰라서……. 하지만 정치적 균형을 통해서만 가능한 것은
아니에요."

안드레이 공작은 이런 추상적인 대화에 아무런 흥미가 없
는 듯했다.

"**친구**, 가는 곳마다 자네가 생각하는 것을 전부 말하고 다
녀서는 안 돼. 음, 그건 그렇고 드디어 뭔가 결심한 건가? 근위
기병이 되려고?[28] 아니면 외교관?" 안드레이 공작은 잠깐 침
묵하더니 이렇게 물었다.

---

28) 러시아군 편성(1812년 기준)은 다음과 같다.

| | |
|---|---|
| 기병 | I. 근위 기병<br>II. 일반 기병<br>— 중장 기병<br>　흉갑 기병<br>　용기병<br>— 경장 기병<br>　경기병<br>　창기병<br>　엽기병 |

피에르는 소파에 앉아 두 발을 허벅지 아래에 쑤셔 넣었다.

"당신도 짐작하겠지만 난 아직 잘 모르겠습니다. 이것도 저것도 다 마음에 들지 않아요."

"하지만 뭔가 결정해야지. 아버님이 기다리시잖아."

피에르는 열 살 때부터 가톨릭 신부인 가정 교사[29]와 함께

| | |
|---|---|
| 보병 | I. 근위 보병<br>——중장 보병<br>——경장 보병<br>II. 일반 보병<br>——중장 보병<br>　　척탄병<br>　　보통 보병<br>　　해병대<br>——경장 보병<br>　　엽보병<br>III. 수비대<br>VI. 국내 수비대 |
| 포병 | I. 근위 포병<br>——보병대 소속 포병 여단<br>——기병대 소속 포병대<br>II. 일반 포병<br>——야전대<br>——예비대<br>——후비대 |

이 중 근위대는 원래 차르의 호위 부대지만 최정예 부대이므로 중요한 전투에 참가하기도 했다. 근위대의 장교는 대부분 명문 귀족 출신이었다.

29) 러시아에는 19세기 후반까지 국민 교육의 체계가 마련되지 않았다. 그래서 귀족과 부자들은 가정 교사로부터 초등 교육과 중등 교육을 받았다. 가정 교사의 교육 가운데 가장 큰 부분을 차지하는 것은 외국어, 특히 프랑스어였다. 사실 이 시기의 가정 교사들은 대부분 교양이 부족하고 신분이 낮은 프

외국으로 보내져 스무 살이 될 때까지 그곳에 머물렀다. 그가 모스크바로 돌아오자 아버지는 신부를 내보내고 청년에게 말했다. "이제 페테르부르크로 가서 직접 둘러보고 선택해라. 네가 무엇을 하든 난 찬성이다. 자, 이것은 바실리 공작에게 보내는 편지고, 이것은 돈이다. 모든 것에 대해 편지를 써 보내라. 무엇이든 도와주마." 피에르는 벌써 석 달째 직업을 고르기만 할 뿐 아직 아무것도 하지 않았다. 안드레이 공작이 피에르에게 말한 것은 바로 이 선택에 관한 이야기였다. 피에르는 이마를 문질렀다.

"하지만 그분은 프리메이슨[30]이 틀림없습니다." 피에르는 야회에서 만난 대수도원장을 염두에 두고 말했다.

---

랑스인 혹은 프랑스어를 모국어처럼 구사하는 외국인들이었다. 그들이 수행하는 교육이란 주로 귀족들의 집에 거주하며 아이들의 말 상대나 놀이 상대를 하고 아침부터 밤까지 외국어로 이야기하는 것이었다. 부모가 교육에 관심이 없고 자녀를 가정 교사에게 전적으로 맡기는 경우에 자녀들은 프랑스어를 프랑스인과 구별하기 힘들 만큼 유창하게 하지만 러시아어는 서툴렀다.
30) '프리메이슨(정식 명칭은 Free and Accepted Mason)'이라는 종교 단체의 회원을 가리킨다. 엄격히 말해 '프리메이슨'은 회원을 뜻하고 '프리메이슨리(Freemasonry)'가 단체명이다. 중세 시대 석공들의 조합('메이슨'이란 단어는 영어로 '석공'을 가리킨다.)에 기원을 둔 이 조직은 1717년 런던에서 창설되어 많은 나라로 퍼져 나갔다. 프리메이슨리는 상호 부조와 형제애를 중시하는 모임이었으나, 18세기에는 정치적 성격을 띠기도 하고 프랑스 혁명의 발발에 중요한 역할을 하기도 했다. 러시아에 프리메이슨리가 결성된 것은 1760년경이지만 정치 개혁을 도모한다는 혐의로 예카체리나 대제의 탄압을 받아 괴멸되다시피 했다. 프리메이슨리는 알렉산드르 1세 때 다시 번성을 누렸으나 어떤 비밀 단체도 허용하지 않은 니콜라이 1세 치하에서 완전히 금지되었다. 피에르와 프리메이슨리의 관계는 앞으로의 내용에서 상당한 부분을 차지한다.

"그런 건 다 헛소리야." 안드레이 공작이 다시 말을 가로막았다. "그보다는 직업에 대한 이야기를 나누는 편이 더 나아. 근위 기병대에 가 본 적이 있나?"

"아뇨, 없어요. 실은 어떤 생각이 떠올라서 당신에게 말하고 싶었습니다. 지금은 나폴레옹과 전쟁 중입니다. 만약 이것이 자유를 위한 전쟁이라면 나도 납득했을 겁니다. 어쩌면 군대에 가장 먼저 입대했을지도 모르죠. 그러나 영국과 오스트리아를 도와 세상에서 가장 위대한 인물과 맞서는 것은…… 그것은 옳지 않습니다."

안드레이 공작은 피에르의 어린아이 같은 말에 그저 어깨를 으쓱해 보일 뿐이었다. 그렇게 어리석은 말에는 대꾸할 수 없다는 듯한 태도였다. 사실 그 순진한 질문에 안드레이 공작이 보여 준 것과 다른 방식으로 대답하기란 어려운 일이었다.

"만약 모든 사람들이 자신의 신념에 따라서만 전쟁을 한다면 전쟁은 일어나지 않을 거야." 안드레이 공작이 말했다.

"그렇게만 된다면 참 좋을 텐데요." 피에르가 말했다.

안드레이 공작은 빙그레 웃었다.

"어쩌면 그러는 편이 정말 좋을지도 모르지. 하지만 그런 일은 결코 없을걸……."

"그럼 당신은 무엇을 위해 전쟁에 나가는 거죠?" 피에르가 물었다.

"글쎄, 무엇을 위해서냐고? 나도 몰라. 그냥 그래야 하니까. 그리고 내가 전쟁에 나가는 것은……." 그는 말을 멈추었다.

"내가 나가는 것은 이런 생활이, 내가 여기서 보내는 이런 생활이 나에게 맞지 않기 때문이지!"

# 6

옆방에서 드레스 자락이 스치는 소리가 났다. 안드레이 공작은 마치 잠에서 깬 듯 몸을 흠칫 떨었다. 그의 얼굴은 안나 파블로브나의 응접실에 있을 때와 똑같은 표정을 띠었다. 피에르는 소파에서 두 다리를 내렸다. 공작 부인이 들어왔다. 어느새 평상복으로 갈아입었지만 그 옷 역시 우아하고 산뜻했다. 안드레이 공작은 자리에서 일어나 그녀에게 정중히 안락의자를 내밀었다.

"어째서일까요? 난 종종 이런 생각을 한답니다." 공작 부인은 부산스레 황급히 안락의자에 앉으며 언제나처럼 프랑스어로 말을 꺼냈다. "왜 아네트는 결혼을 하지 않았을까요? 그녀와 결혼하지 않다니, 남성 여러분, 다들 참 어리석군요. 용서하세요, 하지만 당신들은 여자에 대해 아무것도 몰라요. 당신은 논쟁을 참 좋아하네요, 무슈 피에르!"

"난 당신 남편과 늘 논쟁을 하죠. 그런데 공작이 왜 전쟁에 나가려는지 잘 모르겠군요." 피에르는 공작 부인을 돌아보며 전혀 어려워하는 기색(젊은 여자를 대하는 젊은 남자가 매우 흔히 보이는) 없이 말했다.

공작 부인이 움찔했다. 아마도 피에르의 말이 아픈 곳을 찌른 것 같았다.

"아, 내 말이 그 말이에요!" 그녀가 말했다. "모르겠어요. 정말 이해할 수 없어요. 왜 남자들은 전쟁 없이 살 수 없는 거죠? 왜 우리 여자들은 그것을 전혀 원하지 않을까요? 왜 우리는 그 필요를 전혀 느끼지 않을까요? 자, 당신이 재판관이 되어 줘요. 난 남편에게 늘 말한답니다. 남편이 이곳에서 친척의 부관으로 있는 것은 대단히 눈부신 지위라고요. 모두가 그를 그렇게 알고, 그렇게 평가하고 있어요. 며칠 전 아프락신 댁에서 어느 부인이 이렇게 묻는 것을 들었답니다. '저 사람이 그 유명한 안드레이 공작인가요?' 정말이라니까요." 그녀가 웃음을 터뜨렸다. "남편은 가는 곳마다 그런 대우를 받아요. 아주 쉽게 시종무관도 될 수 있을 거예요. 당신도 알다시피 군주께서 황송하게도 그이와 말씀을 나누어 주셨답니다. 아네트와 난 말했죠. 그 일이 아주 수월하게 이루어질 수도 있겠다고요. 당신은 어떻게 생각해요?"

피에르는 안드레이 공작을 바라보았다. 그러나 친구가 화제를 못마땅하게 여기는 것을 알고 아무 대답도 하지 않았다.

"언제 떠납니까?" 피에르가 물었다.

"아, 출발에 대한 이야기는 말아요. 제발 하지 말아요! 그런 이야기는 듣고 싶지도 않아요." 공작 부인은 응접실에서 입폴리트와 이야기할 때처럼 변덕스럽고 장난스러운 투로 말했다. 분명 가족 모임에는 그다지 어울리지 않는 말투였다. 이곳에서 피에르는 가족이나 마찬가지였다. "오늘 그 모든 소중한 관계들을 끊어야 한다고 생각하니…… . 그리고 당신은 알죠, 앙드레?" 그녀는 남편을 향해 의미심장하게 눈을 깜박였다. "난 두려워요! 두렵다고요!" 그녀는 몸서리를 치며 속삭였다.

남편은 마치 자신과 피에르 외에 방 안에 한 사람이 더 있다는 사실을 깨닫고 깜짝 놀랐다는 표정으로 그녀를 바라보았다. 그러나 싸늘하고도 정중한 태도로 미심쩍은 듯 아내에게 말했다.

"뭐가 무섭다는 거지, 리자? 이해할 수 없군." 그가 말했다.

"남자들은 전부 저렇게 이기주의자라니까요. 전부, 전부 이기주의자예요! 저이는 자신의 변덕 때문에 날 내팽개치고 시골에 혼자 처박아 두려 해요. 그 이유는 하느님만 아시겠죠."

"아버지와 누이동생이 같이 있잖아. 잊지 마." 안드레이 공작이 조용히 말했다.

"혼자나 마찬가지인걸요, 나의 친구들이 없으니…… . 그런데도 저이는 내가 두려워하지 않기를 바란다니까요."

그녀의 말투는 어느새 불평조로 바뀌었고, 위로 치켜 올라간 작은 윗입술은 즐거워 보인다기보다 다람쥐 같은 표정을 그 얼굴에 더했다. 그녀는 피에르 앞에서 자신의 임신을 언급하는 것이 예의에 어긋난다고 생각한 듯 입을 다물었다. 그러나 문제의 핵심은 바로 거기에 있었다.

"그래도 역시 이해가 안 되는군. 당신이 무엇을 겁내는지 말이야." 안드레이 공작은 아내에게서 눈을 떼지 않은 채 느릿느릿 말했다.

공작 부인은 얼굴을 붉히면서 절망적으로 두 손을 흔들었다.

"아니에요, 앙드레. 당신은 너무 변했어요. 너무 변했다고요……."

"의사가 당신에게 일찍 잠자리에 들라고 했잖아. 당신은 자러 가는 게 좋겠어." 안드레이 공작이 말했다.

공작 부인은 아무 말 하지 않고 솜털로 덮인 얇은 윗입술을 바르르 떨었다. 안드레이 공작이 일어나 어깨를 으쓱하더니 방 안을 걷기 시작했다.

깜짝 놀란 피에르는 순박한 눈빛으로 안경을 통해 공작과 공작 부인을 번갈아 바라보았다. 그리고 마치 자기도 일어나고 싶은 듯 슬쩍 움직이다가 생각을 바꾸었다.

"무슈 피에르가 여기 있는 게 나와 무슨 상관이에요?" 작은 공작 부인이 불쑥 입을 열었다. 그러자 예쁘장한 얼굴이 갑자기 눈물을 머금은 찡그린 표정으로 일그러졌다. "오래전부터 말하고 싶었어요, 앙드레. 어째서 당신은 나에 대해 그처럼 변해 버린 거죠? 내가 당신에게 무슨 짓을 했는데요? 당신은 군대에 들어가면서 날 불쌍히 여기지도 않아요. 왜죠?"

"리즈!" 안드레이 공작은 그저 이렇게 말할 뿐이었다. 그러나 그 한마디에는 요청과 위협, 무엇보다 그녀 스스로가 자신의 말을 후회하리라는 확신이 있었다. 그러나 그녀는 서둘러 말을 이었다.

"당신은 날 환자나 어린아이처럼 대해요. 나도 다 알아요. 과연 반년 전에도 당신이 그랬을까요?"

"리즈, 부탁이오. 그만해요." 안드레이 공작은 더욱더 의미심장하게 말했다.

이런 대화가 오가는 동안 점차 흥분하게 된 피에르는 자리에서 일어나 공작 부인에게 다가갔다. 그는 눈물을 참지 못해 당장이라도 울음을 터뜨릴 것만 같았다.

"진정하세요, 공작 부인. 당신에게는 그렇게 보일 겁니다. 왜냐하면 단언컨대 나 자신도 그런 경험을 한 적이 있거든요…… 왜냐하면…… 그러니까…… 아뇨, 용서하십시오. 이자리에 아무 소용 없는 남이…… 아뇨, 진정하세요…… 난 그만 가 보겠습니다."

안드레이 공작이 그의 손을 잡고 만류했다.

"아니, 잠깐만, 피에르. 공작 부인은 너무 착한 사람이라 자네와 저녁을 보내는 기쁨을 내게서 빼앗고 싶지 않을 거야."

"아뇨, 저이는 자기만 생각해요." 공작 부인은 화가 나서 더이상 눈물을 참지 못하고 말했다.

"리즈." 안드레이 공작은 인내심이 바닥났음을 드러낼 만큼 목소리를 높이며 냉담하게 말했다.

공작 부인의 작고 아름다운 얼굴에 떠오른 성난 다람쥐 같은 표정이 갑자기 매혹적이면서도 연민을 불러일으키는 두려워하는 표정으로 바뀌었다. 그녀는 아름다운 눈동자를 치뜨며 남편을 흘깃 쳐다보았다. 축 처진 꼬리를 빠르게 살랑살랑 흔드는 개에게서 흔히 나타나는 겁먹은 순종적인 표정이 얼굴에 떠올랐다.

"하느님, 나의 하느님!" 공작 부인은 이렇게 중얼거리더니 한 손으로 드레스 주름을 잡고 남편에게 다가가 이마에 입을 맞추었다.

"잘 자, 리즈." 안드레이 공작은 남을 대하듯 정중하게 자리에서 일어나 아내의 손에 입을 맞추며 말했다.

두 친구는 말없이 있었다. 아무도 먼저 말을 꺼내려 하지 않았다. 피에르는 안드레이 공작을 계속 흘깃거렸고, 안드레이 공작은 작은 손으로 이마를 문질렀다.

"밤참을 들러 가지." 안드레이 공작은 한숨 섞인 말을 내뱉고는 자리에서 일어나 문으로 향했다.

그들은 우아하고 화려하게 새로 꾸민 식당으로 들어갔다. 냅킨부터 은그릇, 도자기, 크리스털 그릇까지 전부 신혼부부의 가정에서 흔히 볼 수 있는 새것 특유의 빛을 띠었다. 식사 도중 테이블에 팔꿈치를 괴고는 안드레이 공작은 오래전부터 마음에 어떤 생각을 담아 두었다가 갑자기 털어놓기로 결심한 사람처럼 피에르가 이제껏 친구에게서 한 번도 본 적 없는 신경질적이고 초조한 표정으로 입을 열었다.

"절대로, 절대로 결혼하지 마, 친구. 이것이 자네에게 주는 나의 충고야. 가능한 모든 노력을 기울였다고 말할 수 있을 때까지 결혼하지 마. 자네가 고른 여성에 대한 사랑이 식을 때까지, 그 여자를 분명히 알게 될 때까지 결혼하지 마. 그러지 않으면 끔찍하고 돌이킬 수 없는 실수를 저지르게 될 거야. 아무짝에도 쓸모없는 노인이 되었을 때 결혼해……. 그러지 않으면 자네 안에 존재하는 훌륭하고 고귀한 것들을 전부 잃게 될 거야. 모든 것이 자질구레한 일들 때문에 소모되고 말아. 그럼, 그럼, 그렇고말고! 그런 놀란 얼굴로 날 보지 마. 만약 자네가 장차 스스로에게 무언가를 기대하게 된다면 한 걸음 한 걸음 내딛을 때마다 깨닫게 될 거야. 자네에게는 모든 것이 끝났고 응접실을 제외한 모든 문이 닫혔다는 사실을, 응접실에서는 궁정 하인들이나 멍청이들 같은 수준으로 있게 되리라는 사실을 말이지……. 뭐, 어쩌겠어!"

그는 세차게 팔을 흔들었다.

피에르는 안경을 벗었다. 그 때문에 얼굴이 한층 더 선량함을 드러내며 다르게 보였다. 그는 놀란 눈으로 친구를 바라보았다. 안드레이 공작은 계속해서 말했다.

"내 아내는 멋진 여자야. 같이 사는 동안 명예에 대해 안심할 수 있는 보기 드문 여자들 가운데 한 명이지. 하지만 아, 하느님, 독신이 될 수만 있다면 이 순간 무엇인들 내놓지 못하겠나! 자네에게만 처음으로 이런 심정을 털어놓는 이유는 내가 자네를 좋아하기 때문이야."

이렇게 말하는 안드레이 공작은 앞서 안나 파블로브나의 집에서 안락의자에 몸을 쭉 뻗고 앉아 가늘게 실눈을 뜬 채 잇새로 프랑스어 문구를 내뱉던 그 볼콘스키와 별로 비슷해 보이지 않았다. 냉담한 얼굴은 각 근육의 신경질적인 활기로 계속 떨렸다. 전에는 생명의 불꽃이 꺼진 것처럼 보이던 눈동자가 이제 강렬한 빛으로 눈부시게 반짝였다. 평소에 생기가 없어 보이는 만큼 흥분한 순간에는 더 활기차게 변하는 사람임이 분명했다.

"자네는 내가 왜 이런 말을 하는지 모를 거야." 그는 계속 말을 이었다. "하지만 이것이 바로 인생사의 전부야. 자네는 보나파르트와 그의 출세에 대해 말하고 있어." 안드레이 공작은 피에르가 보나파르트에 대해 말하지 않았는데도 이렇게 말했다. "자네는 보나파르트에 대해 말하지. 그러나 보나파르트도 말이야, 목표를 향해 한 걸음 한 걸음 나아가며 일에 몰두할 때는 자유로웠어. 자신의 목표 외에는 아무것도 없었어. 그리고 그 목표를 이루었어. 하지만 여자와 엮여 봐. 그럼 족쇄에 매인 죄수처럼 모든 자유를 잃게 돼. 그리고 자네 안에 있던 모든 희망과 힘은, 그 모든 것은 그저 자네를 짓누르고 후회로 괴로워하게 만들 뿐이야. 응접실, 험담, 무도회, 허세, 비루함, 그런 것들이야말로 내가 헤어날 수 없는 악순환이지. 난 이제 전쟁에, 지금까지 있었던 어떤 것보다 위대한 전쟁에 나가려 해. 하지만 난 아무것도 모르고 아무 쓸모도 없어. 그저 선량한 독설가일 뿐이지." 안드레이 공작이 말을 계속했다. "그래서 안나 파블로브나의 집에서도 사람들이 내 말에 귀를 기울이는 거야. 그 어리석은 사교계라니, 내 아내와 그 여자들은 사교계 없이는 못 살지……. 그 고상한 여자들이, 그리고 전반적으로 여자들이 과연 어떤 존재인지 자네가 알 수만 있다면! 아버지 말씀이 옳아! 이기주의, 허영, 우매, 매사의 비루함, 그런 것들이 적나라하게 드러나는 순간이 있지. 바로 그것이 여자야. 사교계에서 여자들을 잘 봐. 무언가 있는 것 같지만 아무엇도, 아무것도 없어. 아무것도 없다니까! 그러니 결혼하지 마, 친구. 결혼하면 안 돼." 안드레이 공작이 말을 맺었다.

"우습군요." 피에르가 말했다. "당신이 스스로를, 스스로를 무능하다 여기고 자기 삶을 망가진 인생으로 생각하다니. 당신 앞에는 모든 것이, 모든 것이 있잖아요. 그리고 당신은……."

피에르는 당신은 어떤 사람이다라고 말하지 않았다. 그러나 이미 어조는 그가 친구를 얼마나 높이 평가하는지, 친구의 장래에 얼마나 많은 것을 기대하는지 잘 보여 주었다.

'어떻게 그런 말을 할 수 있지!' 피에르는 생각했다. 피에르는 안드레이 공작을 모든 완전함의 본보기로 여겼다. 그것은 바로 안드레이 공작이 피에르에게 없는, 의지력이라는 개념으로 가장 근접하게 표현할 수 있는 모든 자질을 최고 수준으로 겸비했기 때문이다. 피에르는 모든 부류의 인간들을 침착하게 대하는 안드레이 공작의 능력, 비범한 기억력과 박식함,(그는 모든 것을 읽었고, 모든 것을 알았으며, 모든 것을 이해했다.) 무엇보다 일하고 배우는 능력에 늘 감탄했다. 이따금 피에르는 안드레이에게 공상적인 사색(피에르에게 유난히 강한 성향)을 위한 자질이 없다는 사실에 충격을 받기도 했지만 그러한 점을 단점이 아닌 힘으로 보았다.

바퀴가 잘 돌아가게 하려면 바퀴에 기름을 쳐야 하듯 가장 다정하고 가장 허물없는 최고의 관계에서도 아첨이나 칭찬은 반드시 필요하다.

"난 이제 글렀어." 안드레이 공작이 말했다. "나에 대한 이야기를 해서 뭘 하겠나? 자네 이야기나 하지." 잠시 침묵하던 그는 위안이 되는 생각을 떠올리며 미소를 짓고는 말했다. 그 미소는 즉시 피에르의 얼굴에 반사되었다.

"나에 대해 무슨 이야기를 하겠습니까?" 피에르는 입을 벌리며 태평하고 유쾌한 미소를 지었다. "내가 어떤 인간입니까? 사생아잖아요!" 갑자기 그가 얼굴을 새빨갛게 붉혔다. 그 말을 하기 위해 안간힘을 쓴 것 같았다. "성(姓)도 없고 재산도 없는……. 그리고 뭐랄까, 정말이지……." 하지만 그는 정말로 어떻다는 것인지 말하지 않았다. "난 당분간 자유로워요. 그래서 기분이 좋답니다. 다만 무엇을 시작해야 할지 전혀 모르겠어요. 당신과 진지하게 의논하고 싶어요."

안드레이 공작은 선한 눈빛으로 피에르를 바라보았다. 그러나 그 다정하고 부드러운 눈빛에서 자신의 우월함에 대한 자각이 묻어났다.

"자네는 나에게 소중한 사람이야. 특히 우리 사교계 전체에서 자네만이 유일하게 살아 있는 인간이기 때문이지. 자네는 훌륭해. 자네가 원하는 것을 선택해. 무엇이든 상관없어. 자네는 어딜 가든 잘할 거야. 다만 한 가지, 그 쿠라긴 집안에 드나들며 그런 생활을 하는 건 그만둬. 자네에게 별로 어울리지 않아. 그 떠들썩한 술판이며 경기병[31]이며, 또 그 모든……."

"그럼 어쩝니까, 친구!" 피에르는 어깨를 으쓱하며 말했다.

---

31) 기병대 소속의 병과로 신속한 활동이 특징이며, 정찰과 방어와 급습의 임무를 맡는다. 기병도와 피스톨 외에도 말 위에서 사격할 수 있는 짧은 기병용 총을 소지한다. '기병대의 꽃'이라 불리는 병과로서 용감하고 호쾌한 젊은 이들이 많이 지원한다. 러시아군 편성에 대해서는 이 책 주 28을 참조.

"여자들은요, 여자들 말이에요!"

"모르겠어." 안드레이는 대답했다. "고상한 여자들, 그것은 다른 문제지. 하지만 쿠라긴 집안의 여자들, 여자들과 술, 정말 모르겠군!"

피에르는 바실리 쿠라긴의 집에서 지내며 그 아들인 아나톨의 방탕한 생활에 끼곤 했다. 아나톨은 사람들이 안드레이 공작의 여동생과 결혼시켜 행실을 고치려 하던 바로 그 남자였다.

"그런데 말이죠." 피에르는 문득 다행스러운 생각이 떠올랐다는 듯 입을 열었다. "난 오래전부터 이 문제를 진지하게 생각해 왔어요. 이런 생활을 하면 아무것도 결정할 수 없고 아무것도 생각할 수 없죠. 머리도 아프고, 돈도 없고요. 오늘 밤도 그가 날 초대했지만 난 가지 않겠습니다."

"더 이상 가지 않겠다고 내게 맹세할 거지?"

"맹세합니다!"

피에르가 친구의 집을 나섰을 때는 이미 새벽 1시가 넘은 시간이었다. 6월의 페테르부르크였기에 밤에도 땅거미가 지지 않았다. 피에르는 집에 갈 생각으로 콜랴스카[32] 삯마차를 탔다. 그러나 집이 가까워질수록 저녁이나 아침과 더 비슷한 이런 밤에는 도저히 잠들 수 없으리라는 사실을 더욱 절실히

---

32) kolyaska. 접이식 포장이 달린 4인용 승용 마차다. 대체로 두 마리의 말이 차체를 끌고 바퀴는 네 개다. 카레타처럼 스프링이 있어 승차감이 좋다. 주로 귀족 남성들이 사용했다.

느꼈다. 저 멀리 텅 빈 거리가 보였다. 도중에 피에르는 아나톨 쿠라긴의 집에서 오늘 밤에도 여느 때처럼 카드 모임이 열린다는 것을 기억해 냈다. 모임 후에는 보통 피에르가 좋아하는 여흥거리로 끝날 술판이 벌어지곤 했다.

'쿠라긴에게 갔으면 좋았을 텐데.' 그는 생각했다. 그러나 곧 쿠라긴의 집을 드나들지 않겠다고 안드레이 공작에게 맹세한 자신의 서약을 떠올렸다.

하지만 의지박약이라 불리는 사람들이 흔히 그러듯 그는 곧 너무나 친숙한 그 방탕한 생활을 다시 한번 맛보고 싶다는 생각을 간절히 하다가 결국 그곳에 가기로 마음먹었다. 그러자 이내 자신이 한 말에는 아무 의미도 없다는 생각이 들었다. 안드레이 공작에게 맹세하기 전 아나톨 공작에게도 그의 집에 가겠다며 똑같이 맹세했기 때문이다. 마침내 그는 그 모든 맹세가 어떤 뚜렷한 의미도 갖지 않는 단순한 관례일 뿐이라고 생각하게 되었다. 어쩌면 내일이라도 죽을지 모르고, 맹세니 헛소리니 하는 것들이 더 이상 존재할 수 없을 만큼 자신에게 이상한 일이 일어날지 모른다 생각하니 더욱 그러했다. 그런 식의 추론은 피에르의 모든 결심과 계획을 무너뜨리면서 종종 머릿속에 떠오르곤 했다. 그는 쿠라긴에게 갔다.

아나톨이 사는 근위 기병대 숙사 옆 대저택의 현관 계단에 다다른 피에르는 불빛이 환하게 비치는 계단을 올라가 열린 문 안으로 들어갔다. 대기실에는 아무도 없었다. 그저 빈 술병과 망토와 덧신이 흩어져 있고, 술 냄새가 나고, 말소리와 고함 소리가 멀리서 들려올 뿐이었다.

카드놀이와 밤참은 이미 끝났지만 손님들은 아직 흩어지지 않았다. 피에르는 망토를 벗어 던지고 첫 번째 방으로 들어갔다. 그곳에는 남은 음식이 있었다. 한 하인이 아무도 보지 않을 거라 생각하면서 술잔에 남은 술을 홀짝홀짝 마시고 있었다. 세 번째 방에서 소란과 웃음소리, 친숙한 음성들의 고함 소리, 곰의 울부짖는 소리가 들려왔다. 젊은 사람들 여덟 명이 열린 창문 근처에 걱정스러운 표정으로 떼 지어 모여 있었다. 세 사람은 어린 곰을 상대로 장난을 치는 중이었다. 그 가운데 한 명은 쇠사슬로 곰을 잡아끌면서 다른 사람을 놀렸다.

"스티븐스에게 100루블 걸겠어!" 한 명이 소리쳤다.

"알았지? 붙잡으면 안 돼!" 다른 사람이 외쳤다.

"난 돌로호프에게 걸겠다!" 또 한 사람이 소리쳤다. "쿠라긴, 저놈들 손을 떼어 놔."[33]

"이봐, 미시카[34]를 치워. 자, 내기다."

"단숨에 해 버려. 그렇게 하지 않으면 진다니까." 또 누군가가 소리쳤다.

"야코프! 술 한 병 가져와, 야코프!" 얇은 루바시카 하나만 걸친 훤칠한 미남 집주인이 가슴 한가운데를 풀어 헤친 채 무

---

33) 내기를 하기로 한 당사자들이 손을 맞잡고 증인을 맡은 제삼자가 그 맞잡은 손을 떼어 놓는 것은 내기가 체결되었음을 뜻하는 러시아 풍습이다.
34) 러시아어로 곰은 'medved''다. 우리말에서 '곰돌이'가 곰을 친숙하게 부르는 애칭인 것처럼 러시아인들도 곰을 사람 대하듯 '미시카'라는 애칭으로 부르곤 한다.

리의 한가운데에 서서 소리쳤다. "여러분, 잠깐만. 여기 나의 사랑하는 친구 페트루샤가 왔어." 그가 피에르를 돌아보았다.

눈동자가 맑은 하늘색이고 키가 별로 크지 않은 다른 남자의 목소리가 그 모든 술 취한 목소리들 틈에서 취하지 않은 말투로 유난히 깊은 인상을 던지며 창문가에서 외쳤다.

"이리 와서 손을 떼어 놔!" 그 사람은 세묘놉스키 연대[35]의 장교 돌로호프였다. 아나톨과 함께 사는 유명한 도박꾼이자 결투광이었다. 피에르는 주위를 즐겁게 둘러보며 싱글싱글 웃었다.

"뭐가 뭔지 전혀 모르겠군. 무슨 일이야?" 그가 물었다.

"잠깐. 이 친구는 취하지 않았어. 술 한 병 가져오라니까." 아나톨은 이렇게 말하고는 테이블에서 컵을 집어 피에르에게 다가왔다.

"우선 쭉 들이켜."

피에르는 다시 창가에 몰려든 취객들을 힐끗 쳐다보기도 하

---

35) 표트르 1세는 어린 시절 이복형인 이반과 공동으로 왕위에 올랐으나 이복 누나 소피야의 반란에 밀려나 모스크바 근교의 프레오브라젠스카야 마을로 쫓겨났다. 그곳의 독일인 거주지에서 그는 평민처럼 생활하고 자유롭게 외국의 문물과 과학 기술을 접하며 성장했다. 그는 병정놀이를 좋아하여 '프레오브라젠스키 연대'를 만들었고, 이 군대에 들어오려는 소년들이 많아지자 '세묘놉스키 연대'를 더 만들었다. 놀이에서 출발한 두 연대는 표트르와 소년들의 성장과 함께 점차 본격적이고 체계적인 부대로서 모습을 갖추어 나갔다. 표트르 1세가 소피야에게서 왕위를 탈환한 후로 두 연대는 처음의 이름을 간직한 채 러시아 최초의 서유럽식 군대가 되었고, 수많은 전투에서 혁혁한 공을 세웠다. 그리고 1917년 혁명으로 러시아 황실이 무너지기 전까지 러시아 황실의 근위대로서 활약했다.

고 그들의 말에 귀를 기울이기도 하면서 연거푸 잔을 비우기 시작했다. 아나톨이 술을 따라 주며 말하길 돌로호프가 3층 창가에 걸터앉아 두 다리를 밖으로 내놓은 채 럼주 한 병을 다 마실 수 있는가를 두고 돌로호프 본인과 그 자리에 참석한 영국인 수병 스티븐스가 내기를 하는 중이라고 했다.

"자, 쭉 마셔." 아나톨은 피에르에게 마지막 잔을 건네며 말했다. "안 그러면 놔주지 않을 거야!"

"아냐, 그만 마실게." 피에르는 아나톨을 밀치며 말하고는 창가로 다가갔다.

돌로호프는 영국인의 손을 잡고 유독 아나톨과 피에르를 돌아보면서 내기 조건을 분명하고도 또렷하게 설명했다.

돌로호프는 중간 키에 곱슬머리와 연한 하늘색 눈동자를 지닌 사내였다. 그는 스물다섯 살이었다. 다른 보병 장교들과 마찬가지로 콧수염을 기르지 않았기에 얼굴에서 가장 근사한 선을 가진 입이 환히 드러났다. 그 입술 윤곽은 눈에 두드러질 정도로 섬세한 곡선을 띠었다. 윗입술은 중간쯤에서 두꺼운 아랫입술을 예리한 쐐기 모양으로 누르며 정열적인 인상을 던졌다. 입술의 양 끄트머리에 각각 하나씩 두 개의 미소처럼 보이는 무언가가 계속 어려 있었다. 모든 것이 특히 단호하고 뻔뻔하고 영리한 눈빛과 어우러져 누구든 그 얼굴에 눈길을 주지 않을 수 없는 그런 인상을 풍겼다. 돌로호프는 부자가 아니었고 연줄도 전혀 없었다. 아나톨은 수만 루블을 쓰며 생활했지만, 돌로호프는 그와 함께 살면서 아나톨뿐 아니라 두 사람을 아는 모든 이들이 자기를 더 존경하게끔 입지를 다졌다.

돌로호프는 모든 도박에 끼었으며, 거의 언제나 돈을 땄다. 아무리 술을 많이 마셔도 결코 두뇌의 명석함을 잃지 않았다. 쿠라긴과 돌로호프 모두 당시 페테르부르크의 난봉꾼과 방탕아 패거리에서 유명 인사들이었다.

럼주 병이 나왔다. 두 하인이 창턱 너머의 경사면에 앉는 데 방해가 되는 창틀을 떼어 내고 있었다. 그들은 주위를 에워싼 신사들의 충고와 고함 소리에 겁을 먹고 서두는 듯 보였다.

아나톨은 의기양양한 표정으로 창가에 다가갔다. 무언가를 부수고 싶었다. 하인들을 밀치고 창틀을 잡아당겼으나 끄떡도 하지 않았다. 그는 유리를 깨 버렸다.

"어이, 자네, 기운 센 장사." 그는 피에르를 돌아보았다.

피에르가 가로목을 잡고 잡아당기자 빠직 하는 소리와 함께 참나무 창틀이 일부는 부서지고 일부는 비틀리며 빠졌다.

"전부 떼어 내. 그렇게 하지 않으면 사람들이 내가 붙잡고 있다고 생각할 테니까." 돌로호프가 말했다.

"영국인 녀석이 우쭐대고 있군. 어라? 괜찮아?" 아나톨이 말했다.

"괜찮아." 피에르는 럼주 병을 들고 창가로 다가가는 돌로호프를 쳐다보며 말했다. 창을 통해 하늘의 빛깔이며 아침노을과 저녁노을이 서로 뒤엉키며 빚어낸 색조가 보였다.

돌로호프는 손에 럼주 병을 든 채 창턱으로 뛰어올랐다.

"들어 봐!" 그는 창턱에 서서 방 안쪽을 돌아보며 외쳤다. 모두 입을 다물었다.

"내기를 걸겠어.(그는 영국인이 알아듣도록 프랑스어로 말했지만 썩 잘하지는 못했다.) 50임페리얼[36]을 걸지." 돌로호프는 영국인을 돌아보며 "100임페리얼로 할까요?"라고 덧붙였다.

"아니, 50으로 합시다." 영국인이 말했다.

"좋아. 50임페리얼을 걸기로 하지. 내가 입을 떼지 않고 럼주 한 병을 다 마신다는 것에 말이야. 창문 바깥쪽 바로 이 자리에 앉아서 마시겠어. 아무것도 붙잡지 않고……. 그렇죠?"

"아주 좋습니다." 영국인이 말했다.

아나톨은 영국인을 향해 돌아서서 그의 연미복 단추를 쥐더니, 그것을 내려다보며(영국인은 키가 작았다.) 영어로 그에게 내기 조건을 되풀이하여 말하기 시작했다.

"잠깐." 돌로호프는 사람들의 주의를 모으기 위해 술병으로 창문을 탁탁 치며 외쳤다. "잠깐, 쿠라긴. 다들 들어 봐. 이것을 똑같이 해내는 사람이 있다면 내가 그자에게 100임페리얼을 주지. 알겠나?"

영국인은 고개를 끄덕였으나 이 새로운 내기를 받아들일지 말지에 대해서는 전혀 속내를 드러내지 않았다. 아나톨은 영국인을 놓아주지 않았다. 영국인이 고개를 끄덕이며 다 알아들었다는 표시를 하는데도 아나톨은 돌로호프의 말을 영어로 계속 옮기고 있었다. 이날 밤 도박에서 가진 것을 전부 잃은 근위 경기병인 야윈 풋내기 청년은 창턱으로 기어 올라가 몸을 쑥 내밀고 아래를 내려다보았다.

---

36) 제정 러시아의 금화 단위로 1임페리얼은 15루블이다. 단, 1896년까지는 10루블이었다.

"우우우!" 그는 창 너머 보도의 돌을 바라보며 웅얼거렸다.

"가만있어!" 돌로호프는 고함을 지르며 창문에서 장교를 붙잡았다. 박차에 발이 걸린 장교는 꼴사납게 방으로 뛰어내렸다.

돌로호프는 잡기 편하도록 술병을 창턱에 놓고 조심스럽게 천천히 창으로 기어올랐다. 그는 두 다리를 늘어뜨린 채 두 팔을 벌려 창의 양옆을 붙잡고서 위치를 가늠했다. 그러고는 자리를 잡고 앉아 두 손을 자유롭게 풀어 몸을 좌우로 조금씩 움직인 후 병을 잡았다. 방 안이 이미 환한데도 아나톨은 초 두 개를 가져와 창턱에 올려놓았다. 하얀 루바시카에 감싸인 돌로호프의 등과 곱슬머리가 양쪽에서 빛을 받았다. 모두들 창가로 몰려들었다. 영국인이 맨 앞에 서 있었다. 피에르는 싱글벙글 웃기만 할 뿐 아무 말도 하지 않았다. 모임에 참석한 사람들 가운데 다른 이들보다 좀 더 나이가 많은 한 사람이 두려움과 분노가 뒤섞인 표정을 하고 불쑥 앞으로 나와 돌로호프의 루바시카를 잡으려 했다.

"여러분, 어리석은 짓입니다. 이 사람이 죽을 수도 있어요." 좀 더 분별 있어 보이는 그 남자가 말했다.

아나톨이 그를 막았다.

"건드리지 마. 당신이 놀라게 하면 그가 죽어. 알겠어? 그때는 어떻게 할 건데? 어?"

돌로호프는 몸을 돌려 자세를 바로잡고는 다시 두 팔을 벌렸다.

"누구든 또 내 일에 주제넘게 나서면……." 그는 꽉 다문 얇은 입술 사이로 띄엄띄엄 말을 내뱉었다. "지금 당장 그 자식을 여기에서 던져 버리겠어. 자!"

"자!"라고 말한 후 그는 다시 돌아앉아 손을 떼고 병을 들어 입으로 가져갔다. 그러고는 고개를 뒤로 젖히고 균형을 잡기 위해 다른 한 손을 쳐들었다. 유리 조각을 주위 모으기 시작한 하인들 가운데 한 명이 허리를 구부린 채 꼼짝도 않고 창문과 돌로호프의 등을 뚫어져라 바라보았다. 아나톨은 눈을 크게 뜬 채 똑바로 서 있었다. 영국인은 옆에서 입술을 쑥 내밀고 바라보았다. 돌로호프를 말리려던 남자는 구석으로 달려가 소파에 누워 얼굴을 벽 쪽으로 돌렸다. 피에르는 얼굴을 가렸다. 희미한 미소는 기억에서 잊힌 채 여전히 머물러 있었지만 그 얼굴은 이제 공포와 두려움을 드러냈다. 모두 침묵했다. 피에르는 눈에서 손을 뗐다. 돌로호프는 뒷덜미의 곱슬머리가 루바시카 옷깃에 살짝 닿을 만큼 고개를 뒤로 젖힌 채 여전히 똑같은 자세로 앉아 있었다. 그리고 병을 든 손을 부들부들 떨며 안간힘을 다해 점점 더 높이 올렸다. 병이 눈에 보이게 비어 가는 동시에 그가 고개를 젖힘에 따라 더 높이 올라갔다. '왜 이렇게 오래 걸리지?' 피에르는 생각했다. 삼십 분도 넘게 지난 것 같았다. 갑자기 돌로호프가 거꾸로 움직였다. 그의 팔이 신경질적으로 떨렸다. 그 떨림은 비탈진 난간에 앉아 있던 그의 몸 전체를 움직이기에 충분했다. 그는 온몸을 움직였다. 안간힘을 쓰느라 그의 팔과 고개는 더욱 심하게 떨렸다. 한 팔이 창턱을 잡으려고 위로 솟았다가 다시 내려갔다. 피에르는 다시 눈을 감으며 이제 절대로 뜨지 않겠다고 속으로 중얼거렸다. 문득 주위의 모든 것들이 술렁이는 것을 느꼈다. 눈을 떴다. 돌로호프가 창턱에 서 있었고, 그의 얼굴은 창백하면서도 유쾌해 보였다.

"비었다!"

돌로호프가 병을 영국인에게 던지자 그가 능숙하게 받았다. 돌로호프는 창문에서 뛰어내렸다. 그에게서 럼주 냄새가 강하게 풍겼다.

"잘했어!" "훌륭해!" "대단한 내기였어!" "악마에게나 잡혀가라지!" 사방에서 고함 소리가 들렸다.

영국인이 지갑을 꺼내 돈을 셌다. 돌로호프는 얼굴을 찌푸리며 잠자코 있었다. 피에르가 창문을 향해 껑충 뛰었다.

"여러분! 나와 내기할 사람 없습니까? 나도 똑같이 하겠습니다." 갑자기 그가 소리를 높였다. "뭐, 내기도 필요 없습니다. 술이나 한 병 가져오라고 해 주십시오. 내가 해 보죠. 가져오라고 해요."

"시켜 봐, 시켜 보라고!" 돌로호프가 히죽거리며 말했다.

"왜 그래? 미쳤어?" "누가 허락한대?" "자네는 계단에서도 현기증을 일으키잖아." 여기저기서 사람들이 떠들어 댔다.

"나도 마시겠어. 럼주 병을 가져와!" 피에르는 술에 취해 단호한 몸짓으로 테이블을 쾅 내리치며 외치고는 창문으로 기어오르려 했다.

사람들이 팔을 붙잡았다. 그러나 어찌나 힘이 센지 그는 다가온 사람들을 멀리 밀쳐 냈다.

"안 돼, 그렇게 해서는 도저히 설득할 수 없어. 잠깐만, 내가 속여 볼게." 아나톨이 말했다. "어이, 내가 상대해 주지. 하지만 내기는 내일 하기로 하고 지금은 다 같이 ○○○에 가는 게 어때?"

"가자." 피에르가 외쳤다. "가자! 미시카도 데려가고……."

그러더니 그는 곰을 붙잡아 번쩍 들어 올리고는 방 안을 빙글빙글 돌기 시작했다.

# 7

바실리 공작은 안나 파블로브나의 야회에서 외아들 보리스를 부탁한 드루베츠카야 공작 부인에게 한 약속을 지켰다. 보리스에 대한 보고가 황제에게 상달되었다. 그리하여 보리스는 이례적으로 세묘놉스키 근위 연대의 준위로 전속되었다. 그러나 안나 미하일로브나의 모든 간청과 계략에도 불구하고 보리스는 쿠투조프의 부관이나 수행원으로는 임명되지 못했다. 안나 파블로브나의 야회에 참석한 후 안나 미하일로브나는 모스크바에 사는 부유한 친척인 로스토프의 집으로 곧장 돌아왔다. 모스크바에 있을 때면 그녀는 로스토프가에서 지냈다. 그녀가 애지중지하는, 이제 막 군인이 되어 곧장 근위대 준위로 전속된 보렌카도 어릴 때부터 이 집에서 양육되었고 여러 해 동안 이곳에서 함께 살았다. 근위대는 이미 8월 10일에 페테르부르크를 출발했다. 군복을 준비하기 위해 모스크바에 남아 있던 아들은 라지빌로프로 이동하는 부대를 도중에 따라잡아야 했다.

로스토프가에서는 그날이 두 나탈리야, 즉 어머니와 작은 딸의 명명일[37]이었다. 포바르스카야 거리에서는 온 모스크바에 유명한 로스토바 백작 부인의 대저택으로 아침부터 축하객들을 태운 마차가 계속해서 도착하고 떠났다. 백작 부인은 아름다운 맏딸과 응접실에 앉아 끊임없이 바뀌는 손님들을 맞았다.

백작 부인은 동양적인 야윈 얼굴을 지닌 마흔다섯 살의 여자로 자식들 ── 그녀는 열두 명의 아이를 낳았다 ── 때문에 쇠약해진 듯했다. 기력이 약해서 비롯된 느릿느릿한 동작과 말투가 존경을 불러일으키는 무게감 있는 분위기를 더했다. 안나 미하일로브나 드루베츠카야 공작 부인은 한집안 사람처럼 그 자리에 앉아 손님을 맞이하고 말상대하는 일을 돕고 있었다. 젊은 사람들은 방문객을 접대하는 자리에 참석할 필요가 없다고 생각하여 뒷방에 모여 있었다. 백작은 손님들을 맞이하고 배웅하면서 모든 이들을 만찬에 초대했다.

"진심으로, 진심으로 감사드립니다, 마셰르, 몽셰르.(그는 마셰르 혹은 몽셰르라는 단어를 자기보다 지위가 높은 사람에게나 낮은 사람에게나 예외 없이 어떤 뉘앙스도 덧붙이지 않고 말했다.)[38] 나를 위해서도, 명명일을 맞은 소중한 숙녀들을 위해서

---

37) 그리스도교 성인의 축일로 그 성인의 이름을 가진 모든 사람들이 이날 축하를 받는다.

38) ma chère, mon cher.(프랑스어) '사랑하는 이여'라는 뜻으로 가까운 사람

도 말입니다. 아셨지요? 만찬에 꼭 오십시오. 오지 않으면 나를 모욕하는 셈이 됩니다, 몽셰르. 온 가족을 대신하여 당신에게 진심으로 부탁드립니다, 마셰르." 깨끗하게 면도한 투실투실하고 명랑한 얼굴에 똑같은 표정을 지으면서, 똑같이 굳은 악수를 하고 똑같이 간단한 목례를 되풀이하면서 백작은 한마디도 빠뜨리거나 바꾸지 않은 채 모든 사람에게 이 말을 했다. 백작은 한 손님을 배웅하고 나면 아직 응접실에 남아 있는 다른 손님에게로 돌아왔다. 그는 안락의자를 끌어당기고는 인생을 사랑하고 인생을 어떻게 살아가야 할지 아는 사람의 표정을 지으며 젊은이들처럼 두 발을 쫙 벌리고 두 손을 무릎에 얹었다. 그는 무게를 잡고 몸을 이리저리 흔들면서 때로는 러시아어로, 때로는 매우 형편없지만 자신만만한 프랑스어로 날씨를 예측하거나 건강에 대한 조언을 구했다. 그러고는 다시 지친 듯한, 그러나 의무 수행에 충실한 사람의 표정으로 벗어진 머리에 얼마 남지 않은 흰 머리칼을 매만지며 배웅하러 나가 또 손님에게 만찬에 오라고 초대했다. 이따금 그는 대기실에서 돌아오는 길에 온실과 하인방을 지나 대리석으로 지은 큰 홀에 들렀다. 그곳에서는 하인들이 테이블에 80인분의 식기를 준비하고 있었다. 백작은 은그릇과 도자기를 나르고 테이블을 차리고 다마스크 테이블보를 까는 하인들을 바라보

을 부를 때 쓰는 프랑스어 호칭이다. 'ma chère'는 여성에게, 'mon cher'는 남성에게 붙인다. 이 표현을 습관처럼 사용하는 로스토프 노백작의 말에서만 그 음가적 표현을 살리고, 다른 인물들이 사용하는 경우에는 '이보게', '얘야', '친애하는 부인' 등 다양한 호칭으로 상황에 맞춰 옮겼다.

다가 그의 모든 업무를 맡고 있는 귀족 출신의 드미트리 바실리예비치를 불러 이렇게 말하곤 했다.

"자, 자, 미첸카, 모든 것에 부족함이 없도록 잘 감독해 주게. 그렇지, 그렇지." 백작은 길게 늘인 거대한 테이블을 흡족하게 쳐다보며 말했다. "중요한 것은 식탁 준비지. 그럼, 그럼……." 그러고는 안도의 한숨을 쉬며 다시 응접실로 갔다.

"마리야 리보브나 카라기나께서 따님과 함께 오셨습니다!" 백작 부인의 덩치 큰 수행 하인이 응접실에 들어서며 굵고 낮은 목소리로 보고했다. 백작 부인은 잠시 생각에 잠긴 채 남편의 초상화가 붙은 금제 담뱃갑을 들고 코담배 냄새를 들이마셨다.

"방문객들 때문에 힘들어 죽겠네." 그녀가 말했다. "자, 이제 그분을 마지막 손님으로 받겠어. 그 여자는 아주 고지식하지. 들어오시라고 해." 백작 부인은 '아, 차라리 날 죽여.' 하는 듯한 우울한 목소리로 하인에게 말했다.

거만한 표정의 키가 크고 뚱뚱한 부인이 둥근 얼굴에 미소를 띤 딸을 데리고 드레스 자락을 사락거리며 응접실로 들어왔다.

"백작 부인, 정말 오랜만이에요…… 그 가엾은 여자아이가 몸져누웠답니다…… 라주몹스키[39]가의 무도회에서…… 아프

---

39) 안드레이 키릴로비치 라주몹스키(Andrei Kirillovich Razumovskii, 1752~1836). 우크라이나의 마지막 지도자인 키릴 라주몹스키의 아들이며 러시아 외교관으로 활약했다. 그는 빈에 자비를 들여 신고전주의 양식의 대사관을 세우고 여러 해 동안 빈 주재 대사를 역임했다. 1814년 빈 회의에서

락시나 백작 부인이…… 정말 기뻤답니다……." 여자들의 생기발랄한 목소리들이 들리기 시작했다. 그 목소리들은 서로의 말을 가로막기도 하고 드레스 자락 스치는 소리나 의자 당기는 소리와 뒤섞이기도 했다. 대화가 시작되었다. 이야기가 처음 끊기는 순간 그들이 자리에서 일어나 드레스 자락을 사락거리며 "정말, 정말 기뻐요……. 엄마의 건강이…… 아프락시나 백작 부인은……." 하고 말한 뒤 다시 드레스 자락을 사락거리며 대기실로 가서 외투나 망토를 걸치고 떠날 수 있도록 정확하게 미리 계산된 대화였다. 화제는 당시 도시의 주요 소식, 즉 예카체리나 대제 시대에 부와 잘생긴 외모로 이름을 떨친 노백작 베주호프와 그의 사생아인 피에르, 즉 안나 파블로브나 셰레르의 야회에서 매우 무례하게 행동한 남자에 관한 것이었다.

"가엾은 백작이 너무 안쓰러워요." 손님이 말했다. "그분은 예전부터 건강이 아주 나빴답니다. 그런데 이제 아들 때문에 생긴 걱정까지……. 그분은 그 걱정 때문에 죽을 거예요!"

"무슨 말이에요?" 백작 부인은 손님이 무슨 이야기를 하는지 모르겠다는 듯 물었다. 그러나 그녀는 베주호프 백작이 괴로워하는 까닭을 이미 열다섯 번이나 들었다.

"그런 게 오늘날의 교육이라는 거죠!" 손님은 계속해서 말

---

는 러시아 협상단 대표였다. 한편 라주몹스키는 베토벤이 헌정한 현악 4중주 7번, 8번, 9번으로 인해 널리 알려진 인물이기도 하다. 베토벤이 후원자에게 헌정한 이 작품들은 각각 '라주몹스키 7번', '라주몹스키 8번', '라주몹스키 9번'이라고도 불린다.

했다. "유학 생활을 할 때부터 그 청년은 제멋대로 살게 방치되어 있더니, 이제는 페테르부르크에서도 너무나 끔찍한 짓을 저질러 경찰의 호송 아래 그곳에서 쫓겨났다고 하더군요."

"어머나!" 백작 부인이 말했다.

"그 사람은 친구를 잘못 골랐어요." 안나 미하일로브나 공작 부인이 끼어들었다. "사람들 말로는 바실리 공작의 아들과 그 사람과 돌로호프라는 이가 하느님만 아실 그런 짓을 저질렀다는군요. 그래서 두 사람이 고생을 좀 한 모양이에요. 돌로호프는 병사로 강등되고, 베주호프의 아들은 모스크바로 추방되었죠. 아나톨 쿠라긴은 그의 아버지가 어떻게든 무마해 주었어요. 하지만 역시 페테르부르크에서 추방되었죠."

"도대체 무슨 짓을 했는데요?" 백작 부인이 물었다.

"그 사람들은 정말이지 악당이에요. 특히 돌로호프가 그렇죠." 손님이 말했다. "그는 마리야 이바노브나 돌로호바의 아들이에요. 어머니는 그렇게 덕망 높은 부인인데 도대체 어떻게 된 걸까요? 상상이 되세요? 그 사람들 셋이 어디에선가 곰을 구해 카레타에 함께 태워 여배우들에게 끌고 간 거예요. 경찰이 진정시키려고 달려갔죠. 그런데 그들이 경찰서장을 붙잡아 곰과 등이 맞닿도록 꽁꽁 묶고는 곰을 모이카 운하에 던졌대요. 곰은 헤엄치고, 경찰서장은 그 위에 붙들려 있었죠."

"경찰서장의 꼴이 볼만했겠군요, **마셰르**." 백작이 숨이 넘어갈 듯 웃으며 외쳤다.

"아, 얼마나 끔찍한지! 도대체 뭐가 웃긴가요, 백작?"

하지만 부인들도 저도 모르게 웃음을 터뜨렸다.

"그 불쌍한 분은 간신히 구출되었어요." 손님은 계속해서 말을 이었다. "그 사건이야말로 키릴 블라지미로비치 베주호 프 백작의 아들이 얼마나 영악스럽게 노는지 보여 주는 예라 고요!" 그녀는 이렇게 덧붙였다. "사람들 말로는 그가 대단히 교양 있고 똑똑한 사람이라고 하더군요. 그것이 바로 모든 유 학의 말로인 셈이죠. 아무리 부자라지만 이곳 사람들이 아무 도 그를 받아주지 않으면 좋겠어요. 사람들이 나에게 그를 소 개시키고 싶어 했죠. 난 단호히 거절했답니다. 나에겐 딸들이 있잖아요."

"어째서 그 젊은이가 대단한 부자라는 거죠?" 백작 부인은 아가씨들을 피해 몸을 숙이며 물었다. 아가씨들은 즉시 듣지 않는 척했다. "그분의 자식은 다 사생아잖아요. 아마 피에르 도 사생아일 텐데……."

손님은 손을 내저었다.

"그분에게는 사생아가 스무 명쯤 될걸요."

안나 미하일로브나 공작 부인이 대화에 끼어들었다. 아마 도 자신의 인맥과 사교계의 모든 사정에 대한 지식을 과시하 고 싶은 듯했다.

"문제는 이거예요." 그녀는 반쯤 속삭이는 듯한 투로 의미심 장하게 말했다. "키릴 블라지미로비치 백작은 명성이 자자하 잖아요……. 그분은 자식들이 몇인지도 잊어버렸어요. 하지만 그 피에르라는 사람은 그분이 가장 아끼는 아들이랍니다."

"그 노인은 정말 잘생긴 분이었죠! 지난해까지만 해도 난 그분보다 더 잘생긴 남자를 본 적이 없다니까요!" 백작 부인이 말했다.

"이제 많이 변하셨죠." 안나 미하일로브나가 말했다. "그런데 내가 말하고 싶은 건 말이에요……." 그녀가 말을 이었다. "바실리 공작이 아내 덕분에 모든 재산의 직속 후계자이긴 하지만, 아버지가 피에르를 몹시 사랑하는 데다 그의 교육에 열을 올리고 황제께 서한까지 올렸으니…… 그러니 만약 그분이 돌아가시면(그분의 상태가 너무 안 좋아서 사람들은 언제라도 그 일이 일어날 거라고 예상하고 있어요. 페테르부르크에서 로랭도 왔죠.) 그 막대한 재산이 누구에게 갈지, 피에르일지 바실리 공작일지 아무도 모를 일이죠. 농노 4만 명[40]에 수백만 루블이에요. 난 아주 잘 알아요. 바실리 공작이 직접 나에게 말해 주었거든요. 게다가 키릴 블라지미로비치는 외가 쪽으로 나와 육촌이랍니다. 보랴의 대부이기도 하시죠." 그녀는 이러한 상황에 어떤 의미도 부여하지 않는 듯한 어조로 덧붙였다.

"바실리 공작이 어제 모스크바에 왔어요. 사람들 말로는 감사를 나온 거라고 하던데요." 손님이 말했다.

"네, 하지만 우리끼리 있으니 하는 말인데요." 공작 부인이 말했다. "그건 핑계예요. 사실 키릴 블라지미로비치 백작이 매우 위독하다는 걸 알고 찾아온 거예요."

"하지만 마셰르, 그것은 멋진 장난이군요." 백작이 말했다. 그러나 나이 많은 여자 손님이 자기 말을 듣고 있지 않다는 것

---

40) 1861년 농노 해방 이전에 러시아 영지의 가치는 그 영지에 거주하는 성인 남성 농노의 수로 매겨졌다. 농노 4만 명은 매우 큰 숫자이며, 베주호프노백작의 여러 영지에 거주하는 농노들을 전부 합한 것으로 추정된다.

을 눈치채고 아가씨들을 돌아보았다. "경찰서장의 꼴이 볼만했겠어."

그러고 나서 그는 경찰서장이 두 팔을 어떻게 허우적거렸을지 흉내 내더니 다시 그 뚱뚱한 몸 전체를 뒤흔드는, 늘 잘 먹고 잘 마시는 사람들이 웃을 때와 같은 우렁차고 굵직한 웃음을 터뜨렸다. "그럼 만찬에 꼭 오십시오." 그가 말했다.

# 8

침묵이 찾아왔다. 백작 부인은 즐겁게 미소 띤 얼굴로 손님을 바라보았지만, 손님이 자리에서 일어나 떠난다 해도 이제는 조금도 섭섭하지 않다는 점을 숨기지 않았다. 손님의 딸은 뭔가 묻는 듯한 눈길로 어머니를 쳐다보며 벌써부터 옷매무새를 가다듬고 있었다. 그때 갑자기 옆방에서 몇몇 남자들과 여자들이 문으로 뛰어오는 발소리와 의자가 넘어지는 요란한 소리가 들리더니 열세 살 소녀가 짧은 모슬린 치마에 뭔가를 싸 들고 뛰어 들어와 방 한가운데에 멈춰 섰다. 분명 거리를 생각하지 않고 달리다가 얼떨결에 이처럼 멀리까지 뛰어온 것 같았다. 그와 동시에 산딸기색 옷깃[41]을 단 대학생, 근위

---

41) 제정 러시아의 대학생은 빳빳한 둥근 옷깃이 달린 교복을 입었으며 깃의 색은 학교나 학과를 나타냈다.

대 장교, 열다섯 살 소녀, 통통하고 뺨이 발그레한 아동용 웃옷 차림의 사내아이가 문가에 나타났다.

백작은 벌떡 일어나더니 안으로 뛰어 들어온 소녀를 향해 몸을 뒤뚱거리면서 두 팔을 활짝 벌렸다.

"아, 이 아이입니다!" 그가 껄껄 웃으며 외쳤다. "명명일을 맞은 아이죠! 마셰르, 나의 사랑, 명명일의 주인공이랍니다!"

"얘야, 모든 것에는 때가 있단다." 백작 부인은 짐짓 엄격한 척하며 말했다. "당신이 항상 이 아이의 버릇을 망쳐 놓는군요, 엘리." 그녀가 남편에게 이렇게 덧붙였다.

"안녕하세요, 사랑스러운 아가씨, 축하해요." 손님이 말했다. 그리고 소녀의 어머니를 돌아보며 덧붙였다. "정말 귀여운 아이군요."

빨리 달리느라 상의 밖으로 드러난 어린아이 같은 자그마한 어깨, 뒤로 넘긴 검은 곱슬머리, 가느다란 맨 팔, 레이스를 댄 속바지에 감싸인 가느다란 다리와 앞 트인 단화를 신은 작은 발. 눈동자가 검고 입이 큰, 예쁘지는 않지만 생기발랄한 이 소녀는 더 이상 어린아이도 아니고 아직 아가씨도 아닌 사랑스러운 나이였다. 소녀는 아버지의 품에서 빠져나와 어머니에게로 뛰어가더니 엄격한 질책에는 아랑곳없이 어머니의 짧은 레이스 숄에 새빨개진 얼굴을 파묻고 웃음을 터뜨렸다. 그녀는 치마 밑에서 꺼낸 인형에 대해 띄엄띄엄 이야기하며 무언가에 대해 놀려 댔다.

"보이세요? 인형이…… 미미가…… 좀 보세요."

그리고 나타샤는 더 이상 아무 말도 하지 못했다.(그녀에게는 모든 것이 우습게 느껴졌다.) 그녀가 어머니 쪽으로 쓰러지며 어찌나 크고 낭랑하게 웃어 대는지 까다롭게 굴던 손님조차 무심결에 웃음을 터뜨리고 말았다.

"자, 저리 가요, 그 흉측한 것을 가지고 어서 가!" 어머니가 딸을 밀치며 짐짓 화난 목소리로 말했다. "이 아이는 작은딸이랍니다." 그녀는 손님을 향해 말했다.

나타샤는 어머니의 레이스 숄에서 잠시 얼굴을 떼고는 웃음 때문에 눈물이 그렁한 눈으로 어머니를 올려다보더니 이내 얼굴을 파묻었다.

가족적인 정경에 마음을 빼앗기지 않을 수 없었던 손님은 그 속에 어떤 식으로든 끼어들 필요가 있다고 생각했다.

"사랑스러운 아가씨, 말해 봐요." 그녀는 나타샤에게 말을 걸었다. "그 미미는 아가씨와 어떤 관계죠? 딸이군요, 그렇죠?"

나타샤는 손님이 말을 걸 때 어린아이 수준의 대화로 스스로를 낮추는 그 말투가 마음에 들지 않았다. 그녀는 아무 대답도 하지 않고 진지하게 손님을 바라보았다.

그러는 사이에 젊은 세대들 — 안나 미하일로브나 공작 부인의 아들이자 장교인 보리스, 백작의 맏아들이자 대학생인 니콜라이, 백작의 조카딸인 열다섯 살 소냐, 막내아들인 어린 페트루샤 — 이 모두 응접실에 자리를 잡고 앉았다. 그들은 자신들의 윤곽선 하나하나에서 여전히 흘러넘치는 생기와 즐거움을 예의범절의 경계 안에 억누르려고 애쓰는 듯 보였다. 분명 그들이 그처럼 힘차게 달려 나온 저 뒷방에서의 대화는 도시에 떠도는 소문과 날씨와 아프락시나 백작 부인에 관한 이곳의 대화보다 더 즐거웠을 것이다. 이따금 그들은 서로를 힐끔거리며 간신히 웃음을 참았다.

두 청년, 즉 대학생과 장교는 어린 시절부터 친구로 나이도 같았다. 두 사람 모두 잘생겼지만 서로 닮은 데는 없었다. 보리스는 훤칠한 금발 청년으로 반듯하고 섬세한 윤곽에 차분하고 잘생긴 얼굴이었다. 니콜라이는 키가 크지 않은 곱슬머리 청년으로 솔직한 표정을 지녔다. 윗입술 위로 벌써 거뭇하게 수염이 보였고, 얼굴 전체에 저돌적이고 쉽게 열광하는 성격이 드러나 있었다. 니콜라이는 응접실에 들어온 순간 얼굴을 붉혔다. 할 말을 찾았으나 적당한 말을 못 찾은 모양이었다. 그와 반대로 보리스는 금방 할 말을 찾아 침착하면서도 익살스럽게 자신은 이 인형 미미를 아직 코가 망가지지 않은 젊은 아가씨였을 때부터 알았다고, 자기 기억으로는 미미가 오년 만에 폭삭 늙어 버렸다고, 인형의 두개골 전체에 금이 갔다고 말했다. 말을 끝낸 그는 나타샤를 힐끔 쳐다보았다. 나타샤는 그의 눈길을 외면하고 남동생을 쳐다보았다. 남동생은 눈을 가늘게 뜬 채 온몸을 들썩이며 소리 죽여 웃고 있었다. 그러자 그녀는 더 이상 참지 못하고 벌떡 일어나더니 재빠른 두 다리가 낼 수 있는 최고의 속도로 방에서 뛰쳐나갔다. 보리스는 웃지 않았다.

"어머니도 외출하시고 싶은 것 같은데요. 카레타가 필요하세요?" 그는 미소 띤 얼굴로 어머니를 돌아보며 말했다.

"그래, 어서 가렴. 어서 나가서 채비를 하라고 일러 줘." 어머니는 빙그레 웃으며 말했다.

보리스는 조용히 문밖으로 나가 나타샤를 뒤쫓았다. 통통한 사내아이는 자기 일에 끼어든 훼방에 화라도 난 듯 뾰로통한 표정으로 그들을 뒤쫓아 갔다.

# 9

백작 부인의 맏딸(여동생보다 네 살 많을 뿐인데 벌써 어른처럼 행동했다.)과 손님으로 온 아가씨 외에 응접실에 남은 젊은 사람은 니콜라이와 조카딸 소냐뿐이었다. 소냐는 다갈색 피부에 날씬하고 자그마한 소녀였다. 긴 속눈썹이 그 눈빛에 부드러운 음영을 드리웠고, 검은 머리칼은 땋은 머리채가 머리를 두 번이나 휘감을 만큼 풍성했으며, 얼굴, 특히 마르긴 했지만 우아하고 탄탄한 팔과 어깨의 살갗에는 누르스름한 빛이 감돌았다. 경쾌한 동작, 부드럽고 유연한 작은 팔다리, 다소 교활하면서도 조심스러운 행동거지는 아직 다 자라지 않았지만 언젠가 매혹적인 암고양이가 될 예쁘장한 새끼 고양이를 떠올리게 했다. 그녀는 미소로 공통 화제에 대한 공감을 보여 주는 것이 예의라고 생각하는 듯했다. 그러나 눈동자는 의지를 거스르며 길고 짙은 속눈썹 밑에서 소녀의 열렬한 사랑이 담긴 시선으로 군대에 들어갈 **사촌**을 바라보고 있었다. 눈빛이 어찌나 강렬했던지 그녀의 미소는 단 한 순간조차 어느 누구도 속일 수 없었다. 이 작은 새끼 고양이가 웅크리고 앉아 있는 것은 오직 보리스와 나타샤처럼 이 응접실에서 벗어나기만 하면 더 힘차게 뛰놀며 **사촌**과 장난을 치기 위해서인 것 같았다.

"그렇습니다, **마셰르**." 노백작이 아들인 니콜라이를 가리키며 손님에게 말을 걸었다. "여기 이 아이의 친구인 보리스가 장교로 임명되었지요. 이 아이도 우정 때문에 친구에게 뒤처지고 싶어 하지 않는군요. 대학도, 늙은 나도 다 내팽개치려고 합니다. 군대에 들어간다는군요, **마셰르**. 벌써 국립 문서보관소에 이 아이를 위한 자리며 모든 것이 다 마련되어 있는데 말입니다. 이런 게 우정이겠죠?" 백작이 묻는 투로 말했다.

"그렇군요. 사람들 말로는 전쟁이 선포되었다죠?" 손님이 말했다.

"그런 말은 오래전부터 있었습니다." 백작이 말했다. "이번에도 똑같은 이야기가 계속 되풀이되다가 결국에는 쑥 들어가겠죠. 마셰르, 바로 이런 게 우정이 아닐까요?" 그는 좀 전에 한 말을 되풀이했다. "이 애는 경기병에 들어갈 겁니다."

손님은 뭐라고 말해야 할지 몰라 고개를 저었다.

"결코 우정 때문이 아니에요." 니콜라이는 자신을 향한 수치스러운 비방에 변명이라도 하듯 얼굴을 붉히며 말했다. "결코 우정 때문이 아니라고요. 전 그저 군 복무에 소명을 느꼈을 뿐이에요."

그는 사촌 누이와 손님으로 온 아가씨를 돌아보았다. 두 사람 모두 격려의 미소를 띤 채 그를 바라보았다.

"오늘 파블로그라드 경기병 연대의 지휘관인 슈베르트가 우리 집 만찬에 올 예정입니다. 그 사람은 이곳에서 휴가를 보내고 있는데 이 아이를 데려가 준답니다. 그러니 어쩌겠습니까?" 백작은 어깨를 으쓱하며 그에게 많은 슬픔을 안겨 주었을 그 문제에 대해 농담조로 말했다.

"벌써 말씀드렸잖아요, 아빠." 아들이 말했다. "아빠가 보내길 원하시지 않으면 저도 이곳에 남겠다고요. 하지만 전 알아요. 제가 군무 외에는 아무짝에도 쓸모없는 인간이라는 걸요. 전 외교관도 아니고 관리도 아니에요. 제 감정을 숨기지도 못하죠." 그는 아름다운 청춘의 교태가 깃든 눈길로 소냐와 아가씨 손님을 줄곧 바라보며 말했다.

그를 뚫어지게 바라보던 작은 고양이는 당장이라도 그와 장난을 치며 고양이 기질을 전부 드러낼 준비가 된 듯 보였다.

"자, 자, 좋아!" 노백작이 말했다. "이 아이는 늘 흥분해 있군. 다들 보나파르트에게 현혹됐어. 다들 그 남자가 어떻게 중위에서 황제가 되었나 궁금해하지. 뭐, 될 대로 되라지!" 그는 손님의 조소 어린 미소를 눈치채지 못한 채 덧붙였다.

어른들은 보나파르트에 대해 이야기하기 시작했다. 카라기나의 딸 줄리는 젊은 로스토프 백작을 돌아보았다.

"지난 목요일 아르하로프 댁에 당신이 오지 않아 정말 아쉬웠어요. 당신이 없으니 따분하더군요." 그녀는 부드러운 미소를 보내며 말했다.

기분이 좋아진 청년은 젊음의 교태 어린 미소를 지으며 그녀 쪽으로 가까이 옮겨 앉아 그를 향해 생글거리는 줄리와 따로 이야기를 나누기 시작했다. 그는 자신의 이 무의식적인 미소가 얼굴을 붉힌 채 억지로 웃는 척하는 소녀의 가슴에 질투의 칼날이 되어 꽂힌 것을 전혀 알아차리지 못했다. 대화 도중 청년은 소녀를 돌아보았다. 소녀는 분노에 찬 뜨거운 눈빛으로 쳐다보고는 두 눈에 고인 눈물을 가까스로 참고 입술에 억지 미소를 지으며 일어서더니 방에서 나가 버렸다. 니콜라이에게서 생기가 싹 가셨다. 그는 대화가 처음 멎을 때를 기다리다가 낙심한 얼굴로 소녀를 찾으러 방을 나섰다.

"저 젊은이들의 비밀이라는 것은 하얀 실로 꿰맨 자국처럼 훤하게 보이는군요!" 안나 미하일로브나는 방에서 나가는 니콜라이를 가리키며 말했다. "사촌 남매란 참 위험한 관계죠." 그녀가 덧붙였다.

"그래요." 젊은 세대와 함께 응접실에 스며든 햇살이 사라지자 백작 부인이 말했다. 마치 아무도 묻지 않았지만 항상 그녀의 마음을 사로잡던 질문에 답하는 것 같았다. "지금 저 아이들을 보며 기뻐하기까지 얼마나 많은 고통과 얼마나 많은 불안을 겪었는지! 지금은 정말이지 기쁨보다 두려움이 더 크답니다. 늘 걱정이 돼요, 늘 두려워요! 여자아이든 남자아이든 저 시기야말로 너무나 많은 위험이 따르는 나이잖아요."

"모든 게 교육에 달렸죠." 손님이 말했다.

"그래요, 당신 말이 옳아요." 백작 부인은 계속해서 말했다. "다행히 지금까지는 나도 우리 아이들의 친구가 될 수 있었고,

지금도 아이들에게서 충분한 신뢰를 받고 있어요." 백작 부인은 자녀들이 자신에게 아무것도 숨기지 않는다고 생각하는 많은 부모들의 착각을 되풀이하며 말했다. "난 알아요. 난 언제나 내 딸들의 첫 번째 조언자가 될 거예요. 니콜렌카는 그 불같은 성격 때문에 경솔한 행동을 할지 모르지만(그런 면이 없다면 사내아이라고 할 수도 없죠.) 그래도 그 페테르부르크 신사들처럼 행동하지는 않을 거예요."

"그래요, 훌륭한 아이들이지. 훌륭한 아이들이야." 백작이 맞장구를 쳤다. 그는 언제나 모든 것이 훌륭하다고 인정함으로써 자신에게 복잡해 보이는 문제들을 해결하곤 했다. "그 애를 봐요! 경기병이 되고 싶어 하잖소! 그런데 뭘 더 바라는 거요, 마셰르!"

"작은따님은 정말 사랑스러워요!" 손님이 말했다. "참 열정적이에요!"

"네, 열정적이죠." 백작이 말했다. "나를 닮았어요! 게다가 목소리도 얼마나 멋진지! 내 딸이긴 하지만, 솔직히 말하죠. 그 아이는 성악가가 될 겁니다. 또 한 명의 살로모니[42]가 탄생하는 거죠. 우리는 저 아이를 가르칠 이탈리아인을 고용했답니다."

"이르지 않을까요? 그 나이에 배우면 목소리에 해롭다고 하던데요."

"오, 아닙니다. 이르다니요!" 백작이 말했다. "그렇다면 우

---

42) 1805년 모스크바에서 활동 중이던 독일 극단의 주연급 오페라 가수다.

리 어머니들이 어떻게 열두세 살에 결혼을 했겠습니까?"

"이미 그 아이는 지금 보리스를 사랑하고 있는걸요! 어떻게 된 아이인지!" 백작 부인은 조용히 미소를 머금은 얼굴로 보리스의 어머니를 쳐다보며 말했다. 그리고 늘 그녀의 마음을 차지하던 생각에 답하기라도 하듯 계속 말을 이었다. "그러니까, 알겠어요? 내가 그 애를 엄격하게 단속하면, 그 애에게 이런저런 것들을 못 하게 말리면…… 그 아이들이 몰래 무슨 짓을 할지 누가 알겠어요?(백작 부인의 말은 아이들이 키스라도 할지 모른다는 뜻이었다.) 하지만 지금 난 그 아이가 하는 말을 낱낱이 알고 있어요. 저녁이면 달려와서 나에게 모든 것을 말해 주거든요. 어쩌면 내가 그 애를 너무 버릇없이 키우는지도 몰라요. 그래도 사실 그러는 편이 더 나은 것 같네요. 난 큰딸에게는 엄격하게 대했거든요."

"맞아요, 전 전혀 다른 방식으로 교육을 받았죠." 백작의 맏딸인 아름다운 베라가 미소를 지으며 말했다.

하지만 그 미소는 평소와 달리 베라의 얼굴을 아름답게 해 주지 못했다. 오히려 얼굴은 부자연스러워졌고, 그 때문에 불쾌감마저 주었다. 맏딸인 베라는 아름다운 데다 머리도 나쁘지 않고 공부도 잘하고 예의도 바르고 목소리도 좋았다. 그녀가 한 말은 틀리지 않았고 경우에 어긋나지도 않았다. 그런데 이상한 점은 손님도 백작 부인도 모두 베라가 왜 그런 말을 하는지 의아하다는 듯 그녀를 돌아보며 거북한 감정을 느꼈다는 것이다.

"부모들은 맏이를 키울 때 늘 지나치게 똑똑한 척하고 특별한 무언가를 하고 싶어 하죠." 손님이 말했다.

"솔직히 말하죠, 마셰르! 우리 백작 부인은 베라를 키울 때 너무 똑똑하게 굴었어요." 백작이 말했다. "뭐, 어떻습니까! 그래도 훌륭하게 자란걸요." 그는 베라에게 칭찬의 뜻으로 한쪽 눈을 찡긋해 보이며 덧붙였다.

손님들은 자리에서 일어나 만찬에 오겠다는 약속을 남기고 떠났다.

# 10

응접실에서 뛰어나간 나타샤는 겨우 온실까지만 달렸을 뿐이다. 온실에서 걸음을 멈추고 응접실의 말소리에 귀를 기울이며 보리스가 나오기를 기다렸다. 그녀는 벌써부터 초조해하기 시작했다. 작은 발을 동동 구르던 그녀는 그가 얼른 나오지 않는다며 울음을 터뜨리려 했다. 그때 느리지도 빠르지도 않고 적당한 한 청년의 발걸음 소리가 들려왔다. 나타샤는 꽃을 심어 놓은 커다란 나무통들 사이로 재빨리 뛰어 들어가 몸을 숨겼다.

보리스는 온실 한가운데에서 걸음을 멈추고 주위를 둘러보더니 한 손으로 군복 소매에 묻은 티끌을 털어 내고 거울로 다가가 자신의 잘생긴 얼굴을 찬찬히 바라보았다. 나타샤는 그가 무엇을 할까 기대하며 몸을 숨긴 곳에서 숨을 죽이고 몰래 엿보았다. 그는 거울 앞에 잠시 서 있더니 빙긋 웃고는 출구

쪽으로 걸어갔다. 나타샤는 큰 소리로 그를 부르고 싶었지만 생각을 바꾸었다.

"찾게 내버려 둬야지."그녀는 혼잣말을 했다. 보리스가 나가자마자 곧 다른 문에서 얼굴이 새빨개진 소냐가 눈물을 글썽이며 원망에 찬 목소리로 중얼거리면서 나왔다. 나타샤는 소냐에게 달려가려던 처음의 충동을 억누르고는 마치 보이지 않는 모자를 쓰고 세상에서 일어나는 일을 구경하듯 숨은 자리에 그대로 머물렀다. 그녀는 특별하고 새로운 쾌감을 느꼈다. 소냐는 뭐라고 중얼대며 응접실 문을 돌아보았다. 문에서 니콜라이가 나왔다.

"소냐! 무슨 일이야? 어떻게 이럴 수 있어?"니콜라이가 그녀 쪽으로 뛰어가며 말했다.

"아무것도 아니에요, 아무것도. 그냥 날 내버려 둬요!"소냐가 흐느끼기 시작했다.

"아니, 난 왜 그러는지 알아."

"네, 알겠죠. 대단하군요. 이제 그 여자에게 가 버려요."

"소오냐! 한마디만 할게! 어떻게 그런 말도 안 되는 상상으로 나와 너 자신을 그토록 괴롭힐 수 있니?"니콜라이가 그녀의 손을 잡으며 말했다.

소냐는 그의 손을 뿌리치지 않고 울음을 그쳤다.

나타샤는 숨을 죽인 채 조금도 움직이지 않고 숨어 있는 곳에서 반짝이는 눈으로 지켜보았다. '이제 무슨 일이 일어날까?' 그녀는 생각했다.

"소냐! 나에겐 온 세상을 준다 해도 필요 없어! 오직 너 하나만이 나의 전부니까." 니콜라이가 말했다. "너에게 증명해 보일게."

"싫어요, 당신이 그렇게 말하면……."

"알았어, 하지 않을게. 용서해 줘, 소냐!" 그는 그녀를 끌어 당겨 입을 맞추었다.

'아, 너무 멋있어!' 나타샤는 생각했다. 소냐와 니콜라이가 온실에서 나가자 나타샤는 뒤따라가 보리스를 자기 쪽으로 불렀다.

"보리스, 이리 와요." 그녀는 의미심장하고 교활한 표정으로 말했다. "당신에게 한 가지 꼭 말할 게 있어요. 이리 와요. 이쪽으로." 그녀는 이렇게 말하고는 아까 몸을 숨겼던 온실의 나무통들 사이로 그를 데려갔다. 보리스는 싱긋 웃으며 따라갔다.

"그 한 가지가 뭐죠?" 그가 물었다.

그녀는 당황하며 주위를 돌아보더니 나무통 위에 팽개쳐진 인형을 보고는 두 손으로 잡았다.

"인형에게 키스해 줘요." 그녀가 말했다.

보리스는 다정한 눈으로 그녀의 생기 넘치는 얼굴을 유심히 바라보며 아무런 대답도 하지 않았다.

"싫어요? 그럼 이리로 와요." 그녀는 이렇게 말하고는 꽃 사이로 더 깊숙이 들어가더니 인형을 내던졌다. "가까이, 더 가까이 와요!" 그녀가 속삭였다. 그녀는 두 손으로 장교의 소맷부리를 잡았다. 발갛게 달아오른 얼굴에서 숙연함과 두려움이 엿보였다.

"그럼 나에게 키스하고 싶어요?" 그녀는 그를 힐끗 쳐다보며 들릴락 말락 한 목소리로 속삭였다. 생글거리며 웃고 있지만 흥분으로 거의 우는 듯한 표정이었다.

보리스는 얼굴을 붉혔다.

"당신은 정말 이상한 사람이군요!" 그는 이렇게 중얼거리고는 그녀를 향해 몸을 숙이며 더욱더 얼굴을 붉혔다. 그러나 아무런 행동도 하지 않고 기다리기만 했다.

그녀가 갑자기 나무통 위로 팔짝 뛰어올랐다. 키가 보리스보다 더 커졌다. 그를 두 팔로 안으니 맨살이 드러난 가냘픈 팔이 그의 어깨보다 더 높은 데서 구부러졌다. 그녀는 고개를 움직여 머리카락을 뒤로 넘기고는 그의 입술에 키스했다.

그녀는 화분들 사이를 미끄러지듯 빠져나가 꽃들의 맞은편으로 향하더니 고개를 숙인 채 걸음을 멈추었다.

"나타샤." 그가 말했다. "당신은 알죠, 내가 당신을 사랑한다는 것을요. 하지만……."

"날 사랑한다고요?" 나타샤가 말을 가로챘다.

"그래요, 사랑해요. 하지만 부탁이니 지금 같은 그런, 음, 그런 행동은 하지 말기로 해요. 사 년만 더 있으면……. 그때는 내가 당신에게 청혼할게요."

나타샤는 생각에 잠겼다.

"열셋, 열넷, 열다섯, 열여섯……." 그녀는 가느다란 손가락을 꼽으며 말했다. "좋아요! 그럼 결정된 거죠?"

기쁨과 안도의 미소가 그녀의 생기발랄한 얼굴을 환하게 빛냈다.

"결정됐어요!" 보리스가 말했다.

"영원히요?" 소녀가 말했다. "죽을 때까지요?"

그러고 나서 그녀는 그의 손을 잡고 행복한 얼굴로 소파가 있는 방을 향해 사뿐사뿐 나란히 걸어갔다.

# 11

백작 부인은 방문객 때문에 너무 지쳐 더 이상 손님을 맞이하지 않겠다고 일렀다. 그리고 수위는 앞으로 올 모든 축하객들에게 만찬에 와 달라고 빠짐없이 청하기만 하라는 지시를 받았다. 백작 부인은 어린 시절부터 친구인 안나 미하일로브나 공작 부인과 얼굴을 맞대고 단둘이 이야기를 나누고 싶었다. 안나 미하일로브나 공작 부인이 페테르부르크에서 돌아온 후 아직 제대로 보지 못했던 것이다. 안나 미하일로브나는 울다 지친 듯하면서도 즐거워 보이는 얼굴로 백작 부인의 안락의자 옆에 가까이 다가앉았다.

"너에게 터놓고 말할게." 안나 미하일로브나가 말했다. "벌써 우리 옛 친구들 가운데 남은 사람이 거의 없구나! 그래서 난 너의 우정에 무척 고마워하고 있단다."

안나 미하일로브나는 베라를 바라보다 말을 멈췄다. 백작 부인은 친구의 손을 꼭 쥐었다.

"베라." 백작 부인은 가장 사랑하는 딸이 아닌 게 분명한 맏딸을 돌아보며 말했다. "넌 무슨 일에나 어쩌면 그렇게 생각이 없니? 네가 이 자리에 필요 없다는 걸 정말 모르겠니? 동생들에게 가 보든지, 아니면……."

아름다운 베라는 전혀 모욕을 느끼지 않는 듯 경멸 어린 미소를 지었다.

"엄마, 진작 말씀해 주셨으면 저도 즉시 나갔을 텐데요." 그녀는 이렇게 말하고 자기 방으로 갔다. 그러나 소파가 있는 방을 지나치다 두 개의 자그마한 창 옆에 두 쌍이 대칭으로 앉아 있는 것을 발견했다. 그녀는 걸음을 멈추고 경멸 섞인 미소를 지었다. 소냐는 니콜라이 옆에 가까이 앉아 있었고, 니콜라이는 처음 지은 시들을 그녀를 위해 깨끗한 글씨로 옮겨 적는 중이었다. 보리스와 나타샤는 다른 창가에 앉아 있다 베라가 들어오자 입을 다물었다. 소냐와 나타샤는 죄를 지은 듯한, 그러나 행복한 표정으로 베라를 쳐다보았다.

이 사랑에 빠진 소녀들을 보는 것은 즐겁고도 감동적인 일이었다. 그러나 그들의 모습이 베라에게 유쾌한 감정을 불러일으키지 않은 것은 분명했다.

"내 물건을 집어 가지 말라고 몇 번을 부탁했니? 너희에게는 각자 자기 방이 있잖아." 베라가 말했다. 그녀는 니콜라이에게서 잉크병을 빼앗았다.

"곧 줄게, 곧." 그는 펜을 담그며 말했다.

"너희들 모두 때를 못 맞추는 데 재주가 있구나." 베라가 말했다. "그렇게 우르르 응접실에 뛰어들다니, 너희 때문에 다들 무안해했잖아."

그녀가 한 말이 전적으로 옳은데도, 아니 바로 그랬기 때문에 아무도 대꾸하지 않고 넷이 서로 눈짓을 주고받기만 했다. 그녀는 손에 잉크병을 든 채 방에서 꾸물거렸다.

"그리고 너희 나이에 무슨 비밀이 있을 수 있지? 나타샤와 보리스, 그리고 너희 둘 말이야. 다들 하나같이 멍청하구나."

"하지만 베라가 무슨 상관이야?" 나타샤가 변호하듯 조용한 목소리로 말했다.

이날 그녀는 평소보다 모든 사람에게 더 착하고 다정하게 대하는 듯했다.

"정말 바보 같아. 너희 때문에 나까지 부끄러울 정도야. 도대체 무슨 비밀이 있다는 거지?" 베라가 말했다.

"누구에게나 저마다 비밀이 있는 거야. 우리는 베라와 베르크를 간섭하지 않잖아." 나타샤가 발끈 화를 내며 말했다.

"물론 간섭하지 않지. 지금까지 내 행동에는 문제가 될 만한 게 전혀 없었으니까. 그건 그렇고, 보리스와 네가 어떤 식으로 행동하는지 엄마께 말씀드려야겠다."

"나탈리야 일리니시나와 나는 아주 훌륭하게 처신하고 있습니다. 나로서는 불평할 만한 게 없어요." 보리스가 말했다.

"그만해요, 보리스, 당신은 대단한 외교관(외교관이라는 단어는 아이들이 이 말에 덧붙인 특별한 의미 때문에 그들 사이에서 매우 유행하고 있었다.)이군요. 따분할 정도예요." 나타샤는 모욕을 느끼는 듯 떨리는 목소리로 말했다. "왜 베라가 날 괴롭히겠어요?"

"베라는 절대 이해하지 못할걸." 나타샤는 베라를 향해 말했다. "왜냐하면 지금까지 누구도 사랑한 적이 없으니까. 베라에겐 심장이 없어. 베라는 그저 **마담 드 장리스**[43](이것은 니콜라이가 베라에게 붙인 별명으로 매우 모욕적인 것으로 여겨졌다.)일 뿐이야. 그리고 베라의 가장 큰 기쁨은 다른 사람들을 불쾌하게 하는 거지. 베라는 베르크에게나 가서 마음껏 아양을 떨지그래." 나타샤가 빠르게 말했다.

"하지만 난 적어도 손님들 앞에서 젊은 남자의 뒤를 쫓아다니지는 않을걸……"

"음, 베라는 결국 바라는 걸 이루었군." 니콜라이가 끼어들었다. "모든 사람에게 불쾌한 말을 지껄이고 모든 사람의 마음을 상하게 만들었으니 말이야. 자, 어린이방으로 가자."

네 사람은 모두 놀라서 달아나는 새 떼처럼 몸을 일으켜 방에서 나가 버렸다.

"불쾌한 말을 들은 건 나야. 난 아무한테도 그런 말을 하지

---

43) 스테파니 펠리시테 뒤 크레스트 드 생오뱅 장리스(Stépanie Félicité du Crest de Saint-Aubin Genlis, 1746~1830). 프랑스 작가이자 교육가. 팔레루아얄 궁전의 여관(女官)으로 샤르트르 공작의 자녀들을 교육했다. 자신의 교육 이론을 뒷받침하는 희극과 소설을 쓰기도 했다. 1793년 남편이 처형된 후 베를린과 함부르크에서 지냈다. 1799년 나폴레옹은 그녀의 프랑스 귀국을 허용하고 연금을 하사했다. 윤리적 긴장감이 넘치는 그녀의 작품은 알렉산드르 1세 시대의 러시아에서 많은 인기를 누렸다. 이 책 3권 2부 16장에 쿠투조프가 보로지노 전투 전야에 장리스의 소설을 읽는 장면이 나온다. 그러나 늘 훈계를 일삼는 베라에게 '마담 드 장리스'라는 별명을 붙인 것으로 보아 로스토프가의 젊은이들은 그녀의 작품들을 따분하게 여긴 게 분명하다.

않았어." 베라가 말했다.

"마담 드 장리스! 마담 드 장리스!" 문 너머에서 깔깔거리며 웃는 소리가 들렸다.

아름다운 베라는 모든 사람에게 그토록 짜증스럽고 불쾌한 인상을 주고도 생긋 미소를 지었다. 그리고 자신이 들은 말에 전혀 기분이 상하지 않은 듯 거울 앞으로 다가가 숄과 머리를 매만졌다. 그녀는 자신의 아름다운 얼굴을 보며 더 냉정해지고 더 침착해지는 것 같았다.

응접실에서는 대화가 계속 진행되고 있었다.

"아!" 백작 부인이 말했다. "내 인생도 늘 장밋빛은 아냐. 설마 내가 모르겠니? 이런 식으로 살다가는 우리 재산도 그다지 오래 못 갈 거야. 이게 다 클럽과 그이의 착한 성품 때문이지. 시골에 산다고 우리가 쉴 것 같니? 극장이니, 사냥이니⋯⋯ 하느님만 아시겠지. 내 이야기를 해 봤자 뭣 하겠어! 그런데 넌 어떻게 그 모든 걸 해냈니? 난 종종 널 보며 놀라곤 한다, 아네트. 그 나이에 어떻게 혼자 마차[44]를 타고 모스크바로, 페

---

44) 이 장면에서 로스토바 부인은 드루베츠카야 공작 부인이 타고 다닌 마차를 '포보즈카(povozka)'로 언급한다. '포보즈카'는 스프링이 없는 하급 마차이며 승용과 운송용으로 모두 사용되었다. 일반적인 의미에서 '탈것'을 뜻하기도 하지만 이 장면에서는 '마차'로 옮기기로 한다. 톨스토이는 주로 전장에서 군인들이 짐마차로 사용하는 마차를 '포보즈카'라고 지칭했는데, 이것으로 미루어 드루베츠카야 공작 부인이 매우 궁색한 처지였다는 점, 귀부인이면서도 그런 초라한 마차로 장거리 여행을 하는 것을 꺼리지 않을 만큼 악착같은 여성이었다는 점을 짐작할 수 있다.

테르부르크로 질주하면서 모든 대신들과 모든 귀족들을 찾아다니며 그 모든 일들을 처리하니? 놀라워! 도대체 어떻게 그런 일을 해낼 수 있지? 나 같은 사람은 절대 못 할 거야."

"아!" 안나 미하일로브나 공작 부인이 대답했다. "숭배하다시피 사랑하는 아들을 데리고 의지할 곳 없이 과부로 산다는 게 얼마나 힘든 일인지 하느님께서 너에겐 그런 일을 모르게 하시길……. 사람은 무엇이든 배우게 된단다." 그녀는 다소 자랑스러움을 느끼며 계속 말했다. "소송 덕분에 이런저런 걸 배웠지. 이 세도가들 가운데 누군가를 꼭 만나야 할 경우에 난 편지를 보내. '아무개 공작 부인이 아무개를 뵙고자 합니다.' 그러고는 직접 삯마차를 타고 두 번이고, 세 번이고, 네 번이고 내가 필요한 것을 손에 넣을 때까지 계속 찾아가지. 사람들이 나에 대해 무슨 생각을 하든 상관없어."

"그런데 보렌카를 위해 도대체 누구에게 부탁한 거야?" 백작 부인이 물었다. "네 아들은 근위대 장교인데 니콜루시카는 사관후보생[45]으로 간단다. 도와줄 사람이 없어서 말이야. 넌 누구에게 부탁했니?"

"바실리 공작. 그는 매우 친절했어. 그 자리에서 모든 청을 승낙하고 폐하께 아뢰어 주었지." 안나 미하일로브나 공작 부인은 목적을 성취하기 위해 겪은 모든 굴욕을 깡그리 잊은 채 환희에 찬 목소리로 말했다.

---

45) junker. 제정 러시아 시대에 사관 학교나 경찰 학교의 생도, 혹은 임관을 받지 않은 채 군대에 들어간 젊은 귀족 청년을 가리키던 용어다. 'junker'는 '사관후보생'을 뜻하는 독일어 'junker' 혹은 'Fahnenjunker'를 차용했다.

"바실리 공작은 어때? 늙었니?" 백작 부인이 물었다. "우리가 루만체프 댁에서 연극을 한 이후로 본 적이 없네. 나에 대해 잊었을 거야. 내 꽁무니를 졸졸 따라다녔는데." 백작 부인은 미소를 띤 채 추억에 잠겼다.

"여전해." 안나 미하일로브나가 대답했다. "친절하고 아첨하기 좋아하고. 그렇게 높은 지위도 성격을 바꿔 놓지는 못했어. 그가 내게 말하더구나. '당신을 위해 내가 할 수 있는 일이 너무 적어 유감스럽습니다, 공작 부인. 분부를 내려 주십시오.' 아니, 그는 훌륭한 사람이고 좋은 친척이야. 하지만 나탈리, 넌 알지? 아들에 대한 나의 사랑을 말이야. 그 아이의 행복을 위해 내가 못 할 일이 뭐가 있을지 스스로도 모르겠어. 그런데 상황이 어찌나 안 좋은지……." 안나 미하일로브나는 목소리를 낮추며 서글프게 말을 이었다. "어찌나 안 좋은지 말이야, 난 지금 최악의 상황에 처해 있단다. 불운한 소송이 내가 가진 모든 것을 먹어 치우고 이제 꿈쩍도 하지 않아. 상상이 가니? 나에겐 문자 그대로 10코페이카짜리 동전 하나 없단다. 보리스에게 무엇으로 군복을 지어 줘야 할지 모르겠어." 그녀는 손수건을 꺼내며 훌쩍이기 시작했다. "500루블이 필요한데 나에겐 25루블짜리 지폐 한 장밖에 없어. 지금 내 처지가 그렇단다……. 이제 유일한 희망은 키릴 블라지미로비치 베주호프 백작이야. 만약 그분이 대자 ── 그분이 보랴의 대부잖니 ── 를 후원해 주지 않으면, 그 아이의 부양을 위해 뭐라도 물려주지 않으면 나의 모든 수고도 허사가 되고 말 거야. 아이에게 군복을 지어 줄 돈도 없게 돼."

백작 부인은 눈물을 지으며 말없이 뭔가 생각했다…….

"종종 생각해 보곤 한단다. 아마 이런 생각은 죄가 되겠지." 공작 부인이 말했다. "하지만 종종 생각해. 키릴 블라지미로비치 베주호프 백작은 혼자…… 그 막대한 재산을 가지고…… 뭘 위해 사는 걸까? 그분에게 삶은 무거운 짐일 뿐이지만 보랴는 이제 막 인생을 시작했어."

"그분은 분명 보리스에게 뭔가 남겨 주실 거야." 백작 부인이 말했다.

"하느님만 아실 일이지. 이런 부자들이나 고관들은 아주 이기적이거든. 어쨌든 난 지금 당장 보리스를 데리고 그분을 찾아가서 솔직하게 사정을 말하겠어. 남들이야 자기 좋을 대로 생각하라지. 난 정말 아무래도 상관없어. 아들의 운명이 이 일에 달렸다면 말이야." 공작 부인은 일어섰다. "지금 2시네. 만찬은 4시에 시작되지. 충분히 다녀올 수 있겠어."

시간을 잘 활용할 줄 아는 페테르부르크의 수완 좋은 마님다운 태도로 안나 미하일로브나는 사람을 보내 아들을 불러들이고는 함께 대기실로 향했다.

"다녀올게." 공작 부인은 문까지 배웅을 나온 백작 부인에게 말했다. "성공을 빌어 줘." 그녀는 아들에게 들리지 않도록 소곤거리며 덧붙였다.

"키릴 블라지미로비치 백작에게 가십니까, 마셰르?" 식당에 있던 백작 역시 대기실로 나오며 말을 걸었다. "그분의 병세가 좋아졌으면 피에르에게 우리 집 만찬에 오라고 초대해 주십시오. 그 녀석도 예전에는 우리 집에 놀러 와서 아이들과 춤도 추고 그랬답니다. 꼭 오라고 말해 주세요, 마셰르. 그건 그렇고, 오늘 타라스가 얼마나 놀라운 솜씨를 발휘했는지 보게 될 겁니다. 타라스 말로는 오를로프 백작[46] 댁에서도 우리 집에서 열릴 그런 만찬은 한 번도 없었다는군요."

---

46) 알렉세이 그리고리예비치 오를로프(Aleksei Grigorievich Orlov, 1735~1807)를 가리킨다. 그와 형 그리고리 그리고리예비치 오를로프(Grigori Grigorievich Orlov, 1734~1783)는 1762년 쿠데타를 일으켜 표트르 3세를 폐위시키고 암살한 후 황후인 예카체리나를 차르에 즉위시켰다. 알렉세이 오를로프는 1774년 튀르크 전쟁에서 이름을 떨쳤다. 은퇴한 이후 모스크바 근교의 네스쿠치니궁에 살면서 화려한 무도회와 만찬을 베풀었으며, 후한 환대로 사람들을 놀라게 했다. 19세기 초 그는 모스크바에서 가장 유명한 인물이었다.

# 12

  "사랑하는 보리스." 두 사람을 태운 로스토바 백작 부인의
카레타가 짚을 깔아 둔 거리[47]를 지나 키릴 블라지미로비치
베주호프 백작의 넓은 안뜰에 들어서자 안나 미하일로브나
공작 부인이 아들에게 말했다. "사랑하는 보리스." 어머니는
망토 달린 낡은 외투 밑에서 손을 내밀어 망설임과 다정함이
뒤섞인 몸짓으로 아들의 손에 올려놓으며 말했다. "부드럽게
행동하고 신중하게 처신하렴. 키릴 블라지미로비치 백작은
어쨌든 네 대부시고, 네 미래의 운명이 그분에게 달렸잖니. 기
억하렴, 얘야, 할 수 있는 한 사랑스럽게 굴어야 한다……."

  "이 일에서 모욕 이외에 또 어떤 결과가 나올지 알기만 해

---

47) 러시아와 유럽에서는 오랜 관습에 따라 위중한 병자가 사는 집 인근의
도로에 짚을 깔아 마차 바퀴가 자갈에 부딪히며 내는 소리를 최대한 줄였다.

도……." 아들은 차갑게 대꾸했다. "그래도 어머니께 약속했으니 어머니를 위해 그렇게 할게요."

누군가의 카레타가 마차 승강장에 서 있는데도 수위는 어머니와 아들(그들은 자신들의 방문을 알려 달라는 말도 없이 양쪽 벽의 벽감에 두 줄로 나란히 놓인 조각상들 사이를 지나 유리를 댄 현관방으로 곧장 들어왔다.)을 유심히 살피고 낡은 외투를 의미심장하게 쳐다보더니 누구를 만나러 왔는지, 만나려는 사람이 공작 영애인지 백작인지 물었다. 그리고 그들이 백작을 보러 왔다는 것을 확인하자 오늘 백작의 병세가 악화되어 아무도 맞이하지 않는다고 말했다.

"돌아가도 되겠네요." 아들이 프랑스어로 말했다.

"얘야." 어머니는 애원하는 목소리로 말하며 다시 아들의 손을 가볍게 어루만졌다. 마치 그러한 접촉이 아들을 진정시키거나 자극할 수 있다는 듯이.

보리스는 입을 다문 채 외투를 벗지도 않고 미심쩍은 눈으로 어머니를 바라보았다.

"이보게." 안나 미하일로브나는 수위를 돌아보며 부드러운 목소리로 말했다. "키릴 블라지미로비치 백작이 위중하다는 걸 아네…… 내가 온 것은 그 때문이야…… 난 친척이거든……. 걱정을 끼치지 않을 거야. 그저 바실리 세르게예비치 공작을 보기만 하면 돼. 그분이 여기 머물고 계시지 않나. 내가 왔다고 알려 드리게."

수위는 무뚝뚝하게 2층의 벨과 이어진 끈을 잡아당기고는 고개를 돌렸다.

"드루베츠카야 공작 부인께서 바실리 세르게예비치 공작님을 찾으십니다." 그는 2층에서 뛰어 내려와 계단의 돌출부에서 내다보는, 긴 양말과 단화에 연미복을 차려입은 하인을 향하여 소리쳤다.

어머니는 새로 물들인 실크 드레스의 주름을 매만지고 벽에 박힌 베네치아풍 전신 거울을 바라본 후 뒤축이 닳은 단화로 계단에 깔린 양탄자를 밟으며 활기차게 올라갔다.

"얘야, 나에게 약속했지." 그녀는 아들을 돌아보며 다시 한 번 말하고는 격려하기 위해 그의 두 손을 어루만졌다.

아들은 눈을 내리깔고 침착하게 어머니를 뒤따랐다.

그들은 홀로 들어갔다. 그곳에는 바실리 공작에게 배정된 방으로 통하는 문이 있었다.

홀 한가운데로 온 어머니와 아들이 그들을 보고 벌떡 일어난 늙은 하인에게 막 길을 물어보려는 순간, 여러 문들 가운데 하나의 청동 손잡이가 돌아가더니 벨벳 외투를 입고 간소하게 별 모양의 훈장 하나만 단 바실리 공작이 잘생긴 검은 머리의 남자를 배웅하러 나왔다. 그 남자는 페테르부르크의 유명한 의사 로랭이었다.

"그게 확실합니까?" 공작이 말했다.

"공작님, '인간은 잘못을 하기 마련'(라틴어)이라 하지 않습니까……." 의사는 에르(r) 발음을 삼키고 라틴어 단어를 프랑스어처럼 발음하며 대답했다.

"좋아요, 좋아……."

안나 미하일로브나와 그 아들을 알아본 바실리 공작은 정중한 인사로 의사를 배웅하고는 말없이, 그러나 미심쩍은 표정으로 그들에게 다가왔다. 아들은 어머니의 눈동자에 갑자기 깊은 슬픔이 떠오른 것을 눈치채고 가볍게 미소를 지었다.

"아, 공작, 우리가 이처럼 슬픈 상황에서 만나게 되다니요……. 그래, 우리의 사랑하는 병자는 좀 어떠신가요?" 그녀는 자신에게 쏠린 차갑고 모욕적인 시선을 알아차리지 못한 듯 말했다.

바실리 공작은 당황스러울 만큼 의심스러운 눈초리로 그녀를, 그다음에는 보리스를 바라보았다. 보리스는 정중하게 고개 숙여 인사했다. 바실리 공작은 인사에 답하지 않고 안나 미하일로브나를 향해 얼굴을 돌려 머리와 입술의 움직임으로 그녀의 질문에 답했다. 그 몸짓은 병자에 대한 매우 절망적인 예상을 뜻했다.

"정말인가요?" 안나 미하일로브나가 큰 소리로 외쳤다. "아, 정말 끔찍하군요! 생각만 해도 무서워요……. 이 아이는 내 아들이랍니다." 그녀는 보리스를 가리키며 덧붙였다. "당신에게 직접 감사 인사를 드리고 싶어 해서요."

보리스는 한 번 더 정중하게 인사를 했다.

"믿어 줘요, 공작. 당신이 우리를 위해 해 준 일을 이 어미의 마음은 결코 잊지 않을 거예요."

"당신에게 기쁨을 줄 수 있어 저도 기쁩니다, 친애하는 나의 안나 미하일로브나!" 공작은 가슴 부분에 달린 레이스 장식을 바로잡으며 말했다. 그런데 그에게 신세를 진 안나 미하일로브나에게 이곳 모스크바에서 보인 그의 몸짓과 목소리에는 페테르부르크의 아네트 셰레르 집에서 열린 야회 때보다 훨씬 더 오만한 기색이 드러나 있었다.

"군 복무에 충실하고 훌륭한 인물이 되도록 애쓰시오." 그는 근엄한 표정으로 보리스를 돌아보며 덧붙였다. "나도 기쁘군……. 여기서 휴가를 보내고 있소?" 그는 명령하듯 특유의 냉담한 어조로 말했다.

"새 임지로 떠나기 위해 명령을 기다리고 있습니다, 공작 각하." 보리스는 공작의 신랄한 어조에 대한 분노도, 그와 대화를 해 보려는 열의도 비치지 않은 채 대답했다. 그러나 공작이 뚫어지게 바라볼 정도로 그의 태도는 너무나 침착하고 정중했다.

"어머니와 함께 살고 있소?"

"로스토바 백작 부인 댁에서 지냅니다." 보리스는 이렇게 대답하고 다시 덧붙였다. "공작 각하."

"나탈리 신시나와 결혼한 그 일리야 로스토프 말이에요." 안나 미하일로브나가 말했다.

"압니다, 알아요." 바실리 공작은 특유의 단조로운 목소리로 말했다. "난 아직도 전혀 이해할 수 없습니다. 어째서 나탈리가 그 더러운 곰 같은 인간과 결혼하기로 결심했는지 말입니다. 정말이지 어리석고 우스꽝스러운 인간이에요. 게다가 사람들 말로는 노름꾼이라면서요."

"하지만 좋은 사람이에요, 공작." 안나 미하일로브나는 사람의 마음을 감동시킬 듯한 미소를 지으며 말했다. 로스토프 백작이 그런 말을 들을 만하다는 것은 자기도 잘 알지만 가엾은 노인네를 불쌍히 여겨 달라고 간청하는 듯했다.

"의사들은 뭐라고 하던가요?" 잠시 침묵하던 공작 부인은 울다 지친 듯한 얼굴에 다시 커다란 슬픔을 띠며 물었다.

"거의 가망이 없답니다." 공작이 말했다.

"아저씨께서 나와 보랴에게 베푸신 모든 은혜에 한 번 더 꼭 감사를 드리고 싶어요. 이 아이는 그분의 대자랍니다." 그녀는 이것이 바실리 공작에게 매우 기쁜 소식일 거라는 투로 덧붙였다.

바실리 공작은 생각에 잠긴 채 이맛살을 찌푸렸다. 안나 미하일로브나는 깨달았다. 그가 그녀를 베주호프 백작의 유언에 대한 경쟁자로 생각하고 두려워한다는 것을……. 그녀는 서둘러 그를 안심시켰다.

"만약 내게 아저씨를 향한 진실한 사랑과 성실함이 없다면……." 그녀는 '아저씨'라는 이 단어를 발음할 때 유난히 확신에 찬, 그러면서도 무심한 어조로 말했다. "난 그분의 성품을 잘 알아요. 고결하고 올곧은 분이시죠. 하지만 그분 옆에는 공작 영애들만 있으니……. 그들은 아직 젊어서……." 그녀는 고개를 숙이며 작은 목소리로 이렇게 덧붙였다. "공작, 그분이 마지막 의무48)를 마치셨나요? 이 마지막 몇 분이 얼마나 귀중한지! 병세가 이보다 더 나빠질 수도 없겠죠. 그렇게 편찮으시다면 그분을 위해 미리 준비를 해야 해요. 우리 여자들은요,

---

48) 죽음을 앞둔 사람의 마지막 의무란 사제에게 참회하고 성찬식과 성유식을 받는 것을 뜻한다.

공작……." 그녀는 부드럽게 미소를 지었다. "이런 일들을 어떻게 말해야 할지 언제나 잘 알고 있답니다. 꼭 그분을 만나야 해요. 이것이 나에게 아무리 괴로운 일이라 해도 난 이미 고통에 익숙하니까요."

공작은 아네트 셰레르의 야회 때처럼 안나 미하일로브나에게서 벗어나기가 쉽지 않다는 것을 절감한 듯했다.

"친애하는 안나 미하일로브나, 지금 만나는 것은 그분에게 힘겹지 않을까요? 저녁까지 기다려 봅시다. 의사들도 그때가 고비라고 하니까요."

"하지만 그때까지 기다릴 순 없어요, 공작. 생각해 봐요, 그분의 영혼이 구원을 받느냐 못 받느냐가 달린 문제라고요. 아, 무시무시하군요. 그리스도인의 의무라니……."

여러 방문들 중 하나가 열리더니 백작의 조카딸인 공작 영애가 나왔다. 얼굴은 음울하고 냉정해 보였으며 다리에 비해 허리가 깜짝 놀랄 만큼 길었다.

바실리 공작이 그녀를 돌아보았다.

"좀 어떠시니?"

"똑같아요. 뭐, 두 분 좋을 대로 해도 상관없지만 이렇게 시끄러워서야……." 공작 영애는 마치 모르는 사람을 대하듯 안나 미하일로브나를 쳐다보며 말했다.

"아, 당신을 알아보지 못했네요." 안나 미하일로브나는 행복한 미소를 띤 채 경쾌하고도 느린 걸음으로 백작의 조카딸에게 다가가며 말했다. "당신을 도와 우리 아저씨를 돌봐 드리려고 왔답니다. 당신이 얼마나 고생했을지 충분히 상상이 가요." 그녀는 동정 어린 표정으로 눈을 치뜨며 덧붙였다.

공작 영애는 아무 대답도 하지 않았다. 심지어 미소도 보이지 않고 곧장 나가 버렸다. 안나 미하일로브나는 장갑을 벗고는 탈환한 진지의 안락의자에 자리를 잡고 앉아 바실리 공작에게 옆에 앉도록 권했다.

"보리스!" 그녀는 아들을 부르며 미소를 지었다. "난 아저씨인 백작님을 뵈러 갈 테니 넌 잠시 나의 친구인 피에르에게 가 있으렴. 잊지 말고 로스토프가의 초대에 대해 전해 다오." 그녀는 공작을 돌아보며 말했다. "그 집안이 만찬에 그를 초대했답니다. 그는 가지 않을 거라고 생각합니다만."

"천만에요." 공작이 말했다. 그는 분명 기분이 언짢은 듯했다. "당신이 그 젊은이에게서 날 벗어나게 해 준다면 난 무척 기쁠 겁니다⋯⋯. 그는 여기 머물고 있습니다. 백작님은 한 번도 그에 대해 묻지 않으셨지요."

그는 어깨를 으쓱했다. 하인은 청년을 데리고 또 다른 계단을 따라 오르락내리락하며 표트르 키릴로비치가 있는 곳으로 안내했다.

# 13

피에르는 페테르부르크에서 미처 진로를 선택할 겨를이 없었으며, 실제로 폭행 사건 때문에 모스크바로 추방당했다. 로스토프 백작 집에서 사람들이 한 이야기는 정말이었다. 피에르는 경찰서장을 곰과 함께 묶은 사건에 가담했다. 그는 며칠 전에 도착하여 언제나처럼 아버지 집에 머물렀다. 자신에 관한 소문이 벌써 모스크바에 퍼졌다는 것, 아버지를 둘러싸고서 자기에게 늘 악의를 드러내는 여자들이 백작의 화를 돋우려고 이 기회를 이용하리라는 것을 짐작하고 있었다. 그래도 도착한 날 아버지가 거처하는 곳으로 갔다. 그는 평소 공작 영애들이 머무는 응접실에 들어가 수틀과 책을 붙잡고 앉은 여자들에게 인사를 건넸다. 그들 가운데 한 명이 소리 내어 책을 읽고 있었다. 그들은 세 명이었다. 책을 읽던 사람은 가장 손위인 깔끔하고 깐깐한 긴 허리의 아가씨로 안나 미하일로브나에게 왔던 바로 그 여자였다. 뺨이 발그레하고 예쁘장한 두 아가씨는 수를 놓고 있었다. 서로 다른 점이라고는 한 아가씨의 입술 위에 점이 있으며 그것이 그녀에게 아주 잘 어울린다는 사실뿐이었다. 그들은 피에르를 마치 시체나 페스트 환자라도 되는 양 맞이했다. 맏언니 공작 영애는 책 읽기를 멈추고 놀란 눈으로 말없이 그를 바라보았다. 점이 없는 동생도 똑같은 표정을 지었다. 명랑하고 잘 웃는, 점이 있는 막내는 앞으로 일어날 장면을 떠올리다 터져 나온 웃음을 감추려고 수틀 쪽으로 몸을 숙였다. 그녀는 그 장면이 재미있을 거라고 짐작한 것이다. 그녀는 털실을 밑으로 길게 늘이고 무늬를 살피는 양 몸을 숙이면서 간신히 웃음을 참았다.

"안녕하세요, 사촌 누님. 나를 모르겠어요?" 피에르가 말했다.

"잘 알죠. 지나치게요."

"백작님의 건강은 어떤가요? 백작님을 뵐 수 있을까요?" 피에르가 언제나처럼 겸연쩍게, 그러나 당황하는 기색 없이 물었다.

"백작님은 육체적으로나 정신적으로나 고통을 받고 계세요. 그런데 당신은 백작님께 정신적 고통을 더해 드리려고 특별히 신경 쓴 것 같더군요."

"백작님을 뵐 수 있을까요?" 피에르가 거듭 물었다.

"음! 그분을 죽이고 싶다면, 완전히 죽이고 싶다면 뵙는 것도 괜찮겠죠. 올가, 아저씨께 드릴 부용[49]이 준비됐는지 어떤

---

49) 새, 짐승, 물고기의 고기나 뼈를 끓여 만든 육수. 수프를 만들 때 기본이 되는 국물이다.

지 보고 와. 시간이 다 됐어." 그녀가 이렇게 덧붙였다. 그녀는 이 말을 통해 자신들은 바쁘다, 그것도 피에르의 아버지를 편안하게 해 드리기 위해 바쁘다, 그런데 피에르는 고작 아버지에게 실망을 안겨 드리느라 바빠 보인다 하는 뜻을 피에르에게 전하고 있었다.

올가가 나갔다. 피에르는 누이들을 바라보며 잠시 서 있다가 고개 숙여 인사를 하고는 말했다.

"그럼 난 내 방으로 갈게요. 만나 뵈어도 괜찮을 때 내게 말해 줘요."

그는 방에서 나갔다. 점이 있는 누이의 카랑카랑하면서도 요란하지 않은 웃음소리가 등 뒤에서 들렸다.

그다음 날 바실리 공작이 와서 백작의 집에 묵었다. 그는 피에르를 자기 방으로 불러 이렇게 말했다.

"이보게, 여기서도 페테르부르크에 있을 때처럼 처신하면 대단히 좋지 않은 결말을 맞게 될 걸세. 틀림없어. 백작님은 대단히, 대단히 편찮으시지. 자네는 절대로 그분을 만나서는 안 돼."

그 이후 피에르는 아무에게도 방해받지 않고 2층에 있는 자기 방에서 하루 종일 혼자 시간을 보냈다.

보리스가 방에 들어갔을 때 피에르는 방 안을 돌아다니다 이따금 구석에 멈춰 서서 마치 보이지 않는 적을 검으로 찌르듯 벽을 향해 위협적인 몸짓을 하기도 하고, 안경 너머로 무섭게 노려보기도 하고, 그러다가 다시 방 안을 거닐며 분명치 않은 말을 중얼거리기도 하고, 어깨를 으쓱하기도 하고, 두 팔을 벌리기도 했다.

"영국은 이제 끝이야, 끝!" 피에르는 얼굴을 찌푸린 채 누군가를 손가락으로 가리키며 중얼거렸다. "국가와 국민의 권리를 배신한 피트[50]에게 다음과 같은 선고를……." 피에르는 그 순간 자신을 나폴레옹이라고 상상하면서, 그리고 자신의 영웅과 함께 이미 위험한 칼레 해협[51] 횡단을 마치고 런던을 함락한 상황이라고 상상하면서 피트에게 선고를 내렸다. 그러나 선고를 미처 다 언도하기도 전에 자기 방에 들어온 훤칠하고 잘생긴 젊은 장교를 보게 되었다. 피에르는 걸음을 멈추었다. 보리스가 열네 살 소년일 때 떠났기 때문에 피에르는 그를 뚜렷이 기억하지 못했다. 그렇지만 특유의 민첩하고 진심어린 태도로 보리스의 손을 잡고는 다정한 미소를 지었다.

"날 기억합니까?" 보리스가 쾌활한 미소를 지으며 침착하게 말했다. "어머니와 함께 백작님을 뵈러 왔습니다. 하지만 건강이 아주 안 좋으신 것 같군요."

"네, 안 좋으신 것 같습니다. 사람들에게 늘 시달리셔서요." 피에르는 이 청년이 누구인지 기억하려고 애쓰며 대답했다.

보리스는 피에르가 자신을 알아보지 못하는 것을 알아챘으

---

50) 윌리엄 피트(William Pitt, 1759~1806). 토리당의 당수로 두 차례 영국 수상을 역임했다. 프랑스 대혁명과 나폴레옹에 반대하며 대프랑스 동맹의 중심 세력을 형성하는 한편 국내의 개혁 세력을 억압했다. 미국의 독립 전쟁 후 영국의 경제를 재건하는 데 힘써 시민 계급의 지지를 얻었고, 영국 안에서 흑인 노예 제도를 폐지하기 위해 힘썼다. 아우스터리츠 전투의 패배에 대한 충격으로 숨졌다.
51) 영국인들이 '도버'라고 부르는 해협을 프랑스인들은 '칼레'라고 부른다.

나 이름을 댈 필요는 없다고 생각하며 조금도 당황하는 기색 없이 피에르의 눈을 똑바로 바라보았다.

"로스토프 백작님이 오늘 그분 댁에서 열리는 만찬에 와 달라고 청하셨습니다." 피에르에게는 꽤 길고 어색하게 느껴진 침묵이 흐른 후 보리스가 말했다.

"아! 로스토프 백작님!" 피에르가 기쁜 표정으로 입을 열었다. "그럼 당신은 그분의 아드님인 일리야군요. 상상이 됩니까, 처음엔 당신을 알아보지 못했답니다. 우리가 보로비요비고리[52]에서 마담 자코와 돌아다니던 것을 기억합니까……? 오래전 이야기군요."

"잘못 보셨습니다." 보리스는 대답하면서도 다소 조롱하는 듯한 미소를 지으며 침착하게 말했다. "난 보리스입니다. 안나 미하일로브나 드루베츠카야 공작 부인의 아들이죠. 일리야는 로스토프가의 아버님 성함입니다. 아들은 니콜라이고요. 그리고 나는 마담 자코라는 분을 전혀 모릅니다."

피에르는 모기 떼나 벌 떼의 습격을 받기라도 한 듯 두 손과 머리를 흔들기 시작했다.

"아, 이런! 내가 혼동했군요. 모스크바에는 친척이 어찌나 많은지! 당신은 보리스라고요…… 그렇군요. 그럼 우리 사이의 이야기는 다 정리가 됐군요. 자, 당신은 불로뉴 원정[53]에 대

---

52) '참새 언덕'을 뜻하며, 오늘날 모스크바에 있는 레닌 언덕을 가리킨다.
53) 불로뉴는 프랑스 북부의 라인강 어귀에 있는 소도시다. 1803∼1805년 나폴레옹은 영국 상륙 작전을 위해 이곳을 기지로 삼았으나 영국을 공격하는 데는 실패했다.

해 어떻게 생각합니까? 나폴레옹이 해협을 건너기만 해도 영국인들에게는 상황이 불리하지 않을까요? 난 원정이 충분히 가능하다고 생각합니다. 빌뇌브[54]가 망쳐 놓지만 않는다면 말이죠!"

보리스는 불로뉴 원정에 대해 아무것도 몰랐다. 신문을 읽지 않았기 때문에 빌뇌브에 대해서도 처음 들었다.

"이곳 모스크바 사람들은 정치보다는 만찬과 험담으로 더 바쁩니다." 그는 특유의 침착하고 조롱하는 듯한 투로 말했다. "난 그에 대해 아무것도 모르고 아무 생각도 하지 않습니다. 모스크바는 무엇보다 험담에 몰두하는 곳이죠." 그는 계속 말을 이었다. "요즘은 당신과 백작님에 대한 이야기가 나돌고 있어요."

피에르는 특유의 온화한 미소를 지었다. 그 모습은 마치 상대방이 나중에 후회할 만한 무언가를 말하지 않을까 염려하는 것처럼 보였다. 그러나 보리스는 피에르의 눈을 똑바로 응시하면서 메마른 어조로 뚜렷하고 분명하게 말했다.

"모스크바에는 남을 헐뜯는 것 외에 달리 할 일이 없습니다." 그는 말을 이었다. "다들 백작님이 누구에게 재산을 남길

---

54) 1805년 가을에 나폴레옹은 피에르샤를 드 빌뇌브(Pierre-Charles de Villeneuve, 1763~1806) 해독에게 그의 군함들을 지중해에서 해협으로 이동시켜 그곳에 이미 주둔 중인 함대에 합류하라고 명령했다. 그러나 빌뇌브는 지중해에서 영국 해군에 봉쇄되어 명령을 이행하지 못했다. 한편 1805년 10월 21일 트라팔가 해전에서는 영국의 넬슨 해독이 프랑스와 에스파냐의 동맹 함대를 무찔렀다. 그리하여 나폴레옹은 불로뉴 원정을 포기하고 오스트리아로 군대를 이동시켰다.

지에 흥미를 갖고 있습니다. 하지만 어쩌면 그분이 우리 모두보다 더 오래 사실지도 모르죠. 난 진심으로 그렇게 되길 바랍니다만……."

"그렇군요, 모든 게 너무 괴로운 이야기군요." 피에르는 보리스의 말을 받아 이렇게 대꾸했다. "너무 괴로운 이야기예요." 피에르는 이 장교가 무심코 자신에게 거북한 대화로 빠져들지 않을까 계속 걱정스러웠다.

"당신은 틀림없이 그런 생각을 하고 있겠죠." 보리스는 살짝 얼굴을 붉혔으나 목소리와 자세를 바꾸지 않은 채 말했다. "당신은 분명 다들 부자에게서 뭐라도 받을 생각에만 정신이 팔렸다고 생각할 겁니다."

'맞아.' 피에르는 생각했다.

"오해를 피하기 위해 당신에게 말해 두고 싶습니다. 만약 당신이 나와 내 어머니를 그런 사람으로 본다면 큰 실수를 하는 거라고 말입니다. 우리는 매우 가난합니다. 하지만 나 자신을 위해서라도 이렇게 말하겠습니다. 당신 아버지가 부자라는 바로 그 이유 때문에 난 나 자신을 그분의 친척으로 생각하지 않는다고요. 나도 어머니도 그분에게 결코 아무것도 구걸하지 않고 아무것도 받지 않을 겁니다."

피에르는 오랫동안 그 말을 이해할 수 없었다. 그러나 그 말을 이해한 순간 소파에서 벌떡 일어나 특유의 민첩하고도 어색한 태도로 보리스의 팔꿈치 아래쪽을 덥석 잡았다. 그리고는 보리스보다 훨씬 더 얼굴을 붉히며 수치심과 분노가 뒤섞인 감정으로 입을 열었다.

"참으로 이상한 말을 하는군요! 정말로 내가…… 도대체 누가 그렇게 생각할 수 있단 말인가요……. 잘 알고 있습니다……."

하지만 보리스는 다시 피에르의 말을 가로막았다.

"다 털어놓고 나니 기쁘군요. 아마 당신은 기분이 나빴을 겁니다. 날 용서하십시오." 보리스는 피에르에게 위로받는 대신 그를 위로하며 말했다. "하지만 당신의 기분이 상하지 않았기를 바랍니다. 난 뭐든지 솔직히 말하자는 원칙을 갖고 있어서요……. 그런데 어떻게 전할까요? 로스토프가의 만찬에 올 건가요?"

그렇게 괴로운 의무를 벗어던진 보리스는 자신은 거북한 상황에서 빠져나오고 그 자리에 상대방을 밀어 넣으며 완전히 유쾌한 기분으로 돌아간 듯했다.

"아닙니다. 들어 봐요." 피에르는 마음을 가라앉히며 말했다. "당신은 놀라운 사람입니다. 당신이 지금 한 말은 대단히 훌륭합니다. 대단히 훌륭해요. 물론 당신은 날 알지 못합니다. 우리는 너무나 오랫동안 만나지 못했으니까…… 아직 어릴 때라……. 당신은 나를 보며 그렇게 생각할 수 있습니다. 난 당신을 이해합니다. 아주 잘 이해해요. 난 용기가 부족해서 그렇게 하지 못했을 겁니다. 하지만 훌륭해요. 당신을 알게 되어 무척 기쁩니다. 이상하군요." 그는 잠시 입을 다물더니 빙그레 웃으면서 이렇게 덧붙였다. "당신이 나를 그렇게 생각하다니요!" 그는 소리 내어 웃었다. "뭐 어떻습니까? 우리는 더 잘 알게 되겠죠. 잘 부탁드립니다." 그는 보리스의 손을 꽉 잡았다.

"당신이 아는지 모르겠지만 난 아직 백작님을 뵙지 못했답니다. 그분이 부르지 않아서요……. 난 그분을 인간으로서 동정합니다……. 그러나 어쩌겠습니까?"

"그런데 당신은 나폴레옹이 군대를 보낼 수 있을 거라고 생각합니까?" 보리스는 싱긋 웃으며 물었다.

피에르는 보리스가 화제를 바꾸고 싶어 하는 것을 알아채고 그의 뜻에 동의하며 불로뉴 계획의 이익과 불이익을 설명하기 시작했다.

보리스를 공작 부인에게 데려가려고 하인이 왔다. 공작 부인은 곧 떠나려 했다. 피에르는 보리스와 더 가까워지기 위해 만찬에 가겠노라 약속하고는 안경 너머로 보리스의 눈을 다정하게 바라보면서 손을 꼭 쥐었다. 보리스가 떠난 후 피에르는 다시 오랫동안 방 안을 거닐었다. 그는 더 이상 보이지 않는 적을 검으로 찌르는 행동은 하지 않고 그 사랑스럽고 총명하고 의연한 청년을 떠올리며 빙그레 웃었다.

풋풋한 젊은 시절에, 특히 고독한 처지에 있을 때 흔히 그러듯이 피에르는 그 청년에게 원인 모를 다정함을 느끼며 그와 꼭 친해져야겠다고 다짐했다.

바실리 공작이 공작 부인을 배웅했다. 공작 부인은 눈가에 손수건을 대고 있었으며, 그 얼굴은 눈물로 얼룩져 있었다.

"무서운 일이에요! 무서워요!" 그녀가 말했다. "하지만 내가 어떤 희생을 치르게 되든 난 의무를 다하겠어요. 밤을 보내러 다시 올게요. 그분을 그렇게 내버려 두어서는 안 돼요. 매 순간이 소중한걸요. 공작 영애들이 왜 그렇게 꾸물거리는지 모르겠군요. 하느님이 날 도우셔서 그분에게 마음의 준비를 시킬 방법을 찾게 하실지도 몰라요…… 안녕히 계세요, 공작. 하느님께서 당신을 붙들어 주시길…….”

“안녕히 가십시오, 친애하는 부인.” 바실리 공작은 이렇게 대답하고는 그녀에게서 돌아섰다.

“아, 그분은 끔찍한 상황에 놓였단다.” 카레타에 다시 자리를 잡고 앉자 어머니가 아들에게 말했다. “거의 아무도 알아보지 못해서.”

“엄마, 전 잘 모르겠어요. 피에르에 대한 그분의 태도는 어떤가요?” 아들이 물었다.

“유언이 모든 것을 말해 주겠지, 애야. 우리의 운명도 거기에 달렸단다…….”

“하지만 엄마는 어째서 그분이 우리에게 무언가를 남기실 거라고 생각하시죠?”

“아, 애야! 그분은 굉장히 부유하고 우리는 지독하게 가난하잖니!”

“휴, 그건 충분한 이유가 못 돼요, 엄마.”

“아, 하느님! 하느님! 그분이 그렇게 위독하시다니!” 어머니가 큰 소리로 부르짖었다.

# 14

안나 미하일로브나가 아들과 함께 키릴 블라지미로비치 베주호프 백작의 집으로 떠나자 로스토바 백작 부인은 눈가에 손수건을 댄 채 오랫동안 혼자 앉아 있었다. 마침내 그녀는 벨을 울렸다.

"이봐요, 어떻게 된 거예요?" 백작 부인은 몇 분을 기다리게 한 하녀에게 화를 내며 말했다. "일하고 싶은 생각이 없나 보죠? 그럼 당신에게 다른 일자리를 알아봐 주겠어요."

백작 부인은 친구의 슬픔과 굴욕적인 가난이 속상해 기분이 언짢았다. 그러한 기분은 하녀를 '이봐요'나 '당신'이라고 부르는 데서 늘 드러나곤 했다.

"죄송합니다." 하녀가 말했다.

"백작님을 모셔 와요."

백작은 몸을 뒤뚱거리며 언제나처럼 다소 미안한 표정으로 아내에게 다가왔다.

"아, 사랑스러운 백작 부인! 들꿩으로 만든 **소테 오 마데르**[55]가 아주 훌륭할 것 같구려, **마셰르!** 난 맛을 보았소. 타라스카를 위해 1000루블을 쓴 게 괜한 짓이 아니었어.[56] 그만한 가치가 있어요!"

그는 활기차게 두 팔꿈치를 무릎에 괴고 하얗게 센 머리카락을 흐트러뜨리며 아내 옆에 앉았다.

"백작 부인, 무슨 분부를 내리시려는지요?"

"사실은요, 여보. 여기 이 얼룩은 뭐죠?" 그녀는 조끼를 가리키며 말했다. "소테 자국이군요. 틀림없어요." 그녀는 빙긋 웃으며 덧붙였다. "있잖아요, 백작. 돈이 필요해요."

그녀의 얼굴에 슬픔이 어렸다.

"아, 백작 부인!" 백작이 지갑을 꺼내며 허둥댔다.

"많이 필요해요, 백작. 500루블은 있어야 해요." 그녀는 삼베 손수건을 꺼내 남편의 조끼를 닦아 주었다.

"지금 주겠소. 당장. 어이, 거기 누구 있나?" 그가 외쳤다. 자신이 큰 소리로 부른 자는 그 부름에 쏜살같이 달려올 거라고 확신하는 사람만이 낼 수 있는 목소리였다. "미첸카를 불러와!"

---

55) 마데이라 포도주로 육질을 연하게 한 스테이크를 뜻하는 프랑스어다.
56) 타라스카는 타라스의 애칭이다. 타라스는 농노임이 분명하다. 농노는 대개 자신이 속한 영지와 함께 매매되었지만 집안일을 훈련받은 하인들은 종종 별도로 매매되기도 했다. 당시 1000루블은 여덟 명에서 열 명의 일반 농노를 살 수 있는 금액이었다.

백작의 집에서 양육을 받고 지금은 백작의 모든 업무를 관리하는 귀족 가문의 자제 미첸카가 조용한 걸음으로 방에 들어왔다.

"이보게, 그게 말이야." 안으로 들어온 공손한 청년에게 백작이 말했다. "자네가 가져왔으면 하는데……." 백작은 생각에 잠겼다. "그래, 700루블이야, 맞아. 지난번처럼 찢어지거나 지저분한 돈을 가져오지 않도록 잘 살펴봐. 깨끗한 돈으로 가져와야 해. 백작 부인에게 드릴 돈이니까."

"그래요, 미첸카, 깨끗한 돈으로 부탁해요." 백작 부인이 슬프게 탄식하며 말했다.

"각하, 언제 가져올까요?" 미첸카가 물었다. "알아주셨으면 합니다……. 아닙니다, 걱정하지 마십시오." 그는 백작이 이미 힘겹게 자주 숨을 몰아쉬기 시작한 것을 눈치채고 이렇게 덧붙였다. 그것은 언제나 화가 나기 시작했다는 징조였다. "제가 완전히 잊고 있었습니다……. 당장 가져올까요?"

"그래, 그래, 바로 그거야. 즉시 가져오게. 여기 백작 부인에게 갖다 드려."

"저 미첸카는 나의 황금이오." 청년이 나가자 백작은 빙그레 웃으며 덧붙였다. "불가능은 없어요. 난 그걸 도저히 참을 수 없다니까. 무엇이든 가능해요."

"아, 돈, 돈, 이 돈 때문에 세상에 슬픈 일이 얼마나 많은지 몰라요, 백작." 백작 부인이 말했다. "하지만 내게는 이 돈이 꼭 필요해요."

"백작 부인, 당신의 낭비벽은 유명하잖소." 백작은 이렇게 말하고는 아내의 손에 입을 맞추고 다시 서재로 갔다.

안나 미하일로브나가 베주호프가에서 돌아왔을 때 백작 부인 옆 작은 테이블에는 이미 새 지폐로 마련된 돈이 손수건에 덮인 채 놓여 있었다. 안나 미하일로브나는 백작 부인이 무엇 때문인지 몹시 불안해하는 것을 알아차렸다.

"그래, 어땠니?" 백작 부인이 물었다.

"아, 얼마나 끔찍한 상태이던지! 그분을 알아볼 수 없었어. 너무 편찮으셔. 너무 안 좋아. 그래서 난 아주 잠깐 머물렀고, 말도 거의 못 했어……."

"아네트, 제발 거절하지 마." 백작 부인은 얼굴을 붉힌 채 손수건 밑에서 돈을 꺼내며 불쑥 말했다. 젊지 않고 야윈, 게다가 근엄해 보이기까지 한 얼굴에 그 표정은 너무나 이상야릇하게 보였다.

안나 미하일로브나는 무슨 일인지 금방 알아차렸다. 그리고 적당한 순간에 재빨리 백작 부인을 끌어안기 위해 몸을 숙였다.

"내가 보리스에게 주는 거야. 군복을 지어 입으라고……."[57]

안나 미하일로브나는 이미 그녀를 끌어안고 울고 있었다. 백작 부인도 울었다. 자신들이 친구 사이라는 것, 자신들이 선한 인간이라는 것, 어린 시절부터 친구인 자신들이 돈처럼 비천한 물건 때문에 염려하고 있다는 것, 자신들의 젊음이 지나

---

57) 로스토바 백작 부인이 드루베츠카야 공작 부인에게 보리스의 군복을 짓는 데 쓰라고 선사한 500루블은 당시 한 명의 농노나 농민이 일 년 동안 버는 현금 수입의 100배에 해당하는 큰 금액이었다.

가 버렸다는 것, 그 때문에 그들은 울었다. 하지만 두 사람의
눈물은 기쁨의 눈물이었다.

# 15

로스토바 백작 부인은 딸들과 이미 많은 수를 이룬 손님들과 함께 응접실에 앉아 있었다. 백작은 남자 손님들을 데리고 서재로 가 자신이 즐겨 모으는 튀르크산[58] 파이프 수집품을

---

58) 톨스토이가 집필하던 당시 러시아를 비롯한 유럽에서 '튀르크'는 '오스만 제국'을 가리키는 나라명이기도 했고, 그 제국의 백성과 언어와 영토를 가리키는 명칭이기도 했다. 그러나 엄밀히 말해 '튀르크'는 튀르크계 언어를 사용하고 시베리아에서 발칸반도까지 광대한 지역에 분포하던 다양한 부족들을 일컫는다. 오스만 제국(1299~1922)을 세운 오스만 1세가 튀르크족 출신이긴 하지만 튀르크족은 오스만 제국의 지배층과 피지배층을 이루는 다양한 종족들 가운데 일부일 뿐이었다. 그래서 오늘날 학계에서는 '튀르크'와 '오스만 제국'을 별개로 구분하는 경향이 일반적이다. 이 책 본문에서는 톨스토이가 집필할 당시의 관행을 존중하여 오스만 제국과 그 백성을 모두 '튀르크'로 번역했고, 러시아와 오스만 제국이 치른 전쟁 역시 당시 러시아에서 지칭하던 대로 '튀르크 전쟁'으로 번역했다. 본문이 아닌 옮긴이 주에서는 되도록 '오스만 제국'과 '튀르크'라는 명칭을 구분하여 사용했다.

구경하도록 권했다. 이따금 그는 서재에서 나와 아직 오시지 않았는지 묻곤 했다. 그들이 기다리는 사람은 사교계에서 무서운 용이라는 별명을 가진 마리야 드미트리예브나 아흐로시모바였다. 부나 명예가 아닌 올곧은 지성과 솔직하고 담백한 태도로 유명한 부인이었다. 차르의 가문도 마리야 드미트리예브나를 알았을 뿐 아니라 모든 모스크바 사람들과 모든 페테르부르크 사람들이 그녀를 알았다. 두 도시 사람들은 그녀에게 놀라고, 그녀의 거친 언행을 은근히 비웃고, 그녀에 대한 일화를 이야기했다. 그러나 누구 하나 예외 없이 모두 그녀를 존경하고 두려워했다.

연기로 가득 찬 서재에서는 성명서로 선포된 전쟁과 징집[59]

---

59) 전쟁과 징집에 대한 알렉산드르 1세의 칙령이 모스크바에서 발표된 것은 1805년 9월 1일이었다. 그러나 쿠투조프가 지휘하는 러시아군은 오스트리아군과 합류하고자 8월 10일 이미 페테르부르크를 떠난 상태였다. 따라서 칙령이 공식적으로 발표되기 이전인 8월 26일 로스토프가 만찬에서 그 칙령이 화제에 오를 수 있었다.

한편 러시아에 근대적 병역 의무 제도로서 징병제가 시행된 것은 1874년이지만 18세기 초부터 징병이 존재했다. 일 년에 1회 정도이며, 농노 100명당 한 명 정도를 신병으로 징집했다. 1812~1813년에는 5회 징집으로 강화되었고, 농민 500명당 열두 명을 징집하는 고장도 있었다. 1812~1813년에 징집된 병사의 수는 42만 명을 훨씬 웃돈다고 한다.

정규군 이외에 민병도 모집했다. 러시아에서는 지주가 정부의 요청에 응하여 자기 영지의 농민들 가운데 병사를 모집하고 그 운영비를 댔다. 1812년 무렵 민병은 총 30만 명에 달했다. 귀족은 병역 의무를 면제받았지만(성직자와 대상인도 마찬가지였다.) 많은 귀족이 군대에서 복무했으며, 입대하지 않은 귀족들도 국난이 닥치면 전장으로 달려가곤 했다. 러시아를 침공한 나폴레옹의 60만 대군은 절반 가까이가 외국인 용병 부대로 이루어져 있었다.

에 대한 이야기가 오갔다. 성명서를 읽은 사람은 아직 아무도 없었으나 성명서의 출현에 대해서는 다들 알고 있었다. 백작은 담배를 피우며 이야기를 나누는 두 이웃 사이의 작은 오토만[60]에 앉아 있었다. 백작은 담배를 피우거나 이야기를 하지 않았지만 만족스러워 보이는 표정을 띤 채 고개를 이쪽저쪽 돌리면서 담배 피우는 사람들을 쳐다보기도 하고, 자신이 부추긴 두 이웃의 이야기에 귀를 기울이기도 했다.

이야기를 나누는 사람들 가운데 한 명은 문관으로, 깨끗이 면도한 주름투성이의 신경질적인 야윈 얼굴에다 이미 노령에 가까운데도 최신 유행을 좇는 젊은이처럼 옷을 입는 사람이었다. 그는 집안사람 같은 태도로 작은 오토만 위에 다리를 걸치고 앉아 호박 파이프를 비스듬하게 입안 깊숙이 물고 맹렬하게 연기를 빨아들이며 눈을 가늘게 뜨고 있었다. 늙은 독신남이자 백작 부인의 사촌인 신신이었다. 모스크바의 여러 살롱에서 떠도는 소문대로 독설가였다. 그는 자신을 낮추어 대화 상대의 수준에 맞춰 주는 것처럼 보였다. 또 한 사람은 장밋빛 얼굴의 산뜻한 근위대 장교로, 흠잡을 데 없이 깨끗하게 씻고 단추를 빈틈없이 잠그고 깔끔하게 머리칼을 빗어 넘긴 모습이었다. 그는 호박 파이프를 입 한가운데 문 채 장밋빛 입술로 살짝 연기를 빨아 아름다운 입에서 작은 고리 모양의 연기를 뿜고 있었다. 그는 보리스와 함께 연대로 떠날 예정인 세묘놉스키 연대의 장교 베르크 중위였다. 나타샤는 맏이

---

60) 팔걸이와 등받이가 없는 푹신한 의자다.

인 베라를 놀리느라 베르크를 베라의 약혼자라고 불렀다. 백작은 이 두 사람 사이에 앉아 주의 깊게 그들의 이야기를 들었다. 몹시도 좋아하는 보스턴 카드놀이를 제외하면 백작이 가장 좋아하는 일은 듣는 사람의 입장에 서는 것이었다. 특히 그가 말 많은 두 사람을 부추겨 대화를 나누게 한 경우에는 더욱 그러했다.

"음, 그렇다면, 이봐요, 존경하는 알폰스 카를리치." 신신은 조롱하는 듯한 웃음을 띤 채 지극히 소박하고 서민적인 러시아어 표현과 우아한 프랑스어 문구를 섞어 가며(그것은 그의 말투를 이루는 특징이었다.) 말했다. "당신은 정부로부터 수입을 얻고 싶습니까, 중대로부터 얻고 싶습니까?"

"아닙니다, 표트르 니콜라예비치. 난 다만 기병의 수입이 보병에 비해 훨씬 적다는 것을 입증하고 싶었을 뿐입니다. 자, 표트르 니콜라예비치, 이제 나의 처지를 한번 생각해 보세요."

베르크는 언제나 매우 정확하고 침착하고 정중하게 말했다. 그의 이야기는 언제나 자신에 관한 것뿐이었다. 사람들이 그와 직접적인 관련이 없는 이야기를 할 때면 언제나 침착하게 침묵을 지켰다. 그 자신도 당황하지 않고 다른 사람에게도 전혀 곤혹스러움을 불러일으키지 않으면서 몇 시간이고 그렇게 침묵할 수 있었다. 그러나 대화가 자신에 관한 것이 되면 즉시 뚜렷한 만족감을 드러내며 장황하게 이야기를 늘어놓기 시작했다.

"나의 처지를 생각해 보세요, 표트르 니콜라이치. 내가 만일 기병대에 있다면 넉 달에 기껏해야 200루블밖에 못 받을 겁니다. 중위 계급이라 해도 말이죠. 그런데 지금 난 230루블을 받는단 말입니다." 베르크는 즐겁고 유쾌한 미소를 띤 채 신신과 백작을 바라보며 말했다. 마치 자신의 성공이 언제나 나머지 다른 사람들의 욕망이 추구하는 주요한 목표임에 틀림없다고 생각하는 듯했다.

"그뿐이 아닙니다, 표트르 니콜라이치. 근위대로 전속한 후 난 사람들의 주목을 끌게 되었지요." 베르크는 계속해서 말했다. "근위 보병에는 공석이 생기는 경우도 훨씬 더 많습니다. 그리고 잘 생각해 보세요. 내가 어떻게 230루블로 생활을 꾸려 나갈 수 있었을지 말입니다. 난 저축도 하고 아버지에게 돈도 부치고 있어요." 그는 작은 고리 모양의 연기를 뿜으며 계속 말했다.

"딱 맞는 말이군……. 속담에 독일인은 도끼 등으로 탈곡을 한다더니." 신신은 호박 파이프를 입의 다른 쪽에 고쳐 물며 백작에게 한쪽 눈을 찡긋했다.

백작은 껄껄 웃음을 터트렸다. 다른 손님들은 신신이 대화를 나누는 것을 보자 이야기를 들으려고 다가왔다. 베르크는 조롱도 무관심도 눈치채지 못한 채 자기가 근위대로 전속함으로써 사관 학교 동창들보다 한 계급 높아졌다는 것, 전시(戰時)에는 중대장이 죽을 수 있으니 중대의 최고참인 자기가 아주 쉽사리 중대장이 될 수 있다는 것, 연대 사람들이 모두 자기를 좋아한다는 것, 아버지가 그에게 흡족해한다는 것 등을 계속해서 지껄였다. 베르크는 이 모든 이야기들을 늘어놓으면서 즐거워하는 듯 보였고, 다른 사람들에게도 저마다 관심거리가 있을 수 있다는 것을 생각하지 않는 듯했다. 그러나 그가 들려준 모든 이야기가 어찌나 유쾌하고 진솔한지, 젊은이 특유의 이기주의가 풍기는 순진함이 어찌나 뻔하게 보이는지 청중은 그만 무장 해제되고 말았다.

"이봐요, 당신은 보병대든 기병대든, 어딜 가든 성공할 거요. 내가 당신에게 예언하지." 신신은 베르크의 어깨를 가볍게 두드리고 작은 오토만에서 두 다리를 내리며 말했다.

베르크가 기쁜 듯 씩 웃었다. 백작은 응접실로 나갔고, 손님들도 그를 뒤따랐다.

공식 만찬을 앞둔 시간, 즉 그곳에 모인 손님들이 자쿠스카[61] 요리에 불러 주기를 기다리느라 긴 대화를 시작하려 하지 않는, 그러면서도 테이블에 앉으려고 안달하는 게 결코 아님을 보여 주고자 침묵을 피하면서 가볍게 움직일 필요가 있다고 여기는 그런 시간이 되었다. 주인 부부는 문 쪽을 힐끗거리며 이따금 서로 눈짓을 주고받았다. 손님들은 그 시선에서 주인 부부가 누구를 여전히 기다리는지, 혹은 무엇을 여전히 기다리는지 추측해 내려고 애썼다. 만찬에 지각한 중요한 친척일까, 아니면 아직 완성되지 않은 요리일까?

피에르는 만찬 직전에 도착하여 처음 눈에 띈 응접실 한가운데의 안락의자에 어색하게 앉아 모든 사람들의 길을 막고

---

61) 러시아식 정찬에서 식욕을 돋우기 위해 가장 먼저 내놓는 전채 요리이며 각종 냉육, 캐비어, 청어 절임, 야채샐러드 등으로 이루어진다.

있었다. 백작 부인은 이야기를 시키고 싶었지만, 그는 누군가를 찾는 듯 안경 너머로 순박하게 주위를 둘러보면서 백작 부인의 모든 질문에 간단히 답할 뿐이었다. 그는 남들에게 폐를 끼치면서도 혼자만 깨닫지 못했다. 곰에 대한 일화를 아는 많은 손님들은 호기심 어린 눈으로 이 덩치 크고 뚱뚱하고 온순한 남자를 바라보면서 어떻게 저런 굼뜨고 소극적인 사람이 경찰서장에게 그런 장난을 칠 수 있었을까 의아해했다.

"이곳에는 최근에 왔나요?" 백작 부인이 물었다.

"네, 부인." 그는 주위를 둘러보며 말했다.

"내 남편을 만난 적이 없죠?"

"네, 부인." 그는 생뚱맞게 씩 웃었다.

"당신은 최근에 파리에 있지 않았나요? 매우 재미있었을 것 같은데요."

"매우 재미있었습니다."

백작 부인은 안나 미하일로브나와 눈짓을 주고받았다. 안나 미하일로브나는 이 청년을 상대해 달라는 부탁임을 알아채고 그의 옆으로 다가앉아 아버지에 대한 이야기를 꺼냈다. 그러나 백작 부인에게 그랬던 것처럼 안나 미하일로브나에게도 간단한 말로 대답할 뿐이었다. 손님들은 모두 자기들끼리 이야기를 나누느라 정신이 없었다.

"라주몹스키 댁 분들은⋯⋯." "참 매력적이에요⋯⋯." "아프락시나 백작 부인은⋯⋯." 사방에서 말소리가 들렸다. 백작 부인은 자리에서 일어나 홀로 갔다.

"마리야 드미트리예브나신가요?" 홀에서 그녀의 목소리가 들렸다.

"그래, 나다." 여자의 투박한 음성이 대답하는 소리가 들렸다. 뒤이어 마리야 드미트리예브나가 안으로 들어왔다.

나이가 아주 많은 노인들을 제외하고 모든 아가씨들, 심지어 부인들까지 자리에서 일어났다. 마리야 드미트리예브나는 문가에 서서 하얗게 센 머리칼을 곱슬곱슬하게 만 쉰 살 된 머리를 높이 치켜세우고 뚱뚱한 몸을 곧게 편 채 손님들을 둘러보고는 마치 소맷자락을 걷듯 드레스의 넓은 소매를 느긋하게 매만졌다. 마리야 드미트리예브나는 언제나 러시아어로 말했다.

"사랑하는 두 모녀의 명명일을 축하하네." 그녀는 다른 모든 소리를 압도하는 특유의 크고 굵은 목소리로 말했다. "이 방탕한 늙은이, 자네는 어떤가?" 그녀는 자신의 손에 입을 맞추는 백작을 돌아보았다. "보아하니 모스크바에 있는 게 따분한가 보군? 개를 몰고 갈 곳이 없지? 이보게, 어쩌겠나? 이 작은 새들이 어떻게 자라는지 보게……." 그녀는 아가씨들을 가리키며 말했다. "좋든 싫든 신랑감들을 찾아 줘야지."

"나의 코사크[62](마리야 드미트리예브나는 나타샤를 코사크라고

---

62) 코사크는 러시아인과 우크라이나인 등 슬라브인으로 이루어진 일종의 자치 공동체로 대부분 러시아 정교를 믿고 슬라브계 언어를 사용한다. 러시아어로 '카자크(kazak)', 우크라이나어로 '코자크(kozak)', 폴란드어로 '코자크(kozak)라 칭한다. 코사크는 폴란드-리투아니아 연합 왕국이나 모스크바 대공국에서 이탈한 농민들이 러시아의 돈강 유역, 우랄 지역, 우크라이나의 자포로제 지역 등에 모여들어 형성한 공동체에 기원을 둔다. 이들은 선거로 수장을 선출하고 모든 주요 문제를 합의로 결정하는 민주적 자치를 행했다.

불렀다.)는 어찌 지냈느냐?" 그녀는 두려움 없이 명랑하게 손에 입을 맞추러 다가온 나타샤를 다정하게 쓰다듬으며 말했다. "네가 못된 아가씨라는 것은 안다만, 그래도 사랑한다."

그녀는 커다란 손가방에서 배 모양의 루비 귀걸이 한 쌍을 꺼내 명명일의 기쁨으로 얼굴이 환히 빛나고 뺨이 발그레 물든 나타샤에게 건네고는 이내 고개를 돌려 피에르에게 말을 걸었다.

"아니! 이게 누구야! 얘야, 이리 좀 와 보렴." 그녀는 일부러 나지막하고 가느단 목소리로 말했다. "와 보라니까, 얘야!"

그러더니 위협적인 태도로 소맷자락을 더 걷어 올렸다.

피에르는 안경 너머로 순진하게 그녀를 바라보며 가까이

---

16~17세기에 폴란드-리투아니아 연합 왕국과 러시아는 타타르계와 튀르크계 유목 민족의 침입을 막고자 코사크에게 무기, 탄약, 식량, 자금을 주어 국경을 수비하게 했다. 이후 세력이 강해진 제정 러시아의 지배층은 코사크 수장들을 온갖 특권으로 회유하여 코사크 공동체의 자치를 축소시키려 했다. 이 과정에서 17세기 후반에는 스텐카 라진이, 18세기에는 푸가쵸프가 이끄는 코사크의 농민 전쟁이 발발하기도 했다. 그러나 18세기에 이르면 세력이 큰 수장들은 대체로 러시아 정부로부터 관등을 하사받아 러시아의 지주 귀족이 되고, 코사크는 광대한 토지를 교환 조건으로 제정 러시아의 비정규군으로 편입되기에 이른다. 『전쟁과 평화』에 등장하는 코사크 부대는 이 시기의 코사크 집단을 가리킨다.

코사크는 슬라브 문화권에 뿌리를 둔 부족이지만 '민족'이나 '국민' 등 통상적인 범주로 이들 집단을 정의하기 어렵다. 코사크의 주요 근거지는 러시아 남부와 우크라이나 남부였으나 러시아와 우크라이나와 폴란드-리투아니아 연합 왕국의 정치적 관계에 따라 거주 지역과 생활 방식이 다양하게 변했기 때문이다. 그래서 옮긴이는 러시아, 우크라이나, 폴란드 등 특정 나라의 언어로 지칭하기보다 이 집단을 단일하게 'cossack'라고 칭한 영어의 음가를 빌려 '코사크'를 번역어로 택했다.

다가갔다.

"옆으로 와, 더 가까이, 얘야! 난 네 아버지가 기회를 잡았을 때[63] 그에게 진실을 말한 유일한 사람이다. 하느님이 분부하시니 너에게도 기꺼이 말하련다."

그녀는 잠시 입을 다물었다. 다들 이게 서두에 불과하다고 느끼며 무슨 일이 일어날까 하는 기대로 조용히 숨을 죽였다.

"잘했다. 할 말이 없구나! 착한 녀석이야! 아버지는 병상에 누웠는데 아들은 경찰서장을 곰의 등에 태우고 신나게 노니 말이다. 부끄럽구나, 얘야, 부끄러워! 차라리 전쟁에 나가는 편이 낫겠다."

그녀는 고개를 돌리고는 가까스로 웃음을 참고 있는 백작에게 손을 내밀었다.

"자, 보아하니 이제 테이블로 갈 시간인 것 같군." 마리야 드미트리예브나가 말했다.

백작과 마리야 드미트리예브나가 맨 앞에서 걸었다. 그다음에는 경기병 연대장이 백작 부인을 이끌고 갔다. 니콜라이는 그와 함께 자신의 연대를 찾아가야 했다. 그래서 그는 꼭 필요한 인물이었다. 안나 미하일로브나는 신신과 함께 갔다. 베르크는 베라에게 손을 내밀었다. 생글생글 웃던 줄리 카라기나는 니콜라이와 함께 테이블로 갔다. 홀 전체에 길게 늘어서 있던 다른 쌍들도 그들을 뒤따랐고, 마지막으로 아이들과

___

63) '기회를 잡았을 때'라는 문구는 궁정에서 빠르게 출세한 남자들을 가리키는 18세기의 특별한 표현이다. 예카체리나 대제 시절에 그런 식으로 출세한 남자들은 대개 그녀의 애인이었다.

가정 교사들이 한 사람씩 뒤를 이었다. 하인들이 움직이기 시작하고, 의자들이 덜거덕거리고, 연단 위에서 음악이 연주되기 시작하고, 손님들이 각자 자리에 앉았다. 백작의 전속 악단이 내는 소리는 나이프와 포크 소리, 손님들의 말소리, 하인들의 조용한 발소리에 밀려났다. 테이블 한쪽 끝의 상석에는 백작 부인이 앉았다. 그녀의 오른쪽에는 마리야 드미트리예브나가, 왼쪽에는 안나 미하일로브나와 다른 여자 손님들이 앉았다. 맞은편 끝에는 백작이 앉고, 그 왼쪽에는 경기병 연대장이, 오른쪽에는 신신과 다른 남자 손님들이 앉았다. 긴 테이블의 한쪽에는 연령층이 높은 젊은이들이 앉았다. 베라는 베르크와, 피에르는 보리스와 나란히 앉았다. 다른 쪽에는 아이들과 가정 교사들이 앉았다. 백작은 크리스털 식기와 유리병과 과일이 담긴 그릇 너머로 아내와 하늘빛 리본이 달린 그녀의 높다란 실내용 모자를 계속 힐긋거리며 옆에 앉은 손님들의 잔에 열심히 술을 따랐다. 물론 자기 잔에 따르는 것도 잊지 않았다. 백작 부인도 여주인의 의무를 잊지 않고 파인애플 너머로 남편에게 의미 있는 눈짓을 던지곤 했다. 그녀에게는 남편의 대머리와 불그레한 얼굴이 희끗한 머리칼 때문에 한층 더 두드러져 보였다. 여자들 쪽에서는 일정한 리듬의 수다가 계속 이어졌다. 남자들 쪽에서는 목소리가, 특히 경기병 연대장의 목소리가 점점 더 커졌다. 그가 얼굴을 점점 더 붉게 물들이며 어찌나 많이 먹고 마셨던지 백작이 다른 손님들에게 그를 본보기로 내세울 정도였다. 베르크는 부드러운 미소를 띠며 사랑은 지상이 아닌 천상의 감정이라고 베라에게 말했다. 보리스는 새로운 친구 피에르에게 테이블 건너편에 있는 손님들의 이름을 가르쳐 주기도 하고, 맞은편에 앉은 나타샤와 서로 눈짓을 주고받기도 했다. 피에르는 거의 말을 하지 않고 새로운 얼굴들을 힐끗거리며 우적우적 먹어 댔다. 두 가지 수프 — 그는 거북 수프를 골랐다 — 부터 대형 피로그[64]와 들꿩 요리까지 한 가지도 놓치지 않았고, 하인장이 '드라이 마데이라'니 '헝가리산'이니 '라인산'이니 중얼거리며 피에르 옆에 앉은 사람의 어깨 뒤에서 냅킨에 싼 병으로 은밀히 내미는 술을 한 번도 그냥 보내지 않았다. 그는 각각의 식기 세트 앞에 놓인, 백작의 머리글자가 있는 크리스털 잔 네 개 중에서 가장 먼저 눈에 띈 잔을 집어 만족스럽게 마시며 점점 더 즐거운 표정으로 손님들을 둘러보았다. 맞은편에 앉은 나타샤는 열세 살 소녀가 이제 막 첫 키스를 나누고 사랑하게 된 소년을 볼 때와 같은 얼굴로 보리스를 바라보고 있었다. 그 시선은 이따금 피에르를 향하곤 했다. 이 재미있고 발랄한 소녀의 눈길을 받을 때면 그는 이유도 알 수 없이 괜히 웃고 싶어졌다.

니콜라이는 소냐에게서 멀리 떨어져 줄리 카라기나 옆에 앉아 또다시 똑같은 본능적인 미소를 지으며 그녀와 무언가에 대해 이야기를 나누었다. 소냐는 의례적인 미소를 짓고 있었지만 질투로 괴로워하는 듯 보였다. 그녀는 창백해졌다 붉어졌다 하면서 온 힘을 다하여 니콜라이와 줄리가 나누는 대

---

64) 빵 속에 치즈, 캐비어, 연어, 버섯, 고기, 달걀 등을 채운 러시아 고유의 음식이다.

화에 귀를 기울였다. 여자 가정 교사는 누가 아이들을 모욕하려 들면 언제라도 반격하려는 듯 불안하게 주위를 둘러보고 있었다. 독일인 남자 가정 교사는 독일의 가족에게 보낼 편지에 모든 것을 상세히 쓰기 위해 모든 종류의 음식과 후식과 술을 기억하려 애썼고, 냅킨에 싼 술병을 쥔 하인장이 그를 빠뜨리고 지나가면 몹시 불쾌해했다. 독일인은 인상을 쓰며 자기는 그 술을 받고 싶지 않다는 표정을 지으려고 했다. 그런데도 화가 난 이유는 술을 받으려는 것이 갈증을 풀기 위해서나 탐욕 때문이 아니라 열렬한 지식욕 때문이라는 것을 아무도 알고 싶어 하지 않았기 때문이었다.

# 16

남자들이 앉은 테이블 한쪽 끝에서는 대화가 점점 활기를 띠었다. 연대장은 전쟁을 선포하는 성명서가 이미 페테르부르크에서 발표되었다고, 오늘 특사가 한 통을 총사령관에게 전했으며 자신은 그 성명서를 직접 보았다고 말했다.

"도대체 악마는 왜 우리로 하여금 보나파르트와 싸우러 가게 만드는 걸까요?" 신신이 말했다. "그는 이미 오스트리아의 오만한 콧대를 꺾어 놓았어요. 이제 우리 차례가 아닐까 걱정이군요."

연대장은 키가 크고 건장한 다혈질의 독일인으로 노련한 군인이자 애국자로 보였다. 그는 신신의 말에 모욕을 느꼈다.

"틴애하는 선생, 크건 말입니다." 그는 'ㅊ'을 'ㅌ'으로, 'ㄱ' 을 'ㅋ'으로 발음했다. "황제 폐하께서 잘 알코 케시기 때문입니다. 크분은 성명서를 통해 러시아를 위협하는 위험을 무심하케 볼 수 없다고 말씀하셨습니다. 제국의 안전과 위신, 동맹의 신성함……." 그는 무엇 때문인지 '동맹'이라는 단어를 유난히 강조하며 말했다. 마치 이것이 문제의 핵심이라는 듯 말이다.

그러고는 그의 특징인 관료다운 정확한 기억력으로 성명서의 서두를 암송했다.

군주의 유일하고 절대적인 목적, 즉 견고한 토대 위에 유럽의 평화를 확립하려는 갈망은 군주로 하여금 오늘날 군대의 일부를 국경 밖에 파병하여 이 의도를 성취하기 위해 더욱 힘쓰도록 이끌었도다.

"바로 이런 이유 때문입니다, 틴애하는 선생." 연대장은 술잔을 비우고 격려를 구하는 눈길로 백작을 바라보며 교훈적으로 말을 맺었다.

"이런 속담을 아십니까? '예료마, 예료마, 너는 집에 들어앉아 너의 물렛가락이나 갈았으면 좋았을 것을.'" 신신이 얼굴을 찌푸린 채 미소를 지으며 말했다. "그 말은 우리에게 놀랍도록 잘 어울리지요. 수보로프[65]를 입에 올려 뭘 하겠습니까?

---

65) 신신은 1799년의 스위스 원정을 염두에 두고 있다. 그 원정에서 러시아와 오스트리아 동맹군은 프랑스군에 패배했지만, 수보로프와 부하 2만 명은 프랑스군 8만 명의 포위를 뚫고 탈출하여 생포를 면했다. 알렉산드르 바실리예비치 수보로프(Aleksandr Vassilievich Suvorov, 1729~1800)는 '전쟁에서 한 번도 패한 적이 없는 장군'으로 널리 알려진 러시아 장군이다. 폴란드 전

그 사람조차 산산이 격파되고 말았는데요. 이제 우리나라 어디에 수보로프 같은 사람이 있습니까? 당신에게 묻겠습니다." 그는 끊임없이 러시아어와 프랑스어를 넘나들며 말했다.

"우리는 마지막 한 방울의 피를 흘릴 때까지 싸워야 합니다." 연대장은 테이블을 내리치며 말했다. "황제를 위해 주욱는 컵니다. 크컷으로 족하죠. 생칵은 카느웅한,(그는 '가능한'이란 말을 유난히 늘였다.) 카느웅한 적은 케 좋습니다." 그는 다시 백작을 돌아보며 말을 맺었다. "늙은 컁키병들은 크렇게 생칵합니다. 크케 다입니다. 그럼 당신네 젊은이들은, 젊은 컁키병들은 어떻케 생칵합니까?" 그는 니콜라이를 돌아보며 이렇게 덧붙였다. 화제가 전쟁에 관한 것임을 들은 니콜라이는 이미

---

쟁과 튀르크 전쟁에서 대담한 전술로 큰 활약을 펼쳤으며, 특히 오스만 제국 영토이던 오차코프와 이즈마일 요새를 함락함으로써 러시아인들에게 전설적인 인물로 각인되었다. 강경한 반혁명주의자이던 그는 푸가쵸프가 이끄는 농민 봉기(1773~1775)와 폴란드 혁명 운동(1794)을 무자비하게 진압했다. 예카체리나 서거 후 프로이센 방식의 열병식 전법을 옹호한 파벨 1세에게 반대하여 해임되었으나, 1799년 2월 러시아와 오스트리아 연합군을 지휘해 이탈리아 북부의 프랑스군과 싸우라는 명령을 받자 이 소환에 응하여 프랑스군을 이탈리아에서 거의 완전히 몰아냈다. 수보로프는 프랑스를 침공하기를 원했지만 알프스산맥을 넘어 알렉산드르 림스키 코르사코프가 지휘하는 러시아군과 합류하라는 명령을 받았다. 그는 알프스산맥을 넘어 간신히 알트도르프에 도착했으나 코르사코프는 이미 패배하고 오스트리아의 스위스 주둔군은 퇴각한 상태였다. 추위와 물자 부족에도 불구하고 그는 부대를 이끌고 프랑스군의 포위를 뚫고 탈출했다. 1800년 대원수로 진급해 병든 몸을 이끌고 페테르부르크로 귀환했지만 예정된 환영 행사는 그가 저지른 사소한 잘못 때문에 취소되었고, 황제는 그의 알현을 거부했다. 며칠 후 그는 죽음을 맞았다.

자신의 대화 상대를 버려둔 채 커다랗게 뜬 눈으로 연대장을 바라보면서 골똘히 귀를 기울이고 있었다.

"전적으로 동의합니다." 니콜라이는 갑자기 얼굴을 확 붉히고는 마치 이 순간 큰 위험에 처하기라도 한 양 결연하고 필사적인 표정을 띤 채 접시를 돌리기도 하고 컵들의 자리를 바꾸기도 하면서 대답했다. "저는 러시아인들이 죽든지 이기든지 양자택일을 해야 한다고 굳게 믿습니다." 그는 말했다. 다른 사람들과 마찬가지로 그도 말이 입 밖으로 나온 후에야 그것이 이 경우에 지나치게 열광적이고 과장된 말이었음을 깨닫고 쑥스러워했다.

"멋져요! 당신 말은 정말 훌륭해요!" 옆에 앉은 줄리가 숨을 몰아쉬며 말했다. 소냐는 니콜라이가 말하는 동안 온몸을 떨었다. 얼굴이 귀까지, 아니 귀를 지나 목덜미와 어깨까지 새빨갛게 물들었다. 피에르는 연대장의 말에 귀를 기울이다가 찬성하는 뜻으로 고개를 끄덕였다.

"참으로 훌륭하군요." 그가 말했다.

"진정한 컁키병이군요, 젊은이." 연대장은 다시 한번 테이블을 내리치며 큰 소리로 외쳤다.

"당신은 거기에서 뭘 그렇게 떠들고 있어요?" 갑자기 테이블 너머에서 마리야 드미트리예브나의 낮은 목소리가 들렸다. "왜 테이블을 치는 거죠?" 그녀가 경기병을 돌아보았다. "넌 누구에게 화를 내는 거냐? 프랑스인들이 거기 네 앞에 있다고 생각하나 보구나."

"전 진실을 말한 컵니다." 경기병이 빙긋 웃으며 말했다.

"온통 전쟁에 대한 이야기뿐이군." 테이블 너머에서 백작이 크게 소리쳤다. "내 아들도 출정한답니다, 마리야 드미트리예브나. 아들이 간다고요."

"내 아들 넷도 군대에 있어. 그래도 난 슬퍼하지 않아. 모든 게 하느님의 뜻이지. 페치카 위에서 자다 죽는 사람도 있고, 전쟁터에서 하느님의 은혜를 입는 사람도 있어." 마리야 드미트리예브나의 굵직한 목소리가 테이블의 한쪽 끝에서 전혀 힘을 들인 기색 없이 울려 퍼졌다.

"하긴 그렇군요."

그러고 나서 사람들은 다시 나뉘어 대화에 몰두했다. 여자들은 테이블 한끝에서, 남자들은 테이블 반대편 끝에서.

"그것 봐, 묻지도 못하잖아." 막냇동생이 나타샤에게 말했다. "묻지도 못하네!"

"물어볼 거야." 나타샤가 대답했다.

얼굴이 필사적이고도 유쾌한 결심을 드러내며 갑자기 확 붉어졌다. 그녀는 자리에서 일어나 맞은편에 앉은 피에르에게 자기 말에 귀를 기울여 달라고 눈짓으로 부탁하고는 어머니를 돌아보았다.

"엄마!" 가슴에서 나오는 듯한 어린아이 같은 목소리가 테이블 전체에 울렸다.

"무슨 일이니?" 백작 부인이 깜짝 놀라 물었다. 그러나 딸의 표정에서 장난임을 깨닫고는 딸을 향하여 엄격하게 한 손을 흔들며 위협적으로 고개를 내저었다.

사람들의 이야기가 잦아들었다.

"엄마, 후식은 뭐예요?" 나타샤의 여린 목소리는 흔들림 없이 더욱 단호하게 울렸다.

백작 부인은 얼굴을 찡그리고 싶었으나 그럴 수 없었다. 마리야 드미트리예브나가 굵직한 손가락으로 을러댔다.

"코사크!" 그녀는 으름장을 놓으며 말했다.

손님들 대부분은 이 당돌한 행동을 어떻게 받아들여야 할지 몰라 부모를 바라보았다.

"혼날 줄 알아!" 백작 부인이 말했다.

"엄마! 후식으로 뭐가 나와요?" 어른들이 자신의 당돌한 행동을 유쾌하게 받아들일 거라고 미리 확신한 나타샤는 이제 별나 보일 만큼 명랑하고 대담하게 외쳤다.

소냐와 뚱뚱한 페챠는 웃음 때문에 얼굴을 가렸다.

"자, 물어봤지?" 나타샤는 어린 남동생과 피에르에게 소곤거리고는 다시 피에르를 흘깃 쳐다보았다.

"아이스크림이지. 하지만 너에게는 안 줄 테다." 마리야 드미트리예브나가 말했다.

나타샤는 두려워할 게 전혀 없다는 것을 알았기에 마리야 드미트리예브나도 무서워하지 않았다.

"마리야 드미트리예브나! 어떤 아이스크림이에요? 전 평범한 아이스크림은 싫어요."

"당근 아이스크림이야."

"그럴 리 없어요, 어떤 아이스크림이에요? 마리야 드미트리예브나, 어떤 아이스크림인데요?" 나타샤는 거의 외치다시피 말했다. "알고 싶어요!"

마리야 드미트리예브나와 백작 부인은 깔깔거리며 웃기 시작했고, 다른 손님들도 전부 따라 웃었다. 사람들이 다 같이 웃은 것은 마리야 드미트리예브나의 대답 때문이 아니라 마리야 드미트리예브나를 그런 식으로 대할 수 있고 또 감히 그런 식으로 대하는 이 소녀의 불가사의한 용기와 재치 때문이었다.

나타샤는 파인애플 아이스크림이라는 말을 듣고서야 물러났다. 아이스크림 전에 샴페인이 나왔다. 다시 음악이 연주되고 백작이 백작 부인에게 입을 맞추자, 손님들도 일어나 백작 부인에게 축하 인사를 건네고는 테이블 너머로 백작과 아이들과 잔을 부딪고 자기들끼리도 서로 잔을 부딪쳤다. 다시 하인들이 뛰어다니기 시작하고, 의자들이 요란한 소리를 냈다. 손님들은 똑같은 순서로, 다만 더 붉어진 얼굴로 응접실과 백작의 서재로 되돌아갔다.

# 17

보스턴 게임을 위한 테이블이 차려지고 카드 조가 꾸려졌다. 백작의 손님들은 응접실 두 개와 소파가 있는 방과 도서실에 자리를 잡았다.

백작은 카드를 부채꼴로 펼치고 습관처럼 찾아오는 식곤증을 겨우 참으며 무엇에나 껄껄거렸다. 젊은이들은 백작 부인의 권유로 클라비코드와 하프 주위에 모였다. 모든 이들의 요청에 줄리가 가장 먼저 하프로 변주곡을 연주했다. 그러고 나서 그녀는 다른 아가씨들과 함께 음악적 재능으로 유명한 나타샤와 니콜라이를 향하여 무언가를 불러 달라고 조르기 시작했다. 어른 대접을 받은 나타샤는 그 때문에 매우 의기양양해하는 것 같았지만 동시에 겁을 먹은 듯 보이기도 했다.

"무슨 노래를 부를까?" 그녀가 물었다.

"「샘」.[66]" 니콜라이가 대답했다.

"그럼, 얼른 하자. 보리스, 이리 와요." 나타샤가 말했다. "그런데 소냐는 어디 있지?"

나타샤는 주위를 둘러보다 친구가 방에 없는 것을 깨닫고 그녀를 찾아 달려 나갔다.

소냐의 방으로 뛰어 들어갔지만 그곳에서도 친구를 찾을 수 없었다. 나타샤는 어린이방으로 달려갔다. 그곳에도 소냐는 없었다. 나타샤는 소냐가 복도의 궤짝 위에 앉아 있으리라는 것을 깨달았다. 복도에 있는 궤짝은 로스토프가의 젊은 세대 여자들을 위한 슬픔의 장소였다. 아니나 다를까, 얇은 장밋빛 드레스를 입은 소냐는 옷자락을 구긴 채 궤짝을 덮은 보모의 지저분한 줄무늬 깃털 이불 위에 엎드려 가느다란 손가락으로 얼굴을 가리고 맨살이 드러난 자그마한 어깨를 떨며 큰소리로 흐느끼고 있었다. 명명일 내내 생기에 넘치던 나타샤의 얼굴이 불현듯 변했다. 눈동자가 얼어붙은 듯 꼼짝하지 않더니 넓은 목덜미가 떨리고 입꼬리가 아래로 처졌다.

"소냐! 무슨 일이야? 왜 그래, 무슨 일 있었어? 흑흑⋯⋯."

그러더니 나타샤는 커다란 입을 벌리고 몹시 보기 흉한 모습으로, 영문도 모른 채 그저 소냐가 울고 있다는 이유만으로 어린아이처럼 목청껏 울기 시작했다. 소냐는 고개를 들고 대답을 하고 싶었지만 그렇게 하지 못하고 더욱 얼굴을 숨겼다. 나타샤는 파란 깃털 이불 위에 웅크리고 앉아 친구를 안고 울었다. 기운을 차린 소냐가 고개를 들고는 눈물을 닦으며 말을

---

66) 이탈리아 양식의 사중창곡.

꺼냈다.

"니콜렌카가 일주일 후에 떠나. 그의…… 영장이…… 나왔어…… 니콜렌카가 직접 내게 말했어……. 하지만 난 계속 울지는 않을 거야.(그녀는 손에 쥔 작은 종잇조각을 보여 주었다. 니콜렌카가 쓴 시였다.) 하염없이 울고 있지만은 않겠어. 하지만 넌 모를 거야…… 아무도 모르겠지…… 그 사람이 얼마나 훌륭한 영혼을 지녔는지……."

그러고 나서 소냐는 너무도 훌륭한 그의 영혼을 생각하며 또 흐느끼기 시작했다.

"너는 좋겠다…… 난 질투하지 않아…… 널 좋아하니까. 보리스도 좋아하고." 소냐는 약간 기운을 차리고 말했다. "그는 좋은 사람이야…… 너희에게는 장애물이 없지. 니콜라이는 내 **사촌**이잖아…… 우리에겐 대주교의 허락이 필요해……[67] 그렇지 않으면 불가능하지. 그다음에 만일 엄마(소냐는 백작 부인을 어머니처럼 생각했고, 실제로 그렇게 불렀다.)가…… 엄마가 날 니콜라이의 출세를 망치는 애라고, 심장도 없는 애라고, 은혜도 모르는 애라고 하신다면…… 정말…… 맹세코(그녀는 성호를 그었다.) 난 정말 엄마와 너희 가족 모두를 사랑해. 단지 베라만은……. 어째서일까? 내가 베라에게 무슨 짓을 했기에? 난 너희 가족에게 너무 고마워서 모든 것을 희생해도 기쁠 것 같아. 하지만 내겐 아무것도 없어……."

---

67) 당시 유럽과 달리 러시아에서는 러시아 정교의 특별한 인가를 받은 경우에만 사촌 사이에 결혼이 허용되었다.

소냐는 더 이상 아무 말도 못 하고 다시 두 손과 깃털 이불 속에 머리를 묻었다. 나타샤는 점차 차분함을 되찾았다. 그러나 그 얼굴로 보아 분명 친구의 슬픔에 깃든 심각성을 오롯이 이해한 것 같았다.

"소냐!" 나타샤는 사촌이 슬퍼하는 진짜 원인을 알아차린 듯 불쑥 입을 열었다. "베라가 식사 후에 너한테 무슨 이야기를 한 게 틀림없어. 그렇지?"

"그래, 이 시들은 니콜라이가 쓴 거야. 난 다른 시들도 베껴 두었지. 베라가 내 책상에서 그것들을 발견하고는 엄마에게 보여 주겠다고 했어. 그리고 이런 말도 했지. 내가 은혜를 모르는 애라고, 엄마는 니콜라이가 나와 결혼하도록 절대로 허락하지 않을 거라고, 니콜라이는 줄리와 결혼할 거라고 말이야. 너도 봤지? 니콜라이가 줄리와 하루 종일…… 나타샤! 무엇 때문일까?"

그러더니 그녀는 다시 전보다 더욱 슬프게 울기 시작했다. 나타샤는 소냐를 일으켜 끌어안고는 눈물 어린 미소를 지으며 달래기 시작했다.

"소냐, 베라의 말을 믿지 마, 믿어선 안 돼. 니콜렌카와 함께 우리 셋이 소파가 있는 방에서 이야기하던 때를 기억해? 저녁 식사 후에 말이야. 앞으로 어떻게 할지 전부 결정했잖아. 어떻게 결정했는지는 기억이 안 나지만, 모든 게 좋았고 모든 게 가능하다고 느낀 것은 기억나. 신신 아저씨의 형제분도 사촌 누이와 결혼했잖아. 우리는 육촌 형제야. 보리스도 그 일이 충분히 가능하다고 말했어. 너도 알지? 난 보리스에게 전부 말했어. 보리스는 정말 똑똑하고 좋은 사람이야." 나타샤가 말했다. "소냐, 울지 마, 나의 사랑하는 친구, 소냐." 그리고 소리 내어 웃으며 소냐에게 입을 맞추었다. "베라는 못됐어. 그런 인간은 그냥 내버려 둬. 모든 게 잘될 거야. 베라는 엄마에게 아무 말도 하지 않을걸. 니콜렌카가 직접 엄마에게 말할 거야. 그리고 니콜렌카는 줄리에 대해선 아예 생각도 하지 않아."

그러고 나서 소냐의 머리에 입을 맞추었다. 소냐는 몸을 일으켰다. 새끼 고양이는 생기를 되찾았고 자그마한 두 눈동자가 반짝반짝 빛나기 시작했다. 당장이라도 꼬리를 흔들며 보드라운 발로 팔짝 뛰어올라 새끼 고양이들이 으레 그렇듯 다시 실뭉치를 가지고 장난을 칠 듯했다.

"그렇게 생각해? 정말? 하느님께 맹세할 수 있어?" 그녀는 재빨리 옷매무새와 머리 모양을 매만지며 말했다.

"정말이야! 맹세해!" 나타샤는 친구의 땋은 머리 밑으로 삐져나온 뻣뻣한 머리 가닥을 매만지며 대답했다.

그리고 둘은 웃음을 터뜨렸다.

"자, 「샘」을 부르러 가자."

"그래."

"그런데 있잖아, 내 맞은편에 앉은 그 뚱뚱한 피에르 말이야, 참 재미있는 사람이야!" 나타샤가 갑자기 걸음을 멈추며 말했다. "정말 기분이 좋아!"

나타샤는 복도를 따라 달리기 시작했다.

소냐는 솜털을 털고 나서 쇄골이 튀어나온 작은 목덜미 가까이 품 안에 시를 감추고는 나타샤를 뒤따라 홍조 띤 얼굴에 가볍고 발랄한 걸음으로 복도를 지나 소파가 있는 방으로 뛰어갔다. 손님들의 요청에 젊은이들은 「샘」을 사중창으로 불렀다. 다들 노래를 몹시 마음에 들어 했다. 그다음에는 니콜라이가 새로 배운 노래[68]를 불렀다.

> 달빛 어린 즐거운 밤,
>
> 머릿속에 떠올리며 행복해하노라.
>
> 널 생각하는 누군가가
>
> 아직 이 세상에 있다고!
>
> 그녀가 황금 하프를 따라 방랑하는
>
> 아름다운 손으로
>
> 열정적인 화음을 연주하며
>
> 너를 부른다고, 너를 부른다고!
>
> 하루, 또 하루가 가면 천국이 오리라…….
>
> 그러나 아, 너의 벗은 이미 세상에 없구나!

그가 마지막 노랫말을 다 부르기도 전에 홀에서 젊은이들이 춤출 준비를 하고, 연단 위에서 발소리가 울리고, 악사들은 기침을 하기 시작했다.

피에르는 응접실에 앉아 있었다. 신신은 외국에서 돌아온

---

68) 노랫말의 저자는 아마추어 시인인 드미트리 알렉산드로비치 카벨린(Dmitri Aleksandrovich Kavelin, 1778~1851)이다. 당시 푸시킨과 마찬가지로 문학 모임 '아르자마스(1815년 시인 카람진이 결성함.)'의 회원이었다.

사람에게 으레 그러듯 피에르를 상대로 피에르가 지겨워하는 정치 이야기를 시작했고, 다른 사람들도 이야기에 끼어들었다. 연주가 시작되자 나타샤가 응접실로 들어왔다. 그녀는 피에르에게 곧장 다가오더니 눈가에 웃음을 띤 채 얼굴을 붉히며 말했다.

"엄마가 당신에게 춤을 청하라고 하셨어요."

"춤의 순서를 틀릴까 봐 걱정이군요. 하지만 당신이 나의 선생님이 되어 준다면……." 피에르가 말했다.

그러더니 굵은 팔을 낮추어 가냘픈 소녀에게 내밀었다.

둘씩 짝을 이룬 이들이 자리를 잡고 악사들이 음을 맞추는 동안 피에르는 자그마한 숙녀와 나란히 앉았다. 나타샤는 더없이 행복했다. 어른과, 그것도 외국에서 돌아온 남자와 춤을 추는 것이다. 그녀는 모든 사람이 보는 앞에 앉아서 마치 어른처럼 그와 이야기를 나누었다. 손에는 어느 아가씨가 쥐여 준 부채가 들려 있었다. 나타샤는 사교계에 매우 익숙한 여성 같은 자세로 부채를 흔들면서,(그녀가 언제 어디에서 그런 것을 익혔는지는 하느님만 아실 일이다.) 그리고 부채 너머로 미소를 지어 보이면서 자신의 기사와 이야기를 나누었다.

"어떻게? 어떻게 된 거야? 좀 봐요, 좀 보라고요." 노백작 부인은 홀을 지나가다 나타샤를 가리키며 말했다.

나타샤는 얼굴을 붉히며 깔깔거렸다.

"아니, 왜요, 엄마? 어머, 그만하세요. 놀랄 일이 뭐가 있다고요?"

세 번째 에코세즈[69] 도중에 백작과 마리야 드미트리예브나가 카드놀이를 하던 응접실에서 의자들이 덜거덕거리기 시작했다. 그러더니 오랫동안 앉아 있던 많은 주빈들과 노인들이 기지개를 쭉 켜고는 지폐 지갑과 동전 지갑을 호주머니에 쑤셔 넣으며 홀로 나왔다. 마리야 드미트리예브나와 백작이 맨 앞에서 걸었다. 두 사람 모두 유쾌한 표정을 짓고 있었다. 백작은 장난스러운 정중한 태도로, 말하자면 발레풍으로 마리야 드미트리예브나에게 둥글게 구부린 팔을 내밀었다. 그는 허리를 똑바로 세웠으며, 얼굴은 대담할 만큼 교활하고 특별한 미소로 빛났다. 그는 에코세즈의 마지막 바퀴가 끝나자마자 악사들에게 박수를 보내고는 제1바이올린 주자를 돌아보며 연단을 향해 큰 소리로 외쳤다.

"세묜! 다닐로 쿠포르를 아나?"

그것은 백작이 젊은 시절에도 종종 추던, 그가 좋아하는 춤이었다.(다닐로 쿠포르는 본래 앙글레즈[70]의 한 스텝이었다.)

"아빠를 보세요." 나타샤는 곱슬머리가 찰랑이는 작은 머리를 무릎에 닿도록 깊이 숙이면서 카랑카랑한 웃음소리로 홀 전체를 가득 메우며 모든 사람들을 향해 소리쳤다.(그녀는 어른과 춤을 추고 있다는 사실을 완전히 잊었다.)

사실 홀에 있던 모든 사람들은 즐거운 미소를 지으며 쾌

---

69) 고대 스코틀랜드 민속춤에 기원을 둔 4분의 2박자의 빠른 춤으로 18세기 후반에 영국과 프랑스에서 나타나 19세기 전반에 유행했다. 두 사람씩 네 개의 조를 짜 사각형을 이루어 추는 카드리유 형식이다.
70) 고대 잉글랜드풍의 춤으로 경쾌하고 활발한 스텝이 특징이다.

활한 노인을 바라보고 있었다. 그는 자신의 위풍당당한 귀부인, 즉 자기보다 키가 큰 마리야 드미트리예브나와 나란히 서서 두 팔을 구부린 채 박자를 맞추었다. 어깨를 쫙 펴고 발목을 돌리고 발을 가볍게 구르면서 둥그스름한 얼굴에 점점 크게 퍼지는 미소로써 앞으로 일어날 일에 대하여 구경꾼들에게 마음의 준비를 하도록 했다. 흥겨운 트레파크[71]와 비슷한 다닐로 쿠포르의 유쾌하고 도발적인 소리가 울리자마자 흥에 겨운 주인을 보러 나온 하인들의 싱글거리는 얼굴들 — 문 한편에는 남자들, 다른 편에는 여자들 — 이 갑자기 홀의 모든 문가를 가득 메웠다.

"우리 주인님이야! 어머, 독수리 같아!" 한쪽 문에서 보모가 큰 소리로 말했다.

백작은 멋지게 춤을 추었고, 스스로도 그것을 알고 있었다. 그러나 그의 귀부인은 춤을 잘 추지 못했으며, 딱히 잘 추고 싶어 하지도 않았다. 거대한 몸은 탄탄한 두 팔을 아래로 늘어뜨린 채(그녀는 손가방을 백작 부인에게 맡겼다.) 똑바로 서 있었다. 그저 근엄하면서도 아름다운 얼굴만이 춤을 출 뿐이었다. 백작의 둥글둥글한 몸 전체로 표현된 것이 마리야 드미트리예브나에게서는 미소가 서서히 퍼져 가는 얼굴과 높이 치켜든 코로 표현될 뿐이었다. 백작이 점점 더 열을 올리면서 유연한 두 다리를 절묘하게 비틀고 가볍게 뛰어오르는 뜻밖의 동작으로 구경꾼들의 마음을 사로잡았다면, 마리야 드미

---

71) 템포가 빠른 러시아 민속춤의 일종이다.

트리예브나는 몸을 돌리고 발을 구르면서 어깨를 움직이거나 팔을 둥글게 구부리는 최소한의 열의로 그에 못지않은 효과를 불러일으켰다. 모든 사람들이 그녀의 비대한 몸과 늘 근엄하던 모습을 고려해 그 공로를 높이 평가한 것이다. 춤은 더욱 활기를 띠었다. 쌍을 지어 춤을 추던 사람들은 한순간도 사람들의 눈길을 끌 수 없었고 굳이 그러려고 애쓰지도 않았다. 모두들 백작과 마리야 드미트리예브나에게 완전히 마음을 빼앗겼다. 나타샤는 그 자리에 있던 모든 사람들의 소맷자락과 옷을 잡아당기면서 아빠를 보라고 졸라 댔다. 그러나 나타샤가 굳이 그러지 않아도 다들 춤을 추고 있는 두 사람에게서 눈을 떼지 못했다. 백작은 춤추는 도중에 무겁게 숨을 몰아쉬면서 악사들을 향해 손을 흔들며 더 빨리 연주하라고 외쳤다. 백작은 더 빠르게, 더 빠르게, 더 빠르게, 더 대담하게, 더 대담하게, 더 대담하게 돌다가 때로는 발끝으로, 때로는 뒤축으로 마리야 드미트리예브나의 주위를 잽싸게 돌더니, 마침내 자신의 귀부인을 제자리로 돌려보내고는 우레 같은 갈채와 웃음소리 — 특히 나타샤의 — 속에서 유연한 한쪽 다리를 뒤로 쳐들고 땀방울이 흐르는 머리와 미소 띤 얼굴은 숙인 채 오른팔을 둥글게 치켜들며 마지막 스텝을 끝냈다. 두 춤꾼은 그 자리에 서서 무겁게 숨을 몰아쉬며 삼베 손수건으로 얼굴을 닦았다.

"우리 시대에는 이런 식으로 춤을 추었죠, 마셰르." 백작이 말했다.

"아, 역시 다닐로 쿠포르야!" 힘겹게 한참 동안 숨을 내쉬던 마리야 드미트리예브나가 소매를 걷어 올리면서 말했다.

# 18

로스토프가의 홀에서 피로에 지쳐 음정을 틀리는 악사들의 연주에 맞춰 사람들이 여섯 번째 앙글레즈를 추던 그 시각, 지친 하인들과 요리사들이 밤참을 준비하던 바로 그 시각, 베주호프 백작에게 여섯 번째 발작이 찾아왔다. 의사들은 회복될 가망이 없다고 선언했다. 병자에게 무언 참회식[72]과 성찬식이 베풀어졌다. 사람들은 성유식을 준비했고, 집 안에는 그런 순간에 으레 나타나기 마련인 기대 어린 불안과 분주한 소동이 있었다. 집 밖 대문 너머에는 백작의 장례식을 위한 호화로운 주문을 기대하는 장의사들이 집 쪽으로 다가오는 승용 마차[73]

---

72) 중병으로 말을 할 수 없거나 죽어 가는 사람이 손짓으로 참여하는, 혹은 사제가 의식이 없는 병자의 귀에 인간의 일반적인 죄를 열거하고 그에게 면죄를 베푸는 참회식을 뜻한다.
73) ekipazh. 카레타와 콜랴스카 같은 고급 승용 마차를 통칭한다.

들을 피해 몸을 숨긴 채 우글우글 모여 있었다. 백작의 병세를 알기 위해 끊임없이 부관을 보내던 모스크바 총사령관도 이 날 밤에는 예카체리나 대제 시대의 유명한 고관이던 베주호프 백작에게 작별을 고하고자 몸소 찾아왔다.

화려한 응접실은 사람들로 꽉 차 있었다. 총사령관이 병자와 단둘이서 삼십 분쯤 머물다 나오자 모두들 정중하게 일어섰다. 총사령관은 사람들의 인사에 가볍게 답하며 자신에게 쏠린 의사들과 성직자들과 친척들의 시선을 최대한 빨리 지나치려 했다. 요 며칠 야위고 창백해진 바실리 공작은 총사령관을 배웅하며 나지막한 목소리로 뭔가를 몇 번이고 되풀이하여 말했다.

총사령관을 배웅한 바실리 공작은 홀에서 한쪽 다리 위에 다른 쪽 다리를 높이 걸쳐 놓고는 무릎으로 팔꿈치를 받치고 한 손으로 눈을 가린 채 의자에 홀로 앉아 있었다. 잠시 그렇게 앉았던 공작은 자리에서 일어나더니 놀란 눈으로 주위를 두리번거리며 그에게서 좀처럼 볼 수 없는 조급한 걸음으로 긴 복도를 지나 저택 뒤쪽에 자리 잡은 첫째 공작 영애의 방으로 갔다.

불빛이 희미하게 비치는 방에 있던 사람들은 고르지 않은 목소리로 속삭이며 서로 이야기를 나누다가, 죽어 가는 사람의 방으로 통하는 문이 살짝 삐걱거리며 누군가 나오거나 들어갈 때마다 입을 다물고 질문과 기대에 가득 찬 눈으로 그 문을 돌아보곤 했다.

"인간의 한계라는 게 있죠." 체구가 작은 노사제가 옆에 앉아 순박하게 귀를 기울이는 귀부인에게 말했다. "한계는 정해져 있고, 그것을 뛰어넘는 것은 불가능합니다."

"성유식을 하기에는 이미 늦은 게 아닐까 싶은데요?" 그녀는 성직의 직함을 덧붙이며 마치 이 점에 대해서는 어떤 견해도 갖고 있지 않은 것처럼 물었다.

"성례식은 위대한 것입니다, 부인." 사제는 벗어진 머리를 한 손으로 쓰다듬으며 대답했다. 머리에는 반쯤 센 머리칼 몇 가닥이 곱게 빗겨져 가로놓여 있었다.

"그분은 누구세요? 총사령관이 직접 오신 거예요?" 방의 다른편 끝에서 누군가가 물었다. "참 젊어 보이시네요!"

"예순이 넘었어요! 그런데 백작님이 이제는 사람을 알아보지 못한다면서요? 그분에게 성유식을 하려는 건가요?"

"난 성유식을 일곱 번이나 받은 남자를 알아요."

둘째 공작 영애는 눈물이 채 마르지 않은 눈으로 병자의 방에서 나와 의사인 로랭 옆에 앉았다. 그는 예카체리나 대제의 초상화 아래에서 테이블에 팔꿈치를 괸 채 우아한 자세로 앉아 있었다.

"정말 좋군요." 의사는 날씨를 묻는 질문에 대답하며 말했다. "참 좋은 날씨입니다, 공작 영애님. 그나저나 모스크바는 시골과 참 비슷하군요."

"그런가요?" 공작 영애는 한숨을 쉬며 말했다. "그럼 그분에게 마실 것을 드려도 될까요?"

로랭은 생각에 잠겼다.

"약을 드셨나요?"

"네."

의사는 브레게 시계를 바라보았다.

"끓인 물을 한잔 드리세요. 크레모르타르타르를 한 움큼(그는 가느다란 손가락으로 '한 움큼'이 가리키는 정도를 보여 주었다.) 넣고요……."

"세 번이나 발작을 일으키고도 살아남은 경우는 없었습니다." 독일인 의사가 부관에게 말했다.

"아주 활력이 넘치는 분이셨지요!" 부관이 말했다. "그런데 그 재산은 누구에게 갈까요?" 그는 작은 목소리로 이렇게 덧붙였다.

"원하는 사람이 나타나겠죠." 독일인은 빙긋 웃으며 대답했다.

모두들 다시 문을 돌아보았다. 문이 삐걱거리고, 로랭의 지시대로 마실 것을 마련한 둘째 공작 영애가 그것을 병자에게 가져갔기 때문이다. 독일인 의사가 로랭에게 다가갔다.

"내일 아침까지 계속 가는 게 아닐까요?" 독일인 의사가 프랑스어를 서툴게 발음하며 말했다.

로랭은 입술을 꽉 다물고 자신의 코앞에서 부정의 뜻으로 준엄하게 손가락을 흔들었다.

"오늘 밤입니다. 더 오래가지는 않을 겁니다." 그는 병자의 상태를 명확히 헤아리고 말할 수 있다는 만족감에 정중한 미소를 지으며 조용히 말하고는 자리를 떴다.

한편 바실리 공작은 공작 영애의 방문을 열었다. 작은 램프 두 개가 이콘[74] 앞에서 타고 있을 뿐 방은 어슴푸레했고, 향과

---

74) 그리스도, 성모 마리아, 성인, 천사 등을 목판에 그린 그림이며 귀금속과

꽃이 좋은 냄새를 풍겼다. 방 안은 작은 서랍장, 작은 옷장, 작은 테이블 등 자그마한 가구들로 가득 차 있었다. 가리개 너머로 높다란 깃털 침대의 하얀 시트가 보였다. 작은 개가 짖기 시작했다.

"아, 사촌, 당신이군요."

그녀는 자리에서 일어나 머리카락을 매만졌다. 그녀의 머리카락은 언제나, 심지어 이런 때조차 보기 드물 정도로 너무나 반질반질해서 마치 머리와 머리카락을 한 덩어리로 만들어 에나멜을 칠해 둔 것 같았다.

"왜요? 무슨 일이라도 있나요?" 그녀가 물었다. "깜짝 놀랐어요."

"아무 일도 없어. 똑같아. 난 그저 상황에 대해 너와 이야기를 나누려고 온 거야, 카티시." 공작은 그녀가 일어난 안락의자에 피곤한 듯 주저앉으며 말했다. "그런데 넌 방을 정말 따뜻하게 해 두는구나." 그가 말했다. "자, 여기 앉으렴. **이야기를 좀 하자.**"

"무슨 일이 일어난 게 아닐까 생각했어요." 공작 영애는 이렇게 말하며 언제나 한결같은 돌처럼 딱딱한 표정으로 공작의 맞은편에 앉아 이야기를 들을 준비를 했다.

"좀 자고 싶었는데 잠이 오지 않네요, **사촌.**"

"그래, 어떠니, 애야?" 바실리 공작은 공작 영애의 손을 잡

---

보석으로 장식하곤 했다. 제정 러시아 시대 사람들은 교회뿐 아니라 가정에도 이콘을 비치하여 어려운 일이 있을 때마다 그 앞에서 기도했고, 심지어 여행을 다닐 때도 휴대했다.

고는 습관처럼 아래쪽으로 끌어당기며 말했다.

"그래, 어떠니?"라는 말은 딱히 무엇이라고 말하지 않아도 둘 다 잘 아는 많은 것들과 관련이 있는 듯했다.

다리에 비해 어울리지 않을 만큼 길고 야위고 곧은 허리를 지닌 공작 영애는 회색의 퉁방울눈으로 공작을 냉담하게 똑바로 응시했다. 그녀는 고개를 저으며 한숨을 쉬더니 이콘을 바라보았다. 그 몸짓은 슬픔과 헌신의 표정으로도, 피로와 머지않아 찾아올 휴식에 대한 희망의 표정으로도 해석될 수 있었다. 바실리 공작은 피로의 표정으로 해석했다.

"그럼 난 좀 더 편할 것 같니?" 그는 말했다. "난 역마(役馬)처럼 지칠 대로 지쳤다. 그래도 너와 이야기를 해야만 해, 카티시. 아주 심각하단다."

바실리 공작은 입을 다물었다. 두 뺨이 번갈아 가며 신경질적으로 떨리기 시작했다. 그 모습은 사교계의 응접실에 있을 때는 한 번도 나타난 적 없는 불쾌한 표정을 그 얼굴에 더했다. 눈도 평소 같지 않았다. 두 눈이 때로는 뻔뻔하고 무례하게, 때로는 겁에 질려 주위를 두리번거렸다.

공작 영애는 무릎 위에 있는 작은 개를 초췌하고 야윈 두 손으로 꽉 붙잡고는 바실리 공작의 눈을 유심히 바라보았다. 하지만 아침까지 입을 다물고 있을지언정 질문으로 침묵을 깨는 행동은 절대 할 것 같지 않았다.

"나의 사랑하는 사촌, 카체리나 세묘노브나 공작 영애, 네가 아는지 모르겠다만……." 바실리 공작은 말을 이었다. 말을 계속하는 것에 대해 내면의 투쟁이 없지 않아 보였다. "지금 같은 때에는 모든 것에 대해 생각해 두어야 해. 미래에 대해, 너희들에 대해 생각해 둬야 하지……. 난 너희 모두를 친자식처럼 사랑한단다, 너도 알겠지만…….”

공작 영애는 여전히 흐릿한 눈빛으로 가만히 공작을 바라보고 있었다.

“마지막으로 내 가족에 대해서도 생각해야 하지.” 바실리 공작은 성난 표정으로 작은 테이블을 밀치면서 그녀를 쳐다보지도 않은 채 계속해서 말했다. “카티시, 너도 알다시피 마몬토프가의 세 자매인 너희들, 그리고 나의 아내, 이렇게 우리만이 백작의 직계 상속인이란다. 안다, 알아. 이런 일을 말하고 생각한다는 것이 너에게 얼마나 괴로운 일인지 말이야. 나도 쉽지는 않단다. 하지만 얘야, 난 쉰을 넘긴 사람이다. 모든 것에 미리 대비를 해 두어야 해. 사람을 보내 피에르를 불러들였다. 백작님이 피에르의 초상화를 똑바로 가리키면서 그 애를 데려오라고 시켰어. 너도 알지?”

바실리 공작은 미심쩍은 눈으로 공작 영애를 쳐다보았다. 그러나 그녀가 그의 말에 대해 생각하는 건지, 아니면 그저 쳐다보기만 하는 건지 헤아릴 수 없었다.

“전 하느님께 오직 한 가지만 계속 기도할 뿐이에요, 사촌.” 그녀가 대답했다. “하느님께서 백작님에게 은혜를 베푸시어 그분의 아름다운 영혼이 이 세상을 평안히 떠나게 해 주시길…….”

“그래, 그야 그렇지.” 바실리 공작은 벗어진 머리를 문지르고는 밀쳐 둔 작은 테이블을 노기 띤 얼굴로 다시 끌어당기면서 초조하게 말을 이었다. "하지만 결국…… 결국 문제는, 너도 잘 알겠지만, 지난겨울 백작님이 직계 상속인인 우리를 제쳐 두고 피에르에게 모든 재산을 물려주겠다는 유언장을 썼다는 점이야."

"백작님이 유언장을 쓰신 게 한두 번이 아니잖아요." 공작 영애가 침착하게 말했다. "하지만 그분은 피에르에게 유산을 물려주실 수 없어요! 피에르는 사생아니까요."

"얘야." 바실리 공작이 불쑥 입을 열었다. 그는 작은 테이블을 바짝 당기더니 활기를 띠며 한층 빠른 속도로 말하기 시작했다. "만약 백작님이 폐하께 서한을 올려 피에르를 양자로 삼게 해 달라고 청원했다면 어떻게 될까? 너도 이해하겠지만 백작의 공로를 감안하면 그 청원은 받아들여질 거야……."

공작 영애는 미소를 지었다. 어떤 문제에 대해 상대방보다 더 많이 안다고 생각하는 사람이 흔히 짓는 그런 미소였다.

"좀 더 이야기할까." 바실리 공작은 그녀의 손을 잡으며 계속 말했다. "편지는 이미 작성되었어. 폐하께 올리지는 않았지만. 폐하도 그것에 대해 알고 계시지. 문제는 다만 편지가 파기되었는가 아닌가 하는 거야. 만약 파기되지 않았다면 머지않아 모든 게 끝장나겠지." 바실리 공작은 "모든 게 끝장나겠지." 라는 말을 무슨 의미로 사용했는지 알려 주기 위해 한숨을 쉬었다. "백작님의 서류가 개봉되고, 편지와 유언장이 폐하께 전해지겠지. 그럼 그분의 청원은 틀림없이 받아들여질 거야. 피에르는 합법적인 아들로서 모든 것을 받게 되지."

"그럼 우리 몫은요?" 공작 영애는 마치 무슨 일이 있어도 그 일만은 일어나지 않을 거라는 듯 냉소를 지으며 물었다.

"사랑하는 카티시, 그것은 대낮처럼 명백한 사실이란다. 그렇게 되면 오직 피에르만이 모든 재산의 합법적인 상속자고, 너희들은 그나마도 못 받아. 얘야, 너는 알아내야 해. 유언장과 편지가 작성되었는지 아닌지, 그리고 그것들이 파기되었는지 아닌지 말이다. 또 그것들이 어떤 이유로 잊혀진 채 방치되어 있다면 넌 그것들이 어디에 있는지 알아내서 찾아내야만 해, 왜냐하면……."

"말도 안 돼요!" 공작 영애는 눈동자의 표정을 바꾸지 않은 채 냉소를 흘리며 공작의 말을 가로막았다. "전 여자예요. 사촌의 눈에는 우리가 다 멍청이로 보이겠죠. 하지만 저도 사생아가 재산을 상속받을 수 없다는 것 정도는 안다고요……. **사생아 말이에요.**" 그녀는 프랑스어로 바꾼 마지막 말이 공작에게 그의 생각이 터무니없음을 명백히 입증할 거라고 생각하며 덧붙였다.

"어쩌면 그렇게 끝내 이해를 못 하니, 카티시! 너처럼 영리한 애가 어째서 이해를 못 하는 거지? 만약 백작님이 피에르를 합법적인 아들로 인정해 달라는 청원서를 폐하께 썼다면 결국 피에르는 더 이상 피에르가 아니라 베주호프 백작이 되는 거야. 그렇게 되면 그 애가 유언에 따라 모든 것을 받게 되지. 그리고 만일 유언장과 편지가 파기되지 않았다면 너에게는 덕망 있는 여자라는 위로와 그로부터 생기는 것 외에 아무것도 남지 않을 거다. 틀림없어."

"유언장이 작성되었다는 것은 알고 있어요. 효력이 없다는 것도 알지요. 절 완전히 바보로 생각하시는 것 같군요, 사촌."
공작 영애는 여자들이 상대에게 모욕을 주는 재치 있는 말을
했다고 생각할 때 짓는 표정으로 말했다.

"애야, 사랑하는 카체리나 세묘노브나 공작 영애!" 바실리
공작은 초조하게 입을 열었다. "내가 찾아온 것은 너와 말싸
움을 하기 위해서가 아니다. 널 친척으로, 착하고 선량하고 진
실한 친척으로 생각해 너의 이익에 관하여 이야기를 나누기
위해서다. 너에게 열 번쯤 말했다만, 만일 폐하께 올리는 그
편지와 피에르를 위한 유언장이 백작님의 서류들 틈에 있다
면 너와 네 동생들은 상속인이 될 수 없어. 내 말을 못 믿겠거
든 그 분야를 잘 아는 사람들을 믿어 보렴. 난 방금 드미트리
오누프리치(그는 집안의 변호사였다.)와 이야기를 나눴단다. 그
도 똑같은 말을 하더구나."

공작 영애의 생각에 갑자기 어떤 변화가 일어난 것 같았다.
얇은 입술은 창백해지고,(눈동자에는 변함이 없었다.) 그녀가 입
을 연 순간 목소리는 스스로도 예기치 못했을 듯한 떨리는 고
음으로 튀어나왔다.

"그렇게 되면 좋겠네요." 그녀가 말했다. "전 아무것도 원하
지 않았고, 지금도 원하지 않아요."

그녀는 무릎에서 작은 개를 내던지고 옷 주름을 매만졌다.

"그런 게 그분을 위해서 모든 것을 희생한 사람들에 대한
사례고 감사군요." 그녀가 말했다. "훌륭해요! 정말 잘됐어요!
전 아무것도 필요하지 않아요, 공작님."

"그래, 그렇지만 넌 혼자가 아니야. 네겐 동생들이 있잖니."

바실리 공작이 대답했다.

하지만 공작 영애는 그의 말을 듣고 있지 않았다.

"그래요, 전 오래전부터 알았어요. 그런데도 잊고 있었네요. 이 집에는 비열함과 속임수와 질투와 음모 외에, 배은망덕, 그것도 칠흑같이 시커먼 배은망덕 외에 기대할 게 아무것도 없다는 걸요……."

"그 유언장이 어디에 있는지 아니 모르니?" 바실리 공작은 아까보다 뺨을 더욱 심하게 씰룩거리면서 물었다.

"그래요, 제가 멍청했어요. 전 아직껏 인간을 믿고 사랑하고 스스로를 희생했어요. 결국 성공하는 사람은 비열하고 추악한 인간들뿐이죠. 이것이 누구의 음모인지 알아요."

공작 영애는 일어나려 했으나 공작이 손을 잡았다. 공작 영애는 갑자기 모든 인간 종족에게 환멸을 느낀 사람 같은 표정을 띠었다. 그녀는 상대방을 표독스럽게 쳐다보았다.

"얘야, 아직 시간이 있어. 기억하렴, 카티시, 이 모든 일은 분노와 질병의 순간에 뜻하지 않게 일어났어. 그러다 잊힌 거지. 얘야, 우리의 의무는 그분이 저지른 실수를 바로잡고, 마지막 순간에 그분의 마음을 편하게 해 드리는 거야. 그렇게 하려면 그분이 이런 부당한 행동을 하는 것을 막고, 자신이 어떤 사람들을…… 어떤 사람들을 불행하게 만들었다는 생각 속에서 돌아가시지 않도록 해야 해."

"그분을 위해 모든 것을 희생한 사람들이죠." 공작 영애는 말꼬리를 물며 다시 일어서려 했다. 그러나 공작은 놓아주지 않았다. "그분은 그런 것에 결코 고마워할 수 없었던 거죠. 아뇨, 사촌." 그녀는 탄식하며 이렇게 덧붙였다. "이 세상에서는 보상을 기대할 수 없다는 것, 이 세상에는 정직과 정의가 존재하지 않는다는 것을 기억하겠어요. 이 세상에서는 교활하고 사악한 인간이 되지 않으면 안 돼요."

"그래, 자, 진정하렴. 난 너의 고운 마음을 잘 안단다."

"아뇨, 제 마음은 사악해요."

"난 네 마음을 알아." 공작이 거듭 말했다. "그리고 너의 우정을 소중하게 생각하지. 너도 나에 대해 같은 생각을 갖고 있다면 좋겠구나. 진정하고, 시간이 있을 때 탁 터놓고 얘기해 보자. 어쩌면 하루, 어쩌면 한 시간이 될지도 모르지. 유언장에 대해 아는 것을 전부 말해 보렴. 특히 어디에 있는지 말이야. 너는 틀림없이 알 거야. 지금 당장 그것을 가지고 가서 백작님께 보여 드리자. 분명 그분은 이미 그것에 대해 까맣게 잊으셨다가 지금은 파기하고 싶으실 거야. 넌 이해하겠지. 나의 유일한 희망은 그분의 의지를 엄숙히 수행하는 거야. 내가 여기 온 것은 오직 그 때문이란다. 내가 이 자리에 있는 것은 오직 그분과 너희들을 돕기 위해서야."

"이제 모든 걸 알겠어요. 전 이것이 누구의 간계인지 알아요. 안다고요." 공작 영애가 말했다.

"애야, 문제는 그게 아냐."

"그 사람은 바로 당신의 보호를 받고 있는 여자, 당신의 친애하는 안나 미하일로브나예요. 제가 하녀로도 삼고 싶지 않은 여자, 그 혐오스럽고 추악한 여자 말이에요."

"시간을 낭비하지 말자꾸나."

"아, 아무 말씀 하지 마세요! 지난겨울 그 여자가 이곳에 비집고 들어와 백작님께 우리 모두에 대해서, 특히 소피에 대해서 어찌나 추악하고 혐오스러운 말 — 차마 그 말을 다시 입에 담을 수가 없네요 — 들을 지껄였는지, 백작님은 그만 병이 드셨고 두 주 동안 우리를 보려고도 하지 않으셨죠. 그때 그분은 그 추하고 역겨운 서류를 작성하신 거예요. 전 알아요. 하지만 전 그 서류가 아무 의미도 없는 거라고 생각했죠."

"그랬군. 그런데 어째서 지금껏 나에게 아무런 이야기도 하지 않았니?"

"백작님이 베개 밑에 두신 상감세공 문서함 안에 들었어요. 이제 알겠어요." 공작 영애는 질문에 대답도 않고 말했다. "그래요, 저에게 죄가 있다면, 큰 죄가 있다면, 그것은 그 파렴치한 여자를 향한 증오예요." 공작 영애는 완전히 돌변하여 소리를 지르다시피 말했다. "그리고 그 여자가 이곳에 왜 비집고 들어왔겠어요? 하지만 전 그 여자에게 전부 다 털어놓고 말하겠어요. 때가 올 거예요!"

# 19

응접실과 공작 영애의 방에서 그런 대화가 오가던 바로 그 시간, 피에르(하인이 데려온)와 안나 미하일로브나(피에르와 함께 갈 필요가 있다고 생각한)를 태운 카레타가 베주호프 백작가의 안뜰에 들어섰다. 창문 아래 깔린 짚 위에서 카레타 바퀴 소리가 부드럽게 울리기 시작하자 동행에게 위로의 말을 건네던 안나 미하일로브나는 그가 카레타 한구석에서 잠든 것을 알고 그를 깨웠다. 잠에서 깬 피에르는 안나 미하일로브나를 뒤따라 카레타에서 내리고 나서야 죽어 가는 아버지와의 대면이 기다리고 있다는 사실을 떠올렸다. 그는 자기들을 태운 카레타가 정문이 아니라 후문의 마차 승강장에 멈춘 것을 알아차렸다. 그가 디딤대에서 내려선 순간 평민 옷을 입은 두 남자가 마차 승강장에서 황급히 도망쳐 벽의 그늘 속으로 숨었다. 잠시 걸음을 멈춘 피에르는 집의 양쪽 그늘에서 그런 사람들을 몇 명 더 발견했다. 그러나 그들을 보지 못했을 리 없는 안나 미하일로브나도, 하인도, 마부도 그들에게 전혀 주의를 돌리지 않았다. 그래서 피에르는 이런 식으로 되어야 하나 보다라고 혼자 결론을 내리고는 안나 미하일로브나를 뒤따라갔다. 불빛이 희미하게 비치는 좁은 석조 계단을 따라 종종걸음으로 올라가면서 안나 미하일로브나는 뒤처진 피에르를 손짓해 부르곤 했다. 피에르는 무엇 때문에 백작에게 가야 하는지, 더욱이 왜 뒤쪽 계단으로 가야 하는지 이해할 수 없었지만 안나 미하일로브나의 확신과 조바심을 보면서 반드시 이렇게 해야만 하나 보다라고 속으로 결론을 내렸다. 계단 중간쯤에서 두 사람은 양동이를 든 채 부츠 신은 발을 쿵쾅거리며 그들 쪽으로 뛰어 내려오는 사람들의 다리에 걸려 넘어질 뻔했다. 그 사람들은 피에르와 안나 미하일로브나에게 길을 내주기 위해 벽 쪽으로 바짝 붙었으며, 그들을 보고도 전혀 놀라움을 드러내지 않았다.

"여기가 공작 영애들이 거처하는 곳인가?" 안나 미하일로브나가 그들 중 한 명에게 물었다.

"그렇습니다." 하인은 마치 이제는 무슨 짓을 해도 상관없다는 듯 대담하고 큰 목소리로 대답했다. "왼쪽에 문이 있습니다, 마님."

"아마 백작님은 날 부르지 않았을 겁니다." 층계참에 이르자 피에르가 입을 열었다. "난 그냥 내 방으로 가겠습니다."

안나 미하일로브나는 걸음을 멈추고 피에르를 기다렸다.

"아, 나의 친구!" 그녀는 아침에 아들에게 하던 것과 똑같은 몸짓으로 피에르의 손을 가볍게 어루만지며 말했다. "날 믿어요. 나도 당신 못지않게 괴로워요. 하지만 남자답게 행동해 줘요."

"꼭 가야 합니까?" 피에르는 안경 너머로 안나 미하일로브나를 부드럽게 바라보며 말했다.

"아, 친구, 당신이 당한 부당한 일들은 잊어요. 그분이 당신 아버지라는 사실을 생각해 봐요…… 죽음의 고통을 겪고 계실 아버지를요." 그녀는 탄식했다. "난 당신을 금방 친아들처럼 좋아하게 되었어요. 날 믿어요, 피에르. 난 당신의 권리를 소홀히 하지 않을 거예요."

피에르는 한마디도 이해할 수 없었다. 하지만 모든 것이 이런 식으로 되어야 하나 보다라는 생각이 다시 점점 강해졌다. 그는 어느새 문을 열고 있는 안나 미하일로브나를 순순히 뒤따랐다.

문은 뒤쪽 통로의 대기실로 이어졌다. 공작 영애들의 하인인 한 노인이 구석에 앉아 긴 양말을 뜨고 있었다. 피에르는 집의 이쪽 편에 한 번도 와 본 적이 없었고, 심지어 이런 방들이 존재하리라고는 상상도 못 했다. 안나 미하일로브나는 쟁반에 물병을 받쳐 들고 앞질러 가는 하녀들(그녀들을 착한 아이라느니 귀여운 아이라느니 하는 다정한 호칭으로 부르면서)에게 공작 영애들의 건강에 대해 물으면서 석조 복도를 따라 더욱 깊숙이 피에르를 이끌었다. 복도 왼쪽에 있는 첫 번째 문은 공작 영애들의 거주 공간으로 이어졌다. 물병을 든 하녀가 급히 서두르느라(바로 그 순간 그 집안의 모든 일들이 급하게 진행된 것과 마찬가지로) 문을 닫지 않은 탓에 피에르와 안나 미하일로브나는 지나치던 중 첫째 공작 영애와 바실리 공작이 가까이 붙어 앉아 이야기를 나누던 방을 무심코 엿보게 되었다. 지나가는 두 사람을 알아본 바실리 공작은 황급한 몸짓을 하며 몸을 뒤로 젖혔다. 공작 영애는 벌떡 일어나 필사적인 몸짓으로 온 힘을 다해 문을 쾅 닫았다.

그 행동이 평소 침착한 공작 영애의 태도와 너무 다르고 바실리 공작의 얼굴에 떠오른 두려움도 그의 당당함과 어울리지 않아 피에르는 걸음을 멈추고 뭔가 묻고 싶은 듯 자신의 지도자를 안경 너머로 쳐다보았다. 안나 미하일로브나는 놀란 기색을 보이지 않았다. 그저 가볍게 미소 짓고는 한숨을 쉴 뿐이었다. 마치 이 모든 일을 예상했다고 말하는 듯한 태도였다.

"나의 친구, 남자답게 행동해요. 내가 당신의 권리를 지켜 주겠어요." 그녀는 그의 눈짓에 대한 대답으로 이렇게 말하고 더욱 서둘러 복도를 걸어갔다.

피에르는 어찌 된 영문인지 알 수 없었고, "당신의 권리를 지켜 주겠어요."라는 말이 무슨 뜻인지는 더더욱 몰랐다. 다만 이 모든 일들이 이렇게 될 수밖에 없다는 것은 이해했다. 그들은 복도를 지나 백작의 응접실과 접한 희미한 홀로 들어갔다. 피에르가 정면의 현관 계단에서 보고 알게 된 호화롭지만 싸늘한 방들 가운데 하나였다. 그러나 이 방 한가운데에는 빈 욕조가 있고 양탄자에 물이 엎질러져 있었다. 향로를 든 부사제와 하인이 두 사람에게 눈길도 주지 않은 채 뒤꿈치를 들고 그들 쪽으로 걸어 나왔다. 피에르는 안나 미하일로브나를 따라 낯익은 응접실로 들어갔다. 겨울 정원으로 난 출구와 이탈리아풍의 창문 두 개와 커다란 흉상과 예카체리나 대제의 전신 초상화가 있는 방이었다. 응접실에서는 똑같은 사람들이 거의 똑같은 자리에 앉아 서로 소곤거리고 있었다. 사람들은 다들 조용히 입을 다물고는 울다 지친 듯 창백한 얼굴로 들어오는 안나 미하일로브나와 고개를 숙인 채 고분고분 뒤를 따르는 뚱뚱하고 덩치 큰 피에르를 쳐다보았다.

안나 미하일로브나의 얼굴에 결정적인 순간이 닥쳤다는 자각이 떠올랐다. 그녀는 피에르를 가까이 옆에서 떨어지지 않게 하면서 수완이 좋은 페테르부르크 부인다운 태도로 오전보다 더 대담하게 방으로 들어갔다. 빈사(瀕死)의 병자가 보고 싶어 하는 사람을 데려온 이상 자신도 틀림없이 손님으로서 대접을 받게 될 거라고 느꼈다. 방에 있는 모든 사람들을 민첩한 시선으로 둘러보다 백작의 참회 사제를 발견한 그녀는 정말로 허리를 숙이지는 않되 갑자기 키를 낮추면서 종종걸음으로 미끄러지듯 다가가 공손히 한 사제에게서 축복을 받고, 뒤이어 다른 사제에게도 축복을 받았다.

"다행히 우리가 제때 왔군요." 그녀가 사제에게 말했다. "저희 일가친척들 모두 몹시 걱정하고 있었답니다. 이 청년은 백작님의 아들이에요." 그녀는 낮은 목소리로 덧붙였다. "무서운 순간이군요!"

이 말을 한 후 의사에게 다가갔다.

"친애하는 의사 선생님, 이 청년은 백작님의 아들이랍니다…… 가망이 있을까요?" 그녀가 의사에게 말했다.

의사는 말없이 빠른 몸짓으로 두 눈을 치뜨며 어깨를 으쓱했다. 안나 미하일로브나도 똑같은 몸짓으로 눈을 치뜨며 어깨를 으쓱하고는 눈을 거의 감다시피 하면서 한숨을 내쉬고 의사에게서 떨어져 피에르에게로 갔다. 그녀는 유난히 정중하면서도 부드럽고 슬픈 모습으로 피에르에게 말을 걸었다.

"하느님의 자비를 믿어요." 그녀는 이렇게 말하고는 그에게 작은 소파를 가리키며 거기에 앉아서 자기를 기다리라고 한 뒤, 모든 사람이 바라보고 있는 문을 향해 소리 없이 다가갔다. 그리고 들릴락 말락 아주 작은 소리를 내며 문을 열고 그 너머로 자취를 감추었다.

무슨 일이든 자신의 지도자에게 복종하기로 결심한 피에르는 그녀가 가리킨 작은 소파로 향했다. 안나 미하일로브나가 자취를 감추자마자 그는 방 안에 있던 모든 사람들의 눈길이 호기심과 동정 이상의 무언가를 담은 채 자기에게로 쏠린 것을 눈치챘다. 그는 모든 사람들이 눈짓으로 그를 가리키며 서로 속삭이는 것을 알아챘다. 그들의 눈빛은 두려움, 심지어 노예 같은 비굴함마저 띠고 있는 것 같았다. 사람들은 그에게 경의를 표했다. 이제껏 한 번도 없던 일이었다. 사제와 이야기를 나누던 낯선 부인은 자리에서 일어나 그에게 앉으라고 권했고, 부관은 피에르가 떨어뜨린 장갑 한 짝을 집어 그에게 건넸다. 피에르가 사람들을 지나치는 동안 의사들은 정중히 말을 멈추고 그에게 자리를 내주기 위해 옆으로 비켜섰다. 처음에 피에르는 부인을 불편하게 하지 않기 위해 다른 자리에 앉으려 했고, 장갑도 직접 주우려 했으며, 의사들을 빙 돌아가려고 했다. 게다가 의사들은 그가 지나가려는 길목에 서 있지도 않았다. 하지만 문득 이런 행동이 예의에 어긋날지도 모른다고 느꼈다. 자신은 오늘 밤 모든 사람들이 예상하는 어떤 무서운 의식을 수행해야 할 인물이며, 따라서 모든 사람들의 봉사를 받아들여야만 한다고 느꼈다. 그는 부관에게서 말없이 장갑을 받고 부인의 자리에 앉아 소박한 자세를 한 이집트 조각상처럼 대칭으로 놓은 무릎 위에 커다란 손을 나란히 올려놓았다. 그리고는 이 모든 것이 응당 이렇게 되어야 하나 보다라고, 오늘 밤에 당황하지 않고 어리석은 짓을 저지르지 않으려면 결코 자신의 판단대로 해서는 안 되며 자신을 이끌어 주는 사람들의 의지를 전적으로 따라야 한다고 마음속으로 결론을 내렸다.

이 분이 채 지나기도 전에 바실리 공작이 별 모양의 훈장을 세 개 단 카프탄 차림으로 고개를 높이 쳐든 채 당당하게 응접실로 들어왔다. 오전보다 더 수척해진 듯했다. 방을 둘러보다 피에르를 발견했을 때는 눈동자가 평소보다 더 커졌다. 그는 피에르에게 다가와 손을 잡더니(전에는 한 번도 이런 적이 없었다.) 손이 잘 붙어 있는지 시험이라도 하듯 아래쪽으로 잡아당겼다.

"친구, 용기를 내요, 용기를. 그분이 당신을 부르라고 분부하셨소. 잘하신 일이오……." 그리고 그는 지나치려 했다.

하지만 피에르는 그에게 물어볼 필요가 있다고 생각했다.

"병세는 어떠신지……." 그는 죽어 가는 사람을 '백작님'이라고 부르는 것이 온당한지 아닌지 몰라 망설였다. 그러나 아버지라고 부르자니 무안했다.

"삼십 분 전에 또 한 차례 발작이 있었소. 또 한 차례 발작이 있었지. 용기를 내요, 친구⋯⋯."

피에르는 '발작'이라는 말에 손찌검을 떠올릴 만큼[75] 정신적인 혼란 상태에 빠져 있었다. 그는 무슨 말인지 모르겠다는 표정으로 바실리 공작을 쳐다보았으나 곧 그 단어가 병을 가리킨다는 사실을 생각해 냈다. 바실리 공작은 걸음을 옮기며 로랭에게 몇 마디 건네고는 뒤꿈치를 들고 문으로 향했다. 그는 발끝으로 걷는 데 서툴러 몸 전체를 흔들며 어색하게 껑충껑충 뛰었다. 그 뒤를 이어 첫째 공작 영애가 지나가고, 그다음에는 사제들과 부사제들이 지나갔다. 하인들도 문 쪽으로 갔다. 그 문 너머에서 이리저리 움직이는 소리가 들렸다. 그러더니 마침내 여전히 창백하긴 하나 의무 수행에 충실한 얼굴로 안나 미하일로브나가 달려 나와 피에르의 손을 가볍게 어루만지며 말했다.

"하느님의 자비는 끝이 없답니다. 이제 성유식이 시작돼요. 함께 들어가요."

피에르는 부드러운 양탄자를 밟으며 문으로 향했다. 그는 자기 뒤로 부관, 낯선 부인, 어떤 하인 한 명이 따르는 것을 알아차렸다. 마치 이제는 그 방에 들어가기 위해 허락을 구할 필요가 없다는 투였다.

---

75) 러시아어로 '발작'을 뜻하는 'udar'에는 '타격', '공격' 등의 의미도 있다.

# 20

피에르는 기둥과 아치로 나뉘고 온통 페르시아 양탄자로 뒤덮인 그 큰 방을 잘 알았다. 기둥 뒤편 부분, 즉 한쪽에는 실크 휘장이 드리운 높다란 마호가니 침대가 있고 다른 한쪽에는 커다란 이콘 보관함이 있는 그곳은 저녁 예배 시간의 교회처럼 붉은빛이 환하게 비치고 있었다. 이콘 보관함의 빛나는 금장식 아래에 기다란 볼테르식 안락의자가 있고, 이제 막 바꾼 듯 눈처럼 하얀 구김 없는 베개들이 놓인 안락의자에는 피에르에게 친숙한 그의 아버지 베주호프 백작의 위풍당당한 형체가 선명한 녹색 이불을 허리까지 덮은 채 누워 있었다. 넓은 이마에 여전히 사자를 떠올리게 하는 하얀 갈기 같은 머리칼이 드리우고, 붉은 기를 띤 누르스름한 잘생긴 얼굴에는 여전히 독특한 품위를 풍기는 굵은 주름이 패어 있었다. 그는 이콘 바로 아래에 누워 있었다. 살진 커다란 두 팔이 이불 위에 놓여 있었다. 손바닥을 아래쪽으로 놓은 오른손 엄지와 검지 사이에 밀랍 초 한 자루가 끼워져 있고, 안락의자 뒤에서 몸을 숙인 늙은 하인이 그 초를 붙잡고 있었다. 장엄하고 찬란하게 빛나는 옷 위로 긴 머리칼을 내놓은 사제가 불을 붙인 촛대를 두 손에 들고 안락의자를 굽어보면서 느리고 엄숙하게 의식을 수행했다. 그들 뒤쪽으로 조금 떨어진 곳에 손아래 공작 영애 둘이 손수건을 눈가에 댄 채 서 있었고, 그들 앞에는 맏언니인 카티시가 표독스럽고 단호한 표정을 하고 서서 이콘으로부터 단 한 순간도 눈을 떼지 않았다. 마치 자신이 뒤를 돌아보기라도 하면 스스로도 자기 행동을 책임질 수 없을 거라고 모두에게 말하는 것 같았다. 안나 미하일로브나는 온화한 슬픔과 무한한 관대함이 어린 얼굴로 누군지 모를 부인과 문가에 서 있었다. 바실리 공작은 안락의자에서 가까운 문 앞쪽에 선 채 조각이 아로새겨진 벨벳 의자 뒤편에서 등받이를 자기 쪽으로 돌려놓고 양초를 든 왼손의 팔꿈치를 그 위에 괴고는 손가락들을 이마에 댈 때마다 눈을 들며 오른손으로 성호를 그었다. 얼굴은 평온한 경건함과 하느님의 뜻에 대한 순종을 드러냈다. '만약 이 감정을 이해하지 못한다면 당신들에게 더 좋지 않을 뿐이다.' 그의 얼굴은 그렇게 말하는 듯 보였다.

그의 뒤에는 부관과 의사들과 남자 하인이 서 있었다. 남자와 여자들은 교회에서처럼 따로 나뉘어 있었다. 다들 말없이 성호를 그었다. 기도문을 낭독하는 소리, 굵은 저음의 차분한 노랫소리, 침묵의 순간에 발을 바꾸거나 한숨을 쉬는 소리만이 들렸다. 안나 미하일로브나는 자신이 이 순간 무엇을 하고 있는지 잘 안다고 말하는 듯 의미심장한 표정으로 방을 가로질러 피에르에게 다가가 양초를 건넸다. 그는 초에 불을 붙였으나 주위 사람들을 관찰하는 데 마음을 빼앗긴 나머지 양초를 든 손으로 성호를 긋기 시작했다.

얼굴에 점이 있고 뺨이 발그레하며 웃음이 헤픈 가장 손아래의 공작 영애 소피가 그를 바라보고 있었다. 그녀는 빙긋 웃더니 손수건으로 얼굴을 가리고 오랫동안 그대로 있었다. 그러나 피에르를 보면 다시 웃음을 터뜨렸다. 그를 보면 웃지 않을 수 없다고 느끼면서도 보지 않기 위해 자신을 억누르지도 못하는 것 같았다. 그래서 그녀는 유혹을 피하기 위해 기둥 뒤로 조용히 자리를 옮겼다. 예배 도중 사제의 목소리가 갑자기 뚝 그쳤다. 사제들은 낮은 목소리로 뭐라고 서로 소곤거렸다. 백작의 손을 잡은 늙은 하인이 몸을 일으켜 부인들을 돌아보았다. 안나 미하일로브나가 앞으로 나와 병자 위로 몸을 숙이고는 등 뒤로 손가락을 움직여 로랭을 불렀다. 프랑스인 의사 — 서로 신앙은 달라도 지금 벌어지는 의식의 중요성을 충분히 이해하며 심지어 그 의식을 지지한다고 말하는 듯한 외국인의 정중한 태도로 그는 기둥에 몸을 기댄 채 불을 붙인 초 없이 서 있었다 — 는 한창때의 남자다운 소리 없는 발걸음으로 병자에게 다가갔다. 그러고는 희고 가느다란 손가락으로 백작의 빈손을 녹색 이불로부터 들어 올리더니 고개를 돌린 채 맥을 짚으며 생각에 잠겼다. 사람들은 병자에게 마실 것을 주고 그 주위에서 바스락대다가 각자 자리로 흩어졌다. 그리고 다시 예배가 시작되었다. 이렇게 의식이 중단된 사이 피에르는 바실리 공작이 의자 등받이 뒤에서 나와 자기가 무엇을 하는지 스스로도 잘 알고 있으며 자기를 이해하지 못하는 사람들에겐 그만큼 더 나쁜 결과가 닥칠 거라고 말하는 듯한 한결같은 표정을 지은 채, 병자에게 다가가는 대신 그 옆을 지나 가장 손위인 공작 영애와 한패가 되어 침실의 깊숙한 곳으로, 실크 휘장이 드리운 높은 침대로 향하는 것을 눈치챘다. 공작과 공작 영애는 둘 다 침대에서 떨어져 뒷문으로 자취를 감추었다가 예배가 끝나기 전 자신들의 자리에 차례로 돌아왔다. 피에르는 오늘 밤 눈앞에서 벌어지는 모든 일들이 불가피하게 그렇게 되어야 하나 보다고 마음속으로 단호하게 결론을 내린 후, 다른 모든 상황에서 그랬듯이 그 상황에 대해서도 더 이상 관심을 기울이지 않았다.

찬송 소리가 그쳤다. 그러고는 병자에게 성례받은 것을 정중히 축하하는 사제의 목소리가 들렸다. 병자는 여전히 죽은 듯 꼼짝 않고 누워 있었다. 주위에 있던 모든 사람들이 바스락대며 움직이기 시작하고, 발걸음과 속삭임이 들렸다. 그 가운데 안나 미하일로브나의 소곤거리는 소리가 가장 도드라졌다.

피에르는 그녀가 이렇게 말하는 것을 들었다.

"반드시 침대로 옮겨야 해요. 여기에서는 도저히 할 수 없을 거예요……."

의사들과 공작 영애들과 하인들이 병자를 빙 에워싸는 바람에 피에르는 다른 사람들을 보면서도 예배 내내 한순간도 시야에서 놓치지 않았던, 하얀 갈기에 덮인 그 붉은 기를 띤 누르스름한 얼굴을 더 이상 볼 수 없었다. 피에르는 안락의자를 에워싼 사람들의 신중한 동작을 보면서 그들이 죽어 가는 사람을 안아 올려 다른 곳으로 옮기려 하는 것을 알아차렸다.

"내 팔을 잡아. 그러다 떨어뜨리겠어." 한 하인의 겁에 질린 속삭임이 들렸다. "아래쪽에서…… 한 명 더." 사람들이 웅성거렸고, 무거운 한숨과 발을 옮기는 소리가 점점 빨라졌다. 그들이 운반하는 무게가 힘에 부치는 듯했다.

운반하는 사람들—그중에 안나 미하일로브나도 있었다 — 이 청년을 지나쳤다. 순간 사람들의 등과 목덜미 너머로 겨드랑이를 받쳐 든 병자의 비대한 맨 가슴과 살진 어깨, 하얗게 센 구불구불한 사자 머리가 눈에 들어왔다. 대단히 넓은 이마와 광대뼈, 아름답고 육감적인 입, 당당하고 차가운 눈초리를 지닌 그 머리는 죽음이 가까이 왔는데도 손상되지 않았다. 석 달 전 백작이 피에르를 페테르부르크로 보낼 때 본 그대로였다. 그러나 그 머리는 운반하는 사람들의 고르지 않은 발걸음 때문에 무기력하게 흔들렸고, 싸늘하고 무심한 시선은 머물 곳을 알지 못했다.

높은 침대 주위에서 벌어진 소동으로 몇 분이 흘렀다. 병자를 운반한 사람들은 뿔뿔이 흩어졌다. 안나 미하일로브나가 피에르의 손을 가볍게 어루만지며 말했다. "함께 가요." 피에르는 그녀와 함께 침대로 갔다. 침대 위에는 막 끝난 성례 때문인지 병자가 장엄한 자세로 누워 있었다. 그는 높은 베개에 머리를 괴고 누워 있었다. 두 손은 손바닥을 아래로 하여 녹색 비단 이불 위에 대칭으로 놓여 있었다. 피에르가 다가가자 백작이 그를 똑바로 응시했다. 그러나 사람으로서는 그 뜻과 의미를 이해할 수 없는 눈초리로 바라보았다. 어쩌면 그 시선은 눈이 있는 한 어딘가를 보아야 했을 뿐이라 아무 말 하지 않았는지도 모르고, 어쩌면 지나치게 많은 말을 하고 있는지도 몰랐다. 피에르는 어찌해야 할지 몰라 가만히 서서 뭔가 묻는 듯한 눈으로 자신의 지도자인 안나 미하일로브나를 돌아보았다. 그녀는 다급한 눈짓을 지으며 병자의 손을 가리키더니 입술로 그 손에 입 맞추는 시늉을 했다. 피에르는 이불에 걸리지 않도록 목을 애써 쑥 빼고는 그녀의 충고에 따라 뼈마디가 굵고 살진 손에 입을 맞추었다. 백작의 손도, 그의 얼굴 근육도 전혀 움직이지 않았다. 피에르는 이제 무엇을 해야 하는지 묻는 눈길로 다시 안나 미하일로브나를 쳐다보았다. 안나 미하일로브나는 눈짓으로 침대 옆에 있는 안락의자를 가리켜 보였다. 피에르는 순순히 안락의자에 앉으며 적절하게 행동했는지 계속해서 눈으로 물었다. 안나 미하일로브나는 칭찬하듯 고개를 끄덕였다. 피에르는 다시 이집트 조각상 같은 대칭형의 소박한 자세를 취했다. 자신의 둔하고 뚱뚱한 몸이 그처럼 큰 공간을 차지하는 것을 애석해하며 최대한 작게 보이는 데 모든 정신을 쏟는 것 같았다. 그는 백작을 바라보았다. 백작은 피에르가 서 있을 때 얼굴이 있던 자리를 바라보았다. 안나 미하일로브나는 아버지와 아들이 만나는 이 마지막 순간의 감동적인 의의에 대한 자각을 표정으로 드러냈다. 그 순간은 이 분 동안 지속되었다. 피에르에게는 그 이 분이 한 시간처럼 느껴졌다. 갑자기 백작의 굵직한 안면 근육과 주름에 경련이 일어났다. 경련은 점점 심해졌고, 아름다운 입은 일그러졌다.(그제야 피에르는 아버지가 죽음에 얼마나 가까이 갔는지 깨달았다.) 그리고 일그러진 입에서 알아듣기 힘든 목쉰 소리가 흘러나왔다. 안나 미하일로브나는 병자의 눈을 열심히 쳐다보며 피에르를 가리키고, 음료를 가리키고, 뭔가 묻고 싶은 눈초리로 바실리 공작의 이름을 속삭이고, 이불을 가리키기도 하면서 필요한 게 무엇인지 알아내려 애썼다. 병자의 눈동자와 얼굴은 초조한 빛을 띠었다. 그는 침대 머리맡에서 한시도 떠나지 않고 서 있던 하인을 보려고 안간힘을 썼다.

"반대편으로 돌아눕고 싶어 하십니다." 하인은 이렇게 속삭이고는 백작의 얼굴이 벽을 향하도록 묵직한 몸뚱이를 돌리려고 몸을 일으켰다.

피에르는 하인을 돕기 위해 일어섰다.

백작을 돌려 눕히는 동안에 그의 한 손이 힘없이 뒤로 툭 떨어졌다. 백작은 그 손을 끌어당기려고 부질없이 안간힘을 썼다. 그 생기 없는 손을 바라보는 피에르의 두려움 어린 시선을 눈치챘는지, 아니면 그 순간 죽어 가는 뇌 속에서 어떤 다른 생각이 떠올랐는지, 아무튼 그는 말을 듣지 않는 손과 피에르의 얼굴에 떠오른 두려움의 표정을 번갈아 바라보다가 다시 손으로 눈길을 돌렸다. 그러자 그의 얼굴에 외모와 어울리지 않는, 마치 자신의 무기력을 조롱하는 듯한 힘없고 고통에 찬 미소가 떠올랐다. 예기치 않게 이 미소를 보게 된 피에르는 가슴이 떨리고 코끝이 찡해지는 것을 느꼈다. 눈물이 그의 눈앞을 흐렸다. 병자는 벽을 보도록 옆으로 눕혀졌다. 그는 한숨을 쉬었다.

"잠이 드셨어요." 안나 미하일로브나가 교대하러 온 공작 영애를 보고는 말했다. "가죠."

피에르는 방을 나왔다.

# 21

이제 응접실에는 바실리 공작과 첫째 공작 영애 외에 아무
도 없었다. 두 사람은 예카체리나 대제의 초상화 아래 앉아 무
언가에 대해 활발히 이야기를 나누고 있었다. 그들은 피에르
와 그의 지도자를 보자마자 입을 다물었다. 공작 영애는 무언
가를 감추며 ─ 피에르에게는 그렇게 보였다 ─ 속삭였다.

"저 여자는 꼴도 보기 싫어요."

"카티시가 작은 응접실에 차를 내오라고 지시해 두었습니
다." 바실리 공작이 안나 미하일로브나에게 말했다. "가엾은
안나 미하일로브나, 그쪽으로 가서 기운을 차리도록 해요. 그
러지 않으면 몸이 버티지 못할 겁니다."

그는 피에르에게 한마디도 하지 않고 그저 다정하게 어깻
죽지를 꼭 잡았다. 피에르와 안나 미하일로브나는 작은 응접
실로 갔다. "밤을 샌 후에는 이 훌륭한 러시아 차 한잔만큼 기

력을 회복시켜 주는 것도 없습니다." 로랭은 생기를 억제한 표정으로 말했다. 그는 다기(茶器)와 차게 식은 밤참이 차려진 작은 원형 응접실의 테이블 앞에 서서 손잡이 없는 우아한 중국식 찻잔으로 차를 홀짝이고 있었다. 테이블 주위에는 그날 밤 베주호프 백작의 집에 온 모든 사람들이 기력을 북돋우려고 모여 있었다. 피에르는 거울과 작은 테이블이 여럿 있는 이 작은 원형 응접실을 잘 기억했다. 베주호프 백작의 저택에서 무도회가 열릴 때면 춤을 못 추는 피에르는 거울이 딸린 이 작은 응접실에 앉아 관찰하기를 좋아했다. 무도회 의상을 입고 드러난 어깨를 다이아몬드와 진주로 장식한 귀부인들은 이 방을 지나칠 때면 몇 번이고 거울에 자신을 비춰 보며 불빛으로 환한 거울 속의 자신을 유심히 살피곤 했던 것이다. 이제는 양초 두 자루가 간신히 방을 밝히고 있었다. 그리고 한밤중에 작은 테이블 하나에는 다기와 요리가 어지럽게 차려져 있고, 우중충한 모습의 온갖 다양한 사람들이 그 방에 앉아 지금 침실에서 일어나는 일, 또 앞으로 일어날 일에 대해 아무도 잊지 않았다는 것을 몸짓 하나하나, 말 한 마디 한 마디마다 드러내며 서로 소곤소곤 이야기를 나누고 있었다. 피에르는 몹시 시장했지만 음식에 손을 대지 않았다. 뭔가 묻고 싶은 눈초리로 자신의 지도자를 돌아보던 그는 바실리 공작과 첫째 공작 영애가 남아 있는 응접실을 향해 다시 발뒤꿈치를 들고 살금 살금 나가는 그녀를 보았다. 피에르는 이 역시 마땅히 그렇게 되어야 하나 보다고 생각하며 잠시 주저하다 그녀를 뒤따라 갔다. 안나 미하일로브나가 공작 영애 옆에 서고, 두 사람 모두 흥분한 목소리로 낮게 소곤거리며 동시에 말하고 있었다.

"공작 부인, 무엇이 필요하고 무엇이 불필요한지 내게 가르쳐 주시죠." 공작 영애가 말했다. 자신의 방문을 쾅 닫았을 때처럼 흥분한 상태인 듯했다.

"하지만 사랑하는 공작 영애." 안나 미하일로브나는 공작 영애가 들어가지 못하도록 침실로 향하는 길을 막고는 온화하고 설득력 있게 말했다. "가엾은 아저씨께 휴식이 필요한 순간에 이건 그분에게 너무 괴로운 일이 아닐까요? 그분의 영혼이 이미 준비를 마친 이런 때에 세속적인 문제에 대한 대화는……."

바실리 공작은 평소의 스스럼없는 자세로 한쪽 다리 위에 다른 다리를 높이 포개고서 안락의자에 앉아 있었다. 아래쪽이 더 살진 것마냥 축 처진 두 뺨이 심하게 씰룩였다. 그러나 두 귀부인의 이야기에는 별로 관심이 없는 표정이었다.

"자, 친애하는 안나 미하일로브나, 카티시가 하고 싶은 대로 하게 내버려 두시죠. 당신도 알잖아요. 백작님이 카티시를 얼마나 사랑하는지 말입니다."

"전 이 서류가 무슨 내용인지도 몰라요." 공작 영애는 바실리 공작을 향해 고개를 돌린 채 자신이 손에 든 상감세공 문서함을 가리키며 말했다. "내가 아는 건 그분의 진짜 유언장이 책상 안에 있다는 것뿐이에요. 이건 그냥 잊힌 서류일 뿐……."

그녀는 안나 미하일로브나를 피해 지나가려 했다. 하지만 안나 미하일로브나가 다시 공작 영애의 길을 막았다.

"난 알아요, 착하고 사랑스러운 공작 영애." 안나 미하일로브나는 한 손으로 문서함을 움켜쥐며 말했다. 어찌나 단단히 붙잡고 있는지 금방 내줄 것처럼 보이지는 않았다. "사랑하는 공작 영애, 당신에게 부탁할게요. 애원할게요. 제발 그분을 불쌍히 여겨 줘요. **이렇게 애원할 테니⋯⋯.**"

공작 영애는 입을 다물었다. 그저 문서함을 둘러싸고 다투는 소리만 들릴 뿐이었다. 설사 공작 영애가 입을 열었다 해도 분명 안나 미하일로브나에게 듣기 좋은 말은 하지 않았을 것이다. 안나 미하일로브나는 문서함을 단단히 움켜쥐었으나 그녀의 목소리는 특유의 달콤한 끈적임과 부드러움을 고스란히 간직하고 있었다.

"피에르, 이리 와요, 나의 친구. 난 이분이 친족 회의에 빠져도 되는 사람이라고 생각하지 않아요. 그렇지 않나요, 공작?"

"당신은 왜 가만히 있나요, **사촌?**" 갑자기 공작 영애가 날카롭게 외쳤다. 목소리가 어찌나 크던지 응접실에 있는 사람들까지 듣고 깜짝 놀랄 정도였다.

"왜 가만히 있어요? 여기 누군지도 모를 인간이 와서 감히 참견을 해 대고 죽음을 앞둔 분의 방문 앞에서 소란을 피우는데 말이에요. 간악한 음모자 같으니!" 그녀는 표독스럽게 중얼거리며 온 힘을 다해 문서함을 잡아당겼다. 그러나 안나 미하일로브나는 문서함을 놓치지 않기 위해 몇 발짝 움직이며 손을 바꿔 쥐었다.

"오!" 바실리 공작은 놀라움이 어린 어투로 나무라듯 말했다. 그는 일어섰다. "**어이가 없군요.** 자, 놔요. 놓으라고 했잖습니까!"

공작 영애는 손을 놓았다.

"당신도요!"

안나 미하일로브나는 말을 듣지 않았다.

"놓으라고 했잖아요. 내가 모든 걸 떠맡겠습니다. 내가 가서 그분에게 여쭈어보지요. 내가…… 당신도 이 정도면 만족하겠죠."

"아뇨, 공작님." 안나 미하일로브나가 말했다. "그렇게 큰 성례식을 치렀으니 그분에게 쉴 시간을 드리세요. 자, 피에르, 당신 의견을 말해 봐요." 그녀는 청년을 돌아보았다. 그들에게 다가가던 그는 품위를 완전히 잃은 격분한 공작 영애의 얼굴과 바실리 공작의 씰룩이는 뺨을 놀란 눈으로 바라보았다.

"당신이 모든 결과에 대해 책임져야 한다는 걸 기억해 둬요." 바실리 공작이 엄중하게 말했다. "당신은 자신이 무슨 행동을 하는지 모르는군요."

"혐오스러운 여자 같으니!" 공작 영애는 갑자기 안나 미하일로브나에게 달려들어 문서함을 잡아채며 소리쳤다.

바실리 공작은 고개를 떨어뜨린 채 두 팔을 벌렸다.

그 순간 문이, 피에르가 그토록 오랫동안 바라보던 그 무시무시한 문이, 그처럼 조용히 열리곤 하던 그 문이 벽에 쾅 하고 부딪치는 소리와 함께 홱 열렸다. 그리고 그곳에서 둘째 공작 영애가 뛰쳐나와 두 손을 모아 쥐었다.

"뭐 하고 있어요!" 그녀는 절망적으로 말했다. "그분이 돌아가시려고 하는데 나만 혼자 내버려 두다니."

첫째 공작 영애가 문서함을 툭 떨어뜨렸다. 안나 미하일로브나는 재빨리 허리를 숙여 분쟁거리가 된 물건을 움켜쥐고는 침실로 달려갔다. 첫째 공작 영애와 바실리 공작은 정신을 차리고 뒤따랐다. 몇 분 후 해쓱하고 초췌한 얼굴에 아랫입술을 꼭 깨문 첫째 공작 영애가 가장 먼저 그곳에서 나왔다. 피에르를 본 그녀의 얼굴은 억제하기 힘든 적의를 드러냈다.

"네, 이제 맘껏 기뻐해요. 이렇게 되길 기다렸잖아요." 그녀가 말했다.

그러고는 통곡을 터뜨리더니 손수건으로 얼굴을 가리고 방에서 뛰쳐나갔다.

공작 영애에 이어 바실리 공작이 나왔다. 그는 비틀거리며 피에르가 앉은 소파로 오더니 한 손으로 눈을 가린 채 털썩 주저앉았다. 피에르는 그의 얼굴이 창백한 데다 아래턱이 마치 오한이라도 난 듯 씰룩대고 덜덜 떨리는 것을 알아차렸다.

"아, 친구!" 그는 피에르의 팔꿈치를 잡고 말했다. 목소리에는 피에르가 이제껏 그에게서 한 번도 본 적 없는 진실함과 연약함이 깃들어 있었다. "우리는 얼마나 많은 죄를 지으며 얼마나 많이 속이고 있소? 그게 다 무엇을 위해서요? 난 쉰 살이 넘었다오, 친구……. 정말이지 난…… 모든 것은 죽음으로 종말을 맞는다오, 모두 다 말이오. 죽음은 끔찍하구려." 그는 울음을 터뜨렸다.

안나 미하일로브나가 맨 마지막으로 나왔다. 그녀는 조용하고 느린 걸음으로 피에르에게 다가왔다.

"피에르!" 그녀가 말했다.

피에르는 묻는 듯한 얼굴로 그녀를 바라보았다. 그녀는 청년의 이마에 입을 맞추며 눈물로 그 이마를 적셨다. 그녀는 잠시 침묵했다.

"이제 그분은 이 세상에 안 계세요……."

피에르는 안경 너머로 그녀를 바라보았다.

"자, 같이 가요. 내가 당신을 안내할게요. 울려고 해 봐요. 눈물만큼 슬픔을 덜어 주는 것도 없으니까요."

그녀는 그를 어두운 응접실로 이끌었다. 피에르는 그곳에 있는 사람들이 아무도 자기 얼굴을 보지 않아 기뻤다. 안나 미하일로브나는 그를 남겨 두고 자리를 떴다. 그녀가 되돌아왔을 때 그는 한쪽 팔에 고개를 묻고 깊은 잠에 빠져 있었다.

다음 날 아침, 안나 미하일로브나는 피에르에게 말했다.

"자, 친구, 이 일은 당신뿐 아니라 우리 모두에게 크나큰 손실이에요. 하지만 하느님께서 당신을 붙잡아 주실 거예요. 당신은 젊어요. 이제 당신은 막대한 재산의 주인이 될 거예요. 부디 그렇게 되길 바랄게요. 유언장은 아직 개봉되지 않았어요. 당신을 잘 아니까, 이 일로 머리가 얼떨떨하지는 않을 거라고 믿어요. 하지만 이 일은 당신에게 의무를 부여할 거예요. 그러니 남자답게 처신해야 해요."

피에르는 말없이 있었다.

"아마 나중에 당신에게 말하겠지만, 내가 그 자리에 없었다면 무슨 일이 일어났을지 몰라요. 당신도 알다시피 그저께 아저씨께서는 보리스를 잊지 않겠다고 내게 약속해 주셨답니다. 하지만 미처 약속을 지키지는 못하셨죠. 친구, 난 당신이 아버지의 소원을 실행에 옮길 거라고 믿어요."

피에르는 아무것도 이해할 수 없어 말없이 소심하게 얼굴을 붉히며 안나 미하일로브나 공작 부인을 바라보았다. 안나 미하일로브나는 피에르와 이야기를 나눈 뒤 로스토프가로 가서 잠자리에 들었다. 아침에 눈을 뜬 그녀는 로스토프가 사람들과 모든 지인들에게 베주호프 백작의 죽음에 대하여 상세히 들려주었다. 안나 미하일로브나는 그녀가 맞이하고 싶은 임종의 모습으로 백작이 죽었으며, 그의 최후는 감동적일 뿐아니라 교훈적이었다고 말했다. 또한 아버지와 아들의 마지막 만남은 눈물 없이 떠올릴 수 없을 만큼 감동적이었다고 말했다. 그리고 그런 두려운 순간에 더 훌륭하게 처신한 사람이 과연 누구인지, 마지막 순간까지 모든 사람과 모든 것을 또렷이 기억하고 아들에게 그처럼 감동적인 말을 남긴 아버지인지, 아니면 비탄에 잠겨서도 죽어 가는 아버지가 슬퍼하지 않도록 보기 딱할 정도로 자신의 슬픔을 애써 감추던 피에르인지 모르겠다고 말했다. "괴롭지만 유익했어요. 노백작님과 그분의 훌륭한 아드님 같은 사람들을 보노라면 영혼이 숭고해지거든요." 그녀는 이렇게 말했다. 물론 공작 영애와 바실리 공작을 못마땅해하며 그들의 행동에 대해서도 은밀하게 소곤소곤 이야기했다.

## 22

니콜라이 안드레예비치 볼콘스키 공작의 영지인 리시에 고리[76]에서는 젊은 안드레이 공작 부부의 도착을 매일같이 기다리고 있었다. 그러나 그 기다림이 노공작 집안의 질서 정연한 생활을 깨뜨리지는 않았다. 사교계에서 프로이센 왕이라는 별명으로 통하는 육군 대장[77] 니콜라이 안드레예비치 공작은 파벨[78] 시대에 시골로 추방된 이후 딸 마리야와 그녀의 말벗 마드무아젤 부리엔과 함께 자신의 영지인 리시에 고리에 칩거했다. 그리고 새 차르[79]가 즉위한 후 두 수도[80]에 출입

---

76) 러시아어로 '민둥산'이라는 뜻이다.
77) '육군 대장'이라는 호칭은 원래 육군 원수를 지칭할 때만 사용했는데 예카체리나 대제 시대에는 지휘 체계의 제3서열 이상에 오른 모든 장군들에게 붙일 수 있었다.
78) 예카체리나 대제의 아들로 1798~1801년에 재위했다.

하는 것을 허락받았는데도 볼일이 있는 사람은 모스크바로부터 150베르스타[81]를 달려 리시에 고리로 오라고, 자신에게는 어느 누구도, 아무것도 필요하지 않다고 말하면서 계속 시골에 머물렀다. 그는 인간에게서 죄악을 불러일으키는 악덕의 근원은 오직 두 가지, 즉 나태와 미신이며, 미덕은 오직 두 가지, 즉 활동과 지성이라고 말했다. 이 두 가지 미덕을 갖춘 사람으로 키우고자 몸소 딸의 교육에 힘을 쏟으며 대수와 기하를 가르치고 그녀의 모든 생활을 끝없는 과제로 채웠다. 자신은 회상록 저술로, 고등 수학 풀이로, 갈이판에서 담뱃갑을 깎는 작업으로, 정원을 가꾸는 일로, 영지에서 끝없이 벌어지는 건축 공사를 감독하는 일로 늘 바빴다. 활동을 위한 주요 조건이 질서인 만큼 그의 생활 방식에서 질서는 극도로 정확하게 지켜졌다. 그가 테이블에 나오는 것은 일정하고 동일한 조건에서, 그것도 시(時)만 똑같은 게 아니라 분(分)까지 똑같은 조건에서 행해졌다. 공작은 딸부터 하인에 이르기까지 그를 둘러싼 사람들에게 준엄하고 늘 까다로웠다. 그래서 잔인한 사람이 아닌데도 가장 잔인한 사람조차 쉽사리 획득할 수 없는 두려움과 존경을 불러일으켰다. 그는 퇴역했고 이제 국정에도 전혀 중요하지 않은 인물이었지만, 공작의 영지가 속한 현(縣)의 지사는 모두 공작을 방문하는 것을 의무로 여겨 건

---

79) 1801년 파벨이 암살되자 아들인 알렉산드르 1세가 뒤를 이어 등극했다.

80) 옛 수도인 모스크바와 표트르 대제의 칙령으로 행정 중심지가 된 새 수도 페테르부르크를 가리킨다.

81) 러시아의 옛 길이 단위. 1베르스타는 약 1킬로미터다.

축 기사와 정원사, 혹은 마리야 공작 영애와 똑같이 천장이 높은 하인방에서 공작이 나오기로 정해진 시각을 기다렸다. 서재의 거대하고 높은 문이 열리면서 야윈 작은 손과 축 늘어진 회색 눈썹 ── 이따금 얼굴을 찌푸릴 때 지적으로 빛나는 젊은 눈동자의 광채를 가리는 ── 을 지닌 자그마한 노인의 형상이 분 바른 가발을 쓰고 나타나는 순간이면, 이 하인방에 있던 사람들은 누구나 존경과 심지어 공포라는 동일한 감정을 맛보곤 했다.

젊은 부부가 도착한 날 아침에도 마리야 공작 영애는 평소처럼 정해진 시간에 아침 인사를 하러 하인방에 들어와 두려운 마음을 안고 성호를 그은 후 마음속으로 기도를 드렸다. 그녀는 날마다 이 방에 들어왔고, 날마다 이 매일의 만남이 무사히 지나가게 해 달라고 기도했다.

하인방에 앉아 있던 분 바른 늙은 하인은 조용한 몸짓으로 일어나 나지막한 목소리로 그녀의 방문을 알렸다. "자, 들어가십시오."

문 너머에서 갈이판의 규칙적인 소리가 들렸다. 공작 영애는 미끄러지듯 쉽사리 열리는 문을 머뭇머뭇 잡아당기고는 입구에 멈춰 섰다. 공작은 갈이판 앞에서 일을 하다가 흘깃 돌아보고는 하던 일을 계속했다.

거대한 서재는 늘 이용하는 물건들로 꽉 차 보였다. 책과 도면이 놓인 큰 책상, 유리문에 열쇠가 달린 높은 책장, 선 자세로 필기를 하기 위한 높은 책상 ── 그 위에는 공책이 펼쳐진 채 놓여 있었다 ── 갈이판과 한 줄로 늘어놓은 부속 도구들과 사방에 널린 동그란 대팻밥, 이 모든 것들은 끊임없이 이루어지는 다양하고 질서 정연한 활동을 보여 주었다. 은실로 자수를 놓은 타타르[82]의 부츠를 신은 작은 발의 움직임으로 보아, 힘줄이 튀어나온 야윈 손의 단단한 악력으로 보아 공작에게는 아직 초로의 정정한 기운이 남아 있는 듯했다. 몇 바퀴 돌린 후 그는 갈이판 페달에서 한쪽 발을 떼고 끌을 닦아 갈이판에 붙은 가죽 주머니에 던져 놓고는 테이블로 가서 딸을 가까이 불렀다. 그는 한 번도 자녀들에게 축복의 말을 해 준 적이 없었다. 그저 아직 면도하지 않은 까칠한 한쪽 뺨을 들이대고 엄격하고도 부드러운 시선으로 유심히 그녀를 쳐다보고는 이렇게 말할 뿐이었다.

"건강하냐? 자, 그럼 앉아라!"

그는 자기 손으로 쓴 기하 공책을 집어 들고 한쪽 발로 안락의자를 끌어당겼다.

---

82) 타타르(tatar)의 기원에 대해서는 설이 분분하다. 약 6세기부터 중앙아시아 대초원에서 유목 생활을 하다가 12세기 무렵 그 지역의 패권을 장악한 부족을 타타르족이라 칭하는 학설이 있는 한편, 13세기 유럽 문헌에는 당시 러시아와 유럽을 침략한 몽골족을 타타르족이라 언급한 기록이 남아 있다. 그 밖에 15세기 몽골 제국의 일부인 킵차크한국의 쇠락 이후 카잔과 아스트라한과 크림 등 러시아 남부에서 시베리아에 걸쳐 출현한 튀르크계와 몽골계의 혼혈 부족을 타타르로 보는 학설도 있다. 이 가운데 가장 강성했던 카잔한국이라는 타타르족 국가는 16세기에 이르러 모스크바 대공국에 합병되었다가 1920년에는 소련의 자치 공화국으로, 1992년에는 러시아 연방의 타타르스탄 공화국으로 계승되었다. 오늘날에는 타타르스탄 공화국과 크림반도에서 튀르크계 언어를 사용하고 이슬람교를 신봉하는 몽골-튀르크의 후예를 타타르라 일컫는다.

"내일 공부할 부분이다!" 그는 빠르게 쪽수를 찾아 한 문단에서 다른 문단까지 단단한 손톱으로 표시하며 말했다.

공작 영애는 책상 위의 공책으로 몸을 숙였다.

"잠깐, 너에게 편지가 왔구나." 노인은 책상에 붙은 주머니에서 여자 필체의 글씨가 적힌 봉투를 꺼내 책상에 툭 던지며 불쑥 말했다.

편지를 본 공작 영애의 얼굴에 붉은 반점이 퍼졌다. 그녀는 편지를 황급히 집어 들고 그 위로 몸을 숙였다.

"엘로이즈[83])에게서 온 거냐?" 공작은 싸늘한 미소와 함께 여전히 단단하고 누르스름한 이를 드러내며 물었다.

"네, 줄리예요." 공작 영애는 겁먹은 눈길로 쳐다보며 겁먹은 미소를 지었다.

"편지 두 통은 봐주겠지만 세 번째 편지는 읽어 보겠다." 공작은 엄격하게 말했다. "너희들이 헛소리만 잔뜩 쓸까 봐 걱정이다. 세 번째 편지는 내가 읽어 볼 거다."

"이것도 읽어 보세요, 아버지." 공작 영애는 더욱 붉어진 얼굴로 편지를 내밀며 대답했다.

"세 번째라고 하지 않았느냐, 세 번째." 공작은 편지를 밀치며 퉁명스레 소리를 질렀다. 그러고는 책상에 팔꿈치를 괴고 기하학 도형이 있는 공책을 가까이 끌어당겼다.

"자, 아가씨." 노인은 딸 쪽으로 가까이 붙어 공책을 향해 몸

---

83) 장자크 루소의 서간체 소설 『줄리, 혹은 신엘로이즈(Julie ou la nouvelle Héloïse)』를 암시한다.

을 숙이고는 공작 영애가 앉은 안락의자 등받이에 한 손을 올렸다. 그래서 공작 영애는 아주 오래전부터 익숙한 아버지의 코를 찌르는 듯한 노인 냄새와 담배 냄새에 사방으로 에워싸인 듯한 느낌을 받았다. "자, 아가씨, 이 삼각형들은 서로 비슷하단다. 이걸 보렴. 각 abc는……."

공작 영애는 가까이에서 번득이는 아버지의 눈동자를 두려운 듯 바라보았다. 붉은 반점이 얼굴에 퍼졌다. 그녀는 아무것도 이해하지 못하는 것 같았다. 또한 너무 겁에 질려서 아버지의 설명이 아무리 명확하더라도 두려움 때문에 이후의 모든 설명을 잘 이해하지 못하는 듯 보였다. 교사 탓인지, 학생 탓인지, 어쨌든 날마다 똑같은 모습이 되풀이되었다. 공작 영애는 눈이 흐릿해지는 것을 느꼈다. 아무것도 보지 못하고 아무것도 듣지 못했다. 그저 엄격한 아버지의 야윈 얼굴을 가까이에서 느끼고 그 숨결과 냄새를 느낄 뿐이었다. 그녀는 어떻게 하면 한시바삐 서재를 빠져나가 자기 방에서 자유롭게 과제를 이해해 볼 수 있을까 하는 생각만 했다. 노인은 발끈 성을 내곤 했다. 자신이 앉은 안락의자를 요란하게 뒤로 뺐다가 앞으로 당겼다 했으며, 화를 내지 않기 위해 자신을 억눌렀다. 그러나 거의 매번 흥분하며 욕설을 내뱉었고, 이따금 공책을 집어 던지기도 했다.

공작 영애는 틀린 답을 말했다.

"이런, 너, 바보 아니냐!" 공작은 공책을 밀치고 얼굴을 홱 돌리며 고함쳤다. 그러나 곧 의자에서 일어나 이리저리 걷다가 두 손으로 공작 영애의 머리를 가볍게 어루만지고는 다시 자리에 앉았다.

그는 가까이 당겨 앉아 계속 설명했다.

"아니지, 공작 영애, 그래선 안 돼." 공작 영애가 과제를 적은 공책을 덮고 나갈 채비를 하자 그가 말했다. "아가씨, 수학은 위대한 것이다. 난 네가 우리나라의 멍청한 마님들을 닮지 않기를 바란다. 꾹 참고 익숙해지다 보면 좋아하게 되겠지." 그는 한 손으로 딸의 뺨을 가볍게 두드렸다. "머리에서 어리석은 생각도 빠져나갈 거다."

그녀는 나가려 했으나 공작이 몸짓으로 그녀를 멈춰 세우고 높은 책상에서 낱장이 잘리지 않은 새 책[84]을 한 권 꺼냈다.

"여기 너의 엘로이즈가 네게 보낸 『신비의 열쇠』[85]인가 뭔가 하는 책이 있다. 종교 서적이더구나. 나야 남의 신앙에 절대 간섭하지 않는다만…… 내가 대충 훑어봤다. 가져가렴. 자, 가라, 가!"

그는 딸의 어깨를 가볍게 두드리고는 밖으로 내보낸 후 손수 문을 닫았다.

마리야 공작 영애는 우울하고 겁에 질린 표정으로 자기 방에 돌아왔다. 그 표정은 좀처럼 떠나지 않았으며, 아름답지 않

---

84) 당시 책은 낱장으로 자르지 않고 접힌 채 출간되었다. 그래서 첫 독자는 책의 접힌 부분에 종이칼을 밀어 넣어 자르면서 읽어야 했다.

85) 바이에른 출신의 카를 폰 에카르츠하우젠(Karl von Eckartshausen, 1752~1803)이 저술한 초자연적 성격의 저작 『신비의 열쇠(Aufschlüsse über Magie)』는 18세기 후반 유럽에서 널리 읽혔고, 1805년 러시아에서도 이미 번역되어 열렬한 호응을 얻었다. 특히 프리메이슨들이 열광했다. 에카르츠하우젠은 마법, 연금술, 숫자의 신비 등에 대한 많은 책을 저술했다.

은 병약한 얼굴을 더욱더 못생기게 만들었다. 그녀는 조그만 초상화 여러 점이 놓이고 공책들과 책들이 가득 쌓인 책상 앞에 앉았다. 아버지에게 질서 정연한 면이 있는 만큼이나 공작 영애에게는 무질서한 면이 있었다. 그녀는 기하학 공책을 내려놓고 초조하게 편지를 뜯었다. 편지는 어린 시절부터 가장 친하게 지낸 친구에게서 온 것이었다. 바로 로스토프가의 명명일에 방문했던 줄리 카라기나였다.

줄리는 이렇게 썼다.

사랑하는 소중한 친구, 이별이란 얼마나 두렵고 무서운 것인가요! 나의 존재와 나의 행복의 절반은 당신에게 있다고, 머나먼 거리가 우리를 갈라놓을지라도 우리의 심장은 끊을 수 없는 매듭으로 묶여 있다고 몇 번이고 스스로에게 말해 보지만 내 심장은 운명에 저항하고 있어요. 즐거움과 오락거리에 에워싸여 있어도 우리가 떨어진 후부터 마음 깊은 곳에서 느끼는 어떤 감춰진 슬픔은 도저히 억누를 수가 없네요. 어째서 우리는 지난여름처럼 당신의 커다란 서재에 놓인 하늘색 소파에, 그 '고백'의 소파에 함께 있을 수 없을까요? 어째서 나는 석 달 전처럼 당신의 시선에서 새로운 정신적 힘을 얻을 수 없을까요? 온화하고 차분하고 모든 것을 꿰뚫어 보는 듯한, 내가 그토록 사랑했고 당신에게 편지를 쓰는 이 순간에도 눈앞에 보고 있는 그 시선에서 말이에요.

여기까지 읽은 마리야 공작 영애는 한숨을 쉬고 오른쪽에 있는 큰 거울을 돌아보았다. 거울은 아름답지 않은 허약한 몸과 야윈 얼굴을 비추었다. 언제나 슬픔에 잠긴 듯한 눈동자는 이 순간 유난히 절망적으로 거울 속의 자신을 바라보고 있었다. '줄리는 내게 입에 발린 말을 하고 있어.' 공작 영애는 이렇게 생각하며 얼굴을 돌리고 계속 편지를 읽었다. 그러나 줄리는 친구에게 입에 발린 말을 한 것이 아니었다. 사실 공작 영애의 하늘색으로 빛나는 커다란 눈동자(마치 따뜻한 빛살이 이따금 그 속에서 다발로 튀어나오는 것 같았다.)는 대단히 아름다워서 얼굴이 아름답지 않아도 그 눈동자만큼은 종종 아름다움을 능가하는 매력을 드러내곤 했다. 그러나 공작 영애는 자신의 눈동자가 짓는 아름다운 표정, 즉 그녀가 자신에 대해 생각하지 않는 순간에만 짓는 그 표정을 한 번도 본 적이 없었다. 누구나 그렇듯 그녀가 거울을 볼 때면 얼굴이 어색하고 부자연스럽고 못생긴 표정을 띠었다. 그녀는 계속해서 읽었다.

모스크바는 온통 전쟁에 대해서만 이야기한답니다. 나의 두 오빠 가운데 한 명은 이미 국경 너머에 있고, 또 한 명은 곧 국경으로 출정할 근위대에 있어요. 우리의 친애하는 폐하도 페테르부르크를 떠나 전쟁의 위험에 자신의 고귀한 존재를 던지려 하신다고 사람들은 추측하고 있지요. 부디 전능자께서 은혜를 베푸시어 우리 위에 주권자로 세우신 천사가 유럽의 평화를 깨뜨리는 코르시카의 괴물을 물리쳐 주시기를. 이 전쟁은 나에게서 나의 오빠들뿐 아니라 내가 마음으로 가장 가깝게 여기는 사람들 가운데 한 명을 앗아 갔답니다. 내가 말하는 사람은 로스토프가의 젊은 백작 니콜라이 로스토프예요. 그는 열정이 넘치는 사람으로, 아무것도 하지 않는 것을 견디지 못하여 군대에 들어가려고 대학을 그만두었답니다. 사랑하는 마리, 당신에게 고백해야겠군요. 그가 그처럼 젊은 나이에 군대로 떠나는 것은 나에게 크나큰 슬픔이에요. 내가 지난여름 당신에게 말한 그 젊은 남자분에게는 우리 시대의 스무 살 노인들 사이에서는 좀처럼 찾아볼 수 없는 고결한 정신과 참된 젊음이 깃들어 있답니다! 무엇보다 매우 솔직하고 애정이 넘치는 사람이에요. 그는 몹시도 순수하고 시적이어서 그와 나의 교제는 비록 찰나의 순간에 지나지 않았지만 나의 가엾은 마음에 가장 달콤한 기쁨이었어요. 나의 마음은 벌써부터 너무나 고통스러워하고 있네요. 언젠가 당신에게 우리의 작별에 대해 이야기해 줄게요. 헤어질 때 오간 모든 말도요. 그 모든 것들이 아직도 너무나 생생해요……. 아! 사랑하는 친구, 당신은 이 타는 듯한 기쁨과 타는 듯한 슬픔을 모르니 행복한 사람이에요. 당신은 행복해요. 왜냐하면 대개 슬픔이 기쁨보다 더 강하니까요. 니콜라이 백작이 나에게 친구 이상의 무언가가 되어 주기에 너무 젊다는 것을 잘 알아요. 하지만 이 달콤한 우정, 이처럼 시적이고 이처럼 순수한 관계는 나의 마음이 간절히 바라던 것이었어요. 그러나 이것에 대해서는 그만 이야기하죠. 모스크바 전체를 사로잡은 중요한 소식은 베주호프 노백작님의 죽음과 그분의 유산이랍니다. 상상해 봐요. 세 공작 영애는 뭔가 하찮은 것을 받고 바실리 공작은 아무것도 받지 못했어요. 피에르가 전 재산을 상속했죠. 게다가 합법적인 아들로, 또한 베주호프 백작으로 인정

받아 러시아에서 가장 막대한 재산의 주인이 되었어요. 바실리 공작은 이 모든 사건에서 매우 비열한 역할을 했다고 해요. 몹시 부끄러운 모습으로 페테르부르크를 향해 떠났다더군요. 솔직히 난 유언장에 관련된 이 모든 일에 대해 잘 모르겠어요. 아는 것이라고는 우리 모두가 그저 피에르라는 이름으로 부르던 한 청년이 베주호프 백작이자 러시아에서 가장 많은 재산의 주인이 된 후, 혼기가 찬 딸을 둔 어머니들과 아가씨들이 이 신사에게 싹 달라진 태도로 대하는 모습을 관찰하는 게 나의 즐거움이 되었다는 점뿐이에요. 덧붙여 말하자면 그 신사는 나에게 언제나 매우 보잘것없는 사람으로 보였어요. 지난 이 년 동안 다들 나에게 신랑감—대부분 내가 잘 모르는 남자들이었어요—을 찾아 주느라 신나 있더니, 모스크바의 결혼 소식란은 이제 나를 베주호바 백작 부인으로 만드는군요. 당신은 내가 그것을 전혀 바라지 않는다는 걸 알아주겠죠. 마침 결혼 이야기가 나와서 말인데요. 당신이 아는지 모르겠지만, 얼마 전 **모든 이들의 아주머니**인 안나 미하일로브나가 나에게 당신의 혼사에 대한 계획을 털어놓았답니다. 그 사람은 다름 아닌 바실리 공작의 아들 아나톨이에요. 그의 부모님은 아들을 부유한 명문가의 아가씨와 결혼시켜 안정을 찾게 하려고 해요. 그런데 그 부모님의 선택이 당신을 향한 것이죠. 당신이 이 문제를 어떻게 볼지 모르지만 미리 알려 주는 것이 나의 의무라고 생각했어요. 사람들이 말하길 그는 아주 잘생겼는데 굉장한 난봉꾼이라는군요. 내가 그에 대해 알아낼 수 있었던 건 이게 전부예요.

그런데 수다는 이 정도로 그쳐야겠군요. 두 번째 장이 거의 다 찼어요. 게다가 엄마가 아프락신[86]가의 만찬에 가자며 사람을 보내셨네요. 내가 당신에게 보내는 신비주의 책을 읽어 봐요. 그 책은 이곳에서 대단히 호평을 받고 있어요. 인간의 나약한 지성으로는 이해하기 힘든 부분도 있지만 어쨌든 훌륭한 책이에요. 그 책을 읽노라면 영혼이 차분해지고 고양되죠. 그럼 안녕. 당신 아버님께는 나의 존경을, 마드무아젤 부리엔에게는 나의 인사를 전해 줘요. 온 마음을 다해 당신을 포옹합니다.

줄리

P. S. 당신 오빠와 그분의 매력적인 부인에 대한 소식을 알려 줘요.

공작 영애는 생각에 잠긴 채 미소를 지었다.(얼굴도 빛나는 눈동자로 환하게 밝아지며 완전히 변했다.) 그러더니 갑자기 몸을 일으켜 책상 쪽으로 무겁게 걸음을 옮겼다. 그녀는 종이를 꺼냈고, 그녀의 손이 종이 위에서 빠르게 움직이기 시작했다. 그녀는 이렇게 답장을 썼다.

사랑하는 소중한 친구. 13일 자로 보낸 당신의 편지는 나에게 큰 기쁨을 주었어요. 당신은 여전히 나를 사랑해 주는군요, 나의 시적인 줄리. 당신이 그처럼 불평하는 이별은 당신에게

---

86) 스테판 스테파노비치 아프락신(Stepan Stepanovich Apraksin, 1747~1827). 예카체리나 대제 때 튀르크 전쟁에 참전했고, 이후에 스몰렌스크의 군정 총독이 되었다.

일반적인 영향력을 미치지 못한 것 같아요. 당신은 이별에 대해 한탄하네요. 지나친 말일지 모르지만 소중한 사람을 모두 잃은 난 뭐라고 말해야 좋을까요? 아, 우리에게 종교의 위로가 없다면 인생은 너무나 슬플 거예요. 당신은 젊은 남자분을 향한 애정을 말하면서 왜 나를 엄격한 시각을 가진 사람으로 보죠? 이 점에 대해 말하면 난 스스로에게만 엄격하답니다. 다른 사람이 가진 이런 감정에 대해서는 나도 이해해요. 한 번도 경험해 보지 않았기에 그런 감정을 인정할 수 없다 해도 비난하지는 않아요. 다만 젊은 남자의 아름다운 눈동자가 당신같이 시적이고 다정한 젊은 아가씨에게 불러일으킬 수 있는 감정보다는 이웃과 원수를 향한 그리스도교적 사랑이 더 가치 있고 위안이 되고 훌륭한 것 같아요.

베주호프 백작님이 돌아가셨다는 소식은 당신의 편지보다 먼저 우리에게 도착했어요. 아버지는 그 소식에 매우 충격을 받으셨답니다. 아버지는 그분이 위대한 시대를 대표하는 끝에서 두 번째 인물이셨다고, 이제 아버지의 차례가 되었지만 그 차례가 최대한 늦게 찾아오도록 스스로 할 수 있는 일은 무엇이든 하겠다고 말씀하세요. 하느님께서 우리를 그 무서운 불행에서 구하여 주시기를!

피에르에 대한 당신의 견해에는 공감할 수 없어요. 난 어릴 때부터 그를 알았어요. 그는 언제나 아름다운 마음을 간직하고 있었다고 생각해요. 아름다운 마음은 내가 인간에게서 가장 높이 평가하는 자질이죠. 그의 상속과 바실리 공작님이 그 문제에서 한 역할에 대해 말하자면, 그 사건은 두 사람 모두에게 매우 슬픈 일이에요. 아, 사랑하는 친구, 부자가 하느님의 나라에 들어가기보다 낙타가 바늘구멍에 들어가는 것이 더 쉽다고 하신 우리 구세주의 말씀[87]은 무서울 정도로 옳은 말씀이에요. 바실리 공작님도 안쓰럽긴 하지만 피에르가 훨씬 더 불쌍하게 느껴져요. 그렇게나 젊은 사람이 그런 막대한 재산에 짓눌리게 되었으니 앞으로 얼마나 많은 유혹을 거쳐야 할까요! 만약 누군가 세상에서 가장 바라는 것이 무엇이냐고 묻는다면 난 이렇게 대답할 거예요. 거지들 가운데 가장 가난한 자보다 더 가난하게 되는 것이라고요. 나의 친구, 당신이 보내 준 책에 대해 1000번의 감사를 전합니다. 당신의 도시를 그처럼 떠들썩하게 만들었다는 책 말이에요. 당신은 그 책의 많은 뛰어난 부분들 가운데 연약한 인간의 지성으로는 포착할 수 없는 것들이 있다고 말하지만, 이해하지도 못하면서 독서에 몰두하는 것은 쓸데없는 일인 것 같아요. 바로 그 이유 때문에 그런 독서는 어떤 유익도 가져올 수 없을 거예요. 몇몇 개인들이 품은 열성을, 말하자면 머릿속에 의심만 불러일으키고 공상을 자극하고 과장하는 습성을 낳는──그리스도교적인 꾸밈없는 단순성과 정반대인──신비주의 책에 빠져서 자신의 생각을 뒤죽박죽으로 만들려는 그러한 열성을 난 도무지 이해할 수 없었어요. 우리, 차라리 『사도행전』과 복음서를 읽어요. 이런 책에 있는 신비적인 것은 깊이 파고들려고 애쓰지 않기로 해요. 왜냐하면 말이죠, 우

---

87) 『마태복음서』 19장 24절에 "'내가 다시 너희에게 말한다. 부자가 하나님의 나라에 들어가는 것보다 낙타가 바늘귀로 지나가는 것이 더 쉽다.' 하시니"라는 구절이 있다. 『마가복음서』 10장 25절에도 동일한 구절이 있다.

리와 영원 사이에 꿰뚫을 수 없는 장막을 친 육체의 거죽을 걸치고 있는 한 우리 같은 불쌍한 죄인이 어떻게 하느님의 두렵고도 거룩한 비밀을 인식할 수 있겠어요? 차라리 우리 구세주가 우리를 인도하기 위해 여기 이 땅에 남기신 위대한 법을 연구하는 것에 만족하기로 해요. 우리, 그 법을 힘써 따르기로 해요. 우리의 정신에 방종을 허락하지 않을수록 자신으로부터 나오지 않은 모든 지식을 거부하시는 하느님께서 우리를 더욱 기쁘게 여기시리라는 것, 하느님께서 우리로부터 숨기려 하시는 것에 우리가 몰두하지 않을수록 하느님께서는 거룩한 지혜로써 우리가 그것을 더욱 속히 발견하도록 하시리라는 것을 믿기 위해 함께 노력해요.

아버지는 구혼자에 대해 아무 말씀도 하지 않으셨어요. 다만 바실리 공작님의 편지를 받았고 그분의 방문을 기다리는 중이라고만 말씀하셨죠. 사랑하는 소중한 친구, 나를 둘러싼 결혼 계획에 대해 말하자면 난 결혼이 우리가 복종해야 할 신성한 제도라고 생각해요. 나에게 아무리 힘겨운 일이 될지라도 전능자께서 나에게 아내와 어머니의 의무를 지우고자 하신다면 난 내가 할 수 있는 한 신실하게 의무를 수행하고자 노력할 거예요. 하느님께서 남편으로 주신 분에 대한 내 감정을 곰곰이 생각하는 일에 마음 쓰지 않겠어요.

오빠에게서 올케언니와 함께 리시에 고리에 오겠다고 알리는 편지를 받았어요. 이 기쁨은 오래 계속되지 않을 거예요. 왜냐하면 오빠는 어쩌다 무엇 때문에 우리가 말려들고 있는지 알 수 없는 그 전쟁에 참전하러 우리를 떠날 테니까요. 이런저런 사건과 사고의 중심지인 당신의 도시뿐 아니라 도시 사람들이 시골이라면 으레 떠올리는 전원의 노동과 정적 한가운데에 있는 이곳에도 전쟁의 반향이 들려오니 마음이 무겁네요. 아버지는 내가 전혀 알지도 못하는 원정과 행군에 대해서만 말씀하세요. 그저께는 평소처럼 시골길을 산책하다가 가슴을 찢는 듯한 장면을 보게 되었어요. 그것은 우리 영지에서 징집되어 군대로 이송되는 신병 부대였어요. 나는 떠나는 사람들의 어머니와 아내와 아이들이 처한 상황을 보아야 했고, 떠나는 사람들과 보내는 사람들의 통곡을 들어야 했어요! 당신은 생각하겠죠. 우리에게 사랑과 모욕에 대한 용서를 가르친 구세주의 법을 인류가 잊었다고, 서로를 살육하는 기술에서 인류가 자신의 주된 가치를 발견한다고 말이에요.

잘 있어요, 사랑하는 선한 친구. 우리의 구세주와 그분의 거룩한 어머니께서 성스럽고 강한 덮개 아래 당신을 지켜 주실 거예요.

마리

"아, 당신도 편지를 보내는군요. 난 이미 부쳤답니다. 나의 가엾은 어머니에게 썼죠." 얼굴에 미소를 띤 마드무아젤 부리엔은 빠르고 명랑하고 낭랑한 목소리로 에흐(r)를 모호하게 발음하면서, 마리야 공작 영애의 긴장되고 구슬프고 음울한 분위기 속으로 그와는 전혀 다른 경박하고 유쾌하고 자기만족적인 세계를 끌어들이면서 말을 꺼냈다.

"공작 영애, 미리 알려 줘야겠군요." 그녀는 목소리를 낮추며 덧붙였다. "공작님께서 욕설을 퍼부으셨어요." 그녀는 에흐 발음을 유난히 프랑스식으로 발음하면서 흡족한 표정으로 자신의 말소리에 귀를 기울였다. "미하일 이바니치에게 마구 욕설을 하셨죠. 공작님은 기분이 몹시 안 좋아요. 굉장히 험악하다고요. 미리 알려 주는 거예요. 당신도 알다시피……."

"아, 사랑하는 친구!" 공작 영애가 대답했다. "아버지의 기분이 어떤지 절대 말하지 말아 달라고 부탁했잖아요. 난 아버지를 판단하지 않을 거고, 다른 사람들이 그러는 것도 바라지 않아요."

공작 영애는 시계를 흘깃 쳐다보다가 클라비코드[88] 연주에 사용해야 할 시간이 벌써 오 분이나 지난 것을 알아차리고 겁에 질린 표정을 하고서 소파가 있는 방으로 갔다. 정해진 일과에 따라 12시부터 2시까지 공작은 휴식을 취하고, 공작 영애는 클라비코드를 연주했다.

---

88) 피아노를 발명하기 전까지 사용하던 건반 현악기. 직사각형 상자 모양이며, 건반을 누르면 그 끝에 있는 작은 금속 조각이 현을 때려 소리가 난다.

# 23

머리가 희끗한 시종은 거대한 서재에 앉아 꾸벅꾸벅 졸며 공작의 코 고는 소리를 듣고 있었다. 저택에서 먼 곳으로부터, 여러 개의 닫힌 문 너머로부터 스무 번쯤 되풀이되는 두세크[89] 소나타의 어려운 악절이 들려왔다.

바로 그때 카레타와 브리치카[90]가 현관 계단 쪽으로 다가왔다. 카레타에서 안드레이 공작이 내리더니 자그마한 아내를

---

89) 두세크라는 이름의 작곡가에는 프란치셰크 하버 두세크(Frantishek Khaver Dussek, 1731~1799)와 얀 라지슬라프 두세크(Jan Ladislav Dussek, 1760~1812)가 있다. 모두 체코의 작곡가로 피아노 소나타를 남겼다.

90) brichka. 접이식 포장이 달린 4인용 사륜마차라는 점에서는 콜랴스카와 비슷하지만 그보다 작다. 카레타나 콜랴스카와 달리 스프링이 없어 승차감이 떨어지고 차체도 작지만 단단한 내구성을 갖추어 여행용 승용 마차로 흔히 사용되었다. 폴란드어로 '브리치카(bryczka)', 프랑스어로 '칼레슈(calèche)'에 해당하는 마차다.

부축하여 내려 주고 먼저 지나가게 했다. 머리가 허옇게 센 치혼은 가발을 쓴 채 하인방 밖으로 몸을 쑥 내밀고는 조그마한 목소리로 공작이 자고 있다고 알린 후 황급히 문을 닫았다. 치혼은 아들의 도착이든 어떤 특별한 사건이든 하루의 일과를 깨뜨려서는 안 된다는 것을 잘 알았다. 안드레이 공작은 치혼 못지않게 그 사실을 잘 아는 듯했다. 그는 아버지를 못 본 사이에 습관이 바뀌지는 않았을까 검사라도 하듯 시계를 쳐다보았다. 그러나 습관이 바뀌지 않았다는 것을 확인하고는 아내를 돌아보았다.

"아버지는 이십 분 뒤에 일어나실 거야. 마리야 공작 영애에게 갑시다." 그가 말했다.

작은 공작 부인은 요사이 살이 붙었다. 그러나 솜털이 나고 미소가 어린 얇은 윗입술과 두 눈동자는 그녀가 말을 시작하면 여전히 명랑하고 사랑스럽게 치켜 올라갔다.

"작은 궁전 같아요!" 그녀는 무도회를 개최한 주인에게 찬사를 늘어놓는 표정으로 주위를 빙 둘러보며 남편에게 말했다. "가요, 어서요, 어서!" 그녀는 주위를 돌아보며 치혼과 남편과 그들을 안내하는 하인에게 미소를 보냈다.

"마리가 연습을 하나? 마리가 우리를 알아차리지 못하게 조용히 가요."

안드레이 공작은 정중하고도 침울한 표정으로 아내를 뒤따랐다.

"자네도 늙었군, 치혼." 그는 지나가다가 그의 손에 입을 맞춘 노인에게 말했다.

클라비코드 소리가 들려오는 방 앞에 이르자 옆문에서 옅은 금발의 예쁘장한 프랑스 여자가 뛰어나왔다. 마드무아젤 부리엔은 기쁨으로 정신을 차리지 못하는 것 같았다.

"아! 공작 영애가 얼마나 기뻐할까요!" 그녀가 입을 열었다. "드디어 오셨군요! 공작 영애에게 알려야겠어요."

"아니, 아니요, 제발······. 당신이 마드무아젤 부리엔이군요. 시누이가 당신에게 느끼는 우정 덕분에 난 이미 당신을 알고 있답니다." 공작 부인은 마드무아젤 부리엔에게 입을 맞추며 말했다. "그녀는 우리가 올 거라 생각도 못 하고 있겠죠!"

그들은 소파가 있는 방으로 다가갔다. 그곳으로부터 한 악절이 계속 반복적으로 들려왔다. 안드레이 공작은 걸음을 멈추더니 무언가 불쾌한 것을 예상하기라도 한 듯 인상을 찌푸렸다.

공작 부인이 들어갔다. 악절이 중간에서 뚝 멈췄다. 비명 소리와 마리야 공작 영애의 묵직한 발소리와 입맞춤 소리가 들렸다. 안드레이 공작이 들어가자 안드레이 공작의 결혼식 때 딱 한 번 잠시 만났을 뿐인 공작 영애와 공작 부인이 서로 부둥켜안고서 처음 그대로 입술을 꼭 대고 있었다. 마드무아젤 부리엔은 주위에 서서 두 손을 가슴에 대고 경건하게 미소를 짓고 있었다. 그녀는 당장이라도 울 것처럼 보이는 한편 금방이라도 웃음을 터뜨릴 것 같았다. 안드레이 공작은 어깨를 움츠리며 음악 애호가가 틀린 음을 듣고 인상을 쓰듯 얼굴을 찌푸렸다. 두 여인은 서로를 놓아주었다. 그러고는 다시 상대에게 뒤질세라 손을 부여잡고 입을 맞추다가 또 손을 놓더니 다시 서로의 얼굴에 입을 맞추었다. 그런 다음 두 사람은 와락 울음을 터뜨리며 다시 입을 맞추기 시작했다. 안드레이 공작이 전혀 예상치 못한 일이었다. 마드무아젤 부리엔도 울음을 터뜨렸다. 안드레이 공작은 거북해 보였다. 그러나 두 여인들에게는 우는 게 너무나 자연스럽게 여겨졌다. 그들은 이 만남이 다른 식으로 이루어질 수 있다고는 상상도 못 하는 것 같았다.

"아! 사랑하는……!" "아, 마리." 두 여인은 문득 말을 꺼내다 웃음을 터뜨렸다. "어젯밤에 꿈을 꾸었어요." "우리가 이렇게 올 거라고는 생각도 못 했죠……? 아, 마리, 몹시 야위었군요……." "당신은 무척 살이 쪘네요……."

"난 공작 부인을 금방 알아보았어요." 마드무아젤 부리엔이 끼어들었다.

"하지만 난 상상도 못 했어요!" 마리야 공작 영애가 큰 소리로 외쳤다. "아! 앙드레, 미처 오빠를 못 봤네."

안드레이 공작은 여동생과 손을 맞잡으며 서로 입을 맞추고는 "언제나 그랬듯 지금도 여전히 울보구나."라고 말했다. 마리야 공작 영애가 오빠를 돌아보았다. 그 순간 반짝이는 크고 아름다운 눈동자의 애정 어린 따뜻하고 온화한 눈길이 눈물을 내비치며 안드레이 공작의 얼굴에 머물렀다.

공작 부인은 쉬지 않고 종알거렸다. 솜털이 난 얇은 윗입술은 끊임없이 순식간에 날아 내려와 그것이 닿을 수밖에 없는 붉은 아랫입술을 살짝 건드렸다. 그러면 다시 치아와 눈동자를 반짝이는 미소가 나타났다. 공작 부인은 임신 중인 자신이 위협을 느낄 만큼 위험했던 스파스코예산에서 그들에게 일어난 사건에 대해 이야기하다가 곧 페테르부르크에 옷을 다 두고 와서 여기에서는 무엇을 입고 다녀야 할지 모르겠다는 둥, 안드레이가 완전히 변했다는 둥, 키티 오딘초바가 노인과 결혼했다는 둥, 마리야 공작 영애에게 진짜 구혼자가 생겼다는 둥, 하지만 여기에 대해서는 나중에 함께 이야기하자는 둥 계속 이야기를 늘어놓았다. 마리야 공작 영애는 아무 말 없이 계속 오빠를 바라보았다. 그녀의 아름다운 눈동자에는 사랑과 슬픔이 어려 있었다. 이 순간 그녀 안에서는 올케의 이야기와 무관하게 자신만의 상념의 흐름이 형성된 것 같았다. 페테르부르크의 마지막 축일에 대한 이야기가 한창일 때 공작 영애가 오빠를 돌아보았다.

"꼭 전쟁에 나갈 거야, 앙드레?" 그녀는 한숨을 내쉬며 말했다.

리즈도 한숨을 쉬었다.

"내일이라도." 오빠가 대답했다.

"그이는 날 여기에 버려 둘 거예요. 승진도 할 수 있었는데 도대체 왜 그러는지 모르겠어요."

마리야 공작 영애는 그 말을 끝까지 듣지 않고 자신의 상념의 끈에 계속 매달린 채 다정한 눈길로 올케의 배를 가리키며 말을 걸었다.

"확실해요?" 그녀가 말했다.

공작 부인의 얼굴이 변했다. 그녀가 탄식했다.

"네, 확실해요. 아! 너무 두려워요……." 그녀가 말했다.

리자의 작은 입술이 축 처졌다. 그녀는 시누이의 얼굴 쪽으로 고개를 가까이 숙이고는 갑자기 또 울음을 터뜨렸다.

"이 사람은 좀 쉬어야 해." 안드레이 공작은 얼굴을 찌푸리며 말했다. "그렇지, 리자? 이 사람을 방으로 안내해 줘. 난 아버지를 뵈러 갈게. 아버지는 어때, 여전하시니?"

"늘 그렇지. 똑같아. 오빠 눈에는 어떨지 모르지만." 공작 영애는 기쁘게 말했다.

"그럼 똑같은 시간에 가로수 길을 산책하는 것도? 갈이판도?" 안드레이 공작은 보일 듯 말 듯 희미한 미소를 지으며 물었다. 아버지를 몹시 사랑하고 존경하긴 하지만 아버지의 약점에 대해서도 잘 알고 있음을 보여 주는 미소였다.

"갈이판도, 수학도, 나의 기하학 수업도 늘 똑같은 시간에 하셔." 마리야 공작 영애는 마치 기하학 수업이 자기 생활에서 가장 즐거운 인상을 주는 것 가운데 하나인 양 기쁜 얼굴로 대답했다.

이십 분이 지나고 노공작이 일어날 시각이 되자 치혼이 젊은 공작에게 아버지의 부름을 전하러 왔다. 노인은 아들의 도착을 기념하여 자신의 생활 방식에 예외를 허용했다. 만찬 전에 옷을 갈아입는 동안 자기 거처로 아들을 들이도록 지시한 것이다. 공작은 늘 옛날 방식에 따라 카프탄을 입고 머리에 분을 뿌렸다. 안드레이 공작이 아버지의 거처에 들어가니(사교계 응접실에서 일부러 드러내는 까다로운 표정과 태도가 아니라 피에르와 이야기할 때 같은 활기찬 얼굴로) 노인은 단장실에서 화장용 덧옷을 걸친 채 모로코가죽을 씌운 넓은 안락의자에 앉아 치혼의 손에 머리를 맡기고 있었다.

"아! 용사로군! 보나파르트를 무찌르고 싶다는 거냐?" 노인은 이렇게 말하고는 치혼이 두 손으로 땋고 있는 머리카락이 허용하는 한에서 분 바른 머리를 흔들었다. "최소한 너라도 그 녀석을 응징해야지. 그러지 않으면 곧 우리까지 자기 백성으로 삼을 거다. 잘 왔다!" 그러고는 한쪽 뺨을 내밀었다.

노인은 만찬 전에 한숨 자고 난 후라 기분이 좋았다.(그는 만찬 후의 잠은 은이고, 만찬 전의 잠은 금이라고 말하곤 했다.) 그는 아래로 처진 짙은 눈썹 너머로 즐겁게 아들을 곁눈질했다. 안드레이 공작은 아버지에게 다가가 그가 가리킨 자리에 입을 맞추었다. 그는 아버지가 좋아하는 화제, 즉 현대의 군인에 대한, 특히 보나파르트에 대한 야유에 대꾸하지 않았다.

"네, 왔습니다, 아버지, 임신한 아내도 함께요." 안드레이 공작은 활기차고도 공손한 눈으로 아버지의 얼굴 윤곽이 움직이는 모습을 하나하나 지켜보며 말했다. "건강은 어떠세요?"

"건강하지 않은 자는 바보와 방탕한 인간들뿐이다, 얘야. 너도 날 알잖느냐. 아침부터 밤중까지 바쁘게 일하고 절제된 생활을 하니 건강하다."

"하느님 덕분입니다." 아들이 빙그레 웃으며 말했다.

"하느님이 무슨 상관이냐. 자, 말해 보아라." 그는 자신이 좋아하는 장난감 말[91]로 되돌아와 말을 계속했다. "독일인들은 어떤 식으로 가르치더냐? 이른바 전략이라는 너희들의 새로운 과학으로 보나파르트와 싸우는 것에 대해 말이다."

안드레이 공작은 빙긋 웃었다.

---

91) 즐겨 입에 올리는 화제를 가리킨다.

"진정하세요, 아버지." 안드레이 공작은 빙그레 미소 지으며 말했다. 그의 미소는 아버지의 약점이 아버지를 존경하고 사랑하는 데 방해가 되지 않는다는 것을 나타냈다. "전 아직 제 방에 가 보지도 못했습니다."

"허튼소리, 허튼소리." 노인은 머리가 단단히 땋였는지 점검하기 위해 머리채를 흔들어 보고는 아들의 손을 잡으며 큰 소리로 외쳤다. "네 처를 위한 집은 마련해 두었다. 마리야 공작 영애가 네 처를 데려가 보여 주고 실컷 떠들어 댈 거다. 그건 여자들의 일이야. 나도 그 애가 와서 기쁘다. 앉아서 이야기를 해 보렴. 미헬손[92]의 군대는 나도 알고 있다. 톨스토이[93]의 군대도…… 동시 상륙은…… 남쪽 군대는 어떻게 할까? 프로이센은 중립이고…… 그건 나도 안다. 오스트리아는 어떠냐?" 그는 안락의자에서 일어나 방 안을 이리저리 거닐었고, 치혼은 뒤에서 이리 뛰고 저리 뛰며 옷가지를 건넸다. "스웨덴은 어때? 포메라니아[94]를 어떻게 횡단할까?"

안드레이 공작은 아버지의 요구가 완강한 것을 보고 처음

---

92) 이반 이바노비치 미헬손(Ivan Ivanovich Mikhelson, 1755~1807). 러시아 기병대 장군. 18세기 중반부터 후반에 걸친 주요 전쟁에 대부분 참전했다. 푸가초프 봉기를 최종적으로 진압하여 '푸가초프의 진압자'로 알려졌다.
93) 표트르 알렉산드로비치 톨스토이(Pyotr Aleksadrovich Tolstoi, 1769~1844). 1789~1790년 러시아-스웨덴 전쟁에 참전했고, 1792~1795년 수보로프의 지휘 아래 폴란드에서 복무했다. 그 후 이탈리아 원정과 스위스 원정에도 참전했다. 1807~1808년 프랑스 주재 대사로 파견되었다가 나폴레옹에게 가한 비판과 틸지트 조약으로 인해 러시아로 소환되었다.
94) 발트해 연안에 있는 프로이센의 주(州). 현재는 독일령과 폴란드령으로 나뉘어 있다.

에 내키지 않아 하다가 점점 활기를 띠며, 그리고 이야기를 하는 도중 자기도 모르게 습관적으로 러시아어에서 프랑스어로 말을 바꾸며 예상되는 전쟁의 작전 계획을 설명하기 시작했다. 프로이센을 중립에서 끌어내어 전쟁에 가담하게 하려면 9만 군대가 위협해야 한다는 것, 이 군대의 일부는 슈트랄준트에서 스웨덴군과 합류해야 한다는 것, 오스트리아군 22만 명은 러시아군 10만 명과 합류하여 이탈리아와 라인 지역에서 행동해야 한다는 것, 러시아군 5만 명과 영국군 5만 명은 나폴리에 상륙해야 한다는 것, 총 50만 군대가 사방에서 프랑스를 공격해야 한다는 것에 대해 말했다. 노공작은 마치 듣고 있지 않다는 듯 아들의 이야기에 전혀 흥미를 보이지 않고 계속 이리저리 돌아다니며 옷을 입다가 세 번이나 불쑥 아들의 말을 끊었다. 한번은 아들의 말을 가로막고 큰 소리로 외쳤다.

"하얀색! 하얀색!"

그가 원하는 것이 아닌 다른 조끼를 치혼이 건넸다는 뜻이었다. 또 한번은 걸음을 멈추더니 아들에게 물었다.

"그런데 네 처가 해산을 할 때도 머지않았지?" 그는 질책하듯 고개를 흔들며 말했다. "좋지 않아! 계속해, 계속."

마지막에는 안드레이 공작이 설명을 끝맺으려 할 때 노인이 노쇠한 목소리로 곡조가 맞지 않는 노래를 부르기 시작했다. "말보로는 전장으로 떠나고 언제 돌아올지는 신만이 아시네."[95]

아들은 그저 빙그레 웃기만 했다.

"이것이 제가 찬성하는 계획이라고 말씀드리는 것은 아닙니다. 전 그저 있는 그대로를 말씀드렸을 뿐입니다. 나폴레옹

240

도 이미 이에 못지않은 계획을 세웠습니다." 아들이 말했다.

"음, 새로운 이야기는 하나도 없구나." 노인은 생각에 잠긴 표정을 지으며 혼잣말로 빠르게 중얼거렸다. "언제 돌아올지 는 신만이 아시네. 식당으로 가거라."

---

95) 18세기에 에스파냐 중서부와 저지대 국가(스헬데강, 라인강, 뫼즈강의 낮은 삼각주 지대 주변을 일컫는 지명이다. 오늘날의 벨기에, 네덜란드, 룩셈부르크, 프랑스 북부 지역 일부와 독일 서부 지역 일부를 가리킨다.)에서 벌어진 에스파냐 왕위 계승 전쟁(1701~1714. 에스파냐의 카를로스 2세는 프랑스 루이 14세의 손자 필리프를 후계자로 삼는다는 유언을 남기고 죽었다. 이로 인해 부르봉 왕가의 후손이 필리페 5세가 되자 에스파냐에 대한 권리를 주장하는 합스부르크가가 에스파냐의 왕위를 신성 로마 제국 황제인 레오폴트 1세에게 넘겨야 한다고 주장함으로써 갈등이 가시화되었다. 그 후 루이 14세는 영토 확장을 도모했으며, 유럽의 여러 국가들은 이해관계에 따라 프랑스-에스파냐 동맹에 가담하거나 신성 로마 제국의 동맹국이 되었다. 이 전쟁의 결과 필리페 5세는 에스파냐의 왕위를 지키되 프랑스 왕위를 겸할 수 없었고, 신성 로마 제국은 에스파냐령이던 이탈리아와 네덜란드의 지역을 확보했다.)에 기원을 둔 프랑스의 유명한 노래 가운데 한 소절이다. 존 처칠 말보로(John Churchill Malborough, 1650~1722)는 이 전쟁에서 영국군을 지휘했다.

# 24

정해진 시각이 되자 머리에 분을 바르고 깨끗이 면도를 한 공작이 식당에 모습을 드러냈다. 그곳에서는 며느리, 마리야 공작 영애, 마드무아젤 부리엔, 공작의 건축 기사가 기다리고 있었다. 신분이 변변치 않은 건축 기사는 지위 때문에 이러한 명예는 아예 기대도 하지 않았는데 공작의 기묘한 변덕으로 테이블에 동석하게 된 것이다. 생활 속에서 신분의 차이를 엄격히 지켜 온 데다 현의 고관들조차 좀처럼 테이블에 동석시키지 않던 공작은 갑자기 한쪽 구석에서 체크무늬 손수건으로 코를 풀던 건축 기사 미하일 이바노비치를 내세워 모든 인간이 평등하다는 것을 증명하려 들었다. 딸에게도 미하일 이바노비치는 나나 너보다 결코 못하지 않다는 생각을 여러 차례 불어넣었다. 식사를 하는 동안 공작은 말이 없는 미하일 이바노비치를 향해 어느 누구에게보다 더 자주 말을 걸었다.

저택의 모든 방과 마찬가지로 매우 크고 천장이 높은 식당에서는 가족들과 하인들이 각자의 의자 뒤에 서서 공작이 나오기를 기다리고 있었다. 팔에 냅킨을 걸친 하인장은 식기류를 둘러보며 하인들에게 눈을 찡긋거렸고, 그의 불안한 시선은 벽시계와 공작이 나올 문 사이를 끊임없이 오갔다. 안드레이 공작은 볼콘스키 공작 가문의 나무 모양 가계도가 끼워진, 그가 처음 보는 거대한 금빛 액자를 바라보고 있었다. 그 맞은편에 똑같이 거대한 액자가 걸려 있었다. 류리크 가문[96] 출신이고 볼콘스키 가문의 선조임에 틀림없는 왕관 쓴 대공을 그린(아마도 집안의 전속 화가[97]의 솜씨로) 조야한 그림이었다. 안드레이 공작은 그 나무 모양의 가계도를 바라보며 고개를 젓더니 우스울 정도로 닮은 초상화를 바라보는 사람이 지을 법한 표정으로 키득거렸다.

"여기에 오면 아버지의 모든 것을 알게 되는구나!" 그는 옆으로 다가온 마리야 공작 영애에게 말했다.

---

96) 키예프루스의 류리크 왕조를 세웠다고 전해지는 바이킹 민족(노르만인 혹은 바랴크인이라고도 불린다. 스칸디나비아 가문과 덴마크에 거주하던 게르만의 일족으로 알려져 있다.)이다. 『러시아 원초 연대기(Повесть временных лет)』(12세기 초 편찬)에 따르면 정치 분규에 시달리던 노브고로드 사람들이 862년경 안정된 정부를 세워 달라며 바랴크인들을 초청했고, 류리크가 두 형제와 대규모 수행단을 거느리고 와서 노브고로드와 주변 지역의 지배자가 되었다고 한다. 그 후 류리크의 친척 올레크가 키예프 대공국을 세웠으며, 올레크의 후계자이자 류리크의 아들로 보이는 이고리가 러시아 군주 가문의 시조가 되었다고 전해진다.
97) 당시 큰 영지를 소유한 귀족이 개인 극장을 위해 농노 출신의 배우, 화가, 음악가를 전속으로 두는 것은 흔한 일이었다.

마리야 공작 영애는 놀란 눈으로 오빠를 바라보았다. 그녀는 그가 무엇 때문에 웃는지 이해할 수 없었다. 아버지가 하는 모든 일은 그녀에게 고민할 여지를 주지 않는 경건함을 불러일으켰다.

"누구에게나 저마다의 아킬레스건이 있기 마련이지." 안드레이 공작은 계속 말을 이었다. "그처럼 굉장한 두뇌를 가지시고도 이런 우스꽝스러운 일에 빠지시다니!"

마리야 공작 영애는 오빠의 대담한 의견을 납득할 수 없어 반박하려고 했으나 마침 서재로부터 그들이 기다리던 발소리가 들려왔다. 공작은 언제나처럼 유쾌한 표정으로 빠르게 걸어 들어왔다. 마치 바삐 서두르는 태도로써 일부러 집안의 엄격한 질서와 대조를 보이려는 것 같았다. 바로 그때 큰 시계의 괘종이 두 번 울리고, 응접실 안의 다른 시계들도 가늘고 높은 소리를 냈다. 공작은 걸음을 멈췄다. 밑으로 처진 짙은 눈썹 아래에서 생기 있게 반짝이는 엄격한 두 눈이 모든 이들을 죽 둘러보다가 젊은 공작 부인에게 고정되었다. 그 순간 젊은 공작 부인은 차르가 등장할 때 궁정의 신하들이 느끼는 감정, 즉 이 노인이 가까운 모든 이들에게 불러일으키는 두려움과 경외의 감정을 경험했다. 그는 공작 부인의 머리를 쓰다듬고 어색한 몸짓으로 목덜미를 가볍게 두드렸다.

"기쁘구나, 기뻐." 그는 이렇게 말하며 그녀의 눈을 다시 한번 유심히 바라본 후 빠르게 걸음을 옮겨 자리에 앉았다. "앉아요, 앉아! 미하일 이바노비치, 앉아요!"

그는 며느리에게 자신의 옆자리를 가리켰다. 하인이 그녀를 위하여 의자를 빼 주었다.

"호, 호!" 노인은 며느리의 둥그스름한 허리를 바라보며 말했다. "서둘렀구나, 좋지 않아!"

그는 언제나처럼 눈은 움직이지 않고 오직 입으로만 웃으며 메마르고 차갑고 불쾌한 웃음소리를 냈다.

"걸어야 한다. 되도록 많이, 되도록 많이 걸어야 해." 그가 말했다.

작은 공작 부인은 그의 말을 못 들었다. 어쩌면 듣고 싶지 않았는지도 모른다. 그녀는 말이 없었으며 당황한 듯 보였다. 공작이 친정아버지에 대해 물었다. 그러자 그녀는 말문을 열며 생긋 웃었다. 그는 그녀에게 두 사람이 공통으로 아는 지인들에 대해 물었다. 공작 부인은 더욱더 생기를 띠며 이야기를 늘어놓기 시작했고, 공작에게 사람들의 안부 인사와 도시의 뜬소문을 전했다.

"불쌍한 아프락시나 백작 부인이 남편을 여의셨어요. 눈이 퉁퉁 붓도록 우셨죠. 가엾은 분." 그녀는 점점 더 생기를 띠며 말했다.

그녀가 생기를 띰에 따라 공작은 점점 더 엄한 눈초리로 바라보았다. 그러고는 마치 그녀에 대해 충분히 알았다는 듯, 그녀를 명확히 파악했다는 듯 고개를 홱 돌리더니 미하일 이바노비치에게 말을 걸었다.

"자, 어떻소, 미하일 이바노비치, 우리 부오나파르트가 안좋은 상황에 처했다오. 안드레이 공작(그는 언제나 아들을 그처럼 삼인칭으로 불렀다.)이 나에게 말한 바에 따르면, 그를 치기 위해 엄청난 병력이 집결하고 있다는구려! 그런데도 당신과 난 그를 하찮은 인간으로 생각했소이다."

미하일 이바노비치는 '당신과 내'가 보나파르트에 대해 언제 그런 말을 했는지 전혀 몰랐지만 공작이 좋아하는 화제를 끌어들이는 데 자신이 필요하다는 것은 이해했다. 그는 그 결과가 어떻게 될지 스스로도 모른 채 놀란 눈으로 젊은 공작을 쳐다보았다.

"저 사람은 나의 훌륭한 전술가란다!" 공작은 건축가를 가리키며 아들에게 말했다.

그리하여 대화는 다시 전쟁과 보나파르트와 현재의 장군들과 각료들에 관한 화제로 돌아왔다. 노공작은 요즘 활동하는 사람들은 전부 군사 업무와 국사(國事)의 기본도 모르는 풋내기들일 뿐이라고, 보나파르트는 그저 그에게 맞설 포촘킨[98]과 수보로프 같은 사람들이 없어서 성공한 하찮은 프랑스 놈에 불과하다고 확신하는 듯했다. 그뿐만 아니라 심지어 유럽에는 어떤 정치적 난관도 전쟁도 없다고, 오늘날의 인간들이 중요한 일을 하는 척하며 연기하는 우스꽝스러운 인형극 같은 것만 있을 뿐이라고 확신하는 듯했다. 안드레이 공작은 새로운 인물들에 대한 아버지의 조롱을 쾌활하게 참아 내면서 즐거운 기색으로 아버지를 화제에 끌어들이고 그의 말에 귀를

---

98) 그리고리 알렉산드로비치 포촘킨(Grigori Aleksandrovich Potyomkin, 1739~1791). 예카체리나 대제 시대의 총사령관이자 정치가. 예카체리나 대제의 정부로서 막강한 권력을 소유했다. 러시아의 남쪽 경계선을 우크라이나와 크림반도로 확장하는 데 기여했다.

기울였다.

"옛것은 무엇이나 좋게 보이기 마련입니다." 그가 말했다. "사실 그 수보로프도 모로가 놓은 덫에 걸려 빠져나오지 못했잖습니까?"[99]

"누가 그런 소리를 하더냐? 누가 그랬냐?" 공작이 소리쳤다. "수보로프!" 그러더니 그는 접시를 집어 던졌다. 치혼이 그것을 날렵하게 받았다. "수보로프……! 안드레이 공작, 생각을 좀 해라. 프리드리히와 수보로프, 이 두 사람뿐이다……. 모로라니! 수보로프의 두 손이 자유로웠다면 모로가 생포되었을 것이다. 그의 두 손에는 호프스-크리크스-부르스트-슈나프스-라트[100]가 있었다. 악마도 그것을 싫어할 거다. 너도 가 보면 그 호프스-크리크스-부르스트-라트라는 것을 알게 될 거다! 수보로프도 그것을 감당하지 못했는데 미하일 쿠투조프가 도대체 어떻게 감당한다는 거냐?! 아니지, 이 친구야."

---

99) 안드레이 공작은 일부러 수보로프에 대해 잘못된 사실을 이야기하는 듯하다. 수보로프는 모로의 덫에 걸려들지 않았고, 오히려 1799년 카사노 전투에서 모로를 패배시키기까지 했다. 장 빅토르 마리 모로(Jean Victor Marie Moreau, 1763~1813)는 1789년 학생 운동을 주도했고, 1791년에는 공화파 의용군에 지원하여 혁명 전쟁 당시 북군에서 복무했다. 나폴레옹과의 마찰과 불화로 인해 미국으로 추방되었다. 프랑스군이 러시아에서 물러난 후 나폴레옹의 몰락과 공화정의 회복을 바라던 그는 베르나도트를 통해 알렉산드르 1세를 만나 유럽에서 전쟁을 계속하도록 조언했다. 1813년 러시아 황제군으로 복귀했다가 드레스덴 전투에서 중상을 입고 전사했다.
100) 노공작은 '호프크리스라트(Hofkriesrath)', 즉 '오스트리아의 궁정 전쟁 위원회'라는 독일어 명칭을 변형하여 '궁정-전쟁-소시지-슈나프스(독일의 민속 과일주)-위원회(Hofs-kriegs-wurst-shnapps-rath)'라 부르고 있다.

그는 계속해서 말했다. "너와 네 장군들은 보나파르트의 상대가 되지 않는다. 자기편이 자기편을 알아보지 못하도록, 자기편이 자기편을 치도록 해서 프랑스인들을 이겨야 한다. 프랑스인 모로를 데려오려고 미국의 뉴욕으로 독일인 팔렌을 보냈다지."[101] 그는 올해에 모로를 러시아 군대에 영입하기 위하여 취해진 초청을 넌지시 암시하며 말했다. "이상하군! 뭐야, 포촘킨, 수보로프, 오를로프 같은 사람들이 독일인이었나? 아니지, 이봐, 그곳에 있는 네놈들이 전부 미쳤든가, 내가 망령이 든 거겠지. 하느님이 도우시길. 우리가 지켜보마. 보나파르트가 그놈들 사이에서 위대한 장군으로 꼽힌다니! 흠……!"

"모든 명령이 훌륭했다고 말하는 것은 아닙니다." 안드레이 공작이 말했다. "다만 저는 어째서 아버지가 보나파르트를 그렇게 판단하시는지 이해할 수 없습니다. 마음껏 조롱하십시오. 그래도 보나파르트는 위대한 장군입니다!"

"미하일 이바노비치!" 노공작이 건축 기사에게 소리쳤다. 그러나 그는 구운 고기에 정신이 팔려 두 사람이 자기를 잊어주기를 바라고 있었다. "내가 말했잖소. 보나파르트는 위대한

---

101) 모로는 1804년 나폴레옹을 전복하려는 음모에 가담했다가 국외 추방을 당하여 미국으로 건너갔다. 1805년 알렉산드르 1세는 모로를 러시아 군대에 영입하기 위해 팔렌 백작(Pyotr Aleksandrovich von Pahlen, 1745~1826)을 보냈다. 팔렌은 발트해 국가의 귀족으로 튀르크 전쟁에 참전했고, 오차코프 포위전에서 두각을 드러냈다. 이후 파벨 1세의 총애를 받는 신하가 되어 1798~1801년에 페테르부르크 총독을 지냈으나 파벨 1세의 암살 음모에 가담하여 마리야 페오도로브나 황후의 분노를 샀고, 결국 페테르부르크를 떠나 자신의 영지로 돌아가야 했다.

전술가라고 말이오. 여기 내 아들도 그렇게 말하는구려."

"물론입니다, 공작 각하." 건축 기사가 대답했다.

공작은 다시 싸늘한 웃음을 터뜨렸다.

"보나파르트는 루바시카를 입고 태어났다.[102] 그의 병사들은 뛰어나지. 게다가 그놈은 독일인들을 가장 먼저 공격했다. 독일인들을 치지 않는 건 게으름뱅이들뿐이다. 세상이 존재한 이래 모두가 독일인들을 쳤지. 독일인들은 아무도 쳐부수지 못했다. 그저 자기들끼리 치고받을 뿐이다. 그 녀석은 그놈들 위에서 자신의 영광을 이룩했고."

그리고 공작은 자신이 생각하기에 보나파르트가 전쟁뿐 아니라 국무에서 저지른 실수까지 모조리 분석하기 시작했다. 아들은 반박하지 않았다. 그러나 어떤 논거가 제시되든 그도 노공작만큼이나 자신의 견해를 바꾸는 데는 소질이 없어 보였다. 안드레이 공작은 반박하고 싶은 마음을 꾹 참고 들었다. 다만 이 노인이 그렇게 여러 해를 시골에 칩거하며 혼자 지내면서도 최근 몇 년에 걸친 유럽의 모든 군사적, 정치적 상황을 그처럼 상세하고 그처럼 예리하게 고찰해 내는 데에는 자기도 모르게 깜짝 놀라고 말았다.

"나 같은 노인네는 진짜 정세를 모른다고 생각하는 게냐?" 그는 말을 맺었다. "그건 바로 여기 내 머릿속에 있다! 난 밤에 잠도 자지 않는다. 음, 그런데 너의 그 위대한 장군은 어디에

---

102) 러시아어에서 '루바시카를 입고 태어나다.'라는 표현은 '행운을 가지고 태어나다.'라는 뜻이다.

서, 도대체 어디에서 자신의 역량을 드러내고 있냐?"

"이야기가 길어질 것 같습니다." 아들이 대답했다.

"너의 보나파르트에게나 가 버려라. 마드무아젤 부리엔, 여기에도 당신네 천한 황제를 숭배하는 놈이 있구려!" 그는 뛰어난 프랑스어로 외쳤다.

"제가 보나파르트파가 아니라는 걸 아시잖아요, 공작님."

"언제 돌아올지는 신만이 아시네……." 공작은 음이 맞지 않는 곡조로 노래를 불렀다. 그러고는 더욱 부자연스럽게 웃음을 터뜨리며 테이블을 떠났다.

작은 공작 부인은 논쟁 내내, 그리고 식사를 마칠 때까지 계속 입을 다문 채 놀란 눈으로 마리야 공작 영애와 시아버지를 번갈아 쳐다보았다. 사람들이 테이블을 떠나자 그녀는 시누이의 팔을 잡고 다른 방으로 불러들였다.

"당신 아버지는 정말 현명한 분이시군요. 그래서인지도 모르지만 전 그분이 무서워요." 그녀가 말했다.

"아, 아버지는 아주 좋은 분이세요!" 공작 영애가 말했다.

# 25

안드레이 공작은 이튿날 저녁에 떠날 예정이었다. 식사 후 노공작은 자신의 질서를 양보하지 않고 자기 방으로 가 버렸다. 작은 공작 부인은 시누이의 방에 있었다. 안드레이 공작은 견장을 달지 않은 여행용 프록코트 차림으로 그에게 제공된 방에서 시종과 함께 짐을 꾸렸다. 그는 몸소 콜랴스카와 여행용 가방 더미를 살핀 후 짐을 실으라고 지시했다. 방에는 귀중품 상자, 커다란 은제 식료품 가방, 튀르크산 피스톨[103] 두 자루, 아버지가 오차코프[104] 부근에서 가져와 그에게 선물로 준

---

103) 권총의 일종으로 14세기 이탈리아에서 개발되었다고 한다. 약실과 총신이 일체형으로 연결되고 전체 길이가 대략 30~40센티미터다. 약실과 총신이 분리되며 길이가 짧은 리볼버와 구분된다. 19세기 중엽부터 상용화된 리볼버는 '나간 권총'이라는 별칭으로도 불린다.

104) 우크라이나의 드네프르강 하구에 있는 요새다. 1788년 오스만 제국과

군도(軍刀) 등 안드레이 공작이 항상 지니고 다니는 물건들만 남아 있었다. 안드레이 공작은 이 모든 여행용 소지품을 매우 질서 정연하게 정리했다. 모두 새것이고 깔끔했으며, 모직으로 지은 주머니에 담겨 끈으로 정성껏 묶여 있었다.

출발을 앞두거나 인생에 변화가 닥치는 순간이면 자기 행동을 깊이 숙고할 줄 아는 사람에게는 진지한 사색의 기분이 찾아들기 마련이다. 이런 순간에 사람들은 보통 과거를 돌아보고 미래의 계획을 세운다. 안드레이 공작의 얼굴은 깊은 생각에 잠긴 듯 부드러웠다. 그는 뒷짐을 진 채 방 안을 이 구석에서 저 구석으로 빠르게 걸으면서 정면을 응시하기도 하고 생각에 잠긴 듯 고개를 젓기도 했다. 전쟁에 나가는 것이 두려웠던 걸까, 아니면 아내를 두고 가는 것이 슬펐던 걸까. 어쩌면 두 가지 모두였을까. 그러나 현관방에서 발소리가 들리자 그런 자신을 보이고 싶지 않았는지 황급히 팔을 풀고 테이블 앞에 서서 귀중품 상자를 싼 주머니의 끈을 묶는 척하며 언제나처럼 침착하고 속을 알 수 없는 표정을 지었다. 그 소리는 마리야 공작 영애의 묵직한 발소리였다.

"오빠가 짐을 실으라고 지시했다는 말을 들었어." 그녀는 숨을 헐떡이며 말했다.(뛰어온 듯했다.) "오빠와 단둘이 좀 더 이야기를 나누고 싶었어. 우리가 또 얼마나 오래 떨어져 있을지는 하느님만 아시잖아. 내가 와서 화난 건 아니지? 오빠는

---

의 2차 전쟁에서 러시아군은 육 개월 동안 이 오스만 요새를 포위했고, 막대한 인명 손실 끝에 요새를 점령했다.

너무 변했어, 안드류샤." 그녀는 마치 자신의 질문에 대해 해명이라도 하듯 이렇게 덧붙였다.

그녀는 "안드류샤" 하고 말하면서 빙그레 미소를 지었다. 이 근엄하고 잘생긴 남자가 어린 시절의 친구인 깡마른 장난꾸러기 소년 안드류샤라고 생각하는 것이 스스로도 낯설게 느껴진 듯했다.

"리즈는 어디 있니?" 그는 그녀의 질문에 그저 미소로 답하며 물었다.

"너무 피곤한지 내 방 소파에서 잠들었어. 아, 앙드레! 오빠 부인은 정말 보물 같은 사람이야." 그녀는 오빠의 맞은편에 놓인 소파에 앉으며 말했다. "올케는 정말 어린아이 같아. 너무나 사랑스럽고 명랑한 아이 말이야. 난 올케가 무척 좋아졌어."

안드레이 공작은 아무 말 하지 않았다. 그러나 공작 영애는 그의 얼굴에 떠오른 조롱과 경멸의 표정을 눈치챘다.

"하지만 사소한 약점에 너그러워야 해. 약점 없는 사람이 어디 있어, 앙드레! 그녀가 상류 사회에서 양육받고 자랐다는 걸 잊지 마. 게다가 지금 올케의 처지는 장밋빛이 아니잖아. 각 사람의 입장이 되어 볼 필요가 있어. 모든 것을 이해하는 사람이 모든 것을 용서하는 법이야. 생각해 봐. 익숙한 생활을 떠나 남편과도 헤어지고 시골에, 그것도 임신한 몸으로 혼자 남게 됐으니 그 가엾은 사람의 기분이 어떻겠어? 몹시 괴로운 일이지."

우리가 속속들이 안다고 여기는 사람들의 말을 들으며 미소를 짓는 것처럼 안드레이 공작도 그렇게 누이를 쳐다보며 빙그레 웃었다.

"너도 시골에서 살지만 이런 생활을 끔찍하다고 생각하지 않잖아." 그가 말했다.

"내 경우는 다르지. 나에 대해 이야기해 봤자 무슨 소용이야! 난 다른 삶을 바라지 않아. 게다가 바랄 수도 없어. 다른 삶에 대해서는 전혀 모르니까. 생각해 봐, 앙드레, 인생에서 가장 좋은 시절에 시골에 홀로 파묻힌다는 것이 젊은 사교계 여성에게 어떤 것일지…… 왜냐하면 아빠는 늘 바쁘시고 난…… 오빠도 날 잘 알잖아…… 상류 사회에 익숙한 여자들이 보기에 내가 얼마나 불쌍할 정도로 재미없는 여자인지 말이야. 마드무아젤 부리엔만이……."

"난 그 여자가 정말 마음에 안 들어, 너의 부리엔 말이야." 안드레이 공작이 말했다.

"오, 아냐! 정말 착하고 좋은 여자야. 무엇보다 가엾은 아가씨지. 그녀에게는 아무도, 아무도 없어. 솔직히 말하면 그녀는 나에게 필요하지 않을 뿐 아니라 성가시기까지 해. 오빠도 알다시피 난 언제나 내성적이었어. 지금은 더 그래! 난 혼자 있는 게 좋아……. 아버지는 그녀를 몹시 좋아해. 그녀와 미하일 이바니치, 이 두 사람에게 아버지는 늘 다정하고 친절하게 대하셔. 왜냐하면 두 사람은 아버지에게 은혜를 입고 있으니까. 스턴[105]이 말했듯이 '우리가 다른 사람들을 사랑하는 것은

---

105) 로렌스 스턴(Laurence Sterne, 1713~1768). 영국인 소설가. 톨스토이는 젊은 시절에 스턴의 작품, 특히 『프랑스와 이탈리아를 지나는 감상적 여행(A Sentimental Journey through France and Italy)』(1768)에 큰 영향을 받

그들이 우리에게 베푼 선행 때문이라기보다 우리가 그들에게 베푼 선행 때문'이지. 아버지는 고아인 그녀를 길에서 데려오셨어. 그녀는 무척 착해. 그리고 아버지는 그녀의 낭독을 좋아하셔. 그녀는 밤마다 아버지께 소리 내어 책을 읽어 드리지. 아주 멋지게 읽어."

"그런데 마리, 솔직히 너도 가끔은 아버지의 성격 때문에 괴로울 것 같은데?" 문득 안드레이 공작이 물었다.

마리야 공작 영애는 이 질문에 처음에는 그냥 놀랐으나, 뒤이어 소스라치게 경악했다.

"내가? 내가?! 내가 괴로워한다고?!" 그녀가 말했다.

"아버지는 언제나 엄했지. 지금은 점점 더 까다로워지는 것 같아." 안드레이 공작은 누이를 어리둥절하게 하거나 시험해 보기 위해 일부러 그런 식으로 가볍게 아버지를 평가하듯 말하는 것 같았다.

"앙드레, 오빠는 모든 면에 뛰어난 사람이야. 하지만 오빠의 생각에는 어떤 오만함이 있어." 공작 영애는 대화보다 자신의 상념의 흐름을 더 열심히 좇으며 말했다. "그리고 그건 큰 죄야. 과연 아버지를 비판해도 될까? 설사 그럴 수 있다 해도 아버지 같은 분이 존경 이외에 다른 어떤 감정을 불러일으킬 수 있겠어? 그리고 난 아버지와 함께여서 아주 만족스럽고 행

---

았다. 톨스토이는 스턴의 『어제의 역사(History of Yesterday)』(1851) 중 일부를 번역하기도 했다. 스턴의 『젠틀맨 트리스트람 샌디의 삶과 견해(The Life and Opinion of Tristram Shandy, Gentleman)』(1760~1767)는 『전쟁과 평화』에 형식 면에서 영향을 미친 것으로 평가된다.

복해! 바람이 있다면 그저 오빠네 부부도 나처럼 행복했으면 하는 것뿐이야."

오빠는 믿지 못하겠다는 듯 고개를 저었다.

"날 괴롭게 하는 한 가지는, 솔직히 말할게, 앙드레, 그건 종교 문제에 대한 아버지의 사고방식이야. 이해할 수 없어. 어떻게 그처럼 엄청난 지적 능력을 갖춘 분이 대낮처럼 명백한 것을 보지 못하고 오해할 수 있을까? 바로 그게 나의 유일한 불행이야. 하지만 이 점에서도 최근에 좀 더 나아지는 기미가 보여. 요즘에는 아버지의 조롱도 그렇게 신랄하지 않아. 아버지의 손님들 가운데 수도사가 한 명 있어. 그 사람과 오랫동안 이야기를 나누곤 하시지."

"글쎄, 수도사와 네가 공연히 헛수고를 하는 것 같아 걱정이구나." 안드레이 공작은 조롱하듯, 그러나 다정하게 말했다.

"아, 오빠. 난 그저 하느님에게 기도하며 그분이 내 기도에 귀 기울여 주시길 바랄 뿐이야, 앙드레." 그녀는 잠시 침묵한 후 머뭇거리며 말했다. "오빠에게 큰 부탁이 있어."

"뭐니?"

"아니, 거절하지 않겠다고 약속해 줘. 결코 오빠를 성가시게 할 만한 일은 아니야. 오빠가 부끄러워할 만한 것도 전혀 없을 거야. 그냥 오빠에게서 위안을 받으려는 것뿐이야. 약속해, 안드류샤." 그녀는 손가방에 손을 넣어 무언가를 잡았으나 아직 보여 주려고는 하지 않으며 말했다. 마치 쥐고 있는 것이 부탁의 대상인 듯했고, 부탁을 들어주겠다는 약속을 받아 내기 전에는 손가방에서 그 무언가를 결코 꺼낼 수 없다는 듯했다.

그녀는 애원하는 눈빛으로 겸연쩍게 오빠를 바라보았다.

"만약 대단히 성가신 일이라면……." 안드레이 공작은 무슨 일인지 짐작한 듯 대답했다.

"좋을 대로 생각해! 오빠도 **아버지**와 똑같은 사람이라는 걸 알아. 마음대로 생각해! 하지만 날 위해 이 일을 해 줘. 제발, 부탁이야! 아버지의 아버지, 그러니까 우리 할아버지도 전쟁에 나갈 때마다 지니고 다니셨단 말이야……." 그녀는 여전히 손에 쥔 것을 아직 손가방에서 꺼내지 않았다. "그럼 약속하는 거지?"

"물론이야. 그게 뭐니?"

"앙드레, 이콘으로 오빠를 축복해 줄게. 오빠도 약속해. 절대로 이것을 몸에서 떼지 않겠다고……. 약속할 거지?"

"그게 2푸드[106]나 되어 목을 잡아당기지만 않으면……. 널 기쁘게 하기 위해서라도……." 안드레이 공작은 이렇게 말했으나 이 농담에 누이의 얼굴이 슬픈 표정을 띠는 것을 보자 금방 후회했다. "몹시 기쁘구나, 정말이야, 진짜 기뻐." 그가 덧붙여 말했다.

"오빠가 원하지 않는다 해도 그분은 오빠를 구원하시고 용서하시고 오빠의 마음이 그분을 향하도록 돌이키실 거야. 오직 그분에게만 진리와 평화가 있으니까." 그녀는 섬세하게 세공한 은사슬이 달린, 은빛 제의를 걸친 검은 얼굴의 구세주가 아로새겨진 타원형의 고풍스러운 자그마한 이콘을 오빠 앞에

---

106) 1푸드는 16.38킬로그램이다.

서 엄숙한 몸짓으로 두 손에 받쳐 들고는 흥분으로 목소리를
떨며 말했다.

그녀는 성호를 긋고 이콘에 입을 맞추고는 그것을 안드레
이에게 건넸다.

"제발, 앙드레, 날 위해서라도……."

그녀의 커다란 눈동자가 온화하면서도 수줍게 빛났다. 그
두 눈은 병약하고 야윈 얼굴을 온통 환하게 밝히며 아름답게
만들었다. 오빠는 이콘을 잡으려 했으나 그녀가 말렸다. 안드
레이는 그 뜻을 이해하고는 성호를 긋고 이콘에 입을 맞추었
다. 얼굴에는 부드러운 빛(그는 감동한 것이다.)과 조롱이 뒤섞
여 있었다.

"고마워."

그녀는 그의 이마에 입을 맞추고 다시 소파에 앉았다. 두 사
람은 아무 말도 하지 않았다.

"아까도 말했지만, 앙드레, 예전에 늘 그랬던 것처럼 친절
하고 관대한 사람이 되어 줘. 리즈를 엄격하게 판단하려 하지
마." 마리야 공작 영애가 말을 꺼냈다. "그녀는 정말 사랑스럽
고 정말 착해. 또 지금은 몹시 괴로운 처지에 있잖아."

"마샤, 내가 어떤 이유로 아내를 책망하거나 불만을 느낀
일에 대해 너에게 전혀 이야기한 적이 없는 것 같은데. 어째서
내게 그런 말들을 하는 거지?"

마리야 공작 영애의 얼굴에 붉은 반점들이 떠올랐다. 마치
자신이 잘못했다고 느끼는 것처럼 그녀는 입을 다물었다.

"난 네게 아무 말도 한 적이 없어. 하지만 네게 이미 말한 사

람이 있구나. 난 그게 서글프다."

붉은 반점들이 마리야 공작 영애의 이마와 어깨와 두 뺨 위에서 더욱 뚜렷해졌다. 그녀는 뭐라고 말을 하고 싶었지만 아무 말도 할 수 없었다. 오빠는 짐작하고 있었다. 작은 공작 부인은 식사 후에 울면서 불행한 출산을 할 것 같아 두렵다고 말했을 테고, 자신의 운명과 시아버지와 남편에 대해 불평했을 것이다. 그녀는 눈물을 쏟아 낸 후 잠들었을 것이다. 안드레이 공작은 누이가 가엾게 느껴졌다.

"한 가지만 알아줘, 마샤, 난 그 무엇에 대해서도 내 아내를 비난할 수 없고, 한 적도 없고, 하지도 않을 거야. 그리고 아내에 관한 한 결코 나 스스로를 탓할 수 없어. 내가 어떤 상황에 있든 그 사실은 언제나 그대로일 거야. 하지만 네가 진실을 알고 싶다면…… 내가 행복한지 알고 싶다면…… 답은 '아니다'야. 그녀는 행복할까? 아니. 어째서일까? 모르겠어……."

그는 이렇게 말하며 일어서더니 누이에게로 다가가 몸을 숙여 이마에 입을 맞추었다. 그의 아름다운 눈동자가 예사롭지 않은 지적이고 다정한 광채를 띠었다. 그러나 그가 바라보는 것은 누이가 아니라 그녀의 머리 너머 열린 문 사이로 보이는 어둠이었다.

"아내에게 같이 가자. 작별 인사를 해야 해! 아니면 너 혼자 가서 아내를 깨워 줘. 나도 곧 갈게. 페트루시카!" 그는 시종에게 소리쳤다. "이리 와서 좀 치워. 이것은 좌석 밑에, 이것은 오른편에."

마리야 공작 영애는 자리에서 일어나 문으로 향했다. 그녀는 걸음을 멈추었다.

"앙드레, 만약 오빠에게 믿음이 있었다면 오빠는 하느님을 향해 자신이 느끼지 못하는 그 사랑을 내려 달라고 기도했을 테고, 오빠의 기도는 응답을 받았을 거야."

"그래, 정말 그랬을 거야!" 안드레이 공작이 말했다. "가 봐, 마샤, 나도 곧 갈게."

누이의 방으로 가는 도중 두 건물을 잇는 복도에서 안드레이 공작은 사랑스럽게 미소 짓는 마드무아젤 부리엔을 만났다. 그가 인적 없는 복도에서 기쁨에 겨운 순진한 미소를 띤 그녀와 마주친 것은 이날만 해도 벌써 세 번째였다.

"어머! 방에 계시는 줄 알았어요." 그녀는 무엇 때문인지 얼굴을 붉히고 눈을 내리깔며 말했다.

안드레이 공작은 엄하게 그녀를 쳐다보았다. 갑자기 안드레이 공작의 얼굴에 적의가 떠올랐다. 그는 아무 말도 하지 않고 그녀의 눈이 아닌 이마와 머리카락을 보았다. 그가 어찌나 경멸 어린 시선으로 보았던지 프랑스 여자는 얼굴을 붉힌 채 아무 말도 못 하고 자리를 피했다. 그가 누이의 방에 다가갔을 때 공작 부인은 이미 잠에서 깨어 있었다. 바쁘게 쉼 없이 재잘대는 그녀의 명랑한 목소리가 열린 문 사이로 들려왔다. 그 녀는 마치 오랫동안 꾹 참았으니 이제 잃어버린 시간을 보상 받고 싶다는 듯 종알대고 있었다.

"아니에요, 상상해 봐요, 가짜 머리카락에 가짜 이를 가진 주보바[107] 노백작 부인을요. 마치 세월을 우롱하는 것 같아 요……. 하, 하, 하, 마리!"

안드레이 공작은 남들 앞에서 아내가 주보바 백작 부인에 대해 하는 똑같은 말과 똑같은 웃음을 이미 다섯 번이나 들었다. 그는 조용히 방으로 들어갔다. 통통하고 얼굴이 발그레한 공작 부인은 두 손에 일감을 들고 안락의자에 앉아 페테르부르크의 추억과 심지어 공허한 미사여구까지 들먹이며 쉴 새 없이 떠들고 있었다. 안드레이 공작은 가까이 다가가 그녀의 머리를 어루만지고는 여행의 피로를 충분히 풀었는지 물었다. 그녀는 그에게 대답하고 똑같은 이야기를 계속했다.

말 여섯 필이 끄는 콜랴스카가 마차 승강장에 대기하고 있었다. 안뜰에 어두운 가을밤이 내려앉았다. 마부는 말들 사이에 있는 끌채도 볼 수 없었다. 현관 계단에는 등불을 든 하인들이 분주하게 돌아다녔다. 거대한 저택은 커다란 창문들을 통해 보이는 불꽃으로 빛났다. 대기실이 젊은 공작에게 작별 인사를 하려는 하인들로 붐볐다. 홀에는 모든 집안사람들, 즉 미하일 이바노비치, **마드무아젤 부리엔**, 마리야 공작 영애, 공작 부인이 서 있었다. 안드레이 공작은 아버지의 서재로 불려 갔다. 노공작은 아들과 얼굴을 맞대고 단둘이서 작별 인사를 하고 싶어 했다. 모두 그들이 나오기를 기다렸다.

안드레이 공작이 서재에 들어갔을 때 노공작은 돋보기안경을 쓰고 하얀 할라트[108]를 걸친 채 테이블 앞에 앉아 글을 쓰

---

107) 'zub'는 '치아'를 뜻하는 러시아어다. 톨스토이는 '가짜 이'와 '주보바' 라는 이름으로 언어유희를 벌이고 있다.

108) 옷자락이 길고 소맷부리와 품이 넉넉한 상의이며 주로 실내복으로 사용된다.

고 있었다. 그는 아들 외에는 누구도 할라트 차림으로 맞이하지 않았다. 그가 돌아보았다.

"가는 거냐?" 그러고는 다시 글을 쓰기 시작했다.

"작별 인사를 드리러 왔습니다."

"여기에 입을 맞춰 다오." 그가 뺨을 내밀었다. "고맙다, 고마워!"

"왜 저에게 고마워하십니까?"

"꾸물거리지 않고 여자 치맛자락에 매달리지 않아서다. 직무가 최우선이지. 고맙다, 고마워!" 그러고는 사각거리는 펜촉에서 잉크 방울이 튀도록 계속 글을 썼다. "할 말이 있으면 해라. 난 이 두 가지 일을 동시에 할 수 있다." 그가 덧붙였다.

"아내 말입니다…… 아내를 아버지께 맡기고 떠나는 것이 너무 죄송해서……."

"무슨 헛소리를 하는 게냐? 필요한 것을 말해라."

"아내가 해산할 무렵 모스크바에 사람을 보내 산부인과 의사를 불러 주시면……. 의사가 이곳으로 오도록 해 주십시오."

노공작은 손을 멈추고 이해할 수 없다는 듯 엄한 눈길로 아들을 응시했다.

"자연이 돕지 않으면 어느 누구도 도울 수 없다는 것을 압니다." 안드레이 공작은 당황한 기색으로 말했다. "불행한 일이 일어날 가능성은 100만분의 일이라는 것을 저도 인정합니다. 다만 그것은 아내와 저의 망상입니다. 남들에게서 계속 그런 이야기를 듣고 자신도 그런 꿈을 꾸곤 해서 아내가 두려워하고 있습니다."

"흠…… 흠……." 노공작은 글을 마저 쓰며 혼잣말을 했다. "그렇게 하마."

그는 서명을 끝내더니 갑자기 아들 쪽으로 몸을 홱 돌리고 껄껄거리며 웃기 시작했다.

"일이 잘 안 되지? 그렇지?"

"뭐가 잘 안 된다는 겁니까, 아버지?"

"마누라 말이다!" 노공작이 짧고도 의미심장한 말을 했다.

"무슨 말씀인지 모르겠습니다." 안드레이 공작이 말했다.

"어찌할 도리가 없다네, 이 친구야." 공작이 말했다. "여자들은 다 그 모양이니. 이혼할 수도 없고 말이다. 걱정 마라. 아무에게도 말하지 않으마. 하지만 너 자신은 알겠지."

그는 뼈가 앙상하게 드러난 작은 손으로 아들의 손을 잡고 흔들면서 꿰뚫어 보는 듯한 민첩한 눈길로 아들의 얼굴을 똑바로 응시하더니, 다시 특유의 싸늘한 웃음을 터뜨렸다.

아들은 한숨을 쉬었다. 이 한숨으로 아버지가 그를 잘 헤아리고 있음을 인정한 것이다. 노인은 봉랍과 인장과 종이를 잡았다 던졌다 하면서 특유의 습관적인 민첩함으로 편지들을 접고 봉인을 했다.

"어쩌겠냐? 아름다운걸! 무엇이든 하마. 안심해라." 그는 봉인을 하면서 띄엄띄엄 말했다.

안드레이는 침묵했다. 아버지가 자신을 잘 이해하고 있다는 사실이 그로서는 기쁘기도 하고 불쾌하기도 했다. 노인은 자리에서 일어나 아들에게 편지 한 통을 건넸다.

"알겠냐?" 그가 말했다. "아내에 대해서는 걱정하지 마라.

할 수 있는 것은 무엇이든 할 테니까. 이제 잘 들어라. 이 편지를 미하일 일라리오노비치에게 전해 다오. 널 좋은 자리에 활용하고 오랫동안 부관으로 묶어 두지 말라고 썼다. 그건 비루한 직무다! 그에게 말해라. 내가 그를 기억하고 또 사랑한다고 말이다. 그리고 그가 널 어떻게 대하는지 편지해라. 대우가 좋으면 계속 복무해라. 니콜라이 안드레예비치 볼콘스키의 아들이 동정에 기대어 누구 밑에서 일하는 일은 없을 것이다. 자, 이리 와라.”

그가 말을 너무 빨리 하여 단어를 반쯤 삼켜도 아들은 그의 말을 알아듣는 데 익숙했다. 그는 책상 쪽으로 아들을 데리고 가서 뚜껑을 열고 서랍을 빼더니 그의 큼직하고 길쭉하고 촘촘한 필체로 가득 채워진 공책을 꺼냈다.

“틀림없이 내가 너보다 먼저 죽을 게다. 여기에 나의 기록이 있다는 것을 알아 두어라. 내가 죽은 후에 이것을 폐하께 건네야 한다. 그리고 이것은 롬바르드 채권[109]과 편지다. 이것은 수보로프 전쟁사를 저술한 사람에게 줄 상금이다. 학술원에 보내라. 여기 이것은 나의 비망록이니 내가 죽은 후에 너 자신을 위해 읽어 보아라. 도움이 될 만한 것을 발견할 게다.”

안드레이는 아버지에게 틀림없이 더 오래 사실 거라는 말을 하지 않았다. 그런 말을 할 필요가 없다는 것을 알았다.

---

109) 롬바르드(lombard), 즉 전당포는 당시 국가 기관으로서 이자부 증권을 발행하기도 했다.

"모두 수행하겠습니다, 아버지." 그는 말했다.

"자, 이제 작별이구나!" 그는 아들에게 자신의 손에 입을 맞추게 하고 아들을 안았다. "한 가지를 기억해라, 안드레이 공작. 네가 죽는다면 나는, 이 늙은이는 고통스러울 것이다." 그는 뜻밖에도 침묵에 잠기더니 갑자기 높고 날카로운 목소리로 말을 이었다. "그러나 네가 니콜라이 볼콘스키의 아들로서 제대로 처신하지 않았다는 것을 알게 되면 나는…… 수치스러울 것이다!" 그가 날카롭게 외쳤다.

"제게 그런 말씀은 하실 수 없을 텐데요, 아버지." 아들은 빙그레 웃으며 말했다.

노인은 침묵에 잠겼다.

"아버지에게 부탁드리고 싶은 것이 또 있습니다." 안드레이 공작이 말했다. "만일 제가 죽으면, 그리고 만일 제게 아들이 생긴다면 그 아이를 아버지에게서 떼어 놓지 말아 주십시오. 어제 말씀드렸다시피 그 아이가 아버지 밑에서 자랄 수 있도록…… 부탁드립니다."

"아내에게 맡기지 말라고?" 노인은 이렇게 말하며 웃음을 터뜨렸다.

그들은 서로를 마주한 채 말없이 서 있었다. 노인의 민첩한 눈동자가 아들의 눈을 똑바로 응시했다. 노공작의 얼굴 아랫부분에서 무언가가 바르르 떨렸다.

"작별 인사는 끝났다…… 가거라!" 갑자기 그가 말했다. "가거라!" 그는 서재의 문을 열며 성난 듯한 우렁찬 목소리로 외쳤다.

"무슨 일이에요, 왜 그러세요?" 공작 부인과 공작 영애는 하얀 할라트 차림에 가발도 없이 돋보기안경을 걸치고 성난 목소리로 외치며 순식간에 나타났다 사라진 형체와 안드레이 공작을 보자 이렇게 물어 댔다.

안드레이 공작은 한숨을 쉬며 아무 대답도 하지 않았다.

"자." 그는 아내를 돌아보며 말했다. 이 "자"라는 말은 마치 '이제 너희들이 장난을 쳐 봐라.' 하는 것처럼 차가운 조롱으로 들렸다.

"앙드레, 벌써요?" 작은 공작 부인은 하얗게 질린 얼굴로 두려움 어린 눈길을 남편에게 던지며 말했다.

그가 그녀를 안았다. 그녀는 비명을 지르고는 정신을 잃으며 그의 어깨로 쓰러졌다.

그는 아내가 기댄 어깨를 조심스럽게 뺀 후 그녀의 얼굴을 흘깃 보고는 안락의자에 조심스럽게 앉혔다.

"안녕, 마리." 그는 조용한 목소리로 누이에게 말하고 서로 손에 입을 맞춘 후 빠른 걸음으로 방을 나섰다.

공작 부인은 안락의자에 누워 있고, 마드무아젤 부리엔이 그녀의 관자놀이를 문질렀다. 올케를 부축하던 마리야 공작 영애는 눈물 어린 아름다운 눈으로 안드레이 공작이 나간 문을 계속 바라보며 그를 향해 성호를 그었다. 서재 쪽에서 노인이 코를 푸는, 마치 총소리 같은 험악한 소리가 간간이 들려왔다. 안드레이 공작이 나가자마자 서재 문이 빠르게 열리며 하얀 할라트를 걸친 노인의 근엄한 모습이 불쑥 나타났다.

"떠났느냐? 그럼 됐다!" 그는 이렇게 말하고는 의식을 잃은 작은 공작 부인을 성난 눈초리로 바라보다가 책망이라도 하듯 머리를 흔들며 문을 쾅 닫아 버렸다.

2부

# 1

1805년 10월 러시아군은 오스트리아 대공국[110]에 속한 마을과 도시를 점령해 나갔고, 러시아로부터 더 많은 부대들이 새롭게 계속 도착했다. 이 부대들은 민가를 숙소로 삼고 주민들을 괴롭히면서 브라우나우 성채 근처에 주둔했다. 브라우나우에는 쿠투조프 총사령관의 군사령부가 있었다.

1805년 10월 11일 브라우나우에 막 도착한 한 보병 연대가 총사령관의 사열을 기다리며 도시에서 0.5마일 떨어진 지점에 머물고 있었다. 과수원, 돌담, 기와지붕, 멀리 보이는 산지 등 러시아적이지 않은 지형과 환경, 그리고 호기심 어린 눈길로 병사들을 쳐다보는 러시아인이 아닌 사람들 틈에 있긴 했지만 연대는 러시아의 한복판 어딘가에서 사열식을 준비하는

110) 오스트리아 제국의 북서부 연안 지역.

여느 러시아 연대와 다름없는 모습이었다.

마지막 행군이 있던 날 저녁, 총사령관이 행군 중에 연대를 사열한다는 명령이 하달되었다. 연대장이 보기에 명령서의 표현이 불분명했던 데다 명령서의 말을 어떻게 해석할지, 즉 행군 복장을 할지 말지에 대한 문제도 제기되었지만, 대대장들은 회의에서 인사란 부족한 것보다 넘치는 편이 나으니 예장을 갖춘 연대를 보여 주자고 결론을 내렸다. 그래서 30베르스타를 행군한 병사들은 눈도 붙이지 못한 채 밤새도록 수선을 하고 몸과 의복을 청결히 했다. 부관들과 중대장들은 셈을 하고 정산을 했다. 그리하여 아침 무렵이 되자 연대는 전날 마지막 행군을 할 때와 같이 방만하고 무질서한 무리가 아닌 2000명의 질서 정연한 진용을 이루었다. 한 사람 한 사람이 자신의 자리와 임무를 잘 알고 있었으며, 그들의 단추와 가죽끈은 모두 제자리에서 청결하게 빛났다. 겉모습만 정돈된 것이 아니었다. 만일 총사령관이 군복 밑을 훑어보고자 했다면 어느 군복 아래에서나 깨끗한 루바시카를 보았을 것이고, 어느 배낭 속에서나 병사들이 '실리체 밀리체'[111]라 부르는 물품들을 규정된 수만큼 발견했을 것이다. 다만 아무도 마음을 놓지 못하는 한 가지 상황이 있었다. 신발이었다. 절반이 넘는 병사들이 너덜너덜 찢어진 부츠를 신었다. 하지만 그러한 결함이 생긴 것은 연대장의 잘못이 아니라 수차례의 요청에도 오스트리아 당국이 군용 물자를 제공하지 않은 상황에서 연

111) '큰 바늘과 비누'를 뜻하는 러시아어의 운율로 말장난을 한 표현이다.

대가 1000베르스타 가까이 걸었기 때문이었다.

　연대장은 눈썹과 구레나룻이 희끗한 나이 지긋하고 성질 급한 장군으로, 어깨와 어깨 사이보다 가슴과 등 사이가 더 건장하고 넓었다. 그는 오랫동안 꺼내지 않아 주름이 간 새 군복을 입고, 굵직한 금빛 견장들을 달았다. 견장들은 마치 그의 우람한 어깨를 아래로 누르는 게 아니라 위로 치켜 올리는 듯했다. 연대장은 삶에서 가장 엄숙한 임무 가운데 하나를 행복하게 수행하는 사람의 표정을 짓고 있었다. 대열 앞에서 어슬렁어슬렁 돌아다녔고, 그렇게 어슬렁거리는 동안 가볍게 허리를 구부린 채 한 걸음 한 걸음 뗄 때마다 몸을 바르르 떨곤 했다. 연대장은 연대를 황홀하게 쳐다보며 행복해하는 듯 보였고, 모든 정신이 오로지 연대에만 쏠린 것 같았다. 그럼에도 전율하는 듯한 걸음걸이는 마치 그의 마음속에 전쟁에 대한 관심 외에도 사교 생활과 여성에 대한 흥미가 적지 않은 자리를 차지하고 있음을 말해 주는 듯했다.

　"이봐요, 미하일로 미트리치." 그가 어느 대대장에게 말을 걸었다.(대대장은 싱긋 웃으며 앞으로 나섰고, 두 사람은 행복해 보였다.) "어젯밤에는 아주 고생이 많았소. 하지만 우리 연대도 그렇게 나쁘지는 않은 것 같은데……. 그렇지 않소?"

　대대장은 유쾌한 반어법을 이해하고 웃음을 터뜨렸다.

　"차리친 루크[112]의 들판에서도 쫓겨나지 않을 겁니다."

---

112) 페테르부르크에 있으며 연병장으로 사용되었다. 1818년 '마르소보 폴레'('마르스의 들판'이라는 뜻)로 명칭이 바뀌었다.

"뭐요?" 연대장이 말했다.

그때 신호병들을 배치해 둔, 도시에서 뻗어 나온 가도에 말 탄 사람 두 명이 나타났다. 부관과 그 뒤를 따르는 코사크였다.

부관은 군사령부가 전날의 명령서에서 불분명하게 언급한 사항을 연대장에게 확실히 말해 두고자 파견한 사람이었다. 총사령관이 연대를 행군 중인 상태 그대로, 다시 말해 군인 외투와 먼지막이를 착용한 채 아무 준비도 하지 않은 모습 그대로 보고자 한다는 것이었다.

전날 빈에서 궁정 전쟁 위원회의 위원 한 명이 쿠투조프에게 찾아와 페르디난트 대공[113]과 마크 장군[114]의 군대에 합류할 수 있도록 최대한 빨리 와 달라는 제안과 요구를 해 왔다. 그런데 그러한 합류가 유리하지 않다고 생각한 쿠투조프는 자신의 의견을 뒷받침할 여러 증거들 가운데 하나로서 러시아 군대의 비참한 상태를 오스트리아 장군에게 보여 주기로 작정했다. 그가 연대를 방문하고자 한 것은 바로 이러한 목적 때문이었으므로 연대의 상태가 열악할수록 총사령관은 더욱 흡족해할 것이다. 비록 이런 자세한 상황은 몰랐지만 부관은

---

113) 페르디난트 대공(Ferdinand III, 1769~1824). 토스카나 공국의 대공으로 나폴레옹에게 강제 퇴위를 당했다. 1805년 신생 국가인 뷔르츠부르크의 통치를 대행했고, 1814년 토스카나 공국에 돌아와 일평생 그곳을 통치했다.
114) 마크 폰 리베라이히 카를 프라이헤르(Mack von Liebereich Karl Frei-herr, 1752~1828). 오스트리아 장군. 1805년 10월 20일 울름에서 나폴레옹의 술책에 속아 3만 군대를 거느리고도 전투 한번 치르지 못한 채 항복했다. 나폴레옹은 그를 놓아주었으나 오스트리아는 그를 군사 재판에 회부하여 계급을 박탈하고 징역 이 년을 선고했다. 그로부터 이 년 후 복권되었다.

연대장에게 총사령관의 절대적인 요구, 즉 부하들에게 외투와 먼지막이를 입히라는 요구와 아울러 그렇게 하지 않을 경우 총사령관이 불만스러워하리라는 점을 전했다.

이 이야기를 다 들은 연대장은 고개를 숙이더니 말없이 어깨를 으쓱하며 신경질적인 몸짓으로 두 팔을 벌렸다.

"큰일 났군!" 그가 말했다. "그러게 내가 말하지 않았소, 미하일로 미트리치. 행군 중이니 외투를 입고 있어야 한다고 말이오." 그는 대대장을 돌아보며 책망했다. "아, 하느님!" 그는 이렇게 덧붙이며 결연하게 앞으로 나섰다. "중대장들!" 그는 구령에 익숙한 목소리로 외쳤다. "상사들을 집합시키도록! ……곧 오십니까?" 그는 정중하고 공손한 표정으로 부관을 돌아보았다. 그 표정은 그가 언급하고 있는 인물과 관련된 것임이 분명했다.

"한 시간 뒤일 거라고 생각합니다."

"옷을 갈아입을 시간이 있습니까?"

"잘 모르겠습니다, 장군님."

연대장은 몸소 대열에 다가가 다시 외투로 갈아입으라고 명령했다. 중대장들은 각자 흩어져 중대로 달려갔고, 상사들은 부산을 떨었다.(외투를 전혀 손질해 두지 않았던 것이다.) 그와 동시에 이제까지 질서 정연하고 조용하던 사각형 대열들이 동요하고 흐트러지면서 웅성거리기 시작했다. 사방에서 병사들이 멀리 뛰어갔다가 다시 뛰어오고, 배낭을 어깨에서 끌어내려 머리 너머로 옮기고, 외투를 끄집어내고, 두 팔을 높이 들어 올려 소매에 팔을 쑤셔 넣었다.

삼십 분 후 모든 것은 이전의 질서로 되돌아갔다. 사각형 대열들이 검은색에서 회색으로 변했을 뿐이다. 연대장은 다시 떨리는 걸음으로 연대 앞에 나와 멀리서 그 모습을 둘러보았다.

"저건 또 뭐야? 저게 뭐지?" 그는 걸음을 멈추더니 고래고래 소리를 질렀다. "3중대장을 데려와!"

"3중대장은 장군님에게로! 중대장은 장군님에게로! 3중대장은 장군님에게로!" 대열 사이에서 이런 소리들이 들렸고, 부관이 우물쭈물하는 장교를 찾으러 달려갔다.

열렬한 목소리들이 명령을 잘못 전달하여 이제 "장군은 3중대로!"라고 외치며 행선지에 다다른 순간, 호출받은 장교가 중대에서 모습을 드러냈다. 이미 나이도 지긋하고 뛰는 데 익숙하지 않은 그는 꼴사납게 자기 발에 걸려 뒤뚱거리며 장군 쪽으로 급히 달려왔다. 대위의 얼굴은 미처 공부해 두지 못한 학과에 대해 말해 보라고 지시받은 초등학생처럼 불안해 보였다. 시뻘건 얼굴(아마도 무절제한 생활 때문인 듯했다.)에 반점이 생겼고, 입은 제자리를 찾지 못했다. 거리가 가까워지자 숨을 헐떡이던 대위는 조심스러운 걸음으로 다가왔다. 그동안 연대장은 대위를 머리끝에서 발끝까지 훑어보았다.

"조만간 부하들에게 사라판[115]이라도 입힐 참이오? 저게 뭐요?" 연대장은 아래턱을 쑥 내밀어 3중대 대열에서 나머지 외투와 다르게 공장제 모직 색깔의 외투를 입은 병사를 가리키

---

115) 러시아 농가의 아낙들이 입은 소매 없고 띠 달린 긴 의복이다. 14~17세기에는 남자용 겉옷으로 사용되기도 했다.

며 소리를 질렀다. "당신은 어디 있었던 거요? 다들 총사령관을 기다리는데 당신은 자리에서 이탈해 있었던 거요? 그렇소? 사열식에서 부하들에게 코사크 옷을 입히면 어떻게 되는지 가르쳐 주겠소! 알겠소?"

중대장은 상관에게서 눈을 떼지 않은 채 두 손가락을 군모챙에 더욱 바짝 붙였다. 이 순간 그는 오직 이렇게 손가락을 바짝 붙이는 행동에서만 자신의 구원을 보는 듯했다.

"아니, 왜 입을 다물고 있지? 저기 당신 중대에 헝가리인처럼 입은 자는 누구요?" 연대장이 매섭게 빈정거렸다.

"연대장님……."

"아니, '연대장'이 어쨌다는 거요? 연대장! 연대장! 연대장이 뭘 어쨌다는 거요? 아무도 모르잖소."

"연대장님, 저 사람은 돌로호프입니다, 강등된……." 대위가 나직이 말했다.

"뭐? 저자는 원수로 강등된 거요, 아니면 병사로 강등된 거요? 병사라면 규정에 따라 다른 병사들과 똑같이 입혀야지."

"연대장님, 연대장님께서 직접 그에게 행군하는 동안 그렇게 하라고 허가하셨습니다."

"허가? 허가라니? 당신 같은 젊은이들은 언제나 그런 식이지." 연대장은 다소 흥분을 가라앉히며 말했다. "당신네들에게 뭐라고 말하기라도 하면 으레……. 뭐요?" 그는 다시 벌컥 화를 내며 말했다. "부하들에게 적절한 옷을 입히시오……."

그러고 나서 연대장은 부관을 돌아본 후 특유의 흔들흔들하는 걸음으로 연대를 향했다. 그는 자신의 성난 모습이 마음에 들었는지 연대 사이를 어슬렁거리며 화낼 구실을 더 찾으려는 것 같았다. 한 장교에게는 휘장을 깨끗이 닦아 두지 않았다고 타박하고, 또 다른 장교에게는 대열이 비뚤비뚤하다고 야단친 후 3중대로 갔다.

"서 있는 꼴이 그게 뭐어요? 발이 어디에 있나? 발이 어디에 있어?" 연대장은 파란 외투를 입은 돌로호프까지 아직 다섯 명이 더 남은 지점에서 고뇌 어린 목소리로 외쳤다.

돌로호프는 구부린 한쪽 다리를 천천히 펴고는 특유의 태연하고 불손한 눈길로 장군의 얼굴을 똑바로 응시했다.

"자네는 왜 파란 외투를 입고 있나? 어서 꺼져! 상사! 이자에게 옷을 갈아입으라고 해…… 쓰레기 같은……." 그는 말을 다 끝맺지 못했다.

"장군님, 저에게는 명령을 수행할 의무가 있습니다. 그러나 참아야 할 의무는 없습니다……." 돌로호프가 황급히 말했다.

"대열에 있을 때는 말하는 게 아니야! 말하지 마, 말하지 말란 말이야!"

"모욕을 참아야 할 의무는 없습니다." 돌로호프가 쩌렁쩌렁 울리는 커다란 목소리로 말을 맺었다.

장군과 병사의 눈이 마주쳤다. 장군은 입을 꽉 다문 채 성난 표정으로 팽팽한 견장을 아래로 잡아당겼다.

"제발 옷을 갈아입으시오, 부탁하오." 그는 자리를 뜨며 이렇게 말했다.

# 2

"오십니다!" 그때 신호병이 외쳤다.

얼굴을 붉히며 말 옆으로 달려간 연대장은 후들거리는 손으로 등자를 잡고 몸을 날려 말에 올라타 자세를 바로잡은 후, 장검을 뽑아 들고 행복하고 결연한 얼굴로 입을 비스듬히 벌린 채 고함을 지를 준비를 했다. 연대는 몸단장을 하는 새처럼 푸드득거리더니 숨을 죽였다.

"차려어엇!" 연대장은 영혼을 뒤흔드는 목소리로, 자신에게는 즐겁고 연대에게는 엄하며 거리를 좁혀 오는 상관에게는 공손한 목소리로 외쳤다.

양옆에 나무가 늘어서고 자갈이 깔리지 않은 대로를 따라 차체가 높은 빈풍의 높다란 하늘색 콜랴스카가 가볍게 스프링 소리를 내면서 빠르게 달려왔다. 콜랴스카 뒤로 크로아티아인 호위대와 수행단이 말을 타고 따랐다. 쿠투조프 옆에는 오스트리아 장군이 앉아 있었다. 그는 러시아군의 검은 군복들 틈에서 낯설게 보이는 하얀 군복을 입고 있었다. 콜랴스카가 연대 앞에서 멈추었다. 쿠투조프와 오스트리아 장군은 무언가에 대해 조용히 이야기를 나누고 있었다. 쿠투조프는 묵직한 걸음으로 디딤대에서 발을 내리며 가볍게 미소를 지었다. 숨을 죽인 채 그와 연대장을 바라보고 있는 2000명의 병사들은 존재하지도 않는다는 투였다.

구령 소리가 크게 울려 퍼지자 연대는 다시 덜그럭거리며 요동하더니 받들어총을 외쳤다. 죽음 같은 정적 속에서 총사령관의 희미한 목소리가 들렸다. 연대는 "건강을 기원합니다,[116] 총사령관 각하."라고 외쳤다. 그러고는 다시 모두 숨을 죽였다. 처음에 쿠투조프는 연대가 움직이는 동안 한곳에 서 있었다. 그러다가 나중에는 수행단을 거느리고서 하얀 제복 차림의 장군과 나란히 대열 사이를 지나다녔다.

연대장이 몸을 쭉 펴고 차림새를 단정히 한 후 총사령관을 눈으로 빨아들일 듯 뚫어지게 바라보며 경례하는 모습, 몸을 앞으로 숙인 채 자신의 떨리는 동작을 가까스로 억제하며 장군을 뒤따라 대열 사이를 오가는 모습, 총사령관의 말 한 마디 한 마디와 몸짓 하나하나에 펄쩍펄쩍 뛰어오르는 모습을 보면 그는 상관의 의무보다 부하의 의무를 수행하는 데서 더 큰 기쁨을 느끼는 것이 분명했다. 연대장의 엄격함과 노력 덕분에 연대의 상태는 브라우나우에 같이 도착한 다른 연대들에

---

116) '건강을 기원합니다.'는 병사가 장교에게 하는 인사말이었다.

비해 아주 좋았다. 낙오자와 병자도 겨우 217명뿐이었다. 신발을 제외하면 모든 것이 질서 정연했다.

쿠투조프는 대열 사이를 지나다가 이따금 걸음을 멈추고 튀르크 전쟁에서 알게 된 장교들에게, 그리고 가끔은 병사들에게 다정한 말을 몇 마디 건넸다. 그는 신발을 바라보며 여러 번 우울하게 고개를 저었다. 그리고 누구 탓이라고 딱히 비난하는 것은 아니지만 상황이 얼마나 열악한지를 깨닫지 않을 수 없다는 듯한 표정으로 오스트리아 장군에게 신발을 가리켜 보였다. 연대장은 그때마다 연대에 관한 총사령관의 말을 한마디라도 놓칠까 두려워하며 앞으로 달려 나가곤 했다. 쿠투조프 뒤에는 작은 소리로 한 말도 전부 들릴 만한 거리에서 수행원 스무 명이 따르고 있었다. 수행원들은 서로 이야기를 나누면서 간혹가다 소리 내어 웃었다. 총사령관 바로 뒤에서 걷는 사람은 잘생긴 부관이었다. 다름 아닌 볼콘스키 공작이었다. 그와 나란히 걷는 사람은 동료인 네스비츠키였다. 그는 웃음 띤 온화하고 잘생긴 얼굴에 촉촉한 눈동자를 지닌, 키가 크고 매우 뚱뚱한 참모 장교였다. 네스비츠키는 옆에서 걷는 까무잡잡한 경기병 장교가 불러일으킨 웃음을 간신히 참고 있었다. 경기병 장교는 웃지도 않고 시선을 고정시킨 눈동자의 표정을 바꾸지도 않은 채 진지한 얼굴로 연대장의 등을 바라보면서 동작을 하나하나 흉내 냈다. 연대장이 부들부들 떨면서 몸을 앞으로 숙일 때마다 경기병 장교도 한 치의 오차 없이 똑같은 모습으로 부들부들 떨며 몸을 숙였다. 네스비츠키는 키득키득 웃으면서 저 익살꾼을 좀 보라고 다른 사람들을 쿡쿡 찔렀다.

쿠투조프는 눈이 튀어나올 듯이 상관을 지켜보는 수천 개의 눈동자들을 지나 느릿느릿 권태로이 걸어갔다. 3중대 옆을 지나치던 그는 문득 걸음을 멈추었다. 이렇게 걸음을 멈추리라고 예상하지 못한 수행원이 무심결에 그와 부딪쳤다.

"아, 치모힌!" 총사령관은 파란 외투 때문에 고초를 겪은 붉은 코의 대위를 알아보고 이렇게 말했다.

치모힌이 연대장에게 질책을 받았을 때보다 더 꼿꼿하게 몸을 세운다는 것은 도저히 있을 수 없는 일처럼 보였었다. 그러나 총사령관이 말을 건 바로 그 순간 대위는 총사령관이 조금만 더 오래 보았다면 더 이상 버티지 못했을 정도로 몸을 꼿꼿하게 세웠다. 쿠투조프는 대위의 입장을 헤아리고 오히려 행복을 빌어 주고 싶었는지 황급히 고개를 돌렸다. 뒤룩뒤룩 살이 찌고 부상으로 흉해진 쿠투조프의 얼굴에 희미한 미소가 스쳤다.

"저 사람 역시 이즈마일[117] 전투 시절의 전우지." 그가 말했다. "용감한 장교야! 자네도 저 사람에게 만족하나?" 쿠투조프가 연대장에게 물었다.

그러자 연대장은 마치 거울처럼 경기병 장교에게 자신의 모습이 투영되고 있음을 깨닫지 못한 채 부들부들 떨면서 앞

---

117) 흑해 연안에서 도나우강을 따라 80킬로미터 거슬러 올라간 곳에 위치한 마을이다. 오랫동안 오스만 제국의 영지였으나 1790년 튀르크 전쟁 때 수보로프가 이끄는 러시아군이 이곳의 견고한 요새를 함락했다. 러시아어 지명은 투치코프다. 당시 소장이던 쿠투조프는 이 전투에서 크게 활약했다.

으로 나가 대답했다.

"매우 만족하고 있습니다, 총사령관 각하."

"약점 없는 사람은 없어." 쿠투조프는 미소 띤 얼굴로 대위의 옆을 떠나며 말했다. "저 사람의 약점은 바쿠스를 숭배한다는 것이지."

연대장은 그것이 자기 책임은 아닐까 두려워 아무 대답도 하지 않았다. 그때 장교가 빨간 코와 탄탄한 복부를 지닌 대위의 얼굴을 보고 그 표정과 자세를 흉내 냈다. 그 모습이 대위와 어찌나 흡사했던지 네스비츠키는 도저히 웃음을 참을 수 없었다. 쿠투조프가 고개를 돌렸다. 장교는 자기 얼굴을 마음대로 다룰 수 있는 듯했다. 쿠투조프가 고개를 돌린 순간 장교는 잽싸게 얼굴을 찌푸리고 곧 가장 진지하고 정중하고 순진한 표정을 지었던 것이다.

3중대가 마지막이었다. 쿠투조프는 무언가를 기억해 내려는 듯 생각에 잠겼다. 안드레이 공작이 수행원들 틈에서 나와 프랑스어로 조용히 말했다.

"이 연대로 강등되어 온 돌로호프에 대해 상기시켜 달라고 지시하셨습니다."

"돌로호프는 어디 있나?" 쿠투조프가 물었다.

이미 회색 사병 외투로 갈아입은 돌로호프는 호출받을 때까지 기다리지 않았다. 옅은 금발에 밝은 하늘색 눈동자를 지닌 병사의 균형 잡힌 형상이 대열 앞으로 나왔다. 그는 총사령관에게 다가가 받들어총을 했다.

"청원할 거라도 있나?" 쿠투조프는 얼굴을 약간 찌푸리며 물었다.

"이 사람이 돌로호프입니다." 안드레이 공작이 말했다.

"아!" 쿠투조프가 말했다. "이번 교훈이 자네를 바로잡아 줄 거라고 기대하네. 성실히 복무하게. 폐하는 관대하신 분이야. 자네가 공을 세우면 나도 자네를 잊지 않겠네."

밝은 하늘색 눈동자는 연대장을 볼 때와 똑같이 대담하게 총사령관을 바라보았다. 마치 총사령관과 병사의 사이를 그처럼 멀리 벌려 놓은 관습의 장막을 자신의 표정으로 찢으려는 것 같았다.

"한 가지 청이 있습니다, 총사령관 각하." 그는 특유의 낭랑하고 의연하고 침착한 목소리로 말했다. "저의 죄를 씻고 황제 폐하와 러시아에 충성을 증명할 기회를 주십시오."

쿠투조프는 고개를 돌렸다. 치모힌 대위에게서 고개를 돌릴 때와 똑같은 눈웃음이 얼굴에 떠올랐다. 그는 고개를 돌리고는 얼굴을 찌푸렸다. 마치 돌로호프가 말한 모든 것, 자신이 돌로호프에게 말할 수 있는 모든 것을 아주 오래전부터 알고 있었다는 점, 그리고 자신이 그 모든 것에 이미 진절머리를 내고 있으며 그것들이 불필요한 행동이라는 점을 이러한 표정으로 보여 주려는 것 같았다. 그는 고개를 돌려 콜랴스카 쪽으로 걸음을 옮겼다.

연대는 중대별로 흩어져 브라우나우 가까이에 정한 숙소를 향해 출발했다. 그들은 그곳에서 신발도 구하고 옷도 수선하고 고된 행군 후의 휴식을 갖게 되리라 기대했다.

"날 원망하지 마시오, 프로호르 이그나치이치!" 말에 올라

탄 연대장은 지정된 장소로 떠나는 3중대 주위를 빙 돌다가 선두에서 걷고 있는 치모힌 대위에게 다가가 말했다. 순조롭게 사열을 마친 연대장의 얼굴에 억누를 수 없는 기쁨이 떠올랐다. "군 복무는 차르를 위한 것이라…… 있을 수 없는 일이지만…… 전선에서는 이따금 말이 거칠어지기도 하잖소. 내가 먼저 사과하겠소. 나를 잘 알잖소. 그분이 매우 고마워하셨소!" 그러더니 중대장에게 손을 내밀었다.

"당치도 않습니다, 연대장님. 감히 그럴 수는 없지요!" 대위는 코를 빨갛게 붉힌 채 씩 웃으며 대답했다. 그러자 이즈마일에서 개머리판에 맞아 빠진 두 앞니의 빈자리가 드러났다.

"돌로호프 씨에게도 전해 주시오. 그 사람이 편안하게 지낼 수 있도록 내가 그의 일을 잊지 않을 거라고 말이오. 그런데 말 좀 해 보시오. 그동안 계속 물어보려고 했는데 그 사람은 어떻소? 어떻게 처신하고 있소? 그리고 모두……."

"복무 태도는 대단히 성실합니다, 연대장님……. 다만 성질이……." 치모힌이 말했다.

"뭐요? 성질이 어떻다는 거요?" 연대장이 물었다.

"그날그날 달라집니다, 연대장님." 대위가 말했다. "어떤 때는 똑똑하고 박식하고 선량합니다. 어떤 때는 짐승이 됩니다. 폴란드에서는 유대인 한 명을 죽일 뻔했습니다, 이미 아시겠지만……."

"아, 그래, 그렇군." 연대장이 말했다. "다들 그 불행한 젊은 이를 가엾게 여겨야 하오. 정말이지 대단한 인맥이라……. 그러니 당신은 그저……."

"알겠습니다, 연대장님." 치모힌은 자신이 상관의 희망을 잘 이해하고 있음을 미소를 통해 전달하며 말했다.

"그래요, 그래."

연대장은 대열 속에서 돌로호프를 발견하자 고삐를 당겨 말을 세웠다.

"첫 전투 때까지…… 그럼 견장을……." 연대장이 돌로호프에게 말했다.

돌로호프는 그를 돌아보았으나 아무 말도 하지 않았으며, 조롱하듯 히죽거리는 입 모양도 바꾸지 않았다.

"자, 이것으로 됐어." 연대장은 계속 말했다. "병사들에게 보드카를 한 잔씩 돌리시오. 내가 내겠소." 그는 병사들에게 들리도록 큰 소리로 덧붙였다. "모두들 고맙네! 하느님, 감사합니다!" 그러고 나서 3중대를 앞질러 다른 중대로 향했다.

"뭐랄까, 정말 좋은 분이야. 저분과 근무할 수 있다니." 치모힌은 옆에서 나란히 걷고 있는 위관(尉官)에게 말했다.

"한마디로 하트 카드죠!" 위관이 웃으며 말했다. (연대장은 '하트 킹'이라는 별명을 갖고 있었다.)

사열 후 상관의 행복한 기분이 병사들에게도 전해졌다. 중대는 유쾌하게 행진했다. 사방에서 서로 이야기를 나누는 병사들의 목소리가 들렸다.

"왜 쿠투조프가 한쪽 눈이 멀었다는 소문이 돌았을까?"

"그게 아니라니까! 완전히 애꾸눈이야."

"아니…… 이봐, 자네보다 눈이 더 좋던데. 부츠며 각반이며 전부 훑어보던걸……."

"내 다리를 쳐다보던 눈초리가……. 암! 내 생각에는……."

"또 한 명 있었잖아, 쿠투조프와 함께 왔던 오스트리아인 말이야. 꼭 백묵을 칠해 놓은 것 같더군. 밀가루처럼 하얘! 보아하니 장비를 닦듯 사람들이 닦아 주나 봐!"

"뭐래, 페데쇼이? 그 사람이 전투가 언제 시작될 거라고 말하지 않았어? 넌 더 가까이 서 있었잖아? 브루노보에 부나파르트가 주둔하고 있다는 소문이 계속 돌던데."

"부나파르트가 주둔하다니! 아니, 이런 멍청이, 헛소리하지 마! 아무것도 모르는 주제에! 요즘 프로이센인들이 반란을 일으켰다니까. 그래서 오스트리아인들이 프로이센인들을 진압하고 있단 말이야. 프로이센인들이 진압되면 그때는 부나파르트와 전쟁이 시작되겠지. 그런데도 부나파르트가 브루노보에 있다고 하다니! 넌 정말 바보인 게 분명해. 이야기를 더 들어 보라고."

"이럴 수가, 빌어먹을 숙영계(宿營係) 녀석들! 저것 봐! 5중대는 벌써 마을 쪽으로 꺾고 있잖아. 저쪽이 카샤[118]를 끓일 때쯤 우리는 숙소에 도착하지도 못하겠어."

"인마, 비스킷 같은 것 좀 줘 봐."

"어제 나에게 담배를 줬던가? 좋았어, 친구. 자, 여기 있어. 하느님께서 자네와 함께하시길."

"하다못해 쉬게라도 해 주면 좋을 텐데. 그러지 않으면 먹지도 못하고 5베르스타를 더 행군해야 하잖아."

---

118) 죽과 비슷한 러시아 전통 음식.

"독일인들이 우리에게 콜랴스카를 보내 주었을 때가 참 좋았지.[119] 그런 걸 타면, 알지, 위풍당당해 보이잖아!"

"이봐, 여기 오니까 사람들이 아주 야만스러워졌군. 저기 살던 사람들은 다들 폴란드인 같았는데, 다들 러시아 왕국의 백성이었단 말이야. 그런데 지금은 순전히 독일인뿐이군."

"합창대, 앞으로!" 대위의 고함 소리가 들렸다.

그러자 여러 대열에서 스무 명 정도가 중대 앞으로 달려 나왔다. 선창을 맡은 북 치는 고수가 합창대원들 쪽으로 돌아서서 한 손을 휘두르더니 "동이 트지 않았는가, 아침 해가 떠오른다……."로 시작하여 "그러니 형제들아, 우리의 아버지 되시는 카멘스키[120]와 우리에게 영광이 있으리라."로 끝나는, 템포

---

119) 여기에서 독일인이란 오스트리아인을 가리킨다. 러시아 군인들은 오스트리아인뿐 아니라 러시아어를 사용하지 않는 외국인들을 전반적으로 독일인이라 불렀다. '독일인'을 뜻하는 러시아어는 'nemets'다. 이 단어는 형용사 'nemoi(벙어리의)'에서 파생한 명사로 '말을 못하는 사람'이라는 뜻을 함축한다. 러시아 병사들은 대개 자신들이 이해할 수 없는 언어로 말하는 사람들을 조롱할 때 이런 표현을 쓴 듯하며, 특히 독일어를 사용하는 오스트리아인을 아예 독일인으로 치부해 버린 듯도 하다.

한편 1805년 8월 러시아 군대는 우크라이나의 라지빌로프에서 천천히 행군하기 시작했다. 오스트리아인도 나폴레옹이 아직 불로뉴에 있을 거라고 생각하여 천천히 이동했다. 그런데 9월 초 프랑스군이 이미 라인강 근처에 있다는 것을 알자 오스트리아는 쿠투조프 군대에 마차를 제공하여 빠른 속도로 진군하게 했다. 이 장면에서 병사는 오스트리아군이 콜랴스카를 제공했다고 회상한다. 콜랴스카는 대체로 상류층을 위한 마차여서 평민은 좀처럼 이용할 기회가 없었다.

120) 미하일 표도로비치 카멘스키(Mikhail Fyodorovich Kamenskii, 1738~809). 러시아군의 원수로서 튀르크 전쟁과 나폴레옹 전쟁에 참가했다. 그러나 예카체리나 대제뿐 아니라 파벨 1세와도 관계가 원활하지 않아 두 차례

가 느린 군가를 부르기 시작했다. 이 노래는 튀르크에서 만들어졌는데 이제 오스트리아에서도 '우리의 아버지 되시는 카멘스키' 대신에 '우리의 아버지 되시는 쿠투조프'라는 말을 집어넣는 정도로만 가사를 바꾸어 부르고 있었다.

마흔 살가량의 마르고 잘생긴 북 치는 병사는 이 마지막 가사를 군인풍으로 잡아채듯 부르고 나서 무언가를 땅바닥에 집어던지는 것처럼 두 손을 휘두르더니 합창대 병사들을 근엄한 눈길로 둘러보고는 눈을 가늘게 떴다. 그런 다음 모든 눈이 자신을 향하고 있음을 확인한 후 마치 눈에 보이지 않는 어떤 귀중한 물건을 두 손으로 머리 위에 조심스레 들어 올려 몇 초 동안 그렇게 있다가 갑자기 절망적으로 내동댕이치는 듯한 몸짓을 했다.


아, 그대는 나의 집, 나의 집!


"나의 새로운 집⋯⋯." 스무 명의 목소리가 따라 불렀다. 캐스터네츠 연주자가 무거운 장비에도 아랑곳 않고 날렵하게 튀어나와 중대를 마주한 채 어깨를 들썩이고 캐스터네츠로 누군가를 을러대며 뒷걸음질해 나아갔다. 병사들은 노래의 박자에 맞추어 두 팔을 흔들고 자기도 모르게 발걸음을 맞추며 성큼성큼 걸었다. 중대 뒤쪽에서 바퀴 소리와 스프링 소리

---

물러났다. 알렉산드르 1세는 그를 페테르부르크 총독으로 임명했으나 이후 해임했다. 1806년 원정 때 군대로 복귀했고 전쟁 중 생을 마감했다.

와 말발굽 소리가 들려왔다. 쿠투조프는 수행원들과 함께 도시로 돌아가는 중이었다. 총사령관은 부하들에게 계속 자유롭게 가라는 신호를 보냈다. 그와 수행원들의 얼굴에는 노랫소리에 대한, 그리고 춤추는 병사와 쾌활하고 활기차게 행진하는 중대 병사들의 모습에 대한 만족감이 떠올랐다. 오른쪽 측면 두 번째 대열에서 — 콜랴스카는 그 중대 옆을 지나치고 있었다 — 하늘색 눈동자를 가진 한 병사가 우연히 눈에 띄었다. 돌로호프였다. 그는 노래의 박자에 맞춰 유난히 활기차고 우아하게 행진하며, 이 순간 중대와 함께 행진하지 않는 모든 이들을 불쌍히 여기는 듯한 표정으로 말 탄 사람들의 얼굴을 바라보았다. 쿠투조프의 수행원들 가운데 연대장을 흉내 내던 경기병 소위가 콜랴스카에서 떨어져 나와 돌로호프 쪽으로 말을 몰았다.

경기병 소위인 제르코프는 한때 페테르부르크에서 돌로호프가 이끌던 방종한 무리에 낀 적이 있었다. 그는 러시아 국경밖에서 병사가 된 돌로호프와 마주치기도 했으나 아는 척할 필요는 없다고 생각했다. 그런데 이제 쿠투조프가 그 강등된 병사와 대화를 나누고 나자 옛 친구로서 돌로호프를 반기며 말을 걸었다.

"사랑하는 친구, 어떻게 지내?" 그는 노랫소리에 따라 중대의 발걸음과 나란히 말의 보조를 맞추며 말했다.

"어떻게 지내느냐고?" 돌로호프가 차갑게 대꾸했다. "보다시피."

활기찬 노래는 제르코프가 말할 때의 거리낌 없는 쾌활한 어조에, 그리고 돌로호프가 대답할 때의 고의적인 냉담한 어조에 특별한 의미를 더했다.

"음, 상관과 어떻게 맞춰 나가고 있어?" 제르코프가 물었다.

"괜찮아. 좋은 사람들이야. 그런데 어떻게 사령부에 기어들어 간 거야?"

"잠시 파견됐어. 당직 근무를 하고 있지."

두 사람은 잠시 침묵했다.

"그녀가 오른쪽 옷소매에서 매를 날려 보낸다." 노래는 무심결에 기운차고 유쾌한 감정을 불러일으키며 울려 퍼졌다. 만약 두 사람이 노랫소리가 들리지 않는 곳에서 이야기를 나누었더라면 그들의 대화는 아마 다른 모습을 띠었을지도 모른다.

"그런데 오스트리아인들이 패했다는 게 사실이야?" 돌로호프가 물었다.

"알 게 뭐야. 소문에 그렇다더군."

"잘됐군." 돌로호프는 마치 노래가 그러라고 요구하기라도 한 것처럼 짧고 분명하게 대답했다.

"어때, 저녁때 우리가 있는 곳으로 와. 파라오 게임[121]을 벌일 거니까." 제르코프가 말했다.

"돈이 많이 생겼나 보군?"

"와."

"안 돼. 다짐했거든. 진급할 때가지 술도 마시지 않고 카드

---

121) 카드놀이의 일종.

놀이도 안 할 거야."

"그럼 첫 전투까지……."

"그때가 되면 알게 되겠지."

다시 두 사람은 입을 다물었다.

"뭐든 필요한 게 있으면 들러. 언제든 사령부가 자네를 도울 테니……." 제르코프가 말했다.

돌로호프는 경멸 어린 미소를 흘렸다.

"걱정하지 않는 편이 좋아. 필요한 게 생기면 남에게 부탁하지 않고 직접 손에 넣을 테니까."

"그렇군, 난 그냥……."

"응, 나도 그저……."

"잘 가게."

"몸 건강히……."


　……높이, 멀리,
　고향으로 날아가네……


제르코프는 말에 박차를 가했다. 흥분한 말은 어느 발부터 내디뎌야 할지 몰라 발을 두세 번 구르다가 발걸음을 추슬렀다. 그러고는 상황을 수습한 후 노래 박자에 맞춰 질주하며 중대를 앞지르고 콜랴스카를 뒤쫓았다.

# 3

사열식에서 돌아온 쿠투조프는 오스트리아 장군을 데리고
자신의 집무실로 들어갔다. 그리고 큰 소리로 부관을 불러 지
금 도착하고 있는 부대들의 상황에 관한 몇몇 서류와 전위 부
대를 지휘하는 페르디난트 대공에게서 온 편지를 가져오라고
지시했다. 안드레이 볼콘스키 공작이 쿠투조프가 요구한 서
류를 들고 총사령관의 집무실에 들어섰다. 지도가 펼쳐진 테
이블 앞에는 쿠투조프와 궁정 전쟁 위원회 위원인 오스트리
아인이 앉아 있었다.

"아……." 쿠투조프는 볼콘스키를 돌아보며 말했다. 부관
에게 기다려 달라고 부탁하는 말인 듯했다. 그는 프랑스어로
대화를 계속 이어 갔다.

"한 가지만 말하겠소, 장군." 쿠투조프는 그가 침착하게 던
지는 말 한 마디 한 마디에 귀를 기울이지 않을 수 없게 하

는 경쾌하고 우아한 표현과 억양으로 말했다. 쿠투조프 스스로도 자신의 말을 만족스럽게 듣고 있는 듯했다. "한 가지만 말하겠소, 장군. 만일 이 일이 나의 개인적인 희망에 달린 문제라면 프란츠 황제 폐하[122]의 의지는 오래전에 실현되었을 거요. 이미 오래전에 대공과 합류했을 거란 말이오. 그리고 나의 정직함을 믿어 주시오. 나보다 식견이 높고 노련한 장군 — 오스트리아에는 그런 분이 대단히 많다더군요 — 에게 군대의 최고 지휘권을 넘기고 모든 무거운 책임을 내 어깨에서 내려놓을 수만 있다면 나 개인으로는 참으로 기쁠 것이오. 하지만 현실 상황은 이따금 우리보다 더 강하다오, 장군."

그러고 나서 쿠투조프는 마치 '당신에게는 나를 믿지 않을

---

122) 프란츠 황제(Franz II, 1768~1835). 나폴레옹 전쟁 시기에 신성 로마 제국의 마지막 황제이자 오스트리아의 황제, 헝가리의 왕, 보헤미아의 왕으로 재위했다. 오스트리아 제국 황제로서는 프란츠 1세라 불렸다. 반동적 정치를 펼치고 자유주의를 억압하는 한편, 예술과 과학을 후원했다. 다른 유럽 국가들과 더불어 1차 대프랑스 동맹을 결성했으나 1797년 캄포포르미오 조약으로 롬바르디아와 라인강 왼쪽 땅을 상실했다. 2차 대프랑스 동맹을 결성한 1799~1801년에도 프랑스에 대패했다. 나폴레옹이 프랑스 황제로 즉위하자 오스트리아를 제국으로 높이고 3차 대프랑스 동맹을 꾸려 다시 대항했으나 1805년 아우스터리츠 전투의 패배로 3차 대프랑스 동맹을 해체하기에 이른다. 1806년 나폴레옹의 협박으로 신성 로마 제국의 황제 칭호를 포기했고, 그로 인해 신성 로마 제국도 해체되었다. 1807년 4차 대프랑스 동맹을 결성하여 맞서 싸우지만 역시 패배했으며, 1809년 5차 대프랑스 동맹도 아스펜-에슬링 전투와 바그람 전투에서 크게 패해 해체되었다. 1810년 딸 마리 루이즈를 나폴레옹과 결혼시키기도 했다. 그러나 나폴레옹이 러시아 원정에서 패하자 1813년 다시 6차 대프랑스 동맹을 결성해 1814년 프랑스 제국을 붕괴시키고, 1815년 빈 회의 이후 재상 메테르니히 총리를 지지했다.

권리가 충분히 있고, 당신이 나를 믿든 안 믿든 난 전혀 개의치 않소. 하지만 당신에게는 그것에 대해 말할 만한 근거가 없소. 그리고 중요한 건 바로 그 점이오.' 하고 말하는 듯한 표정으로 미소를 지었다.

오스트리아 장군은 불만스러운 표정을 지었지만 쿠투조프의 말에 계속 똑같은 어조로 대답할 수밖에 없었다.

"오히려……." 그는 입 밖에 낸 말에 담긴 아첨의 의미와 너무도 모순되는 무뚝뚝하고 성난 어투로 말했다. "오히려 대공 전하께서는 총사령관 각하가 공동의 대의에 참여해 준 것을 높이 평가하고 계십니다. 하지만 우리는 명성 높은 러시아 군대와 지휘관들이 현재의 지연으로 월계관을 얻지 못하는 것이라 생각합니다. 러시아군이 전장에서 능숙하게 쟁취하던 승리를 말입니다." 그는 미리 준비한 듯한 문구로 말을 맺었다.

쿠투조프는 변함없이 미소를 지으며 고개 숙여 인사했다.

"내가 확신하는 바이기도 하고, 페르디난트 대공 전하가 내게 하사하신 최근 편지에 근거하여 추측하는 바이기도 한데, 오스트리아 군대는 마크 장군 같은 노련한 조력자의 지휘로 지금쯤 이미 결정적인 승리를 거두었을 것이며 더 이상 우리의 도움을 필요로 하지 않을 것이오." 쿠투조프가 말했다.

장군은 얼굴을 찌푸렸다. 오스트리아군의 패배에 관한 결정적인 소식은 없었지만, 전반적으로 안 좋은 소문을 뒷받침하는 정황은 지나칠 정도로 많았다. 따라서 오스트리아군이 승리할 것이라는 쿠투조프의 추측은 흡사 조롱처럼 들렸다. 그러나 쿠투조프는 자신에게는 그렇게 추측할 권리가 있다고

말하는 듯한 표정으로 온화한 미소를 짓고 있었다. 사실 마크
의 군대에서 받은 최근의 편지는 쿠투조프에게 그 군대의 승
리와 더할 나위 없는 유리한 전략적 입지에 대하여 알리고 있
었다.

"그 편지를 이리 가져오게." 쿠투조프는 안드레이 공작을
돌아보며 말했다. "자, 보시오." 쿠투조프는 입술 언저리에 비
웃음을 띤 채 페르디난트 대공의 편지에서 다음과 같은 부분
을 오스트리아 장군에게 독일어로 읽어 주었다.

우리는 7만여 명의 충분히 집결된 군사력을 보유하고 있소.
따라서 적군이 레흐강[123]을 건너려 할 경우 우리는 그들을 공격
하여 무찌를 수 있소. 우리는 이미 울름[124]을 확보했기에 도나
우강[125] 양쪽을 통제할 수 있다는 이점이 생겼소. 따라서 만일
적이 레흐강을 건너지 않을 경우에 우리는 언제라도 도나우강
을 건너 적의 연락로를 덮친 후 하류 지역에서 다시 도나우강을
넘어올 수 있소. 적이 모든 병력을 우리의 신실한 동맹군에게 돌

---

123) 도나우강의 지류.
124) 뮌헨에서 서쪽으로 약 120킬로미터 떨어진 도나우 강변의 도시.
125) 독일의 바덴에서 발원하여 오스트리아, 헝가리, 발칸의 여러 나라를 거
쳐 흑해로 흘러드는 강이다. 강의 본류가 여러 나라를 거쳐 흐르기 때문에 이
름도 나라마다 제각기 다르다. 독일과 오스트리아에서는 도나우강, 체코와
러시아에서는 두나이강, 헝가리에서는 두나강, 세르비아와 불가리아에서는
두나브강, 루마니아에서는 두나레아강으로 불린다. 빈, 부다페스트, 프라하,
브라티슬라바 등 중부 유럽 국가의 수도들이 이 강의 연안에 위치한다. 영어
권에서는 다뉴브강이라 표기한다. 이 책에서는 이 강이 언급되는 장면들이
거의 다 오스트리아에서 일어나기 때문에 '도나우강'으로 표기한다.

리려 한다면 적의 의도가 실현되지 못하도록 막을 수 있소. 따라서 우리는 러시아 제국군이 충분히 준비를 갖출 때를 기꺼이 기다리겠소. 이후 서로 힘을 합치면 적들이 마땅히 받아야 할 운명을 마련하기 위한 수단은 쉽사리 찾게 될 것이오.(독일어)

쿠투조프는 그 구절을 다 읽은 후 무겁게 한숨을 쉬고 궁정 전쟁 위원회 위원을 부드러운 눈길로 유심히 바라보았다.

"하지만 총사령관 각하, 각하도 최악의 상황을 예상하도록 가르치는 지혜의 원칙을 아시지 않습니까!" 오스트리아 장군이 말했다. 농담은 끝내고 본론으로 들어가고 싶다는 투였다.

그는 자기도 모르게 부관을 돌아보았다.

"실례하오, 장군." 쿠투조프도 오스트리아 장군의 말을 가로막고는 안드레이 공작을 돌아보았다. "이보게, 코즐롭스키에게 가서 우리 정찰병들의 보고서를 전부 받아 오게. 이것은 노스티츠 백작[126]에게서 온 편지 두 통이고, 이것은 페르디난트 대공 전하에게서 온 편지고, 또 이것은……." 그는 안드레이 공작에게 서류 몇 장을 건네며 말했다. "그리고 이 모든 것을 토대로 해서 프랑스어로 깨끗하게 비망록을 작성해 주게. 우리가 오스트리아군의 움직임에 대해 확보한 모든 정보를 한눈에 볼 수 있도록 기록해 둬. 자, 그렇게 해서 폐하께 전하게."

안드레이 공작은 처음 몇 마디에서 쿠투조프가 한 말뿐 아니라 하고 싶어 한 말까지 이해했다는 표시로 고개를 숙였다.

---

126) 오스트리아 장군으로 1807년경 러시아군에 입대했다.

안드레이 공작은 서류를 모으고 두 사람 모두에게 고개 숙여 인사한 후 조용히 양탄자를 밟으며 대기실로 나왔다.

안드레이 공작이 러시아를 떠난 후 그리 많은 시간이 지나지 않았지만 그는 그사이 많이 변했다. 얼굴 표정, 몸짓, 걸음걸이에서는 예전의 가면을 쓴 듯한 태도와 피로와 나태가 거의 눈에 띄지 않았다. 그는 자신이 다른 사람에게 불러일으킨 인상을 생각할 겨를도 없이 즐겁고 흥미로운 일에 몰두한 사람의 표정을 짓고 있었다. 그 얼굴은 자신과 주위 사람들에 대한 보다 큰 만족을 드러냈고, 그 미소와 눈빛은 한층 쾌활하고 매력적으로 보였다.

쿠투조프는 폴란드에서 그의 부대에 합류한 안드레이 공작을 몹시 다정하게 맞아 주었고, 그를 잊지 않겠노라 약속했으며, 다른 부관들보다 더 아꼈다. 그를 빈에도 데려갔고, 그에게 점점 더 중대한 임무를 맡겼다. 빈에서 쿠투조프는 옛 동료인 안드레이 공작의 부친에게 편지를 썼다.

당신 아들은 학식과 의연함과 근면함 면에서 훌륭한 장교가 되리라는 기대를 품게 하오. 이런 부하를 두게 된 나 자신을 행복한 사람이라 여기고 있소.

쿠투조프의 사령부에 있는 동료들 사이에서, 또한 군대 전체에서 안드레이 공작은 페테르부르크 사교계에 있을 때와 똑같이 완전히 상반된 두 가지 평판을 들었다. 소수의 사람들은 안드레이 공작을 자신들이나 다른 모든 사람들과 다른 어떤 특별한 존재로 인정하며 그에게서 커다란 성공을 기대했다. 그들은 그의 말을 귀담아 들었고 감탄했고 본받으려 했다. 안드레이 공작도 이런 사람들과 있을 때는 진솔하고 쾌활했다. 다른 대다수 사람들은 안드레이 공작을 좋아하지 않았으며, 그를 오만하고 차갑고 불쾌한 사람으로 생각했다. 그러나 그런 사람들과 함께 있을 때조차 안드레이 공작은 존경과 심지어 두려움을 불러일으키는 방식으로 처신할 수 있었다.

안드레이 공작은 쿠투조프의 집무실에서 대기실로 나와 동료인 당직 부관 코즐롭스키에게 서류를 가지고 다가갔다. 그는 책을 들고 창가에 앉아 있었다.

"음, 그건 뭔가, 공작?" 코즐롭스키가 물었다.

"왜 전진하지 않는지 기록을 작성해 두라는 명령이야."

"왜?"

안드레이 공작은 어깨를 으쓱했다.

"마크에게서는 소식이 없나?" 코즐롭스키가 물었다.

"없어."

"그가 패한 게 사실이라면 소식이 올 텐데."

"그렇겠지." 안드레이 공작은 이렇게 말하고 출구로 향했다. 그러나 바로 그때 맞은편에서 이제 막 도착한 듯한 프록코트 차림의 키가 큰 오스트리아 장군이 문을 쾅 닫으며 빠르게 대기실 안으로 들어왔다. 머리에 검은 수건을 동여매고 목에 마리아 테레지아 훈장을 달고 있었다. 안드레이 공작은 그 자리에 멈춰 섰다.

"쿠투조프 총사령관은?" 막 도착한 장군은 양옆을 돌아보고 거침없이 집무실 문으로 다가가면서 퉁명스러운 독일어 발음으로 빠르게 말했다.

"총사령관님은 바쁘십니다." 코즐롭스키는 낯선 장군에게 황급히 다가가 문으로 향하는 길목을 막으며 말했다. "누구시라고 전할까요?"

낯선 장군은 자기를 알아보지 못하는 사람이 있다는 사실에 놀란 양 키가 크지 않은 코즐롭스키를 멸시하듯 내려다보았다.

"총사령관님은 바쁘십니다." 코즐롭스키는 침착하게 똑같은 말을 되풀이했다.

장군의 얼굴이 찌푸려졌다. 입술이 씰룩씰룩거리고 바르르 떨렸다. 그는 수첩을 꺼내 연필로 빠르게 무언가를 적더니 종이를 쭉 찢어 건네고는 빠른 걸음으로 창가에 다가가 의자에 몸을 던지고 방 안의 사람들을 둘러보았다. 마치 무엇 때문에 쳐다보는 거냐고 묻기라도 하듯……. 그러더니 장군은 고개를 들고 무슨 말을 하려는 듯 목을 쭉 뺐다. 그러나 곧 태평하게 조용히 노래라도 부르려는 듯 이상한 소리를 냈지만 그나마도 곧 그만두었다. 집무실 문이 열리고 문지방에 쿠투조프가 나타났다. 머리에 천을 동여맨 장군은 위험에서 벗어나려는 것처럼 몸을 숙인 채 쿠투조프를 향하여 야윈 다리로 빠르게 성큼성큼 다가갔다.

"각하는 지금 불행한 마크를 보고 계십니다." 그가 갈라지는 목소리로 말했다.

집무실 문간에 선 쿠투조프의 얼굴이 잠시 동안 그대로 굳어 버렸다. 뒤이어 한 줄기 주름이 파도처럼 얼굴 위를 빠르게 스치더니 이마가 다시 매끈해졌다. 그는 정중히 고개를 숙이며 눈을 감고는 말없이 마크를 안으로 들이고 손수 등 뒤의 문을 닫았다.

이미 예전부터 퍼져 있던 소문, 즉 오스트리아군이 패배하고 울름 부근의 전 군대가 항복했다는 소문이 사실로 밝혀졌다. 삼십 분도 채 안 되어 부관들은 지금껏 아무것도 하지 않고 빈둥거리던 러시아 군대가 이제 곧 적과 맞서야 한다고 적힌 명령서를 들고 사방으로 파견되었다.

안드레이 공작은 전투의 전반적인 추이에 관심을 두는 사령부의 몇 안 되는 장교들 가운데 한 명이었다. 마크를 보고 그의 패배에 대해 상세히 들은 그는 이것이 이미 절반은 패한 전쟁임을 깨달았고, 러시아 군대가 처한 상황의 모든 난관을 파악했으며, 군대를 기다리고 있는 것과 자신이 군대 안에서 해야 할 역할을 마음속에 생생하게 그려 보았다. 그는 자만하던 오스트리아가 치욕을 당한 것을 생각하면서, 그리고 아마 일주일 후에는 자신이 수보로프 이후 처음인 러시아군과 프랑스군의 충돌을 목격하고 그 속에 참여하게 될 것을 생각하면서 무심결에 가슴이 두근거리는 기쁨을 맛보았다. 그러나 러시아 군대의 모든 용기보다 더 강한 것으로 입증될지 모를 보나파르트의 천재성을 두려워하면서도 자신의 영웅이 수치를 당할 수 있다는 생각은 도저히 받아들이기 힘들었다.

이러한 상념에 흥분하고 초조해진 안드레이 공작은 아버지에게 편지를 쓰기 위해 자신의 방으로 향했다. 그는 날마다 아버지에게 편지를 썼다. 같은 방을 쓰는 네스비츠키와 익살꾼 제르코프를 복도에서 만났다. 그들은 언제나처럼 무언가에 대해 낄낄거리며 웃고 있었다.

"왜 그렇게 침울해?" 안드레이 공작의 창백한 얼굴과 빛나는 눈동자를 눈치챈 네스비츠키가 물었다.

"즐거워할 일이 없으니까." 볼콘스키가 대답했다.

안드레이 공작이 네스비츠키와 제르코프를 맞닥뜨린 바로 그 순간, 러시아군의 식량을 감찰하고자 쿠투조프의 사령부에 와 있던 오스트리아 장군 슈트라우흐와 전날 도착한 궁정 전쟁 위원회 위원이 복도 맞은편에서 그들을 향해 걸어왔다. 복도는 장군들이 방해받지 않고 세 장교를 지나칠 만큼 충분히 넓었다. 그러나 제르코프는 한 팔로 네스비츠키를 쿡쿡 찌르며 숨이 넘어갈 듯 헐떡이는 목소리로 말했다.

"온다! 온다! 길에서 비키시오! 자, 비켜 주시오!"

장군들은 위신을 떨어뜨리는 사람들을 피하고 싶어 하는 표정으로 지나갔다. 익살꾼 제르코프의 얼굴에 갑자기 기쁨에 겨운 아둔한 미소가 떠올랐다. 도저히 웃음을 참을 수 없는 모양이었다.

"각하." 그는 앞으로 불쑥 나와 오스트리아 장군을 돌아보며 독일어로 말했다. "축하드릴 수 있어 영광입니다."

그는 고개를 숙이더니 춤을 배우는 어린아이처럼 서툴게 이쪽 발을 뒤로 뺐다 저쪽 발을 뒤로 뺐다 하며 인사했다.

궁정 전쟁 위원회 위원인 장군은 준엄한 눈길로 그를 돌아보았다. 그러나 아둔한 미소에 어린 진지함을 눈치챈 장군은 잠시나마 관심을 기울이지 않을 수 없었다. 그는 자신이 듣고 있음을 나타내며 눈을 가늘게 떴다.

"축하드리게 되어 영광입니다. 마크 장군이 오셨습니다. 단지 여기에 약간 타박상을 입으셨을 뿐 대단히 건강하십니다." 그는 환한 미소와 함께 자신의 머리를 가리키며 덧붙였다.

장군은 인상을 쓰며 얼굴을 돌리고는 계속 걸어갔다.

"오, 하느님, 저렇게 유치할 수가!"(독일어) 그는 몇 발짝 걷다가 성난 목소리로 중얼거렸다.

네스비츠키가 큰 소리로 웃어 대며 안드레이 공작을 얼싸안았다. 그러나 볼콘스키는 한층 창백해진 얼굴에 증오로 가득 찬 표정을 지으며 그를 밀치고 제르코프를 돌아보았다. 마크의 출현, 그의 패배에 대한 소식, 러시아군을 기다리고 있는 것에 대한 상념이 그를 신경질적인 흥분으로 몰고 갔다. 그 초조함은 제르코프의 부적절한 장난에 대한 분노에서 출구를 찾았다.

"제군들, 만약 자네들이……." 안드레이 공작은 아래턱을 희미하게 떨며 경멸 어린 말투로 입을 열었다. "자네들이 어릿광대가 되고 싶다면 나로서는 막을 수 없어. 하지만 분명히 말해 두지. 다음번에도 내 앞에서 감히 어릿광대짓을 하면 자네들에게 어떻게 처신해야 할지 가르쳐 주겠어."

네스비츠키와 제르코프는 이 돌발적인 행동에 놀라 눈을 동그랗게 뜬 채 말없이 볼콘스키를 쳐다보았다.

"뭐야, 난 그저 축하를 한 것뿐인데." 제르코프가 말했다.

"자네들과 농담하자는 게 아냐. 입 다물어!" 볼콘스키가 소리쳤다. 그는 네스비츠키의 팔을 잡아끌고는 대꾸할 말을 찾지 못하는 제르코프에게서 떨어졌다.

"어, 자네 왜 그래?" 네스비츠키가 안드레이 공작을 진정시키며 말했다.

"왜라니?" 안드레이 공작은 흥분하여 걸음을 멈추고 말했다. "잘 생각해 봐. 우리가 차르와 조국을 섬기며 전체의 성공에 기뻐하고 전체의 실패에 슬퍼하는 장교인지, 아니면 주인의 일과 전혀 상관없는 하인인지 말이야. 4만 명이 죽고 우리의 동맹군이 몰살됐는데 자네들은 그것을 가지고도 농담을 할 수 있군." 그는 마치 자신의 생각을 이 프랑스어 문구로 견고하게 고정하려는 듯한 태도로 말했다. "자네가 친구로 삼은 저 신사같이 변변찮은 풋내기 녀석들은 그래도 괜찮아. 하지만 자네는 그러면 안 돼. 자네는 안 된다고. 그렇게 희희낙락해도 되는 건 풋내기 녀석뿐이야." 제르코프가 들을 수도 있다는 데 생각이 미치자 안드레이 공작은 러시아어로 덧붙이면서 이 단어를 프랑스어 억양으로 발음했다.

그는 경기병 소위가 어떤 대답을 하지 않을까 하고 잠시 기다렸다. 그러나 소위는 휙 돌아서서 복도를 빠져나갔다.

# 4

파블로그라드 경기병 연대는 브라우나우에서 2마일 정도 떨어진 곳에 주둔하고 있었다. 니콜라이 로스토프가 사관후보생으로 복무 중인 중대는 독일 마을 잘체네크에 배치되었다. 중대장, 즉 기병 사단 전체에 바시카 제니소프라는 이름으로 알려진 제니소프 대위는 마을에서 가장 좋은 숙소를 배정받았다. 로스토프 사관후보생은 폴란드에서 연대에 합류한 후로 계속 중대장과 함께 생활했다.

10월 8일[127] 마크가 패배했다는 소식으로 군사령부 전체가 당혹감에 휩싸인 바로 그날, 중대 본부에서는 이제까지처럼 평온하게 야영 생활이 흘러가고 있었다. 밤새 카드놀이에서

---

[127] 2부 1장에서 3장까지의 내용에 따르면, 마크의 패배가 러시아 군사령부에 알려진 것은 10월 11일 사열식 직후다. 4장에서 이날이 10월 8일로 명시된 것은 톨스토이의 착각 때문인 듯하다.

돈을 잃은 제니소프는 로스토프가 아침 일찍 말을 타고 나가 말먹이 징발을 마치고 돌아올 때까지도 숙소에 돌아오지 않았다. 사관후보생 군복 차림의 로스토프는 박차를 가하여 말을 현관 계단 쪽으로 몰았다. 그는 유연하고 기운찬 동작으로 한쪽 다리를 빙 돌려 말 옆구리에 붙이고는 말과 떨어지고 싶지 않은 듯 등자에 계속 발을 딛고 있다가 마침내 훌쩍 뛰어내린 후 큰 소리로 전령을 불렀다.

"어이, 친구, 본다렌코!" 로스토프는 말을 향해 쏜살같이 달려오는 경기병에게 말했다. "끌고 돌아다니면서 좀 진정시켜 줘, 친구." 선량한 젊은이들이 행복한 순간이면 누구에게나 그러듯 로스토프도 형제처럼 쾌활하고 다정한 태도로 말했다.

"알겠습니다." 호홀[128]이 즐겁게 고개를 흔들며 대답했다.

"조심해, 잘 끌고 다녀!"

다른 경기병도 말을 향해 달려왔으나 본다렌코가 이미 재갈의 고삐를 말 머리 너머로 던져 넘긴 후였다. 이 사관후보생이 술값을 잘 준다는 것, 그의 시중을 들면 득이 된다는 것은 분명해 보였다. 로스토프는 말의 목덜미를 따라 엉덩이까지 쓰다듬어 주고 현관 계단에 가만히 서 있었다.

'훌륭해! 멋진 말이 될 거야!' 그는 속으로 혼잣말을 했다. 그는 빙긋 웃으며 기병도를 꽉 쥐고는 박차를 덜거덕거리면서 현관 계단을 뛰어 올라갔다. 스웨터를 입고 고깔모자를 쓴

---

128) 우크라이나인들의 전통 머리 모양을 가리키는 용어다. 제정 시대 러시아인들은 우크라이나인들을 비하하여 그렇게 부르곤 했다.

독일인 주인이 쇠스랑으로 거름을 치우다가 외양간에서 얼굴을 내밀었다. 로스토프를 보자마자 독일인 주인의 얼굴이 갑자기 환해졌다. 그는 즐겁게 씩 웃으며 한쪽 눈을 찡긋했다. "좋은 아침이에요, 좋은 아침."(독일어) 그는 청년과 나누는 인사에서 기쁨을 느끼는 듯 똑같은 말을 되풀이했다.

"정말 부지런하군요."(독일어) 로스토프는 그의 생기 넘치는 얼굴에서 떠나지 않는, 형제처럼 다정하고 기쁨에 찬 미소를 여전히 머금은 채 말했다. "오스트리아인 만세! 러시아인 만세! 알렉산더 황제 만세!"(독일어) 그는 독일인을 돌아보며 그 독일인 주인이 종종 하는 말을 똑같이 되풀이했다.

독일인은 웃음을 터뜨리며 아예 외양간 밖으로 나왔다. 그는 모자를 벗어 머리 위에서 흔들며 소리쳤다.

"그리고 온 세상 만세!"(독일어)

로스토프도 독일인과 똑같이 머리 위로 군모를 흔들면서 소리 내어 웃으며 외쳤다. "그리고 온 세상 만세!"(독일어) 외양간을 치우던 독일인에게나 소대를 이끌고 건초를 징발하러 다니던 로스토프에게나 특별히 기뻐할 만한 이유는 전혀 없었지만, 두 사람은 행복한 기쁨과 형제애를 품은 채 서로 바라보면서 상호 우애의 표시로 머리를 흔들고는 싱글벙글 웃으며 헤어졌다. 독일인은 외양간으로, 로스토프는 제니소프와 함께 묵는 농가로.

"자네 나리는 어때?" 로스토프가 라브루시카에게 물었다. 그는 연대 전체가 다 아는 사기꾼으로 제니소프의 종졸이었다.

"어젯밤부터 계속 안 계십니다. 돈을 잃은 게 분명합니다."

라브루시카가 대답했다. "전 이미 잘 알고 있죠. 만약 돈을 따셨다면 자랑을 하러 일찍 오셨을 겁니다. 아침까지 오시지 않는다는 건 돈을 잃었다는 뜻이지요. 이제 화를 내며 돌아오실 겁니다. 커피를 드릴까요?"

"가져와, 가져와."

십 분 후 라브루시카가 커피를 가져왔다.

"오십니다!" 그가 말했다. "이제 야단났군요."

로스토프는 창문을 힐끔 쳐다보다 숙소로 돌아오는 제니소프를 발견했다. 불그레한 얼굴, 빛나는 검은 눈동자, 덥수룩한 검은 콧수염과 머리카락을 지닌 작달막한 사내였다. 앞섶을 열어젖힌 경기병 멘치크[129]와 주름 잡힌 통 넓은 경기병 바지를 입고 쭈글쭈글하게 구겨진 경기병 모자를 뒤통수에 걸친 채였다. 그는 고개를 떨어뜨린 채 침울한 모습으로 현관 계단을 향해 다가왔다.

"가브구시카!" 그는 성난 목소리로 크게 외쳤다. "야, 이것 좀 벗겨, 멍청아!"

"여기 벗기고 있잖아요." 라브루시카의 목소리가 대답했다.

"아! 자네, 벌써 일어났군." 제니소프가 방으로 들어오며 말

---

129) 경기병 상의는 옷깃을 중국식으로 곧게 세우고 가슴에 매듭과 줄로 갈비뼈 모양의 장식을 달고 옆선을 몸에 붙도록 재단한 짧은 웃옷이다. 러시아어로 '돌로만'이라고도 한다. 멘치크는 이 상의에 덧입는 일종의 방한복이다. 가장자리에 모피를 댄 짧은 웃옷이며, 앞면에는 경기병 상의처럼 단추와 줄로 만든 갈비뼈 모양의 장식이 있다. 여름에 경기병은 멘치크를 군복에 덧입지 않고 왼쪽 어깨에 걸치고 다녔다.

했다.

"한참 전에." 로스토프가 말했다. "난 벌써 건초를 징발하러 갔다가 마틸다 양도 만났어."

"이건! 난 어젯밤 돈을 몽땅 잃었어. 개자식 같으니!" 제니소프가 큰 소리로 부르짖었다. 그는 'ㄹ' 발음을 제대로 하지 못했다. "그건 불행이! 그건 불행이! 자네가 자기글 뜨자마자 그렇게 되고 말았지. 어이, 차!"

제니소프는 짧고 튼튼한 치아를 드러내며 미소를 짓듯 얼굴을 잔뜩 찌푸리면서 짧은 손가락이 달린 두 손으로 숲처럼 부푼 더부룩한 검은 머리카락을 헝클어뜨렸다.

"악마가 날 그 쥐새끼(장교의 별명)에게 데겨간 거야." 그는 이마와 얼굴을 두 손으로 비비며 말했다. "상상이 가? 한 장도, 단 한 장도, 단 한 장도 패글 내주지 않았어."

제니소프는 불을 붙인 파이프를 건네받아 주먹으로 꽉 움켜쥐었다. 그러고는 사방에 불똥을 날리며 파이프로 바닥을 내리치고 계속 부르짖었다.

"작은 판은 내주고 큰 판은 쓸고. 작은 판은 내주고 큰 판은 쓸고."

그는 불똥을 날리다가 파이프를 부수고는 그것을 휙 던져 버렸다. 그리고 잠시 입을 다물더니 갑자기 반짝이는 검은 눈동자에 유쾌한 빛을 띠며 로스토프를 쳐다보았다.

"여자가도 있으면 좋을 텐데. 여기서는 술을 마시는 것 말고 할 일이 없어. 어서 싸움이가도 시작되면 좋겠는데……."

"어이, 거기 누구야?" 그는 걸음을 멈춘 묵직한 부츠 소리와 박차의 절그럭거리는 소리와 정중한 기침 소리를 듣고 문 쪽을 돌아보았다.

"기병 특무 상사입니다!" 라브루시카가 말했다.

제니소프는 더욱 인상을 썼다.

"추하군." 그는 금화가 몇 닢 든 돈지갑을 던지며 중얼거렸다. "고스토프, 거기 얼마나 남았나 세어 보고 지갑은 베개 밑에 놔 줘." 그는 그렇게 말하고 기병 특무 상사를 보러 나갔다.

로스토프는 돈을 받아 자기도 모르게 오래된 금화와 새 금화를 따로 나누어 나란히 쌓고는 그것들을 세기 시작했다.

"아! 첼랴닌! 반가워요! 난 어젯밤에 다 날렸답니다." 옆방에서 제니소프의 목소리가 들렸다.

"누구 집에서요? 비코프 집? 그 쥐새끼 말인가요? 나도 압니다." 다른 사람의 높고 가느다란 목소리가 들리더니 뒤이어 첼랴닌 중위가 방에 들어왔다. 그는 같은 중대에 소속된 키 작은 중위였다.

로스토프는 돈지갑을 베개 아래에 던져 넣고 자신을 향한 작고 축축한 손을 잡았다. 첼랴닌은 출정을 앞두고 어떤 이유에서인지 근위대에서 이곳으로 전속되었다. 그는 연대 안에서 훌륭하게 처신했다. 그러나 사람들은 그를 좋아하지 않았다. 특히 로스토프는 이 장교에 대한 원인 모를 혐오감을 도저히 극복할 수도, 숨길 수도 없었다.

"그런데 젊은 기병, 나의 그라치크는 당신을 잘 모시고 있습니까?" 그가 물었다.(그라치크는 첼랴닌이 로스토프에게 판 승마용으로 길든 말이었다.)

중위는 결코 상대방의 눈을 쳐다보지 않았다. 그의 시선은 하나의 대상에서 다른 대상으로 끊임없이 움직였다.

"당신이 오늘 말을 타고 가는 것을 보았습니다만……."

"네, 나쁘지 않습니다. 좋은 말이에요." 700루블에 산 그 말은 그 값의 반만큼도 가치가 없었으나 로스토프는 그렇게 대답했다. 그러고는 "왼쪽 앞다리를 절기 시작했지만요."라고 덧붙였다.

"발굽이 갈라졌군요! 괜찮습니다. 내가 가르쳐 주지요. 어떤 징을 박아야 하는지 보여 주겠습니다."

"네, 제발 보여 주십시오." 로스토프가 말했다.

"보여 주지요. 보여 주고말고요. 비밀도 아닌걸요. 그 말에 대해 고마워하게 될 겁니다."

"그럼 말을 끌고 오라고 지시해 두겠습니다." 로스토프는 첼랴닌을 피하고 싶은 마음에 그렇게 말하고는 말을 끌고 오라는 지시를 하러 밖으로 나갔다.

현관방에서는 파이프를 입에 문 제니소프가 등을 구부린 채 문지방에 꾸부리고 앉았고, 기병 특무 상사가 그 앞에서 무언가를 보고하고 있었다. 로스토프를 본 제니소프는 얼굴을 찡그렸다. 그는 엄지손가락으로 어깨 너머 첼랴닌이 앉아 있는 방을 가리키면서 다시 인상을 쓰고는 혐오감을 드러내며 몸을 부르르 떨었다.

"아, 난 저 녀석이 싫어." 그는 기병 특무 상사 앞에서 아무 거리낌 없이 말했다.

로스토프는 마치 '나도 그래. 하지만 어쩌겠어!' 하고 말하듯 어깨를 으쓱하고는 지시를 내린 후 첼랴닌에게 돌아갔다.

첼랴닌은 작고 하얀 두 손을 비비며 로스토프가 나갈 때와 똑같이 게으른 자세로 앉아 있었다.

'세상에 저렇게 역겨운 인간도 있구나.' 로스토프는 방에 들어서면서 생각했다.

"어때요? 말을 끌고 오라고 했습니까?" 첼랴닌이 자리에서 일어나 무심하게 돌아보며 말했다.

"그렇게 지시했습니다."

"우리가 직접 가 봅시다. 난 그저 어제의 명령에 대해 제니소프에게 물어보려고 들렀을 뿐이니까요. 명령을 전달받았습니까, 제니소프?"

"아직 못 받았습니다. 당신은 어디고 갈 건가요?"

"말에 어떻게 징을 박는지 이 청년에게 가르쳐 주고 싶어서요." 첼랴닌이 말했다.

두 사람은 현관 계단으로 나가 마구간을 향했다. 중위는 징 박는 법을 보여 주고 자기 숙소로 떠났다.

로스토프가 돌아왔을 때 테이블 위에는 보드카 한 병과 소시지가 놓여 있었다. 제니소프는 테이블 앞에 앉아 펜을 사각거리며 종이에 뭔가 쓰고 있었다. 그는 로스토프의 얼굴을 침울하게 바라보았다.

"그녀에게 쓰는 거야." 제니소프가 말했다.

그는 펜을 손에 쥔 채 테이블에 팔꿈치를 괴었다. 그는 자신이 쓰고 싶었던 모든 내용을 말로 더 빨리 표현할 수 있게 되어 기쁜 듯 로스토프에게 편지를 읽어 주었다.

"알겠어?" 그는 말했다. "사강을 하지 않는 동안 우기는 잠을 자고 있는 거야. 우기는 먼지의 자식들이지……. 하지만 사강하고 있다면 자네는 신이고, 천지창조의 첫날처럼 순결해……. 또 누구야? 악마에게나 끌겨가지. 시간 없어!" 그는 조금도 겁내지 않고 옆으로 다가온 라브루시카에게 버럭 소리를 질렀다.

"누가 왔냐니요? 직접 불러 놓고서. 기병 특무 상사가 돈을 가지러 왔다고요."

제니소프는 얼굴을 찌푸렸다. 그는 뭐라고 소리치려다가 입을 다물었다.

"추한 일이군." 그는 혼잣말을 했다. "거기 지갑에 돈이 얼마나 있었지?" 그가 로스토프에게 물었다.

"새 금화가 일곱 닢, 헌 금화가 세 닢."

"아, 추하군! 뭣 때문에 거기 서 있는 거야, 허수아비 같으니. 기병 특무 상사를 들여보내!" 제니소프가 라브루시카에게 소리쳤다.

"제발, 제니소프, 내 돈을 받아. 나에게 돈이 있다니까." 로스토프가 얼굴을 붉히며 말했다.

"친구에게서 돈을 빌기고 싶지 않아. 싫어." 제니소프가 투덜거렸다.

"자네가 친구로서 내 돈을 빌리지 않겠다면 그건 나를 모욕하는 행동이야. 정말 나한테 돈이 있다니까." 로스토프가 거듭 말했다.

"아니, 그럴 수 없어."

그리고 제니소프는 베개 밑에 둔 지갑을 꺼내기 위해 침대 쪽으로 다가갔다.

"어디에 두었지, 고스토프?"

"아래쪽 베개 밑에."

"없어."

제니소프는 베개 두 개를 바닥에 던졌다. 지갑은 없었다.

"정말 이상하군!"

"잠깐, 혹시 자네가 떨어뜨린 것 아냐?" 로스토프가 베개를 번갈아 들고 흔들어 보며 말했다.

그는 담요를 벗겨 흔들어 털었다. 지갑은 없었다.

"혹시 내가 기억을 못 하는 걸까? 아냐, 난 그때 자네가 마치 머리 밑에 보물을 감추는 것 같다고 생각했어." 로스토프가 말했다. "여기에 지갑을 뒀는데. 어디 갔지?" 그는 라브루시카를 돌아보며 말했다.

"전 방에 들어오지 않았습니다. 그러니 그것을 둔 자리에 있어야겠죠."

"그런데 없어."

"항상 그런 식이죠. 어딘가에 던져 놓고 그냥 잊어버린단 말입니다. 호주머니 같은 곳을 살펴보세요."

"아냐, 만약 내가 보물에 대해 생각하지 않았다면……." 로스토프가 말했다. "하지만 난 내가 그것을 어디에 두었는지 기억한단 말이야."

라브루시카는 침대를 샅샅이 뒤지고 침대와 책상 아래를 들여다보고 온 방 안을 구석구석 뒤진 후 방 한가운데에 섰다.

제니소프는 말없이 라브루시카의 움직임을 지켜보았다. 라브루시카가 지갑이 아무 데도 없다고 말하며 놀란 표정으로 두 팔을 벌리자 제니소프는 로스토프를 돌아보았다.

"고스토프, 애들처럼 장난치지 말고……."

로스토프는 자신을 향한 제니소프의 시선을 깨닫고는 눈을 들었다가 이내 내리깔았다. 목구멍 아래 어딘가에 막혀 있던 피가 모조리 얼굴과 눈동자로 확 쏠렸다. 숨을 쉴 수 없었다.

"방에는 중위님과 사관후보생님 외에 아무도 없었습니다. 그러니 여기 어딘가에 있을 겁니다." 라브루시카가 말했다.

"어이, 너, 이 악마의 꼭두각시 같은 놈아, 얼근 찾아보기나 해." 갑자기 제니소프가 버럭 소리를 지르더니 얼굴을 새빨갛게 붉히며 위협적인 몸짓으로 종졸에게 달려들었다. "지갑을 찾아 봐. 그거지 않으면 때겨죽일 테다. 다 쳐 죽일 거야!"

로스토프는 제니소프의 시선을 피하며 상의 단추를 채우고는 기병도의 쬠쇠를 채우고 군모를 썼다.

"지갑을 찾으가고 하잖아." 제니소프는 버럭 소리를 지르고 종졸의 어깨를 흔들며 벽으로 밀쳤다.

"제니소프, 그놈을 내버려 둬. 누가 가져갔는지 알겠어." 로스토프는 계속 눈을 내리깐 채 문으로 다가가며 말했다.

제니소프는 동작을 멈추고 잠시 생각에 잠겼다. 그러고는 로스토프가 암시한 뜻을 알아차렸는지 그의 팔을 붙잡았다.

"말도 안 돼!" 그는 목과 이마의 힘줄이 새끼줄처럼 부풀어 오르도록 소리를 질렀다. "자네에게 말해 두지만, 자네는 제정신이 아니야. 난 그겋게 하도곡 허각할 수 없어. 지갑은 여기

에 있단 말이야. 이 파렴치한 놈의 가죽을 벗겨 버기겠어. 그
검 여기에서 지갑이 나올 거야."

"누가 가져갔는지 알아." 로스토프는 떨리는 목소리로 거듭
말하고 문으로 향했다.

"감히 그건 행동을 하지 말가고 하잖아." 제니소프는 사관
후보생을 막기 위해 그에게 달려들며 소리쳤다.

그러나 로스토프는 그의 손을 뿌리치고, 마치 제니소프가
가장 큰 적이라도 되는 양 증오에 찬 모습으로 그의 눈을 똑바
로 단호하게 쏘아보았다.

"무슨 말을 하는지 알고나 있어?" 그가 떨리는 목소리로 말
했다. "나 외에는 방에 아무도 없었어. 그러니까 만약 그런 게
아니라면, 그럼 결국……."

그는 말을 끝맺지 못하고 방에서 뛰쳐나갔다.

"아, 너나 다근 인간들이나 다 악마에게 잡혀가 버겨." 그것
이 로스토프가 들은 마지막 말이었다.

로스토프는 첼랴닌의 숙소로 찾아갔다.

"중위님은 안 계십니다. 본부에 가셨습니다." 첼랴닌의 종
졸이 로스토프에게 말했다. "그런데 무슨 일이 있었습니까?"
종졸은 사관후보생의 낙심한 얼굴에 놀라 덧붙였다.

"아니, 아무것도 아냐."

"조금만 일찍 오셨어도 만나셨을 텐데요." 종졸이 말했다.

본부는 잘체네크에서 3베르스타 떨어진 곳에 있었다. 로스
토프는 숙소에 들르지 않고 말을 끌어내어 본부로 몰았다. 본
부가 자리한 마을에는 장교들이 드나드는 선술집이 있었다.

로스토프는 선술집으로 말을 몰았다. 현관 계단 옆에서 첼랴닌의 말을 보았다.

중위는 선술집의 두 번째 방에서 소시지 한 접시와 술 한 병을 앞에 놓고 앉아 있었다.

"아, 젊은이, 당신도 들렀군요." 중위는 웃음을 띤 채 눈썹을 높이 치켜 올리며 말했다.

"네." 로스토프는 이 말을 입 밖으로 꺼내는 데 큰 수고가 드는 것처럼 말하고는 옆 테이블에 자리를 잡고 앉았다.

두 사람은 아무 말도 하지 않았다. 방에는 독일인 두 명과 러시아 장교 한 명이 있었다. 모두들 말이 없었고, 접시에 부딪치는 포크 소리와 중위가 쩝쩝거리는 소리만 들렸다. 첼랴닌은 식사를 끝내자 호주머니에서 두 겹으로 된 지갑을 꺼내 위쪽으로 구부러진 작고 하얀 손가락으로 쥠쇠를 열고는 금화 한 닢을 꺼냈다. 그리고 눈썹을 약간 치켜 올리며 하인에게 돈을 내밀었다.

"얼른 계산해 주게." 그가 말했다.

금화는 새것이었다. 로스토프는 자리에서 일어나 첼랴닌에게 다가갔다.

"지갑을 좀 보여 주시겠습니까?" 그는 들릴락 말락 한 조용한 목소리로 말했다.

첼랴닌은 시선을 피하며, 그러나 여전히 눈썹을 치켜 올린 채 지갑을 건넸다.

"네, 멋진 지갑이지요……. 네…… 그래요……." 그가 말했다. 갑자기 얼굴이 창백해졌다. "자, 봐요, 젊은이." 그는 이렇게 덧붙였다.

로스토프는 지갑을 손에 쥐고 그것과 그 안에 든 돈과 첼랴닌을 찬찬히 살펴보았다. 중위는 습관대로 주위를 빙 둘러보더니 갑자기 매우 즐거워하는 듯 보였다.

"빈에 가게 되면 이 돈을 전부 써 버릴 겁니다. 하지만 이런 시시한 촌구석에서는 쓸데가 없군요." 그가 말했다. "자, 주시죠, 젊은이, 이제 가야겠습니다."

로스토프는 잠자코 있었다.

"그런데 당신은 웬일입니까? 당신도 식사를 하려고요? 음식이 꽤 좋습니다." 첼랴닌은 계속 말했다. "그럼 주시죠."

그는 손을 내밀어 지갑을 잡았다. 로스토프는 지갑을 손에서 놓았다. 첼랴닌은 지갑을 가져다 승마 바지 주머니에 넣었다. 눈썹이 무심하게 올라가고 입이 살짝 벌어졌다. 마치 '그래, 그래. 난 내 지갑을 주머니에 넣고 있어. 이건 매우 단순한 일이지. 이 일은 아무와도 상관없어.'라고 말하는 듯했다.

"그런데 왜 그럽니까, 젊은이?" 그는 한숨을 내쉬더니 눈썹을 치켜세우고 눈을 치뜨며 로스토프의 눈을 흘깃 보았다. 눈동자의 어떤 광채가 전기 섬광처럼 빠르게 첼랴닌의 눈동자에서 로스토프의 눈동자로, 그리고 그 반대로, 또 반대로, 또 반대로 빠르게 내달렸다. 모든 것은 한순간에 일어났다.

"이쪽으로 오시죠." 로스토프가 첼랴닌의 팔을 잡으며 말했다. 그는 첼랴닌을 창가로 끌고 가다시피 했다. "이것은 제니소프의 돈입니다. 당신이 가져갔죠……." 로스토프가 첼랴닌의 귓가에 소곤거렸다.

"뭐요? 뭐라고요? 어떻게 감히 그런 말을? 뭐라고 했습니까?" 첼랴닌이 말했다.

그러나 그 말은 애처롭고 절망적인 비명이자 용서를 구하는 애원으로 들렸다. 그 목소리를 듣는 순간 의심의 커다란 돌덩이가 로스토프의 영혼에서 떨어져 나갔다. 그는 기쁨을 느꼈다. 그와 동시에 자기 앞에 선 불행한 남자가 가엾다는 생각도 들었다. 그러나 시작한 일이니 끝까지 매듭을 지어야 했다.

"여기 있으면 사람들이 어떻게 생각할지 모르니까요." 첼랴닌이 군모를 움켜쥐고 작은 빈방으로 걸음을 옮기면서 웅얼거렸다. "서로 해명을 해야 할 것 같은데……."

"난 알고 있습니다. 내가 그것을 증명해 보이겠습니다." 로스토프가 말했다.

"난……."

두려움으로 창백해진 첼랴닌의 얼굴 근육이 온통 부들부들 떨리기 시작했다. 시선은 계속 이리저리 움직였으나 로스토프의 얼굴에 이르지 못하고 아래쪽 어딘가를 향했다. 그리고 흐느낌이 들려왔다.

"백작! 파멸만은…… 한 젊은이의…… 여기 이 재수 없는 돈을…… 가져가요……." 그는 돈을 테이블에 던졌다. "나에겐 노부모가 있습니다!"

로스토프는 첼랴닌의 눈을 피하며 돈을 집어 들고는 한마디도 하지 않고 방을 나섰다. 그러나 문가에서 걸음을 멈추고 다시 되돌아왔다.

"아, 하느님!" 그는 두 눈에 눈물을 글썽이며 말했다. "어떻게 이런 짓을 할 수 있습니까?"

"백작." 첼랴닌이 사관후보생에게 다가서며 말했다.

"내 몸에 손대지 말아요." 로스토프는 몸을 피하며 중얼거렸다. "필요하다면 이 돈을 가져가십시오." 로스토프는 첼랴닌에게 지갑을 던지고 선술집에서 뛰쳐나갔다.

# 5

그날 저녁 제니소프의 숙소에 기병 중대의 장교들이 모여 활발한 대화를 나누었다.

"로스토프, 당신에게 말해 두는데 당신은 연대장 앞에서 용서를 빌어야 합니다." 희끗한 머리칼, 커다란 콧수염, 굵직한 윤곽의 주름투성이 얼굴을 지닌 훤칠한 이등 대위가 흥분으로 새빨개진 로스토프를 향해 말했다.

이등 대위 키르스텐은 명예 문제 때문에 두 차례 병사로 강등되었다가 두 차례 복권된 사람이었다.

"누구든 날 거짓말쟁이라고 말하게 내버려 두지 않겠습니다!" 로스토프가 큰 소리로 부르짖었다. "연대장은 내가 거짓말을 한다고 하더군요. 나도 연대장에게 말했습니다, 거짓말을 하는 건 당신이라고. 앞으로도 그냥 이런 상태로 남겠죠. 연대장은 날마다 나에게 당직 근무를 시킬 수도 있고 날 영창에 집어넣을 수도 있습니다. 하지만 아무도 나로 하여금 사과하게 만들 수는 없습니다. 왜냐하면 그분이 나와의 결투에 응하는 것을 연대장인 자신에게 걸맞은 행동이 아니라고 생각한다면, 그럼……."

"이보시오, 잠깐, 내 말을 들어요." 이등 대위는 침착하게 긴 콧수염을 매만지며 특유의 굵은 저음으로 로스토프의 말을 가로막았다. "당신은 다른 장교들이 있는 자리에서 연대장에게 말했습니다. 한 장교가 도둑질을 했다고 말이죠…….”

"다른 장교들 앞에서 대화가 시작된 것은 나의 잘못이 아닙니다. 그 사람들 앞에서 이야기하지 말았어야 했는지도 모르지요. 하지만 난 외교관이 아닙니다. 내가 경기병이 된 것도 이곳에서는 세세한 일에 신경을 쓸 필요가 없다고 생각했기 때문입니다. 그런데 연대장이 나더러 거짓말을 한다고 말합니다……. 그러니 그분에게 결투 신청을 받아도 괜찮습니다……."

"다 좋아요. 아무도 당신을 겁쟁이라고 생각하지 않습니다. 그런데 문제는 그게 아니에요. 제니소프에게 물어보시죠. 사관후보생이 연대장에게 결투를 신청한다는 게 어떤 건지 말입니다."

제니소프는 콧수염을 잘근잘근 씹으며 그 문제에 끼어들고 싶지 않은 듯 침울한 표정으로 대화를 듣고 있었다. 그는 이등 대위의 질문에 못마땅하다는 뜻으로 고개를 저었다.

"당신이 장교들 앞에서 연대장에게 그런 무례한 말을 하니까 보그다니치(사람들은 연대장을 보그다니치라고 불렀다.)가 당신의 콧대를 꺾은 겁니다." 이등 대위가 말했다.

"콧대를 꺾은 게 아닙니다. 연대장은 내가 거짓말을 한다고 말했어요."

"자, 그러니까 당신도 연대장에게 어리석은 말을 했으니 용서를 구해야 합니다."

"뭣 때문에요!" 로스토프가 소리쳤다.

"당신에게서 그런 말을 들으리라고는 생각도 못 했습니다." 이등 대위가 진지하고 엄하게 말했다. "당신은 용서를 구하고 싶어 하지 않는군요. 이봐요, 당신은 연대장뿐 아니라 연대 전체에, 우리 모두에게 잘못을 범한 겁니다. 말하자면 이런 거죠. 당신이 이 문제를 어떻게 해결할지 곰곰이 생각하고 조언을 구했다면 좋았을 텐데……. 하지만 당신은 노골적으로, 그것도 장교들 앞에서 불쑥 말해 버렸습니다. 연대장은 이제 어떻게 해야 할까요? 그 장교를 재판에 회부해서 연대 전체의 명예에 먹칠을 해야 할까요? 불한당 한 명 때문에 연대 전체의 이름을 더럽혀야 합니까? 그것이 당신의 견해인가요? 우리 생각은 그렇지 않습니다. 보그다니치도 훌륭했습니다. 당신이 거짓말을 한다고 말한 것 말입니다. 불쾌하죠. 그래도 어쩌겠습니까? 당신이 싸움을 건걸요. 다들 이 일을 어물쩍 넘기고 싶어 하는 지금 같은 때, 당신은 자존심 때문에 용서를 빌려 하지 않고 모든 것을 말해 버리고 싶어 합니다. 당신은 당직 근무를 서게 된 것에 모욕을 느낍니다. 하지만 당신이 선임인 성실한 장교에게 사죄하는 것이 어떻단 말입니까! 보그다니치가 어떻게 행동했든 결국 그 사람은 성실하고 용맹한 선임 지휘관입니다. 그런데도 당신은 화를 내고 있어요. 당신은 연대의 이름이 더럽혀져도 아무렇지 않습니까!" 이등 대위의 목소리가 떨리기 시작했다. "이봐요, 당신은 바로 얼마 전에 연대로 왔습니다. 지금은 이곳에 있지만 내일이면 부관이되어 어딘가로 옮겨 갈지도 모르지요. 사람들이 '파블로그라드 연대의 장교들 가운데 도둑이 있다!'라고 말해도 당신은 상관하지 않겠죠. 우리는 그 문제에 무심할 수 없습니다. 그렇지 않은가요, 제니소프? 어찌 되든 상관없다고는 할 수 없잖습니까?"

제니소프는 반짝이는 검은 눈동자로 이따금 로스토프를 쳐다보기만 할 뿐 계속 입을 꾹 다문 채 꼼짝도 하지 않았다.

"당신은 자존심이 소중해서 사죄도 하고 싶지 않겠죠." 이등 대위는 계속 말했다. "하지만 연대 안에서 성장했고 또 하느님이 허락하시면 이곳에서 죽음을 맞이할 우리 노인네들에게는 연대의 명예가 너무나 소중하단 말입니다. 보그다니치도 그 점을 알아요. 오, 얼마나 소중한지! 그러니 이렇게 하는 건 좋지 않아요. 좋지 않다고요! 당신이 모욕을 느끼든 말든 난 언제든 숨김없이 말할 겁니다. 좋지 않아요!"

그러고 나서 이등 대위는 자리에서 일어나 로스토프로부터 고개를 돌렸다.

"사실이야, 빌어먹을!" 제니소프가 벌떡 일어나며 소리쳤다. "그건 거야, 고스토프, 그건 거가고."

로스토프의 얼굴이 붉어졌다 창백해졌다 했다. 그는 두 장교를 번갈아 보았다.

"아닙니다, 여러분, 아니에요…… 그렇게 생각하지 말아 주십시오…… 나도 잘 압니다 여러분은 나에 대해 잘못 생각하고 있습니다…… 나는…… 나를 위해…… 나는 연대의 명예를 위해…… 어떻게 해야 할까요? 정말로 보여 드리겠습니다, 나에게도 연대 깃발의 명예는…… 네, 아무래도 좋습니다, 정말입니다, 내가 잘못했습니다!" 로스토프의 눈에 눈물이 고였다. "나의 잘못입니다. 전부 나의 잘못입니다. 저, 이제 무엇을 더 해야……?"

"그것으로 됐습니다, 백작!" 이등 대위는 돌아서서 커다란 손으로 로스토프의 어깨를 툭 치며 외쳤다.

"자네에게 늘 말했잖아." 제니소프가 외쳤다. "저 녀석은 훌륭한 청년이고."

"그러는 편이 더 좋습니다, 백작님." 이등 대위는 로스토프가 잘못을 시인했기 때문에 그에게 칭호를 붙인다는 듯 몇 번이고 되풀이하여 말했다. "가서 사과하십시오, 백작 각하."

"여러분, 무엇이든 하겠습니다. 어느 누구든 내게서 단 한마디도 듣지 못할 겁니다." 로스토프는 애원하는 목소리로 말했다. "하지만 용서를 빌 수는 없습니다. 맹세코 당신이 바라는 대로 할 수는 없어요! 어떻게 어린아이처럼 잘못을 빌고 용서를 구한단 말입니까?"

제니소프가 웃음을 터뜨렸다.

"당신이 불리합니다. 보그다니치는 마음속에 앙심을 담아 두는 사람이에요. 고집을 부리면 보복을 당할 겁니다." 키르스텐이 말했다.

"맹세코 고집이 아닙니다! 이것이 어떤 감정인지 당신에게 설명할 수 없군요. 설명을 못 하겠어요……."

"그럼 마음대로 하십시오." 이등 대위가 말했다. "도대체 그 불한당은 어디로 사라진 겁니까?" 그가 제니소프에게 물었다.

"아프다고 했다는군. 내일 명경에 따가 제대할 거야." 제니소프가 말했다.

"그렇다면 병입니다. 달리 설명할 방법이 없군요." 이등 대위가 말했다.

"병이건 아니건 내 눈에 띄기만 해 봐. 죽여 버릴 테니까!" 제니소프가 잔인하게 외쳤다.

제르코프가 방으로 들어왔다.

"자네, 어쩐 일이야?" 장교들이 들어오는 사람을 홱 돌아보며 말했다.

"출정이야, 제군들. 마크가 투항했어. 그것도 군대 전체와 함께."

"거짓말!"

"내 눈으로 봤어."

"어떻게? 살아 있는 마크를 본 건가? 손과 발이 붙어 있는?"

"출정이다! 출정! 이런 소식을 가져왔는데 술 한 병 줘야지. 자네는 어쩌다 이런 곳에 떨어졌나?"

"그 빌어먹을 마크 때문에 다시 연대로 쫓겨 왔어. 오스트리아 장군이 불평을 했거든. 내가 마크의 귀환을 축하했다고 말이야……. 자네는 왜 그래, 로스토프? 목욕탕에서 나온 사람 같아."

"이곳은 이틀째 어수선해."

연대 부관이 들어와 제르코프가 가져온 소식을 확인해 주었다. 다음 날 출정하라는 명령이 떨어진 것이다.

"출정이다, 제군들!"

"그것참, 다행이군, 너무 오래 죽치고 있었어."

# 6

쿠투조프는 인강(브라우나우에 있는)과 트라운강(린츠에 있
는)의 다리들을 등 뒤로 파괴하며 빈을 향해 퇴각했다. 10월
23일 러시아군은 엔스강을 건너고 있었다. 정오 무렵 러시아
군의 수송 대열과 화포와 종대는 엔스시를 가로지르며 다리
양쪽으로 뻗어 있었다.

　비가 내리는 훈훈한 가을날이었다. 다리를 지킬 러시아 포
병 중대들이 배치된 고지 아래의 광활한 전망은 비스듬한 빗
줄기의 모슬린 커튼에 휙 가려졌다가 불쑥 드러나곤 했으며,
햇빛이 비치면 사물이 에나멜을 칠한 듯 멀리까지 또렷하게
보였다. 발아래로는 하얀 집과 빨간 지붕, 대교회당, 다리가
들어찬 작은 도시가 보였고, 다리 양옆으로는 러시아 군대가
떼를 지어 물 흐르듯 움직이고 있었다. 도나우강 굽이에는 배
와 섬, 그리고 도나우강과 합류하는 엔스강 하구의 물줄기에

에워싸인 성과 대정원이 보였다. 바위가 많고 소나무 숲으로 뒤덮인 도나우강의 왼쪽 연안, 아득히 먼 신비로운 초록빛 우듬지, 담청색을 띤 골짜기가 보였다. 사람의 손을 타지 않은 듯한 소나무 원시림 위로 수도원의 첨탑이 솟아 나온 게 보이고, 저 멀리 엔스강 너머에 위치한 산에서 적군의 척후 기병들이 보였다.

고지에 배치된 대포들 사이에서 후위 부대의 책임자인 장군이 수행 장교와 함께 서서 망원경으로 지형을 관찰하고 있었다. 조금 뒤쪽에는 총사령관이 후위 부대로 파견한 네스비츠키가 대포의 포신에 걸터앉아 있었다. 그를 수행하는 코사크가 작은 가방과 수통을 건네자 네스비츠키는 장교들에게 피로그와 진짜 도펠큄멜 술을 대접했다. 장교들은 반갑게 그를 에워쌌다. 축축한 풀 위에서 어떤 사람은 무릎을 꿇었으며 어떤 사람은 튀르크식으로 책상다리를 하고 앉았다.

"그래, 저기에 성을 지은 오스트리아 공작은 바보가 아니었어. 아주 좋은 장소야. 그런데 제군들, 왜 먹지 않나?" 네스비츠키가 말했다.

"정말 감사합니다, 공작님." 한 장교가 대답했다. 그는 이런 대단한 군사령부 참모와 이야기를 나누게 되어 기뻤다. "아름다운 곳입니다. 우리는 바로 저 대정원 옆을 지나다가 사슴 두 마리를 보았답니다. 저택은 또 얼마나 멋진지요!"

"보십시오, 공작님." 다른 장교가 말했다. 그는 피로그를 하나 더 집고 싶은 마음이 간절했지만 부끄러웠다. 그래서 지형을 둘러보는 척했다. "자, 보십시오. 우리 보병이 저기까지 진입했습니다. 저기 마을 뒤편의 작은 목초지에서 세 명이 무언가를 끌고 있지요. 저들은 저 대저택에 침투할 겁니다." 그는 동조하는 기색을 뚜렷이 보이며 말했다.

"그럼, 그렇고말고." 네스비츠키가 말했다. "아냐, 내가 해 보고 싶은 것은……." 그는 아름답고 촉촉한 입으로 피로그를 씹으며 덧붙였다. "바로 저곳에 숨어드는 거야."

그는 산 위로 첨탑들이 솟은 수녀원을 가리켰다. 그가 씩 웃었다. 눈이 가늘어지며 반짝반짝 빛나기 시작했다.

"정말 멋지겠지, 제군들!"

장교들이 웃음을 터뜨렸다.

"하다못해 저 어린 수녀들을 놀래 보기라도 했으면……. 사람들 말로는 어린 이탈리아 여자들이 있다더군. 정말이지 내 목숨에서 오 년은 기꺼이 내줄 수도 있는데!"

"그 여자들도 정말 심심할 겁니다." 점차 대담해진 한 장교가 낄낄거리며 말했다.

그사이 앞에 서 있던 수행 장교가 장군에게 무언가를 가리켜 보였다. 장군은 망원경으로 바라보았다.

"음, 과연, 과연 그렇군." 장군은 눈에서 망원경을 떼고 어깨를 으쓱하며 성난 목소리로 말했다. "그래, 우리 병사들이 강을 건널 때 발포하겠군. 그런데 저놈들은 왜 꾸물거리지?"

맞은편에 적들이 육안으로 보이고, 그 포병 중대로부터 우유처럼 하얀 작은 연기가 피어올랐다. 연기에 이어 멀리서 포성이 들려왔다. 아군이 서둘러 강을 건너는 모습도 보였다.

네스비츠키는 숨을 헐떡이며 일어나 싱글싱글 웃으며 장군에게 다가갔다.

"뭐라도 드시지 않겠습니까, 각하?" 그가 말했다.

"상황이 좋지 않아." 장군은 그의 말에 대꾸도 하지 않고 말했다. "우리 군대가 늦장을 부렸어."

"제가 내려가 봐야 하지 않겠습니까, 각하?" 네스비츠키가 말했다.

"그래요, 그렇게 해 주시오." 장군은 이미 한번 상세하게 지시한 것을 다시 되풀이하여 말했다. "그리고 경기병들에게 말하시오. 내가 명령한 대로 마지막 병사들이 건넌 다음에 다리를 태우라고 말이오. 또 다리 위의 발화성 물질도 다시 한번 점검해 두라고 말이오."

"잘 알겠습니다." 네스비츠키가 대답했다.

그는 말을 지키는 코사크를 소리쳐 불러 가방과 수통을 치우라고 명령한 후 묵직한 몸뚱이를 가볍게 안장에 실었다.

"정말로 수녀들에게 들러 볼 거야." 그는 싱글벙글 웃으며 자신을 바라보는 장교들을 향하여 말하고는 구불구불한 샛길을 따라 산 아래로 내려갔다.

"자, 어디까지 날아가나 보시오, 대위!" 장군은 포병을 돌아보며 말했다. "따분함을 달래 줄 거요."

"포병들은 무기 앞으로!" 장교가 명령을 내리자 포병들이 즉시 쾌활하게 모닥불 주위에서 뛰어나와 포탄을 장전했다.

"1호 대포!" 명령이 들렸다.

1호 대포가 기세 좋게 뒤로 튕겨 나갔다. 대포가 귀를 먹먹하게 하는 금속성을 울리고 유탄이 언덕 아래 모든 아군의 머리를 휙 스치며 날아갔다. 그러나 멀리 적에게 이르지 못하고 도중에 떨어진 지점을 연기로 표시하며 폭발해 버렸다.

이 소리에 병사들과 장교들의 얼굴이 유쾌한 빛을 띠었다. 다들 일어나 마치 손바닥처럼 보이는 아래쪽 아군의 움직임과 앞쪽에서 그들을 향해 접근하는 적의 움직임을 지켜보았다. 그 순간 해가 구름 뒤에서 완전히 모습을 드러냈다. 그러자 외로운 포격의 그 아름다운 소리와 찬란한 햇살의 반짝임이 하나로 어우러져 활기차고 유쾌한 인상을 자아냈다.

# 7

적의 포탄이 벌써 두 발이나 다리 위를 지나치는 바람에 다리 위에서는 엄청난 혼잡이 벌어지고 있었다. 다리 한복판에는 말에서 내린 네스비츠키 공작이 육중한 몸을 난간에 바짝 밀어붙이고 서 있었다. 그는 껄껄 웃으며 부하인 코사크를 돌아보았다. 코사크는 말 두 마리의 고삐를 쥔 채 그의 뒤에 몇 발짝 떨어져 서 있었다. 네스비츠키 공작이 앞으로 움직이려 하자마자 다시 병사들과 마차들이 덮치듯 밀려와 또 한 번 그를 난간에 밀어붙였다. 그로서는 웃음을 짓는 것 말고 달리 어쩔 도리가 없었다.

"어이, 이봐, 형씨!" 코사크는 짐마차를 모는 수송 병사에게 말했다. 병사는 바퀴와 말 가까이에서 북적거리는 보병들을 밀쳐 내고 있었다. "어이, 자네! 아니, 잠깐 기다려. 봐, 장군님이 지나가셔야 하잖아."

그러나 장군이란 칭호에도 아랑곳하지 않고 수송대 병사는 길을 가로막은 병사들에게 소리를 질렀다.

　"어이! 동포들! 왼쪽으로 물러나. 잠깐 기다리란 말이야!"

　그러나 동포들은 서로 총검이 얽힌 채 어깨를 밀치면서 빽빽하게 한 덩어리를 이루어 잠시도 멈추지 않고 다리를 따라 움직였다. 난간 너머를 내려다본 네스비츠키 공작은 소란한 소리를 내며 빠르게 흐르는 그다지 높지 않은 엔스강의 물결을 보았다. 물결은 한데 어우러지기도 하고 잔물결을 일으키기도 하고 다리의 말뚝 주위에서 꺾이기도 하면서 앞서거니 뒤서거니 서로 뒤쫓고 있었다. 다리로 시선을 옮긴 그는 그만큼이나 똑같이 단조로운 살아 있는 물결을 보았다. 병사, 군복의 술, 먼지막이가 달린 원통형 군모, 배낭, 총검, 긴 라이플총, 군모 아래로 넓은 광대뼈와 푹 꺼진 뺨과 피로에 지친 무심한 표정을 드러낸 얼굴, 다리의 판자를 뒤덮은 끈끈한 진흙 위로 움직이는 발. 엔스강 물결 위로 흩어지는 하얀 물거품처럼 이따금 병사들의 단조로운 파도 사이로 망토를 걸친 장교들 ── 그들의 용모는 병사들과 확연히 구분되었다 ── 이 헤치고 지나갔다. 때로는 강물 위를 맴돌며 흘러가는 나무토막처럼 말을 타지 않은 경기병이나 졸병이나 주민이 보병들의 파도에 휩쓸려 다리를 지나가곤 했다. 때로는 강물 위를 둥둥 떠다니는 통나무처럼 짐을 가득 싣고 가죽 덮개를 씌운 중대용 혹은 장교용 짐마차가 사방을 에워싸인 채 미끄러지듯 지나가기도 했다.

　"뭐야, 저놈들, 둑이라도 터진 것 같군." 코사크는 무기력하게 서서 말했다. "저기에 네 녀석들이 아직도 많나?"

334

"한 명만 더 있으면 100만일걸!" 찢어진 외투 차림으로 가까이 지나가던 쾌활한 병사가 한쪽 눈을 찡긋하며 말하고는 시야에서 사라졌다. 뒤이어 다른 늙은 병사가 지나갔다.

"시방 그놈들('그놈들'이란 적을 뜻했다.)이 다리에 불을 지르면……." 늙은 병사는 전우를 돌아보며 우울하게 말했다. "너도 가려운 걸 잊을 것이여."

그러고 나서 그 병사가 지나갔다. 뒤이어 다른 병사가 짐마차를 타고 나타났다.

"제길, 각반을 어디에 처박아 두었더라?" 한 졸병이 짐마차 뒤에서 달리며 마차 뒤쪽을 손으로 뒤졌다.

그 병사도 짐마차와 함께 사라졌다.

그 뒤로 쾌활하고 얼근하게 취한 듯 보이는 병사들이 지나갔다.

"이봐, 그 녀석이 그놈의 이빨을 개머리판으로 불이 번쩍나게 내려치니까……." 외투 자락을 허리춤에 쑤셔 넣은 병사가 한 손을 크게 휘두르며 즐겁게 이야기했다.

"바로 그거야, 맛있는 햄." 다른 병사가 큰 소리로 너털웃음을 터뜨리며 말했다.

그리고 그들은 지나가 버렸다. 그래서 네스비츠키는 누구의 이빨에 주먹을 날린 건지, 햄이란 말이 무엇에 관한 것인지 알 수 없었다.

"어이구, 허둥지둥하는 꼴이라니! 놈이 차가운 것을 한 방 날리면 넌 다 죽었다고 생각하겠다." 부사관은 화가 나서 책망하며 말했다.

"아저씨, 포탄이 옆으로 스치고 날아가는 순간 전 바로 기절해 버렸다니까요." 입이 큰 젊은 병사는 간신히 웃음을 참으며 말했다. "정말로, 맹세코, 엄청 놀랐어요. 지독하게요!" 그 병사는 마치 자기가 놀란 것을 자랑하듯 떠벌렸다.

그 병사도 지나갔다. 그 뒤로 이제까지 지나간 것들과 다르게 생긴 짐마차가 왔다. 집 전체를 실은 듯 보이는 독일식 쌍두 포르시판[130]이었다. 독일인이 모는 포르시판 뒤에는 커다란 젖이 달린 아름다운 얼룩 암소가 매여 있었다. 깃털 이불 위에는 젖먹이를 안은 여자, 노파, 자주색이 돌 정도로 빨간 뺨을 지닌 젊고 건강한 독일인 아가씨가 앉아 있었다. 그 주민들은 특별 허가로 통행을 허락받은 듯했다. 모든 병사들의 눈이 여자들에게 쏠렸다. 짐마차가 한 걸음 한 걸음 이동하며 지나가는 동안 병사들이 하는 말이라고는 오직 두 여자에 관한 것뿐이었다. 모두의 얼굴에 거의 한결같이 여자들에 대한 추잡한 생각을 드러내는 웃음이 떠올라 있었다.

"저것 봐. 소시지 녀석도 떠나잖아!"

"마누라를 팔게나." 다른 병사가 마지막 음절을 강하게 발음하며 독일인을 향해 말했다. 독일인은 눈을 내리깐 채 노여움과 두려움이 뒤섞인 표정으로 성큼성큼 걸었다.

"저 여자, 잘도 차려입었군! 빌어먹을!"

"저기 저 여자들 옆에 있고 싶지, 페도토프!"

---

130) 독일어 'Vorspann'을 러시아어로 음차한 것이다. Vorspann은 머리말, 앞에서 끄는 말, 보조 기관차를 뜻한다.

"어떻게 알았나, 친구!"

"어디로 가십니까?" 사과를 먹던 보병 장교도 반쯤 웃는 얼굴로 아름다운 아가씨를 쳐다보며 물었다.

독일인 남자는 무슨 말인지 모른다는 뜻으로 눈을 감았다.

"원한다면 가져가십시오." 장교는 아가씨에게 사과를 건네며 말했다.

아가씨는 생긋 웃으며 그것을 집었다. 다리 위에 있던 모든 사람들과 마찬가지로 네스비츠키도 그 일행이 사라질 때까지 여자들에게서 눈을 떼지 못했다. 그들이 지나가자 또 똑같은 이야기를 지껄이는 똑같은 병사들이 밀어닥쳤고, 결국에는 다들 걸음을 멈추었다. 종종 있는 일이지만 연대의 짐마차를 끄는 말들이 다리가 끝나는 곳에서 주춤거리는 바람에 무리 전체가 기다려야만 했다.

"아니, 왜 멈춰? 도대체 질서가 없다니까!" 병사들이 말했다. "어디로 미는 거야? 제기랄! 기다리는 법이 없어. 놈들이 다리에 불을 지르면 상황이 더 나빠질 텐데. 봐, 장교님까지 밀고 있어." 제자리에 멈춰 선 사람들은 사방에서 서로 쳐다보며 웅성웅성 떠들고 출구를 향해 앞으로 계속 몸을 밀어 댔다.

다리 밑의 엔스 강물을 돌아보던 네스비츠키는 문득 여전히 낯설게 느껴지는 소리를 들었다. 빠르게 다가오는 커다란 무언가의, 물속으로 털썩 떨어지는 무언가의 소리를……

"야, 이놈아, 어디로 가냐!" 가까이 서 있던 병사가 소리 난 쪽으로 눈길을 돌리며 엄하게 말했다.

"어서 지나가라고 힘을 북돋는 거지." 다른 병사가 초조하게 말했다.

무리가 다시 움직이기 시작했다. 네스비츠키는 그것이 포탄이라는 것을 깨달았다.

"어이, 코사크, 말을 줘!" 그가 말했다. "어이, 제군들, 물러서! 비키라니까! 길을 비켜!"

그는 안간힘을 다하여 말이 있는 곳에 이르렀다. 그는 계속 소리를 지르면서 앞으로 나아갔다. 병사들이 길을 내주기 위해 몸을 움츠렸다가 다시 그를 바짝 밀며 발을 찼다. 그에게 바짝 붙어 선 사람들에게는 잘못이 없었다. 그들은 더욱 심하게 짓눌렸기 때문이다.

그 순간 뒤에서 목쉰 소리가 들렸다. "네스비츠키! 네스비츠키! 야, 이놈아!"

네스비츠키는 주위를 둘러보다 열다섯 걸음 정도 떨어진 곳에서 얼굴이 벌겋고 까만 머리칼은 헝클어지고 군모를 뒷덜미로 젖혀 쓰고 멘치크는 기세 좋게 한쪽 어깨에 걸친 바시카 제니소프를 발견했다. 그는 살아 있는 덩어리로 움직이는 보병들에게 가로막혀 있었다.

"이 빌어먹을 악마들에게 길을 비키가고 해!" 제니소프는 울화가 치미는 듯 핏발이 선 흰자위에 석탄처럼 까만 눈동자를 희번덕거리며 이리저리 두리번거리다 기병도를 칼집에 꽂은 채 휘두르며 소리를 질렀다. 얼굴만큼 빨개진 작은 맨손으로 기병도를 쥐고 있었다.

"어! 바샤!" 네스비츠키가 기쁘게 대답했다. "무슨 일이야?"

"중대가 지나갈 수 없잖아." 바시카 제니소프가 하얀 이를 심술궂게 드러내고는 자신의 아름다운 검은 말 베두인에게 박차를 가하며 외쳤다. 베두인은 총검이 살을 찌르는 통에 두 귀를 쫑긋거리고 콧김을 뿜고 재갈 밖으로 주위에 침을 튀기는 한편 덜컥덜컥 소리를 내며 발굽으로 다리의 판자를 찼다. 만약 말 탄 사람이 허락하기만 하면 당장이라도 난간을 훌쩍 뛰어넘을 것처럼 보였다.

"이건 뭐야? 양 떼 같잖아! 영각없는 양 떼고군! 물거서! 길을 비키간 말이야! 거기 서! 너 말이야, 짐마차, 제길! 칼고 베어 버릴 테다!" 그는 정말로 칼집에서 칼을 뽑아 마구 휘두르며 소리를 질렀다.

병사들은 겁에 질린 얼굴로 서로를 밀쳤다. 그리하여 제니소프는 네스비츠키와 합류하게 되었다.

"어쩐 일이야, 오늘은 안 취했네?" 네스비츠키가 말을 몰고 다가온 제니소프에게 물었다.

"취할 시간도 안 주잖아! 연대가 온종일 이기저기 질질 끌려다니고 있어. 전투가면 전투인 셈이야. 그렇지 않다면 도대체 이게 뭔지 악마나 알겠지!" 바시카 제니소프가 대답했다.

"자네, 오늘 정말 멋쟁이군!" 네스비츠키는 제니소프의 새 멘치크와 안장 깔개를 보며 말했다.

제니소프는 씩 웃으며 가죽 주머니에서 향수 냄새를 풍기는 손수건을 꺼내 네스비츠키의 코에 들이댔다.

"전투에 나가는데 어쩔 수 없잖아! 면도도 하고, 이도 닦고, 향수도 좀 뿌렸지."

코사크를 수행원으로 거느린 네스비츠키의 당당한 모습과

기병도를 휘두르며 필사적으로 외치는 제니소프의 과감함이
효력을 발휘하여 그들은 다리 쪽으로 헤치고 나아가며 보병
들의 발길을 멈추게 할 수 있었다. 네스비츠키는 출구에서 명
령서를 전달해야 할 연대장을 발견하고는 임무를 수행한 후
말을 돌렸다.

　길을 정리한 제니소프는 다리 끝에 멈춰 섰다. 친구들에게
가려고 기를 쓰며 한쪽 발을 구르는 수말을 무심하게 진정시
키면서 그는 맞은편에서 다가오는 기병 중대를 바라보았다.
마치 말 몇 마리가 함께 질주하듯 맑고 투명한 말발굽 소리가
다리의 판자를 따라 울려 퍼졌다. 장교를 선두로 한 줄에 네
명씩 정렬한 기병 중대는 다리를 따라 길게 늘어서서 맞은편
으로 빠져나가기 시작했다.

　행군을 저지당한 보병들은 사람들의 발에 짓밟힌 다리 옆
진흙탕에서 서로 밀치락달치락하며 다른 병과들이 서로 마주
칠 때 으레 드러내는 소원함과 조소가 뒤섞인 특유의 악의를
품고서, 그들 옆을 질서 정연하게 지나가는 말쑥하고 세련된
경기병들을 바라보았다.

　"멋쟁이 녀석들이군! 포드노빈스코예[131]나 가면 딱 어울리

<hr />

131) 18세기부터 19세기 초반에 걸쳐 모스크바의 노빈스키 수도원 부근
에서 매년 부활절 주간에 봄맞이 축제가 열렸다. 포드노빈스코예 축제
(podnovinskoe gulyanie는 '노빈스키 인근에서 열리는 축제'라는 뜻이다.)가
되면 넓은 들판에 간이식당, 주점, 찻집, 회전목마, 서커스와 광대극과 인형
극을 위한 무대가 설치되었다. 귀족이나 부유한 상인들이 들판의 끝자락에
서 화려하게 꾸민 마차를 몰고 나들이를 즐기기도 했다.

겠어!"

"저놈들은 아무짝에도 쓸모없어! 그저 전시용으로 끌려다 닐 뿐이야!" 다른 병사가 말했다.

"보병들, 먼지 날리지 마!" 경기병 한 명이 농담을 던졌다. 그가 탄 말이 껑충거리다 한 보병에게 진흙을 튀겼다.

"네놈의 등에 배낭을 지워서 행군을 두 번만 시키면 그 장식 끈도 너덜너덜해질걸." 보병은 소매로 얼굴에 묻은 진흙을 닦아 내며 말했다. "아니면 거기 앉아 있는 게 사람이 아니라 새인지도 모르고!"

"지킨, 참말이지 자네가 말을 타면 능숙하게 잘 몰 텐데 말이야." 상병이 배낭의 무게로 등이 굽은 야위고 자그마한 병사를 향해 농을 지껄였다.

"두 다리 사이에 막대기나 끼워. 그게 네놈을 위한 말이 될 거다." 경기병이 맞받아쳤다.

# 8

나머지 보병들은 입구에 깔때기 모양으로 밀려들어 서둘러 다리를 건너고 있었다. 마침내 짐마차들이 전부 지나가 혼잡이 줄었다. 그리고 마지막 대대가 다리에 진입했다. 제니소프의 중대에 속한 경기병들만 적과 대치하며 반대편에 남아 있었다. 맞은편 산에서 아득히 보이던 적군이 아래쪽 다리에서는 아예 보이지도 않았다. 강이 흐르는 협곡에서 보면 지평선이 0.5베르스타도 채 떨어지지 않은 맞은편 고지에서 끝나기 때문이었다. 앞쪽에는 황야가 있고, 그곳 여기저기에서 아군의 척후병인 코사크 무리가 움직이고 있었다. 갑자기 맞은편 고지에 난 길 위로 파란 군용 외투를 입은 군대와 대포가 나타났다. 프랑스군이었다. 코사크 척후 기병들은 급히 산 아래로 이동했다. 장교들과 제니소프 중대의 병사들은 다들 상관없는 이야기를 하면서 다른 곳을 보려고 애썼으나 저기 산에 무엇이 있을까에 대해서만 줄곧 생각하며 지평선에 나타난 반점을 계속 주시했다. 그들은 그것이 적군임을 알았다. 한낮을 넘기자 날씨가 다시 맑게 개었고, 태양은 도나우강과 그 주위를 에워싼 검은 산자락 위로 찬란하게 기울고 있었다. 고요했다. 이따금 산에서 나팔 소리와 적들의 함성이 날아들었다. 기병 중대와 적군 사이에는 몇 안 되는 척후 기병 외에 더 이상 아무도 없었다. 300사젠[132]가량의 텅 빈 공간이 기병 중대와 적을 갈라놓았다. 적군은 사격을 중지했다. 그러자 두 적을 가르는 준엄하고 위협적인, 접근할 수도 없고 눈에 보이지도 않는 선(線)이 더욱 선명하게 느껴졌다.

'산 자와 죽은 자의 경계를 떠올리게 하는 이 선을 한 발짝 넘어서면 미지와 고통과 죽음이 있다. 그런데 저편에는 무엇이 있을까? 저편에는 누가 있을까? 이 들판과 나무와 햇살에 반짝이는 지붕 너머 저편에는? 아무도 모른다. 알고 싶다. 이 선을 넘는 것이 두렵지만 넘어 보고 싶다. 너는 안다. 죽음 저편에 무엇이 있는지 필연적으로 깨닫게 되듯 네가 조만간 저 선을 넘어야 하고 저 선 너머 그곳에 무엇이 있는지 알아야 한다는 것을. 하지만 너 자신은 강인하고 건강하고 쾌활하고 흥분해 있으며, 똑같이 흥분과 생기에 넘치는 건강한 사람들에게 둘러싸여 있다.' 적군의 시야에 놓인 사람은 누구나 딱히 그렇게 생각하지 않는다 해도 그런 느낌을 받는다. 그리고 그 느낌은 그 순간 일어나는 모든 것에 독특한 광채와 유쾌하고

---

132) 제정 러시아 시대에 사용하던 길이 단위로 약 2미터다.

강렬한 인상을 더한다.

적군이 차지한 작은 언덕에서 포연이 보이더니 포탄이 경기병 중대의 머리 위로 휙 소리를 내며 날아갔다. 함께 서 있던 장교들은 그들의 자리로 흩어졌다. 경기병들은 열심히 말들을 정렬하기 시작했다. 기병 중대의 모든 것이 소리를 죽였다. 모두들 명령을 기다리며 앞쪽의 적군과 중대장을 바라보았다. 두 번째, 세 번째 포탄이 날아왔다. 경기병들을 노린 게 분명했다. 그러나 포탄은 규칙적이고 빠르게 휙휙 소리를 내며 경기병들 머리 위로 지나가 그 뒤의 어딘가에 부딪쳤다. 경기병들은 돌아보지 않았다. 그래도 포탄이 나는 소리가 들릴 때마다 똑같은 듯하면서도 제각기 다른 얼굴을 지닌 중대 병사들은 마치 명령이라도 받은 양 일제히 숨을 죽였으며, 포탄이 날아가는 동안에는 등자를 밟고 살짝 일어섰다가 다시 내려앉곤 했다. 병사들은 고개를 돌리지 않은 채 서로를 곁눈질하며 호기심 어린 눈으로 동료의 인상을 살피기도 했다. 제니소프부터 나팔수에 이르기까지 모든 사람의 입술과 턱 주위에 하나의 공통된 특징, 즉 초조와 흥분이 서로 다투는 기색이 드러났다. 기병 특무 상사는 병사들을 돌아보며 마치 벌을 주겠다고 위협이라도 하듯 얼굴을 찌푸렸다. 미로노프 사관후보생은 포탄이 날아갈 때마다 몸을 숙였다. 다리를 약간 다쳤어도 여전히 당당해 보이는 그라치크를 탄 채 대열의 왼쪽 측면에 있던 로스토프는 시험을 위해 많은 사람 앞에 불려 나가면서 자신이 남들보다 뛰어나다고 확신하는 학생 같은 행복한 표정을 짓고 있었다. 마치 자신이 포탄 아래에서도 얼마나 침착하게 서 있는지 관심을 가져 달라고 요청하듯 밝고 환한 표정으로 모든 사람들을 둘러보았다. 하지만 역시 입가에는 그의 의지를 거역하며 새롭고도 준엄한 어떤 것의 그 같은 기색이 떠올랐다.

"거기서 인사글 하는 게 누구지? 미고노프 사관후보생이군! 아니지, 날 보간 말이야!" 제자리에 가만히 있지 않고 기병 중대 앞에서 말을 탄 채 빙글빙글 돌던 제니소프가 버럭 소리를 질렀다.

들창코에 머리칼이 검은 바시카 제니소프의 얼굴, 작지만 탄탄한 체구, 칼집에서 뺀 기병도의 칼자루를 움켜쥔 강인한 팔뚝(털로 덮인 짧은 손가락들이 달린)은 여느 때와, 특히 술을 두 병 마신 후의 저녁나절과 조금도 다르지 않았다. 얼굴이 평소보다 좀 더 붉게 상기되었을 뿐이다. 그는 물을 마시는 새처럼 덥수룩한 머리를 치켜들고 작달막한 다리로 명마 베두인의 옆구리에 매정하게 박차를 가했다. 그러고는 마치 뒤로 쓰러질 듯이 빠르게 말을 몰며 기병 중대의 반대편 측면으로 가서 목쉰 소리로 피스톨을 점검하라고 외쳤다. 그는 키르스텐에게 다가갔다. 이등 대위는 어깨가 떡 벌어진 의젓한 암말을 타고 제니소프의 맞은편에서 천천히 오고 있었다. 콧수염이 긴 이등 대위는 여느 때처럼 진지했고, 오직 눈동자만이 평소보다 더 빛날 뿐이었다.

"자, 어떻습니까? 전투까지는 가지 않겠죠. 두고 보십시오. 아군이 후퇴할 겁니다." 그가 제니소프에게 말했다.

"제길, 도대체 뭘 하는 거야!" 제니소프가 투덜거렸다. "아,

고스토프!" 제니소프는 로스토프의 유쾌한 얼굴을 알아보고 사관후보생을 향해 소리쳤다. "자네가 그토록 기다리던 게 드디어 왔군!"

그러더니 제니소프는 사관후보생을 보게 되어 기쁜 듯 격려의 미소를 지었다. 로스토프는 더할 나위 없이 행복한 기분을 느꼈다. 그 순간 지휘관이 다리에 나타났다. 제니소프는 그를 향해 말을 몰았다.

"각하, 공격을 허락해 주십시오! 제가 놈들을 무찌르겠습니다!"

"이 상황에 공격이라니!" 지휘관은 성가신 파리를 쫓는 양 인상을 쓰며 심드렁한 목소리로 말했다. "그런데 왜 여기 있소? 보시오, 대열의 양 날개가 퇴각하고 있잖소. 중대를 이끌고 어서 후퇴하시오."

기병 중대는 다리를 건너 한 사람의 희생도 없이 사정거리에서 벗어났다. 뒤이어 산병선을 형성하고 있던 2중대가 이동했고, 마지막으로 코사크들이 철수했다.

파블로그라드 연대의 두 기병 중대는 다리를 건너자 차례차례 산으로 되돌아갔다. 연대장 카를 보그다노비치 슈베르트[133]가 제니소프의 기병 중대 쪽으로 말을 몰고 왔다. 첼랴닌

---

133) 카를 보그다노비치 슈베르트는 이 책 1부 5장, 15장, 16장에 이미 등장한 바 있다. 파블로그라드 경기병 연대 지휘관이며, 모스크바에 휴가차 왔다가 로스토프 백작의 청으로 니콜라이를 군대에 데려가는 인물로 설정되었다. 16장에서 러시아어 발음이 어눌한 독일인 출신으로 묘사되는데 제정 러시아 시대에는 외국인을 장교나 장군으로 영입하는 사례가 종종 있었다. 16

때문에 충돌한 이후 로스토프를 처음 보았는데도 로스토프에게는 눈길도 주지 않은 채 그와 멀지 않은 곳에서 천천히 말을 몰았다. 로스토프는 전선에, 그리고 이 순간 자신에게 죄의식을 느끼게 하는 사람의 권력 아래 놓여 있다는 것을 깨닫고 연대장의 탄탄한 등과 금발이 드리운 뒤통수와 붉은 목에서 눈을 떼지 않았다. 로스토프가 생각하기에 보그다니치는 그저 일부러 무관심한 척하는 것 같았고, 이 순간 그의 목적은 오로지 사관후보생의 용기를 시험하는 것인 듯했다. 그래서 로스토프는 허리를 꼿꼿이 세우고 쾌활하게 주위를 둘러보았다. 그가 느끼기에 보그다니치는 자신의 용맹함을 과시하려고 일부러 가까이 온 것 같았다. 로스토프는 적이 자신을 벌하기 위해 이제 곧 일부러 기병 중대를 무모한 공격에 내몰지도 모른다고 생각했다. 공격이 끝난 후 보그다니치가 부상을 입은 자신에게 다가와 관대하게 손을 내밀며 화해의 악수를 청하는 장면을 떠올려 보기도 했다.

파블로그라드 대원들에게 낯익은, 어깨를 높이 치켜 올린 제르코프(그는 얼마 전 연대를 떠났다.)의 형체가 연대장 쪽으로 가까이 다가왔다. 군사령부에서 쫓겨난 후 제르코프는 참모부에 있으면 아무 일 하지 않아도 더 많은 보수를 받을 수 있는데 전선에서 힘들게 고생할 바보가 아니라며 연대를 떠나더니 바그라치온 공작[134]의 연락 장교로 용케 들어갔다. 그가

---

장에서 역자는 슈베르트가 'ㄱ'을 'ㅋ'으로 발음한다고 설정하여 그의 어색한 러시아어를 표현하고자 했다. 2부 8장에서도 동일한 방식을 적용했다.
134) 표트르 이바노비치 바그라치온(Pyotr Ivanovich Bagration, 1765~

후위 부대의 지휘관으로부터 명령을 받아 옛 지휘관을 찾아온 것이다.

"연대장님." 그는 동료들을 돌아보면서 특유의 침울하고 심각한 태도로 로스토프의 적에게 말했다. "진군을 멈추고 다리를 소각하라는 명령입니다."

"누가 내린 명령입니까?" 연대장이 침울하게 물었다.

"누가 내린 명령인지 저는 잘 모릅니다, 연대장님." 기병 소위는 심각한 말투로 대답했다. "다만 공작님께서 이렇게 분부하셨습니다. '연대장에게 가서 전해. 경기병들을 이끌고 서둘러 되돌아가 다리를 소각하라고 말이야.'"

제르코프에 이어 수행 장교가 똑같은 명령을 가지고 경기병 연대장을 찾아왔다. 그리고 수행 장교에 이어 뚱뚱한 네스비츠키가 자신을 싣고 가까스로 질주하는 코사크 말을 타고 다가왔다.

"어떻게 된 겁니까, 연대장?" 그는 말을 멈추지 않은 채 소리쳤다. "내가 당신에게 다리를 태우라고 말하지 않았습니까? 누군가 잘못 전했군요. 저기에서는 다들 정신이 나가 뭐가 뭔지 전혀 모르고 있습니다."

연대장은 천천히 연대를 제자리에 멈춰 세우고 네스비츠키에게 말했다.

---

1812). 러시아 장군. 이탈리아 북부에서 수보로프와 함께 복무했고, 1805~1807년의 모든 원정에 참가했으며, 1809년 재개된 튀르크 전쟁에서 지휘관을 맡았다. 나폴레옹의 침공 중에는 러시아의 3군 가운데 2남부군 지휘관이었다. 보로지노 전투에서 치명상을 입고 전사했다.

"당신은 나에게 발화성 물질에 대해서만 말했습니다. 불을 지르는 것에 대해서는 아무 말도 하지 않았습니다."

"이봐요, 도대체 무슨 말을 하는 겁니까, 아저씨!" 네스비츠키가 말을 세우고는 군모를 벗고 투실투실한 손으로 땀에 젖은 머리칼을 매만지며 말했다. "말도 안 됩니다. 당신들이 발화성 물질을 설치하는데 내가 다리를 태우란 말을 하지 않았단 말입니까?"

"난 당신 '아저씨'가 아닙니다, 참모 장교님. 그리고 당신은 내게 다리를 태우란 말을 하지 않았습니다! 난 직무에 대해 잘 알고 있습니다. 명령을 엄격하게 수행하는 것이 나의 습관이기도 하고요. 당신은 다리가 태워질 커라고 말했습니다. 성령님을 컬고 말하는데 누카 태우기로 했는지에 대해서는 난 지큼도 모르겠습니다."

"참, 항상 이런 식이라니까." 네스비츠키는 손을 내저으며 말했다. "자네는 왜 여깄나?" 그가 제르코프를 돌아보았다.

"그야 똑같은 용건 때문이지. 그런데 자네 말이야, 축축하게 젖었군그래. 내가 자네를 꽉 짜 주지."

"참모 장교님, 당신이 말하키를……." 연대장은 성난 어조로 계속 말했다.

"연대장." 수행 장교가 말을 가로막았다. "서둘러야 합니다. 그러지 않으면 적이 산탄의 사정거리 안으로 대포를 전진시킬 겁니다."

연대장은 말없이 수행 장교와 뚱뚱한 참모 장교와 제르코프를 번갈아 바라보고 얼굴을 찌푸렸다.

"제가 다리를 태우겠습니다." 그는 엄숙한 어조로 말했다. 마치 이런 어조를 통해 온갖 불쾌한 일을 당했지만 그래도 난 의무를 다하겠다는 뜻을 드러내려는 것 같았다.

연대장은 마치 이 모든 게 말의 잘못이라는 듯 근육질의 긴 다리로 말을 걷어차더니 앞으로 나와 2중대에, 로스토프가 제니소프의 지휘 아래 복무하는 바로 그 중대에 다리로 되돌아가라고 명령했다.

'음, 역시 그렇군.' 로스토프는 생각에 잠겼다. '연대장은 나를 시험하고 싶어 해.' 그의 심장이 죄었고 피가 얼굴로 솟구쳤다. '내가 겁쟁이인지 아닌지 두고 보라지.' 그는 생각했다.

포탄 아래 있는 동안 어렸던 진지한 특징이 또다시 모든 중대원들의 쾌활한 얼굴에 나타났다. 로스토프는 자신의 적인 연대장에게서 눈을 떼지 않고 계속 바라보며 그 얼굴에서 자신의 추측에 대한 확증을 찾으려 했다. 그러나 연대장은 한 번도 로스토프를 쳐다보지 않았으며, 전선에 있을 때면 언제나 그렇듯 준엄하고 엄숙한 모습이었다. 명령이 들렸다.

"서둘러! 서둘러!" 주위에서 몇몇 목소리가 말했다.

경기병들은 기병도를 고삐에 매달고 박차를 울리며 자신들이 무엇을 하게 될지도 모른 채 서둘러 말에서 내렸다. 경기병들은 성호를 그었다. 로스토프는 더 이상 연대장을 보지 않았다. 그럴 여유가 없었다. 그는 두려웠다. 자신이 경기병들에게 뒤처지지 않을까 심장이 멎을 만큼 두려웠다. 말 당번병에게 말을 넘기는 손이 바들바들 떨렸다. 피가 쿵쿵 소리를 내며 심장으로 몰리는 느낌이었다. 제니소프가 말 위에서 몸을 뒤로 젖힌 채 뭐라고 소리를 지르며 그의 옆을 지나갔다. 로스토프의 눈에는 박차를 달고 기병도를 절그럭거리며 주위에서 달리는 경기병들 외에 아무것도 보이지 않았다.

"들것!" 누군가의 목소리가 뒤에서 외쳤다.

로스토프는 들것을 가져오라는 말이 무슨 뜻인지 생각하지 않았다. 그저 선두를 차지하려고 애쓰며 계속 달렸다. 그러나 발아래를 보지 않던 그는 바로 다리 옆에서 사람들의 발에 짓밟힌 질척이는 진흙탕에 빠져 비틀거리다 손으로 땅을 짚고 넘어졌다. 다른 사람들이 그를 지나쳐 달렸다.

"양쪽으로, 대위." 연대장의 목소리가 들렸다. 앞쪽에서 말을 달리던 연대장은 다리에서 멀지 않은 곳에 멈춰 서서 말을 탄 채로 의기양양하고 통쾌한 표정을 짓고 있었다.

로스토프는 더러워진 손을 군복 바지에 닦으며 자신의 적을 쳐다보았다. 그는 멀리 앞서 달릴수록 좋을 거라고 생각하며 더 달리기를 원했다. 그러나 보그다니치는 로스토프를 쳐다보지도, 알아보지도 못하면서 그를 향해 외쳤다.

"다리 한카운데에서 뛰고 있는 게 누쿠야? 오른쪽으로 붙어! 사콴후보생, 뒤로!" 그는 격분하여 소리치고는 용기를 과시하며 말을 탄 채 다리의 판자 위로 들어서는 제니소프를 돌아보았다.

"어째서 그런 위험한 짓을 합니까, 대위! 말에서 내려오는 케 좋겠습니다." 연대장이 말했다.

"뭐, 다 팔자소관입니다." 바시카 제니소프가 안장 위에서 돌아보며 대답했다.

한편 네스비츠키와 제르코프와 수행 장교는 사정거리 밖에 함께 서서 노란 원통형 군모, 끈으로 수를 놓은 암녹색 경기병 상의, 파란 승마 바지 차림으로 다리 옆에서 꿈틀거리는 사람들의 그 작은 무리를 보기도 하고, 멀리서 접근하는 프랑스군의 파란 군용 외투와 말을 거느린 몇몇 무리를 보기도 했다. 그들이 대포를 운반하는 중인 것은 쉽게 알아차릴 수 있었다.

'다리를 태울까 못 태울까? 누가 먼저일까? 저들이 달려가서 다리를 태울까, 아니면 프랑스인들이 산탄 사정거리에 접근해 저들을 죽일까?' 다리 위쪽에 서서 찬란한 석양빛에 비친 다리, 경기병들, 맞은편, 그리고 그들 쪽으로 다가오는 프랑스군의 파란색 군용 외투와 총검과 대포를 내려다보던 대규모 부대의 군인들은 제각기 자기도 모르게 심장이 멎는 듯한 느낌 속에서 스스로에게 이런 질문들을 던졌다.

"아! 경기병들이 당하겠군!" 네스비츠키가 말했다. "이제 충분히 산탄의 사정거리에 들겠어."

"그자가 쓸데없이 너무 많은 인원을 데리고 갔습니다." 수행 장교가 말했다.

"사실 저기에는 패기 있는 젊은 놈을 두어 명만 보내도 되는데 말이야." 네스비츠키가 말했다.

"아, 각하." 제르코프가 경기병들에게서 눈을 떼지 않은 채, 그러나 여전히 그의 말이 진지한지 아닌지 짐작할 수 없게 만드는 유치한 태도로 말참견을 했다. "아, 각하! 어떻게 그런 식으로 판단할 수가! 두 사람만 보내면 도대체 누가 우리 같은 사람들에게 리본 달린 블라지미르 훈장[135]을 주겠습니까? 이런 식으로 해서 저들이 격파된다 해도 본인은 기병 중대를 대표하여 리본 쪼가리를 받을 수 있을 테죠. 우리의 보그다니치는 규칙을 잘 알아요."

"앗, 산탄이다!" 수행 장교가 말했다.

그는 포차의 앞바퀴에서 분리해 서둘러 배치한 프랑스군의 대포를 가리켰다.

대포가 있는 프랑스군 쪽 몇몇 무리에서 작은 연기가 보였다. 그와 거의 동시에 두 번째, 세 번째 연기가 피어올랐다. 첫 번째 발포 소리가 도착한 순간 네 번째 연기가 보였다. 발포 소리가 두 번 연이어 들리더니 곧 세 번째 소리가 들렸다.

"오, 오!" 네스비츠키는 수행 장교의 손을 움켜쥐며 마치 타는 듯한 통증을 느끼는 양 "오, 오." 하는 소리를 내뱉었다. "봐, 한 명이 쓰러졌어. 쓰러졌어, 쓰러졌다고!"

"두 명 같은데?"

"내가 차르라면 절대 전쟁을 하지 않을 텐데." 네스비츠키가 고개를 돌리며 말했다.

프랑스군은 다시 서둘러 대포에 포탄을 장전했다. 파란 군용 외투를 입은 보병들은 다리 쪽으로 달음질하며 전진했다. 다시, 그러나 다양한 간격으로 작은 연기들이 피어오르고 다

---

135) 1782년 예카체리나 대제가 재위 20년을 기념하기 위해 제정한 성 블라지미르 훈장을 가리킨다. 이 훈장은 문관과 무관 모두에게 수여했다. 성 블라지미르는 키예프루스 공국의 대공으로 그리스도교 중 한 분파인 정교(Orthodox christianity)를 키예프루스의 국교로 제정했다.

리 위에서 산탄이 탁 탁탁 소리를 냈다. 그러나 이번에는 네스비츠키도 다리에서 무슨 일이 벌어지는지 볼 수 없었다. 다리에서 짙은 연기가 올랐다. 경기병들은 가까스로 다리에 불을 질렀다. 그리고 프랑스군 포병 중대는 더 이상 방해하기 위해서가 아니라 대포가 조준되고 쏠 대상이 있다는 이유로 경기병들을 향해 포탄을 쏘아 댔다.

프랑스인들은 경기병들이 말 당번병에게로 돌아가기 전에 산탄을 세 번 쏘는 데 성공했다. 두 번의 일제 사격은 부정확하여 산탄이 모두 머리 위로 넘어갔으나 마지막 발사는 경기병 무리 한가운데에 떨어져 세 명을 쓰러뜨렸다.

자신과 보그다니치의 관계를 걱정하던 로스토프는 무엇을 해야 할지 모른 채 다리에 멈춰 섰다. 칼로 벨(그는 언제나 전투를 그런 식으로 상상했다.) 사람도 없었고, 다른 병사들처럼 짚을 꼰 끈을 가져오지 않아 다리의 소각을 도울 수도 없었다. 그가 주위를 둘러보며 서 있는 동안 갑자기 다리에서 호두를 뿌리는 듯한 소리가 나더니 그와 가장 가까이 있던 경기병이 신음 소리를 내며 다리 난간 위로 쓰러졌다. 로스토프는 다른 사람들과 함께 그에게 달려갔다. 다시 누군가가 부르짖었다. "들것!" 네 사람이 경기병을 붙잡고 들어 올렸다.

"우우우! 제발, 그만!" 부상병이 소리를 질렀다. 그러나 사람들은 그를 들어 들것에 실었다.

니콜라이 로스토프는 고개를 돌리고 무언가를 찾기라도 하듯 저 멀리 도나우강과 하늘과 태양을 바라보았다! 하늘은 얼마나 멋지고 푸르고 고요하고 깊어 보이는가! 저무는 태양은 얼마나 찬란하고 장엄한가! 멀리 보이는 도나우 강물은 얼마나 은은하게 반짝이는가! 그리고 도나우강 너머 멀리 보이는 담청색 산들, 수도원, 신비로운 골짜기, 꼭대기까지 안개에 싸인 소나무 숲은 한층 더 아름답다……. 저곳은 고요하고 행복하구나……. '난 아무것도, 아무것도 바라지 않을 텐데, 정말 아무것도 바라지 않을 텐데, 내가 저곳에 있을 수만 있다면…….' 로스토프는 생각했다. '나 한 사람과 저 태양에는 너무나 행복이 충만한데 이곳에는…… 신음 소리, 고통, 두려움, 그리고 이 모호함과 이 부산스러움……. 또 사람들이 뭐라고 부르짖는다. 또다시 모두들 뒤쪽 어딘가로 달려갔다. 나도 사람들과 함께 달리고 있다. 바로 여기에 그것이, 여기에 그것이, 죽음이 있다. 내 위에, 내 주위에……. 순식간에 나는 저 태양을, 저 강물을, 저 골짜기를 다시는 보지 못하겠지…….'

바로 그 순간 태양이 구름 너머로 서서히 모습을 감추었다. 로스토프의 앞쪽에 들것이 여러 개 나타났다. 죽음과 들것에 대한 공포, 태양과 삶에 대한 사랑, 이 모든 것이 하나의 병적이고 불안한 인상으로 어우러졌다.

'하느님! 거기, 하늘에 계신 분이시여, 저를 구해 주소서, 저를 용서하고 보호해 주소서!' 로스토프는 혼잣말을 중얼거렸다.

경기병들이 말 당번병들에게 달려갔고, 목소리는 점점 커지다 차츰 조용히 잦아들었고, 들것들이 시야에서 사라졌다.

"어때, 친구, 화약 냄새글 맡았나?" 바시카 제니소프의 목소리가 로스토프의 귓가에서 쩌렁쩌렁 울렸다.

'모든 게 끝났군. 하지만 난 겁쟁이다. 그래, 난 겁쟁이야.'

로스토프는 생각했다. 그러고는 무겁게 한숨을 쉬며 말 당번병의 손에서 한쪽 다리를 저는 그라치크를 넘겨받아 올라타려 했다.

"그게 뭐였지, 산탄인가?" 그가 제니소프에게 물었다.

"응, 게다가 굉장했지!" 제니소프가 큰 소리로 말했다. "잘해 냈어! 하지만 추악한 일이야! 공격은 멋진 일이지! 갈기갈기 난도질해 보라고. 하지만 이번에는, 빌어먹을, 과녁을 맞추듯 한다니까."

그러더니 제니소프는 로스토프에게서 멀지 않은 데 연대장, 네스비츠키, 제르코프, 수행 장교가 무리 지어 서 있는 곳으로 말을 몰고 가 버렸다.

'하지만 아무도 알아채지 못한 것 같군.' 로스토프는 혼자 속으로 생각했다. 사실 어느 누구도 전혀 알아차리지 못했다. 전투를 경험한 적 없는 사관후보생이 처음으로 느끼는 그 감정에 다들 익숙해 있었기 때문이다.

"자, 여기 당신이 보고할 거리가 있군요." 제르코프가 말했다. "지켜보십시오, 내가 육군 소위로 승진할지 못할지."

"내가 다리를 불태웠다고 콩작님께 보코하십시오." 연대장이 의기양양하고 유쾌하게 말했다.

"손실에 대해 물으시면?"

"사소합니다!" 연대장이 굵은 저음으로 말했다. "켱키병 두 명이 부상당했고, 한 명이 즉사했습니다." 그는 행복한 미소를 억누르지 못하고, 즉사라는 아름다운 단어를 낭랑하게 거침없이 내뱉으며 기쁜 듯이 말했다.

# 9

보나파르트가 지휘하는 10만 프랑스군에게 추격을 당하고, 주민들의 적대적인 태도에 부딪치고, 더 이상 동맹군을 신뢰할 수 없고, 식량 부족을 겪고, 전쟁의 모든 예상 조건들을 벗어나 행동할 수밖에 없게 되자 3만 5000명의 러시아군은 적에게 따라잡히면 행군을 멈추고 퇴각에 필요한 경우에만 후위 부대의 활약에 의지해 적을 물리치며 무거운 장비의 손실 없이 쿠투조프의 지휘 아래 도나우강을 따라 하류 쪽으로 부랴부랴 퇴각했다. 람바흐, 암슈테텐, 묄크에서 전투가 있었다.[136] 러시아군의 용맹함과 강인함은 그들과 맞붙은 적들도 인정할 정도였으나 이 전투의 결과는 고작 더 빠른 후퇴에 불

---

136) 이 세 지역의 전투에는 바그라치온 휘하의 6000명으로 이루어진 파견대가 참가했다. 바그라치온은 쿠투조프의 명으로 러시아군이 크렘스에서 츠나임으로 후퇴하는 동안 프랑스군을 붙잡아 두기 위해 파견되었다.

과했다. 울름 부근에서 간신히 포로 신세가 되는 것을 모면하고 브라우나우에서 쿠투조프와 합류한 오스트리아군은 이제 러시아군과 갈라진 상태였다. 그래서 쿠투조프는 오로지 피로로 기진맥진한 자신의 나약한 병력에 운명을 맡기게 되었다. 빈을 수호하는 것은 더 이상 생각조차 할 수 없었다. 새로운 학문, 즉 전술학의 법칙에 따라 심사숙고한 공격전 — 쿠투조프는 빈에 체류할 당시 오스트리아 궁정 전쟁 위원회로부터 이 공격전에 대한 계획서를 받았다 — 대신에 이 순간 쿠투조프의 머리에 떠오른 유일한, 거의 실현하기 힘든 목표는 울름 부근에서 마크가 겪은 것처럼 군대를 파멸시키지 않고 러시아에서 오고 있는 부대들과 합류하는 것이었다.

10월 28일 쿠투조프는 부대를 거느리고 도나우강 왼쪽 기슭으로 건너가서 강을 사이에 두고 프랑스군의 주력 부대와 대치한 채 처음으로 퇴각을 멈췄다. 30일에는 도나우강 왼쪽 강변에 주둔해 있던 모르티에[137] 사단을 공격하여 격파했다.

---

137) 에두아르 아돌프 카시미르 조제프 모르티에(Édouard Adolphe Casimir Joseph Mortier, 1768~1835). 1792~1793년 프랑스 혁명 전쟁 당시 북군에서 복무했다. 1804년 프랑스 제정군의 원수가 되었다. 울름, 뒤렌슈타인, 프리들란트의 전투에 참전했으며, 에스파냐 원정과 러시아 원정에도 참가했다. 프랑스 혁명 전쟁(1792~1802)은 프랑스 혁명으로 탄생한 프랑스 공화국 정부와 공화제를 반대하는 오스트리아, 프로이센, 영국, 러시아, 프랑스 왕당파 사이에 벌어진 전쟁이다. 오스트리아의 프랑스 혁명에 대한 간섭을 계기로 프랑스 혁명 정부(지롱드파 내각)가 오스트리아에 선전 포고(1792년 4월 20일)를 함으로써 시작되었고, 주요 전쟁터는 프랑스 북부와 동부, 네덜란드, 벨기에 북부, 이탈리아, 이집트 및 일부 식민지였다. 오스트리아-프로이센 연합군의 공격은 1792년 9월 20일 발미에서 중단되지만, 혁명의 과

러시아군은 이 전투에서 처음으로 전리품을 획득했다. 군기(軍旗), 대포, 적의 장군 두 명. 러시아군은 이 주 만에 처음으로 퇴각을 멈추었고, 전투 후에는 격전지를 사수했을 뿐 아니라 프랑스인들을 몰아내기까지 했다. 물론 군대는 의복도 제대로 갖춰 입지 못하고, 기진맥진하고, 낙오자와 사상자와 병자로 전투력의 3분의 1을 잃은 상태였다. 쿠투조프는 병자들과 부상자들을 적의 인류애에 맡긴다는 편지와 함께 그들을 도나우강 건너편에 남겨 두었다. 크렘스의 큰 병원들과 의무실로 변해 버린 저택들은 더 이상 모든 병자와 부상자를 수용할 수 없는 지경에 이르렀다. 이 모든 정황에도 불구하고 크렘스에서 퇴각을 멈추고 모르티에를 이겼다는 사실에 군대의 사기는 상당히 올라갔다. 러시아에서 출발한 부대들이 가까이 왔을지도 모른다, 오스트리아인이 승리를 거두었다, 보나파르트가 겁에 질려 후퇴했다 등 비록 오보이긴 하지만 더할 나위 없이 기쁜 소문들이 군대 전체와 군사령부에 퍼졌다.

---

격화(루이 16세의 처형)와 혁명군의 오스트리아령 네덜란드 침투로 인해 1793년 영국, 오스트리아, 프로이센, 에스파냐 등을 중심으로 1차 대프랑스 동맹이 결성되었다. 프랑스는 국가 체제 정비와 군사 혁신을 단행함으로써 반격을 가했고 모든 정치적, 경제적, 군사적 역량을 동원하여 일련의 전투에서 승리를 거두었다. 1796년 1차 이탈리아 원정에서 프랑스 총재 정부는 오스트리아군에 승리를 거두고, 같은 해 10월 17일 캄포포르미오 조약에 의해 오스트리아가 전쟁에서 탈퇴함으로써 1차 대프랑스 동맹은 붕괴되었다. 1798년 2차 대프랑스 동맹이 결성되어 프랑스가 열세에 처하자 이집트 원정에서 귀환한 나폴레옹이 최고 권력을 장악했다. 나폴레옹의 반격으로 오스트리아는 프랑스와 1801년의 뤼네빌 조약을 맺었고, 영국도 1802년 3월 25일 아미앵 조약에 응했다. 이로써 프랑스 혁명 전쟁은 종식되었다.

전투가 벌어지는 동안 안드레이 공작은 이번 전투에서 전사한 오스트리아의 슈미트 장군 옆에 있었다. 그가 탄 말이 다치고, 그도 한쪽 손에 총알로 인한 가벼운 찰과상을 입었다. 총사령관은 특별한 애정의 표시로 안드레이 공작을 이 승전 소식과 함께 오스트리아 궁정에 파견했다. 오스트리아 궁정은 프랑스 군대의 위협을 받던 빈이 아닌 브륀[138]에 있었다. 전투가 있던 날 밤 흥분하긴 했으나 피로를 느끼지 않았던 안드레이 공작(그는 튼튼해 보이는 체격이 아니었지만 가장 튼튼한 사람들보다도 육체적인 피로를 훨씬 더 잘 견뎌 냈다.)은 도흐투로프[139] 장군의 보고를 가지고 크렘스에 있는 쿠투조프에게 말을 타고 왔다가 그날 밤 브륀에 특사로 파견되었다. 특사로 파견된다는 것은 포상 외에도 승진을 향한 중요한 한 걸음을 뜻했다.

별이 가득한 어두운 밤이었다. 전투 당일인 전날에 내린 하얀 눈 사이로 거무스름하게 한 줄기 길이 보였다. 지나간 전투에 대한 인상들을 곱씹고, 자신이 승전 소식으로 불러일으키게 될 인상들을 즐겁게 상상하고, 총사령관과 동료들의 송별

---

138) 브륀은 오늘날 체코 공화국의 모라비아 지방에 속해 있으며 '브르노'라고 불린다.

139) 드미트리 세르게예비치 도흐투로프(Dmitri Sergeevich Dokhturov, 1756~1816). 러시아 장군. 아우스터리츠 전투에서 보여 준 행동으로 '철의 장군'이라는 별명을 얻었다. 보로지노 전투에서는 왼쪽 측면에서 치명상을 입은 바그라치온 장군을 대신하여 군대를 통솔했다. 말리 야로슬라베츠 전투에서 프랑스군은 도흐투로프의 기민한 작전 탓에 식량이 풍부한 칼루가로 향하는 대신 구(舊)스몰렌스크 가도로 퇴각해야 했다.

회를 떠올리기도 하면서 안드레이 공작은 역마차[140]를 타고 질주했다. 그는 오랫동안 기다리다가 마침내 갈망하던 행복의 시작을 손에 넣은 사람이 느꼈음 직한 감정을 맛보았다. 눈을 감자마자 라이플총과 대포의 포성이 귓가에 들렸고, 그 소리들은 삐걱거리는 바퀴 소리와 승리에 대한 감동과 하나로 어우러졌다. 러시아군이 달아나고 자신이 죽는 장면이 머릿속에 떠오르기도 했다. 그럴 때면 황급히 눈을 뜨고서 그런 일은 일어나지 않았고 오히려 프랑스인이 패하여 달아나고 있다는 사실을 행복한 기분으로 새삼스럽게 떠올리곤 했다. 그는 다시 승리의 온갖 세부적인 면들과 전투 중에 자신이 보여준 의연한 용기를 떠올리다 마음의 안정을 되찾고 꾸벅꾸벅 졸기 시작했다. 별이 가득한 어두운 밤이 지나고 밝고 즐거운 아침이 찾아왔다. 눈이 햇살에 녹고, 말은 빠르게 질주했으며, 오른쪽으로도 왼쪽으로도 온갖 새롭고 다채로운 숲과 들판과 마을이 스치고 지나갔다.

한 역참에서 그는 러시아군 부상자들을 실은 짐마차 대열을 앞질렀다. 수송 부대를 이끄는 러시아 장교가 선두의 첼레가[141]에 길게 드러누워 거친 말로 병사에게 욕설을 퍼부으며

---

140) pochtovaya brichka. 두 개 이상의 역을 갖춘 고정 노선을 운행하는 승합마차다. 역마차는 1640년 런던에서 처음 운행을 시작했다. 안드레이 공작이 탄 역마차는 접이식 포장이 달린 경사륜마차인 브리치카다.

141) telega. 바퀴 달린 평상처럼 생긴 사륜 수레를 말이 끌도록 한 운송 수단. 앞서 '마차' 혹은 '짐마차'라고 옮긴 '포보즈카'는 승용과 운송용으로 모두 사용할 수 있는 탈것이지만 '첼레가'는 화물 운송을 위한 전용 수단이다.

뭐라고 외쳤다. 기다란 독일식 포르시판들에는 여섯 명씩 혹은 그보다 더 많은 진흙투성이의 창백한 부상병들이 붕대를 감은 채 돌길을 따라 심하게 흔들리고 있었다. 그 가운데 몇 사람은 이야기를 나누고(안드레이 공작은 러시아어로 하는 말소리를 들었다.) 다른 몇 사람은 빵을 먹고 있었다. 가장 심하게 부상을 입은 사람들은 유순하고 병약한 사람들 특유의 어린아이 같은 관심을 품고서 자신들 옆으로 질주하는 특사를 말없이 바라보았다.

안드레이 공작은 마부에게 멈추라고 지시한 후 한 병사에게 어느 전투에서 부상을 입었는지 물었다.

"그저께 도나우강에서 부상당했습니다요." 병사가 대답했다. 안드레이 공작은 지갑을 꺼내어 병사에게 금화 세 개를 건넸다.

"모두에게 주는 돈입니다." 그는 옆으로 다가온 장교를 돌아보며 덧붙였다. "제군들, 회복되기를 바라네. 아직 할 일이 많으니까." 그는 병사들을 향해 말했다.

"저, 부관님, 어떤 소식입니까?" 장교는 이야기를 나누고 싶었는지 질문을 했다.

"좋은 소식입니다! 가세!" 그는 마부에게 소리치고 계속해서 질주했다.

안드레이 공작이 브륀에 도착하여 높은 저택, 상점과 저택의 창문과 가로등에서 흘러나오는 불빛, 포장도로를 따라 덜컹덜컹 소리를 내는 아름다운 승용 마차 등 막사를 벗어난 군인에게 너무나 매력적으로 보이기 마련인 활기찬 대도시의 그 모든 분위기에 자신이 에워싸인 것을 깨달았을 때는 이미 깜깜한 밤이었다. 안드레이 공작은 마차의 빠른 질주로 밤을 꼬박 새우긴 했지만 궁전이 가까워질수록 전날보다 더욱 생기가 넘치는 것을 느꼈다. 눈동자만이 열에 들뜬 광채를 빛냈고, 상념들은 대단히 빠른 속도로, 그것도 매우 분명하게 잇달아 계속 바뀌었다. 다시 전투의 온갖 세부적인 부분들이 더 이상 모호하지 않은 명확한 형태로, 그가 프란츠 황제에게 진술하리라 상상했던 간결한 서술의 형태로 머릿속에 생생하게 떠올랐다. 자신이 받을지도 모를 뜻밖의 질문들과 자신이 할 대답들도 생생하게 떠올랐다. 그는 금방 황제를 알현하게 될 거라고 생각했다. 그러나 한 관리가 궁정의 거대한 출입구 옆에 있는 안드레이 공작에게 달려오더니 특사라는 것을 확인하고 다른 출입구로 안내했다.

"복도에서 오른쪽입니다, 각하.(독일어) 그곳에 당직 시종무관이 있습니다. 그 사람이 국방 대신께 안내할 겁니다." 관리가 그에게 말했다.

안드레이 공작을 맞이한 당직 시종무관은 잠시 기다려 달라고 부탁하더니 국방 대신에게 갔다. 오 분 후 시종무관이 돌아와 각별히 정중하게 허리 숙여 인사하고는 안드레이 공작을 앞세운 채 복도를 지나 국방 대신이 업무를 보는 집무실로 안내했다. 시종무관은 세련되고 정중한 태도를 통해 친밀함을 보이려는 러시아 부관의 시도를 막으려는 것 같았다. 국방 대신의 집무실 문 쪽으로 다가가는 동안 안드레이 공작의 즐거운 감정은 시들해졌다. 그는 모욕을 받았다 느꼈고, 그 순간 모욕감은 자신도 모르는 사이에 근거 없는 경멸감으로 바뀌었다. 바로 그때 기민한 두뇌가 그에게 시종무관과 국방 대신을 경멸할 권리를 부여하는 관점을 속삭였다. '저 사람들은 승리를 거두는 것을 무척 쉽게 생각하는 게 틀림없어. 화약 냄새를 맡아 본 적도 없으면서!' 그는 생각했다. 그의 눈이 경멸하듯 가늘어졌다. 그는 국방 대신의 집무실로 유난히 느릿느릿 들어갔다. 커다란 책상 앞에 앉아서 처음 이 분 동안 들어온 사람에게 눈길도 주지 않는 국방 대신을 보았을 때 이런 감정은 한층 더 강해졌다. 국방 대신은 구레나룻이 희끗하게 자란 대머리를 양초 두 자루 사이로 숙인 채 연필로 표시를 해 가며 서류를 읽고 있었다. 문이 열리고 발소리가 들리는 동안에도 고개를 들지 않고 끝까지 읽었다.

"이것을 가져가 전달하시오." 국방 대신이 부관에게 서류를 건네며 말했다. 그는 여전히 특사에게 신경도 쓰지 않았다.

안드레이 공작은 국방 대신이 관여하는 모든 사안 가운데 그의 관심을 가장 적게 차지하는 문제가 쿠투조프 군대의 전투라는 점, 혹은 그가 이 점을 러시아 특사에게 느끼게 해야 했다는 점을 깨달았다. '하지만 난 정말 아무래도 상관없어.' 그는 생각했다. 국방 대신은 나머지 서류를 모아 모서리를 가지런히 맞추고는 고개를 들었다. 두뇌가 뛰어나고 고집이 셀 것 같은 머리였다. 그러나 안드레이 공작을 돌아본 바로 그 순간 국방 대신의 지적이고 의연한 얼굴 표정이 아무래도 습관적으로, 그러면서도 의식적으로 변했다. 얼굴에 어리석고 위선적인, 그러나 자신의 위선을 딱히 숨기지도 않는 미소가 어렸다.

그것은 많은 청원자를 연이어 접견하는 사람의 미소였다.

"쿠투조프 원수가 보냈소?" 그가 물었다. "나의 바람이지만 좋은 소식이겠지요? 모르티에와 충돌이 있었다던데? 승리했소? 그럴 때도 됐잖소!"

그는 자기 앞으로 온 급송 공문을 집어 들고 침통한 표정으로 읽기 시작했다.

"아, 하느님! 하느님! 슈미트!" 그는 독일어로 말했다. "이렇게 불행한 일이! 이렇게 불행한 일이!"

그는 공문을 대강 훑어본 후 책상에 내려놓고 안드레이 공작을 흘깃 쳐다보았다. 분명 무언가를 생각하는 듯했다.

"아, 정말 불행한 일이오! 당신은 그것이 결정적인 전투라고 말할 거요? 하지만 모르티에는 잡히지 않았구려.(그는 생각에 잠겼다.) 당신이 좋은 소식을 가져와서 대단히 기쁘오. 슈미트의 죽음이 승리에 대한 비싼 대가가 되었지만 말이오. 틀림없이 폐하께서 당신을 만나고 싶어 하실 거요. 하지만 오늘은 아니오. 고맙소. 푹 쉬도록 하시오. 내일 사열식이 끝난 후 알현 때 오시오. 어쨌든 내가 당신에게 알려 주겠소."

대화하는 동안 모습을 감추었던 어리석은 미소가 다시 국방 대신의 얼굴에 떠올랐다.

"다음에 봅시다. 정말 고맙소. 황제 폐하께서도 당신을 보고 싶어 하실 것이오." 그는 똑같은 말을 되풀이하고는 고개를 숙였다.

궁정에서 나왔을 때 안드레이 공작은 승리가 안겨 준 모든 흥미와 행복이 이제 자신을 떠나 국방 대신과 정중한 부관의 무심한 손에 넘어간 것 같다고 느꼈다. 그의 사고방식이 순식간에 완전히 바뀌어 버렸다. 그에게는 전투가 오래전의 아득한 기억처럼 느껴졌다.

# 10

안드레이 공작은 브륀에서 지인인 러시아 외교관 빌리빈의 집에 묵었다.

"아, 친애하는 공작, 이보다 더 반가운 손님도 없습니다." 빌리빈은 안드레이를 맞으러 나오며 말했다. "프란츠, 공작의 짐을 내 침실로 옮겨 놔." 그는 볼콘스키를 안내하러 온 하인에게 말했다. "뭐라고요? 승리의 사자(使者)라고요? 멋지군요. 난 보다시피 몸이 안 좋아서 이렇게 틀어박혀 있답니다."

안드레이 공작은 몸을 씻고 옷을 갈아입은 뒤 외교관의 호화로운 서재로 들어가 식사가 마련된 테이블 앞에 앉았다. 빌리빈은 벽난로 옆에 편안하게 자리를 잡았다.

여행 후였을 뿐 아니라 청결하고 우아한 생활이 주는 모든 안락함을 빼앗긴 채 계속 행군만 한 후였기에 안드레이 공작은 어린 시절부터 익숙한 호화로운 생활 조건 속에서 휴식의 즐거운 기분을 맛보았다. 게다가 오스트리아식 응대 이후에 비록 러시아어는 아니라 해도(그들은 프랑스어로 말했다.) 그가 생각하는 러시아의 일반적 정서, 즉 오스트리아인에 대한 혐오감(이 순간 유난히 생생하게 느껴지는)을 공유한 러시아 사람과 이야기할 수 있어 즐거웠다.

빌리빈은 안드레이 공작과 같은 사회에 속한 서른다섯 살의 독신 남성이었다. 그들은 페테르부르크에 있을 때부터 아는 사이였지만 안드레이 공작이 지난번 쿠투조프와 함께 빈을 방문한 후로 더욱 가까워졌다. 안드레이 공작이 군인 세계에서 꽤 높은 자리까지 올라갈 전도유망한 청년이듯 빌리빈도 역시, 아니 그보다 더 외교 방면에서 기대를 모았다. 아직 청년이지만 이미 중견 외교관이라 할 만했다. 열여섯 살 때부터 근무를 시작하여 파리와 코펜하겐에서 일하다가 지금은 빈에서 상당히 중요한 직책을 맡고 있었기 때문이다. 오스트리아 수상도, 빈 주재 러시아 공사도 그를 잘 알았으며 높이 평가했다. 그는 매우 뛰어난 외교관이 되기 위해서는 소극적 장점만 갖추면 된다고, 즉 어떤 일은 하지 않고 프랑스어만 구사할 수 있으면 된다고 생각하는 대다수 외교관들과 달랐다. 일하는 것을 좋아하고 또 어떻게 일해야 할지 아는 외교관들 가운데 한 명이었다. 그래서 게으른 천성에도 불구하고 이따금 책상 앞에서 며칠 밤을 꼬박 새우기도 했다. 그는 어떤 업무든 한결같이 훌륭하게 해냈다. 그의 관심을 끈 것은 '어째서'가 아니라 '어떻게'라는 문제였다. 외교상의 문제가 무엇인지는 아무래도 상관없었다. 명령서, 비망록, 보고서 등을 능숙하고 정확하고 우아하게 작성하는 것, 그는 여기서 커다란 만족을 느꼈다. 문서 업무 외에 상류 사회에서 사람들과 교제하고 대화하는 솜씨에서도 빌리빈의 장점은 높은 평가를 받았다.

빌리빈은 일만큼이나 대화를 좋아했다. 단, 우아하고 위트가 넘치는 대화가 될 수 있을 때만 그러했다. 모임에서 언제나 멋진 말을 할 기회를 노렸고, 그런 상황이 아니면 대화에 끼어들지 않았다. 빌리빈의 이야기에는 늘 모두의 흥미를 끄는 재치 있고 독창적인 완벽한 문구들이 뿌려져 있었다. 이 문구들은 상류 사회의 하찮은 인간들이 쉽게 기억하여 응접실에서 응접실로 옮길 수 있도록, 마치 일부러 휴대할 수 있는 성질을 갖도록 빌리빈의 머릿속 실험실에서 제작된 것 같았다. 실제로 사람들이 하는 말처럼 빌리빈의 말은 빈의 응접실로 퍼져 나가 종종 이른바 중대사라는 것에 영향을 미치기도 했다.

야위고 허약하고 누렇게 뜬 얼굴은 굵은 주름으로 온통 덮여 있었다. 주름들은 언제나 목욕 후의 손가락 끝처럼 청결하게 정성을 다하여 씻은 것처럼 보였다. 이 주름들의 움직임은 그의 인상에서 주요한 변화를 형성했다. 이마가 큼직한 주름을 그리며 찌푸려지고 두 눈썹이 위로 치켜 올라가는가 하면, 두 눈썹이 아래로 처지고 두 볼에 굵은 주름이 잡히곤 했다. 깊숙이 자리 잡은 그다지 크지 않은 눈동자는 언제나 쾌활하게 정면을 응시했다.

"자, 이제 당신들의 공훈을 우리에게 들려주시죠." 그가 말했다.

볼콘스키는 자신에 대해 한 번도 언급하지 않고 지극히 겸손한 방식으로 전투와 국방 대신의 태도에 대해 이야기했다.

"그들은 이런 소식을 가지고 온 나를 볼링장에 들어온 개처럼 대했습니다." 그는 이렇게 말을 맺었다.

빌리빈은 가볍게 웃으며 주름살을 폈다.

"하지만 친구." 그는 자신의 손톱을 멀리서 찬찬히 바라보며 왼쪽 눈 위의 살갗을 추켜올렸다. "내가 아무리 '정교회 러시아 군대'를 존경한다 해도 난 당신들의 승리가 더할 나위 없이 눈부신 것이었다고는 생각하지 않아요."

그는 경멸조로 강조하고 싶은 말만 러시아어로 발음하면서 계속 프랑스어로 말했다.

"어째서일까요? 당신들은 1개 사단밖에 없는 불쌍한 모르티에에게 모든 병력을 동원하여 달려든 데다, 그 모르티에는 당신들의 손가락 사이로 빠져나갔지요? 도대체 뭐가 승리란 말인가요?"

"그래도 진지하게 말하자면 우리는 자만하지 않고 말할 수 있습니다. 이번이 울름 때보다는 조금 나았다고……." 안드레이 공작이 대답했다.

"어째서 당신들은 우리에게 원수를 한 명도, 단 한 명도 생포해 오지 못했나요?"

"모든 것이 예상대로 되지는 않으니까요. 사열식처럼 그렇게 규칙적이지도 않고요. 당신에게 말했듯이 우리는 오전 7시까지 후방을 우회할 거라고 생각했습니다. 그러나 오후 5시가 되도록 도착하지 못했지요."

"도대체 왜 당신들은 오전 7시까지 도착하지 못했나요? 당신들은 오전 7시에 도착해야 했어요." 빌리빈은 빙긋 웃으며 말했다. "오전 7시에 도착해야 했다고요."

"어째서 당신은 외교적인 방법으로 보나파르트에게 제노바를 떠나는 편이 좋을 거라는 생각을 불어넣지 못했나요?" 안드레이 공작이 똑같은 어투로 말했다.

"압니다." 빌리빈이 끼어들었다. "당신은 이렇게 생각하겠죠. 벽난로 앞 소파에 앉아서 원수들을 잡는 것은 정말 쉽다고요. 사실입니다. 하지만 당신들은 어째서 원수를 잡지 못했습니까? 국방 대신뿐 아니라 신성 로마 제국의 황제인 프란츠 국왕마저 당신들의 승리를 그다지 반기지 않더라도 놀라지 마세요. 러시아 대사관의 쓸모없는 비서관인 나도 딱히 별다른 기쁨을 느끼지 않는데……."

그는 안드레이 공작을 똑바로 바라보더니 문득 찡그린 이맛살을 풀었다.

"이제 내가 당신에게 '어째서'냐고 물을 차례입니다. 그렇죠?" 볼콘스키가 말했다. "솔직히 말해 난 잘 모르겠습니다. 어쩌면 여기에는 나의 미약한 두뇌를 넘어서는 외교적인 미묘함이 있을지도 모르지요. 그래도 이해가 안 됩니다. 마크는 군대를 전부 잃었고, 페르디난트 대공과 카를 대공[142]은 살았는지 죽었는지 전혀 기척도 내지 않고 연이어 계속 실패만 하고 있지요. 그러다 마침내 쿠투조프 장군 한 명만이 확실한 승

─────────────

142) 카를 대공(Erzherzog Karl, 1771~1847). 오스트리아 장군. 오스트리아 황제인 프란츠 2세의 막냇동생으로 전술에 뛰어난 재능을 보였다. 이탈리아 파견군 사령관과 남독일군 사령관으로서 나폴레옹 전쟁에 참전하여 많은 승리를 거두었으나 바그람 전투에서 패한 후 해임되었다.

리를 거두고 프랑스인들의 불패의 맹세를 깼단 말입니다. 그런데 국방 대신은 자세한 정황을 알려고도 하지 않아요!"

"바로 그 때문입니다, 친구. 알겠어요? 만세! 차르를 위해, 러시아를 위해, 신앙을 위해! 그 모든 게 훌륭하긴 하죠. 하지만 당신들의 승리가 우리와, 오스트리아 궁정 말입니다, 무슨 상관인가요? 여기 있는 우리에게 카를 대공이나 페르디난트 대공의 승리에 대한 멋진 소식을 가지고 와 보세요. 당신도 잘 알다시피 어느 쪽 대공이든 상관없습니다. 하다못해 보나파르트의 소방(消防) 중대를 이겼다는 소식이라도 말이에요. 그럼 문제가 달라지죠. 우리는 축포라도 쏠 겁니다. 하지만 이건 마치 일부러 그러는 것처럼 우리를 자극하기만 할 뿐이에요. 카를 대공은 아무것도 한 게 없고, 페르디난트 대공은 수치를 당했어요. 당신들은 빈을 버리고 더 이상 방어하려 하지 않아요. 당신들은 마치 우리에게 이렇게 말하는 것 같다고요. '하느님이 우리와 함께하시길, 그리고 당신들과 당신들의 수도와 함께하시길.' 슈미트는 우리 모두가 사랑한 유일한 장군입니다. 그런데 당신들은 그를 포화 아래 끌어다 놓고는 우리에게 승리를 축하하고 있단 말입니다! 당신이 가져온 소식보다 더 열받게 하는 것은 생각도 할 수 없다는 사실을 인정하세요. 마치 일부러, 정말 일부러 그런 것 같단 말입니다. 게다가 당신들이 정말로 눈부신 승리를 거두었고, 카를 대공도 승리를 거두었다고 합시다. 그런다고 대세가 달라집니까? 프랑스 군대가 빈을 점령해 버렸는데. 이제는 늦었어요."

"점령이라니? 빈이 점령되었단 말입니까?"

"점령되었을 뿐 아니라 보나파르트가 쇤브룬[143])에 와 있어요. 우리의 친애하는 브르브나 백작이 명령을 받들러 그가 있는 곳으로 떠날 겁니다."[144)

볼콘스키는 여정의 이런저런 인상과 피로가 쌓인 후라, 접견과 특히 식사가 끝나고 난 후라 자신이 들은 말의 의미를 전혀 이해하지 못했음을 깨달았다.

"오늘 아침 리흐텐펠스 백작이 이곳에 왔습니다." 빌리빈이 말을 이었다. "빈에서 있었던 프랑스인들의 사열식에 대해 상세하게 적힌 편지를 내게 보여 주었죠. 뮈라 친왕[145)과 다른

---

143) 빈에 있는 오스트리아 황제의 여름 궁전.
144) 1805년 11월 1일 빈을 점령한 나폴레옹은 빈의 쇤브룬 지역에 있는 합스부르크 왕가의 궁전을 본부로 선택했다. 루돌프 브르브나 백작은 오스트리아와 프랑스의 협상을 중재했다.
145) 조아생 뮈라(Joachim Murat, 1767~1815). 프랑스 장군. 여인숙 주인의 아들로 프랑스 기병대에 복무하던 중 이탈리아 원정에서 나폴레옹의 전속 부관이 되었고, 이집트 원정에서는 기병대 지휘관으로서 두각을 드러냈다. 브뤼메르 쿠데타에 참가하여 나폴레옹을 제1통령으로 세우고, 그 공을 인정받아 나폴레옹의 여동생 카롤린과 결혼했다. 1805년 울름에서 오스트리아군을, 아우스터리츠에서 오스트리아군과 러시아군을 크게 격파했다. 그리고 1805년 예나 전투에서, 1807년 아일라우 전투에서 잇달아 큰 승리를 거두었다. 나폴레옹의 부관으로 에스파냐에 파견되었을 때 공석인 에스파냐 왕위를 차지할 음모를 꾸몄으나 마드리드 폭동으로 그 꿈은 좌절되었다. 나폴레옹은 폭동을 진압한 후 에스파냐의 왕위를 형인 조제프에게 주었지만, 뮈라에게 포상하기 위해 조제프와 동등한 지위인 나폴리 왕위를 하사했다. 1812년 뮈라는 나폴레옹의 러시아 침공에 참가했고 보로지노에서 다시 큰 공을 세웠다. 그러나 모스크바에서 퇴각할 때 프랑스 대육군(Grande Armée, 나폴레옹이 전쟁을 치르기 위해 모집한 다국적 군대)의 지휘를 맡은 그는 나폴리 왕국을 구하기 위해 임무를 저버렸다. 1813년 나폴레옹에 충성할 것인가 동맹국과 협상할 것인가 하는 문제로 고민했지만, 결국 그의 나폴리군은

온갖 소동들에 대해서도……. 당신들의 승리가 그다지 기쁜 일이 아니라는 것, 당신이 구세주로서 받아들여질 수 없다는 것을 아시겠죠…….”

“정말 나로서는 아무래도 좋습니다. 정말로 상관없어요.” 안드레이 공작이 말했다. 그는 크렘스 전투에 대한 소식이 오스트리아 수도의 점령 같은 사건들을 염두에 둘 때 정말로 그다지 중요하지 않다는 것을 이해하기 시작했다. “도대체 어떻게 빈이 함락되었죠? 다리는, 그 유명한 요새는, 그리고 아우어슈페르크 공작은요? 아우어슈페르크 공작이 빈을 사수하고 있다는 소문을 들었습니다만.”

“아우어슈페르크 공작은 이쪽에, 우리 쪽에 남아 우리를 지키고 있지요. 내가 보기에 매우 형편없이 방어하는 것 같지만 어쨌든 방어하고는 있어요. 그런데 빈은 강 건너편에 있지요. 아뇨, 다리는 아직 점령되지 않았고, 앞으로도 그렇게 되지 않기를 바랍니다. 다리에 지뢰가 설치되었고, 여차하면 폭파하라는 명령도 떨어졌거든요. 그렇지 않았더라면 우리는 오래전에 보헤미아산으로 들어갔을 테고, 당신과 당신들의 군대는 양쪽의 포화에 끼어 끔찍한 십오 분을 보냈을 겁니다.”

“그렇다고 해서 전쟁이 끝났다는 뜻은 아니지요.” 안드레이 공작이 말했다.

“난 끝났다고 보는데요. 이곳의 많은 멍청이들도 그렇게 생

___

톨렌티노에서 오스트리아군에 패했다. 코르시카로 달아난 그는 10월에 나폴리를 재탈환하고자 마지막 시도를 했지만 체포되어 총살당했다.

각합니다. 다만 감히 말을 못 하는 것뿐이에요. 내가 전쟁 초에 말한 대로 될 겁니다. 사태를 해결하는 것은 당신들이 **뒤렌슈타인** 부근에서 벌인 사소한 접전이나 화약이 아니라 화약을 고안한 인간들[146]이라고요." 빌리빈은 자신의 **경구**들 가운데 한 마디를 되풀이하여 말하고는 이맛살을 펴고 잠시 말을 멈추었다. "다만 문제는 알렉산드르 황제와 프로이센 왕의 베를린 회담이 우리에게 무엇을 말해 줄 것인가입니다. 만약 프로이센이 동맹에 가입한다면 **오스트리아도** 그러지 않을 수 없게 되고, 또 전쟁이 일어나겠죠. 혹 그렇지 않다면 새로운 캄포포르미오의 초안을 어디에서 작성할지만 결정하면 됩니다."[147]

"하지만 정말로 대단한 천재성이군요!" 안드레이 공작은 갑자기 작은 손을 꽉 움켜쥐고 테이블을 쾅 내리치며 큰 소리로 외쳤다. "게다가 그 사람은 정말 행운아입니다!"

"부오나파르트 말인가요?" 빌리빈은 이제 곧 경구가 나올

---

146) 러시아 사람들은 어리석은 사람에 대해 '화약을 발명하지 않을 사람'이라고 표현하곤 한다. 이 표현을 거꾸로 뒤집은 '화약을 발명한 사람'이란 '현명한 사람'을 뜻한다고 볼 수 있다.

147) 1805년 10월 알렉산드르 1세는 프로이센 왕 프리드리히 빌헬름 3세에게 나폴레옹을 물리치기 위한 전쟁에 함께해 달라고 설득하러 베를린에 갔다. 그들은 베를린 남서쪽에 위치한 포츠담에서 비밀 협약을 맺었지만, 프로이센 대사 하우그비츠가 최후통첩을 가지고 나폴레옹에게 가기도 전에 러시아와 오스트리아 동맹군이 프랑스에 패하고 말았다. 따라서 오히려 나폴레옹이 평화 조약의 조건을 제시하게 되었다. 한편 캄포포르미오 조약이란 팔 년 전인 1797년 10월 17일 이탈리아 마을 캄포포르미오에서 이루어진 조약을 가리킨다. 프랑스 공화국과 오스트리아 제국은 그곳에서 평화 조약을 체결한 바 있으며, 이 조약으로 인해 프랑스군은 이탈리아에서 전쟁을 멈추었다. 이 책 주 122와 주 137을 참조.

것이라는 암시로 이마를 찡그리며 캐묻듯이 말했다. "부오나파르트요?" 그는 특히 '부'에 힘을 주며 말했다. "하지만 그가 쇤브룬에서 오스트리아의 법률을 제정하고 있는 이 순간에는 그를 '우' 자에서 구해 내야겠군요. 난 과감히 개혁을 단행해 그를 그냥 보나파르트라고 부르겠습니다."

"아니, 농담하지 말고…… 당신은 정말 전쟁이 끝났다고 생각합니까?" 안드레이 공작이 말했다.

"나는 이렇게 생각합니다. 오스트리아는 바보 취급을 당했습니다. 오스트리아는 이런 것에 익숙하지 않았죠. 이제 오스트리아가 복수를 할 겁니다. 오스트리아가 바보 취급을 당한 것은 무엇보다 지방이 황폐해진 데다(정교의 군대가 무자비하게 약탈을 하고 있다더군요.) 군대는 격파되고 수도가 점령당했기 때문입니다. 이 모든 게 사르디니아 국왕의 '아름다운 눈동자들을 위해서'[148]죠. 그래서 말인데요, 우리끼리 이야기입니다만, 친구, 난 저들이 우리를 속이고 있다는 것을 직감하고 있어요. 저들이 프랑스와 교섭하고 평화 조약을, 그것도 비밀 평화 조약을 독자적으로 체결하려 계획한다는 것[149]을 직감으로 느낀다고요."

"그럴 리가요!" 안드레이 공작이 말했다. "그렇다면 너무 추

148) 오스트리아에 협력하던 사르디니아 공국의 왕 빅토르 아마데우스 3세는 투린 조약(1796)에 따라 니스와 사부아를 비롯해 여러 요새와 마을을 프랑스에 양도해야 했다. 포츠담 최후통첩의 조항들 가운데 하나는 사르디니아 왕에게 이것들을 돌려주는 것이었다. 여기서 '아름다운 눈동자들'이란 니스와 사부아 등 프랑스에 빼앗긴 사르디니아 공국의 영토를 뜻하는 듯하다.

악하군요."

"세월이 지나면 알게 되겠죠." 빌리빈은 대화의 끝을 알리는 신호로 또 한 번 이맛살을 펴며 말했다.

안드레이 공작은 자신을 위해 마련된 방에 들어가 깨끗한 속옷 차림으로 깃털 침구와 따뜻하게 덥힌 향기로운 베개에 누웠다. 그러자 자신이 보고하러 온 그 전투가 스스로에게조차 아득히 멀게 느껴졌다. 프로이센의 동맹, 오스트리아의 배신, 보나파르트의 새로운 승리, 알현과 사열식, 내일 있을 프란츠 황제 접견 등이 마음을 사로잡았다.

그는 눈을 감았다. 그러나 그 순간 귓가에 포성과 총성, 승용 마차의 바퀴 소리가 요란하게 울리기 시작했다. 그러자 다시 머스킷 총을 든 병사들이 실처럼 길게 늘어서서 산을 내려오고, 프랑스인들이 쏘아 댄다. 그는 심장이 두근거리는 것을 느낀다. 그는 슈미트와 나란히 선두에서 말을 달리고, 총알들이 주위에서 획획 하고 경쾌한 소리를 낸다. 그는 어린 시절 이후로 느껴 본 적 없는 열 배나 더 강렬한 생의 기쁨을 느낀다.

그는 눈을 떴다…….

'그래, 전부 있었던 일이야!' 그는 어린아이처럼 혼자 행복한 미소를 지으며 젊은이다운 깊은 잠에 빠져들었다.

---

149) 프란츠 황제는 당시 실제로 나폴레옹에게 휴전을 요청했으나 모욕적인 요구가 담긴 답장을 받았을 뿐이다. 러시아군의 철수, 베네치아와 티롤의 즉각적인 이양, 담보의 제공이 선행되어야 평화 회담이 가능하다는 것이었다. 프란츠 황제조차 이러한 조건에는 동의할 수 없었다.

# 11

이튿날 그는 늦게 잠에서 깼다. 지난 하루의 인상을 곱씹던 그는 오늘 프란츠 황제를 알현해야 한다는 것을 가장 먼저 떠올렸고 국방 대신, 정중한 오스트리아 시종무관, 빌리빈, 지난 밤의 대화를 기억해 냈다. 그는 궁정에 가기 위해 오랫동안 입지 않던 예복을 차려입고 한 팔에 붕대를 감은 채 산뜻하고 생기 있고 아름다운 모습으로 빌리빈의 서재에 들어갔다. 서재에는 외교단의 네 신사가 있었다. 대사관의 비서관인 입폴리트 쿠라긴 공작과 볼콘스키는 서로 아는 사이였다. 빌리빈은 볼콘스키를 다른 사람들에게 소개했다.

빌리빈의 집을 종종 방문하는 신사들은 사교계의 젊고 부유하고 쾌활한 사람들로 이곳 빈에서도 특별한 모임을 만들었다. 우두머리인 빌리빈은 이 작은 모임을 '우리의 것', 즉 '**레 노이트르**'라고 불렀다. 거의 외교관들로만 이루어진 이 모임에

는 상류 사회며 이런저런 여성들과의 관계며 업무의 사무적
인 측면 등 전쟁이나 정치와 아무런 공통점도 없는 나름의 관
심사가 있는 듯했다. 이 신사들은 아마도 안드레이 공작을 자
기들 모임의 일원으로서 기꺼이 받아들인 것 같았다.(이것은
그들이 몇몇 소수에게만 부여하는 명예였다.) 사람들은 예의상,
그리고 대화를 시작하기 위한 화제로서 그에게 군대와 전투
에 관하여 몇 가지 질문을 던졌다. 그런 다음 대화는 다시 앞
뒤가 맞지 않는 유쾌한 농담과 험담으로 흩어졌다.

"하지만 특히 좋았던 건요." 한 신사가 동료 외교관의 실패
를 이야기하며 말했다. "특히 좋았던 건, 수상이 직접 그에게
그의 런던 부임이 승진이라고, 그 역시 이 문제를 그렇게 보아
야 한다고 말했다는 겁니다. 그때 그 사람의 모습을 상상할 수
있겠습니까?"

"그런데 여러분, 내가 여러분에게 쿠라긴의 비밀을 누설하
게 되었습니다만, 무엇보다 나쁜 점은, 그 사람은 불행에 처했
는데 이 돈 후안이, 이 무서운 인간이 그런 사람을 이용하고
있다는 겁니다."

입폴리트 공작은 두 다리를 팔걸이에 올려놓은 채 볼테르
식 안락의자에 누워 있었다. 그가 웃음을 터뜨렸다.

"자, 어서 이야기 좀 해 보시지." 그가 말했다.

"오, 돈 후안! 오, 뱀 같으니라고!" 여러 목소리가 들렸다.

"볼콘스키, 당신은 모르죠." 빌리빈이 안드레이 공작을 돌
아보았다. "프랑스 군대가 저지른 온갖 만행도(하마터면 러시
아군이라고 말할 뻔했군요.) 이 사람이 여인들 사이에서 저지른

짓에 비하면 아무것도 아니랍니다."

"여성은 남성의 친구죠." 입폴리트 공작은 이렇게 말하고 자신의 올려놓은 다리를 오페라글라스로 바라보았다.

빌리빈과 '우리의 것' 사람들은 입폴리트의 눈을 쳐다보며 큰 소리로 웃어 댔다. 안드레이 공작은 아내 때문에 질투하다시피 한(그도 인정하지 않을 수 없었다.) 그 입폴리트가 이 모임에서는 어릿광대에 불과하다는 것을 깨달았다.

"아뇨, 당신에게 쿠라긴을 대접해야겠습니다." 빌리빈은 볼콘스키에게 소곤거렸다. "저 사람은 정치에 대해 논할 때 매력적이랍니다. 그 잘난 척하는 꼴을 꼭 봐야 해요."

그는 입폴리트에게 다가앉았다. 그러고는 이마에 주름을 잡고 그와 정치에 대한 이야기를 시작했다. 안드레이 공작과 다른 사람들은 두 사람 주위에 빙 둘러섰다.

"베를린 내각은 동맹에 대한 견해를 표명할 수 없습니다." 입폴리트는 모든 이들을 의미심장하게 둘러보며 입을 열었다. "표명 없이…… 마지막 외교 문서에서처럼…… 아시겠죠…… 이해하실 겁니다…… 하지만 황제 폐하께서 우리 동맹의 본질을 훼손하지 않으신다면……."

"잠깐, 아직 내 말이 끝나지 않았습니다……." 그가 안드레이 공작의 팔을 잡으며 말했다. "난 간섭이 불간섭보다 더 견실하다고 생각합니다. 그리고……." 그는 잠시 말을 멈추었다. "11월 28일 자로 보낸 우리의 급보가 전달되지 않았다고 해서 이제 끝이라고 생각해서는 안 됩니다. 그러면 이 모든 게 끝장나고 말겁니다."

그리고 나서 그는 이제 할 말이 다 끝났음을 보여 주기 위해 볼콘스키의 팔을 놓았다.

"데모스테네스여, 난 그대의 황금 입술 안에 숨겨진 돌을 보고 그대를 알아보노라!"[150] 빌리빈이 말했다. 모자같이 덥수룩한 머리털이 만족감에 머리 위에서 살짝 움직였다.

모두 웃음을 터뜨렸다. 입폴리트가 가장 큰 소리로 웃었다. 그는 고통으로 숨을 헐떡거리면서도 언제나 무표정하던 얼굴을 팽팽하게 잡아당기는 그 격렬한 웃음을 억누르지 못하는 듯 보였다.

"자, 실은 여러분." 빌리빈이 말했다. "볼콘스키는 내 집의 손님일 뿐 아니라 이곳 브륀의 손님이기도 합니다. 난 내가 할 수 있는 한 이곳 생활의 온갖 기쁨으로 이 사람을 대접하고 싶습니다. 우리가 빈에 있다면 쉽겠죠. 하지만 이런 초라한 모라비아 벽지에서는 어려운 일입니다. 그래서 여러분 모두에게 도움을 구하는 겁니다. 이 사람에게 브륀을 대접해야 합니다. 당신은 극장을 맡아 주세요. 난 사교계를 맡고, 입폴리트, 당신은 물론 여자를 맡습니다."

"이분에게 아멜리를 보여 줘야 합니다. 얼마나 매력적인데요!" '우리의 것' 사람들 가운데 한 명이 손가락 끝에 입을 맞추며 말했다.

"전반적으로 피에 굶주린 저 병사에게 좀 더 인간애 넘치는

---

150) 그리스의 웅변가인 데모스테네스는 젊은 시절에 명확한 발음을 훈련하기 위해 입안에 돌을 넣고 말했다고 한다.

시각을 갖게 할 필요가 있어요." 빌리빈이 말했다.

"여러분의 환대를 누리지 못할 것 같습니다. 이제 나가 봐야 하거든요." 볼콘스키는 시계를 흘깃 쳐다보며 말했다.

"어디로요?"

"황제께요."

"오, 오! 오!"

"그럼 다음에 봅시다, 볼콘스키!" "또 만납시다, 공작. 같이 식사라도 하게 일찍 오십시오." 여러 목소리가 들렸다. "우리가 당신을 책임지겠습니다."

"황제와 이야기를 나누게 되면 식량 수송과 교통로가 잘 정비된 것에 대해 최대한 열심히 극찬을 하시기 바랍니다." 빌리빈이 볼콘스키를 대기실까지 배웅하며 말했다.

"칭찬을 하고 싶어도 내가 아는 한 그렇게는 못 하겠습니다." 볼콘스키는 빙긋 웃으며 대답했다.

"그럼 할 수 있는 한 많은 이야기를 하도록 하세요. 알현은 그분의 큰 기쁨이니까요. 그런데 당신도 곧 알게 되겠지만 그분은 말하는 것을 좋아하지 않고 또 잘하지도 못한답니다."

# 12

접견식 때 프란츠 황제는 그저 안드레이 공작—그는 오스
트리아 장군들 사이의 지정된 자리에 서 있었다—의 얼굴을
뚫어지게 응시하며 길쭉한 머리를 끄덕일 뿐이었다. 그러나
접견식이 끝난 후 전날의 정중한 시종무관이 볼콘스키에게
알현을 허락하고자 한다는 황제의 바람을 전했다. 프란츠 황
제는 방 한가운데에 서서 볼콘스키를 맞이했다. 대화를 시작
하기 전에 안드레이 공작은 황제가 마치 무슨 말을 해야 할지
몰라 곤혹스러워하며 얼굴을 붉히는 듯해서 충격을 받았다.

"언제 전투가 시작되었는지 말해 주시오." 황제가 황급히
물었다.

안드레이 공작이 대답했다. 그 질문 이후 "쿠투조프는 건강
하오? 쿠투조프가 크렘스를 떠난 지 얼마나 되었소?" 같은 그
못지않게 단순한 질문들이 잇달았다. 황제는 마치 일정량의

질문을 하는 것이 유일한 목적이라는 듯한 표정으로 말했다. 그 질문들에 대한 대답이 그의 흥미를 끌지 못한다는 것은 지나치리만큼 분명해 보였다.

"전투는 몇 시에 시작되었소?" 황제가 물었다.

"전선에서 전투가 몇 시에 시작되었는지 폐하께 아뢸 수 없습니다만, 제가 있던 뒤렌슈타인에서는 오후 6시에 군대가 공격을 시작했습니다." 볼콘스키는 기운차게 대답했다. 이번에는 머릿속에 이미 준비된, 자신이 체험하고 본 모든 것에 관해 정직한 서술을 제시할 수 있으리라 생각했다.

그러나 황제는 빙그레 웃으며 볼콘스키를 가로막았다.

"몇 마일이오?"

"어디에서 어디까지 말입니까, 폐하?"

"뒤렌슈타인에서 크렘스까지."

"3.5마일입니다, 폐하."

"프랑스인들이 왼쪽 강변을 포기한 거요?"

"정찰병들의 보고에 따르면 밤에 마지막 부대가 뗏목을 타고 강을 건넜다고 합니다."

"크렘스에 여물은 풍부하오?"

"그 정도로 공급받지는 못했습니다만……"

황제가 볼콘스키의 말을 막았다.

"슈미트 장군은 몇 시에 죽었소?"

"7시경인 듯합니다."

"7시? 참으로 애통하오. 참으로 애통해."

황제는 고맙다는 말을 하며 고개를 숙였다. 안드레이 공작은 밖으로 나오자마자 궁정의 신하들에게 에워싸였다. 사방에서 다정한 눈길이 그를 향했고, 다정한 말들이 들려왔다. 전날의 시종무관은 왜 궁정에서 묵지 않았느냐고 나무라며 자기 집에 머물라고 제안했다. 국방 대신은 가까이 다가와 황제가 볼콘스키에게 하사한 마리아 테레지아 삼등 훈장에 대해 축하 인사를 전했다. 황후의 시종은 그를 황후의 처소로 초대했다. 대공비도 그를 만나고 싶어 했다. 볼콘스키는 누구에게 대답해야 할지 몰라 잠시 생각을 가다듬었다. 러시아 공사가 그의 어깨를 잡고 창가로 데려가 이야기를 나누었다.

빌리빈의 말과 달리 사람들은 그가 가져온 소식을 기쁘게 받아들였다. 감사 기도의 일정이 잡혔다. 쿠투조프에게 마리아 테레지아 대십자 훈장이 하사되고, 군대 전체에 포상이 내려졌다. 볼콘스키는 사방에서 초대를 받아 오전 내내 오스트리아의 고관들을 방문해야 했다. 오후 5시경에 방문 일정을 마친 후 안드레이 공작은 전투와 브륀 여행에 대해 아버지에게 보낼 편지를 머릿속으로 쓰면서 빌리빈의 집으로 돌아왔다. 빌리빈의 집에 가기 전 안드레이 공작은 행군 중에 읽을 책들을 마련하기 위해 서점으로 가 한참 동안 머물렀다. 빌리빈이 임대한 저택의 현관 계단 옆에는 짐으로 절반가량 채워진 브리치카 한 대가 서 있고, 빌리빈의 하인인 프란츠가 힘겹게 여행 가방을 끌며 문에서 나오고 있었다.

"무슨 일인가?" 볼콘스키가 물었다.

"아, 공작 각하!"(독일어) 프란츠는 여행 가방을 브리치카에 간신히 실으며 말했다. "좀 더 멀리 떠나려는 참입니다. 사

악한 놈들이 또 우리 뒤를 바짝 쫓아왔습니다!"(독일어)

"무슨 일이지? 뭐야?" 안드레이 공작이 물었다.

빌리빈이 볼콘스키를 맞으러 나왔다. 언제나 침착하던 얼굴에 흥분한 기색이 보였다.

"아니죠, 아니에요. 당신도 이번 일이 참으로 대단하다는 것을 인정해야 합니다. 그 타보르 다리(빈에 있는 다리)의 일 말입니다. 그들이 아무런 저항에도 부딪히지 않고 다리를 건너 버렸어요." 그가 말했다.

안드레이 공작은 아무것도 이해할 수 없었다.

"도대체 어디에서 오는 길인가요? 도시 안의 모든 마부들이 다 아는 사실을 어째서 당신은 모릅니까?"

"대공비의 처소에서 오는 길입니다. 난 그곳에서 아무 말도 못 들었는데요."

"그럼 가는 곳마다 사람들이 짐을 꾸리는 것을 보지 못했단 말입니까?"

"보지 못했습니다……. 도대체 무슨 일입니까?" 안드레이 공작이 초조하게 물었다.

"무슨 일이냐고요? 문제는 프랑스인들이 아우어슈페르크가 방어하던 다리를 건넜고 다리는 폭파되지 않았다는 거죠. 지금 뮈라가 브륀을 향해 달려오고 있으니 오늘내일 중으로 적들이 이곳에 도착할 겁니다."

"어떻게 이곳으로? 도대체 왜 다리를 폭파하지 않았답니까? 다리에 지뢰가 설치되어 있는데요."

"그것은 내가 당신에게 묻고 싶은 말입니다. 아무도 몰라요. 보나파르트도 모를 겁니다."

볼콘스키는 어깨를 으쓱했다.

"하지만 적이 다리를 건넜다는 것은 곧 군대도 전멸했다는 뜻인데요. 군대가 고립될 테니까요." 그가 말했다.

"바로 그 점이 문제입니다." 빌리빈이 대답했다. "들어 봐요. 내가 당신에게 말했던 대로 프랑스군이 빈에 들어옵니다. 모든 게 아주 순조롭습니다. 그다음 날, 즉 어제 뮈라, 란,[151] 벨리아르, 이 세 원수(그들 모두 가스코뉴[152] 출신이라는 점을 기억해 두세요.)가 말을 타고 다리로 향합니다. 한 사람이 말합니다. '여러분, 타보르 다리에 지뢰와 불발 장치가 설치되어 있고, 그 앞에는 위협적인 교두보와 1만 5000명의 군대가 있다는 것을 아시지요. 그 군대는 다리를 폭파하고 우리를 통과시키지 말라는 지시를 받았습니다. 하지만 만일 우리가 이 다리를 탈환한다면 우리의 나폴레옹 황제 폐하께서 기뻐하실 겁니다. 우리 셋이 가서 저 다리를 탈환합시다.' 다른 사람들이

151) 장 란(Jean Lannes, 1769~1809). 프랑스 장군. 마부의 아들로 태어나 1792년 국민군에 입대하여 프랑스 혁명 전쟁과 나폴레옹 전쟁에 참여하는 동안 원수의 자리까지 올랐다. 나폴레옹 휘하에서 이탈리아 원정과 이집트 원정에 참전했고, 나폴레옹의 브뤼메르 18일의 쿠데타에도 가담했다. 프랑스군 원수로서 1805년 10월 울름 전투, 1805년 12월 아우스터리츠 전투와 예나-아우어슈테트 전투에 참가했으며, 1806년 폴란드 전투에서, 1807년 프리들란트 전투에서 러시아를 무찔렀다. 1809년 에스파냐 원정에서 전사했다. 한편 나폴레옹 전쟁(1803~1815)은 프랑스의 대륙 봉쇄령에 불만을 품은 영국과 프랑스의 갈등으로 촉발되어 나폴레옹이 세인트헬레나섬에 유배되기까지 유럽에서 벌어진 전쟁을 일컫는다.
152) 프랑스의 지명으로 '가스코뉴 사람'이란 흔히 '허풍쟁이'를 뜻한다.

말합니다. '갑시다.' 그렇게 그들은 진군하여 다리를 빼앗고 다리를 건넙니다. 그리고 이제 도나우강 이쪽 편에 전 군대를 이끌고 와서 우리를 향해, 당신들과 당신들의 수송로를 향해 진군하고 있습니다."

"농담은 그만하시죠." 안드레이 공작은 침울하고 심각하게 말했다.

이 소식은 안드레이 공작에게 비통하고도 반가운 소식이었다. 러시아 군대가 그런 절망적인 상황에 처했다는 소식을 듣자마자 머릿속에 이런 생각들이 떠올랐다. 나야말로 러시아 군대를 이 상황에서 구출하도록 예정된 사람이다. 바로 이곳이야말로 숱한 무명 장교들 틈에서 나를 끌어내어 영광으로 향한 첫길을 열어 줄 툴롱[153]이다! 빌리빈의 이야기를 듣는 동안 그는 이미 공상에 빠졌다. 그는 군대로 돌아간 자신이 군사 회의에서 군대를 구할 유일한 의견을 제출하고 홀로 그 작전의 수행을 위임받는 장면을 머릿속에 그리고 있었다.

"농담은 그만해요." 그가 말했다.

"농담이 아닙니다." 빌리빈이 계속해서 말했다. "이보다 더 정확하고 비참한 이야기도 없어요. 그 원수들은 자기들끼리

---

153) 지중해 연안에 있는 프랑스 제일의 항구 도시다. 나폴레옹은 1793년 툴롱에서 일어난 프랑스 왕당파의 반란을 진압하여 불과 스물네 살에 대위에서 장군으로 승진하면서부터 이름을 알리기 시작했다. 혁명에 반대한 왕당파는 프랑스의 주요 해군 기지인 툴롱과 병기창을 영국과 에스파냐의 연합군에 넘겨주었고, 툴롱의 군사적 중요성을 알았던 혁명 정부는 툴롱의 반환을 요구했다. 이때 벌어진 전투에서 나폴레옹은 혁혁한 공을 쌓았다.

다리에 와서 하얀 손수건을 치켜듭니다. 그들은 휴전이 선포되었다고, 원수인 자신들이 아우어슈페르크 공작과 교섭을 하러 왔노라고 단언합니다. 당직 장교는 그들을 교두보로 들여보냅니다. 그들은 장교에게 가스코뉴식 헛소리를 1000가지쯤 늘어놓습니다. 전쟁이 끝났다느니, 프란츠 황제가 보나파르트와의 회담을 결정했다느니, 자신들은 아우어슈페르크 공작과 만나기를 원한다느니 하면서요. 장교는 아우어슈페르크 공작을 모셔 오라고 사람을 보냅니다. 그러자 그 원수들은 장교들을 얼싸안고 농을 지껄이며 대포 위에 걸터앉습니다. 그러는 사이 프랑스군 한 대대가 눈에 띄지 않게 다리 위로 진입하여 발화 물질이 든 자루를 물에 던지고 교두보로 접근합니다. 드디어 중장인 우리의 친애하는 아우어슈페르크 폰 마이테른 공작이 모습을 드러냅니다. '친애하는 적이여! 오스트리아군의 꽃이자 튀르크 전쟁의 영웅이여! 반목은 종식되었고, 우리는 이제 악수를 나눌 수 있습니다. 나폴레옹 황제께서는 아우어슈페르크 공작을 열렬히 알고 싶어 하십니다.' 한마디로 이 원수들은 괜히 가스코뉴 출신이 아니었던 겁니다. 그들은 아우어슈페르크에게 아름다운 말을 쏟아부었습니다. 아우어슈페르크는 프랑스 원수들과 그처럼 빠르게 친해진 것에 몹시도 황홀해했고 뮈라의 긴 망토와 타조 깃털에 완전히 눈이 멀어 버렸습니다. 그는 그저 상대의 불을 바라보기만 할 뿐[154]

---

154) 상대의 불을 바라본다는 것은 상대의 휘황찬란한 모습에 넋을 잃는다는 의미다.

적들에게 발사해야 할 자신의 불에 대해서는 까맣게 잊어버리죠.(빌리빈은 생생한 화술을 펼치면서도 이 경구 다음에 그 가치를 음미할 여유를 주고자 잠시 뜸을 들이는 것을 잊지 않았다.) 프랑스 대대는 교두보로 달려가 대포의 포문을 막고 다리를 탈취합니다. 아뇨, 하지만 무엇보다 훌륭한 점은……." 그는 자신의 이야기가 지닌 매력에 흥분했다가 차츰 마음을 가라앉히며 말을 이었다. "이것입니다. 대포를 신호로 지뢰에 불을 붙이고 다리를 폭파하기로 되어 있었는데 이 대포 옆에 배치된 중사가, 다름 아닌 그 중사가 프랑스 부대들이 다리를 향해 달려오는 것을 알아보고 점화를 하려고 했어요. 하지만 란이 그의 손을 밀친 겁니다. 아마 자신의 장군보다 더 똑똑했던 중사는 아우어슈페르크에게 다가가 이렇게 말합니다. '공작님, 공작님은 속고 계십니다. 저기 프랑스군이 오고 있습니다!' 뭐라는 중사가 말을 하게 내버려 두면 작전이 실패한다는 것을 깨닫습니다. 그는 놀라는 척하며(영락없는 가스코뉴 사람이죠.) 아우어슈페르크를 돌아봅니다. 그가 말합니다. '세상에서 그토록 찬양받는 오스트리아식 규율로는 보이지 않는데요. 그런데도 당신은 부하가 당신에게 이런 식으로 이야기하도록 내버려 두는군요!' 천재적이죠. 아우어슈페르크 공작은 모욕을 느끼고 중사를 체포하도록 명령합니다. 아뇨, 인정하세요. 멋지지 않습니까, 다리에서 있었던 이 모든 사건이 말입니다. 이것은 어리석은 행위도 아니고 비겁한 행위도 아니고……."

"아마도 배신이겠죠." 안드레이 공작은 회색 외투, 부상, 화약 연기, 포성, 그리고 자신을 기다리는 영광을 머릿속에 생생하게 그려 보며 말했다.

"그것도 아닙니다. 이 일로 궁정은 대단히 난처한 상황에 처했어요." 빌리빈은 계속 말했다. "그것은 배신도, 비겁한 행위도, 어리석은 행위도 아닙니다. 그것은 울름의 상황과 같아요……." 그는 적당한 표현을 찾느라 생각에 잠긴 듯했다. "그것은…… 그것은 마크식이죠. 우리는 **마크화**되어 버린 겁니다." 그는 자신이 경구를, 그것도 더 참신한 경구를, 훗날 거듭해서 반복될 그런 경구를 말했다고 느끼며 이야기를 맺었다.

그때까지 이마에 잡혀 있던 주름은 만족의 표시로 빠르게 풀어졌다. 그는 가볍게 미소를 지으며 자신의 손톱을 바라보았다.

"당신은 어디로 갈 건가요?" 자리에서 일어나 자기 방으로 향하는 안드레이 공작에게 빌리빈이 불쑥 물었다.

"떠날 겁니다."

"어디로요?"

"부대로요."

"당신은 이틀 정도 더 머물려고 했잖아요?"

"하지만 지금 당장 떠나겠습니다."

그러고는 안드레이 공작은 출발에 대한 지시를 내리고 자기 방으로 갔다.

"이봐요, 친구." 빌리빈은 그의 방으로 들어오며 말했다. "사실 당신에 대해 잠시 생각했습니다. 당신은 무엇 때문에 떠나는 겁니까?"

그리고 그 논거가 반박할 수 없는 것이라는 증거로서 얼굴의 모든 주름이 싹 사라졌다.

"당신은 왜 떠날까요? 난 압니다. 당신은 군대가 위기에 처한 이 순간에 군대로 달려가는 것이 자신의 의무라고 생각한 겁니다. 난 잘 압니다. 친구, 그것은 영웅주의예요."

"결코 그렇지 않습니다." 안드레이 공작이 말했다.

"하지만 당신은 철학자니 철저히 철학자가 되어 다른 측면에서 사물을 보세요. 그러면 오히려 자신을 지키는 것이 자신의 의무임을 알게 될 겁니다. 그런 것은 아무짝에도 쓸모없는 사람들에게 맡겨요……. 당신은 복귀하라는 명령을 받지도 않았고, 이곳 사람들도 당신을 보내지 않을 겁니다. 그러니 당신은 이곳에 남아 우리와 함께 떠날 수 있어요. 우리의 불행한 운명이 우리를 이끄는 곳으로요. 다들 올뮈츠[155]로 떠난다고 하는군요. 올뮈츠는 아주 사랑스러운 도시입니다. 당신도 나와 함께 나의 콜랴스카로 마음 편하게 떠납시다."

"농담은 이제 그만하십시오, 빌리빈." 볼콘스키가 말했다.

"나는 친구로서 진심으로 말하는 겁니다. 신중하게 생각해요. 지금 여기에 남을 수 있는데 어디로, 무엇을 위해 떠난다는 겁니까? 당신을 기다리는 것은 둘 중 하나예요.(그는 왼쪽 관자놀이에 주름을 잡았다.) 당신이 부대에 도착하기도 전에 평화 조약이 체결되거나 쿠투조프의 전 군대와 함께 패배와 치욕을 겪는 거죠."

---

155) 오늘날 체코 공화국의 모라비아 지방에 속해 있으며 '올로모우츠'라고 불린다.

그러고 나서 빌리빈은 자신이 제시한 딜레마에 논박할 여지가 없다고 느끼며 주름을 폈다.

"그런 것을 생각하고 있을 수는 없습니다." 안드레이 공작은 냉정하게 말했으나 속으로는 '난 군대를 구하기 위해 가는 거야.'라고 생각했다.

"친구, 당신은 영웅이군요." 빌리빈이 말했다.

# 13

 그날 밤 볼콘스키는 국방 대신에게 작별 인사를 한 후 부대로 떠났다. 그러나 정작 어디에서 부대를 찾아야 할지 몰랐고, 크렘스로 가는 도중 프랑스군에 잡힐까 봐 두렵기도 했다.

 브륀에서는 궁정의 모든 사람들이 짐을 꾸리고 있었다. 무거운 것들은 이미 올뮈츠로 보내졌다. 에첼스도르프 부근에서 안드레이 공작은 러시아 군대가 엄청나게 서두르며 극도로 무질서하게 이동하고 있는 도로로 나오게 되었다. 도로는 짐마차로 꽉 차 마차를 타고서는 도저히 지나갈 수 없었다. 코사크 대장에게 말 한 필과 코사크 한 명을 받은 안드레이 공작은 굶주림과 피로에 지친 몸으로 수송 대열을 추월하며 총사령관과 자신의 짐마차를 찾아 떠났다. 도중에 군 상황에 대한 지극히 불길한 소문들이 그에게 전해졌고, 무질서하게 달려가는 군대의 모습이 그 소문들을 뒷받침했다.

"영국의 황금이 세상 끝에서 이곳으로 데려온 그 러시아 군대들, 우리는 그들에게 똑같은 운명(울름에 있던 군대의 운명)을 겪게 할 것이다." 안드레이 공작은 보나파르트가 출정에 앞서 자신의 군대에 명한 말을 떠올렸다. 그 말은 그의 마음속에 천재적인 영웅에 대한 놀라움, 자존심을 모욕당한 느낌, 영예에 대한 기대를 똑같이 불러일으켰다. '어떻게 죽을 것인가 외에 아무것도 남지 않는다면?' 그는 생각했다. '좋아, 필요하다면야! 나도 남들 못지않게 그것을 해 보이겠어.'

안드레이 공작은 그 끝없이 혼잡하게 이어지는 부대, 짐마차, 군수품 수송차, 대포를 경멸의 눈초리로 바라본 후 다시 짐마차로, 또 짐마차로, 진흙투성이 도로를 꽉 채운 채 서너 줄로 앞서거니 뒤서거니 지나가는 온갖 종류의 짐마차로 눈길을 돌렸다. 사방에서, 앞뒤에서, 청각이 미치는 모든 곳에서 바퀴 소리, 마차 차체와 첼레가와 포가가 덜컹거리는 소리, 말발굽 소리, 채찍 소리, 말 모는 소리, 병사와 종졸과 장교들의 욕설이 들려왔다. 양쪽 도로변을 따라 때로는 가죽이 벗겨지거나 벗겨지지 않은 말들의 사체가, 때로는 부서진 짐마차들과 그 옆에서 무언가를 기다리며 쓸쓸히 앉아 있는 병사들이, 때로는 떼를 지어 이웃마을로 가거나 마을에서 수탉과 숫양과 건초와 무언가로 가득 채운 자루를 끌고 오는 낙오병들이 보였다. 오르막길이나 내리막길에서는 사람들이 더 붐비고 비명 섞인 신음 소리가 끊이지 않았다. 무릎까지 진흙탕에 빠진 병사들은 두 손으로 대포와 치중차를 들어 나르고 있었다. 채찍이 허공을 가르고, 말발굽이 미끄러지고, 멍에와 수레

를 연결한 끈이 끊어지고, 사람들의 가슴이 비명으로 찢어질
듯했다. 이동을 지휘하는 장교들은 수송 대열 사이를 돌아다
니며 앞으로 뒤로 말을 몰았다. 장교들의 목소리는 전체가 왁
자지껄하는 소리들 틈에서 희미하게 들렸고, 그들의 얼굴에
는 이 무질서를 막을 길이 없다는 절망이 뚜렷하게 보였다.

'저기에 우리의 친애하는 정교회 군대가 있군.' 볼콘스키는
빌리빈의 말을 떠올리며 잠시 생각에 잠겼다.

그는 그 사람들 중 누군가에게 총사령관이 어디에 있는지
물어보고자 수송 대열 쪽으로 말을 몰았다. 바로 맞은편에서
말 한 필이 끄는 기묘한 승용 마차가 오고 있었다. 첼레가와
카브리올레트[156]와 콜랴스카의 중간 형태였고, 병사들의 물건
들로 손수 만든 것처럼 보였다. 한 병사가 승용 마차를 몰고,
가죽 포장 아래의 비 가리개 뒤편에는 숄로 온몸을 감싼 여자
가 앉아 있었다. 안드레이 공작이 가까이 다가가 병사에게 질
문을 하기 위해 돌아본 순간 키비토치카[157] 안에 앉은 여자의
필사적인 비명 소리가 주의를 끌었다. 수송 대열을 지휘하는
장교가 다른 마차들을 앞지르려 든 이 콜랴소치카[158]의 마부

---

156) 접이식 포장이 달린 2인용(마부대 포함) 이륜마차로 말 한 필이 끄는
경마차다. 18세기 프랑스에서 처음 사용된 캐브리얼레이(cabriolet)가 러시
아에 '카브리올레트'라는 명칭으로 전파되었다.

157) kibitochka. 아치형 나무틀에 천 또는 가죽으로 포장을 씌우거나 목재로
지붕을 얹은 여행용 사륜마차인 키빗카(kibitka)의 작은 형태를 가리킨다.
한두 마리의 말이 끈다.

158) kolyasochka. 콜랴스카의 작은 형태를 뜻한다. 콜랴스카에 대해서는 이
책 주 32를 참조. 톨스토이는 숄을 쓴 여자가 탄 마차를 첼레가와 카브리올

노릇을 하는 병사를 때릴 때 채찍이 승용 마차의 비 가리개를 친 것이다. 여자는 날카로운 소리로 비명을 질렀다. 안드레이 공작을 본 그녀는 비 가리개 밖으로 몸을 쑥 내밀더니 깔개 같은 숄 밖으로 나온 야윈 두 손을 흔들며 외쳤다.

"부관님! 부관님! 제발…… 저희를 보호해 주세요……. 이제 어떻게 되는 거죠? 전 군의관 아내예요, 7엽병…… 저분들이 통과시켜 주지 않아요. 우리는 뒤처지는 바람에 일행을 놓쳤어요……."

"비스킷처럼 납작하게 두들겨 패 줄 테다. 마차를 돌려!" 격분한 장교가 병사에게 소리쳤다. "네놈의 화냥년을 데리고 마차를 돌려!"

"부관님, 저희를 보호해 주세요. 도대체 어찌 된 노릇인가요?" 군의관 아내가 부르짖었다.

"이 짐마차를 통과시켜 주시죠. 여기 여성분이 있는 것이 보이지 않습니까?" 안드레이 공작이 장교에게 가까이 가며 말했다.

장교는 그를 흘깃 쳐다보고는 아무런 대꾸도 없이 다시 병사 쪽으로 돌아섰다.

"내가 먼저 가겠다. 뒤로 가!"

"보내 주라고 말했잖습니까?" 안드레이 공작은 입술을 꽉 다물며 거듭 말했다.

---

레트와 콜랴스카의 중간 형태라고 소개하고는 뒤이어 '승용 마차'라느니, '키비토치카'라느니, '콜랴소치카'라느니 계속 용어를 바꾸어 언급함으로써 마차의 우스꽝스러운 형태에 대해 익살을 부리고 있다.

"넌 뭐 하는 놈이야?" 갑자기 장교가 술주정을 부리며 안드레이 공작을 돌아보았다. "네놈이 뭔데? 네(그는 유난히 너라는 말을 고집했다.)가 지휘관이야, 어? 이곳의 지휘관은 네놈이 아니라 나야. 넌 뒤로 가." 그는 똑같은 말을 되풀이했다. "비스킷처럼 납작하게 두들겨 패 주겠어."

장교는 그 표현이 썩 마음에 드는 모양이었다.

"애송이 부관 녀석에게 호기롭게 퇴짜를 놓는군." 뒤에서 목소리가 들렸다.

안드레이 공작은 장교가 술에 취해 무슨 말을 하는지도 모르는 무분별하고 난폭한 발작 상태라는 것을 알아차렸다. 그는 키비토치카에 탄 군의관 아내를 옹호하려는 자신의 태도가 자신이 세상에서 가장 두려워하는 것, 즉 흔히 **조롱거리**라고 불리는 것으로 가득 차 있음을 깨달았다. 그러나 본능은 다르게 말했다. 장교가 마지막 말을 미처 다 끝내기도 전에 안드레이 공작은 노여움으로 얼굴을 일그러뜨린 채 말을 그쪽으로 몰고 가서 가죽 채찍을 들어 올렸다.

"통 — 과 — 시 — 켜 주 — 시 — 지 — 요!"

장교는 한 손을 내저으며 황급히 옆으로 물러났다.

"모든 혼란은 언제나 이런 참모 장교들 때문에 생기지." 그가 투덜거렸다. "당신 방식대로 하시구려."

안드레이 공작은 눈을 들지도 않은 채 자신을 구세주라고 부르는 군의관 아내의 곁을 황급히 떠났다. 그러고는 혐오에 찬 심정으로 이 굴욕적인 장면을 극히 세세한 부분까지 떠올리며 사람들로부터 총사령관이 있다고 들은 마을을 향해 질주했다.

마을에 들어서자 그는 말에서 내려 첫 번째 집으로 들어갔다. 잠시 쉬면서 뭐라도 먹고 자신을 괴롭히는 이 모든 모욕적인 상념들을 분명하게 정리해 볼 생각이었다. '이들은 불한당 떼거리지 부대가 아냐.' 그가 이런 생각을 하며 첫 번째 집 창가로 다가갈 때 귀에 익은 목소리가 그의 이름을 불렀다.

그는 주위를 둘러보았다. 작은 창문에서 네스비츠키의 잘생긴 얼굴이 튀어나왔다. 네스비츠키는 축축하게 젖은 입으로 무언가를 씹으며 두 팔을 흔들어 안드레이 공작을 자기 쪽으로 불렀다.

"볼콘스키, 볼콘스키! 안 들리나? 얼른 와." 그가 소리쳤다.

집으로 들어간 안드레이 공작은 네스비츠키 외에 무언가를 먹고 있는 몇몇 다른 부관들을 보았다. 그들은 황급히 안드레이 공작을 돌아보며 혹시 새로운 소식을 아는지 물었다. 안드레이 공작은 너무도 친숙한 그들의 얼굴에서 불안과 걱정의 표정을 읽었다. 그 표정은 언제나 낄낄거리는 네스비츠키의 얼굴에서 유난히 두드러졌다.

"총사령관님은 어디 계십니까?" 볼콘스키가 물었다.

"이 마을에요. 저 집에 계십니다." 한 부관이 대답했다.

"이봐, 그래서 평화 조약과 항복이 있었다는 게 사실이야?" 네스비츠키가 물었다.

"내가 묻고 싶은 말이군. 난 내가 간신히 자네들이 있는 곳까지 왔다는 사실 말고는 아무것도 몰라."

"이봐, 그럼 우리는 어떻게 되는 거야! 끔찍하군! 친구, 내가 마크를 조롱했던 것을 사과하지. 우리 상황이 더 안 좋으니 말이야." 네스비츠키가 말했다. "자, 앉아. 뭐라도 먹어."

"공작, 지금은 짐마차고 뭐고 아무것도 찾을 수 없어요. 당신의 표트르가 어디 있는지는 하느님만 아실 겁니다." 다른 부관이 말했다.

"도대체 군사령부는 어디에 있습니까?"

"츠나임[159]에서 숙박할 겁니다."

"그래서 난 필요한 것을 전부 말 두 마리에 실어 두었어." 네스비츠키가 말했다. "게다가 짐짝도 훌륭하게 꾸려 놓도록 했지. 보헤미아산맥을 넘어서라도 달아날 수 있을걸. 좋지 않군, 친구. 그래, 자네는 건강이 안 좋은 게 틀림없어. 왜 그렇게 부들부들 떨지?" 안드레이 공작이 라이덴 병[160]에 닿기라도 한 듯 경련을 일으키는 것을 눈치채고는 네스비츠키가 물었다.

"아무것도 아니야." 안드레이 공작이 대답했다.

그 순간 그는 조금 전 군의관 아내와 수송대 장교를 맞닥뜨린 일을 떠올렸다.

"총사령관님은 이곳에서 뭘 하고 계시지?" 그가 물었다.

"전혀 모르겠어." 네스비츠키가 말했다.

"모든 게 혐오스럽고, 혐오스럽고, 또 혐오스럽다는 것 한

---

159) 오늘날 체코 공화국의 모라비아 지방에 속하며 '즈노이모'라고 불린다.
160) 축전기의 일종으로 1746년 네덜란드의 라이덴 대학 물리학 교수인 뮈스헨부르크가 발명했다. 절반 정도 물을 채우고 구리선을 코르크 마개로 통과시킨 모양의 병이었다. 마찰로 정전기가 충전된 유리병의 구리선에 살이 닿은 사람은 강한 충격으로 펄쩍 뛰어오르곤 했다.

가지는 알겠군." 안드레이 공작은 이렇게 말하고는 총사령관이 묵고 있는 집으로 향했다.

안드레이 공작은 쿠투조프의 승용 마차, 수행원들의 지친 말들, 자기들끼리 큰 소리로 떠드는 코사크들 옆을 지나 현관방으로 들어섰다. 사람들에게 들은 대로 쿠투조프는 바그라치온과 바이로터[161]와 함께 농가에 있었다. 바이로터는 전사한 슈미트를 대신하여 온 오스트리아 장군이었다. 현관방에는 체구가 작은 코즐롭스키가 서기 앞에 쭈그리고 앉아 있었다. 서기는 군복 소매를 걷어 붙인 채 거꾸로 뒤집은 작은 통을 받치고 부랴부랴 기록을 하고 있었다. 코즐롭스키의 얼굴은 몹시 피곤해 보였다. 그도 밤잠을 자지 못한 듯했다. 그는 안드레이 공작을 흘깃 쳐다보았을 뿐 고개도 까딱하지 않았다.

"제2전선은……. 썼나?" 그는 서기에게 계속 받아 적게 했다. "키예프 척탄병[162] 부대, 포돌스크……."

"서두르지 마시라니까요." 서기는 코즐롭스키를 돌아보고 무례하게 성을 내며 대답했다.

그때 문 너머에서 쿠투조프의 불만 섞인 활기찬 목소리와 그것을 가로막는 낯선 목소리가 들려왔다. 이 목소리들의 울

---

161) 프란츠 리터 폰 바이로터(Franz Ritter von Weyrother, 1754~1807). 오스트리아 장군. 1805년 오스트리아군 참모장이었고, 아우스터리츠 전투 당시에 연합군의 전략을 작성했다.

162) 보병의 한 병과이며, 원래는 손으로 포탄을 던지는 임무를 맡았다. 총의 사정거리가 길어지고 손으로 던지는 포탄이 점차 사용되지 않게 되자 보병대로 바뀌었다. 러시아군 편성에 대해서는 이 책 주 28을 참조.

림, 코즐롭스키가 힐끔 쳐다볼 때의 냉랭함, 피로에 지친 서기의 불손함, 서기와 코즐롭스키가 총사령관과 그렇게 가까운 곳에서 바닥의 작은 통 둘레에 앉아 있는 모습, 말을 돌보는 코사크들이 창문 밑에서 큰 소리로 웃어 대는 모습, 이 모든 것에서 안드레이 공작은 틀림없이 무언가 중대하고 불행한 일이 일어나리라는 것을 느꼈다.

안드레이 공작은 코즐롭스키를 향해 몇 가지 질문을 집요하게 던졌다.

"잠깐, 공작, 이건 바그라치온에게 줄 작전 계획이란 말이야." 코즐롭스키가 말했다.

"그럼 항복은?"

"그럴 일은 없어. 전투 명령이 떨어진걸."

안드레이 공작은 목소리가 새어 나오는 문 쪽으로 향했다. 그러나 문을 열려는 순간 방 안의 목소리들이 뚝 그치더니 문이 열리고 뒤룩뒤룩 살진 얼굴에 매부리코인 쿠투조프가 문지방에 나타났다. 안드레이 공작은 쿠투조프 바로 맞은편에 섰다. 그러나 총사령관의 시력이 남은 한쪽 눈에 어린 표정으로 보아 상념과 근심이 마음을 너무도 강하게 사로잡은 나머지 그의 시야를 가린 듯했다. 그는 자기 부관의 얼굴을 정면으로 보면서도 알아보지 못했다.

"자, 어떻게 됐나, 끝냈나?" 그는 코즐롭스키를 돌아보았다.

"곧 끝납니다, 총사령관 각하."

동양인 유형의 단호하고 표정 없는 얼굴에 키가 크지 않고 무뚝뚝하고 아직은 늙지 않은 바그라치온이 총사령관을 따라 나왔다.

"총사령관님을 뵙게 되어 영광입니다." 안드레이 공작은 봉투를 내밀며 꽤 큰 소리로 거듭 말했다.

"아, 빈에서 온 건가? 좋아. 나중에, 나중에!"

쿠투조프는 바그라치온과 함께 현관 계단으로 나갔다.

"자, 공작, 잘 가게." 그가 바그라치온에게 말했다. "그리스도께서 자네와 함께하시길! 자네가 큰 공훈을 세우기를 기원하겠네."

뜻밖에도 쿠투조프의 얼굴이 부드러워지며 눈동자에 눈물이 고였다. 그는 왼손으로 바그라치온을 끌어당기고, 반지를 낀 오른손을 들어 익숙해 보이는 몸짓으로 그에게 성호를 긋고는 살이 뒤룩뒤룩한 한쪽 뺨을 내밀었다. 바그라치온은 뺨 대신 목에 입을 맞추었다.

"그리스도께서 자네와 함께하시길!" 쿠투조프는 똑같은 말을 되풀이하고 콜랴스카로 다가갔다. "함께 타지." 그가 볼콘스키에게 말했다.

"총사령관 각하, 제가 이곳에 도움이 되었으면 합니다. 바그라치온 공작의 부대에 남도록 허락해 주십시오."

"타게." 쿠투조프가 말했다. 그는 볼콘스키가 머뭇거리는 것을 눈치챘다. "나에게도 훌륭한 장교가 필요하다네. 나에게도 필요하단 말일세."

그들은 콜랴스카에 올라타고 몇 분 동안 묵묵히 갔다.

"앞으로도 많은 일들이, 온갖 많은 일들이 있을 거야." 그는 마치 볼콘스키의 마음에서 일어나는 모든 생각을 아는 듯 노인들 특유의 꿰뚫어 보는 표정으로 말했다. "내일 바그라치온의 부대 가운데 10분의 1이라도 돌아온다면 하느님께 감사드릴 텐데." 쿠투조프는 혼잣말을 하듯 이렇게 덧붙였다.

안드레이 공작은 쿠투조프를 쳐다보았다. 쿠투조프로부터 0.5아르신[163] 떨어진 안드레이 공작의 눈에 들어온 것은 그의 관자놀이에 상처로 인하여 생긴 말끔하게 씻긴 주름이었다. 이즈마일의 탄환이 그의 머리를 꿰뚫고 눈동자 하나를 앗아간 자리였다. 볼콘스키는 생각했다. '그래, 이 사람에게는 부하들의 죽음을 이렇게 태연하게 말할 권리가 있지!'

"그렇기 때문에 절 이 부대에 파견해 주십사 부탁드리는 겁니다." 그가 말했다.

쿠투조프는 대답하지 않았다. 그는 이미 자신이 한 말을 잊은 듯 생각에 잠겨 앉아 있었다. 오 분 후 쿠투조프는 콜랴스카의 부드러운 스프링 위에서 경쾌하게 몸을 흔들며 안드레이 공작을 돌아보았다. 얼굴에는 동요의 흔적조차 없었다. 쿠투조프는 야릇한 조소를 띤 채 황제를 알현할 때의 세세한 정황, 궁정에서 들은 크렘스 전투에 관한 평판, 두 사람 모두 아는 몇몇 여인들에 대해 안드레이 공작에게 물었다.

---

163) 제정 러시아의 길이 단위로 1아르신은 71.12센티미터다.

# 14

11월 1일 쿠투조프는 정찰병으로부터 그가 지휘하는 군대를 거의 궁지에 가까운 상황으로 몰아넣는 소식을 접수했다. 정찰병은 거대한 병력을 갖춘 프랑스군이 빈의 다리를 건너 러시아에서 오는 부대와 쿠투조프 사이의 연락로를 향해 진군하는 중이라고 보고했다. 만약 쿠투조프가 크렘스에 남기로 결정한다면 나폴레옹의 15만 군대는 모든 연락로를 차단하고 그의 기진맥진한 4만 군대를 에워쌀 것이다. 그러면 그도 울름에서 마크가 처했던 상황에 놓이게 된다. 만약 쿠투조프가 러시아에서 오는 부대들과 연락할 도로를 포기하기로 결정한다면 적의 우세한 병력을 막으면서 보헤미아산맥의 잘 알지도 못하는 지역으로 길도 없이 나아가야 할 뿐 아니라 부흐회브덴[164]과 연락할 희망을 완전히 버려야 했다. 만약 쿠투조프가 러시아에서 오는 부대와 합류하기 위해 크렘스에서 올뮈츠로 난 길을 따라 퇴각하기로 결정한다면 빈의 다리를 건넌 프랑스군에 추월당하고 결국 모든 무거운 장비와 수송 대열을 끌고 다니다가 양쪽에서 포위당한 채 그의 부대보다 세 배나 우세한 적들과 행군 도중에 전투를 치르는 위험을 무릅써야 했다.

쿠투조프는 이 마지막 방법을 택했다.

정찰병의 보고에 따르면 프랑스군은 빈의 다리를 건너 쿠투조프의 퇴각로에 위치한 전방 100베르스타 남짓 떨어진 츠나임을 향해 강행군하는 중이었다. 프랑스군보다 먼저 츠나임에 도착한다는 것은 곧 군대를 구할 가능성이 크다는 의미였다. 반면 프랑스군이 츠나임에 먼저 도착하게 한다는 것은 분명 전 군대를 울름 때와 비슷한 치욕 혹은 전멸에 빠뜨린다는 의미였다. 그러나 전 군대를 이끌고 프랑스군을 앞지르기란 불가능했다. 빈에서 츠나임에 이르는 프랑스군의 가도는 크렘스에서 츠나임에 이르는 러시아군의 가도보다 짧고 좋았다.

정보를 입수한 날 밤 쿠투조프는 바그라치온의 전위 부대 4000명을 크렘스-츠나임 가도에서 빈-츠나임 가도로 가도록 산지 너머 오른쪽으로 보냈다. 바그라치온은 쉬지 않고 이 행군을 완수하여 앞쪽에는 빈을, 뒤쪽에는 츠나임을 둔 지점에서 정지해야 했다. 또한 만일 프랑스군을 앞지르는 데 성공한

---

164) 표도르 표도로비치 부흐회브덴(Fyodor Fyodorovich Buxhöwden, 1750~1811). 러시아 장군. 폴란드에 주둔한 수보로프의 군대에서 복무했고, 그 후 바르샤바 군정 총독이 되었다. 1805년 쿠투조프의 군대에 합류하여 아우스터리츠 전투에서 1개 군단을 지휘했으며, 1808년 스웨덴 전쟁 때 총사령관이 되었다.

다면 그는 최대한 그들을 그곳에 묶어 두어야 했다. 쿠투조프
는 무거운 장비를 전부 끌고 츠나임으로 출발했다.

폭풍이 휘몰아치는 밤에 신발도 신지 않은 굶주린 병사들
을 이끌고서 길도 없는 산속을 45베르스타 정도 행군하다 병
사의 3분의 1을 낙오로 잃은 끝에 바그라치온은 빈에서 홀라
브룬으로 접근 중인 프랑스군보다 몇 시간 앞서 빈-츠나임 가
도에 자리한 홀라브룬에 도착했다. 쿠투조프는 츠나임에 도
착하기 위해 수송 대열을 이끌고서 며칠 밤낮을 쉬지 않고 더
행군해야 했다. 그러므로 군대를 구하기 위해서는 바그라치
온이 굶주리고 피로에 지친 병사 4000명을 이끌고 홀라브룬
에서 맞닥뜨릴 적군 전체를 하루 밤낮 동안 꼬박 붙잡아 두어
야 했다. 분명 불가능한 일이었다. 그렇지만 기이한 운명이 불
가능을 가능으로 만들었다. 빈의 다리를 전투 없이 프랑스군
수중에 넣은 계략의 성공은 쿠투조프까지도 그렇게 속여 보
라며 뮈라를 자극했다. 츠나임 가도에서 바그라치온의 미약
한 부대와 마주친 뮈라는 이들이 쿠투조프의 전군이라고 생
각했다. 이 군대를 확실히 격파하기 위해 뮈라는 빈에서 오는
도중 뒤처진 부대들을 기다렸고, 이 목적을 위해 양국 군대가
각자 위치를 바꾸지 않고 현재 지점에서 이동하지 않는다는
조건으로 사흘간의 휴전을 제안했다. 뮈라는 평화 조약을 위
한 회담이 이미 진행 중이므로 무익한 유혈을 피하기 위해 휴
전을 제안하는 거라고 설득했다. 최전선에 있던 오스트리아
장군 노스티츠 백작은 뮈라가 보낸 군사(軍使)[165]의 말을 믿고
서 바그라치온의 부대를 훤히 노출시킨 채 퇴각해 버렸다. 또

다른 군사가 똑같이 평화 조약 회담에 관한 소식을 알리고 러시아 부대에 사흘간의 휴전을 제안하기 위하여 러시아군의 산병선 안으로 들어왔다. 바그라치온은 휴전을 받아들일 수도 거부할 수도 없다고 답변한 후 자신이 받은 제안을 보고하도록 쿠투조프에게 부관을 파견했다.

쿠투조프에게 휴전은 시간을 벌고 피로에 지친 바그라치온의 부대를 쉬게 하고 수송 대열과 무거운 장비(이들의 이동은 프랑스군의 눈을 피해 이루어졌다.)를 츠나임까지 한 번이라도 더 이동시킬 수 있는 유일한 수단이었다. 휴전 제의는 군대를 구할 유일하고도 뜻하지 않은 가능성을 제공했다. 쿠투조프는 그 소식을 받자마자 즉시 자신을 수행하는 시종무관장 빈첸게로데를 적의 진영으로 보냈다. 빈첸게로데는 휴전을 수락할 뿐 아니라 항복의 조건을 제시해야 했다. 그동안 쿠투조프는 부관들을 후방으로 파견하여 전 군대에 크렘스-츠나임 가도를 따라 수송 대열의 이동을 최대한 서두르라고 지시했다. 피로와 굶주림에 지친 바그라치온의 부대는 수송 대열과 전 군대의 이러한 이동을 엄호하기 위해서 여덟 배나 우세한 적군 앞에 단독으로 꼼짝 않고 머물러야 했다.

어떤 의무도 지우지 않는 항복 제안이 일부 수송 대열에 이동할 시간을 벌어 주었다는 점에서나 뮈라의 실책이 금방 드러날 것임이 틀림없다는 점에서나 쿠투조프의 예상은 모두

---

165) parlamentyor. 전쟁 중에 군의 명령으로 교섭 임무를 띠고 적군에 파견되는 군인이다. 휴전이나 항복을 권고하는 일 등을 하며, 표지로 하얀 깃발을 사용한다.

적중했다. 홀라브룬에서 25베르스타 떨어진 쇤브룬에 있던 보나파르트는 뮈라의 보고를 비롯해 휴전과 항복에 대한 안건을 받자마자 즉각 속임수를 간파하고 뮈라에게 다음과 같은 편지를 썼다.

뮈라 공작에게. 쇤브룬, 1805년 브뤼메르 25일,[166] 오전 8시.

당신에게 나의 불만을 표현할 마땅한 말을 찾을 수가 없구려. 당신은 나의 전위 부대를 지휘하기만 하면 되오. 당신에게는 나의 지시 없이 휴전을 맺을 권리가 없소. 당신은 나로 하여금 원정 전체의 성과를 잃게 만드는구려. 즉시 휴전을 파기하고 적을 향해 진군하시오. 당신은 이 항복 문서에 서명한 장군에게 알리시오. 그에게는 이런 권리가 없다고, 러시아 황제 외에는 어느 누구에게도 이러한 권리가 없다고 말이오.

어쨌든 러시아 황제가 문서에 언급된 조건에 동의한다면 나도 동의하겠소. 그러나 이것은 계략일 뿐이오. 진군하여 러시아 군대를 전멸시키시오……. 러시아군의 수송 대열과 대포는 당신이 취해도 좋소.

러시아 황제의 시종무관장은 사기꾼이오……. 전권을 갖지 않은 장교는 아무것도 아니오……. 빈의 다리를 횡단할 때는 오스트리아군이 속았지만 지금은 당신이 황제의 부관에게 속

---

166) 브뤼메르 25일은 오늘날 대부분 국가가 사용하는 그레고리력의 11월 15일에 해당한다.

고 있소.

나폴레옹[167]

　보나파르트의 부관은 뮈라에게 보내는 이 준엄한 편지를 들고 전속력으로 말을 몰았다. 자신의 장군들을 믿지 못한 보나파르트는 이미 다 마련된 제물을 놓칠까 두려워하며 근위 대원들을 전부 거느리고 몸소 전장으로 출발했다. 한편 바그라치온의 부대원 4000명은 즐겁게 모닥불을 피워 옷을 말리고 몸을 덥혔으며 사흘 만에 처음으로 카샤를 끓였다. 부대원들 가운데 어느 누구도 그들 앞에 닥칠 일을 알지 못했고, 그것에 대해 생각조차 하지 않았다.

---

167) 나폴레옹이 뮈라에게 보낸 이 편지는 티에르의 『통령 정부와 제정의 역사(L'Histoire du Consulat et de l'Empire)』에서 발췌했다.

# 15

쿠투조프에게 끈질기게 간청하여 승낙을 받아 낸 안드레이 공작이 그룬트에 도착하여 바그라치온 앞에 모습을 드러낸 것은 오후 3시가 지나서였다. 보나파르트의 부관은 아직 뮈라의 부대에 도착하지 않았고, 전투도 아직 시작되지 않았다. 바그라치온의 부대원들은 전투의 전반적인 흐름에 대해 아무것도 모른 채 평화 조약에 대하여 떠들어 댔으나 그것이 가능하다고 믿지 않았다. 또한 전투에 대해서도 이야기했지만 전투가 임박했다고는 믿지 않았다.

볼콘스키가 쿠투조프의 총애와 신뢰를 받는 부관임을 안 바그라치온은 특별히 상관으로서 위엄과 관대함을 갖추어 그를 맞이하며, 아마도 오늘이나 내일 전투가 있을 거라고 알렸다. 그리고 전투 중에 자기 옆에 있는 후위 부대에서 후퇴의 질서를 감독하든 ── '그 일 역시 매우 중요했다.' ── 뜻대로

하라며 전적인 자유를 허락했다.

"어쨌든 오늘은 전투가 없을 겁니다." 바그라치온은 안드레이 공작을 안심시키는 듯한 투로 말했다.

'만일 이 인간이 조그만 십자 훈장이라도 받으려고 파견 나온 흔해 빠진 참모부 멋쟁이라면 후위 부대에 있어도 포상을 받겠지. 하지만 만일 나와 함께 있기를 원한다면 그렇게 하도록 내버려 두자…… 용감한 장교라면 쓸모가 있겠지.' 바그라치온은 생각했다. 안드레이 공작은 아무런 대꾸도 하지 않았다. 그는 진지를 둘러보고 부대의 배치를 확인하게 해 달라고 허락을 구했다. 임무를 받았을 때 어디로 가야 할지 알기 위해서였다. 잘생기고 사치스럽게 차려입고 집게손가락에 다이아몬드 반지를 끼고 잘하지도 못하면서 걸핏하면 프랑스어로 말하는 부대의 당직 장교가 안드레이 공작을 안내하겠다고 나섰다.

어디를 가나 축축하게 젖은 슬픈 얼굴로 무언가를 찾는 듯한 장교들, 마을에서 문과 긴 의자와 울타리를 끌고 오는 병사들이 보였다.

"보세요, 공작, 우리는 저런 인간들에게서 벗어날 수 없을 겁니다." 참모 장교가 그 사람들을 가리키며 말했다. "지휘관들이 기강을 망치고 있어요. 자, 여기를 보십시오." 그는 종군매점인 천막을 가리켰다. "사람들이 모여 앉아 있지요. 오늘 아침에 전부 쫓아냈는데 다시 꽉 찬 것 좀 보십시오. 공작, 말을 몰고 가서 저들을 쫓아 버려야 합니다. 잠깐만요."

"함께 들렀다 갑시다. 나도 저기에서 치즈와 흰 빵을 사야겠습니다." 안드레이 공작이 말했다. 미처 무언가를 먹을 틈이 없었던 것이다.

"공작, 왜 말하지 않았습니까? 내가 대접했을 텐데요."

그들은 말에서 내려 종군 매점인 천막으로 들어갔다. 장교 몇 명이 피로에 지친 벌건 얼굴로 테이블 앞에 앉아 먹고 마시고 있었다.

"아니, 제군들, 도대체 이게 뭔가!" 참모 장교는 이미 몇 차례나 똑같은 말을 되풀이한 사람처럼 나무라는 투로 말했다. "이렇게 자리를 비우면 안 되지. 공작님께서 아무도 이곳에 있어서는 안 된다고 분부하셨는데. 아, 당신이군요, 이등 대위." 참모 장교는 키가 작고 지저분하고 야윈 포병 장교를 돌아보았다. 그는 부츠도 없이(매점 상인에게 말려 달라고 맡긴 상태였다.) 긴 양말만 신은 차림으로 그다지 자연스럽지 않은 웃음을 지으며 천막에 들어온 사람들 앞에 서 있었다.

"아니, 투신 대위, 어찌 된 일입니까, 부끄럽지도 않습니까?" 참모 장교가 계속 말을 이었다. "포병으로서 모범을 보여야 할 것 같은데 당신은 부츠도 없군요. 경보가 울리면 부츠 없이 아주 꼴좋겠습니다.(참모 장교는 씩 웃었다.) 제군들, 다들 제자리로 돌아가시오. 전부." 그는 상관다운 말투로 이렇게 덧붙였다.

안드레이 공작은 투신 이등 대위를 흘깃 보고는 자기도 모르게 빙긋 웃었다. 투신은 말없이 빙그레 웃음을 지으며 맨발로 제자리걸음을 하면서 총명하고 선한 큰 눈동자로 뭔가 묻고 싶은 듯 안드레이 공작과 참모를 번갈아 쳐다보았다.

"병사들이 그러더라고요. 신발을 벗으면 더 편하다고요."
투신 대위는 거북한 처지를 농담조로 바꾸고 싶었는지 쭈뼛
쭈뼛 웃으며 말했다.

그러나 말을 미처 끝내기도 전에 자신의 농담이 상대에게
받아들여지지도 제대로 먹히지도 않았다는 것을 깨달았다.
그는 당황하고 말았다.

"나가 주시죠." 참모 장교는 진지함을 유지하려고 애쓰며
말했다.

안드레이 공작은 포병의 모습을 한 번 더 흘깃 쳐다보았다.
그에게는 전혀 군인답지 않은 다소 우스꽝스러우면서도 매우
매력적인 독특한 무언가가 있었다.

참모 장교와 안드레이 공작은 말에 올라 계속 나아갔다.

마을 밖으로 나간 그들은 지나가는 병사들과 다양한 부대
의 장교들을 끊임없이 만나고 앞지르다가 왼편에서 새로 파
낸 진흙으로 축조 중인 붉은 요새들을 보았다. 매서운 바람에
도 루바시카만 걸친 몇 개 대대 병사들이 흰개미처럼 이 요새
들 위에서 우글거렸다. 흙벽 뒤에서는 보이지 않는 누군가가
삽으로 붉은 흙을 파서 계속 던지고 있었다. 두 사람은 요새
쪽으로 말을 몰고 가서 그것을 둘러보고 더 앞으로 나아갔다.
요새 바로 뒤에서 두 사람은 요새로부터 끝없이 연이어 달려
내려오는 수십 명의 병사들과 맞닥뜨렸다. 두 사람은 그 불결
한 공기로부터 벗어나기 위해 코를 막고 전속력으로 말을 몰
아야 했다.

"저런 것이 야영의 즐거움이죠, 공작." 당직 참모 장교가 말

했다.

그들은 맞은편 산으로 향했다. 그 산에서 내려다보니 벌써 부터 프랑스군이 눈에 들어왔다. 안드레이 공작은 말을 세우고 주위를 둘러보기 시작했다.

"바로 저기에 우리 포병 중대가 있습니다." 참모 장교는 가장 높은 지점을 가리키며 말했다. "부츠도 없이 앉아 있던 그 괴짜의 부대죠. 저 자리에서는 모든 게 보인답니다. 같이 가시죠, 공작."

"대단히 감사합니다만 이제 혼자 다니겠습니다." 안드레이 공작은 참모 장교에게서 벗어나고 싶어 이렇게 말했다. "걱정하지 마십시오."

참모 장교는 뒤에 남고 안드레이 공작만 혼자 떠났다.

앞으로 더 멀리, 적을 향해 더 가까이 나아갈수록 부대의 모습은 더욱 질서 정연하고 쾌활하게 보였다. 가장 무질서하고 의기소침해 보인 것은 안드레이 공작이 아침에 둘러본, 프랑스군으로부터 10베르스타 정도 떨어진 츠나임 앞의 수송대였다. 그룬트에서도 무언가에 대한 불안과 두려움이 다소 느껴졌다. 그러나 안드레이 공작이 프랑스군의 산병선에 가까이 접근함에 따라 아군의 모습은 점차 더 자신만만해 보였다. 외투 차림의 병사들이 줄 지어 서 있고, 상사와 중대장이 점호를 하고는 분대의 맨 끝에 있는 병사의 가슴을 손가락으로 가리키며 한 손을 들라고 명령했다. 사방으로 흩어진 병사들은 장작과 마른 나뭇가지를 끌고 와 유쾌하게 웃고 떠들며 작은 임시 막사를 지었다. 모닥불 옆에는 옷을 입거나 벗은 병사들이 둘러앉아 루바시카와 각반을 말리고 부츠와 외투를 수선하기도 했으며, 큰 솥들과 취사병들 주위에서 북적거리기도 했다. 어느 중대에서는 식사가 마련되자 병사들이 탐욕스러운 얼굴로 김이 무럭무럭 나는 큰 솥을 바라보면서 임시 막사 맞은편의 통나무에 앉은 장교가 병참부 부사관이 나무 사발에 담아 온 카샤를 시식하기만 기다렸다.

좀 더 운이 좋은 다른 중대에서는 — 모든 중대가 보드카를 가진 것은 아니었으므로 — 병사들이 어깨가 떡 벌어진 곰보 상사 주위에 북적거리며 서 있었다. 상사는 작은 나무통을 기울여 순서대로 놓인 물통 뚜껑에 술을 따라 주었다. 병사들은 경건한 얼굴로 뚜껑을 입에 가져가 들이켜고는 술로 입안을 씻어 내고 외투 소맷자락에 입가를 닦으면서 유쾌해진 얼굴로 상사를 떠났다. 모든 이들의 얼굴이 너무도 평온했다. 마치 모든 것이 적의 면전에서 일어나는 게 아니라, 적어도 부대원의 절반이 제자리를 지켜야 하는 전투 직전에 일어나는 게 아니라 고국 어딘가에서 평화로운 야영을 기다리는 가운데 일어나고 있는 것 같았다. 엽병[168] 연대를 지나 똑같이 평화로운 일에 여념이 없는 키예프 척탄 부대의 용감한 대원들 사이에 들어섰을 때, 안드레이 공작은 다른 막사와 구분되는 연대장의 높다란 막사로부터 그다지 멀지 않은 곳에서 척탄 소대의 대오를 발견했다. 그 앞에 벌거벗은 남자가 누워 있었다. 병사

---

168) 라이플총으로 무장한 특등 사수로 이루어진 소규모 부대이며, 기병대와 보병대에 소속되어 주로 측면과 후방의 기습을 맡았다. 러시아군 편성에 대해서는 이 책 주 28을 참조.

두 명이 그를 붙잡고, 다른 두 명은 휘청휘청한 잔가지를 휘두르며 벌거벗은 등을 규칙적으로 때렸다. 벌을 받는 남자는 부자연스러운 비명을 질렀다. 뚱뚱한 소령은 대오 앞에서 왔다 갔다 하며 비명 소리에 아랑곳하지 않고 계속 말했다.

"군인이 도둑질을 한다는 것은 수치스러운 짓이다. 군인은 정직하고 고결하고 용감해야 한다. 만약 형제의 물건을 훔치는 자가 있다면 그자에게는 명예심이 없는 것이다. 그런 자는 불한당이다. 더 해, 더!"

그리고 다시 탄력 있는 채찍 소리와 절망적이면서도 억지로 꾸민 듯한 비명 소리가 계속해서 들려왔다.

"더, 더 해." 소령이 똑같은 말을 되풀이했다.

젊은 장교가 얼굴에 의혹과 고통의 표정을 띤 채 처벌받는 병사의 곁을 떠나다가 옆을 지나는 부관을 미심쩍은 눈초리로 돌아보았다.

안드레이 공작은 제일선에 도착하자 전선을 따라 말을 몰았다. 왼쪽과 오른쪽 측면에서는 아군과 적군의 산병선이 서로 멀리 떨어져 있었으나, 아침에 군사(軍使)들이 다녀간 중간 지점에서는 두 산병선이 어찌나 가까이 붙었는지 상대방의 얼굴을 보며 이야기를 나눌 수 있을 정도였다. 이 지점의 산병선에 배치된 병사들 외에도 양 진영으로부터 호기심을 품은 많은 병사들이 나와 낯설고 기이한 적들을 유심히 관찰하며 낄낄거렸다.

산병선에 접근하는 것을 금지했는데도 이른 아침부터 지휘관들은 호기심 많은 병사들을 막을 수가 없었다. 무언가 진기

한 것을 보여 주는 사람처럼 산병선에 서 있던 병사들은 이제 프랑스군을 쳐다보지 않고 자신들 쪽으로 다가오는 사람들을 관찰하거나 지루하게 교대를 기다렸다. 안드레이 공작은 프랑스군을 보기 위해 멈췄다.

"봐, 보라고." 한 병사가 머스킷 총을 든 러시아 병사를 가리키며 동료에게 말했다. 그 러시아 병사는 장교와 함께 산병선으로 다가가 프랑스군 척탄병과 종종 열을 올리며 이야기를 나누곤 했다. "아, 잘도 지껄이는군! 후랑스 놈도 못 따라가겠어. 그런데 너 말이야, 시도로프⋯⋯."

"기다려, 좀 들어 봐. 정말 잘하는걸!" 프랑스어의 달인이라고 소문난 시도로프가 대답했다.

사람들이 웃으며 가리키던 병사는 돌로호프였다. 안드레이 공작은 그를 알아보고 그의 이야기에 귀를 기울였다. 돌로호프는 자신의 연대가 배치된 왼쪽 측면에서 중대장과 함께 이 산병선으로 온 것이었다.

"자, 더, 더!" 중대장은 몸을 앞으로 구부린 채 자신이 알아듣지 못하는 말을 한마디도 놓치지 않으려고 애쓰며 계속 부추겼다. "더 빨리! 뭐라고 하는 거요?"

돌로호프는 중대장에게 대답하지 않았다. 그는 프랑스군 척탄병과 열띤 논쟁에 빠져 있었다. 그들은 당연하게도 전쟁에 대해 이야기했다. 프랑스 병사는 오스트리아군과 러시아군을 혼동하여 울름에서 항복하고 달아난 것은 러시아군이라고 주장했다. 돌로호프는 러시아군은 항복한 적이 없으며 오히려 프랑스군을 무찔렀다고 주장했다.

"이곳에서도 네놈들을 쫓아내라고 명령을 받았으니 너희들을 쫓아내고 말 테다." 돌로호프가 말했다.

"네놈들의 코사크들과 함께 붙잡히지 않도록 애쓰기나 하시지." 프랑스군 척탄병이 말했다.

프랑스군 구경꾼들과 청중이 웃음을 터뜨렸다.

"수보로프 시절에 네놈들이 춤을 추었던 것처럼 이곳에서도 춤을 추게 해 주지.(네놈들이 춤을 추게 하겠다.)" 돌로호프가 말했다.

"저기 저놈이 뭐라고 노래를 부르는 거지?" 한 프랑스인이 말했다.

"옛날이야기." 다른 프랑스인이 옛 전쟁에 대한 이야기일 거라고 추측하며 말했다. "황제께서 너희들의 수바르[169]에게도 다른 녀석들처럼 본때를 보여 주실 것이다……."

"보나파르트는……." 돌로호프가 말문을 열었으나 프랑스인이 가로막았다.

"보나파르트가 아냐. 황제시다! 악마에게나 잡혀가 버려라……." 그는 성을 내며 소리쳤다.

"악마가 네놈들의 황제를 갈기갈기 찢어 놓을 거다!"

그러더니 돌로호프는 러시아어로 병사들처럼 욕설을 퍼붓고는 라이플총을 둘러메고 자리를 떴다.

"갑시다, 이반 루키치." 그가 중대장에게 말했다.

"바로 저런 게 후랑스 말을 한다는 거다." 산병선에 있던 병

---

169) 수보로프를 잘못 발음한 표현이다.

사들이 입을 열었다. "자, 네 차례다, 시도로프!"

시도로프는 한쪽 눈을 찡긋하고 프랑스인들을 향해 뜻도 알 수 없는 말들을 중얼중얼 지껄이기 시작했다.

"카리, 말라, 타파, 사피, 무테르, 카스카." 그는 자기 말에 풍부한 억양을 더하려고 애쓰며 마구 지껄였다.

"호, 호, 호! 하, 하, 하, 하! 우흐, 우흐!" 병사들 사이로 건강하고 유쾌한 너털웃음이, 무의식중에 산병선을 넘어 프랑스인들까지 전염시키는 너털웃음이 울려 퍼졌다. 그렇게 웃고 나자 병사들의 마음속에는 어쩐지 라이플총에서 얼른 탄환을 빼고 탄약 상자를 터뜨리고 다들 서둘러 집으로 흩어져야 할 것 같은 생각이 들었다.

그러나 라이플총은 여전히 장전된 채였고, 저택과 요새에 만들어진 총안은 여전히 준엄하게 전방을 응시했으며, 포차에서 분리된 대포들은 전과 다름없이 서로를 겨누고 있었다.

# 16

안드레이 공작은 군대의 전선을 오른쪽 측면에서 왼쪽 측면까지 전부 돌아본 후 참모 장교의 말대로라면 전장 전체를 볼 수 있는 포병 중대를 향해 올라갔다. 그곳에 이르자 말에서 내려 포차에서 분리한 대포 네 문 가운데 가장 끝에 있는 대포 옆에 섰다. 대포 앞에는 보초인 포병이 왔다 갔다 하고 있었다. 그는 장교 앞에서 재빨리 차려 자세를 취했다가 장교의 신호에 따라 다시 일정한 속도로 무료하게 걷기 시작했다. 대포 뒤에 포차가 있고, 그 뒤에 말을 매는 말뚝과 포병들의 모닥불이 있었다. 왼쪽으로 맨 끝의 대포에서 멀지 않은 곳에는 새로 엮어 만든 작은 임시 막사가 있었다. 그곳에서 장교들의 활기찬 목소리가 들려왔다.

실제로 이 포병 중대가 있는 자리에서는 러시아 군대의 배치가 거의 다 보이고, 적군의 배치도 꽤 많이 보였다. 포병 중대의 정면, 즉 맞은편 언덕의 지평선에는 쇤그라벤 마을이 보였다. 마을 왼쪽과 오른쪽의 모닥불 연기에 싸인 세 지점에서 프랑스 대군을 식별할 수 있었다. 아마도 그들 가운데 상당수는 마을 안과 산 너머에 있을 듯했다. 마을 왼쪽에서 올라오는 연기 속에 포병 중대 비슷한 무언가가 있는 듯했지만 육안으로는 잘 보이지 않았다. 아군의 오른쪽 측면은 프랑스군 진지 위로 우뚝 솟은 꽤 험준한 고지에 자리 잡고 있었다. 그 고지를 따라 아군의 보병이 배치되고, 가장 끝에 용기병[170]이 보였다. 투신의 포병 중대가 있고 안드레이 공작이 진지를 내려다보는 중심부에는 완만하게 경사진 쭉 곧은 내리막과 오르막이 있었으며, 이 길은 아군 진지와 쇤그라벤의 경계를 이루는 실개울로 이어졌다. 왼쪽의 아군 부대는 숲과 접했고, 그 숲에서 장작을 패는 아군 보병들의 모닥불로부터 연기가 피어올랐다. 프랑스군이 아군보다 전선이 넓으니 분명 프랑스군은 양쪽에서 아군을 쉽사리 포위할 수 있을 것이다. 아군 진지의 뒤쪽에는 험준하고 깊은 골짜기가 자리했다. 그 골짜기를 따라 포병대와 기병대가 퇴각하기는 힘들 것이다. 안드레이 공작은 대포에 팔꿈치를 괴고 수첩을 꺼낸 후 스스로를 위해 부대의 배치도를 그렸다. 그는 바그라치온에게 보고할 생각으로 두 군데에 연필로 표시를 했다. 그는 첫째로 포병대 전체를 중앙에 결집시키고, 둘째로 기병대를 뒤쪽에, 즉 골짜기

---

170) 기병의 한 병과이면서도 이따금 말을 이용하지 않고 보병과 함께 활동한다. 그 때문에 기병의 무기인 기병도와 피스톨 외에 보병용 총과 총검도 소지한다. 러시아군의 병과에 대해서는 이 책 주 28을 참조.

의 맞은편으로 이동시킬 것을 고려해 보았다. 안드레이 공작은 늘 총사령관 옆에서 대군의 움직임과 군 전체에 미치는 명령을 주시해 왔고 언제나 전투를 역사적으로 기술하는 데 흥미를 느꼈다. 그래서 이 임박한 전투 앞에서 자기도 모르게 오직 전반적인 관점에서만 군사 행동의 향후 진행을 상상하고 있었던 것이다. 머릿속에는 그저 다음과 같은 대강의 우연만 떠오를 뿐이었다. 그는 속으로 중얼거렸다. '만약 적이 오른쪽 측면을 공격한다면 키예프의 척탄병 부대와 포돌스크의 엽병 부대가 중앙의 예비 부대가 올 때까지 진지를 사수해야 해. 그럴 경우 용기병은 측면을 공격해 적을 격파할 수 있을 거야. 하지만 중앙부가 공격을 받으면 우리는 이 고지에 중추 포병 중대를 배치하고 그들의 엄호 아래 왼쪽 측면을 집결시켜 사다리꼴 대형으로 골짜기까지 후퇴하는 거지.' 그는 홀로 이런 저런 판단을 내리고 있었다…….

포병 중대의 대포 옆에 있는 내내 그는 평소에도 종종 그러듯 막사에서 떠드는 장교들의 목소리를 계속 들으면서도 그들이 하는 말을 단 한 마디도 알아듣지 못했다. 그러다 문득 막사에서 들려온 목소리들의 진심 어린 말투에 너무도 깊은 인상을 받은 나머지 자기도 모르는 사이에 귀를 기울이게 되었다.

"아니지, 친구." 안드레이 공작에게 어쩐지 친숙하게 느껴지는 듣기 좋은 목소리가 말했다. "난 말이야, 만약 죽음 이후에 무엇이 일어날지 알 수만 있다면 우리 가운데 누구도 죽음을 두려워하지 않을 거라고 말하는 거야. 그렇지, 친구!"

좀 더 젊은 다른 목소리가 그의 말을 가로챘다.

"두려워하든 두려워하지 않든 아무래도 상관없어. 피할 수 없으니까."

"하지만 여전히 두려워하잖아요! 에, 당신들은 박식한 사람들이군요." 또 다른 늠름한 목소리가 두 사람의 말을 가로막으며 말했다. "바로 그겁니다. 당신네 포병들이 그렇게도 박식한 것은 언제나 보드카와 자쿠스카를 들고 다닐 수 있기 때문이에요."

그러고는 보병 장교인 듯한 그 늠름한 목소리의 주인이 웃음을 터뜨렸다.

"하지만 여전히 두려워하지!" 처음의 귀에 익은 목소리가 계속해서 말했다. "무엇인지 알 수 없다는 것, 그것이 두려운 거지. 영혼이 천국에 간다고 아무리 말해 봤자 사실 우리는 알잖아. 천국은 없고 오직 대기뿐이라는 것을 말이야."[171]

또다시 늠름한 목소리가 포병의 말을 가로막았다.

"자, 당신의 약초 술을 좀 내놓지 그래요, 투신." 그 목소리가 말했다.

'아, 종군 매점에서 부츠 없이 서 있던 그 대위군.' 안드레이 공작은 철학을 논하는 듣기 좋은 목소리를 알아듣고 즐거운 마음으로 잠시 생각에 잠겼다.

---

171) 이 장면에서 장교들이 영혼의 불멸성에 대해 나누는 대화는 독일 철학자인 요한 고트프리트 폰 헤르더(Johann Gottfried von Herder, 1744~1805)의 「인간은 불멸을 기대하도록 창조되었다」라는 소논문에 근거한 것이다. 이 소논문의 러시아 번역본은 1804년 7월에 발표되었다.

"약초 술을 줄 수는 있어." 투신이 말했다. "하지만 내세를 이해한다는 것은……." 그는 미처 말을 끝내지 못했다.

그 순간 휙 하고 허공을 가르는 소리가 들렸다. 가까이, 더 가까이, 더 빠르게, 더 크게, 더 크게, 더 빠르게, 포탄은 마치 꼭 해야 할 말을 미처 다 끝내지 못했다는 듯 무자비한 힘으로 흙먼지를 일으키며 막사에서 멀지 않은 땅바닥에 쿵 떨어졌다. 대지가 무시무시한 타격에 신음하는 것 같았다.

그 순간 막사에서 몸집이 작은 투신이 파이프를 옆으로 문 채 가장 먼저 튀어나왔다. 선하고 지적인 얼굴이 다소 창백했다. 그 뒤로 늠름한 목소리의 주인인 용감한 보병 장교가 나와 단추를 채우면서 자신의 중대로 달려갔다.

# 17

안드레이 공작은 말을 탄 채 포병 중대에 남아 막 포탄이 날아간 대포의 연기를 바라보았다. 그의 시선은 드넓은 공간을 따라 내달렸다. 그가 알아챈 것이라고는 이제껏 꿈쩍하지 않던 프랑스 대군이 꿈틀거리기 시작했고 왼쪽에 있던 것이 사실은 포병 중대였다는 것뿐이었다. 그곳의 연기는 아직 흩어지지 않았다. 부관으로 보이는 두 프랑스 기병이 산속을 질주했다. 산병선을 강화하기 위해서인지 뚜렷하게 보이는 적군의 소규모 종대가 산 아래로 이동하고 있었다. 첫 번째 발포로 생긴 연기가 흩어지기도 전에 또 다른 연기가 보이고 포성이 울렸다. 전투가 시작되었다. 안드레이 공작은 말을 돌려 바그라치온 공작을 찾기 위해 그룬트를 향하여 질주했다. 그는 뒤에서 포격이 점점 더 잦아지고 심해지는 소리를 들었다. 아군의 응전이 시작된 듯했다. 아래쪽, 즉 군사(軍使)들이 지나간 곳에서는 라이플총 소리가 들리기 시작했다.

르마루아[172]는 보나파르트의 준엄한 편지를 들고 방금 막 뮈라가 있는 곳에 도착했다. 무안했던 뮈라는 자신의 실수를 만회하고자 즉각 부대를 중앙과 양 측면 주변으로 이동시켰다. 그는 저녁이 되기 전에, 그리고 황제가 도착하기 전에 자신들 앞에 있는 보잘것없는 부대를 짓밟고 싶었다.

'시작이다! 드디어 왔군!' 안드레이 공작은 피가 심장으로 더 빠르게 몰리는 것을 느끼며 생각했다. '그런데 도대체 어디에 있지? 나의 툴롱은 도대체 어떤 식으로 나타날까?' 그는 생각했다.

십오 분 전만 해도 카샤를 먹고 보드카를 마시던 그 중대 사이로 말을 몰며 그는 여기저기서 대오를 정비하고 라이플총을 분해하는 병사들의 신속한 움직임을 보았다. 그리고 자기 마음속에 있는 활기찬 감정이 모든 이들의 얼굴에도 어려 있는 것을 알아차렸다. '시작이다! 드디어 왔군! 두렵기는 하지만 유쾌한걸!' 병사들과 장교들의 얼굴이 모두 그렇게 말하고 있었다.

구축 중인 요새에 미처 닿기도 전에 그는 흐린 가을날의 지는 햇살 속에서 말을 타고 자신을 향해 다가오는 사람들을 보았다. 맨 앞 사람은 펠트로 지은 소매 없는 외투에 새끼 양 가

---

172) 장 레오나르 프랑수아 르마루아(Jean Léonard François Lemarrois, 1777~1836). 노르만족 농부의 아들이다. 툴롱 포위전에서 나폴레옹의 눈에 띄어 부관이 되었다. 아우스터리츠 전투에 참전했고, 1809년에는 로마의 총독으로 임명되었다.

죽으로 지은 챙 없는 모자를 쓰고서 백마를 타고 있었다. 바로 바그라치온 공작이었다. 바그라치온 공작은 말을 잠시 세우더니 안드레이 공작을 알아보고 고개를 끄덕였다. 안드레이 공작이 자기가 목격한 것을 보고하는 동안 바그라치온 공작은 계속 정면을 응시하고 있었다.

'시작이다! 드디어 왔군!'이라는 표정은 바그라치온 공작의 탄탄한 갈색 얼굴과 잠이 덜 깬 듯 반쯤 감은 흐릿한 눈동자에도 어려 있었다. 안드레이 공작은 불안한 호기심을 안고 그 움직임 없는 얼굴을 유심히 바라보면서 이 남자가 이 순간 생각을 하거나 감정을 느끼고는 있는지, 대체 무슨 생각을 하고 무엇을 느끼는지 알고 싶었다. '저기 저 움직이지 않는 얼굴 너머에 무언가가 있기는 한 걸까?' 안드레이 공작은 그를 바라보며 스스로에게 물었다. 바그라치온 공작은 안드레이 공작의 말에 동의하는 뜻으로 고개를 끄덕이고는 지금 일어나는 모든 것, 보고받은 모든 것이 자신의 예상대로라는 듯한 표정으로 "좋소."라고 말했다. 안드레이 공작은 말을 급하게 몬 탓에 숨을 헐떡이며 빠르게 말했다. 바그라치온 공작은 서둘러 봤자 갈 곳이 없다는 것을 넌지시 일깨우듯 특유의 동방풍 억양으로 유난히 느리게 말을 내뱉었다. 그러나 투신의 포병 중대 쪽으로 향할 때는 빠른 속도로 말을 몰았다. 안드레이 공작은 수행원들과 함께 뒤를 따랐다. 바그라치온 공작을 뒤따르는 이들은 수행 장교, 공작의 부관인 제르코프, 연락 장교, 꼬리를 자른 아름다운 말을 탄 당직 참모 장교, 호기심에서 전투에 나가게 해 달라고 청원한 문관인 법무관이었다. 법무관은 투실투실한 얼굴의 뚱뚱한 사내로, 기쁨에서 우러나온 순박한 미소를 띤 채 말 위에서 흔들리며 주위를 둘러보고 있었다. 경기병들과 코사크들과 부관들 틈에서 거친 모직 외투 차림으로 수송병 안장 위에 앉은 모습이 기묘했다.

"전투를 보고 싶다고 해서 말이야." 제르코프가 법무관을 가리키며 볼콘스키에게 말했다. "그러면서 벌써부터 명치가 쿡쿡 쑤신다는군."

"아, 그만하세요." 법무관은 마치 제르코프의 농담거리가 되어 영광이라는 듯 환하고 순박한, 그러면서도 교활한 미소를 지으며 말했다. 그는 실제보다 더 어리석게 보이려고 일부러 애쓰는 듯했다.

"참 우습군요, 나의 공작님." 당직 참모 장교가 말했다.(그는 공작이라는 직함을 프랑스어로 발음하는 데 어떤 특별한 방식이 있다는 것을 기억했으나 도저히 바르게 할 수가 없었다.)

그때 그들 모두는 이미 투신의 포병 중대에 거의 다다른 상황이었다. 그런 그들 앞에 포탄이 떨어졌다.

"도대체 뭐가 떨어진 겁니까?" 법무관이 순박하게 웃으며 물었다.

"프랑스 과자들이죠." 제르코프가 말했다.

"요컨대 이런 것으로 사람을 죽인다는 겁니까?" 법무관이 물었다. "정말 무섭군요!"

그러더니 그는 만족에 겨워 완전히 해이해진 듯 보였다. 그가 말을 끝내자마자 다시 휙 하는 예상치 못한 무시무시한 소리가 울리더니 갑자기 물렁한 무언가에 쿵 부딪히며 그쳤다가 다시 쉬, 쉬, 쉬, 펑 하고 울렸다. 법무관 뒤에서 오른쪽으로 약간 떨어져 말을 몰던 코사크가 말과 함께 땅바닥에 쓰러졌다. 제르코프와 당직 참모 장교는 안장 위로 몸을 숙이고 말을 옆으로 돌렸다. 법무관은 코사크 맞은편에 말을 세우고는 호기심 어린 눈으로 주의 깊게 바라보았다. 코사크는 죽었으나 말은 아직도 몸부림을 치고 있었다.

바그라치온 공작은 눈을 가늘게 뜨고 주위를 둘러보다가 방금 일어난 혼란의 원인을 확인하자 무심히 고개를 돌려 버렸다. 마치 '이런 어리석은 일에 관심을 가질 필요가 있는가!' 하고 말하는 듯했다. 그는 뛰어난 기수의 솜씨로 말을 세우고는 몸을 살짝 구부려 외투에 걸린 장검을 바로 놓았다. 장검은 당시 사람들이 갖고 다니던 것과 달리 고풍스러웠다. 안드레이 공작은 수보로프가 이탈리아에서 자신의 장검을 바그라치온에게 선사했다는 일화를 기억해 냈고, 이 순간 그 기억은 유난히 기쁘게 여겨졌다. 그들은 볼콘스키가 전장을 둘러볼 때 머물던 바로 그 포병 중대 쪽으로 다가갔다.

"누구의 중대인가?" 바그라치온 공작이 탄약 상자 옆에 서 있는 포병 하사에게 물었다.

그는 "누구의 중대인가?"라고 물었지만 사실 '자네들은 벌써 이곳에 있는 걸 두려워하는 게 아닌가?' 하고 물은 것이었다. 하사도 그것을 알아차렸다.

"투신 대위의 중대입니다, 각하." 머리털이 붉고 얼굴이 주근깨로 덮인 하사는 몸을 똑바로 세우며 쾌활한 목소리로 외쳤다.

"그렇군, 그래." 바그라치온은 무언가를 생각하며 이렇게 중얼거리고는 포차를 지나 맨 끝의 대포로 말을 몰았다.

바그라치온 공작이 가까이 접근했을 때 대포에서 그와 수행원의 귀를 먹먹하게 하는 발사 소리가 울리고, 갑자기 대포를 감싼 연기 속에서 대포를 붙잡고 온 힘을 다해 밀어 황급히 원래 자리로 돌려놓으려는 포병들이 보였다. 어깨가 넓고 몸집이 거대한 제1포병이 꽂을대를 들고 두 다리를 넓게 벌린 채 포차 바퀴 쪽으로 껑충 뛰었다. 제2포병은 떨리는 손으로 탄약을 포구에 집어넣었다. 키가 작고 등이 굽은 투신 장교는 대포 받침대에 걸려 비틀거리며 앞으로 달려갔다. 그는 장군이 온 사실을 알아차리지 못한 채 자그마한 손을 눈 위에 대고 응시했다.

"2리니아[173] 더 올려. 그럼 딱 맞을 거야." 그는 새된 소리로 외치며 그 목소리에 외양과 어울리지 않는 기개를 더하려고 애썼다. "2번 대포." 그가 빽빽거리며 외쳤다. "소탕해 버려, 메드베제프!"

바그라치온이 장교를 불렀다. 투신은 군인이 경례하는 것이 아니라 사제가 축복을 내리듯 소심하고 거북한 몸짓으로 군모 차양에 손가락 세 개를 붙이고 장군에게 다가왔다. 투신의 대포는 협곡을 사격하기로 되어 있었지만 투신은 전방에 보이는 쇤그라벤 마을로 소이탄을 쏘았다. 마을 앞에서 프랑스 대군이 다가오고 있었던 것이다.

어느 방향에 무엇으로 사격하라고 아무도 투신에게 명령

173) 제정 러시아 시대의 길이 단위로 1리니아는 약 2.3밀리미터다.

하지 않았다. 그는 자신이 몹시 존경하는 자하르첸코 상사와 상의하여 마을을 불살라 버리는 편이 좋겠다고 결정했다. "좋아!" 바그라치온은 장교의 보고에 대해 이렇게 말하고는 마치 무언가를 생각하는 것처럼 눈앞에 펼쳐진 전장을 죽 둘러보았다. 오른쪽에 보이는 프랑스군이 가장 가까이 접근하고 있었다. 키예프 연대가 주둔한 고지 아래쪽, 실개울이 흐르는 골짜기에서 영혼을 비틀어 댈 듯이 요란한 라이플총 소리가 끊임없이 들려왔다. 수행 장교는 공작에게 훨씬 더 오른쪽인 용기병 부대 너머 아군의 측면을 우회하는 프랑스군 종대를 가리켰다. 왼쪽은 지평선이 가까운 숲에 막혀 있었다. 바그라치온 공작은 2개 포병 중대에 지원을 위하여 중앙에서 오른쪽으로 이동하라고 지시했다. 수행 장교는 공작에게 이 포병 중대들이 빠지면 대포가 엄호 없이 남게 된다고 과감히 지적했다. 바그라치온 공작은 수행 장교를 돌아보더니 흐릿한 눈으로 말없이 바라보았다. 안드레이 공작에게는 수행 장교의 의견이 사실 말할 나위도 없이 올바른 것 같았다. 그러나 그때 골짜기에 있던 연대의 지휘관이 보낸 부관이 프랑스 대군은 산기슭을 따라 접근하고 있으며 연대는 무질서하게 흐트러져 키예프의 척탄병들 쪽으로 퇴각하는 중이라는 소식을 가지고 달려왔다. 바그라치온 공작은 동의와 승인의 표시로 고개를 끄덕였다. 그는 말을 오른쪽으로 천천히 움직이고는 부관에게 프랑스군을 공격하라는 명령을 들려 용기병 부대로 보냈다. 그러나 그곳으로 보낸 부관은 삼십 분 후에 되돌아와 용기병 연대의 지휘관이 이미 골짜기 너머로 후퇴했다는 소식을 전했다. 적의 집중포화를 받고 병사들을 헛되이 잃자 지휘관이 사격병들을 부랴부랴 숲속으로 이동시켰다는 것이다.

"좋아!" 바그라치온이 말했다.

그가 포병 중대를 떠나려 할 때 왼쪽 숲에서도 사격 소리가 들렸다. 늦지 않게 몸소 가 보기에는 왼쪽 측면에서 너무 떨어져 있었기에 바그라치온 공작은 그곳으로 제르코프를 보내 오른쪽 측면은 아마도 적들의 공격을 오래 버틸 수 없을 테니 최대한 서둘러 골짜기 너머로 후퇴하라고 고참 장군에게 전하게 했다. 브라우나우에서 쿠투조프에게 연대의 사열을 받은 바로 그 장군이었다. 투신과 그를 엄호하는 포병 중대는 잊혀졌다. 안드레이 공작은 바그라치온 공작과 지휘관들의 대화를, 그리고 바그라치온 공작이 내리는 명령을 열심히 들었다. 그러다가 놀랍게도 어떤 명령도 내려지지 않았다는 사실, 바그라치온 공작은 필연과 우연과 일부 지휘관들의 의지에 따라 일어나는 모든 것들이 비록 자신의 명령대로는 아니라 해도 자신의 의도대로 일어나고 있다는 인상을 주고자 애쓸 뿐이라는 사실을 알아차렸다. 바그라치온 공작이 보여 준 요령 덕분에 안드레이 공작은 깨달았다. 사건들이 이처럼 우연하게 지휘자의 의지와 상관없이 일어날지라도 그의 존재가 대단히 많은 일을 해내고 있다는 점을 말이다. 바그라치온 공작에게 낙담한 얼굴로 찾아온 지휘관들은 점차 침착을 되찾았으며, 병사들과 장교들은 그를 즐겁게 맞이하고 그가 있는 동안 더욱 활기를 띠었다. 아무래도 그들은 그의 앞에서 자신의 용기를 과시하는 것 같았다.

# 18

아군의 오른쪽 측면에서 가장 높은 지점에 이른 바그라치 온 공작은 우레 같은 사격 소리가 들리고 화약 연기에 가려 아무것도 보이지 않는 아래쪽으로 내려가기 시작했다. 골짜기 가까이 내려갈수록 앞을 보기가 더욱 힘들어졌지만 실제 전장이 가깝다는 사실은 더욱 실감이 났다. 그들은 부상병들과 맞닥뜨리곤 했다. 군모도 없이 머리가 피투성이가 된 병사를 두 병사가 양팔을 잡고 질질 끌고 갔다. 그는 목쉰 소리를 내고 침을 뱉었다. 입안이나 목구멍에 총알을 맞은 듯했다. 그들과 마주친 또 다른 병사는 큰 소리로 신음을 내뱉고 생생한 통증에 한 팔을 흔들면서도 라이플총 없이 혼자 힘차게 걸었다. 팔에서는 마치 병으로 붓기라도 하듯 피가 외투로 흘러내리고 있었다. 그의 얼굴은 고통보다는 공포를 띤 것처럼 보였다. 그는 바로 직전에 부상을 당했다. 길을 건넌 일행은 가파른 비탈을 내려가기 시작했고, 비탈에서 바닥에 누운 사람들을 몇명 보았다. 그들은 한 무리의 병사들과 마주쳤는데 그 가운데에는 부상을 입지 않은 이들도 있었다. 병사들은 힘겹게 숨을 몰아쉬며 산을 올랐고, 장군을 보고서도 큰 소리로 떠들며 두 팔을 흔들었다. 앞쪽의 연기 속에 이미 회색 외투들의 대열이 보였다. 바그라치온을 본 장교는 무리 지어 걸어가는 병사들을 큰 소리로 부르며 쫓아가 다시 돌아오라고 요구했다. 바그라치온은 대열을 향해 다가갔다. 대열의 여기저기에서 사격 소리가 말소리와 호령 소리를 삼키며 빠르게 울렸다. 대기는 온통 화약 연기로 자욱했다. 병사들의 얼굴은 전부 화약 검댕으로 시커멓고 활기에 넘쳤다. 어떤 이들은 꽂을대를 꽂고, 또 어떤 이들은 여러 연대로 흩어져 배낭에서 탄약을 꺼내고, 또 어떤 이들은 발사를 했다. 그러나 그들이 누구에게 쏘는지는 바람에도 흩어지지 않는 화약 연기 때문에 보이지 않았다. 웅웅거리고 쉭쉭거리는 경쾌한 소리가 꽤 자주 들려왔다. '이게 도대체 뭐지?' 안드레이 공작은 말을 몰고 병사들의 무리로 다가가며 생각했다. '사람들이 이렇게 떼거지로 있는데 이런 게 산병선일 리 없지. 공격일 리도 없어, 사람들이 움직이지 않으니까. 방진(方陣)일 리도 없고. 사람들이 그런 식으로 서 있지 않잖아.'

쇠약해 보이는 야윈 노인인 연대장이 즐거운 미소를 지으며 바그라치온 공작에게 다가와 귀빈을 영접하는 집주인처럼 그를 맞이했다. 노안(老眼)이 눈꺼풀에 절반 이상 덮여 온화한 인상을 더했다. 그는 프랑스 기병이 자신의 연대를 공격했다고, 연대가 이 공격을 물리치긴 했지만 부하를 절반 이상 잃었다고 바그라치온 공작에게 보고했다. 연대장은 연대에서 일어난 일을 묘사할 만한 군사 용어를 잠시 생각해 본 후 공격을 격퇴했다고 말했다. 그러나 사실 그는 자신이 맡은 부대에 그 삼십 분 동안 무슨 일이 일어났는지 몰랐다. 그리고 자신의 연대가 공격을 격퇴한 것인지, 아니면 적의 공격에 격퇴를 당한 것인지 확실하게 말할 수 없었다. 전투가 시작될 때 그가 알았던 것이라고는 연대 도처에 포탄과 유탄이 날아와 사람들을 죽이기 시작했다는 것, 그다음에 누군가가 "기병대다!"라고 소리쳐 아군도 사격을 시작했다는 것뿐이었다. 그리하여 그들은 이미 자취를 감춘 기병대를 향해서가 아니라 골짜기에 나타나 아군에게 총을 쏘아 대는 프랑스 보병을 향해 이제껏 사격을 하고 있었다. 바그라치온 공작은 모든 것이 완전히 그가 바라고 예상한 대로라는 뜻으로 고개를 끄덕였다. 그는 부관을 돌아보며 그들이 방금 지나쳐 온 엽병 6연대의 2개 대대를 산에서 데려오도록 명령했다. 그 순간 안드레이 공작은 바그라치온 공작의 얼굴에 일어난 변화에 충격을 받았다. 그의 얼굴은 무더운 날 물속에 뛰어들려고 최후의 질주를 하는 사람에게서 나타나는 집중력과 행복한 결단을 드러냈다. 잠이 부족한 듯 흐릿한 눈동자도, 깊은 생각에 잠긴 척하던 표정도 사라졌다. 비록 움직임에는 이전의 느릿함과 정연함이 남아 있었지만 둥글고 단호한 매 같은 눈동자는 기쁨에 겨워, 그러면서도 다소 멸시하듯 전방을 바라보았다. 그러나 그 시선은 어디에도 머물지 않는 듯했다.

연대장은 바그라치온 공작을 돌아보며 이곳은 너무 위험하니 후퇴하게 해 달라고 간청했다. "용서하십시오, 각하, 제발 부탁드립니다." 그는 맞장구쳐 주기를 바라는 마음에서 수행 장교를 힐끔 쳐다보며 말했다. 그러나 수행 장교는 연대장을 외면했다. "자, 보십시오!" 그는 주위에서 끊임없이 날카로운 비명을 지르고 노래를 부르고 휘파람을 부는 듯한 총알로 사람들의 주의를 돌렸다. 목수가 도끼를 쥔 지주에게 '우리에게는 익숙한 일이지만 주인님 손에는 물집이 잡힐 겁니다.' 하고 말할 때처럼 간청과 비난이 뒤섞인 어조였다. 그는 총알들이 자신을 죽일 수 없다는 식으로 말했고, 반쯤 감긴 눈은 그 말에 더욱 설득력 있는 표정을 더했다. 참모 장교는 연대장의 설득을 거들었다. 그러나 바그라치온 공작은 그에게 아무 대꾸도 하지 않았다. 그저 사격을 중지하고 이쪽으로 오고 있는 2개 대대에 자리를 내줄 수 있도록 정렬하라고 명령할 뿐이었다. 그가 말하는 동안 위로 솟구치는 바람이 마치 보이지 않는 손처럼 골짜기를 덮은 연기의 휘장을 오른쪽에서 왼쪽으로 걷어 냈다. 그러자 프랑스군이 진군하는 맞은편 산이 그들 앞에 드러났다. 모든 이들의 눈동자가 저도 모르게 자신들을 향해 움직이며 계단 모양의 비탈을 휘감은 프랑스군 종대에 쏠렸다. 이미 병사들의 털이 덥수룩한 군모가 보였고, 이미 장교들과 졸병들을 구분할 수 있을 정도였다. 그들의 군기가 깃대에서 펄럭이는 것도 보였다.

"멋지게 행진하는군." 바그라치온의 수행원들 가운데 누군가가 말했다.

종대의 선두는 어느새 골짜기로 내려오고 있었다. 이쪽 비탈에서 충돌이 일어날 게 분명했다…….

전투에 참가한 아군 연대의 나머지는 서둘러 정렬하여 오른쪽으로 후퇴했다. 그 뒤에서 낙오병들을 몰아내며 엽병 6연대의 2개 대대가 질서 정연하게 다가왔다. 그들이 바그라치온에게 이르기도 전에 대군 전체가 발맞춰 걷는 묵직하고 육중한 발소리가 들렸다. 왼쪽 측면에서 바그라치온과 가장 가까이 걷던 사람은 중대장이었다. 아둔하고도 행복한 표정을 한 둥근 얼굴에 늘씬한 사내, 막사에서 뛰어나왔던 바로 그 사내였다. 그는 이 순간 지휘관 옆을 씩씩하게 지나가야 한다는 것 말고는 아무 생각도 하지 않는 듯했다.

그는 전선에 있다는 의기양양한 기분에 젖어 힘줄이 튀어나온 억센 다리로 둥둥 떠다니듯 전혀 힘들이지 않고 가볍게 걸었으며, 이러한 가벼움 때문에 그의 걸음에 맞춰 걷는 병사들의 무거운 발걸음과 다르게 보였다. 그는 칼집에서 미리 빼둔 가느다란 장검(전혀 무기처럼 보이지 않는 휘어진 작은 칼이었다.)을 다리 옆에 차고 지휘관과 뒤쪽을 번갈아 보면서도 보조를 놓치지 않으며 강인한 몸통 전체를 유연하게 돌리곤 했다. 지휘관 옆을 가장 훌륭한 모습으로 지나가는 데만 정신이 온통 쏠린 듯했다. 그는 자신이 이 일을 잘해 내고 있다고 느끼며 행복해했다. '왼발…… 왼발…… 왼발…….' 그는 한 걸음 한 걸음 내딛을 때마다 속으로 이렇게 계속 중얼거리는 것 같았다. 배낭과 라이플총을 짊어진 병사들의 벽이 온갖 험악한 얼굴로 이 박자에 맞춰 움직였다. 그 수백 명의 병사들도 저마다 걸음을 내딛으며 한결같이 마음속으로 '왼발…… 왼발…… 왼발…….' 하고 중얼거리는 것처럼 보였다. 뚱뚱한 소령은 숨을 헐떡이고 보조를 놓치며 도중에 있는 덤불을 우회했다. 뒤처진 한 병사는 자신의 태만에 놀란 표정으로 숨을 헐떡이면서 중대를 따라잡기 위해 질주했다. 포탄은 대기를 짓누르며 바그라치온 공작과 수행원들의 머리 위로 날아와 '왼발, 왼발!' 하는 박자에 따라 종대를 명중시켰다. "밀집 대형으로!" 중대장의 뽐내는 듯한 목소리가 들려왔다. 포탄이 떨어진 자리에서 병사들은 무언가를 빙 돌아 우회했다. 훈장을 받은 적 있고 나이 지긋한 측면의 부사관은 전사자들 옆에 남았다가 다시 자신의 중대를 쫓아갔다. 그는 살짝 뛰어 발을 바꾸고 보조를 맞춘 후 성이 난 듯 주위를 둘러보았다. 위협적인 침묵과 동시에 쿵쿵거리며 땅을 밟는 단조로운 소리로부터 '왼발…… 왼발…… 왼발…….' 하는 소리가 들리는 듯했다.

"장하다, 제군들!" 바그라치온 공작이 말했다.

"각하를…… 위이하아여!" 하는 소리가 대열에 울려 퍼졌다. 왼쪽에서 침울한 얼굴로 걸어오던 병사는 큰 소리로 외치며 '우리도 압니다.' 하고 말하는 듯한 표정으로 바그라치온에게 시선을 돌렸다. 또 다른 병사는 주위에 눈길도 주지 않고 주의가 산만해질까 두렵다는 듯 입을 크게 벌려 외치며 지나갔다.

제자리에 멈추고 배낭을 내려놓으라는 명령이 내려졌다.

바그라치온은 그의 옆을 지나친 대열들 주위를 빙 돌고 난 후 말에서 내렸다. 그는 고삐를 코사크에게 건네고 외투도 벗어 건네더니 다리를 곧게 펴고 머리 위의 군모를 바로잡았다. 장교를 앞세운 프랑스군 종대의 선두가 산 아래로부터 모습을 드러냈다.

"하느님께서 함께하시길!" 바그라치온은 똑똑히 들리는 결연한 목소리로 말하고는 눈 깜짝할 사이에 정면으로 돌아서서 가볍게 두 팔을 흔들며 마치 고단한 일이라도 하는 양 기병 특유의 불편해 보이는 걸음으로 앞쪽의 울퉁불퉁한 벌판을 걸어갔다. 안드레이 공작은 어떤 저항할 수 없는 힘이 앞쪽에서 그를 끌어당기는 것을 느끼며 커다란 행복을 맛보았다.[174]

프랑스군은 이미 가까이 있었다. 바그라치온과 나란히 걷던 안드레이 공작은 이미 붕대와 붉은 견장과 심지어 프랑스군의 얼굴까지 뚜렷이 구분할 수 있었다.(그는 어느 늙은 프랑스군 장교가 떨기나무를 붙잡고 관절이 틀어진 두 다리에 각반을 찬 채로 힘겹게 산을 오르는 모습을 뚜렷이 보았다.) 바그라치온 공작은 더 이상 명령은 내리지 않고 계속 입을 다문 채 대열의 선두에서 걷고 있었다. 갑자기 프랑스군 사이에서 총성이 한 발 울렸다. 그리고 두 발, 세 발…… 뒤이어 혼란에 빠진 적군의 대열 전체로 연기가 퍼졌고, 포성이 울리기 시작했다. 아군 몇 명이 쓰러졌다. 그중에는 그토록 명랑하게 열심히 행군하던

---

174) 이때 있었던 공격에 대해 티에르는 다음과 같이 말했다. "러시아군은 용맹스럽게 행동했다. 전쟁 중에 정말 드문 일이긴 하지만 두 나라의 보병 대군은 서로를 마주 보며 결연하게 진군했다. 둘 중 어느 쪽도 충돌하기 전에 물러서려 하지 않았다." 나폴레옹은 세인트헬레나섬에서 다음과 같이 말했다. "어떤 러시아 대대가 용감무쌍하게 모습을 드러냈다."(톨스토이 주)

얼굴이 둥근 장교도 있었다. 그러나 첫 번째 총성이 울린 바로 그 순간 바그라치온은 주위를 돌아보며 외쳤다. "우라!"

"우라아아아!" 아군의 전선에서 길게 늘인 함성 소리가 울려 퍼졌다. 아군은 무질서하지만 유쾌하고 활기차게 무리를 이루어 바그라치온 공작을 앞지르고 서로 경쟁하듯 산 아래로, 혼란에 빠진 프랑스군을 뒤쫓아 달리기 시작했다.

# 19

엽병 6연대의 공격은 오른쪽 측면의 후퇴를 안전하게 확보해 주었다. 중앙에서는 쇤그라벤 마을을 불태우는 데 성공한 투신의 잊혀진 포병 중대가 활약해 프랑스군의 움직임을 저지했다. 프랑스군은 바람에 번지는 불길을 끄느라 러시아군에게 후퇴할 여유를 주고 말았다. 골짜기를 통과해야 하는 중앙 부대의 후퇴는 다급하고 소란스럽게 이루어졌으나 이런저런 명령 덕분에 후퇴하는 동안에도 혼란에 빠지지 않았다. 하지만 아조프 보병 연대와 포돌스크 보병 연대와 파블로그라드 기병 연대로 이루어진 왼쪽 측면은 란이 지휘하는 가장 우세한 프랑스군 병력에게 공격과 포위를 동시에 당하고 혼란에 빠졌다. 바그라치온은 제르코프에게 신속히 후퇴하라는 명령을 들려 왼쪽 측면의 장군한테 보냈다.

제르코프는 군모에서 손을 떼지 않은 채 씩씩하게 말을 몰며 질주했다. 그러나 바그라치온의 곁을 떠나자마자 체력이 그를 배신했다. 극복할 수 없는 공포가 덮치는 바람에 그는 도저히 위험에 처한 그곳으로 갈 수 없었다.

왼쪽 측면의 부대에 가까이 다가간 그는 사격이 벌어지는 앞쪽으로 가지 않고 장군과 지휘관들이 있을 리 없는 곳에서 그들을 찾았다. 그래서 명령을 전하지 못했다.

왼쪽 측면의 지휘권은 관등에 따라 브라우나우 부근에서 쿠투조프에게 사열을 받은, 돌로호프가 병사로 복무하는 연대의 지휘관에게 있었다. 그런데 왼쪽 측면의 끝부분에 대한 지휘권은 로스토프가 복무하는 파블로그라드 연대의 지휘관에게 배정되었다. 그 때문에 말썽이 생겼다. 두 지휘관은 서로에게 강한 반감을 품었다. 그리하여 오른쪽 측면에서 이미 오래전 프랑스군이 공격을 개시하여 전투가 벌어진 바로 그 시간에 두 지휘관은 서로에게 모욕을 주기 위한 담판에 정신이 팔려 있었다. 기병 연대도, 보병 연대도 앞으로 닥칠 일에 대해서는 거의 준비를 하지 않았다. 병사부터 장교에 이르기까지 연대의 대원들은 전투를 예상하지 못한 채 조용히 평화로운 작업들을 — 기병대에서는 말에게 먹이를 주는 일을, 보병대에서는 장작 모으는 일을 — 하고 있었다.

"하지만 크 사람이 나보다 콴등이 높잖나." 독일인인 경기병 연대장은 말을 몰고 온 부관에게 벌겋게 상기된 얼굴로 말했다. "크러니 크 사람이 원하는 대로 하케 내버려 두케. 난 나의 켱키병들을 희생시킬 수 없네. 나팔수, 후퇴 나팔을 불어!"

그러나 상황이 긴박해졌다. 오른쪽과 중앙에서 포성과 총성이 서로 뒤섞여 울렸다. 란에게 속한 저격병들의 프랑스군 군용 외투들은 이미 방앗간의 둑을 지나 이쪽에서 2열 라이플 총 사격 대형으로 정렬하고 있었다. 보병 연대장은 휘청거리는 걸음으로 말을 향해 다가가 위에 올라탔다. 그러고는 등을 꼿꼿하게 세우고서 파블로그라드 연대의 지휘관 쪽으로 말을 몰았다. 두 연대장은 마음속에 적의를 감춘 채 한자리에 모여 정중히 인사를 나누었다.

"하지만 연대장." 장군이 말했다. "그래도 난 부하의 절반을 숲에 남겨 둘 수 없소. 부탁하오. 부탁하오." 그는 거듭 말했다. "진지를 점령하고 공격을 준비해 주시오."

"저도 부탁드립니다만 본인 일도 아닌 일에 칸섭하지 말아 주십시오." 연대장이 벌컥 성을 내며 대답했다. "만약 당신이 키병이라면……."

"난 기병이 아니라 러시아 장군이오, 연대장. 만약 당신이 이 점을 모른다면……."

"매우 잘 알고 있습니다, 칵하." 연대장은 갑자기 말을 움직이며 새빨개진 얼굴로 외쳤다. "산병선에 카 보시는 게 어떨까요? 크러면 크 진지가 아무짝에도 쓸모없다고 생각하게 되실 컵니다. 전 당신의 만족을 위해 내 연대를 전멸시키고 싶지 않습니다."

"제정신이 아니구려, 연대장. 난 내 만족을 채우려는 게 아니오. 그런 말은 용납할 수 없소."

장군은 용기를 겨뤄 보자는 연대장의 도전을 받아들여 가슴을 쭉 펴고 인상을 찌푸리며 그와 더불어 산병선 쪽으로 말을 몰았다. 마치 그들의 모든 불화는 그곳 산병선의 탄환 아래에서 해결해야 한다는 듯한 태도였다. 그들은 산병선에 도착했고, 머리 위로 총알 몇 개가 휙휙 날아갔다. 그들은 말없이 말을 멈추었다. 산병선에는 딱히 볼만한 것이 없었다. 아까 있던 장소에서도 기병대가 덤불과 골짜기에서 활동하기는 어렵다는 점과 프랑스군이 왼쪽 날개 쪽을 우회하고 있다는 사실이 분명하게 보였기 때문이다. 장군과 연대장은 당장이라도 싸울 태세를 갖춘 두 마리 수탉처럼 험악하고 의미심장한 눈길로 서로를 쏘아보며 공연히 상대방에게서 주눅 든 기색을 찾았다. 두 사람 모두 시험에 통과했다. 딱히 할 말도 없었고, 어느 쪽도 상대방에게 자신이 먼저 총탄 아래에서 달아났다고 말할 빌미를 주고 싶지 않았다. 만약 그때 바로 등 뒤의 숲에서 요란한 라이플총 소리와 한데 뒤엉킨 불분명한 고함 소리가 들리지 않았더라면 서로 용기를 시험하며 그곳에 오래도록 있었을 것이다. 프랑스군이 장작을 구하러 숲에 들어간 러시아 병사들을 공격했다. 경기병들은 이제 보병과 함께 후퇴할 수 없게 되었다. 그들은 왼쪽으로 후퇴할 길을 프랑스군에 차단당했다. 이제 지형이 아무리 불리하더라도 길을 뚫기 위해서는 공격을 하지 않을 수 없었다.

로스토프가 복무하는 기병 중대는 간신히 말에 올라타자마자 적과 정면으로 맞닥뜨려 발이 묶이고 말았다. 엔스 다리에서처럼 이번에도 기병 중대와 적들 사이에 아무도 없었다. 그때와 똑같이 미지와 공포라는 무시무시한 선이, 마치 산 자와 죽은 자를 나누는 듯한 선이 그들을 가르며 놓여 있었다. 모든 사람들이 이 선을 느끼고 있었다. 그리고 이 선을 넘을 것인가 말 것인가, 어떻게 넘을 것인가 하는 물음이 그들을 동요하게 만들었다.

연대장은 전선으로 말을 몰고 와서 장교들의 질문에 성난 기색으로 뭐라고 대꾸했다. 그리고 자기 방식을 필사적으로 고집하는 사람처럼 어떤 명령을 내렸다. 어느 누구도 확실하게 이야기하는 사람은 없었지만 공격에 대한 소문이 기병 중대에 퍼졌다. 대형을 꾸리라는 명령이 울려 퍼지고, 칼집에서 빼 둔 기병도가 날카로운 소리를 냈다. 그러나 여전히 아무도 움직이지 않았다. 보병이나 경기병이나 할 것 없이 왼쪽 측면의 부대들은 상부도 무엇을 해야 할지 모른다는 사실을 깨달았다. 지휘관들의 망설임이 부대에 전해졌다.

'얼른, 얼른 서두르란 말이야.' 로스토프는 생각했다. 그는 드디어 동료 경기병들에게 그토록 숱하게 들었던 공격의 기쁨을 맛볼 때가 왔다고 느꼈다.

"제군들, 하느님께서 함께하시길!" 제니소프의 목소리가 울렸다. "속보고 전진!"

맨 앞줄에 선 말들의 엉덩이가 들썩거리기 시작했다. 그라치크는 고삐를 잡아당기며 스스로 움직이기 시작했다.

로스토프는 오른쪽으로 자신이 속한 부대의 맨 앞줄에 선 경기병들을 보았다. 전방 더 먼 곳에 잘 보이지는 않지만 적으로 여겨지는 검은 줄무늬가 보였다. 총성이 들리기도 했지만 멀리 떨어진 곳이었다.

"속력을 높여라!" 명령이 들렸다. 로스토프는 그라치크가 엉덩이를 치켜들며 갤럽[175)]으로 발을 바꾸는 것을 느꼈다.

말의 움직임을 미리 짐작하게 되자 그는 더욱 즐거웠다. 앞쪽에 외로이 선 나무 한 그루를 보았다. 처음에 그 나무는 앞쪽에, 그토록 무섭게 보이던 선의 한가운데에 있었다. 하지만 일단 그 선을 넘고 나자 더 이상 무서운 게 없을 뿐 아니라 모든 것이 한층 유쾌하고 생기 있게 변했다. '아, 녀석들을 어떻게 베어 줄까?' 로스토프는 칼자루를 꽉 움켜쥐며 생각했다.

"우라아아아!" 목소리들이 웅성대기 시작했다.

'자, 이제 어떤 놈이든 걸리기만 해라.' 로스토프는 이런 생각을 하며 그라치크에게 박차를 가하고는 말을 전속력으로 몰며 다른 사람들을 앞질러 나갔다. 앞쪽에 벌써 적들이 보였다. 갑자기 무언가가 커다란 빗자루처럼 기병 중대를 내리쳤다. 로스토프는 적을 벨 태세로 기병도를 들어 올렸다. 그러나 그 순간 앞쪽에서 말을 달리던 병사 니키텐코가 그에게서 멀어졌다. 마치 꿈속인 양 로스토프는 부자연스러울 만큼 빠른 속도로 계속 질주하면서도 여전히 제자리에 머물러 있는 느낌이었다. 얼굴이 눈에 익은 경기병 반다르추크가 뒤에서 로스토프 쪽으로 질주해 오며 성난 눈초리로 쳐다보았다. 반다르추크의 말이 펄쩍 뛰어오르는 바람에 로스토프는 옆으로 비껴 났다.

'어떻게 된 거지? 내가 움직이지 않잖아? 떨어졌구나. 난 죽은 거야⋯⋯.' 짧은 순간에 로스토프는 스스로 묻고 답했다.

---

175) 말이 발을 모두 땅에서 떼고 뛰는 동작이다.

그는 이미 들판 한가운데에 홀로 있었다. 움직이는 말과 경기병들의 등 대신 그는 주위에서 움직이지 않는 땅과 수확 후의 그루터기를 보았다. 몸 아래에 따뜻한 피가 고여 있었다. '아니야, 나는 부상당했고 말이 죽은 거야.' 그라치크가 앞발로 일어서려다 다시 쓰러지며 기수의 한쪽 다리를 짓눌렀다. 말의 머리에서 피가 흘렀다. 몸부림을 쳤으나 일어서지 못했다. 로스토프도 일어나려고 했으나 역시 쓰러지고 말았다. 가죽 주머니가 안장에 걸린 것이다. 아군이 어디에 있는지, 프랑스군이 어디에 있는지 알 수 없었다. 주위에는 아무도 없었다.

그는 한 발을 빼내고 일어섰다. '두 군대를 그처럼 확연하게 구분하던 선은 이제 어디에, 어느 쪽에 있을까?' 그는 스스로에게 물었으나 답할 수 없었다. '이미 나에게 무언가 나쁜 일이 일어난 것은 아닐까? 이런 경우가 종종 있나? 그렇다면 이런 경우에는 어떻게 해야 하지?' 그는 몸을 일으키며 스스로에게 물었다. 그 순간 감각이 마비된 왼팔에 무언가 쓸모없는 것이 매달려 있는 느낌이 들었다. 팔에 달린 손이 마치 남의 손 같았다. 그는 공연히 팔에서 핏자국을 찾으며 이리저리 살펴보았다. '어, 저기 사람들이 오네.' 그는 자신을 향해 달려오는 몇몇 사람들을 보고 기뻐하며 생각에 잠겼다. '저 사람들이 나를 도와주겠지!' 그 사람들의 맨 앞에서 기묘하게 생긴 원통형 군모와 파란 외투를 갖춰 입은, 햇볕에 그을린 거무스름한 피부에 매부리코를 지닌 사람이 달리고 있었다. 그 뒤로 두 명 더, 아니 그보다 더 많은 사람들이 달려왔다. 그들 가운데 한 명이 러시아어가 아닌 어떤 낯선 언어로 말했다. 뒤쪽의 똑같은 원통형 군모를 쓴 똑같은 사람들 틈에 러시아 경기병이 한 명 있었다. 사람들이 그의 팔을 붙잡고 있었다. 그 뒤에 있던 사람들은 그의 말을 잡고 있었다.

'틀림없이 아군 포로야……. 그래. 혹시 나도 붙잡으려는 건가? 저 사람들은 도대체 누구지?' 로스토프는 자신의 눈을 믿지 못하고 계속 생각했다. '혹시 프랑스군인가?' 그는 점점 가까이 다가오는 프랑스군을 보았다. 조금 전만 해도 오직 프랑스 군인들을 따라잡아 베어 버리겠다는 일념으로 질주했으면서 이제 그들이 가까이 있다는 사실이 너무도 끔찍하게 느껴져 자기 눈을 믿을 수가 없었다. '저 사람들은 누구지? 왜 뛸까? 설마 나에게? 설마 나에게 달려오는 거야? 도대체 왜? 죽이려고? 모두가 그토록 사랑하는 나를?' 그의 머릿속에 자신을 향한 어머니와 가족들과 친구들의 사랑이 떠올랐다. 그러자 그를 죽이려는 적의 의도가 절대 있을 수도 없는 일처럼 느껴졌다. '어쩌면 그럴지도…… 날 죽일지도 몰라!' 그는 그 자리를 떠나지도, 자신의 처지를 깨닫지도 못하고 십 초 넘게 계속 서 있었다. 선두에 있는 매부리코의 프랑스인이 어느새 얼굴 표정을 알아볼 만큼 가까워졌다. 총검을 앞으로 기울인 채 숨을 죽이며 그를 향해 가볍게 달려오는 그 병사의 흥분한 낯선 표정이 로스토프를 놀라게 했다. 로스토프는 피스톨을 꽉 쥐더니 그것을 쏘기는커녕 프랑스인에게 내던지고 온 힘을 다해 떨기나무 숲으로 뛰었다. 그는 엔스 다리를 지날 때 품었던 의혹과 투쟁의 감정이 아니라 개를 피해 달아나는 토끼의 심정으로 달렸다. 젊고 행복한 삶을 잃는 데 대한 두려운 감정만이 잠시도 떠나지 않고 그의 온 존재를 지배했다. 그는 숨바꼭질할 때처럼 날쌔게 밭고랑을 껑충껑충 뛰어넘으며 들판을 질주하다가 이따금씩 창백하고 선량하고 풋풋한 얼굴로 뒤를 돌아보곤 했다. 그럴 때면 공포의 한기로 등줄기가 오싹했다. '아니야, 차라리 안 보는 게 낫겠어.' 그는 그렇게 생각하면서도 떨기나무 숲이 가까워지자 한 번 더 돌아보았다. 프랑스인들은 뒤처졌다. 그러나 로스토프가 돌아본 그 순간에도 맨 앞의 군인은 달음질하던 걸음을 보통 걸음으로 막 바꾸고는 동료를 뒤돌아보며 뭐라고 힘껏 외치는 것이었다. 로스토프는 걸음을 멈추었다. '뭔가 이상해.' 그는 생각했다. '저 사람들이 날 죽이고 싶어 하다니 있을 수 없는 일이야.' 그러는 동안에도 왼쪽 팔은 2푸드짜리 아령이라도 매달아 놓은 것처럼 너무나 무거웠다. 더 이상 달릴 수 없었다. 프랑스인도 멈춰 서더니 총을 조준했다. 로스토프는 눈을 감고 몸을 숙였다. 총알이 셩 하는 소리를 내며 한 발 두 발 그를 스치고 지나갔다. 그는 마지막 힘을 모아 오른손으로 왼쪽 팔을 잡고 떨기나무 숲까지 뛰었다. 떨기나무 숲에는 러시아 저격병들이 있었다.

# 20

숲속에서 불시의 습격을 당한 보병 연대는 숲 밖으로 도망쳤고, 중대들은 다른 중대와 서로 뒤섞여 무질서하게 무리를 지어 달아났다. 겁에 질린 한 병사가 별 의미 없는, 하지만 전쟁터에서는 무시무시한 말을 중얼거렸다. "차단당했다!" 그러자 그 말은 공포와 함께 전 군대로 퍼져 나갔다.

"포위되었다! 차단되었다! 이제 끝장이다!" 달아나는 이들의 목소리가 부르짖었다.

뒤쪽에서 사격 소리와 외침을 들은 순간 연대장은 자기 연대에 무언가 끔찍한 일이 일어났다는 것을 깨달았다. 수년 동안 흠잡을 데 없이 근무해 온 모범 장교인 자신이 실책이나 통솔력 부족으로 상관들 앞에서 추궁을 당할지도 모른다는 생각에 어찌나 두려웠던지 불손한 기병 연대장이며 장군으로서의 위엄이며 다 잊은 채, 특히 위험이나 자기 보존의 감정은 깡그리 잊은 채 우박처럼 쏟아지면서도 다행히 그를 피해 가는 총탄 아래에서 안장의 굴곡진 가장자리를 잡고 말에 박차를 가하며 연대를 향해 질주했다. 그가 바라는 것은 한 가지뿐이었다. 상황이 어떤지 알아보고, 부하들을 돕고, 만약 자신이 실수한 것이 있다면 무슨 일이 있어도 바로잡고, 이십이 년 동안 근무하면서 어떤 일로도 질책받은 적 없는 모범 장교로서 추궁을 받지 않는 것이었다.

운 좋게 프랑스군 사이를 빠져나온 그는 숲 너머의 들판으로 말을 몰았다. 숲을 통과하여 달아나던 아군은 명령에는 귀도 기울이지 않고 산 아래로 내려가고 있었다. 전투의 운명을 결정하는 정신적 동요의 순간이 닥쳤다. 혼란에 빠진 이 병사들의 무리는 지휘관의 목소리에 귀를 기울이거나 혹은 지휘관을 힐끔힐끔 돌아보며 앞으로 달아나거나 했다. 전에는 그토록 무섭게 들리던 연대장의 필사적인 고함에도 아랑곳하지 않고, 또 딴사람이 된 듯한 연대장의 시뻘겋게 격분한 얼굴과 그가 휘두르는 장검에도 아랑곳하지 않고 병사들은 계속해서 달리고 떠들고 허공에 총을 쏘기만 할 뿐 명령에는 귀를 기울이지 않았다. 전투의 운명을 결정짓는 정신적 동요는 분명 공포 쪽으로 기우는 것처럼 보였다.

장군은 화약 연기 속에서 큰 소리로 외친 탓에 기침을 하기 시작했다. 그는 낙담하여 멈춰 섰다. 모든 것을 잃은 것 같았다. 그러나 그 순간 아군을 공격하던 프랑스군이 별안간 뚜렷한 이유도 없이 후퇴하여 숲 변두리에서 자취를 감추었다. 뒤이어 러시아군 저격병들이 숲에 나타났다. 치모힌의 중대였다. 유일하게 숲에서 질서를 유지하던 그들이 숲 옆의 도랑에 매복했다가 불시에 프랑스군을 공격한 것이다. 치모힌이 어찌나 필사적으로 고함을 지르며 프랑스군에게 돌진했던지, 그가 작은 칼을 하나 들고 어찌나 미친 듯이 술 취한 사람처럼 막무가내로 적군에게 달려들었던지 프랑스군은 미처 정신을 차릴 사이도 없이 무기를 버리고 달아나기 시작했다. 치모힌과 나란히 달리던 돌로호프는 프랑스군 한 명을 정통으로 맞혀 죽였으며, 항복하는 장교의 멱살을 가장 먼저 움켜잡았다. 달아나던 군인들이 되돌아오고 대대들이 다시 집결했다. 왼쪽 측면의 러시아군 부대를 둘로 갈라 놓았던 프랑스군은 순식간에 격퇴되었다. 예비 부대가 마침내 합류했고, 탈주병들도 더 이상 도망치지 않았다. 연대장이 에코노모프 소령과 함께 다리 옆에 서서 후퇴하는 중대를 통과시키고 있을 때 한 병사가 다가와 그가 탄 말의 등자를 잡고 그에게 기대다시피 했다. 병사는 공장제 모직으로 지은 파르스름한 외투를 입었으나 배낭과 원통형 군모는 지니고 있지 않았다. 머리에 붕대를 감고 어깨에는 프랑스군 탄약 주머니를 걸쳤다. 손에는 장교용 검을 쥐고 있었다. 병사의 얼굴은 창백했고, 하늘색 눈동자는 연대장의 얼굴을 오만하게 쏘아보았으며, 입은 씩 웃고 있었다. 연대장은 에코노모프 소령에게 명령을 내리느라 분주했으나 이 병사에게 주의를 돌리지 않을 수 없었다.

"각하, 여기 전리품 두 개가 있습니다." 돌로호프는 프랑스군의 장검과 자루를 가리키며 말했다. "제가 포로로 잡은 장교입니다. 제가 중대를 저지했습니다." 돌로호프는 피로로 무겁게 숨을 몰아쉬었다. 그는 띄엄띄엄 말을 이었다. "중대 전체가 증언해 줄 겁니다. 기억해 주셨으면 합니다, 각하!"

"좋소. 아주 잘했소." 연대장은 이렇게 말하고 에코노모프 소령을 돌아보았다.

그러나 돌로호프는 물러나지 않았다. 그는 손수건을 풀어 손에 쥐고는 머리칼에 말라붙은 피를 내보였다.

"총검에 입은 부상입니다. 저는 전선의 맨 앞에 있었습니다. 기억해 주십시오, 각하."

투신의 포병 중대는 잊혀졌다. 전투가 끝날 무렵 중앙에서 계속 대포 소리가 들리자 비로소 바그라치온 공작은 포병 중대에 속히 후퇴하라는 명령을 전하라며 당직 참모 장교와 안드레이 공작을 연이어 그곳으로 보냈다. 투신의 대포 옆에 배치된 엄호 부대는 전투가 한창일 때 누군가의 명령을 받고 떠나 버렸다. 그러나 포병 중대는 계속 포격을 하면서도 프랑스군에 붙잡히지 않았다. 누구의 엄호도 받지 못한 대포 네 문에서 그토록 대담한 포격이 나왔으리라고는 적군조차 상상하지 못했기 때문이다. 오히려 이 포병 중대의 열정적인 활약 때문에 적군은 중앙에 러시아군 주력 부대가 결집되어 있다고 생각하여 두 번이나 이 지점을 공격하려고 시도했다. 그러나 두 번 모두 이 고지에 외롭게 놓인 대포 네 문의 산탄 사격에 물러나고 말았다.

바그라치온 공작이 떠나고 얼마 지나지 않아 투신은 쉰그라벤 마을을 불태우는 데 성공했다.

"허둥지둥하는 꼴 좀 보게! 탄다! 봐, 연기야! 잘한다! 대단하군! 연기다, 연기!" 포병들이 활기차게 떠들었다.

모든 대포는 명령이 없어도 화재가 난 곳을 향하고 있었다. 병사들은 마치 가축을 몰 듯 포격을 할 때마다 한목소리로 외치곤 했다. "잘한다! 그거야, 그거! 가라……. 대단하군!" 바람에 흩날린 불길이 빠르게 번져 나갔다. 마을 밖으로 나간 프랑스군 종대들은 결국 후퇴하고 말았다. 그러나 마치 이 실패에 대해 응징이라도 하듯 적군은 마을 오른편에 대포 열 문을 설치하고 투신이 있는 쪽으로 일제히 포격하기 시작했다.

화재가 불러일으킨 어린아이 같은 즐거움과 프랑스군을 겨냥한 포격이 성공했다는 흥분 때문에 아군 포병대들은 포탄 두 개와 뒤이어 날아온 포탄 네 개가 대포들 사이로 떨어져 한 발이 말 두 마리를 쓰러뜨리고 또 한 발이 탄약차 담당의 다리 한 짝을 날려 버렸을 때에야 그 포병 중대를 알아차렸다. 그러나 한번 솟아오른 기백은 수그러들지 않았다. 다만 분위기는 바뀌었다. 말은 예비 포가에 매어 놓은 다른 말들로 교체되었고, 부상자들은 다른 곳으로 옮겨졌으며, 대포 네 문은 대포 열 문을 갖춘 프랑스 포병 중대 쪽으로 돌려졌다. 투신의 동료인 장교는 전투 초반에 전사했고, 한 시간 동안 포병 마흔 명 가운데 열일곱 명이 떨어져 나갔다. 그러나 포병들은 여전히 쾌활하고 활기찼다. 두 번 정도 그들은 멀지 않은 아래쪽에 프랑스군이 나타난 것을 알아차렸고, 그때마다 산탄을 쏘아 댔다.

동작이 굼뜨고 서툰 작은 사내는 자신의 파이프에 저것에 대한 포상으로 한 발 더!(그의 표현에 따르면) 채우라며 종졸을 끊임없이 닦달했고, 파이프의 불티를 사방에 날리며 앞으로 달려가 작은 손을 이마에 대고 프랑스군을 응시하곤 했다.

"해치워라, 제군들!"그는 이렇게 말하며 직접 대포의 바퀴를 붙잡고 나사를 뺐다.

연기 속에서 그를 매번 움찔하게 만드는 쉴 새 없는 포성에 귀가 먹먹해진 투신은 짧은 담배 파이프에서 손을 놓지 않은 채 이 대포에서 저 대포로 뛰어다니며 포를 조준하고, 탄약 상자를 세고, 죽거나 다친 말의 교체를 지시하고, 쇠약하고 가늘고 더듬대는 목소리로 크게 외쳐 댔다. 얼굴은 점점 더 생기를 띠었다. 오직 사람들이 죽거나 부상당할 때만 얼굴을 찌푸렸다. 그럴 때면 죽은 사람에게서 고개를 돌리며 언제나처럼 부상자나 시체를 일으키는 데 꾸물거리는 부하들을 향해 버럭 소리를 지르곤 했다. 대부분 잘생긴 젊은이들인 병사들(포병 중대에서 언제나 그렇듯 키는 장교보다 머리통 두 개만큼 더 크고 어깨도 두 배 더 넓었다.)은 다들 곤란한 처지에 놓인 어린아이들처럼 지휘관을 쳐다보고 있었다. 그리고 지휘관의 얼굴에 떠오른 표정은 그들의 얼굴에도 그대로 투영되었다.

그 무시무시한 신음과 소음을 들었다고 해서, 또 주의와 활동을 요구받았다고 해서 투신이 공포라는 불쾌한 감정을 조금이라도 느꼈던 것은 아니다. 게다가 자신이 전사하거나 심한 부상을 입을 수도 있다는 생각은 머리에 아예 떠오르지도 않았다. 오히려 점점 더 쾌활해졌다. 그에게는 적군을 보고 처음으로 포격을 했던 순간이 이미 아주 오래전, 어쩌면 어제의 일처럼 느껴졌고, 자신이 서 있는 한 조각 땅이 오래전부터 낯익고 친숙한 장소처럼 여겨졌다. 그는 가장 우수한 장교가 그의 처지에서 할 수 있는 모든 것을 기억해 내고 모든 것을 헤아리고 모든 것을 해냈지만 신열에 들떠 헛소리를 하는 것과 비슷한 상태 혹은 술 취한 사람과 비슷한 상태였다.

사방에서 귀가 먹먹해지도록 울리는 아군의 대포 소리로부터, 적군의 포탄이 쌩 하고 날아와 쿵 하고 터지는 소리로부터, 대포 주위에서 벌겋게 달아오른 얼굴로 땀을 흘리며 허둥대는 포수의 모습으로부터, 사람들과 말들의 피로부터, 적의 진영에서 조그마한 연기가 피어오르는 모습으로부터,(연기가 보인 후에는 매번 포탄이 날아와 대지나 사람이나 대포나 말을 맞혔다.) 바로 이 모든 대상들의 모습으로부터 그의 머릿속에는 그 자신의 환상적인 세계가 형성되었다. 그 세계는 이 순간 그의 기쁨이 되었다. 상상 속에서 적군의 대포는 대포가 아니라 눈에 보이지 않는 사람이 이따금 연기를 뿜어내는 담배 파이프였다.

"저것 봐, 또 불을 뿜었잖아." 산에서 연기가 자욱이 피어올라 바람에 실려 왼쪽으로 띠처럼 날아간 순간 투신은 혼잣말로 속삭이듯 말했다. "이제 공을 기다려라, 되돌려 줄 테니."

"뭐라고 하셨습니까, 대위님?" 투신 주위에 가까이 서서 그가 뭐라고 중얼거리는 소리를 들은 포병대 하사가 물었다.

"아무것도 아니야. 유탄을……." 그가 대답했다.

'자, 우리의 마트베브나.' 그는 속으로 중얼거렸다. 그의 상상 속에서 마트베브나는 맨 끝에 놓인 커다란 구식 대포였다.

적의 대포 주위에 있는 프랑스군이 그에게는 개미처럼 보였다. 잘생긴 술꾼인 두 번째 대포의 제1포병은 투신의 세계에서 아저씨였다. 투신은 다른 사람들보다 그를 더 자주 바라보았으며, 그의 움직임 하나하나에 즐거워했다. 산 아래에서 때로 멎었다가 때로 거세지는 라이플총 소리는 누군가의 숨소리처럼 느껴졌다. 그는 멎었다 격렬해졌다 하는 그 소리에 귀를 기울였다.

'또 숨을 쉰다. 숨을 쉬었어.' 그는 속으로 중얼거렸다.

그는 자신이 두 손으로 프랑스군에 포탄을 힘차게 던지는, 키가 어마어마하게 크고 힘이 센 사나이라고 생각했다.

"자, 마트베브나 사모님, 배신하면 안 돼!" 그가 대포에서 물러나며 이렇게 말하는 순간 머리 위에서 귀에 익지 않은 낯선 목소리가 울렸다.

"투신 대위! 대위!"

투신은 깜짝 놀라 돌아보았다. 그룬트에서 그를 쫓아낸 참모 장교였다. 그는 숨찬 목소리로 그에게 외쳤다.

"뭡니까, 정신 나갔습니까? 후퇴하라는 명령을 두 번이나 받고도 당신은…….."

'어라, 저 사람들이 왜 나를……?' 투신은 두려움 어린 눈으로 지휘관을 쳐다보며 생각했다.

"전 아무것도……." 그는 손가락 두 개를 군모에 붙이며 중얼거렸다. "전……."

그러나 대령은 하려던 말을 끝까지 할 수 없었다. 가까이 날아온 포탄 때문에 말 위로 몸을 홱 숙여야 했기 때문이다. 그는 입을 다물었다. 그가 또 무언가를 말하려고 하자마자 이번에도 포탄이 가로막았다. 그는 말을 돌려 멀찍이 떨어졌다.

"후퇴! 전원 후퇴!" 그가 멀리서 외쳤다.

병사들은 낄낄거리며 웃어 댔다. 잠시 후 부관이 똑같은 명령을 가지고 왔다.

안드레이 공작이었다. 투신의 대포들이 배치된 곳으로 갔을 때 안드레이 공작의 눈에 가장 먼저 들어온 것은 한쪽 다리가 부러져 마구를 벗겨 낸 말이었다. 포차에 매인 말들 주위에서 울부짖고 있었다. 다리에서 피가 샘처럼 솟구쳐 흘렀다. 포차의 앞바퀴들 사이에는 죽은 사람들이 몇 명 쓰러져 있었다. 가까이 다가가는 사이에 포탄이 잇달아 머리 위로 날아갔고, 그는 등골이 오싹해지는 것을 느꼈다. 그러나 자신이 두려워하고 있다는 생각만으로도 다시 사기가 올라갔다. '두려워하고만 있을 수는 없지.' 그는 이렇게 생각하며 천천히 말에서 내려 대포들 틈에 섰다. 그는 명령을 전달하고 나서도 포병 중대를 떠나지 않았다. 그는 자신이 있는 동안 대포들을 전투 지역으로부터 철수시켜야겠다고 결심했다. 프랑스군의 무시무시한 포격 아래 투신과 함께 시체를 타 넘으면서 그는 대포들을 철거하는 일에 몰두했다.

"방금 다른 상관도 오시긴 했는데 어찌나 빨리 달아나시던지…… 부관님과 전혀 다른 분이더군요." 포병대 하사가 안드레이 공작에게 말했다.

안드레이 공작은 투신과 한마디도 하지 않았다. 두 사람 모두 너무 바빠서 미처 서로 얼굴을 볼 틈도 없는 것 같았다. 대포 네 문 가운데 망가지지 않은 두 문(대포 한 문은 파손되었고, 일각포는 방치되었다.)을 포차의 앞부분에 연결하여 다 함께 산 아래로 내려가기 시작할 때 안드레이 공작은 투신에게로 말을 몰았다.

"자, 다음에 봅시다." 안드레이 공작이 투신에게 한 손을 내밀며 말했다.

"다음에 뵙겠습니다, 친절하신 부관님." 투신이 말했다. "부관님은 좋은 분입니다! 안녕히 가십시오, 친절하신 부관님." 투신은 눈물 섞인 목소리로 말했다. 어째서 갑자기 눈물이 나는지 그는 알 수 없었다.

# 21

바람이 잠잠해지고 검은 먹구름은 지평선 부근에서 화약 연기와 하나로 어우러져 전장에 낮게 깔렸다. 날은 어두워졌지만 화재의 불빛은 두 지점에서 더욱 뚜렷하게 보였다. 포격은 약해졌어도 라이플총 소리는 뒤쪽과 오른쪽에서 더욱 빈번하게, 더욱 가까이 들려왔다. 투신이 대포를 끌고서 부상병들을 피해 돌아가기도 하고 맞닥뜨리기도 하며 포격을 벗어나 골짜기로 내려가자 상관과 부관들이 곧 그를 맞이했다. 그 가운데에는 참모 장교 외에 두 번이나 투신의 포병 중대에 파견되고도 한 번을 제대로 도착하지 못한 제르코프가 끼어 있었다. 그들 모두 서로 앞다투어 말하면서 어떻게 어디로 가라는 등 명령을 내리거나 전하고 그에게 비난과 질책을 쏟아 냈다. 투신은 어떤 조치도 취하지 않았다. 스스로도 이유를 알수 없었지만 말 한 마디 한 마디를 하려고 할 때마다 당장이라도 울음을 터뜨릴 것만 같아 말문을 열기 두려워하며 말없이 포병대의 야윈 말을 타고 뒤쪽으로 향했다. 부상자를 버리라는 명령이 떨어졌지만 많은 부상자들이 느릿느릿 부대를 따라오며 대포 위에 태워 달라고 애원했다. 전투 전에 투신의 임시 막사에서 달려 나간 그 용감한 보병 장교는 배에 총알을 맞고 마트베브나의 포가에 누워 있었다. 산 아래에서 창백한 경기병 사관후보생이 한 팔을 다른 손으로 부여잡은 채 투신에게 다가와 태워 달라고 청했다.

"대위님, 부탁입니다. 전 팔에 타박상을 입었습니다." 그가 쭈뼛쭈뼛 말했다. "제발이요. 더는 못 걷겠습니다. 제발!"

이 사관후보생은 이미 다른 곳에서 여러 차례 태워 달라고 청했다가 번번이 거절을 당한 것 같았다. 그는 애처로운 목소리로 머뭇머뭇하며 간청했다.

"제발 절 태우라고 명령을 내려 주십시오."

"태워요, 태워." 투신이 말했다. "아저씨, 외투를 깔아 줘." 그는 자신이 좋아하는 병사에게 말을 건넸다. "그런데 부상당한 장교는 어디 있지?"

"내려놓았습니다. 죽었거든요." 누군가가 대답했다.

"태워 줍시다. 타요, 젊은이, 어서 타요. 외투를 밑에 깔아 줘, 안토노프."

사관후보생은 바로 로스토프였다. 그는 창백한 얼굴로 한쪽 팔을 다른 손으로 부여잡고 아래턱을 오한으로 덜덜 떨었다. 사람들이 마트베브나에, 즉 죽은 장교를 치운 바로 그 대포 위에 로스토프를 태웠다. 깔아 놓은 외투는 피에 젖어 있었다. 그 피가 로스토프의 군복 바지와 손을 물들였다.

"어라, 부상당한 거요, 젊은이?" 투신이 로스토프가 앉은 대포로 다가가며 말했다.

"아니요, 타박상을 입었습니다."

"그럼 어째서 포가에 피가 묻었을까?" 투신이 물었다.

"대위님, 그 장교가 여기를 피범벅으로 만들어 놓았습니다." 포병대 병사가 외투 소매로 피를 닦으며 대답했다. 마치 대포가 더러워진 데 대해 용서를 비는 것 같았다.

포병들은 보병의 도움을 받아 대포를 간신히 산으로 끌어올리고 군터스도르프 마을에 이르러 이동을 멈추었다. 날은 이미 열 걸음 떨어진 병사들의 군복도 구분할 수 없을 만큼 어두워졌고, 서로를 향해 쏘아 대던 사격도 차츰 멎기 시작했다. 갑자기 오른쪽 가까운 곳에서 다시 비명과 포성이 울렸다. 포격으로 어둠 속에서 빛이 번득였다. 프랑스군의 마지막 공격이었다. 마을 인가에 묵고 있던 병사들이 공격에 응수했다. 다시 모두 마을에서 우르르 뛰쳐나왔다. 그러나 투신의 대포는 움직일 수 없었다. 포병들도, 투신도, 사관후보생도 자신의 운명을 기다리며 말없이 서로 쳐다보았다. 사격이 점점 잦아들었다. 뒤이어 옆길에서 병사들의 활기찬 말소리가 쏟아져 나왔다.

"안 다쳤어, 페트로프?" 한 사람이 물었다.

"따끔하게 혼을 내 줬지. 이제 함부로 나서지 못할걸." 다른 사람이 말했다.

"아무것도 안 보이던데. 그놈들, 자기들끼리 엄청나게 볶아 대더군. 어두워서 보이지도 않잖아. 뭐, 마실 것 없냐?"

프랑스군은 최후의 격퇴를 당했다. 그리고 또다시 완전한 어둠 속에서 투신의 대포는 웅성거리는 보병들에게 액자처럼 에워싸인 채 어딘가를 향하여 앞으로 나아갔다.

어둠 속에서 마치 보이지 않는 음울한 강이 속삭임과 말소리와 말발굽 소리와 바퀴 소리를 내며 한 방향으로 흐르는 듯했다. 모든 소리 가운데 밤의 어둠 속에서 다른 어떤 소리보다 선명하게 들리는 것은 부상병들의 신음과 목소리였다. 그들의 신음 소리가 부대를 에워싼 그 어둠을 가득 채운 듯했다. 그들의 신음과 이 밤의 어둠, 그것은 똑같은 것이었다. 얼마 후 진군하던 무리에서 동요가 일어났다. 수행원을 거느린 어떤 사람이 백마를 타고 지나가다 무슨 말을 했던 것이다.

"뭐라고 그랬지? 지금 어디로 가는 거야? 야영이라도 한다는 건가? 고맙다고 그랬나? 뭐야?" 사방에서 이것저것 캐묻는 탐욕스러운 목소리들이 들려왔다. 그러더니 진군하던 무리 전체가 자기들끼리 밀치기 시작했다.(선두가 걸음을 멈춘 듯했다.) 정지 명령이 떨어졌다는 소문이 순식간에 퍼졌다. 다들 진흙탕이 된 길 한가운데에 그대로 멈췄다.

불빛이 비치고 말소리가 들렸다. 투신 대위는 중대에 지시를 내린 후 병사들 가운데 한 명을 보내 사관후보생을 위해서 야전 응급 치료소나 의사를 찾아보도록 하고는 병사들이 길에 피운 모닥불 옆에 앉았다. 로스토프도 간신히 불가로 다가왔다. 통증으로 인한 오한과 추위와 습기 때문에 온몸이 떨렸다. 견딜 수 없이 잠이 쏟아졌지만 욱신욱신 쑤시고 어떻게 놓아도 아프기만 한 팔의 고통스러운 통증 때문에 잠을 이룰 수 없었다. 그는 눈을 감기도 하고, 강렬하도록 붉게 보이는 불꽃을 바라보기도 하고, 튀르크식으로 옆에 앉은 투신의 구부정하고 허약하고 작은 몸뚱이를 쳐다보기도 했다. 투신의 온화하고 지적인 커다란 눈동자는 동정과 연민을 띤 채 로스토프를 향했다. 로스토프는 투신이 진심으로 자기를 도와주고 싶어 하지만 그럴 수 없다는 것을 알았다.

도보로 혹은 말을 타고 지나가는 군인들과 주위에 자리를 잡은 보병들의 발소리와 말소리가 사방에서 들려왔다. 사람들의 목소리, 발소리, 진창에서 걸음을 뗄 때는 말발굽 소리, 가까이에서 혹은 멀리서 탁탁 튀며 타오르는 장작 소리가 물결치는 웅성임으로 하나가 되어 어우러졌다.

이제 더 이상 아까처럼 어둠 속에서 흐르는 보이지 않는 강이 아니었다. 그것은 폭풍 후 잠잠하게 가라앉아 이리저리 일렁이는 쓸쓸한 바다 같았다. 로스토프는 앞에서, 주위에서 일어나는 일들을 멍하니 보고 들었다. 한 보병이 모닥불로 다가와 쭈그리고 앉더니 손을 쬐면서 얼굴을 돌렸다.

"괜찮습니까, 대위님?" 그는 묻는 듯한 눈초리로 투신을 돌아보며 말했다. "중대에서 낙오됐지 뭡니까, 대위님! 저도 제가 어디에 있는지 모르겠습니다. 큰일입니다!"

한쪽 뺨에 붕대를 댄 보병 장교가 병사와 함께 모닥불로 다가와 짐마차를 통과시켜야 하니 대포를 조금 옮기도록 지시해 달라고 요청했다. 중대장 뒤에서 병사 두 명이 모닥불 쪽으로 달려왔다. 그들은 부츠 한 짝을 서로 잡아당기며 무섭게 욕을 퍼붓고 주먹질을 해 댔다.

"뭐라고, 네 녀석이 집었다고? 참 빠르기도 하시지!"한 명
이 목쉰 소리로 말했다.

그다음에는 피투성이가 된 각반을 목에 붕대처럼 감은 초
췌하고 창백한 병사가 다가와 포병들에게 성난 목소리로 물
을 달라고 요구했다.

"뭐야, 죽으라는 거야, 개처럼?"그가 말했다.

투신은 물을 주라고 지시했다. 그다음에는 쾌활한 병사가
달려와 보병대에 불씨를 달라고 청했다.

"보병대에 활활 타는 불씨를 좀 줘! 잘 지내게나, 동포 여러
분, 불씨를 줘서 고마워. 나중에 이자를 붙여서 갚지."그는 이
렇게 말하며 벌겋게 타는 장작개비를 어둠 속 어딘가로 가져
갔다.

그 병사에 뒤이어 병사 네 명이 외투로 무거운 것을 나르면
서 모닥불 옆을 지나갔다. 그들 가운데 한 명이 무언가에 발이
걸려 넘어졌다.

"에잇, 제기랄, 길에다 장작을 놓다니."그가 투덜거렸다.

"이 사람은 죽었잖아. 뭣 때문에 시체를 옮겨야 하지?"그
중 한 명이 말했다.

"야, 이놈들아!"

그러자 그들은 짐을 들고 어둠 속으로 자취를 감추었다.

"왜요, 아픕니까?"투신은 로스토프에게 속삭이며 물었다.

"아픕니다."

"대위님, 장군님께 가 보십시오. 저 농가에 계십니다."포병

대 하사가 투신에게 다가오며 말했다.

"곧 가지, 친구."

투신은 자리에서 일어나 외투의 단추를 잠그고 옷매무새를 단정히 하고는 모닥불 곁을 떠났다…….

포병들의 모닥불로부터 멀지 않은 곳에 바그라치온 공작을 위하여 마련된 농가에서는 공작이 저녁 식탁 앞에 앉아 그의 숙소로 모인 몇몇 부대의 지휘관들과 함께 이야기를 나누고 있었다. 그 자리에는 눈을 반쯤 감고 양고기 뼈다귀를 탐욕스럽게 뜯는 자그마한 노인, 보드카 한 잔과 식사로 얼굴이 붉게 물든, 이십이 년 동안 한 번도 문책을 받은 적이 없다는 장군, 이름이 새겨진 보석 반지를 낀 참모 장교, 불안하게 모든 이들을 둘러보는 제르코프, 창백한 얼굴로 입술을 꽉 다문 채 열병에 걸린 것처럼 눈을 번득이는 안드레이 공작이 있었다.

농가 한구석에는 프랑스군에게서 탈취해 온 깃발이 세워져 있었고, 얼굴이 순박해 보이는 법무관이 깃발의 천을 만지작거리면서 이해할 수 없다는 듯 고개를 갸웃거렸다. 어쩌면 정말로 깃발의 생김새에 호기심을 느껴서일지도 모르고, 또 어쩌면 자기 몫의 식기가 없는 식탁을 바라보는 것이 굶주린 그에게 힘든 일이었기 때문인지도 모른다. 옆 농가에는 용기병에게 포로로 잡힌 프랑스군 대령이 있었다. 주위에 그를 구경하러 온 아군 장교들이 북적거렸다. 바그라치온 공작은 각 지휘관들에게 빠짐없이 감사를 표하고 전투의 세부적인 상황과 손실에 대해 물었다. 브라우나우에서 사열을 받은 연대장이 자신은 전투가 시작되자마자 숲에서 후퇴하여 벌목공들을 모

아 그들을 먼저 지나가게 한 후 2개 대대를 이끌고 프랑스군
을 총검으로 공격하여 격퇴했다고 공작에게 보고했다.

"각하, 저는 1대대가 혼란에 빠진 모습을 보고는 길에 서서
생각했습니다. '일단 이자들을 통과시키고 나서 쉴 새 없는 포
화로 환영해 줘야지.' 그리고 그렇게 했습니다."

연대장은 그렇게 하기를 간절히 바랐고, 미처 그렇게 하지
못한 것을 너무나 아쉬워했다. 그래서인지 이 모든 것이 그대
로 이루어진 것처럼 느껴졌다. 맞아, 혹시 정말로 그랬던 게
아닐까? 과연 이 혼란 속에서 무엇이 일어났고 무엇이 일어나
지 않았는지 구별할 수 있을까?

"덧붙여 꼭 말씀드릴 게 있습니다, 각하." 그는 돌로호프와
쿠투조프의 대화, 그리고 자신과 그 강등병의 마지막 만남을
떠올리며 말을 이었다. "병사로 강등된 돌로호프가 제 눈앞에
서 프랑스군 장교를 생포했고 대단한 공을 세웠습니다."

"여기에 있는 저도 파블로그라드 연대의 공격을 보았습니
다, 각하." 제르코프가 불안한 눈빛으로 주위를 돌아보며 끼
어들었다. 그러나 그는 이날 경기병을 단 한 명도 보지 못했으
며, 그저 어느 보병 장교로부터 그들에 대한 이야기를 들었을
뿐이다. "방진을 두 개나 분쇄했습니다, 각하."

제르코프의 말에 몇몇 사람들은 언제나처럼 그에게서 농담
을 기대하며 싱글싱글 웃었다. 그러나 그가 말한 내용이 아군
과 그날의 영광을 칭송하는 것임을 깨닫자 진지한 표정을 지
었다. 많은 사람들이 제르코프가 한 말이 전혀 근거 없는 거짓
말이라는 것을 아주 잘 알았다. 바그라치온 공작은 나이 든 연

대장을 돌아보았다.

"여러분 모두에게 감사드립니다. 보병대, 기병대, 포병대가 모두 영웅적으로 활약해 주었습니다. 그런데 어쩌다 중앙의 대포 두 문이 방치된 겁니까?" 그는 눈으로 누군가를 찾으며 물었다.(바그라치온 공작은 왼쪽 측면의 대포에 대해서는 묻지 않았다. 전투가 시작되자마자 그곳의 대포들이 전부 버려진 사실을 이미 알았던 것이다.) "당신에게 부탁했던 것 같은데." 그는 당직 참모 장교를 돌아보았다.

"한 문은 격추당했고, 또 하나는 저도 잘 모르겠습니다." 당직 참모 장교가 대답했다. "저도 줄곧 그곳에 머물며 명령을 내리다가 방금 돌아왔습니다만……. 정말 격렬했습니다." 그는 공손하게 덧붙였다.

누군가가 투신 대위는 여기 이 마을에 묵고 있다고, 그를 부르러 이미 사람을 보냈다고 말했다.

"그러고 보니 당신도 그곳에 있었지요." 바그라치온 공작이 안드레이 공작을 돌아보며 말했다.

"물론입니다. 우리는 자주 마주쳤지요." 당직 참모 장교가 볼콘스키에게 반가운 미소를 보내며 말했다.

"난 당신을 만나는 기쁨을 누리지 못했습니다." 안드레이 공작은 냉정하게 딱 잘라 말했다.

다들 입을 다물었다. 투신이 문지방에 나타나 장교들의 등 뒤에서 쭈뼛쭈뼛 걸어 나왔다. 비좁은 농가 안에서 장군들을 피해 지나가던 도중 여느 때처럼 상관들을 보고 당황한 투신이 미처 깃대를 보지 못하고 걸려 넘어졌다. 몇몇 목소리가 웃음을 터뜨렸다.

"어쩌다 대포가 방치된 겁니까?" 바그라치온은 이렇게 물으며 대위를 향해서라기보다 웃음을 터뜨린 자들을 향해 얼굴을 찌푸렸다. 그 가운데 제르코프의 목소리가 가장 크게 들렸다.

준엄한 상관의 모습을 본 투신은 그제야 비로소 자신은 살아남은 주제에 대포를 두 문이나 잃어버린 죄와 불명예를 떠올리며 극심한 공포에 사로잡혔다. 너무나 흥분하여 그 순간까지 그것에 대해서는 미처 생각하지 못했던 것이다. 장교들의 웃음소리는 더욱더 그를 혼란스럽게 했다. 그는 바그라치온 앞에 서서 아래턱을 바들바들 떨며 가까스로 말했다.

"모르겠습니다…… 각하…… 사람들이 없었습니다, 각하."

"엄호 부대에서 몇 사람을 차출할 수도 있었을 텐데요!"

엄호 부대가 없었다는 것은 명백한 사실이었지만 투신은 그 점을 말하지 않았다. 그런 말로 다른 상관을 난처하게 할까 봐 두려워 그는 당황한 학생이 시험관의 눈을 쳐다볼 때처럼 시선을 고정한 채 말없이 바그라치온의 얼굴을 똑바로 바라보았다.

침묵은 꽤 오랫동안 계속되었다. 바그라치온 공작은 엄하게 구는 것을 좋아하지 않는지 할 말을 찾지 못했다. 나머지 사람들은 감히 대화에 끼어들 엄두를 내지 못했다. 안드레이 공작은 투신을 흘깃 쳐다보았다. 투신의 손가락이 초조하게 움직였다.

"각하." 안드레이 공작은 특유의 날카로운 목소리로 침묵을 깼다. "장군님은 저를 투신 대위의 포병 중대로 파견하셨습니다. 저는 그곳에 갔다가 사람들과 말이 3분의 2가량 죽고 대포 두 문이 망가진 것을 발견했습니다. 엄호 부대는 없었습니다."

바그라치온 공작과 투신은 침착하고도 흥분된 어조로 말하는 볼콘스키를 이 순간 똑같이 물끄러미 바라보고 있었다.

"각하, 만일 제 의견을 말하게 허락해 주신다면⋯⋯." 그는 말을 이었다. "오늘의 성공은 무엇보다 이 포병 중대의 활약과 투신 대위를 비롯한 그 중대의 영웅적인 끈기 덕분입니다." 안드레이 공작은 말을 끝내고는 대답을 기다리지 않고 즉시 자리에서 일어나 테이블 곁을 떠났다.

바그라치온 공작은 투신을 바라보았다. 그는 볼콘스키의 예리한 판단에 의혹을 드러내고 싶지 않으면서도 전적으로 믿을 수는 없다고 느꼈는지 고개를 숙이고는 투신에게 나가도 좋다고 말했다. 안드레이 공작은 그를 따라 밖으로 나왔다.

"고맙습니다. 절 구해 주셨습니다, 친절하신 부관님." 투신이 그에게 말했다.

안드레이 공작은 투신을 바라보고는 아무 말 하지 않고 떠났다. 안드레이 공작은 슬프고 답답했다. 이 모든 것이 너무도 낯설었고, 그가 기대하던 것과 너무도 달랐다.


'저 사람들은 누굴까? 저들은 왜 여기에 있는 걸까? 저들은 무엇을 원하는 걸까? 그리고 이 모든 것은 언제 끝날까?' 로스토프는 눈앞에서 계속 바뀌는 사람들의 흐릿한 그림자를 바라보며 생각에 잠겼다. 팔의 통증은 더욱더 심해졌다. 참을 수 없이 잠이 쏟아지고 눈앞에서 붉은 원들이 춤을 추었다. 그리고 그 목소리들과 그 얼굴들에 대한 인상은 고독과 뒤섞여 통증이라는 감각으로 어우러졌다. 그들이었다. 부상을 당하거나 당하지 않은 그 병사들이, 바로 그들이 짓누르기도 하고 덮치기도 하고 힘줄을 비틀기도 하고 그의 부러진 팔과 어깨에 붙은 살을 태우기도 했다. 그들에게서 벗어나기 위해 그는 눈을 감았다.

그는 한순간 의식을 잃었다. 그러나 의식을 잃은 그 짧은 순간 꿈에서 수없이 많은 것들을 보았다. 그는 어머니와 그녀의 크고 하얀 손을 보았다. 소냐의 가냘픈 어깨를, 나타샤의 눈동자와 웃음을, 특유의 목소리와 콧수염을 지닌 제니소프를, 첼랴닌을, 자신과 첼랴닌과 보그다니치 사이에 있었던 모든 사건을 보았다. 그 모든 사건은 날카로운 목소리를 가진 그 병사와 똑같았다. 그 모든 사건과 그 병사는 몹시 고통스럽고 집요하게 그의 팔을 꽉 붙잡아 누르며 계속 한쪽으로 끌어당겼다. 그는 그것들로부터 벗어나기 위해 안간힘을 썼다. 그러나 단 한 순간도, 털끝만큼도 그의 어깨를 놓아주지 않았다. 그것들이 잡아당기지만 않으면 어깨도 아프지 않고 건강하게 회복할 텐데……. 그러나 그는 그것들로부터 벗어날 수 없었다.

그는 눈을 뜨고 위를 쳐다보았다. 밤의 검은 장막이 숯불에서 1아르신 정도 위에 드리워 있었다. 하늘에서 내리는 싸락눈이 그 불빛 속에 흩날렸다. 투신은 돌아오지 않았고 군의관도 와 보지 않았다. 그는 혼자였고, 그저 몸집이 자그마한 병사 한 명만 모닥불 건너편에 옷을 벗고 앉아 누렇게 뜬 야윈 몸을 쬐고 있었다.

'아무도 나를 필요로 하지 않아!' 로스토프는 생각했다. '날 도와주는 사람도, 동정해 주는 사람도 없어! 한때는 나도 집에서 사랑을 받으며 건강하고 즐겁게 지냈는데.' 그는 탄식하며 자기도 모르게 신음 소리를 냈다.

"어이, 어디가 아픈가?" 몸집이 작은 병사가 모닥불 위에 루바시카를 털면서 물었다. 그러고는 대답을 기다리지 않고 캑캑거리며 덧붙였다. "오늘 사람들이 꽤나 다쳤지. 무서운 일이야!"

로스토프는 병사의 말을 듣지 않았다. 그는 불 위에 흩날리는 싸락눈을 바라보며 러시아의 겨울을 떠올렸다. 따뜻하고 밝은 집, 털외투, 빠른 썰매, 건강한 육체, 가족들의 넘치는 사랑과 보살핌……. '난 무엇을 위해 이곳에 왔을까!' 그는 생각했다.

이튿날 프랑스군은 공격을 재개하지 않았고, 바그라치온 부대의 살아남은 병사들은 쿠투조프의 군대에 합류했다.

3부

# 1

바실리 공작은 자신의 계획에 대해 깊이 생각하지 않는 사람이었다. 하물며 이익을 얻고자 남에게 해를 끼치는 것에 대해서는 더더욱 별 생각을 하지 않는 사람이었다. 그는 그저 상류 사회에서 성공을 거두고 그러한 성공을 습관으로 삼아 버린 사교계 인사에 지나지 않았다. 그는 상황과 사람들과의 친분에 따라 다양한 계획과 생각을 끊임없이 만들어 내면서도 정작 그러한 계획과 생각을 뚜렷하게 인식하지 않았다. 그러나 그의 생활 속에서 모든 관심은 온통 그런 것에 쏠려 있었다. 머릿속에서는 그런 계획과 생각이 한둘이 아니라 수십 개씩 진행되었다. 어떤 것들은 이제 막 머리에 떠오르기 시작했고, 어떤 것들은 실현 중이었고, 어떤 것들은 폐기되었다. 예를 들어 그는 '여기 이 사람은 현재 권력을 쥐고 있다. 신뢰와 우정을 얻어 그를 통해 일시 보조금의 지급을 확보해 두어야 한다.'라거나 '여기 있는 피에르는 부자다. 이 인간을 꾀어 내 딸과 결혼시키고 나에게 필요한 4만 루블을 빌려야 한다.'라고 속으로 생각하지는 않았다. 그러나 권세를 가진 사람과 마주치는 순간 본능은 '이 사람은 쓸모가 있겠어.' 하고 그에게 속삭였다. 그러면 바실리 공작은 그에게 접근하여 기회를 잡는 대로 별다른 준비 없이 본능에 따라 아첨을 하고 허물없이 굴면서 자기에게 필요한 것을 이야기하곤 했다.

피에르는 모스크바에서 바실리 공작의 보호 아래 있었다. 바실리 공작은 피에르가 당시 5등 문관의 관등에 해당하는 시종보(侍從補)[176]에 임명되도록 일을 추진했고, 그 청년에게 같이 페테르부르크로 가서 자기 집에 묵어야 한다고 고집을 부렸다. 겉으로는 무심한 듯 보였지만, 그러면서도 꼭 그렇게 하지 않으면 안 된다는 분명한 확신을 가지고서 바실리 공작은 피에르와 딸을 결혼시키는 데 필요한 모든 일을 하고 있었다. 만약 바실리 공작이 계획을 미리 궁리하는 사람이었다면 교제에서 그처럼 자연스러운 태도를 취하지 못했을 것이다. 자신보다 지위가 높고 낮음에 상관없이 모든 사람과의 관계에서 그처럼 소탈하고 친근하게 굴지도 못했을 것이다. 무언가가 그를 자신보다 더 강하고 부유한 사람들에게로 끊임없이 끌어당겼다. 그에게는 사람들을 이용해야 하는 순간, 또 그렇게 할 수 있는 순간을 포착해 내는 남다른 재능이 있었다.

느닷없이 부자에다 베주호프 백작이 된 피에르는 얼마 전

---

176) 원래 궁정의 관직이었지만 당시에는 형식적인 직함에 지나지 않았다.

까지만 해도 혼자 속 편하게 살던 자신이 이제 잠자리에서나 겨우 혼자 남을 정도로 늘 사람들에게 둘러싸여 분주하게 지내고 있음을 깨달았다. 그는 서류에 서명을 하고, 의미를 확실히 알 수 없는 관청들과 교섭을 하고, 총관리인에게 무언가에 대해 질문을 하고, 모스크바 부근의 영지에 가고, 예전에는 피에르의 존재에 대해 알고 싶어 하지도 않았으면서 이제 피에르가 만나려 하지 않으면 모욕을 느끼고 화를 내는 많은 사람들의 방문에 응해야 했다. 업무와 관련된 사람, 친척, 지인 등 그 온갖 다양한 사람들이 젊은 상속인에게 한결같이 친절하고 다정한 호의를 보였다. 모두 피에르의 뛰어난 자질을 확고하게 믿는 것 같았다. 그는 이런 말들을 끊임없이 들었다. "당신의 보기 드문 인자함으로"라든지, "당신의 아름다운 마음으로"라든지, "당신은 너무 순수해요, 백작……."이라든지, "만일 그 사람이 당신처럼 똑똑하다면" 등등……. 그래서 그도 자신이 보기 드물게 선량하고 총명한 사람이라고 진심으로 믿기 시작했다. 늘 마음속 깊은 곳에서는 자신이 정말로 매우 선하고 매우 똑똑한 사람이라고 생각했기에 더욱 그러했다. 전에는 노골적으로 악의와 적대감을 드러내던 사람들조차 그를 부드럽고 다정하게 대했다. 그토록 화를 잘 내던 첫째 공작 영애, 허리가 길고 인형처럼 머리를 곱게 매만져 두던 그 공작 영애도 장례식 후 피에르의 방에 찾아왔다. 그녀는 눈을 내리깐 채 계속 얼굴을 붉히면서 그들 사이에 있었던 오해에 대해 몹시 안타깝게 생각한다고, 이제 자신에게는 어떤 것도 부탁할 자격이 없음을 느낀다고, 그저 충격을 받은 후이니 자신이 그토록 사랑하는 저택에서, 그토록 큰 희생을 감내한 곳에서 몇 주만 머물게 해 달라고 청했다. 그녀는 이 말을 하는 동안 마음을 억누르지 못하고 그만 울음을 터뜨렸다. 동상 같던 그 공작 영애가 그토록 변할 수 있다는 사실에 감격한 피에르는 그녀의 손을 잡고 이유도 모르면서 용서를 빌었다. 그날부터 공작 영애는 피에르를 위해 줄무늬 목도리를 짜기 시작했고, 그에 대한 태도를 완전히 바꾸었다.

"이보게, 공작 영애를 위해 이 일을 해 주게. 어쨌든 그녀가 고인을 위해 많은 고생을 했지 않나." 바실리 공작은 피에르에게 공작 영애를 위하여 서명해 달라며 어떤 서류를 내밀고는 이렇게 말했다.

바실리 공작은 공작 영애의 머릿속에 자신이 상감세공 문서함 사건에 관여한 사실을 발설해야겠다는 생각이 떠오르지 않게 하려면 어쨌든 3만 루블어치 어음이라는 이 뼈다귀를 가난한 공작 영애에게 던져 줄 필요가 있다고 결론 내렸다. 피에르는 어음에 서명했다. 그때부터 공작 영애는 더욱 친절해졌다. 나머지 사촌 누이들도 다정하게 굴기 시작했고, 특히 점이 있는 예쁘장한 막내 누이는 그를 볼 때마다 특유의 미소를 지으며 부끄러워해서 피에르를 종종 당황하게 만들었다.

모든 사람들이 그를 사랑한다는 것이 피에르에게는 아주 자연스럽게 느껴졌다. 누군가가 그를 좋아하지 않는다면 그것이야말로 부자연스럽게 느껴졌을 것이다. 그래서 자기를 둘러싼 사람들의 진심을 믿지 않을 수 없었다. 게다가 이 사람들의 속내가 진심이냐 아니냐에 대하여 스스로에게 물어볼 틈이 없었다. 그는 언제나 짬이 없었으며, 언제나 부드럽고 즐거운 황홀감에 빠진 듯한 기분을 느꼈다. 그는 자신이 어떤 중요한 전체 움직임의 중심이라고 느꼈으며, 사람들이 자기에게 끊임없이 무언가를 기대한다고 느꼈다. 만약 자신이 이런저런 것들을 하지 않으면 많은 사람들을 슬프게 하고 기대를 저버리는 셈이 되지만, 이런저런 것들을 한다면 다 잘될 것이라고 느꼈다. 그래서 그는 요구받은 일들을 했으나, 그 좋은 무언가는 언제나 그의 앞에 남아 있었다.

그 무렵 처음 얼마 동안 피에르의 일뿐 아니라 피에르를 가장 강력하게 지배한 사람은 바로 바실리 공작이었다. 베주호프 백작이 죽은 이후 그는 잠시도 피에르를 손에서 놓아주지 않았다. 바실리 공작은 마치 일에 쫓겨 피곤하고 지쳤지만 연민 때문에 그 의지할 곳 없는 청년 — 어쨌든 벗의 아들이고 뭐니 뭐니 해도 그런 막대한 재산을 가진 청년 — 을 도저히 운명과 사기꾼들의 농락에 내버려 둘 수 없다는 듯했다. 바실리 공작은 베주호프 백작이 죽은 후 며칠 동안 모스크바에 머물면서 피에르를 자기 방으로 부르고 몸소 피에르의 방을 찾기도 하며 피로한 듯하면서도 확신에 찬 말투로 그에게 해야할 일들을 지시했다. 그는 매번 이렇게 말하는 것 같았다.

"자네도 알겠지만 나에게는 일이 산더미처럼 쌓여 있다네. 하지만 자네를 그렇게 못 본 척 내버려 두는 것은 무정한 짓이겠지. 게다가 자네는 알 거야. 내가 자네에게 말하는 것이 유일한 방안이라는 점을 말이야."

"자, 친구, 내일 드디어 출발하는군." 어느 날 바실리 공작은 눈을 감은 채 손가락으로 피에르의 팔꿈치를 만지작거리면서, 마치 자기가 하는 말이 아주 오래전 두 사람 사이에 결정된 것이고 다른 결정은 있을 수 없다는 투로 말했다.

"내일 우리는 떠나는 거야. 내 콜랴스카 안에 자네 자리를 마련해 주지. 정말 기쁘군. 이곳에서 우리의 중요한 볼일은 다 마무리되었네. 난 이미 오래전에 떠났어야 해. 이건 내가 대신에게서 받은 것이네. 내가 자네를 위해 그에게 청원을 해 두었지. 자네도 외교단에 편입되었고 시종보가 되었어. 이제 자네에게 외교관의 길이 열린 거야."

자기 직업에 대해 아주 오랫동안 생각해 온 피에르는 이 말에 더해진 그 지친 듯 확신에 찬 말투의 기세에 아랑곳하지 않고 반박하려 했다. 그러나 바실리 공작이 다정하게 속삭이는 듯한 저음으로 말을 가로막았다. 자신의 말이 방해받을 가능성을 아예 배제한, 그리고 반드시 설득하지 않으면 안 되는 경우에 사용하는 말투였다.

"하지만 **이보게**, 내가 그 일을 한 것은 나 자신을 위해, 나의 양심을 위해서였어. 그러니 나에게 감사할 것은 전혀 없네. 사람들에게 너무 많은 사랑을 받는다고 불평할 사람은 아무도 없어. 게다가 자네는 자유로우니 내일이라도 다 던져 버릴 수 있잖나. 페테르부르크에 가면 스스로 모든 것을 알게 될 거야. 그리고 자네는 벌써 오래전에 이 무서운 기억으로부터 벗어나야 했어." 바실리 공작은 한숨을 쉬었다. "암, 그렇고말고. 자네의 콜랴스카에는 내 시종을 태우게. 아, 참, 잊고 있었군." 바실리 공작은 몇 마디 덧붙였다. "**이보게**, 자네도 알겠지만 나와 고인 사이에 계산할 것이 남았다네. 그러니 내가 랴잔에서 받은 것은 그대로 두도록 하지. 자네에게는 필요 없을 것 같아서 말이야. 나중에 셈하기로 하세."

바실리 공작이 말한 "랴잔에서 받은 것"은 그가 맡아 둔 수천 루블의 소작료를 뜻했다.

모스크바에서처럼 페테르부르크에서도 다정하고 사랑이 넘치는 사람들의 분위기가 피에르를 에워쌌다. 피에르는 바실리 공작이 마련해 준 직위, 아니 더 정확히 말해서 작위(그는 아무 일도 하지 않았으므로)를 거절할 수 없었다. 그리고 친지와 초대와 사회적 임무가 너무 많아 몽롱하고 조급한 느낌, 끊임없이 다가오지만 아직 이루어지지 않은 어떤 행복감을 모스크바에서보다 더 많이 느꼈다.

예전의 독신 친구들 가운데 많은 이들이 페테르부르크에 없었다. 근위대는 원정을 떠났고, 돌로호프는 강등되었고, 아나톨은 지방에 주둔한 군대에 있었고, 안드레이 공작은 외국에 나가 있었다. 그래서 피에르는 예전에 즐기던 것처럼 밤을 보낼 수도, 손위의 존경하는 친구와 우정 어린 대화를 나누며 이따금 속마음을 털어놓을 수도 없었다. 그의 모든 시간은 만찬과 무도회, 특히 바실리 공작의 집에서 늙고 뚱뚱한 공작 부인과 아름다운 엘렌을 상대하는 가운데 흘러갔다.

다른 사람들과 다를 바 없이 안나 파블로브나 셰레르도 피에르에 대한 사교계의 시각에서 일어난 변화를 그에게 보였다.

예전에 피에르는 안나 파블로브나와 함께 있으면 자신이 하는 말들이 무례하고 눈치 없고 불필요한 것 같다는 느낌을 계속 받았다. 머릿속으로 준비하는 동안에는 현명하게 느껴지던 말들이 큰 소리로 입 밖에 내기만 하면 이내 어리석은 말이 되어 버리고, 오히려 입폴리트의 멍청하기 짝이 없는 말들은 현명하고 친근한 말이 되는 것 같았다. 이제 모든 것, 그가 말하는 모든 것이 매력적으로 변했다. 안나 파블로브나가 그렇게 말하지는 않았지만, 그는 그녀가 그렇게 말하고 싶으면서도 다만 그의 겸손함을 존중하여 자제하고 있다는 것을 알았다.

1805년에서 1806년에 걸친 겨울의 초엽에 피에르는 안나 파블로브나에게서 평소와 다름없는 장밋빛 초대장을 받았다. 안에는 다음과 같은 말이 덧붙어 있었다. "아무리 바라보아도 질리지 않는 아름다운 엘렌도 올 거예요."

이 부분을 읽으면서 피에르는 처음으로 그와 엘렌 사이에 뭇사람들이 인정하는 어떤 관계가 형성되고 있다는 것을 깨달았다. 그는 그러한 생각에 마치 감당할 수 없는 의무를 짊어지기라도 한 듯 깜짝 놀라기도 했지만, 동시에 재미있는 상상이라며 마음에 들어 했다.

안나 파블로브나의 야회는 처음과 똑같았다. 다만 안나 파블로브나가 손님들에게 대접하는 신상품은 이제 모르테마르가 아니라 알렉산드르 황제가 포츠담에 체재하고 있으며 두 존귀한 벗이 그곳에서 인류의 적에 맞서 올바른 대의를 수호하기 위해 확고한 동맹을 맹세했다는 등 최신의 상세한 소식들을 베를린에서 가져온 한 외교관이었다.[177] 안나 파블로브나

---

177) 러시아와 프로이센의 포츠담 회담은 이 책 주 147과 주 148을 참조.

는 슬픈 기색으로 피에르를 맞이했다. 그 슬픔은 분명 청년에게 닥친 최근의 상실, 즉 베주호프 백작의 죽음과 관련이 있는 듯했다.(모든 사람들은 피에르가 거의 알지도 못하는 아버지의 죽음 때문에 몹시 비탄에 잠겨 있다고 스스로 믿게끔 하는 것을 늘 자신들의 의무라고 생각했다.) 그 슬픔은 그녀가 마리야 페오도로브나 황태후 폐하를 언급할 때 나타나던 지고한 슬픔과 똑같은 것이었다. 피에르는 자신이 이런 것에 흡족해하고 있음을 느꼈다. 안나 파블로브나는 자신의 응접실에서 여러 모임을 꾸렸다. 바실리 공작과 장군들이 속한 큰 모임은 외교관을 향유했다. 다른 모임은 티 테이블 부근에 모여 있었다. 피에르는 첫 번째 모임에 끼려고 했다. 그러나 새롭고 멋진 생각들이 수천 가지 떠올라 생각을 실행에 옮길 틈이 거의 없는 전장의 지휘관같이 흥분한 상태로 안나 파블로브나는 피에르를 보며 그의 소매를 손가락으로 만지작거렸다.

"잠깐만요, 오늘 밤에 내가 당신을 위해 준비한 계획이 있어요." 그녀는 엘렌을 쳐다보며 그녀를 향해 생긋 웃었다.

"사랑하는 엘렌, 당신은 나의 가엾은 아주머니에게 친절을 베풀어야 해요. 그분은 당신을 숭배하시거든요. 아주머니와 십 분만 함께 있어 줘요. 당신이 너무 심심해하지 않도록 여기 사랑스러운 백작을 당신에게 붙여 드리죠. 백작도 당신과 함께 가는 것을 거절하지 않을 거예요."

미인은 아주머니 쪽으로 향했다. 그러나 안나 파블로브나는 마치 불가피한 최후의 명령을 내리지 않으면 안 된다는 듯한 표정을 지으며 피에르를 여전히 옆에 붙잡아 두었다.

"매혹적이에요, 그렇죠?" 그녀는 미끄러지듯 걸어가는 당당한 미인을 가리키며 피에르에게 말했다. "몸가짐이 얼마나 훌륭한가요! 저렇게 젊은 아가씨에게 저토록 빈틈없이 행동하고 저토록 훌륭하게 처신하는 솜씨가 있다니! 저런 것은 마음에서 우러나오는 거예요. 저런 아가씨를 자기 여자로 삼는 남자는 행복할 거예요! 그녀와 함께 있으면 아무리 비사교적인 남편이라도 자기도 모르게, 그것도 힘들이지 않고 사교계에서 눈부신 자리를 차지하겠죠! 그렇지 않나요? 난 그저 당신 의견을 알고 싶어요." 그제야 안나 파블로브나는 피에르를 놓아주었다.

피에르는 엘렌의 몸가짐에 대한 안나 파블로브나의 질문에 진심으로 긍정적인 대답을 했다. 만약 그가 언젠가 엘렌에 대해 생각한 적이 있다면 그것은 바로 그녀의 아름다움과 사교계에서 말없이 품위를 지키는 매우 침착한 능력에 대해서였을 것이다.

아주머니는 두 젊은이를 자신이 있는 한구석으로 맞아들였다. 그러나 엘렌에 대한 동경을 숨기고 안나 파블로브나에 대한 두려움을 더 많이 드러내고 싶어 하는 것 같았다. 그녀는 마치 이 사람들과 무엇을 해야 되는지 묻기라도 하듯 조카를 흘깃 쳐다보았다. 그들의 곁을 떠나면서 안나 파블로브나는 다시 한번 피에르의 소매를 손가락으로 어루만지며 말했다.

"다음번에는 우리 집이 따분하다고 말하지 않겠죠. 그러길 바랄게요." 그러고는 엘렌을 쳐다보았다.

엘렌은 누군가 자신을 보고도 황홀해하지 않을 가능성을

용납할 수 없다고 말하는 듯한 표정으로 생긋 웃었다. 아주머니는 기침을 하고 침을 삼킨 뒤 프랑스어로 엘렌을 만나게 되어 몹시 기쁘다고 말했다. 그러고는 피에르를 돌아보며 똑같은 표정으로 똑같은 인사를 건넸다. 따분하고 더듬더듬 이어지는 대화 도중에 엘렌이 피에르를 돌아보며 그녀가 모든 사람들 앞에서 짓는 화사하고 아름다운 미소를 보냈다. 피에르는 그 미소에 매우 익숙했고, 그가 거의 주의도 기울이지 않을 만큼 그에게 별 의미가 없었다. 그때 아주머니가 고인이 된 피에르의 아버지, 즉 베주호프 백작의 담뱃갑 수집에 대한 이야기를 꺼내며 자신의 담뱃갑을 보여 주었다. 엘렌 공작 영애는 그 담뱃갑 위에 그려진 남편의 초상화를 보여 달라고 청했다.

"이것은 틀림없이 비네스[178]의 작품이군요." 피에르는 유명한 세밀화가의 이름을 언급하며 담뱃갑을 쥐기 위해 테이블로 몸을 구부리고는 다른 테이블에서 벌어지는 대화에 귀를 기울였다.

그는 돌아다니고 싶어 슬며시 일어섰다. 그러나 아주머니가 엘렌의 등 뒤에서 담뱃갑을 내밀었다. 엘렌은 비켜 주기 위해 앞으로 몸을 숙이고는 미소 띤 얼굴로 돌아보았다. 야회에 참석할 때면 언제나 그러듯이 당시 유행에 따라 앞뒤가 많이 파인 드레스를 입고 있었다. 피에르에게 언제나 대리석처럼 느껴지던 그녀의 가슴이 그의 눈과 어찌나 가까이 있던지 그

---

178) 비네스(Vinesse)는 1812년 페테르부르크에 거주했다고 알려진 프랑스 세밀화가다.

는 무심결에 근시안으로 그녀의 어깨와 목덜미의 생생한 아름다움을 감지했다. 게다가 그녀의 가슴은 그가 조금만 몸을 숙여도 닿을 만큼 그의 입술과 매우 가까이에 있었다. 그녀의 체온과 향수 냄새를 느꼈으며, 그녀가 숨 쉴 때마다 삐걱대는 코르셋 소리를 들었다. 그가 본 것은 드레스와 완전히 하나가 된 그녀의 대리석 같은 아름다움이 아니었다. 그가 보고 느낀 것은 그저 옷으로 덮여 있을 뿐인 그 육체의 모든 매력이었다. 그리하여 우리가 한번 밝혀진 속임수로는 되돌아갈 수 없는 것처럼 그도 그 매력을 한번 보고 나자 다른 식으로는 볼 수 없게 되었다.

그녀는 그를 돌아보더니 검은 눈을 반짝이며 똑바로 응시하고 미소를 지었다.

'그럼 당신은 지금껏 내가 얼마나 매력적인지 몰랐단 말이에요?' 엘렌은 그렇게 말하는 듯했다. '당신은 내가 여자라는 걸 몰랐어요? 그래요, 난 여자예요. 누구의 소유도 될 수 있는 여자요. 당신의 소유가 될 수도 있죠.' 그녀의 눈빛이 그렇게 말했다. 그 순간 피에르는 느꼈다. 엘렌은 자신의 아내가 될 수 있을 뿐 아니라 꼭 그렇게 되어야 한다고, 그렇게 될 수밖에 없다고.

그는 그녀와 함께 혼례관 아래 선 것처럼[179] 그 순간 그 사실을 분명히 알았다. 그 일이 언제 어떻게 일어날지는 몰랐다. 좋을지 어떨지도 몰랐다.(심지어 어쩐지 좋지 않을 것 같은 느낌

179) 정교회의 결혼식에서는 사제가 신랑과 신부에게 관을 씌우며, 예식 절차에 따라 신랑 신부가 몸을 옮길 때 남자 들러리 두 명이 신랑 신부의 머리 위로 관을 받쳐 들고 따라다닌다.

마저 들었다.) 그러나 그 일이 일어나리라는 것은 알았다.

피에르는 눈을 내리깔았다가 다시 들었다. 예전에 매일같이 보던 식으로 그녀를 자신과 먼, 인연이 없는 아름다운 여인으로 새롭게 보고 싶었다. 그러나 더 이상 그럴 수 없었다. 마치 안개 속에서 부리얀[180]의 줄기를 보고 나무로 생각하던 사람이 그 줄기를 알아본 후에는 두 번 다시 나무로 볼 수 없듯이 그도 그럴 수 없었다. 그녀는 두려울 만큼 가까이 있었다. 그녀는 이미 그를 지배하고 있었다. 이제 그와 그녀 사이에는 그의 의지 외에 더 이상 어떤 장애물도 없었다.

"좋아요. 당신들을 당신들만의 구석에 남겨 두기로 하죠. 내가 보기에 당신들에게는 그곳이 좋은 것 같군요." 안나 파블로브나의 목소리가 말을 건넸다.

그러자 피에르는 두려움에 싸인 채 자신이 뭔가 비난받을 만한 짓을 하지 않았나 떠올리며 붉어진 얼굴로 주위를 둘러보았다. 그가 보기에는 모든 사람들이 그에게 일어난 일에 관하여 그 못지않게 잘 아는 듯했다.

잠시 후에 그가 큰 무리로 다가가자 안나 파블로브나가 말했다.

"당신이 페테르부르크에 있는 저택을 다시 꾸미고 있다는 소문이 들리던데요?"

(그 말은 사실이었다. 건축 기사가 그럴 필요가 있다고 하여 피에르는 영문도 모른 채 페테르부르크에 있는 커다란 저택을 새롭게 손

---

180) 러시아 남부의 초원 지대에 자라는 키가 크고 줄기가 굵은 잡초다.

보고 있었다.)

"잘했어요. 하지만 바실리 공작 댁을 떠나진 말아요. 그런 친구를 두는 건 좋은 일이니까." 그녀는 바실리 공작에게 미소를 지어 보이며 말했다. "나도 그 일에 대해 이것저것 아는 게 좀 있지요. 그렇지 않나요? 당신은 아직 매우 젊어요. 당신에게는 조언이 필요하다고요. 내가 이렇게 노인의 권리를 행사한다고 화내지는 말아요." 여자들이 자기 나이를 말하고 난 뒤에는 언제나 무언가를 기대하며 잠자코 있듯이 그녀도 잠시 입을 다물었다. "당신이 결혼이라도 하면 문제가 달라지겠지요." 그리고 그녀는 두 사람을 한 시야 안으로 묶었다. 피에르는 엘렌을 쳐다보지 않았고, 엘렌도 피에르를 쳐다보지 않았다. 그러나 여전히 그녀는 무섭게 느껴질 만큼 가까이 있었다. 그는 뭐라고 웅얼대면서 얼굴을 붉혔다.

집으로 돌아온 피에르는 자신에게 일어난 일을 생각하느라 오랫동안 잠을 이루지 못했다. 그에게 무슨 일이 일어난 걸까? 아무 일도 일어나지 않았다. 그저 어릴 때부터 알던 여자가, 엘렌이 미인이라는 말을 들으면 "응, 예쁘군." 하고 무심하게 대꾸하던 그 여인이 자신의 소유가 될 수도 있다는 것을 깨달았을 뿐이다.

'하지만 그녀는 어리석어. 내 입으로 그녀가 멍청하다는 말을 하기도 했잖아.' 그는 생각했다. '이건 사랑이 아니야. 오히려 그녀가 내 안에 불러일으키는 감정에는 추악한 무언가가, 금지된 무언가가 있어. 사람들 말로는 그녀의 남동생 아나톨이 그녀에게 반하고 그녀도 그를 좋아해서 온갖 일이 벌어졌다던데. 아나톨을 멀리 보내 버린 것도 그 때문이라지. 오빠는 입폴리트, 아버지는 바실리 공작. 좋지 않은걸.' 그는 생각했다. 그렇게 곰곰이 생각하는 사이(그 생각들은 결론을 맺지 못한 채 남았다.) 그는 자신이 빙그레 웃고 있음을 깨달았다. 그리고 처음 생각에서 다른 생각들이 연이어 떠오르는 것을 자각했고, 자신이 그녀를 보잘것없는 여자라 생각하면서도 그녀가 자신의 아내가 될지 모른다고, 그녀가 자신을 사랑하게 될지 모른다고, 그녀가 지금과 완전히 다른 사람이 될지 모른다고, 또 자신이 그녀에 대해 생각하고 들은 모든 것들이 거짓일지 모른다고 상상하고 있음을 자각했다. 또다시 그의 눈에 들어온 것은 바실리 공작의 딸인 그녀가 아니라 단지 회색 드레스에 가려진 육체뿐이었다. '하지만 안 돼. 도대체 왜 예전에는 이런 생각이 머리에 떠오르지 않았을까?' 그리고 다시 한번 그는 그런 일은 있을 수 없다고, 이 결혼에는 추악하고 부자연스러운, 자신이 보기에 불순해 보이는 무언가가 있다고 속으로 중얼거렸다. 그는 예전에 그녀가 한 말과 눈빛, 그와 그녀를 함께 바라보던 사람들의 말과 눈빛을 떠올렸다. 그는 안나 파블로브나가 저택에 관하여 이야기할 때의 그 말과 눈빛을 기억해 냈고, 바실리 공작을 비롯한 여러 사람들이 던진 숱한 똑같은 암시들을 기억해 냈다. 그러자 틀림없이 좋지 않은, 그가 해서는 안 되는 그런 일을 하도록 스스로를 어떤 것으로 옭아맨 것이 아닐까 하는 두려움이 그를 덮쳤다. 그러나 그러한 결심을 다진 순간 마음 한구석에서는 여성스러운 아름다움으로 충만한 그녀의 모습이 떠올랐다.

# 2

　1805년 11월 바실리 공작은 시찰을 위해 네 개의 현으로 떠나야만 했다. 그는 자신을 위해 이 임무를 추진했다. 관리가 엉망인 자신의 영지에 잠시 들를 겸 아들 아나톨을 잡아끌고(그가 속한 연대의 소재지에서) 니콜라이 안드레예비치 볼콘스키 공작의 집에 들러 아들을 그 부유한 노인의 딸과 결혼시키기 위해서였다. 그러나 출발과 이런 새로운 용무에 앞서 피에르와 문제를 해결해야 했다. 사실 피에르는 최근에 하루 종일 집에서, 즉 그가 지내는 바실리 공작의 집에서 시간을 보내며 엘렌 앞에만 서면 흥분하여 우스꽝스럽고 멍청하게 굴면서도(사랑에 빠진 남자가 으레 그러듯) 여전히 청혼은 하지 않았다.

　'다 좋아. 하지만 이제 모든 것을 매듭지어야 해.' 어느 날 아침 바실리 공작은 그렇게나 자기에게 신세를 지고 있는 피에르가(뭐, 어쩔 수 없지!) 이 문제에 대해 몹시 부적절하게 처신하는 것을 깨닫고 슬픈 탄식과 함께 혼잣말을 했다. '젊음…… 경솔함…… 에잇, 맘대로 하라지!' 바실리 공작은 자신의 친절함을 흡족하게 느끼며 생각에 잠겼다. '반드시, 반드시 끝을 내야 해. 모레는 룔랴의 명명일이니 사람들을 몇 명 초대하자. 만일 그가 해야 할 일을 깨닫지 못하면 그 일은 나의 몫이 될 것이다. 그래, 나의 몫. 난 아버지니까!'

안나 파블로브나의 집에서 야회가 열린 이후, 피에르가 흥분으로 잠 못 이루며 엘렌과의 결혼은 불행한 일이 될 테니 그녀를 피해 달아나야겠다고 결심한 그날 밤 이후 한 달 반이 지났다. 그렇게 결심한 이후에도 피에르는 여전히 바실리 공작의 집을 떠나지 않았다. 그러면서 사람들 눈에 그와 그녀의 관계가 하루하루 점점 더 깊어지는 것으로 비친다는 점, 자신은 더 이상 그녀를 예전의 눈길로 바라볼 수 없고 그녀를 떠날 수 없다는 점, 끔찍한 일이 되겠지만 자신의 운명을 그녀와 함께 엮지 않으면 안 되리라는 점을 두렵게 느끼고 있었다. 어쩌면 자신을 억누를 수 있었을지 모른다. 그러나 바실리 공작의 집(손님을 맞는 일이 거의 없던)에서는 야회가 열리지 않는 날이 없었다. 즐거운 분위기를 망치지 않고 모든 이들의 기대에 어긋나지 않기를 바라는 한 피에르는 야회에 참석해야 했다. 바실리 공작은 어쩌다 집에 있을 경우 그 옆을 지나치다가 피에르의 손을 아래쪽으로 잡아당기면서 깨끗이 면도한 주름투성이 뺨을 무심하게 내밀어 입을 맞추게 하고는 "내일 보세."라거나 "만찬에 오게. 그러지 않으면 자네를 볼 수 없으니 말이

야."라거나 "내가 남아 있는 건 자네를 위해서야."라고 말하곤
했다. 바실리 공작은 피에르를 위해 남은 동안에도(그가 말한
대로라면) 말을 두 마디 이상 걸지 않았다. 그러나 피에르는
자신이 그의 기대를 저버리지 못하리라는 것을 알았다. 그는
날마다 똑같은 말을 중얼거렸다. '결국 그녀를 이해하고 그녀
가 누구인지 분명히 알아내야 해. 내가 전에 잘못 알았나? 아
니면 지금 잘못 아는 건가? 아니, 그녀는 어리석지 않아. 아
니, 훌륭한 아가씨야!' 그는 이따금 혼잣말을 했다. '그녀는
한 번도 틀린 적이 없어. 한 번도 어리석은 말을 한 적이 없다
고. 좀처럼 말을 하지 않지만 그녀가 하는 말은 언제나 솔직
하고 분명해. 그렇게 어리석지 않아. 그녀는 한 번도 당황한
적이 없고, 지금도 당황하지 않아. 그러니 나쁜 여자가 아니
야!' 그는 종종 그녀와 토론을 하거나 자신의 생각을 입 밖에
내곤 했다. 그럴 때마다 그녀는 짤막하지만 때에 알맞은, 그
러나 그 문제에 흥미가 없음을 드러내는 의견으로 답하거나
피에르에게 자신의 우월함을 무엇보다 생생하게 보여 주는
말없는 미소와 눈빛으로 답하곤 했다. 그 미소에 비하면 모든
논쟁은 헛소리에 불과하다고 생각한다는 점에서 그녀는 옳
았다.

그녀는 언제나 사람을 의심할 줄 모르는 듯한 즐거운 미소
로, 오직 피에르 한 사람만을 향한 미소로 그를 돌아보았다.
그것에는 언제나 그녀의 얼굴을 아름답게 꾸미던 평소의 미
소에 깃든 것보다 더 의미심장한 무언가가 있었다. 피에르는
알았다. 모든 사람들이 기다리는 것은 마침내 그가 한마디 말

을 입 밖에 내고 어떤 선을 넘는 것뿐이었다. 그는 머지않아 그 선을 넘게 되리라는 것을 알았다. 그러나 그 무시무시한 한 발짝을 떠올리기만 해도 어떤 이해할 수 없는 두려움이 그를 사로잡았다. 그 한 달 반 동안, 자신이 그 무시무시한 심연으로 점점 더 끌려 들어간다고 느끼는 동안 피에르는 수천 번이나 스스로에게 말했다. '아, 이게 뭐람? 결단력이 필요해! 정말로 내게는 그런 게 없는 걸까?'

그는 마음을 정하고 싶었다. 그러나 자기 안에 있다고 생각했던, 실제로 그에게 있었던 결단력이 지금은 없다는 사실을 느끼고 두려워졌다. 피에르는 자신이 완벽하게 순수하다고 느낄 때만 강해지는 부류에 속했다. 그런데 안나 파블로브나의 집에 있던 담뱃갑 위에서 경험한 욕망의 감정이 피에르를 사로잡은 그날 이후 그 갈망에 깃든 무의식적인 죄책감이 그의 결단력을 마비시켰다.

엘렌의 명명일에 바실리 공작의 집에서는 공작 부인이 가장 가깝다고 말하는 사람들, 즉 친척과 친구들 몇 명만 모여 저녁 식사를 했다. 이 친척들과 친구들은 모두 명명일을 맞은 주인공의 운명이 바로 이날 결정되리라는 느낌을 받았다. 손님들은 저녁 식사 테이블 앞에 앉았다. 한때 아름다웠으나 이제 몸집이 크고 풍채가 당당한 여성이 된 쿠라기나 공작 부인이 안주인 자리에 앉았다. 양편에 가장 영예로운 귀빈인 연로한 장군과 그의 아내, 그리고 안나 파블로브나 셰레르가 앉았다. 테이블 끝에는 그보다 나이가 덜 지긋한 귀빈들이 앉았고, 피에르와 엘렌도 그곳에 가족처럼 나란히 앉았다. 바실리 공작은 식사를 하지 않았다. 그는 즐거운 기분으로 테이블 주위를 어슬렁거리며 이런저런 손님들 옆에 돌아가며 앉았다. 그는 엘렌과 피에르를 제외한 모든 사람에게 허물없는 유쾌한 말을 던졌다. 두 사람이 그 자리에 있는 것을 모르는 것 같았다. 바실리 공작은 모든 사람들에게 활기를 불어넣었다. 촛불이 환하게 타오르고 은 식기, 크리스털 그릇, 귀부인들의 의상, 금과 은으로 된 견장들이 반짝반짝 빛났다. 테이블 주위에는 붉은 카프탄을 입은 하인들이 빠른 걸음으로 돌아다녔다. 나이프와 컵과 접시가 부딪치는 소리, 테이블 주위 여기저기에서 대화를 나누는 활기찬 말소리가 들렸다. 한쪽 끝에서는 나이 지긋한 시종이 늙은 남작 부인을 향하여 열렬한 사랑을 장담하는 소리와 그녀의 웃음소리가 들렸고, 다른 쪽 끝에서는 마리야 빅토로브나라는 여인의 실패에 대한 이야기가 들렸다. 테이블 한가운데에서는 바실리 공작이 청중을 끌어모으고 있었다. 그는 입가에 익살맞은 미소를 머금고서 최근에, 즉 수요일에 열린 국무 회의에 관하여 부인들에게 들려주었다. 그 회의에서 페테르부르크의 신임 군정 총독인 세르게이 쿠즈미치 뱌즈미치노프[181]는 알렉산드르 파블로비치 황제가 군대에서 보낸, 당시에 유명했던 칙서를 받아 낭독했다. 황제는 칙서에서 세르게이 쿠즈미치에게 이렇게 말했다. 자신은 방방곡곡에서 백성의 충성심에 대한 성명을 받고 있으며 페테르부르크의 성명에 특히 기뻐한다고, 그런 백성의 수장(首長)이 된 영예를 자랑스럽게 생각한다고, 또 그에 걸맞은 군주가 되기 위해 노력할 거라고. 이 칙서는 다음과 같은 문구로 시작했다. "세르게이 쿠즈미치! 방방곡곡에서 내 귀로 소문이 전해지고 있소……." 등등.

"그래서 '세르게이 쿠즈미치'에서 더 나아가지 못했단 말인가요?" 한 부인이 물었다.

"네, 네, 털끝만큼도요." 바실리 공작이 웃음을 터뜨리며 대답했다. "'세르게이 쿠즈미치…… 방방곡곡에서…… 방방곡곡에서…… 세르게이 쿠즈미치…….' 가엾은 뱌즈미치노프는 더 이상 읽을 수 없었답니다. 몇 번이고 다시 편지를 붙잡고 읽으려 했지만 '세르게이…….'라고 말하는 순간 흐느낌이 튀어나오고…… '쿠…… 즈미…… 치.' 하면 눈물이 쏟아지고, '방방곡곡에서' 하면 흐느낌에 소리가 묻히고, 그래서 더는 읽을 수가 없었죠. 그리고 또 손수건, 또 '세르게이 쿠즈미치, 방방곡곡에서', 또 눈물…… 결국에는 사람들이 다른 누군가에게 읽어 달라고 부탁했답니다."

---

181) 세르게이 쿠즈미치 뱌즈미치노프(Sergei Kuzmich Vyazmitinov, 1744~1819). 러시아의 장군이자 정치가. 1차, 2차 튀르크 전쟁에 참전했다. 1796년 소러시아의 총독이 되었다. 1797년 페테르부르크에 위치한 페트로파블롭스크 요새의 사령관이 되었으나, 1799년 파벨 1세의 명령으로 해임되었다. 하지만 1801년 소러시아 총독으로 재임명되고, 1802년 러시아 최초의 국방 대신이 되었다. 1805년 오스트리아 원정 당시 알렉산드르 1세가 전선으로 떠나자 황제가 없는 동안 페테르부르크의 행정을 책임졌다. 한편 9세기에 동슬라브족은 키예프루스라는 국가를 수립한 후 북으로 핀란드, 남으로 흑해, 동으로 돈강 유역까지 점차 세력을 확장했다. 그 후 동슬라브족은 언어와 지역을 잣대 삼아 모스크바를 중심으로 한 대러시아, 오늘날의 우크라이나를 중심으로 한 소러시아, 오늘날의 벨라루스를 중심으로 한 백러시아로 점차 나뉘었다. 이러한 구분과 명칭은 1918년까지 유지되었다.

"쿠즈미치…… 방방곡곡에서…… 그리고 눈물……." 누군가가 낄낄거리며 따라 했다.

"심술궂게 굴지 좀 말아요." 테이블의 다른 쪽 끝에서 안나 파블로브나가 위협적인 손짓을 하며 말했다. "그가 얼마나 훌륭한 사람인데요. 우리의 착한 뱌즈미치노프……."

다들 왁자지껄하게 웃어 댔다. 영예로운 상석에 앉은 이들도 모두 온갖 다채로운 활기찬 분위기에 영향을 받아 즐거워 보였다. 피에르와 엘렌만 테이블 말석에 말없이 나란히 앉아 있었다. 두 사람은 얼굴에 세르게이 쿠즈미치와 상관없는 환한 미소를, 자신들의 감정을 부끄러워하는 미소를 조심스럽게 띠고 있었다. 무슨 말을 하든, 아무리 웃고 농담을 하든, 아무리 맛있게 라인 포도주와 소테와 아이스크림을 먹든, 아무리 이 한 쌍에게서 시선을 돌리려 하고 이 한 쌍에게 태연하고 무심한 척하든 다른 이들이 두 사람을 향해 이따금 던지는 시선을 보면 세르게이 쿠즈미치에 대한 일화며 웃음이며 음식 등 모든 것이 어쩐지 억지로 꾸며 낸 듯했고, 그 모임의 주의는 온통 이 한 쌍, 즉 피에르와 엘렌에게 쏠린 것 같았다. 바실리 공작은 세르게이 쿠즈미치가 흐느끼던 모습을 흉내 내며, 동시에 딸 쪽으로 빠르게 시선을 던졌다. 그리고 그가 웃음을 터뜨린 순간 그 표정은 이렇게 말하고 있었다. '그래, 그래, 모든 게 잘되고 있어. 오늘 모든 것이 결정될 거야.' 안나 파블로브나는 '우리의 착한 뱌즈미치노프'를 위해 그에게 나무라는 몸짓을 했다. 그러나 피에르를 향해 순간적으로 반짝 빛나던 그녀의 눈동자에서 바실리 공작은 미래의 사위와 딸의 행복에 대한 축하를 읽었다. 노공작 부인은 서글프게 한숨을 쉬며 옆자리에 앉은 부인에게 술을 권하고 화난 표정으로 딸을 흘 깃 쳐다보았다. 그 한숨은 이렇게 말하는 듯했다. '그래요, 이 제 당신과 나에겐 달콤한 술을 마시는 일 말고 더 이상 아무것 도 남은 게 없어요. 이제는 저 젊은이들이 너무나 뻔뻔스럽고 불손하게 보일 만큼 행복해질 때니까요.' 외교관은 연인들의 행복한 얼굴을 흘깃 쳐다보며 생각에 잠겼다. '내가 흥미라도 가진 듯이 떠들어 대는 이 모든 것이 얼마나 어리석은 말인가! 바로 저런 게 행복이지!'

이 모임을 결합한 보잘것없고 억지스러운 관심들 사이로 아름답고 건강한 젊은 남녀가 서로를 갈망하는 소박한 감정 이 떠올랐다. 그리고 이 인간적인 감정은 모든 것을 압도하며 그들의 부자연스러운 모든 수다 위로 날아올랐다. 익살은 즐 겁지 않았고, 새로운 소식은 흥미롭지 않았으며, 활기는 분명 거짓이었다. 그들뿐 아니라 테이블 옆에서 시중을 드는 하인 들도 똑같이 느꼈는지 얼굴을 환하게 빛내는 아름다운 엘렌 과 불그레하고 살진, 행복과 불안이 뒤섞인 피에르의 얼굴을 보는 데 정신이 팔려 시중드는 순서를 잊곤 했다. 촛불의 불빛 조차 이 행복한 두 사람의 얼굴만 비추는 것 같았다.

피에르는 자신이 모든 것의 중심이라는 사실을 깨달았다. 이러한 입장은 그를 기쁘게도 하고 숨 막히게도 했다. 그는 어 떤 일에 깊이 몰두한 상태였다. 무엇을 분명히 볼 수도, 이해 할 수도, 들을 수도 없었다. 그저 이따금 생각지도 않게 마음 속에서 현실에 대한 단편적인 생각과 인상이 어른거릴 뿐이었다.

　'이렇게 끝나는군!' 그는 생각했다. '그런데 이 모든 게 어쩌다 일어난 걸까? 너무 빨라! 그녀만을 위해서나 나 자신만을 위해서가 아니라 모든 사람들을 위해 이 일이 반드시 이루어져야 한다는 걸 이제 알겠어. 다들 너무나 이 일을 기다리고 있지. 이 일이 일어날 거라고, 내가 저들의 기대를 저버릴 수 없을 거라고, 그럴 수 없을 거라고 굳게 믿고 있어. 그런데 그 일은 어떻게 일어나는 걸까? 모르겠어. 하지만 일어날 거야. 반드시 일어날 거야.' 피에르는 자신의 눈동자 바로 옆에서 빛나는 그 어깨를 흘깃거리며 생각했다.

　그 순간 불현듯 무언가 부끄러운 마음이 들었다. 자기만 모든 사람들의 관심을 독차지하는 것이, 다른 사람들의 눈에 행운아로 보이는 것이, 잘생기지도 않은 얼굴로 헬레네를 손에 넣은 파리스[182] 같은 자가 된 것이 거북하게 느껴졌다. '하지만 분명 이런 일은 언제나 이런 식으로 일어나고 또 이렇게 되어야만 해.' 그는 스스로를 위로했다. '그런데 나는 이 일을 위해서 무엇을 한 걸까? 이 일은 언제 시작되었을까? 나는 바실리 공작과 함께 모스크바를 떠났지. 그때만 해도 아직 아무 일도 없었어. 그다음에 내가 바실리 공작의 집에 묵으면

---

182) 트로이 왕 프리아모스와 왕비 헤카베 사이에서 태어난 아들이다. 파리스는 스파르타 왕 메넬라오스의 아내 헬레네를 유혹하여 트로이로 함께 도주하고는 아내를 돌려 달라는 메넬라오스의 요구를 거부했다. 이 사건으로 인해 미케네 왕이자 메넬라오스의 형인 아가멤논이 그리스 연합군을 이끌고 트로이를 공격함으로써 십여 년에 걸친 트로이 전쟁이 시작되었다.

안 될 이유도 없었잖아? 그 후 나는 그녀와 카드놀이를 하고 손가방을 들어 주고 함께 썰매를 타기도 했지. 도대체 이 일은 언제 시작되었을까? 이 모든 게 언제 이루어진 걸까?' 지금 그는 여기에 구혼자로서 그녀 옆에 앉아 그녀와의 가까운 거리, 그녀의 숨소리, 그녀의 몸짓, 그녀의 아름다움을 듣고 보고 느끼고 있다. 문득 그토록 뛰어나게 아름다운 사람은 그녀가 아니라 자기 자신처럼 느껴지고, 사람들이 자기를 그처럼 쳐다보는 것도 그 때문인 것 같다. 그는 사람들의 감탄에 행복해져서 가슴을 편다. 고개를 들고 자신의 행복에 기뻐한다. 갑자기 어떤 목소리가, 누군가의 익숙한 목소리가 들리더니 그에게 또 말을 걸어온다. 그러나 피에르는 다른 것에 너무 마음을 빼앗긴 나머지 자신에게 건네는 말을 알아듣지 못한다.

"볼콘스키 공작에게서 언제 편지를 받았는지 묻고 있네." 바실리 공작이 똑같은 말을 세 번째 되풀이한다. "이보게, 정말로 얼이 빠졌군."

바실리 공작이 빙그레 웃는다. 피에르는 모두가, 모두가 그와 엘렌을 보며 싱글싱글 웃는 것을 본다. '뭐, 어쩔 수 없지. 당신들이 모두 알고 있다면.' 피에르는 속으로 혼잣말을 한다. '뭐, 어쩌겠어? 사실인걸.' 그리고 어린아이 같은 온순한 미소를 짓는다. 그러자 엘렌도 생긋 웃는다.

"언제 받았나? 올뮈츠로부터 온 건가?" 바실리 공작은 논쟁을 해결하기 위해 꼭 알아야 한다는 듯 거듭 묻는다.

'이렇게 쓸데없는 것을 말하고 생각해도 되는 걸까?' 피에르는 생각한다.

"네, 올뮈츠에서 왔습니다." 그는 한숨을 쉬며 대답한다.

저녁 식사가 끝나자 피에르는 다른 사람들을 뒤따라 그의 숙녀를 응접실로 안내했다. 손님들은 뿔뿔이 흩어지기 시작했고, 몇몇 사람들은 엘렌에게 작별 인사도 하지 않고 떠났다. 마치 그녀를 중대한 일에서 떼어 놓고 싶지 않은 듯 몇몇은 잠시 다가왔다가 배웅을 만류하며 서둘러 떠났다. 외교관은 서글픈 얼굴로 입을 꾹 다문 채 응접실에서 나갔다. 외교관으로서의 출세가 피에르의 행복에 비하면 몹시도 공허해 보였던 것이다. 늙은 장군은 발 상태가 어떤지 묻는 아내에게 성난 목소리로 투덜거렸다. '에잇, 멍청이 할망구 같으니! 저기 엘레나 바실리예브나는 쉰 살이 되어도 저렇게 계속 아름답겠지.' 그는 생각했다.

"당신에게 축하 인사를 드려도 될 것 같은데요." 안나 파블로브나가 공작 부인에게 속삭이며 힘껏 입을 맞추었다. "편두통만 없다면 나도 남아 있겠지만."

공작 부인은 아무런 대꾸도 하지 않았다. 딸의 행복에 대한 질투가 그녀를 괴롭혔기 때문이다.

손님들을 전송하는 동안 피에르는 그들이 앉은 작은 응접실에 엘렌과 단둘이 오랫동안 남아 있었다. 그는 예전에도, 즉 지난 한 달 반 동안에도 종종 엘렌과 단둘이 남곤 했지만 한 번도 사랑의 말을 한 적이 없었다. 이제는 불가피하다고 느끼면서도 도저히 이 마지막 한 걸음을 용기 있게 내딛을 수 없었다. 부끄러웠다. 자기가 이 자리에, 바로 엘렌 옆에 있는 것이 남의 자리를 차지한 것처럼 느껴졌다. '이 행복은 너를 위한 것이 아니다.' 내면의 어떤 목소리가 그에게 말했다. '이 행복은 네게 있는 것을 갖지 못한 사람들의 것이다.' 그러나 무엇이든 이야기해야 했다. 그래서 그는 말을 꺼냈다. 그녀에게 오늘의 야회에 만족했는지 물었다. 언제나처럼 단순하게 그녀는 오늘의 명명일은 자신에게 가장 기쁜 날들 가운데 하루였다고 대답했다.

가장 가까운 친척들 가운데 몇 명은 아직 그 집에 남아 있었다. 그들은 큰 응접실에 앉아 있었다. 바실리 공작은 느릿느릿한 걸음으로 피에르에게 다가갔다. 피에르는 자리에서 일어나 벌써 시간이 많이 늦었다고 말했다. 바실리 공작은 뭔가 묻고 싶은 듯 엄한 눈초리로 피에르를 바라보았다. 마치 피에르가 하는 말이 너무 이상해서 알아들을 수 없다는 투였다. 그러나 뒤이어 엄한 표정이 바뀌었다. 바실리 공작은 피에르의 손을 아래로 잡아끌어 자리에 앉히고는 다정하게 미소를 지었다.

"자, 어떠냐, 룔랴?" 그는 곧장 딸을 향하여 평소처럼 다정함이 깃든 허물없는 투로 말을 걸었다. 그런 다정함은 자녀들을 어릴 때부터 귀여워해 온 부모들에게 저절로 배는 것이지만 바실리 공작은 다른 부모들을 모방하여 짐작했을 뿐이다.

그는 다시 피에르를 돌아보았다.

"세르게이 쿠즈미치, 방방곡곡에서……." 그는 조끼의 맨 위 단추를 끄르며 말했다.

피에르는 빙그레 웃었다. 그러나 이 순간 바실리 공작의 관심거리가 세르게이 쿠즈미치의 일화가 아니라는 점을 그도 알고 있다는 사실이 미소에 엿보였다. 바실리 공작도 피에르가 그 점을 안다는 것을 알아차렸다. 바실리 공작은 갑자기 뭐라고 투덜거리며 나갔다. 피에르의 눈에는 바실리 공작조차 당혹스러워하는 것 같았다. 그 늙은 사교계 인사가 허둥지둥하는 모습이 피에르의 마음을 움직였다. 피에르는 엘렌을 돌아보았다. 엘렌도 당황한 듯했고, 그녀의 시선은 이렇게 말하는 듯했다. '어쩌겠어요, 당신 잘못인걸요.'

'반드시 넘어서야 해. 하지만 할 수 없어. 난 할 수 없어.' 피에르는 이렇게 생각하고 다시 그와 상관없는 세르게이 쿠즈미치에 대한 이야기를 꺼내며 그 일화가 어떤 것이었는지 물었다. 이야기를 제대로 듣지 못했기 때문이다. 엘렌은 생긋 웃으며 자기도 모른다고 대답했다.

바실리 공작이 응접실에 들어섰을 때 공작 부인은 중년 부인과 함께 피에르에 대해서 나직이 이야기를 나누고 있었다.

"물론 저 둘은 훌륭한 배필이지만 행복은······."

"결혼이란 하늘에서 맺어 주는 것이죠." 중년 부인이 대답했다.

바실리 공작은 마치 부인들의 대화를 듣고 있지 않다는 듯 먼 구석으로 가서 소파에 앉았다. 그는 눈을 감고 조는 것 같았다. 그의 머리가 아래로 떨어지나 싶더니 번쩍 눈을 떴다.

"알리나." 그가 아내에게 말했다. "저 애들이 뭘 하고 있는지 보고 와."

공작 부인은 문가로 다가가 의미심장하면서도 무심한 태도로 문을 지나치며 응접실 안을 몰래 훔쳐보았다. 피에르와 엘렌은 똑같은 모습으로 앉아 이야기를 나누고 있었다.

"똑같아요." 그녀가 남편에게 대답했다.

바실리 공작은 인상을 찌푸리며 입술을 한쪽으로 삐죽했다. 특유의 불쾌하고 야비한 표정으로 두 뺨이 실룩거렸다. 그는 몸을 흔들며 자리에서 일어나 고개를 뒤로 젖힌 채 단호한 걸음으로 부인들 옆을 지나 작은 응접실로 갔다. 그는 서두르는 걸음으로 기쁨에 차서 피에르에게 다가갔다. 공작의 얼굴이 심상치 않은 엄숙한 표정을 짓고 있어 그를 본 피에르는 깜짝 놀라 일어났다.

"하느님, 감사합니다! 아내가 전부 말해 주었네!" 그가 말했다. 그는 한 손으로 피에르를, 다른 손으로 딸을 끌어안았다. "룔랴! 정말, 정말 기쁘구나!" 그의 목소리가 떨렸다. "난 자네 아버님을 사랑했네…… 이 아이는 자네에게 좋은 아내가 될 거야…… 하느님께서 두 사람에게 축복을 내려 주시길!"

그는 딸을 얼싸안았다. 그러고는 다시 피에르를 끌어안고 노인의 입술로 입을 맞추었다. 눈물이 정말로 그의 두 뺨을 적셨다.

"여보, 공작 부인, 이리 와." 그가 큰 소리로 불렀다.

공작 부인도 와서 함께 울었다. 중년 부인도 손수건으로 눈물을 훔쳤다. 사람들이 피에르에게 입을 맞추었으며, 그도 아름다운 엘렌의 손에 몇 번이고 입을 맞추었다. 잠시 후 다시 두 사람만 남겨졌다.

'이 모든 게 이렇게 되어야만 했어. 달리 어쩔 수 없었어.'

피에르는 생각했다. '그러니 이것이 좋은 일인지 나쁜 일인지 물어도 소용없어. 명확하니 좋은 일이지. 게다가 예전의 그 괴로운 의심도 더 이상 없잖아.' 피에르는 말없이 약혼녀의 손을 잡고 높아졌다 낮아졌다 하는 아름다운 가슴을 바라보았다.

"엘렌!" 그는 소리 내어 말하고는 그대로 멈췄다.

'사람들은 이런 경우에 무언가 대단히 특별한 말을 하는데.' 그는 생각했다. 그러나 이럴 때 꼭 맞는 말을 도무지 떠올릴 수가 없었다. 그는 그녀의 얼굴을 쳐다보았다. 그녀가 그에게 더 가까이 다가왔다. 그녀의 얼굴이 붉게 물들었다.

"아, 이것 좀 벗어 봐요…… 이것……." 그녀가 안경을 가리켰다.

피에르는 안경을 벗었다. 그의 눈은 안경을 벗은 사람들이 일반적으로 이상해 보이는 모습 이상으로 두려움과 의문에 차 있었다. 그는 허리를 굽혀 그녀의 손에 입을 맞추려 했다. 그러나 그녀가 빠르고 거칠게 고개를 움직이며 그의 입술을 찾더니 자신의 입술을 댔다. 그녀의 얼굴은 불쾌할 만큼 평정을 잃은 달라진 표정으로 그에게 충격을 던졌다.

'이제 늦었어. 다 끝난 거야. 게다가 난 이 여자를 사랑해.' 피에르는 생각했다.

"사랑합니다!" 그는 이런 때 꼭 해야 할 말을 생각해 내고는 말했다. 하지만 그 말이 어찌나 초라하게 울리던지 그는 스스로에게 부끄러움을 느끼고 말았다.

한 달 반이 지나 그는 결혼식을 올리고 거처를 정했다. 사람들의 말대로라면 아름다운 아내와 수백만 루블을 소유한 행

복한 남자로서 페테르부르크에 있는 베주호프 백작의 새롭게
단장한 대저택에 말이다.

# 3

니콜라이 안드레이치 볼콘스키 노공작은 1805년 12월에 바실리 공작으로부터 편지를 받았다. 바실리 공작이 아들과 함께 방문하겠다고 알리는 편지(그는 이렇게 썼다. "제가 시찰을 떠나게 되었습니다. 물론 존경하는 은인인 공작님을 방문하기 위해서라면 100베르스타쯤은 저에게 멀리 도는 것도 아닙니다. 제 아들 아나톨도 군대에 복귀하는 길에 동행할 것입니다. 제 아들이 아비를 본받아 공작님에게 품은 깊은 존경을 직접 표현할 수 있도록 허락해 주시기 바랍니다.")였다.

"마리를 데려갈 필요가 없겠네요. 구혼자들이 몸소 우리에게 오니까요." 이 소식을 들은 작은 공작 부인이 경솔하게 말을 내뱉었다.

니콜라이 안드레이치 공작은 얼굴을 찌푸리며 아무 말도 하지 않았다.

편지를 받은 지 이 주일이 지난 어느 날 저녁에 바실리 공작의 하인들이 먼저 도착했고, 그다음 날 바실리 공작이 아들과 함께 왔다.

아버지 볼콘스키는 언제나 바실리 공작의 인격을 낮게 평가해 왔다. 파벨과 알렉산드르의 새로운 통치 기간에 바실리 공작의 관등과 명예가 높아진 최근에는 더욱 그러했다. 그런데 이제 편지와 작은 공작 부인의 암시로 어떻게 된 일인지 알아차린 것이다. 그리하여 니콜라이 안드레이치 공작의 마음속에서 바실리 공작에 대한 낮은 평가는 악의에 찬 경멸의 감정으로 바뀌었다. 그는 바실리 공작에 대해 말할 때마다 계속 콧방귀를 뀌었다. 바실리 공작이 도착하기로 한 그날 니콜라이 안드레이치 공작은 유난히 불만에 차 있고 퉁명스러웠다. 바실리 공작이 와서 기분이 안 좋은 것이든, 아니면 기분이 안 좋아서 바실리 공작의 방문에 유난히 불만스러워한 것이든 아침에는 치혼도 공작의 방에 보고하러 들어가지 말라며 건축 기사를 만류했다.

"주인님이 어떻게 걷고 계신지 들어 봐요." 치혼은 건축 기사의 관심을 공작의 발소리로 돌리며 말했다. "발바닥 전체로 걷고 계시잖아요. 우리는 벌써부터 아는데……."

그러나 평소처럼 8시가 지나자 공작은 흑담비 옷깃이 붙은 벨벳 외투와 흑담비 모자를 차려입고 산책을 하러 나갔다. 전날 눈이 내렸다. 니콜라이 안드레이치 공작이 온실에 갈 때 지나는 오솔길은 깨끗이 치워지고, 쓸어 둔 눈 위에 빗자루의 흔적이 남아 있었다. 오솔길 양쪽에 쌓인 부서져 내릴 것 같은 눈 더미에 삽이 한 자루 꽂혀 있었다. 공작은 인상을 찌푸리고 말없이 온실과 하인들 숙소와 건축 현장을 둘러보았다.

"썰매가 다닐 수 있을까?" 그는 자신과 집까지 동행해 준 관리인에게 물었다. 외모와 태도가 주인을 닮은 존경할 만한 남자였다.

"눈이 많이 쌓였습니다, 공작 각하. 제가 이미 가로수 길을 쓸어 두라고 지시했습니다."

공작은 고개를 숙인 채 현관 계단으로 다가갔다. '하느님, 감사합니다. 이제 먹구름은 지나갔어!' 관리인은 생각했다.

"썰매로 다니기에는 힘들 것 같았습니다, 공작 각하." 관리인이 덧붙였다. "공작 각하, 제가 듣기로 대신님이 각하를 방문하신다고 하던데요?"

공작은 관리인을 향해 돌아서며 음울한 눈으로 바라보았다.

"뭐? 대신? 무슨 대신? 누가 그러라고 시켰나?" 그는 특유의 날카롭고 준엄한 목소리로 말했다. "길을 치운 것은 공작 영애인 내 딸을 위해서가 아니라 대신을 위해서였군! 우리 집 안에 대신 따위는 없어!"

"공작 각하, 제가 생각한 것은……."

"자네가 생각을 했다고!" 공작은 점차 더 성급하고 조리 없는 말을 내뱉으며 소리를 질렀다. "자네가 생각을 해……. 이 악당! 비열한 자식! 내가 네놈에게 생각이라는 것을 가르쳐 주지." 그러고는 지팡이를 들어 알파티치를 향해 휘둘렀다. 만약 관리인이 자기도 모르게 몸을 피하지 않았더라면 제대로 맞았을 것이다. "생각이라니……! 비열한 놈……!" 그는 황급하게 외쳤다. 그러나 매질을 피하려 한 자신의 불손함에 깜짝 놀란 알파티치가 공작에게 다가와 그의 앞에 대머리를 공손히 숙이는데도, 혹은 어쩌면 그 때문인지 공작은 "비열한 자식! 다시 길을 눈으로 메워 놔!"라고 계속 소리치기는 했지만 다시 지팡이를 쳐들지 않고 집 안으로 뛰어 들어갔다.

식사 전 공작의 기분이 좋지 않다는 것을 안 공작 영애와 마드무아젤 부리엔은 그를 기다리며 서 있었다. 마드무아젤 부리엔은 빛나는 얼굴로 '전 아무것도 몰라요. 전 여느 때와 똑같답니다.'라고 말하는 듯했고, 마리야 공작 영애는 눈을 내리깐 채 창백하고 겁에 질린 표정을 짓고 있었다. 마리야 공작 영애에게 무엇보다 힘든 것은 이런 경우에 자신도 마드무아젤 부리엔처럼 행동해야 한다는 것을 알면서도 그러지 못한다는 점이었다. 그녀는 생각했다. '내가 알아차리지 못한 것처럼 행동하면 아버지는 내가 공감하지 않는다고 생각하시겠지. 그렇다고 해서 울적하고 기분이 안 좋다는 식으로 행동하면 내가 풀이 죽어 있다고 말씀하실 거야.(전에도 종종 그러셨잖아.)'

공작은 겁에 질린 딸의 얼굴을 흘깃 보고는 호통을 쳤다.

"머, 멍청이 같으니!" 그가 말했다.

'그 애가 없어! 벌써 누가 수다를 떨었군.' 그는 식당에 나타나지 않은 작은 공작 부인을 생각했다.

"공작 부인은 어디 있지? 숨은 건가?" 그가 물었다.

"공작 부인은 몸이 편치 않으세요." 마드무아젤 부리엔은 명랑하게 생글생글 웃으며 대답했다. "나오지 않으실 거예요.

그분의 상태라면 충분히 이해할 수 있는 일이죠."

"흠! 흠! 크흐! 크흐!" 공작은 이렇게 중얼거리며 테이블 앞에 앉았다.

그의 눈에 접시가 깨끗해 보이지 않았다. 그는 얼룩을 가리키고는 접시를 집어 던졌다. 치혼이 접시를 받아 식탁 담당 하인에게 건넸다. 작은 공작 부인은 몸이 안 좋은 게 아니었다. 도저히 극복할 수 없을 만큼 공작을 너무도 무서워했기에 그의 기분이 좋지 않다는 말을 듣자 나오지 않기로 결심했다.

"아이 때문에 걱정이에요. 놀라서 무슨 일라도 생길지 누가 알겠어요?" 그녀는 마드무아젤 부리엔에게 말했다.

대체로 작은 공작 부인은 리시에 고리에서 늘 노공작에 대한 두려움과 혐오감이 뒤섞인 감정 상태로 지냈다. 그러나 그녀는 인식하지 못했다. 스스로도 깨닫지 못할 만큼 두려움이 매우 압도적이었기 때문이다. 공작도 혐오감을 품었지만 그것은 경멸감에 묻혀 버렸다. 리시에 고리의 생활에 익숙해진 공작 부인은 마드무아젤 부리엔을 특히 좋아하게 되어 낮 시간도 함께 보내고 밤에도 같이 자 달라고 부탁했으며, 그녀와 종종 시아버지에 대해 이야기를 나누거나 험담하곤 했다.

"우리를 만나러 올 손님이 있어요, 공작님." 마드무아젤 부리엔이 조그만 장밋빛 손으로 하얀 냅킨을 펼치며 말했다. "제가 듣기로는 쿠라긴 공작 각하께서 아드님과 오신다더군요." 그녀가 캐묻듯이 말했다.

"흠, 그 각하라는 녀석은 풋내기요…… 내가 그를 협의회에 넣어 주었지." 공작은 모욕이라도 받은 투로 말했다. "아들은 왜 데려오는지 알 수가 없군. 리자베타 카를로브나 공작 부인과 마리야 공작 영애는 알지도 모르지. 난 그자가 왜 아들을 이곳에 데려오는지 모르겠소. 나는 볼일도 없는데." 그러고는 얼굴이 빨갛게 된 딸을 바라보았다.

"몸이 안 좋으냐? 대신이 무서워서냐? 오늘 그 멍청이 알파티치가 말한 것처럼 말이다."

"아니에요, 아버지."

마드무아젤 부리엔은 성공적인 화제를 찾아내지 못하면서도 말을 멈추지 않고 온실과 갓 핀 꽃송이의 아름다움에 대해 수다를 떨었다. 그리하여 수프를 다 먹은 후에는 공작도 기분이 누그러졌다.

식사 후 그는 며느리에게 갔다. 작은 공작 부인은 자그마한 테이블 앞에 앉아 하녀인 마샤와 수다를 떨고 있었다. 시아버지를 본 그녀의 얼굴이 하얗게 질렸다.

작은 공작 부인은 몹시 변해 버렸다. 이제 예쁘다기보다 추해 보였다. 두 뺨은 처졌고, 입술은 위로 말렸으며, 눈동자는 아래로 늘어졌다.

"네, 몸이 좀 무거운 것 같아요." 그녀는 기분이 어떠냐는 공작의 물음에 이렇게 대답했다.

"필요한 것은 없느냐?"

"없어요, 감사합니다, 아버님."

"음, 됐다, 됐어."

그는 나와서 하인방으로 갔다. 알파티치는 하인방 안에 고개를 숙이고 서 있었다.

"길은 덮어 두었나?"

"덮었습니다, 공작 각하. 제발 용서해 주십시오. 그저 제가 어리석어서……."

공작은 그의 말을 가로막고는 특유의 부자연스러운 웃음을 터뜨렸다.

"음, 됐네, 됐어."

그는 손을 내밀어 알파티치에게 입을 맞추게 하고는 서재로 향했다.

저녁 무렵에 바실리 공작이 도착했다. 마부와 하인들이 프레시펙트(이곳에서는 프로스펙트, 즉 '가로수 길'을 이렇게 불렀다.)로 마중을 나가 일부러 눈을 덮어 놓은 길을 따라 고함을 지르며 공작의 수레와 썰매를 별채로 운반했다.

바실리 공작과 아나톨은 방을 따로 배정받았다.

아나톨은 캄졸[183]을 벗고는 양손으로 허리를 받치고 테이블 앞에 앉았다. 그는 미소를 띤 채 아름다운 큰 눈동자로 테이블 한구석을 뚫어지게 멍하니 응시했다. 아나톨은 자신의 삶 전체를 누군가 어떤 이유로 그를 위해 의무적으로 마련해야 했던 끝없는 유흥으로 여겼다. 지금도 사악한 노인과 못생긴 부유한 상속녀를 찾아온 자신의 여행을 그런 식으로 바라보았다. 그의 예상으로는 이 모든 것이 매우 재미있고 좋은 일이 될 수도 있었다. '그렇게 부자라면 그 여자와 결혼하지 않

---

183) 소매가 없는 긴 조끼 모양의 남성용 방한 상의. 본래 타타르와 코사크의 민속 의상이었다.

을 이유가 뭐야? 그런 건 전혀 방해가 되지 않아.' 아나톨은 생
각했다.

그는 습관이 되다시피 한 꼼꼼하고 멋스러운 방식으로 깨
끗이 면도를 하고 향수를 뿌린 후 아름다운 머리를 높이 치켜
든 채 타고난 온화하고 의기양양한 표정을 띠고서 아버지의
방으로 들어갔다. 두 시종이 바실리 공작의 옷을 갈아입히며
주위에서 시중을 들고 있었다. 공작은 활기차게 주위를 둘러
보다가 방으로 들어오는 아들을 향하여 기분 좋게 고개를 끄
덕였다. 마치 '그래, 내가 너에게 바라던 모습 그대로다!' 하고
말하는 듯했다.

"아뇨, 농담은 그만두시고요, 아버지, 그렇게 못생긴 여자
인가요? 네?" 그는 여행하는 동안 몇 차례 나눈 대화를 계속
이어 가려는 듯 프랑스어로 물었다.

"바보 같은 소리 그만해라! 무엇보다 노공작 앞에서는 정중
하고 분별 있게 행동하도록 노력해."

"그 사람이 욕지거리라도 하면 전 떠날 겁니다." 아나톨이
말했다. "그런 노인네들은 참을 수가 없다니까요. 아셨죠?"

"기억해라. 너의 모든 것이 이 문제에 달려 있다는 점을 말
이다."

그 무렵 하녀들의 방에서는 대신과 아들의 도착은 물론이
고 두 사람의 외양에 대한 묘사도 상세히 전해졌다. 마리야 공
작 영애는 자기 방에 홀로 앉아 마음속의 동요를 가라앉히기
위해 부질없는 노력을 쏟고 있었다.

'어째서 그들은 편지를 보냈을까? 왜 리자는 그것에 대해

나에게 말했을까? 정말로 그런 일이 있을 리가 없잖아!' 그녀는 거울을 바라보며 혼잣말을 했다. '응접실에 어떻게 들어가지? 내가 그 사람을 좋아하게 되더라도 지금으로서는 함께 있을 수도 없을 텐데.' 그녀는 아버지의 눈초리를 떠올리는 것만으로도 두려움에 휩싸였다.

작은 공작 부인과 마드무아젤 부리엔은 대신의 아들이 뺨이 발그레하고 눈썹이 검은 미남이라는 둥, 아버지는 발을 간신히 끌면서 계단을 오르내리는데 아들은 뒤에서 독수리처럼 세 계단씩 성큼성큼 뛰어가더라는 둥 하녀인 마샤로부터 온갖 필요한 정보들을 손에 넣었다. 이러한 정보를 얻자마자 작은 공작 부인과 마드무아젤 부리엔은 복도에서부터 울리는 목소리로 생기발랄하게 이야기를 나누며 공작 영애의 방에 들어왔다.

"그 사람들이 왔어요, 마리! 알아요?" 작은 공작 부인은 배를 안고 뒤뚱뒤뚱 걸어와 안락의자에 힘겹게 앉았다.

그녀는 어느새 이른 아침에 입었던 블라우스를 벗고 자신이 가진 가장 좋은 드레스들 가운데 하나를 입고 있었다. 머리는 세심하게 손질되어 있었고, 얼굴에 생기가 돌았다. 그러나 그러한 생기조차 축 늘어지고 죽은 사람처럼 창백해진 얼굴선을 감추지는 못했다. 페테르부르크 사교계에서 평소 입던 옷을 입으니 그녀가 얼마나 많이 추해졌는지 더욱 두드러져 보였다. 마드무아젤 부리엔의 옷차림도 눈에 띄게는 아니지만 어딘지 모르게 더 나았다. 그러한 점이 예쁘장하고 생기 넘치는 얼굴에 한층 매력을 더해 주었다.

"어머, 옷차림이 그대로네요?" 그녀가 입을 열었다. "손님들이 응접실에 나오셨다고 하인이 곧 알리러 올 거예요. 아래층으로 내려가야 할 텐데. 조금이라도 치장을 하지 그래요!"

작은 공작 부인은 안락의자에서 몸을 일으키더니 벨을 울려 하녀를 불렀다. 그녀는 바삐 서두르며 즐겁게 공작 영애를 위한 옷차림을 생각해 내고 실행에 옮기기 시작했다. 마리야 공작 영애는 그녀를 염두에 둔 구혼자의 도착에 자신이 동요한 것 때문에 품위가 손상된 기분을 느꼈다. 게다가 두 친구가 손님들의 방문이 다른 일 때문일 리 없다고 생각하는 점에 더욱 모욕을 느꼈다. 그녀가 자신과 그들 때문에 얼마나 수치스러운지 그들에게 말하는 것은 곧 자신의 동요를 폭로하는 셈이나 마찬가지였다. 게다가 그들이 제안하는 몸치장을 거절하면 그들은 계속 우스갯소리를 하고 고집을 부릴 것이다. 그녀의 얼굴이 확 붉어졌다. 아름다운 눈은 흐릿해지고 얼굴은 반점으로 뒤덮였다. 그녀의 얼굴에 가장 빈번하게 나타나는 보기 흉한 희생자 같은 표정을 띤 채 그녀는 마드무아젤 부리엔과 리자의 손에 자신을 내맡겼다. 두 여자는 마리야 공작 영애를 아름답게 만드는 일에 정말 진심으로 마음을 쏟았다. 그녀가 너무 못생겼기에 두 사람 가운데 어느 누구도 경쟁해야겠다는 생각은 하지 않았다. 그래서 그들은 옷이 얼굴을 아름답게 할 수 있다는 여성 특유의 순진하고 확고한 신념을 품고서 정말 진심으로 마리야 공작 영애의 몸치장에 매달렸다.

"아냐, 친구, 정말 그 옷은 예쁘지 않아요." 리자는 멀리서 공작 영애를 곁눈질하며 말했다. "이쪽으로 가져오라고 해 줘

요. 거기 당신 쪽에 있는 자홍색 옷 말이에요. 그래요! 정말이
지 이것으로 운명이 결정될 수도 있잖아요. 그건 너무 밝아서
나빠요. 아뇨, 안 예뻐요!"

예쁘지 않은 것은 옷이 아니라 공작 영애의 얼굴과 모습 전
체였다. 그러나 마드무아젤 부리엔과 작은 공작 부인은 그것
을 깨닫지 못했다. 그들 모두에게는 위로 빗어 올린 머리에 하
늘색 리본을 달고 갈색 드레스에 하늘색 숄을 늘어뜨리고 몇
몇 군데만 손을 보면 모든 게 좋아질 것 같았다. 겁에 질린 얼
굴과 자태는 바꿀 수 없다는 사실을 잊고 있었다. 따라서 그들
이 아무리 그 틀과 장식을 바꾸어도 얼굴 자체는 여전히 볼품
없고 못생긴 채로 남았다. 마리야 공작 영애가 고분고분 따르
는 사이에 두세 차례 차림새가 바뀌었다. 마침내 마리야 공작
영애가 머리를 틀어 올리고(그 머리 모양은 그녀의 얼굴을 완전
히 바꾸고 망쳐 버렸다.) 하늘색 숄과 아름다운 자홍색 드레스를
차려입자 작은 공작 부인은 두어 차례 주위를 돌며 자그마한
손으로 드레스의 주름을 바로잡아 주고 숄을 잡아당기더니
고개를 기울인 채 이쪽저쪽을 바라보았다.

"아니야, 이건 안 되겠어." 그녀는 손뼉을 치며 말했다. "아니
에요, 마리, 이 옷은 당신에게 전혀 어울리지 않아요. 회색 평
상복을 입은 모습이 훨씬 좋아요. 제발 날 위해 그렇게 해 줘
요." 그녀는 하녀에게 말했다. "카챠, 공작 영애의 회색 드레스
를 가져와. 마드무아젤 부리엔, 내가 그 옷을 어떻게 꾸미는지
잘 봐요." 그녀는 예술가의 기쁨을 미리 맛보며 생긋 웃었다.

그러나 카챠가 지시받은 옷을 가져왔을 때 마리야 공작 영

애는 여전히 거울 앞에 꼼짝 않고 앉아 자신의 얼굴을 바라보고 있었다. 거울을 통해 자신의 눈동자에 눈물이 고이고 입매가 바르르 떨리는 것을 보았다. 금방이라도 울음을 터뜨릴 듯한 모습이었다.

"자, 공작 영애님, 조금만 더 참아요." 마드무아젤 부리엔이 말했다.

작은 공작 부인은 하녀의 손에서 드레스를 받아 들고 마리야 공작 영애에게 다가갔다.

"아니에요, 이제 우리는 단순하고 사랑스러운 모습으로 꾸며 볼 거예요." 그녀가 말했다.

무엇 때문인지 웃음을 터뜨린 공작 부인과 마드무아젤 부리엔과 카챠의 목소리가 새들의 지저귐 같은 명랑한 재잘거림으로 어우러졌다.

"아뇨, 날 좀 내버려 둬요." 공작 영애가 말했다.

그녀의 목소리가 어찌나 진지하고 고통스럽게 울리던지 새들의 지저귐도 한순간에 멎어 버렸다. 그들은 애원이 담긴 맑은 눈빛으로 자신들을 바라보는 눈물과 상념으로 가득한 크고 아름다운 눈동자를 쳐다보았다. 계속 밀어붙이면 도움이 안 될 뿐 아니라 잔인한 짓이 될 수도 있다는 것을 깨달았다.

"적어도 머리 모양만은 바꿔요." 작은 공작 부인이 말했다. "당신에게 말했잖아요." 그녀가 마드무아젤 부리엔을 돌아보며 비난하는 투로 말했다. "마리의 얼굴은 이런 종류의 머리 모양이 전혀 어울리지 않는 형이라고요. 제발 바꿔요."

"날 그냥 내버려 둬요. 난 아무래도 좋아요." 가까스로 눈물을 참는 목소리가 이렇게 대답했다.

마드무아젤 부리엔과 작은 공작 부인은 이런 모습의 마리야 공작 영애가 몹시 추하고 평소보다 더 못생겨 보인다는 것을 인정하지 않을 수 없었다. 그러나 이미 늦었다. 그녀는 그들도 익히 아는 상념과 슬픔이 담긴 표정으로 그들을 바라보고 있었다. 그 표정은 그들의 마음속에 마리야 공작 영애에 대한 두려움을 불러일으키지 않았다.(그녀는 누구에게도 그런 감정을 불러일으키지 못했다.) 다만 그런 표정이 얼굴에 나타날 때는 그녀가 입을 다물고 자신의 결심을 바꾸지 않는다는 것을 그들도 알았다.

"바꿀 거죠, 그렇죠?" 리자가 말했다. 그러나 마리야 공작 영애가 아무런 대꾸도 하지 않자 리자는 방에서 나가 버렸다.

마리야 공작 영애는 홀로 남았다. 리자의 희망대로 하지 않았으며, 머리 모양을 바꾸기는커녕 거울 속의 자신을 쳐다보지도 않았다. 그녀는 힘없이 눈을 내리깔고 양손을 축 늘어뜨린 채 말없이 앉아 생각에 잠겼다. 남편이, 남성이, 그녀를 별안간 완전히 다른 행복한 세계로 옮겨 놓을 강력하고 위압적이고 불가해하고 매력적인 존재가 눈앞에 떠올랐다. 그녀 자신의 아이가, 어제 유모의 딸네 집에서 본 그런 아이가 자신의 가슴에 안겨 있는 모습이 눈앞에 떠올랐다. 남편은 선 채로 그녀와 아이를 다정하게 바라본다. '하지만 아냐. 그런 일은 있을 수 없어. 난 너무 못생긴걸.' 그녀는 생각했다.

"차를 드시러 오세요, 공작님께서 곧 나오세요." 문밖에서 하녀의 목소리가 말했다.

그녀는 정신을 차리고 자신의 생각에 몸서리를 쳤다. 그리고 아래층으로 내려가기 전에 이콘이 있는 방으로 들어갔다. 그녀는 구세주의 커다란 이콘에서 램프에 비친 거무스름한 얼굴 부분을 응시하며 그 앞에 두 손을 모은 채 몇 분 동안 서 있었다. 마리야 공작 영애는 괴로운 의심을 마음에 품었다. 나도 사랑의 기쁨을 누릴 수 있을까? 지상에서 남자를 사랑하는 기쁨을? 결혼에 대해 생각하는 동안 마리야 공작 영애는 가정의 행복과 아이들을 상상했다. 그러나 가장 중요하고 가장 강력하고 가장 비밀스러운 꿈은 지상의 사랑이었다. 그녀가 그 꿈을 다른 사람들, 심지어 자신에게조차 숨기려 애쓸수록 그 감정은 더욱 강해졌다. 그녀는 혼잣말을 했다. '나의 하느님, 어떻게 해야 제 마음속에 있는 이 악마의 생각을 억누를 수 있을까요? 어떻게 해야 평온한 마음으로 당신의 뜻을 따르도록 이 사악한 생각들을 영원히 물리칠 수 있을까요?' 그녀는 중얼거렸다. 그리고 그녀가 그 질문을 던지자마자 하느님이 그녀의 마음속에서 응답했다. '자신을 위해 아무것도 바라지 마라. 애써 구하지도 말고 근심하지도 말며 부러워하지도 마라. 네가 인간의 미래와 너의 운명을 모르는 것은 당연하다. 그러나 언제라도 무슨 일이든 할 수 있도록 마음의 준비를 하며 살아라. 만약 하느님께서 결혼의 의무로 너를 시험하고자 하신다면 그분의 뜻을 따를 각오를 해라.' 마음을 진정시키는 그런 생각과 함께(그러나 여전히 자신에게 금지된 그 세속적인 꿈이 이루어지리라는 희망과 함께) 마리야 공작 영애는 한숨을 쉬며 성호를 긋고는 드레스에 대해서도, 머리 모양에 대해서도, 어떻게 응접실에 들어가고 무엇을 말할지에 대해서도 전혀 생각지 않고 아래층으로 내려갔다. 하느님의 예정에 비하면 이 모든 것에 무슨 의미가 있을 수 있단 말인가! 하느님의 의지 없이는 인간의 머리에서 머리카락 한 올도 떨어지지 않을 텐데.

# 4

마리야 공작 영애가 응접실에 들어섰을 때 바실리 공작과 그의 아들은 이미 응접실에 나와 작은 공작 부인과 마드무아 젤 부리엔과 함께 이야기를 나누고 있었다. 그녀가 뒤꿈치로 바닥을 디디며 그 무거운 걸음걸이로 들어가자 남자들과 마드무아젤 부리엔이 살짝 몸을 일으켰다. 작은 공작 부인은 남자들에게 마리야 공작 영애를 가리켜 보이며 말했다. "마리예요!" 마리야 공작 영애는 모든 사람을, 그것도 아주 꼼꼼하게 보았다. 그녀를 보고 일순간 심각하게 굳었다가 이내 미소를 짓는 바실리 공작의 얼굴, 그리고 손님들의 얼굴에서 마리가 불러일으킨 인상을 호기심 어린 눈으로 읽고 있는 작은 공작 부인의 얼굴을 보았다. 마드무아젤 부리엔, 그 리본과 아름다운 얼굴, 여느 때와 달리 생기를 띠고 그를 주시하는 시선도 보았다. 그러나 정작 그를 보지는 못했다. 응접실에 들어선 순간 그저 자기 쪽으로 다가오는 커다랗고 눈부시고 아름다운 무언가를 보았을 뿐이다. 맨 처음 다가온 사람은 바실리 공작이었다. 그녀는 그녀의 손 위로 숙인 대머리에 입을 맞추고는 오히려 자기야말로 그를 아주 잘 기억하고 있다고 그의 말에 대답했다. 그다음에 다가온 사람은 아나톨이었다. 그녀는 여전히 그를 볼 수 없었다. 그저 자기 손을 꼭 잡은 부드러운 손길을 느끼며 포마드를 바른 아름다운 금빛 머리칼 아래의 하얀 이마를 살짝 건드렸을 뿐이다. 그를 쳐다보았을 때 그녀는 그 아름다움에 깜짝 놀랐다. 아나톨은 잘 채운 군복 단추 안쪽에 오른손 엄지손가락을 끼운 채 가슴을 앞으로 내밀고 등은 뒤로 젖힌 자세로 자유로운 한 발을 가볍게 흔들며 살짝 고개를 숙이고는 공작 영애를 전혀 의식하지 않는 듯 쾌활한 눈길로 말없이 그녀를 바라보았다. 아나톨은 대화를 재치 있게 하거나 재빠르고 능숙하게 하는 편이 아니었다. 그 대신 사교계가 높이 평가하는 능력인 침착함과 무엇으로도 바꿀 수 없는 자신감이 있었다. 스스로에 대한 확신이 없는 사람이 처음으로 인사를 나누는 자리에서 묵묵히 입을 다물고 있다가 이런 침묵이 예의에 어긋난다는 자각이나 뭔가 이야깃거리를 찾으려는 기색을 보이면 그 결과는 별로 좋지 않을 것이다. 그러나 아나톨은 입을 다문 채 한쪽 다리를 흔들면서 공작 영애의 머리 모양을 즐겁게 관찰하고 있었다. 그는 그런 식으로 침착하게 아주 오랫동안 침묵할 수도 있을 것 같았다. '침묵을 거북하게 느끼는 쪽이 이야기를 하시죠. 난 그러고 싶지 않군요.' 그의 표정은 마치 그렇게 말하는 듯했다. 게다가 여자를 대하는 아나톨의 태도에는 무엇보다 여자들에게 호기심과 두려움, 심지어 사랑까지 불러일으키는 어떤 방식이 있었다. 다름 아닌 상대를 깔보는 듯한 태도로써 자신의 우월함을 의식하는 방식이었다. 그는 표정으로 여성들을 향해 이렇게 말하는 듯했다. '당신들을 압니다. 잘 알고 있어요. 하지만 뭣 때문에 당신들을 상대하겠습니까? 물론 당신들은 좋아하겠지만요!' 어쩌면 그는 여성들을 만날 때 그런 생각을 하지 않았을지도 모른다.(대체로 생각 같은 것은 거의 하지 않았으므로 그렇게 생각하지 않았을 가능성이 높다.) 그래도 표정과 태도는 그런 식이었다. 공작 영애도 이 점을 느끼고 감히 그의 관심을 끌 생각은 하지 않는다는 것을 그에게 보여 주려는 듯 노공작 쪽으로 돌아섰다. 작은 공작 부인의 하얀 치아 위로 말려 올라간 솜털이 보송보송한 입술과 목소리 덕분에 모든 사람이 참여하는 활기찬 대화가 이루어졌다. 그녀는 밝고 수다스러운 사람들이 종종 사용하는 장난기 많은 태도로 바실리 공작을 맞이했다. 그 태도는 그런 식의 대우를 받는 상대방과 자신 사이에 오랫동안 굳어져 내려온 농담이나 일부 사람들만 아는 즐겁고 재미있는 추억들을 전제하는 것이었다. 사실 그런 추억 따위는 하나도 없더라도 말이다. 작은 공작 부인과 바실리 공작 사이에도 역시 그런 것은 없었다. 바실리 공작은 기꺼이 그러한 태도에 굴복했다. 작은 공작 부인은 결코 일어난 적 없는 우스꽝스러운 사건들에 대한 이 추억에 그동안 거의 모르고 지낸 아나톨까지 끌어들였다. 마드무아젤 부리엔도 이 공통의 추억을 함께 나누었으며, 심지어 마리야 공작 영애조차 이 유쾌한 추억에 엮이는 것을 즐겁게 여겼다.

"자, 이제 우리는 적어도 당신을 충분히 향유할 수 있겠군요, 친애하는 공작님." 작은 공작 부인이 물론 프랑스어로 바실리 공작에게 말했다. "여기는 아네트 집에서 열리던 우리의 야회들과 다르답니다. 당신은 그 야회에서 항상 도망쳤지만 말이에요. 기억해 봐요, 그 사랑스러운 아네트를요!"

"아, 설마 당신도 아네트처럼 정치에 대한 이야기를 하지는 않겠죠!"

"그럼 우리의 작은 티 테이블은 어때요?"

"오, 좋습니다!"

"당신은 왜 아네트의 집에 한 번도 오지 않았나요?" 작은 공작 부인이 아나톨에게 물었다. "아, 알아요, 알아!" 그녀는 한쪽 눈을 찡긋하며 말했다. "형인 입폴리트가 당신이 한 일을 나에게 들려주곤 했죠. 오!" 그녀는 그에게 손가락을 위협적으로 흔들었다. "당신이 파리에서 저지른 장난에 대해서도 알고 있어요!"

"그런데 그 애가, 입폴리트가 너에게 말하지 않았느냐?" 바실리 공작은 아들을 돌아보며 말했다. 그러고는 마치 달아나고 싶어 하는 그녀를 자신이 간신히 붙잡았다는 듯 공작 부인의 손을 덥석 잡았다. "그 녀석이 네게 말하지 않았냐? 입폴리트가 사랑하는 공작 부인 때문에 피골이 앙상하도록 수척해졌는데도 공작 부인은 그 애를 집에서 쫓아냈다는구나."

"아, 이분은 여성들 가운데에서도 진주랍니다, 공작 영애!" 그는 공작 영애를 돌아보았다.

'파리'라는 말이 나오자 마드무아젤 부리엔도 공통의 추억 담에 끼어들 기회를 놓치지 않았다.

그녀는 아나톨이 파리를 떠난 게 오래전 일인지, 그 도시가 마음에 들었는지 대담하게 물었다. 아나톨은 프랑스 여인에게 흔쾌히 대답하고는 싱글벙글 웃는 얼굴로 바라보며 그녀의 조국에 대하여 이야기를 나누었다. 예쁘장한 부리엔을 본 아나톨은 이곳 리시에 고리에 있는 것도 따분하지 않겠다는 결론을 내렸다. 아나톨은 그녀를 보며 생각에 잠겼다. '꽤 예쁜걸! 저 공작 영애의 말벗은 꽤 예뻐. 공작 영애가 나와 결혼할 때 저 여자도 데려오면 좋겠군. 상당히, 상당히 예쁜데.' 그는 생각했다.

노공작은 서재에서 느긋하게 옷을 갈아입으며 얼굴을 찡그린 채 앞으로 어떻게 할지 곰곰이 생각했다. 이 손님들의 방문은 그를 화나게 했다. '바실리 공작과 아들놈이 나에게 뭐란 말인가? 바실리 공작은 멍청한 떠버리니 아들놈도 아주 훌륭하겠지.' 그는 혼자 투덜거렸다. 이 손님들의 방문이 그의 마음을 휘저으며 그동안 그가 계속 억눌러 온 아직 해결되지 않은 문제를 들쑤셨기에 화가 났다. 노공작은 언제나 이 문제에 대해 스스로를 속여 왔다. 과연 자신이 마리야 공작 영애를 떠나보내기로, 그녀를 남편에게 맡기기로 결심할 수 있겠는가 하는 문제였다. 공작은 이 문제를 스스로에게 정면으로 제기해 보리라 마음먹은 적이 단 한 번도 없었다. 왜냐하면 자신이 공정하게 대답하리라는 것, 하지만 그 공정함은 감정과 대립하는 것을 넘어 자기 생애의 모든 가능성과 대립하리라는 것을 이미 알았기 때문이다. 니콜라이 안드레예비치 공작은 마리야 공작 영애를 별로 소중히 여기는 것 같지 않았지만 마리야 공작 영애가 없는 생활은 그에게 상상도 할 수 없는 일이었다. 그는 생각했다. '그 애가 뭣 때문에 결혼을 해야 하지? 틀림없이 불행해질 거야. 리자는 안드레이(요즘 그보다 더 나은 남편감을 찾기는 힘들걸.)와 결혼했지만 과연 자신의 운명에 만족할까? 게다가 누가 마리야를 사랑 때문에 데려가겠어? 못생긴 데다 별 재주도 없잖아. 인맥과 재산을 노리고 데려가려는 거지. 처녀로 살아가는 여자들도 있지 않나? 그편이 훨씬 행복하지!' 니콜라이 안드레예비치 공작은 옷을 갈아입으면서 생각했다. 그러나 그와 동시에 계속 미루어 온 문제가 신속한 해결을 요구하고 있었다. 바실리 공작이 아들을 데리고 온 것은 분명 청혼을 시키려는 속셈 때문일 테고, 아마 오늘이나 내일 솔직한 답변을 요구할 것이다. 그의 명성과 사교계에서의 지위는 상당하다. '뭐, 나도 싫다는 건 아니야.' 그는 속으로 혼잣말을 했다. '그 녀석이 딸을 데려갈 만한 인간이라면 말이지. 우리가 그 점을 잘 지켜보겠어.'

"우리가 그 점을 잘 지켜봐야지." 그가 소리 내어 중얼거렸다. "우리가 그 점을 잘 지켜보겠어."

그는 여느 때처럼 힘찬 걸음으로 응접실에 들어가 재빠른 눈길로 모든 이들을 둘러보고는 작은 공작 부인의 바뀐 드레스, **부리엔**의 작은 리본, 마리야 공작 영애의 괴상한 머리 모양, **부리엔**과 아나톨의 미소, 공통의 대화에서 자신의 딸인 공작 영애만 소외된 사실을 알아차렸다. '바보같이 차려입었군!' 그는 딸을 매섭게 노려보며 생각했다. '부끄러운 줄도 모르고! 저 녀석은 마리야를 알고 싶어 하지도 않는데!'

그는 바실리 공작에게 다가갔다.

"음, 잘 지냈나, 잘 지냈나, 만나서 반갑네."

"사랑하는 벗을 위해서라면 7베르스타의 길도 멀리 돌아가는 게 아니지요." 바실리 공작은 여느 때처럼 빠르고 자신만만하고 친근한 어조로 말했다. "이 아이가 저의 둘째 아들입니다. 부디 사랑과 호의를 베풀어 주십시오."

니콜라이 안드레예비치 공작은 아나톨을 돌아보았다.

"훌륭한 청년이구려. 훌륭하오!" 그가 말했다. "자, 와서 입을 맞춰 주겠소?" 그러고는 그에게 뺨을 내밀었다.

아나톨은 노인에게 입을 맞추고 그에게서 아버지가 단언한 그 괴상한 성격을 곧 보게 되지 않을까 기대하며 호기심 어린 눈길로 침착하게 바라보았다.

니콜라이 안드레예비치 공작은 평소 앉는 소파 한구석에 앉아 바실리 공작을 위한 안락의자를 자기 쪽으로 끌어당겨 그에게 가리켜 보이고 정치 사안과 새로운 소식에 대해 이것저것 묻기 시작했다. 그는 바실리 공작의 이야기를 주의 깊게 듣는 것 같았지만 사실은 끊임없이 마리야 공작 영애를 흘깃거리고 있었다.

"그렇다면 포츠담에서 벌써부터 편지가 오고 있단 말이지?" 그는 바실리 공작의 마지막 말을 되풀이하고는 갑자기 벌떡 일어나 딸에게로 다가갔다.

"손님들을 위해 이렇게 치장한 게냐, 그러냐?" 그가 말했다. "멋지구나, 아주 멋져. 네가 손님들 앞에 새로운 머리 모양을 선보였다만, 난 손님들 앞에서 너에게 이렇게 말해 두마. 앞으로 내 허락 없이는 옷차림을 바꾸지 말라고 말이다."

"그건 제 탓이에요, 아버님." 작은 공작 부인이 얼굴을 붉히며 마리야 공작 영애를 감쌌다.

"당신은 얼마든지 마음대로 해도 좋소." 니콜라이 안드레예비치 공작은 며느리 앞에서 한 발을 뒤로 빼고 절을 하면서 말했다. "하지만 저 애가 스스로를 꼴사납게 만들 필요는 없어요. 이대로도 충분히 못생겼으니까."

그러고 나서 자기 때문에 눈물을 흘리고 있는 딸에게는 더 이상 관심을 기울이지 않고 다시 자리에 앉았다.

"그렇지 않아요. 공작 영애에게 저 머리 모양이 아주 잘 어울립니다." 바실리 공작이 말했다.

"어이, 이봐요, 젊은 공작, 이름이 뭐요?" 니콜라이 안드레예비치 공작이 아나톨을 돌아보며 말했다. "이리로 오시오. 함께 이야기를 나누면서 서로를 알아 가도록 합시다."

'이제 재미있는 일이 시작될 때군.' 아나톨은 이렇게 생각하며 웃음 띤 얼굴로 노공작 옆에 다가앉았다.

"음, 젊은이, 듣자 하니 외국에서 교육을 받았다던데. 자네 아버지나 내가 교회 머슴에게 읽기와 쓰기를 배우던 것과 다르구려. 말해 보시오, 젊은이. 지금 근위 기병대에서 복무하오?" 노인은 아나톨을 가까이에서 뚫어지게 바라보며 물었다.

"아닙니다. 육군으로 옮겼습니다." 아나톨은 가까스로 웃음을 참으며 대답했다.

"아! 잘했소. 젊은이, 그럼 당신도 차르와 조국에 봉사하고 싶은 거요? 전시니 말이오. 이렇게 훌륭한 젊은이는 복무를 해야지. 해야 하고말고. 그럼 전선에 있소?"

"아닙니다, 공작님. 우리 연대는 출정했습니다. 제가 소속된 곳은…… 아빠, 제가 어디에 소속되어 있죠?" 아나톨이 웃으며 아버지를 돌아보았다.

"훌륭하게 복무하고 있군, 훌륭해. 제가 어디에 소속되어 있죠! 하하하!" 니콜라이 안드레예비치 공작이 웃음을 터뜨렸다.

그러자 아나톨은 더 큰 소리로 웃음을 터뜨렸다. 갑자기 니콜라이 안드레예비치 공작이 인상을 찌푸렸다.

"자, 가 보시오." 그가 아나톨에게 말했다.

아나톨은 미소 띤 얼굴로 다시 숙녀들에게 다가갔다.

"바실리 공작, 자네는 자녀들을 외국에서 공부시켰다지? 응?" 노공작은 바실리 공작을 돌아보았다.

"제가 할 수 있는 만큼 했습니다. 그리고 말씀드리지만, 그곳의 교육이 우리나라보다 훨씬 뛰어납니다."

"그래, 요즘엔 모든 게 달라졌어. 무엇이든 새로운 방식을 따르지. 훌륭한 청년이네, 훌륭한 청년이야! 자, 내 방으로 가세."

그는 바실리 공작의 팔을 잡고 서재로 이끌었다.

노공작과 단둘이 남게 된 바실리 공작은 즉시 자신의 바람과 희망을 그에게 알렸다.

"무슨 생각을 하는 건가?" 노공작이 성난 목소리로 말했다. "내가 딸을 붙잡아 두고 있다고, 내가 그 애와 헤어질 수 없을 거라고 생각하나? 다들 마음대로 생각하라지!" 그는 화를 내며 중얼거렸다. "난 내일이라도 좋아! 다만 자네에게 말해 두지. 난 사윗감을 좀 더 잘 알고 싶다네. 자네도 나의 원칙을 알잖나. 모든 것을 숨김없이! 난 내일 자네가 있는 자리에서 딸에게 물어보겠네. 딸아이가 원하면 자네 아들을 잠시 머무르게 하지. 잠시 있게 두게나. 내가 지켜보겠네." 공작이 씨근거리며 말했다. "결혼할 테면 하라고 해. 난 아무래도 상관없어." 그는 아들과 작별할 때 외치던 그 날카로운 목소리로 고래고래 소리를 지르기 시작했다.

"솔직하게 말씀드리겠습니다." 바실리 공작은 상대방의 예리한 눈앞에서 교활하게 구는 것은 불필요하다고 확신하는 교활한 사람의 어투로 말했다. "당신은 사람을 환히 들여다보시지요. 아나톨은 천재가 아닙니다. 하지만 정직하고 착한 청년이며, 훌륭한 아들이자 저의 혈족입니다."

"그래, 그래. 좋아. 곧 알게 되겠지."

오랫동안 남자들이 없는 생활을 한 외로운 여자들에게 늘 있는 일이지만, 아나톨의 출현에 니콜라이 안드레예비치 공작의 집에 사는 세 여인들은 똑같이 이제까지의 삶은 삶이 아니었다고 느끼기 시작했다. 생각하고 느끼고 관찰하는 힘이 그들 안에서 순식간에 열 배로 커졌다. 갑자기 의미로 충만한 새로운 빛이 이제까지 어둠 속에서 이루어지던 그들의 삶을 비추는 듯했다.

마리야 공작 영애는 자신의 얼굴과 머리 모양에 대해 전혀 생각하지 않았으며, 심지어 기억조차 하지 못했다. 어쩌면 남편이 될지 모를 사람의 잘생기고 솔직한 얼굴이 그녀의 모든 주의를 삼켜 버렸다. 그녀에게는 그가 착하고 용감하고 결단력 있고 남자답고 관대해 보였다. 그것을 확신했다. 미래의 가정생활에 대한 수천 가지 공상들이 끊임없이 상상 속에 떠올랐다. 그녀는 그런 공상들을 몰아내고 숨기려 애썼다.

'하지만 내가 그에게 너무 차갑게 구는 것은 아닐까?' 마리야 공작 영애는 생각했다. '난 스스로를 억누르려 애쓰고 있어. 마음속 깊은 곳에서 그를 이미 지나칠 정도로 가깝게 느끼기 때문이야. 하지만 내가 그에 대해 무슨 생각을 하는지 그가 다 알 수는 없지. 어쩌면 내가 싫어한다고 생각할지 몰라.'

그래서 마리야 공작 영애는 이 새로운 손님에게 친절히 대하려고 애썼지만 잘 되지 않았다.

'불쌍한 여자군! 지독하게 못생겼어.' 아나톨은 그녀에 대해 그렇게 생각했다.

아나톨의 방문으로 역시 높은 수위의 흥분에 빠진 **마드무아젤 부리엔**은 다른 식으로 생각하고 있었다. 사회에서 일정한 지위도 없고 가족과 친구, 심지어 조국마저 없는 이 아름다운 젊은 아가씨는 니콜라이 안드레예비치 공작의 심부름을 하고 그에게 책을 읽어 주고 마리야 공작 영애와 우정을 나누는 데 일생을 바칠 생각이 없었다. **마드무아젤 부리엔**은 못생기고 옷차림도 볼품없고 세련되지도 않은 러시아 공작 영애보다 그녀가 뛰어나다는 것을 금방 알아보고 그녀에게 푹 빠져 이곳에서 데리고 떠나 줄 러시아 공작을 오랫동안 기다려왔다. 그리고 마침내 그 러시아 공작이 온 것이다. **마드무아젤 부리엔**은 친척 아주머니에게서 듣고 그녀 자신이 결말을 지은 한 가지 이야기를 간직하고 있었다. 그녀는 그 이야기를 상상 속에서 되풀이하여 떠올리기를 좋아했다. 유혹에 걸려든 아가씨에게 가엾은 어머니가 나타나 결혼도 하지 않고 남자에게 몸을 내맡긴 것을 나무라는 이야기였다. **마드무아젤 부리엔**은 종종 상상 속에서 자신을 유혹한 그 남자에게 이 이야기를 들려주며 감동의 눈물을 흘리곤 했다. 이제 바로 그가, 진짜 러시아 공작이 나타났다. 그는 그녀를 데려갈 것이다. 그다음에 그녀의 가엾은 어머니가 나타날 테고, 그는 그녀와 결혼할 것이다. 파리에 대해 그와 이야기를 나누던 바로 그 순간 **마드무아젤 부리엔**의 머릿속에서는 그녀의 모든 미래가 그런 모습으로 펼쳐지고 있었다. 마드무아젤 부리엔이 타산으로 행동한 것은 아니었다.(그녀는 자신이 무엇을 해야 할지에 대해 한순간도 곰곰이 생각한 적이 없었다.) 그 모든 것은 이미 오래전부터 그녀의 내부에 준비되어 있다가 이제야 눈앞에 나타난 아나톨의 주위로 모여들었을 뿐이다. 그녀는 그의 마음에 들기를 바랐고, 또 그렇게 되려고 최대한 애썼다.

작은 공작 부인은 나팔 소리를 들은 늙은 군마처럼 무심결에 자신의 처지를 잊고서 꿍꿍이나 경쟁하려는 마음은 전혀 없이 순진하고 경박하고 명랑한 모습으로 버릇인 교태 어린 빠른 걸음을 내딛으려 했다.

아나톨은 여자들과 함께한 자리에서 으레 자신을 따르는 여성들을 귀찮아하는 사람의 입장을 취했지만, 이 세 여인들에게 자신이 미친 영향을 보는 동안 허영에 찬 만족감을 느꼈다. 게다가 예쁘장하고 도발적인 **부리엔**에게는 뜨거운 동물

적 욕구를 느끼기 시작했다. 그 감정은 엄청난 속도로 그를 덮쳐 이루 말할 수 없이 거칠고 대담한 행동을 하도록 그를 자극했다.

차를 마신 후 사람들은 소파가 있는 방으로 자리를 옮겼고, 마리야 공작 영애는 클라비코드를 연주해 달라는 요청을 받았다. 아나톨은 마드무아젤 부리엔 옆에서 마리야 공작 영애를 마주 보며 팔꿈치를 괴고 있었다. 그의 눈은 즐겁게 웃으며 마리야 공작 영애를 바라보았다. 마리야 공작 영애는 괴로우면서도 즐거운 흥분과 함께 자신을 향한 그의 시선을 느꼈다. 좋아하는 소나타가 그녀를 마음속 가장 깊은 곳의 시적인 세계로 이끌었고, 몸에 느껴지는 시선이 이 세계에 시적인 느낌을 더했다. 그러나 아나톨의 시선은 비록 그녀를 향하기는 했지만 그녀가 아니라 그 순간 그가 피아노 밑에서 한쪽 발로 더듬고 있던 마드무아젤 부리엔의 자그마한 발의 움직임을 의식하고 있었다. 마드무아젤 부리엔도 공작 영애를 바라보고 있었다. 그녀의 아름다운 눈동자는 마리야 공작 영애가 처음 보는 두려움 어린 기쁨과 희망의 표정을 띠었다.

'그녀는 나를 정말 사랑하는구나!' 마리야 공작 영애는 생각했다. '난 지금 너무 행복해! 저런 친구와 저런 남편과 함께라면 얼마나 행복할까! 과연 저 남자가 나의 남편이 될까?' 그녀는 차마 그의 얼굴을 쳐다보지도 못하고 여전히 자신을 향한 시선을 느끼며 생각했다.

저녁에 밤참을 마치고 다들 뿔뿔이 흩어지기 시작할 때 아나톨은 공작 영애의 손에 입을 맞추었다. 스스로도 어떻게 그런 용기가 생겼는지 몰랐지만 그녀는 자기 쪽으로 다가오는 아름다운 얼굴을 근시인 눈으로 똑바로 쳐다보았다. 아나톨은 공작 영애 다음에 마드무아젤 부리엔의 손 쪽으로 다가섰다.(무례한 행동이었지만 그는 모든 것을 아주 자신만만하고 간단하게 해냈다.) 그러자 마드무아젤 부리엔은 갑자기 얼굴을 붉히며 두려운 눈으로 공작 영애를 쳐다보았다.

'참 세심하구나!' 공작 영애는 생각했다. '아멜리에(그것은 마드무아젤 부리엔의 이름이었다.)는 정말로 내가 그녀를 질투해 그녀의 순수하고 다정한 마음과 나에 대한 헌신적인 사랑을 소중히 여기지 않을 수도 있다고 생각하는 걸까?' 그녀는 마드무아젤 부리엔에게 다가가 입을 꼭 맞추었다. 아나톨은 작은 공작 부인의 손 쪽으로 다가섰다.

"아뇨, 안 돼요, 안 돼! 당신 아버지께서 당신의 몸가짐이 훌륭해졌다고 편지를 보내 주시면 그때 내 손에 입을 맞추게 해 주죠. 그 전에는 안 돼요."

그러고 나서 공작 부인은 손가락 하나를 들며 생긋 웃더니 방에서 나갔다.

# 5

모두 뿔뿔이 흩어졌다. 침대에 눕자마자 잠이 든 아나톨 외에는 그날 밤 다들 오래도록 잠을 이루지 못했다.

'과연 그가 나의 남편이 될까? 완전히 남남인 잘생기고 착한 그 남자가? 무엇보다 착해.' 마리야 공작 영애는 생각했다. 그러자 이제껏 거의 겪어 본 적 없는 두려움이 엄습했다. 그녀는 주위를 둘러보기가 두려웠다. 누군가가 저 칸막이 뒤의 으슥한 구석에 서 있는 것 같았다. 그 누군가란 바로 그였다. 그는 곧 악마였다. 하얀 이마와 검은 눈썹과 붉은 입술을 지닌 그 남자였다.

그녀는 하녀를 불러 자기 방에서 같이 자 달라고 부탁했다.

마드무아젤 부리엔은 그날 밤 부질없이 누군가를 기다리며 오래도록 겨울 정원을 거닐었다. 누군가를 향해 미소를 짓기도 하고, 상상 속에서 그녀의 타락을 나무라는 가엾은 어머니의 말에 눈물을 흘리며 감동하기도 했다.

작은 공작 부인은 침대가 형편없다며 하녀에게 투덜거렸다. 옆으로 누워도 엎드려 보아도 잠을 이룰 수 없었다. 어떻게 하든 힘들고 불편하기만 했다. 배가 거추장스러웠다. 다름 아닌 이날 그 배가 어느 때보다 더 거추장스러웠던 것은 아나톨의 존재가 그녀를 다른 시간으로, 이런 일들 없이 모든 게 가볍고 즐겁게 느껴지던 시절로 더욱 생생하게 이끌었기 때문이다. 그녀는 실내복과 나이트캡 차림으로 안락의자에 앉았다. 카챠는 졸린 얼굴로 땋은 머리를 흐트러뜨린 채 뭐라고 중얼거리면서 묵직한 깃털 이불을 세 번째 두들기고 뒤집었다.

"내가 말했잖아. 온통 울퉁불퉁하다니까." 작은 공작 부인이 똑같은 말을 계속 되풀이했다. "나도 잘 수 있으면 좋겠어. 그러니 내 탓은 아니지." 그녀의 목소리가 막 울음을 터뜨리려는 어린아이처럼 떨리기 시작했다.

노공작도 잠을 이루지 못했다. 치혼은 잠결에 공작이 성을 내고 돌아다니면서 코를 씩씩거리는 소리를 들었다. 노공작은 딸 문제에 대해 자기가 모욕을 받은 것처럼 느꼈다. 자신이 아닌 다른 사람, 즉 그가 자신보다 더 사랑하는 딸에 대한 것이었기에 그 모욕은 이루 말할 수 없이 쓰라렸다. 그는 이 모든 문제를 곰곰이 생각해 보고 마땅히 해야 할 일을 찾아야겠다고 스스로에게 말했지만 그러기는커녕 더욱더 노여워할 뿐이었다.

'처음 보는 남자가 모습을 드러내니 아비고 뭐고 까맣게 잊고 달려가 머리를 빗어 올리고 꼬리를 흔들고 평소와 딴판이 되다니! 아비를 버리게 되니 기쁜 게지! 내가 보리라는 것을 알면서……. 프르…… 프르…… 프르……. 그리고 그 멍청이가 부리엔카만 쳐다보는 걸 내가 못 본 줄 아나.(그 여자를 쫓아내야 해.) 어떻게 그걸 알 만큼의 자긍심도 없을까! 스스로에 대해 긍지가 없다면 최소한 나에 대해서라도 가져 줘야지. 저 멍청이가 그 애는 안중에 없이 부리엔만 쳐다보고 있는 걸 그 애에게 알려 줘야 해. 그 아이에게는 긍지가 없어. 하지만 내가 그 애에게 그것을 보여 줄 거야…….'

노공작은 알았다. 네가 착각하는 것이라고, 아나톨은 부리엔에게 구혼하려 한다고 딸에게 말하기만 하면 마리야 공작 영애는 자존심에 상처를 입고 자신의 문제(딸과 헤어지고 싶지 않다는 바람)는 해결되리라는 것을……. 그래서 그는 그것으로 안심했다. 그는 큰 소리로 치혼을 부르고 옷을 벗기 시작했다.

'악마에게나 잡혀가라지!' 희끗한 털이 가슴을 뒤덮은 야위고 늙은 몸뚱이를 치혼이 잠옷으로 감싸는 동안 그는 생각했다. '난 저 녀석들을 부르지 않았어. 저놈들은 내 생활을 망치러 온 거야. 내 생애도 이제 얼마 안 남았는데.'

"악마에게나 가 버려!" 그는 머리를 루바시카 밖으로 빼면서 중얼거렸다.

치혼은 이따금 자신의 생각을 입 밖으로 표현하는 공작의 습관을 알고 있었다. 그래서 잠옷 밖으로 빠져나온 공작의 얼굴에 어린 뭔가 묻고 싶어 하는 성난 눈빛을 흔들림 없는 표정으로 맞았다.

"잠자리에 들었나?" 공작이 물었다.

뛰어난 하인들이 모두 그러하듯 치혼도 주인의 생각이 어디를 향해 있는지 본능으로 알았다. 그는 바실리 공작과 그 아들에 대한 질문일 거라고 짐작했다.

"잠자리에 드시고 불을 끄셨습니다, 공작 각하."

"아무짝에도 쓸모없어, 아무짝에도……." 공작은 빠르게 중얼거리고는 발은 슬리퍼에, 손은 할라트에 쑤셔 넣고 잠자리로 사용하는 소파를 향했다.

아나톨과 마드무아젤 부리엔 사이에 아직 아무 말도 오가지 않았지만, 그들은 가엾은 어머니가 출현하기 전인 소설의 전반부와 관련하여 서로를 환히 들여다보았고 자기들끼리 은밀하게 해야 할 말들이 많다는 점을 잘 알았다. 그래서 두 사람은 아침부터 단둘이 만날 기회를 찾고 있었다. 공작 영애가 평소 아버지를 만나러 가는 시간에 마드무아젤 부리엔과 아나톨은 겨울 정원에서 서로 만났다.

마리야 공작 영애는 그날 유난히 떨리는 마음으로 서재 문에 다가갔다. 그녀가 보기에 오늘 그녀의 운명이 결정된다는 것뿐만 아니라 그녀가 이 문제에 대해 생각하고 있다는 것까지 다들 아는 듯했다. 치혼의 얼굴에서도, 바실리 공작을 시중드는 시종의 — 마리야 공작 영애와 마주쳤을 때 뜨거운 물을 든 채 허리를 깊게 숙이며 인사하던 — 얼굴에서도 그러한 표정을 읽었다.

이날 아침 노공작은 딸에게 매우 다정하고 열성적이었다. 마리야 공작 영애는 아버지가 안간힘을 다할 때의 그 표정을 잘 알았다. 그것은 산수 문제를 이해하지 못하는 마리야 공작 영애에 대한 짜증으로 공작이 야윈 두 손을 꽉 움켜쥐고 벌떡 일어나 그녀에게서 떨어져 나직한 목소리로 몇 번이고 똑같은 말을 되풀이할 때 그의 얼굴에 떠오르던 표정이었다.

그는 즉시 본론에 들어가면서 "그대"라는 말로 이야기를 꺼냈다.

"저들이 나에게 그대를 달라고 청혼하더이다." 그가 부자연스러운 미소를 지으며 말했다. 그는 계속해서 말했다. "그대도 짐작했을 거라 생각하오만, 바실리 공작이 이곳에 오고 자신의 피보호자(어쩐 일인지 니콜라이 안드레이치 공작은 아나톨을 피보호자라고 불렀다.)까지 데려온 것은 나의 아름다운 눈을 위해서가 아니라오. 저들은 어제 나에게 그대를 달라고 청혼하더이다. 그대가 나의 원칙을 알고 있기에 나는 그대에게 이것을 말하는 것이오."

"아버지, 제가 아버지의 말씀을 어떻게 이해해야 할까요?" 공작 영애가 중얼거렸다. 얼굴이 하얗게 질렸다 발갛게 달아올랐다 했다.

"어떻게 이해하냐고!" 아버지가 성을 내며 소리쳤다. "바실리 공작은 너를 며느릿감으로서 마음에 들어 한다. 그래서 피보호자를 위해 너에게 혼담을 넣은 거야. 그런데 어떻게 이해하냐고?! 어떻게 이해하냐고! 그럼 너에게 한번 물어보자."

"아버지, 전 모르겠어요. 아버지는 어떻게……." 공작 영애는 작은 소리로 중얼거렸다.

"나? 나 말이냐? 나 따위가 뭐란 말이냐? 나 같은 건 신경 쓰지 마라. 내가 결혼을 하는 것도 아닌데. 그대는 어떠신가?

그 점을 알고 싶소이다."

공작 영애는 아버지가 이 문제에 반감을 품고 있다는 것을 알았다. 그러나 그 순간 지금이 아니면 자기 운명을 결정지을 기회는 영원히 없을 거라는 생각이 들었다. 그녀는 그의 시선을 피하기 위해 눈을 내리깔았다. 그녀는 그 시선 아래에서는 도저히 생각을 할 수 없다고, 그저 습관에 따라 복종하게 될지도 모른다고 느꼈다. 그래서 말했다.

"제가 바라는 것은 오직 한 가지, 아버지의 뜻을 따르는 것뿐이에요." 그녀가 작은 소리로 말했다. "하지만 저의 바람을 꼭 표현해야 한다면……."

그녀는 미처 말을 끝맺을 수 없었다. 공작이 가로막았던 것이다.

"멋지구나!" 그는 소리쳤다. "그 녀석은 지참금과 함께 너를 데려가는 김에 **마드무아젤 부리엔**도 손에 넣겠지. 아내가 되는 건 그 여자일 테고 넌……."

공작은 말을 멈추었다. 그는 그 말이 딸에게 불러일으킨 효과를 알아차렸다. 그녀는 고개를 숙이고 울먹거렸다.

"이런, 이런, 농담이다, 농담." 그가 말했다. "한 가지만 기억해라, 공작 영애. 난 남편을 고를 권리가 전적으로 여성 본인에게 있어야 한다는 원칙을 지지한다. 그러니 너에게도 자유를 주마. 한 가지만 기억해 다오. 네 인생의 행복은 너의 결정에 달렸다는 점을 말이다. 나에 대해서는 말해야 소용없다."

"아버지, 그래도 전 잘 모르겠어요……."

"말해도 소용없다니까! 그 녀석은 분부를 받았어. 그 녀석은 너뿐만 아니라 누구하고라도 결혼하려고 해. 하지만 넌 자유롭게 선택할 수 있다……. 네 방으로 가서 곰곰이 생각해 보고 한 시간 후에 날 찾아와라. 그리고 그가 있는 자리에서 '네'인지, '아니요'인지 말해라. 난 네가 기도를 하리라는 것을 안다. 음, 부디 기도해라. 다만 생각을 하는 편이 좋을 것이다. 가 봐라."

"네, 아니요, 네, 아니요, 네, 아니요!" 공작 영애가 안개 속을 걸어가듯 비틀거리며 서재를 나서는 동안 그는 여전히 이렇게 소리치고 있었다.

그녀의 운명은 결정되었다. 그것도 행복하게 결정되었다. 그러나 아버지가 마드무아젤 부리엔에 대해 한 말, 그것은 끔찍한 암시였다. 설사 사실이 아니라 해도 끔찍했다. 그녀는 그 문제에 대해 생각해 보지 않을 수 없었다. 그녀는 아무것도 보지도 듣지도 않으면서 겨울 정원을 통과하여 앞으로 곧장 걸어갔다. 그때 갑자기 귀에 익은 마드무아젤 부리엔의 속삭임이 그녀를 일깨웠다. 그녀는 눈을 들었다. 두어 걸음 떨어진 곳에 아나톨이 보였다. 그는 프랑스 여자를 안고 그녀에게 뭔가 속삭였다. 아나톨은 잘생긴 얼굴에 무서운 표정을 띠고서 마리야 공작 영애를 돌아보았다. 처음에는 마드무아젤 부리엔의 허리를 놓으려 하지 않았다. 마드무아젤 부리엔은 공작 영애를 보지 못했다.

'거기 누구야? 왜? 잠시 기다려!' 아나톨의 얼굴은 마치 그렇게 말하는 듯했다. 마리야 공작 영애는 말없이 그들을 쳐다보았다. 그녀는 이해할 수 없었다. 마침내 마드무아젤 부리엔이 비명을 지르며 달아났다. 아나톨은 쾌활한 미소를 지으며 마치 이 괴상망측한 사건에 대해 한바탕 웃어 달라고 권하기라도 하듯 마리야 공작 영애에게 허리 숙여 인사했다. 그리고 어깨를 으쓱하고는 처소를 향한 문 쪽으로 걸어갔다.

한 시간 후 치혼은 마리야 공작 영애를 부르러 왔다. 그는 공작의 방으로 가 보라며 바실리 세르게이치 공작도 그곳에 있다는 말을 덧붙였다. 치혼이 찾아왔을 때 공작 영애는 울고 있는 마드무아젤 부리엔을 안고서 자기 방의 소파에 앉아 있었다. 마리야 공작 영애는 마드무아젤 부리엔의 머리를 조용히 어루만졌다. 예전의 평온과 광채를 완전히 되찾은 공작 영애의 아름다운 눈동자는 다정한 사랑과 연민을 띤 채 마드무아젤 부리엔의 작고 예쁜 얼굴을 바라보았다.

"아니에요, 공작 영애님, 난 영원히 당신의 호의를 잃었어요." 마드무아젤 부리엔이 말했다.

"어째서요? 난 당신을 어느 때보다 더 사랑해요. 당신의 행복을 위해서라면 힘닿는 한 모든 것을 할 수 있도록 노력할 거예요." 마리야 공작 영애가 말했다.

"하지만 당신은 날 경멸하겠죠. 당신은 너무 순수한 분이라 분명 날 경멸할 거예요. 당신은 정열에 사로잡히는 것을 결코 이해하지 못할 거예요. 아, 나의 가엾은 어머니……."

"전부 이해해요." 마리야 공작 영애가 슬픈 미소를 지으며 대답했다. "진정해요, 나의 친구. 난 아버지에게 가야겠어요." 그녀는 이렇게 말하고 방을 나섰다.

바실리 공작은 한쪽 다리를 다른 쪽 다리 위에 높이 포개고 두 손에 담뱃갑을 든 채 이루 말할 수 없이 감동한 듯, 스스로도 자신의 감상적인 성격을 유감스럽게 여기며 조롱하듯 얼굴에 감동의 미소를 짓고 앉아 있었다. 마리야 공작 영애가 들어서자 그는 황급히 담배 한 줌을 코로 가져갔다.

"아, 사랑스러운 아가씨, 사랑스러운 아가씨." 그는 자리에서 일어나 그녀의 두 손을 잡으며 말했다. 그는 한숨을 쉬며 이렇게 덧붙였다. "내 아들의 운명은 당신 손에 달렸어요. 나의 사랑스러운, 나의 소중한, 나의 다정한, 내가 언제나 딸처럼 사랑했던 마리, 자, 결정을 내려 줘요."

그는 물러났다. 그의 눈에 진짜 눈물이 어렸다.

"프르…… 프르……." 니콜라이 안드레이치 공작이 씨근거렸다.

"공작이 피보호자, 그러니까 아들을 대신해 너에게 청혼을 하시는구나. 너는 아나톨 쿠라긴 공작의 아내가 되길 바라느냐 아니냐? '네'인지 '아니요'인지 말해라." 그가 소리를 지르기 시작했다. "그 뒤에 나도 내 의견을 말할 권리를 고수하겠다. 그래, 내 의견은 그저 나 자신의 의견일 뿐이다." 니콜라이 안드레이치 공작은 바실리 공작을 돌아보고 그의 애원하는 듯한 표정에 답하며 덧붙였다. "'네'냐, '아니요'냐? 뭐냐?"

"아버지, 저의 바람은 절대 아버지를 떠나지 않는 것, 절대로 제 삶과 아버지의 삶을 갈라놓지 않는 거예요. 전 결혼하고 싶지 않아요." 그녀는 아름다운 눈으로 바실리 공작과 아버지를 쳐다보며 단호하게 말했다.

"헛소리를 하는군, 멍청한 것! 헛소리, 헛소리, 헛소리야!"

니콜라이 안드레이치 공작은 얼굴을 찌푸리며 버럭 소리를 지르더니 딸의 손을 잡아 자기 쪽으로 끌어당겼다. 그리고 입을 맞추지는 않고 그저 자기 이마를 기울여 딸의 이마에 가볍게 댔다. 그가 딸의 손을 어찌나 꽉 움켜잡았던지 그녀는 얼굴을 찡그리며 비명을 지르고 말았다.

바실리 공작이 일어섰다.

"사랑스러운 아가씨, 당신에게 말해 두지만 난 결코 이 순간을 잊지 않을 겁니다. 하지만 나의 착하디착한 아가씨, 우리에게 작은 희망이라도 주시지요. 너무도 선하고 관대한 그 마음을 움직일 수 있으리라는 희망 말입니다. 어쩌면이라고 말해요. 미래는 매우 위대하지요. 말해 줘요, 어쩌면이라고."

"공작님, 제가 말씀드린 것이 제 마음속에 있는 전부입니다. 이런 영광을 주셔서 감사합니다만 절대로 아드님의 아내가 되지 않겠습니다."

"자, 이보게, 이것으로 끝이군. 자네를 만나 몹시 기쁘네. 자네를 만나 몹시 기뻐. 네 방으로 가라, 공작 영애, 어서 가." 노공작이 말했다. "자네를 만나 정말, 정말 기쁘네." 그는 바실리 공작을 얼싸안으며 똑같은 말을 되풀이했다.

'나의 소명은 다른 거야.' 마리야 공작 영애는 마음속으로 생각했다. '나의 소명은 다른 행복, 즉 사랑과 자기희생의 행복으로 행복해지는 거야. 이 일이 내게 어떤 희생을 요구하든 난 가엾은 **아멜리에**를 행복하게 해 주겠어. 그녀는 그를 열렬히 사랑해. 그녀는 몹시 후회하고 있어. 난 그녀와 그의 결혼을 추진하기 위해 모든 것을 할 거야. 그가 부유하지 않다면 내가 그녀에게 재산을 주겠어. 아버지에게 부탁하고 안드레이에게도 부탁해 봐야지. 그녀가 그의 아내가 된다면 난 너무 행복할 거야. 그녀는 몹시 불행해. 타국에 있어서 고독하고 도움을 얻을 곳도 없어! 하느님, 그처럼 자신을 잊을 수 있다면 그녀는 그를 정말 뜨겁게 사랑하는 거겠죠. 어쩌면 나도 똑같이 행동했을지 몰라…….' 마리야 공작 영애는 생각했다.

# 6

　로스토프가 사람들은 오랫동안 니콜루시카에 대한 소식을 받지 못했다. 겨울의 중반에 접어들어서야 백작에게 편지 한 통이 전해졌을 뿐이다. 백작은 편지에 적힌 주소에서 아들의 필체를 알아보았다. 편지를 받은 백작은 깜짝 놀라 남의 눈에 띄지 않도록 애쓰면서 발끝으로 부랴부랴 자신의 서재로 달려가 그 안에 틀어박혀 편지를 읽기 시작했다. 편지가 온 것을 알아차린 안나 미하일로브나(그녀는 집안에서 벌어지는 모든 일을 알았다.)는 조용한 걸음으로 백작의 서재에 들어가 두 손에 편지를 든 채 흐느끼기도 하고 웃기도 하는 백작을 보았다.

　안나 미하일로브나는 사정이 좋아졌는데도 여전히 로스토프가에서 지내고 있었다.

　"나의 선한 친구인가요?" 안나 미하일로브나는 뭔가 묻고 싶은 듯한 서글픈 목소리로 얼마든지 동정을 표현할 각오를 하고 말했다.

백작이 더욱 심하게 흐느끼기 시작했다.

"니콜루시카가…… 편지를…… 부상을 당한 모양인데……
**마셰르**…… 부상을…… 나의 사랑하는 아들이…… 백작 부인
이…… 장교로 승진했다는군요…… 하느님, 감사합니다, 백작
부인에게 뭐라고 말해야 하지요?"

안나 미하일로브나는 그에게 다가앉아 자신의 손수건으로
그의 눈에서, 또 그 눈물로 얼룩진 편지에서 눈물을 닦고 자신
의 눈물을 훔친 후 편지를 읽고 백작을 위로했다. 또한 식사하
는 동안, 그리고 차를 마시기 전까지 자신이 백작 부인에게 마
음의 준비를 하게 한 다음, 하느님이 도와주신다면 차를 마신
후 백작 부인에게 모든 것을 알리기로 결정했다.

식사하는 내내 안나 미하일로브나는 전쟁에 대한 소문과
니콜루시카에 대해 말했다. 그리고 이미 알면서도 니콜루시
카에게서 마지막으로 편지가 온 게 언제인지 두어 번 묻고는
어쩌면 오늘 편지가 도착할 가능성이 아주 크다고 말했다. 백
작 부인이 이러한 암시에 불안해하며 근심스러운 눈으로 백
작과 안나 미하일로브나를 번갈아 쳐다볼 때마다 안나 미하
일로브나는 눈에 띄지 않게 대화를 사소한 화제로 돌렸다. 가
족 전체에서 억양과 시선과 표정의 미묘한 차이를 감지하는
재능이 가장 뛰어난 나타샤는 식사를 시작할 때부터 두 귀를
쫑긋 세우고 있다가 아버지와 안나 미하일로브나 사이에 무
언가가, 바로 오빠에 관한 무언가가 있다는 것, 안나 미하일로
브나가 마음의 준비를 시키고 있다는 것을 알아차렸다. 그토

록 대담한 그녀도(나타샤는 어머니가 니콜루시카의 소식과 관련된 모든 것에 예민하다는 것을 알았다.) 차마 식사하는 동안에는 질문을 해 보겠다는 결심을 하지 못했다. 그녀는 식사 내내 불안으로 아무것도 입에 대지 않았으며, 가정 교사의 지적은 듣지도 않고 계속 의자 위에서 안절부절못했다. 식사 후 그녀는 안나 미하일로브나를 쫓아 소파가 있는 방으로 쏜살같이 달려가 그녀의 목에 힘껏 매달렸다.

"아줌마, 말해 주세요. 무슨 일이에요?"

"아무것도 아니다, 얘야."

"아니에요. 사랑하는 아줌마, 비둘기처럼 귀엽고 복숭아처럼 예쁜 아줌마, 전 아줌마에게서 떨어지지 않을 거예요. 전 알아요. 아줌마가 알고 계시다는 것을 말이에요."

안나 미하일로브나는 머리를 흔들었다.

"넌 정말 눈치가 빠르구나, 아가." 그녀가 말했다.

"니콜렌카에게서 편지가 왔죠? 틀림없어요!" 나타샤는 안나 미하일로브나의 얼굴에서 수긍하는 대답을 읽어 내며 큰 소리로 외쳤다.

"하지만 제발 좀 더 조심해야지. 이 소식이 네 엄마에게 얼마나 큰 충격을 줄지 알잖니."

"그럴게요, 그럴게요. 그러니 말씀해 주세요. 말씀해 주지 않으실 거예요? 음, 그럼 당장 가서 말할래요."

안나 미하일로브나는 아무에게도 말하지 않는다는 조건을 붙여 간단한 몇 마디로 편지의 내용을 나타샤에게 들려주었다.

"정말이에요. 아무에게도 말하지 않을게요." 나타샤는 성호를 그으며 이렇게 말하고는 곧장 소녀에게 달려갔다.

"니콜렌카가…… 부상을 당해서…… 편지를…….'' 그녀가 엄숙하게, 그러면서도 기쁘게 말했다.

"니콜라!" 소냐는 순식간에 창백해지며 단지 이 말만 뱉었다. 나타샤는 오빠의 부상에 대한 소식이 소냐에게 불러일으킨 인상을 본 후에야 비로소 이 소식의 슬픈 면을 모두 느끼게 되었다.

그녀는 소냐에게 달려들어 끌어안고 울기 시작했다.

"약간 부상을 입긴 했지만 장교로 진급했어. 이제는 건강해. 편지도 오빠가 직접 쓴 거야." 그녀는 눈물을 글썽이며 말했다.

"여자들은 전부 울보인가 봐." 페챠는 단호한 걸음으로 성큼성큼 방 안을 돌아다니며 말했다. "난 너무 기뻐. 형이 그토록 큰 공을 세우다니 정말로 너무 기쁜걸. 누나들은 모두 울보야! 아무것도 몰라.''

나타샤는 눈물을 글썽이며 생긋 웃었다.

"넌 편지를 읽지 않았니?" 소냐가 물었다.

"읽지 않았어. 하지만 아줌마가 말했는걸. 모든 게 지나갔고, 이제 오빠는 장교가 되었다고…….''

"하느님, 고맙습니다." 소냐는 성호를 그으며 말했다. "하지만 혹시 그분이 널 속였을지 모르잖아. 엄마에게 가 보자."

페챠는 말없이 방 안을 걸었다. 그는 말했다.

"내가 니콜루시카였다면 프랑스군을 더 많이 죽였을 텐데. 정말이지 기분 나쁜 놈들이야! 나라면 프랑스군을 산더미처럼 죽였을 거야."

"조용히 해, 페챠, 넌 정말 바보구나!"

"난 바보가 아니야. 별일도 아닌데 훌쩍거리는 사람들이 바
보지." 페챠가 말했다.

"그를 기억해?" 잠시 침묵이 흐른 후 나타샤가 불쑥 물었
다. 소냐가 빙그레 웃었다.

"니콜라를 기억하냐고?"

"아니, 소냐. 넌 잘 기억한다고 할 정도로, 모든 것을 기억한
다고 할 정도로 그를 기억하니?" 자신의 말에 더할 나위 없이
진지한 의미를 부여하고 싶은 듯 나타샤는 열심히 몸짓을 해
가며 말했다. "나도 니콜렌카를 기억해. 기억한단 말이야." 그
녀가 말했다. "그런데 보리스는 기억나지 않아. 전혀 기억이
안 나……."

"어떻게? 보리스를 기억하지 못하다니?" 소냐가 놀라서 물
었다.

"기억을 못 하는 건 아니야. 그가 어떤 사람인지는 알아. 하
지만 니콜렌카를 기억하듯 그렇게는 기억할 수 없어. 눈을 감
으면 니콜렌카가 떠올라. 그런데 보리스는 떠오르지 않아.(그
녀는 눈을 감았다.) 정말 떠오르지 않아. 아무것도!"

"아, 나타샤!" 소냐는 친구를 쳐다보지 않고 기쁨에 겨운
진지한 모습으로 말했다. 마치 나타샤는 자신이 말하려는 것
을 들을 자격이 없는 사람이라고 생각하는 듯한 태도였다. 소
냐는 이 말을 다른 누군가에게, 도저히 농담을 건넬 수 없는
상대에게 하는 듯했다. "네 오빠를 사랑하게 된 이상 그 사람

이나 나에게 무슨 일이 일어나든 난 결코 그를 사랑하는 마음을 버리지 않을 거야. 평생토록."

나타샤는 깜짝 놀라 호기심에 찬 눈으로 소냐를 바라보고는 가만히 침묵했다. 그녀는 소냐가 말한 것이 사실이라고, 소냐가 말한 그런 사랑도 있을 거라고 느꼈다. 하지만 아직 그런 것을 전혀 경험하지 못했다. 그녀는 그런 사랑이 있을 수 있다고 믿으면서도 이해하지는 못했다.

"편지를 쓸 거니?" 그녀가 물었다.

소냐는 생각에 잠겼다. 니콜라에게 어떻게 편지를 쓸지, 그에게 편지를 써야 하는지에 대한 물음은 그녀를 괴롭혀 온 문제였다. 그가 이미 장교이자 부상 입은 영웅이 된 지금 그녀 쪽에서 먼저 자기를, 말하자면 그가 그녀와의 관계에서 짊어진 의무 같은 것을 떠올리게 해도 괜찮을까?

"모르겠어. 그 사람이 쓰면 나도 써야겠다는 생각은 하고 있어." 그녀는 얼굴을 붉히며 말했다.

"그럼 넌 오빠에게 편지를 쓰는 게 부끄럽지 않니?"

소냐는 빙그레 웃었다.

"부끄럽지 않아."

"난 보리스에게 편지를 쓰는 게 부끄러워. 난 편지를 쓰지 않을래."

"도대체 뭐가 부끄럽니?"

"그냥 잘 모르겠어. 쑥스럽고 부끄러워."

"난 알지. 왜 누나가 부끄러워하는지." 나타샤가 아까 한 말에 모욕을 느낀 페챠가 말했다. "누나가 그 안경 쓴 뚱보(페챠는 자신과 이름이 같은 새로운 베주호프 백작을 그렇게 불렀다.)를 좋아하게 되었거든. 또 지금은 그 가수(페챠는 나타샤의 성악 선생인 이탈리아 남자에 대해 말하고 있었다.)에게 푹 빠져 있고. 그래서 부끄러운 거야."

"페챠, 넌 바보야." 나타샤가 말했다.

"너보다 멍청하진 않아, 이 아줌마야." 아홉 살의 페챠는 나이 지긋한 여단장처럼 말했다.

백작 부인은 식사 내내 안나 미하일로브나가 던진 암시로 마음의 준비를 하게 되었다. 자기 방으로 돌아온 그녀는 안락의자에 앉아 담뱃갑에 붙인 아들의 작은 초상화에서 눈을 떼지 못했다. 눈에 눈물이 핑 돌았다. 편지를 쥔 안나 미하일로브나가 발뒤꿈치를 들고 백작 부인의 방으로 살며시 다가가 걸음을 멈췄다.

"들어오지 말아요." 그녀는 뒤따라온 노백작에게 말했다. "나중에요." 그러고는 등 뒤로 문을 닫았다.

백작은 자물쇠에 대고 귀를 기울였다.

처음에 그는 무심한 말소리를 들었고, 그다음에는 긴 이야기를 늘어놓는 안나 미하일로브나의 목소리만을, 그다음에는 비명 소리를 들었다. 그다음 침묵이 이어지더니, 그다음에는 다시 두 사람의 목소리가 기쁨이 어린 억양으로 이야기를 나누었으며, 그런 다음 발소리가 났다. 그러더니 안나 미하일로브나가 그에게 문을 열어 주었다. 안나 미하일로브나의 얼굴에는 힘든 절단 수술을 끝낸 후 자신의 솜씨를 평가하도록 관중을 불러들이는 외과 의사의 자랑스러워하는 표정이 어려 있었다.

"다 됐어요." 그녀는 백작에게 엄숙한 몸짓으로 백작 부인을 가리키며 말했다. 백작 부인은 한 손에 초상화가 붙은 담뱃갑을, 다른 손에 편지를 쥐고서 이쪽저쪽 번갈아 입술을 대고 있었다.

백작을 본 그녀는 두 손을 뻗어 그의 벗어진 머리를 끌어안고 대머리 너머로 다시 편지와 초상을 바라보다가, 또다시 그것들에 입을 맞추려고 대머리를 가볍게 밀쳤다. 베라, 나타샤, 소냐, 페챠가 방으로 들어왔고, 편지 낭독이 시작되었다. 편지에는 행군, 니콜루시카가 참가한 두 번의 전투, 장교로의 진급이 간단하게 묘사되어 있고, 엄마와 아빠에게 축복을 구하며 그들의 손에 입을 맞춘다는 말과 베라와 나타샤와 페챠에게 입을 맞춘다는 말이 적혀 있었다. 그 밖에 무슈 셸링과 마담 쇼스와 보모에게 안부를 전했으며, 또 그 밖에 예전과 다름없이 사랑하고 예전과 다름없이 기억하는 소중한 소냐에게도 입맞춤을 청했다. 그 문구를 들은 소냐는 눈에 눈물이 고이도록 얼굴을 빨갛게 붉혔다. 그러고는 자신을 향한 시선들을 견디지 못하고 홀 쪽으로 뛰쳐나가 계속 내달리더니 빙글빙글 돌기 시작했다. 그녀는 드레스를 풍선처럼 부풀리고는 빨갛게 물든 얼굴에 미소를 머금고서 바닥에 앉았다. 백작 부인은 울고 있었다.

"무엇 때문에 우세요, 엄마?" 베라가 말했다. "그 애가 쓴 모든 내용을 보면 울기보다 기뻐해야 하잖아요."

전적으로 옳은 말이었다. 그러나 백작 부인도, 백작도, 나타샤도 다들 비난하는 눈길로 그녀를 쳐다보았다. '저 애는 누구를 닮아 저럴까!' 백작 부인은 생각했다.

니콜루시카의 편지는 수백 번이나 읽혔다. 그의 편지를 들을 자격이 있다고 생각되는 사람들은 편지를 손에서 놓지 않는 백작 부인에게로 와야 했다. 가정 교사들, 보모들, 미첸카, 몇몇 지인들이 왔다. 백작 부인은 매번 새로운 기쁨을 느끼며 편지를 거듭거듭 읽었고, 매번 그 편지에서 아들 니콜루시카의 새로운 미덕을 찾아내곤 했다. 그녀의 아들, 이십 년 전 배속에서 간신히 알아차릴 만큼 조그마한 팔다리를 꼬물거리던 아들, 지나치게 응석을 받아 주는 백작과 그녀 사이에서 말다툼의 원인이 되곤 하던 아들, '배'라는 말을 먼저 배우고 나서 '할머니'라는 말을 배운 아들, 그 아들이 이 순간 멀리 외국 땅의 낯선 환경에서 도움과 지도 없이 혼자 늠름한 전사로서 어떤 남성적인 일을 하고 있다는 사실이 그녀에게는 너무나 신기하고 놀랍고 기쁘게 느껴졌다. 아이들이 요람으로부터 눈에 띄지 않는 여정을 통해 성인 남성이 된다는 사실을 보여 주는, 전 세계에서 오랜 세월에 걸쳐 이루어진 그 모든 경험들이 백작 부인에게는 아예 존재하지 않았다. 똑같은 방식으로 어른이 된 무수한 사람들이 아예 존재한 적도 없는 양 그녀에게는 아들의 성장이 시기마다 번번이 놀라운 일로 다가왔다. 이십 년 전에는 자신의 가슴 아래 어딘가에 사는 그 작은 존재가 응애응애 울음을 터뜨리고 젖을 빨기 시작하고 말을 하게 되리라는 것이 믿어지지 않았듯이, 이 순간 그녀에게는 다름 아닌 그 존재가 이 편지로 판단할 수 있듯 지금처럼 강하고 용감한 사내가 되어 아들들과 세상 사람들의 모범이 될 수 있었다는 것이 믿어지지 않았다.

"문체가 어떤가요? 정말 멋지게 썼죠!" 그녀는 편지의 묘사적인 부분을 읽으며 말했다. "감정은 또 어떻고요! 자신에 대해서는 아무것도 쓰지 않았어요…… 아무것도요. 제니소프라는 사람에 대해서는 썼군요. 하지만 틀림없이 그 애가 가장 용감할걸요. 그 애는 자신의 고통에 대해서는 아무것도 쓰지 않았어요. 게다가 마음 씀씀이는 어떻고요! 내가 아는 그대로예요! 모든 사람들을 얼마나 잘 기억하고 있는지! 아무도 잊지 않았어요. 난 언제나 말했죠, 언제나. 우리 아이가 아직 이만했을 때부터 난 늘 말했어요……."

온 집안이 마음을 다잡고 니콜루시카에게 보낼 편지의 초안을 여러 장 써 본 후 깨끗하게 정서하는 데 일주일이 넘게 걸렸다. 백작 부인의 감독과 백작의 세심한 보살핌 아래 필요한 물건들과 군복을 맞출 돈과 새로 진급한 장교를 위한 소지품이 준비되었다. 안나 미하일로브나는 심지어 자신과 아들의 서신 교환을 위해서도 군대 안에 연줄을 만들 수 있을 만큼 수완이 좋은 여자였다. 근위대를 지휘하는 콘스탄친 파블로비치 대공[184]에게도 편지를 보낼 수 있었다. 로스토프가 사람들은 재외 러시아 근위대는 완벽하리만치 분명한 주소라고, 만

---

184) 콘스탄친 파블로비치 로모노프(Konstantin Pavlovich Romonov, 1779~1831) 대공은 알렉산드르 1세의 동생이다. 폴란드 여성과 결혼했다는 이유로 왕위 계승권을 잃었다. 1805년 원정에서 황실 근위대를 지휘했고, 아우스터리츠 전투에도 참가했다.

일 근위대를 지휘하는 대공에게 편지가 닿는다면 그 부근에 있을 파블로그라드 연대에 편지가 도착하지 않을 이유가 없다고 생각했다. 그리하여 대공의 특사를 통해 편지와 돈을 보리스에게 보내기로 결정했다. 그렇게 하면 틀림없이 보리스가 그것들을 니콜루시카에게 전달할 것이다. 그 안에는 노백작, 백작 부인, 페챠, 베라, 나타샤, 소냐가 보내는 편지들과 군복을 맞추기 위한 6000루블의 돈과 백작이 아들에게 보내는 온갖 다양한 물건들이 있었다.

# 7

11월 12일 올뮈츠 부근에서 야영하던 쿠투조프 휘하의 전투 부대는 다음 날 두 황제, 즉 러시아 황제와 오스트리아 황제 앞에서 진행할 사열식을 준비했다. 러시아에서 막 도착한 근위대는 올뮈츠로부터 15베르스타 떨어진 곳에서 밤을 보내고, 다음 날 오전 10시에 사열식을 위하여 올뮈츠의 들판으로 곧장 올 예정이었다.

니콜라이 로스토프는 이날 보리스에게서 쪽지를 받았다. 그 쪽지는 이즈마일로프 연대가 올뮈츠로부터 15베르스타 떨어진 곳에서 밤을 보내게 되었고 보리스가 편지와 돈을 전하기 위해 기다리고 있다는 소식을 알렸다. 부대가 전투에서 돌아와 올뮈츠 부근에서 주둔하게 된 요즘 같은 때, 그리고 물자를 풍부하게 갖춘 종군 매점 주인들과 오스트리아 유대인들이 야영지를 꽉 채우고서 온갖 유혹을 던지는 요즘 같은 때 로스토프에게는 특히나 돈이 필요했다. 파블로그라드 연대의 기병들은 전투에서 받은 포상을 축하하며 연이어 주연을 벌였고, 최근 올뮈츠로 다시 와서 여급이 있는 선술집을 차린 카롤리나라는 헝가리 여자를 찾아 올뮈츠에 드나들곤 했다. 로스토프는 얼마 전 기병 소위로 승진한 것을 자축하며 제니소프의 말인 베두인을 사느라 동료들과 매점 상인들에게 두루두루 빚을 졌다. 보리스의 쪽지를 받은 로스토프는 동료들과 함께 올뮈츠에 가서 식사를 하고 술 한 병을 마신 후 어린 시절의 친구를 찾아 혼자 근위대 막사로 말을 몰았다. 로스토프는 아직 군복을 맞추지 못했다. 그는 병사용 십자 훈장이 붙은 낡은 사관후보생 상의와 해진 가죽을 덧댄 승마용 바지, 술 장식이 달린 장교용 기병도를 착용했다. 그가 탄 말은 전투에 참가하는 동안 코사크에게서 구매한 돈 지방의 말이었다. 찌그러진 기병용 군모는 기세 좋게 뒤쪽으로 비스듬히 얹혀 있었다. 이즈마일로프 연대의 야영지가 점점 가까워지자 그는 전장에 익숙한 전투적인 경기병다운 자기 모습이 보리스와 그의 모든 근위대 동료들을 얼마나 놀라게 할지 생각했다.

근위대는 행군 기간 내내 야유회라도 나온 양 청결과 규율을 자랑했다. 각 행군 거리는 짧았고, 배낭은 이륜 짐마차[185]

---

185) podvoda. 이 책에서 '짐마차'로 옮긴 'podvozka'처럼 '짐마차' 혹은 '짐수레'라는 의미도 있지만 '바퀴가 둘인 소형 짐마차'의 의미로 한정되기도 한다. 이 책에서는 딱히 구분할 필요가 없는 한 맥락에 따라 '짐마차' 혹은 '짐수레'라고 옮기기로 한다. 바퀴가 둘인 짐마차나 짐수레를 지칭하는 'voz'와 의미가 겹친다.

로 운반되었으며, 장교들은 이동하는 내내 오스트리아 당국으로부터 훌륭한 만찬을 대접받았다. 연대들이 도시에 들어가고 나올 때마다 음악이 울려 퍼졌고, 행군 내내(행군은 근위대의 자랑거리였다.) 병사들은 대공의 명에 따라 발맞추어 행진하고 장교들은 각자 위치에서 도보로 이동했다. 행군하는 동안 보리스는 행진할 때나 숙소에 묵을 때나 이미 중대장이 된 베르크와 늘 함께 있었다. 행군 중에 중대를 맡게 된 베르크는 실무 능력과 정확성으로 상관들의 신임을 얻는 데 성공했으며, 자신의 경제적 문제도 매우 유리하게 처리해 나갔다. 보리스는 행군 기간에 자신에게 유익할 만한 사람들과 많은 친분을 쌓았고, 피에르에게서 받은 추천장을 통해 안드레이 볼콘스키와도 알고 지내는 사이가 되었다. 보리스는 그를 통해 총사령부의 직위를 얻고 싶어 했다. 마지막 주간(晝間) 이동 후 휴식을 취하던 베르크와 보리스는 깨끗하고 빈틈없는 차림으로 그들에게 배정된 깨끗한 숙소의 둥근 테이블 앞에 앉아 체스를 두고 있었다. 베르크는 두 무릎 사이에 연기가 나는 작은 파이프를 끼워 두었다. 베르크가 말을 움직이기를 기다리는 동안 보리스는 그 특유의 꼼꼼함을 발휘해 하얗고 가느다란 두 손을 놀려 체스 말로 피라미드를 쌓으면서 상대의 얼굴을 바라보았다. 언제나 자신이 몰두하는 일에 대해서만 생각해 왔듯 이번에도 승부에 대해 생각하는 듯했다.

"자, 여기에서 어떻게 빠져나갈 건가요?" 그가 말했다.

"애써 보지요." 베르크는 폰[186]을 건드리다가 다시 손을 내려놓았다.

그때 문이 열렸다.

"드디어 찾았군!" 로스토프가 외쳤다. "베르크도 여기 있네! 아, 페티장팡, 알레 쿠셰 도르미르!"[187] 그는 언젠가 보리스와 함께 놀려 주던 보모의 말을 흉내 내며 큰 소리로 외쳤다.

"어이, 정말 많이 변했는걸!" 보리스는 로스토프를 맞으러 일어섰으나 그러면서도 떨어진 말들을 잡아 제자리에 놓는 것은 잊지 않았다. 그는 친구를 부둥켜안으려고 했지만 니콜라이가 피했다. 남이 밟아 다져 놓은 길[188]을 꺼리는, 남들을 모방하지 않고 자신만의 새로운 방식으로 감정을 표현하고 싶어 하는, 단지 자기보다 나이 든 사람들이 종종 겉치레로 감정을 표현하는 것과 다르게 하기를 바라는 젊은이 특유의 감정으로 니콜라이는 친구를 만나는 자리에서 뭔가 색다른 것을 하고 싶어 했다. 그는 보리스를 꼬집든 쿡 찌르든 아무렇게나 되는대로 하고 싶었다. 다만 모든 사람들이 하듯 서로 입을 맞추는 것만큼은 결코 하고 싶지 않았다. 반면에 보리스는 오히려 침착하고 다정하게 로스토프를 끌어안고 세 번 입을 맞추었다.

그들은 거의 반년 동안 서로 만나지 못했다. 젊은이들이 인생의 여정에서 첫걸음을 내딛는 나이에 그들은 서로에게서

---

186) pawn. 체스판 두 번째 줄에 배치되는 여덟 개의 말이며 병사를 상징한다. 장기의 졸과 비슷한 역할을 한다.
187) "얘들아, 어서 자러 가야지."라는 프랑스어를 러시아 음가로만 표현한 부분이다.
188) '남들이 하는 흔한 방법'을 뜻하는 비유적 표현이다.

엄청난 변화를, 각자 인생의 첫걸음을 내딛은 사회가 투영된 완전히 새로운 모습을 발견했다. 두 사람은 마지막 만남 이후 많이 달라졌고, 자신에게 일어난 변화를 서로에게 서둘러 말해 주고 싶어 했다.

"아, 자네들은 빌어먹을 마루 닦는 일꾼들 같군! 깨끗하고 산뜻한 게 마치 야유회에서 돌아온 것 같아. 우리 같은 죄 많은 전투병들과 다르군." 로스토프는 진흙이 튄 자신의 승마 바지를 가리키며 보리스에게 낯선 굵은 저음의 목소리와 전투병다운 몸짓으로 말했다.

독일 사람인 안주인이 로스토프의 우렁찬 목소리에 문밖에서 얼굴을 내밀었다.

"어, 꽤 예쁜걸!" 그는 한쪽 눈을 찡긋하며 말했다.

"왜 그렇게 큰 소리를 내는 거야? 너 때문에 사람들이 놀라잖아." 보리스가 말했다. "네가 오늘 오리라고는 생각도 못 했어." 그는 덧붙였다. "쿠투조프 장군의 부관으로 있는 볼콘스키라는 지인을 통해 어제 겨우 너에게 쪽지를 보냈으니까. 그 사람이 이렇게 빨리 전해 주리라고는 생각도 못 했지……. 그런데 넌 어떻게 지내? 이제 총소리에는 익숙해졌나?" 보리스가 물었다.

로스토프는 아무 대꾸도 없이 군복 끈에 달린 병사용 게오르기 십자 훈장을 흔들고 붕대를 감은 자신의 팔을 가리키면서 빙그레 웃는 얼굴로 베르크를 쳐다보았다.

"보다시피." 그가 말했다.

"과연, 그렇군, 그래!" 보리스는 빙긋 웃으며 말했다. "우리도 멋진 행군을 했어. 너도 잘 알겠지만 황태자께서 언제나 우리 연대와 함께 다니시기 때문에 우리는 온갖 편의와 혜택을 누리고 있지. 폴란드에서 베풀어 준 환영회와 만찬과 무도회가 얼마나 멋졌는데! 이루 말할 수 없을 정도야! 게다가 황태자께서는 우리 모든 장교들을 매우 친절히 대해 주셔."

그리하여 두 친구는 서로 이야기를 나누기 시작했다. 한 사람은 경기병들의 떠들썩한 술자리와 전쟁터 생활에 대해, 또 한 사람은 고관들의 지휘 아래에서 복무하는 즐거움과 이점 등에 대해 말했다.

"오, 근위대란!" 로스토프가 말했다. "그건 그렇고 사람을 시켜 술이라도 가져오게 해."

보리스가 인상을 찌푸렸다.

"정 마시고 싶다면." 그가 말했다.

그러고는 침상으로 다가가 깨끗한 베개 밑에서 지갑을 꺼낸 후 술을 가져오라고 지시했다.

"참, 너에게 돈과 편지를 주어야지." 그는 이렇게 덧붙였다.

편지를 받은 로스토프는 돈을 소파에 던지고 테이블 위에 두 팔꿈치를 괸 채 편지를 읽기 시작했다. 몇 줄 읽고는 베르크를 사나운 눈초리로 흘깃 쳐다보았다. 그와 시선이 마주치자 로스토프는 편지로 얼굴을 가렸다.

"그런데 상당히 많은 돈을 보내왔군요." 베르크는 소파가 푹 꺼질 만큼 묵직한 지갑을 보며 말했다. "우리는 그저 봉급으로 근근이 살아가고 있답니다, 백작. 당신에게 나에 대한 이야기를 하자면……."

"이봐요, 베르크, 실은 말이죠……." 로스토프가 말했다. "당신이 집에서 편지를 받았고 모든 것에 대해 이것저것 물어보고 싶은 사람과 만나고 있다면, 그런데 내가 마침 이 자리에 있게 되었다면 말입니다, 당신에게 방해가 되지 않도록 당장 나갈 거예요. 부탁입니다, 제발 어디든 가 버려요. 어디든…… 제기랄!" 그는 버럭 소리를 질렀다. 그리고 곧 자신의 거친 말을 부드럽게 바꾸려는 듯 베르크의 어깨를 잡고 얼굴을 다정하게 바라보며 덧붙였다. "당신도 알죠, 화내지 말아요, 친구. 난 우리가 예전부터 아는 사이라서 솔직히 말하는 겁니다."

"아, 미안합니다, 백작. 잘 알겠습니다." 베르크는 일어나서 쉰 목소리로 혼잣말을 하듯 말했다.

"집주인 부부에게 가 봐요. 그들이 당신을 찾더군요." 보리스가 덧붙였다.

베르크는 작은 얼룩이나 티끌이 전혀 없는 가장 깨끗한 프록코트를 입고 거울 앞에서 구레나룻을 알렉산드르 파블로비치[189]처럼 위로 올렸다. 그리고 로스토프의 시선을 통해 자신의 프록코트가 눈길을 끈다는 것을 확인하고 흡족한 미소를 지으며 방에서 나갔다.

"아, 난 역시 정말 빌어먹을 놈이야!" 로스토프가 편지를 읽으며 중얼거렸다.

"아니, 왜?"

---

189) 알렉산드르 1세를 가리킨다.

"아, 난 역시 돼지같이 배은망덕한 놈이야. 한 번도 편지를 쓰지 않다가 그렇게 가족들을 놀라게 하다니. 아, 난 정말 돼지 같은 놈이야!" 그는 별안간 얼굴을 빨갛게 물들이며 똑같은 말을 되풀이했다. "하는 수 없군. 가브릴로에게 술을 가져오라고 시켜! 좋아, 술이나 마시자!" 그가 말했다.

가족들의 편지 가운데에는 바그라치온 공작 앞으로 보내는 추천장도 있었다. 안나 미하일로브나의 조언에 따라 어머니인 백작 부인이 지인들을 통해 구하여 아들에게 보낸 것이었다. 백작 부인은 아들에게 임지로 추천장을 가져가서 잘 이용하라고 부탁했다.

"이런 어리석은 행동을 하시다니! 이런 게 나한테 퍽이나 필요하겠군." 로스토프는 편지를 테이블 밑으로 내팽개치며 말했다.

"왜 그것을 내버려?" 보리스가 물었다.

"일종의 추천장이야. 이런 편지 따위는 시시해!"

"아니, 편지가 시시하다고?" 보리스는 편지를 집어 들고 수신인의 이름을 읽으며 말했다. "이건 너에게 매우 요긴한 편지야."

"나에게는 아무것도 필요 없어, 난 누구의 부관도 되지 않을 테니까."

"어째서?" 보리스가 물었다.

"하인이 하는 일이잖아!"

"보아하니 넌 여전히 몽상가구나." 보리스는 고개를 내저으며 말했다.

"넌 여전히 외교가네. 하지만 그게 문제가 아니고⋯⋯. 넌 어떻게 지내?" 로스토프가 물었다.

"보다시피. 지금까지는 모두 좋아. 하지만 솔직히 말해 정말로 부관이 되고 싶어. 전선에는 남고 싶지 않아."

"왜?"

"일단 군인의 출셋길에 발을 내딛은 이상, 눈부신 출세를 위해 최대한 노력을 쏟아야 하기 때문이지."

"그렇군!" 로스토프가 말했다. 그는 다른 생각을 하고 있는 듯했다.

그는 뭔가 묻고 싶은 눈초리로 친구의 눈을 뚫어지게 바라보았다. 어떤 물음에 대한 해답을 부질없이 찾는 것 같았다.

가브릴로 노인이 술을 가져왔다.

"이제 알폰스 카를리치를 부르러 사람을 보내는 게 어때?" 보리스가 말했다. "그 사람이라면 너와 술을 마셔 줄 거야. 난 못 마셔."

"데려와, 데려와! 그런데 그 독일 놈은 어때?" 로스토프가 멸시하는 듯한 웃음을 지으며 말했다.

"대단히 훌륭하고 정직하고 유쾌한 사람이야." 보리스가 말했다.

로스토프는 다시 한번 보리스의 눈을 유심히 바라보더니 한숨을 쉬었다. 베르크가 돌아왔다. 술 한 병을 둘러싸고 세 장교의 대화가 활기를 띠었다. 근위대원들은 로스토프에게 자신들의 행군에 대하여, 러시아와 폴란드와 외국에서 얼마나 환대를 받았는지에 대하여 들려주었다. 그들은 지휘관인 대공의 말과 행동에 대해서도 이야기했고, 대공의 인자함과 성마름에 관한 일화도 들려주었다. 베르크는 평소처럼 화제가 자신과 직접 관련이 없을 때는 입을 다물었다. 그러나 대공의 성마른 성격에 대한 일화가 나오자, 갈리치아[190]에서 대공이 각 연대들을 둘러보다가 동작이 틀리다며 격분했을 때 자신이 대공과 성공적으로 대화한 일을 흐뭇하게 이야기했다. 얼굴에 흡족한 미소를 띤 그는 매우 격분한 대공이 그에게로 말을 몰고 와 "알바니아 놈들!"[191]('알바니아 놈들'이란 황태자가 격분했을 때 즐겨 쓰는 별 뜻 없는 말이었다.)이라고 외치며 중대장을 불러오라고 한 일을 이야기했다.

"백작, 믿을지 모르겠지만 난 조금도 놀라지 않았답니다. 왜냐하면 내가 옳다는 것을 알았거든요. 나는요, 아시겠습니까, 백작, 자랑하는 건 아닙니다만 연대의 명령을 줄줄 암기하는 데다 규약에 대해서도 하늘에 계신 우리 아버지처럼 잘 안다고 말할 수 있습니다. 그래서 말이죠, 백작, 내 중대에는 태만한 자가 없답니다. 그래서 나의 양심은 평온하지요. 난 대공 앞으로 나갔습니다.(베르크는 슬며시 일어나 한 손을 군모 챙에 대고 나갔던 장면을 사람들 앞에서 흉내 냈다. 사실 그 이상의 정중함과 자부심을 얼굴로 표현하기란 어려운 일이었다.) 사람들이

---

190) 지금의 우크라이나 서쪽 지방을 가리킨다.
191) 발칸반도에 위치한 알바니아는 오스만 제국에 비정규군 기병대를 제공했다. '아르나우티'란 튀르크인들이 자신들의 군대에서 복무하는 알바니아인들을 가리키는 호칭이었다. 오스만 제국과 수차례 전쟁을 한 러시아인들은 오스만 제국에 협력한 알바니아인에게 적의를 품고 있었다.

흔히 하는 말처럼 그분은 나에게 욕을 퍼붓고, 퍼붓고, 또 퍼부었지요. 흔히 말하듯 죽어라 욕을 퍼부었답니다. '알바니아 놈'이라느니, '악마'라느니, '시베리아로 보내!'라느니 하면서요." 베르크는 약삭빠르게 웃으며 말했다. "난 내가 옳다는 것을 알기에 침묵합니다. 그렇지 않습니까, 백작? '뭐야, 벙어리냐? 그래?' 그분은 고래고래 소리를 지르기 시작했습니다. 난 계속 침묵하지요. 어떻게 생각합니까, 백작? 다음 날 명령서에는 아무것도 없었습니다. 당황하지 않는다는 것은 바로 그런 뜻이지요. 바로 그런 것이랍니다, 백작." 베르크는 파이프에 불을 붙이고 동그랗게 연기를 뿜으며 말했다.

"그래요, 훌륭하군요." 로스토프가 씩 웃으며 말했다.

그러나 보리스는 로스토프가 베르크를 조롱하려고 하는 것을 알아채고 능숙하게 화제를 다른 쪽으로 돌렸다. 그는 로스토프에게 어디에서 어떻게 부상을 당했는지 이야기해 달라고 부탁했다. 로스토프는 그러한 부탁을 받고 기분이 좋아졌다. 그래서 말문을 열었고, 이야기하는 동안 점점 더 열을 올렸다. 대개 전투에 참가한 사람들이 말하는 바로 그런 방식으로, 즉 그들이 바란 전투대로, 그들이 다른 사람들에게 들은 대로, 이야기로 들려주면 아름답지만 실제와 완전히 다르게 그는 자신의 쇤그라벤 전투를 두 사람에게 들려주었다. 로스토프는 정직한 청년이었다. 어떤 것에 대해서도 일부러 거짓을 말하지는 않았을 것이다. 그는 모든 것을 정확하게 들려줄 의도로 이야기를 시작했지만 미처 알아차리지 못하는 사이에, 자기도 모르게, 스스로를 위해 어쩔 수 없이 거짓으로 넘어가고 말왔다. 만약 그가 그 자신과 마찬가지로 이미 공격에 대한 이야기를 수없이 듣고 공격이 어떤 것인지에 대해 뚜렷한 개념을 세운 이 청중에게, 그리하여 그와 똑같은 이야기를 기대하는 이 청중에게 진실을 말했다면 그들은 믿지 않았을 것이다. 더욱 안 좋은 것은 기병대 공격에 대해 이야기하는 사람들에게 흔히 일어나는 그런 일들이 로스토프에게 일어나지 않은 것을 그의 잘못이라고 생각할지 모른다는 점이었다. 그는 모두들 전속력으로 말을 달리는데 자신은 말에서 떨어져 한쪽 팔을 삐고 프랑스군을 피해 온 힘을 다하여 숲으로 달아났다는 이야기를 솔직히 이야기할 수 없었다. 게다가 모든 것을 있는 그대로 말하기 위해서는 실제 일어난 것만을 말하도록 자신을 억눌러야 했다. 진실을 말하기는 매우 어렵다. 젊은 사람들은 좀처럼 그렇게 못 한다. 그들은 기대했다. 어떻게 그가 자신도 기억하지 못하는 사이에 온통 불길에 휩싸였는지, 어떻게 폭풍처럼 방진을 덮쳤는지, 어떻게 그 속으로 쳐들어가 좌우로 거침없이 적들을 베었는지, 어떻게 기병도가 인육을 맛보았는지, 어떻게 그가 기진맥진하게 되었는지 같은 이야기들을…… 그렇게 그는 그들에게 그 모든 것들을 들려주었다.

이야기가 한창일 때, 로스토프가 "공격하는 동안 얼마나 기묘한 광기를 경험하게 되는지 넌 상상도 못 할 거야."라고 말하는 순간, 보리스가 기다리던 안드레이 볼콘스키 공작이 들어왔다. 보호자처럼 젊은 사람들을 돌봐 주기를 좋아하고 사람들이 자신에게 보호를 호소하는 것에 흡족한 기분을 느끼던 안드레이 공작은 보리스에게 호의를 품고 있었기에 — 보리스는 전날 안드레이 공작의 마음에 드는 데 성공했다 — 이 청년의 바람을 들어주고 싶었다. 쿠투조프가 황태자에게 보내는 서류를 들고 파견 나온 그는 청년만 만나게 되기를 기대하며 그의 방에 들렀다. 방에 들어오다 전투 편력을 늘어놓는 거친 경기병(안드레이 공작이 견디지 못하는 부류의 인간)을 보자 그는 보리스에게 다정한 미소를 던지고는 얼굴을 찌푸리며 실눈을 뜨고 로스토프를 쳐다보았다. 그리고 가볍게 허리를 굽혀 인사한 후 피곤한 기색으로 나른하게 소파에 앉았다. 그는 꼴사나운 모임에 끼게 되어 불쾌했다. 로스토프는 이것을 알아채고 얼굴을 확 붉혔다. 그러나 아무래도 좋았다. 안드레이 공작은 남이었다. 그런데 보리스를 보니 그 역시 거친 경기병을 부끄러워하는 것 같았다. 안드레이 공작의 조롱하는 듯한 불쾌한 태도에도 불구하고, 로스토프가 전투 부대의 시각에서 모든 사령부 부관들 — 분명 지금 들어온 사람도 거기에 속한 것으로 보였다 — 에 대해 품은 전반적인 경멸에도 불구하고 로스토프는 곤혹스러움을 느껴 얼굴을 붉히며 입을 다물었다. 보리스는 사령부에 무슨 새로운 소식이 있는지, 아군의 예정에 대해 어떤 소문이 도는지 무례하지 않게 물었다.

"아마 진격할 겁니다." 볼콘스키는 관계없는 사람이 있는 자리에서는 더 이상 말하고 싶지 않은 듯 이렇게 대답했다.

베르크는 이 기회를 이용하여 소문처럼 이제 전선 부대의 중대장들에게 말먹이 수당이 두 배로 지급되는지 특별히 정중하게 물었다. 그 질문에 안드레이 공작은 그처럼 중요한 국가적 조치에 대해 자기로서는 판단을 내릴 수 없다며 미소 띤 얼굴로 답했다. 그러자 베르크는 기쁜 듯이 껄껄거리며 웃어 댔다.

안드레이 공작은 다시 보리스에게 말을 건넸다. "당신 문제에 대해서는 나중에 이야기합시다." 그리고 로스토프를 돌아보았다. "사열이 끝나고 날 찾아오십시오. 힘닿는 한 무엇이든 해 드리지요."

그러고는 방 안을 쭉 둘러본 후 로스토프를 돌아보았다. 그는 어린아이처럼 당혹스러움을 이기지 못하여 분노하기 시작한 로스토프의 기분을 알아주지 않고 이렇게 말했다.

"쇤그라벤 전투에 대해 이야기하는 것 같던데요? 그곳에 있었습니까?"

"난 그곳에 있었습니다." 로스토프는 마치 이러한 말로 부관에게 모욕이라도 주려는 듯 분노에 찬 음성으로 말했다.

볼콘스키는 경기병의 상태를 알아차렸다. 그것이 우스워 보였다. 그는 다소 경멸하는 듯한 미소를 지었다.

"그렇군요! 요즘 그 전투에 대해 많은 이야기들을 하죠."

"네, 그렇더군요!!" 로스토프는 갑자기 광기에 찬 눈으로 보리스와 볼콘스키를 번갈아 쳐다보며 큰 소리로 말했다. "네, 많은 이야기들이 나오더군요. 하지만 우리 이야기는 적들의 포화 속에 있던 사람들의 이야기입니다. 우리 이야기에는 무게가 있습니다. 아무것도 하지 않고 포상을 받는 사령부 멋쟁이들의 이야기와 다르죠."

"당신이 생각하기에 나는 어느 부류인 것 같습니까?" 안드레이 공작은 침착하고도 유난히 쾌활한 미소를 지으며 말했다.

그 순간 분노와 더불어 이 인물의 침착함에 대한 존경 같은 기묘한 감정이 로스토프의 마음속에서 한데 뒤엉켰다.

"난 당신에 대해 말하는 게 아닙니다. 난 당신을 모릅니다. 솔직히 말해 알고 싶지도 않습니다. 난 사령부 사람들 전반에 대해 말하는 겁니다." 로스토프가 말했다.

"당신에게 이 점을 말해 두고 싶군요." 안드레이 공작은 고요한 위력이 깃든 목소리로 로스토프의 말을 가로막았다. "당신은 나에게 모욕을 주고 싶어 합니다. 나 역시 기꺼이 당신에게 동의합니다만, 그것은 무척이나 쉬운 일일 겁니다. 단, 당신에게 스스로를 존중하는 마음이 충분하지 않다면 말입니다. 하지만 당신도 이 경우에 시간과 장소의 선택이 매우 좋지 않았다는 점을 인정해야 합니다. 며칠 안에 우리 모두는 더 심각하고 큰 싸움터에 있게 될 겁니다. 게다가 나의 용모가 당신 마음에 들지 않는 불행을 안게 된 것은 스스로를 당신의 오랜 친구라고 말하는 드루베츠코이의 잘못이 결코 아니지요. 그러나……." 그는 일어서며 말했다. "당신은 나의 성(姓)도 알고 어디에서 나를 찾아야 할지도 알 겁니다. 하지만 잊지 마십시오." 그는 이렇게 덧붙였다. "난 나 자신도 당신도 모욕을 받았다고 전혀 생각하지 않습니다. 그리고 당신보다 좀 더 나이가 많은 사람으로서 내가 하고 싶은 조언은 이 문제에 뒤끝을 남기지 말라는 것입니다. 그럼 금요일, 사열식 후 당신을 기다리고 있겠습니다. 드루베츠코이, 다음에 봅시다." 안드레이 공작은 이렇게 말을 맺고 두 사람에게 허리를 굽혀 인사하고는 밖으로 나갔다.

로스토프는 안드레이 공작이 이미 나간 후에야 비로소 대답을 해야 했다는 생각을 떠올렸다. 그리고 대답하는 것을 잊었다는 데 더욱더 화가 났다. 로스토프는 즉시 말을 가져오라고 지시했다. 그는 보리스와 무뚝뚝하게 작별 인사를 나누고 자신의 부대로 떠났다. 내일 총사령부에 가서 그 잘난 척하는 부관에게 결투를 신청해야 할까, 아니면 정말로 이 문제를 이렇게 내버려 두어야 할까? 이 문제는 돌아가는 내내 그를 괴롭혔다. 그는 자신의 피스톨 아래에서 그 작고 허약하고 오만한 남자의 공포를 보게 되면 얼마나 기분이 좋을까 하고 적의에 찬 심정으로 생각하다가 자신이 아는 모든 사람들 가운데 자신이 증오하는 이 부관만큼 친구로 삼고 싶었던 사람이 단 한 명도 없었다는 점을 깨달으며 놀라워했다.

# 8

보리스와 로스토프가 만난 그다음 날 오스트리아군과 러시아군의 사열식이 있었다. 러시아군에는 쿠투조프와 함께 전투에서 돌아온 부대뿐 아니라 러시아에서 도착한 원군 부대도 포함되어 있었다. 두 황제, 즉 후계자인 황태자를 거느린 러시아 황제와 대공을 거느린 오스트리아 황제가 8만 연합군의 이 사열을 거행했다.

이른 아침부터 말쑥하게 씻고 몸단장을 한 부대들이 요새 앞 들판에 정렬하기 위해 움직이기 시작했다. 수천 개의 발과 총검이 장교들의 구령에 따라 바람에 펄럭이는 군기와 함께 이동하고, 멈추고, 방향을 바꾸고, 다른 군복 차림의 서로 엇비슷한 다른 보병 부대들을 우회하며 일정한 간격을 두고 정렬했다. 수놓인 파란색, 빨간색, 초록색 군복을 입고 검은색, 적갈색, 회색 말에 올라탄 화려한 기병대들이 자수로 장식한 군악대를 앞세우고서 규칙적인 말발굽 소리와 금속 소리를 냈다. 깨끗하게 닦인 반짝이는 대포들이 포가 위에서 흔들리며 특유의 구리 소리를 내고 화승간(火繩桿)[192]이 독특한 냄새를 풍기는 가운데 포병대들이 보병대와 기병대 사이에 길게 뻗어 천천히 이동하다가 정해진 위치에 자리를 잡았다. 뚱뚱하든 말랐든 허리를 꽉 졸라매고 목덜미가 새빨개질 정도로 옷깃을 세우고 견장과 온갖 훈장을 주렁주렁 달아 완벽하게 예복을 갖춰 입은 장군들, 머리에 포마드를 바르고 한껏 멋을 낸 장교들, 산뜻하게 면도를 하고 깨끗하게 얼굴을 씻고 더이상 광채를 낼 수 없을 만큼 장비를 반질반질하게 닦아 놓은 병사 한 사람 한 사람, 심지어 어찌나 정성껏 손질했는지 털이 새틴처럼 반짝이고 축축하게 젖은 갈기가 한 올 한 올 가지런히 누운 말 한 마리 한 마리에 이르기까지 다들 무언가 진지하고 중요하고 엄숙한 일이 일어나고 있다고 느꼈다. 모든 장교들과 병사들은 자신이 이 인간의 바다에서 한 알의 모래알이라는 것을 인식하며 자신의 보잘것없음을 절감했다. 그와 함께 자신이 이 거대한 전체의 일부라는 것을 인식하며 자신의 강력한 힘을 깨닫기도 했다.

이른 아침부터 긴장에 싸인 분주한 움직임과 노력이 시작되었고, 10시가 되자 모든 것이 그에 요구되는 질서를 갖추었다. 드넓은 들판에 대열이 생겼다. 전 군대가 세 줄로 늘어섰다. 맨 앞에 기병대, 그 뒤에 포병대, 맨 뒤에 보병대가 있었다.

192) 구식 대포의 인화선에 연결된 막대.

각 종류의 부대들 사이에는 마치 도로 같은 것이 생겼다. 이 군대의 세 부분, 즉 쿠투조프 휘하의 전투 부대,(오른쪽 측면의 맨 앞줄에 파블로그라드 연대가 있었다.) 러시아에서 도착한 일반 부대와 근위대, 오스트리아 부대는 서로 뚜렷하게 나뉘었다. 그러나 모두 한 줄로, 동일한 지휘하에 똑같은 순서로 서 있었다.

잎사귀에 이는 바람처럼 흥분 어린 속삭임이 퍼져 나갔다. "온다! 온다!" 두려움 섞인 목소리들이 들리고 마지막 준비를 위한 소동의 물결이 전 부대를 따라 밀려갔다.

그들 앞에 올뮈츠로부터 접근해 오는 무리가 나타났다. 그리고 그 순간 비록 바람이 없는 날이었지만 가벼운 한줄기 바람이 군대를 쓸고 지나가며 창끝의 작은 깃발과 활짝 펼쳐진 채 깃대에서 펄럭이던 군기를 살짝 흔들었다. 이런 가벼운 움직임으로 군대도 다가오는 군주들에 대한 기쁨을 표현하는 듯했다. 하나의 목소리가 들려왔다. "차렷!" 뒤이어 동틀 무렵의 수탉들처럼 여러 목소리들이 구석구석에서 똑같은 말을 되풀이했다. 그러자 모든 것이 잠잠해졌다.

죽음 같은 고요 속에서 오직 말발굽 소리만 들렸다. 황제들의 수행원들이었다. 두 황제가 대열의 측면으로 가까이 다가왔다. 그러자 장군 행진곡을 연주하는 기병 1연대의 나팔 소리가 울려 퍼졌다. 나팔수들이 부는 것이 아니라 군대 스스로가 군주들의 왕림을 기뻐하며 자연스럽게 그 소리를 내는 것 같았다. 이 소리들 가운데 알렉산드르 황제의 젊고 다정한 목소리만이 또렷하게 들려왔다. 그가 인사말을 하자 1연대가

"우라!" 하고 힘껏 외쳤다. 기쁨에 찬 함성이 어찌나 우렁차고 길던지 사람들은 자신들이 이루고 있는 거대한 무리의 크기와 힘에 전율했다.

군주가 가장 먼저 다가간 쿠투조프 부대의 첫 줄에 선 로스토프는 그 부대의 모든 사람들이 경험한 것과 똑같은 감정, 즉자기 망각, 힘에 대한 자랑스러운 자각, 이 승리의 동기가 된이에 대한 열렬한 동경을 맛보았다.

그는 느꼈다. 이 거대한 무리 전체(이것에 결합된 그는 보잘것없는 모래 한 알일 뿐이었다.)가 불과 물로, 범죄로, 죽음으로, 혹은 가장 위대한 영웅적 행위로 뛰어드는 것은 이 사람의 말 한마디에 달렸다고……. 그래서 점점 다가오는 그 말의 형상에몸이 떨리고 심장이 멎는 듯한 기분을 느끼지 않을 수 없었다.

"우라! 우라! 우라!" 사방에서 함성이 울려 퍼졌다. 연대들이 연이어 차례차례 장군 행진곡의 소리로 군주를 맞이했다. 그다음에는 "우라!"와 장군 행진곡, 그리고 또다시 "우라!"와 "우라!"가 울려 퍼졌다. 소리는 점점 더 커지고 높아지다가 고막을 찢는 듯한 커다란 소리로 합쳐졌다.

군주가 가까이 가기 전에는 침묵과 부동자세를 취한 각 연대들이 죽은 몸뚱이처럼 보였다. 그러다 군주가 옆을 지나는순간 연대는 이내 생기를 띠고 큰 소리로 함성을 지르며 군주가 이미 지나친 대열 전체의 포효하는 소리에 합류했다. 이 목소리들이 고막을 찢을 듯한 무서운 소리를 내는 동안 마치 사각형 그대로 돌처럼 굳은 듯 부동자세를 취한 대규모 부대 한가운데로 말을 탄 수행원 수백 명과 그 앞의 두 황제들은 태연하게 비대칭으로, 무엇보다 자유롭게 지나갔다. 이 대규모 사람들 전체의 팽팽하고 조심스러우면서도 열렬한 관심은 온통 그들에게로 쏠렸다.

근위 기병대 군복을 입고 삼각모를 챙부터 눌러쓴 잘생기고 젊은 알렉산드르 황제는 특유의 쾌활한 얼굴과 그리 크지 않은 낭랑한 목소리로 사람들의 주의를 완전히 사로잡았다.

로스토프는 나팔수와 멀지 않은 곳에 서서 예리한 시력으로 멀리에서부터 군주를 알아보고 그가 다가오는 모습을 눈으로 좇았다. 군주가 스무 걸음 정도 떨어진 곳까지 왔을 때, 그리하여 황제의 아름답고 젊고 행복한 얼굴을 세밀한 부분까지 전부 또렷이 보게 되었을 때 로스토프는 이제껏 경험한 적 없는 부드러움과 환희의 감정을 느꼈다. 모든 것, 즉 군주의 모든 생김새와 모든 움직임이 매력적으로 느껴졌다.

파블로그라드 연대 앞에서 말을 멈춘 군주는 오스트리아 황제에게 프랑스어로 뭐라 말하고는 빙그레 미소를 지었다.

그 미소를 본 로스토프는 무심결에 미소 지으며 군주에게 한층 더한 애정을 느꼈다. 자신의 사랑을 군주에게 어떻게든 표현하고 싶었다. 이것이 불가능하다는 것을 알았기에 울고 싶었다. 군주는 연대장을 불러 몇 마디를 건넸다.

'오, 하느님! 폐하께서 나를 향해 말을 걸어 주신다면 나에게 무슨 일이 일어날까! 행복해서 죽을지도 몰라.' 로스토프는 생각했다.

군주는 장교들에게도 말을 걸었다.

"여러분 모두에게 진심으로 고마워하고 있다."(로스토프에게는 말 한 마디 한 마디가 천상의 소리처럼 들렸다.)

지금 당장 차르를 위해 죽을 수만 있다면 로스토프는 얼마나 행복할 것인가!

"자네들은 게오르기 군기[193]를 받았다. 앞으로도 그에 걸맞게 행동하도록!"

'저분을 위해 죽을 수만 있다면, 죽을 수만 있다면!' 로스토프는 생각했다.

군주가 계속 뭐라고 말했지만 로스토프에게는 전혀 들리지 않았다. 병사들은 가슴이 터지도록 힘차게 "우라!" 하고 외치기 시작했다.

로스토프도 안장 쪽으로 몸을 숙이고 있는 힘을 다하여 외쳤다. 군주를 향한 환희를 충분히 표현할 수만 있다면 이러한 외침으로 몸이 상해도 좋다고 생각했다.

군주는 주저하는 듯한 기색으로 경기병들 앞에서 몇 초 동안 서 있었다.

'군주가 어떻게 주저할 수 있을까?' 로스토프는 생각했다. 그러나 로스토프에게는 이런 우유부단함조차 군주의 모든 행동과 마찬가지로 위대하고 매력적으로 보였다.

군주의 우유부단함이 지속된 것은 한순간에 지나지 않았다. 당시의 사람들처럼 앞이 좁고 뾰족한 부츠를 신은 군주의 다리 한쪽이 그가 탄 꼬리를 짧게 자른 밤색 암말의 사타구니에 닿았다. 하얀 장갑을 낀 군주의 손이 고삐를 당기자 군주는

---

193) 무공을 세운 부대에 하사하는 깃발.

무질서하게 이리저리 흔들리는 부관들의 바다와 더불어 움직이기 시작했다. 그는 다른 연대들 옆에 머물다가 점점 멀어져 갔고, 마침내 로스토프에게는 황제를 둘러싼 수행원들 틈으로 군모에 달린 하얀 깃털만 보였다.

로스토프는 수행원들 사이에서 말 위에 나른하고 태평하게 앉은 볼콘스키를 알아보았다. 로스토프의 머릿속에 전날 그와 다툰 일이 떠올랐다. 그에게 결투를 신청해야 할지 말지 의문이 들었다. '물론 그럴 필요는 없지.' 이 순간 로스토프는 생각했다. '그리고 지금 같은 때에 그런 것을 생각하고 말하는 것이 가치 있는 일일까? 사랑과 환희와 자기 부정을 느끼는 이 순간에 우리의 다툼과 울분이 다 무슨 소용이람?! 난 지금 모두를 사랑하고 모두를 용서하겠어.' 로스토프는 생각했다.

군주가 거의 모든 연대를 돌고 나자 군대는 의식 행진을 하며 그의 옆을 지나가기 시작했다. 로스토프는 제니소프로부터 새로 산 베두인을 타고 기병 중대의 끝에서 말을 달렸다. 군주 앞에 혼자 완전히 모습을 드러내게 된 것이다.

뛰어난 기수인 로스토프는 군주에게 이르기 전 베두인에 두 번 박차를 가함으로써 자신의 행복이 베두인의 맹렬한 질주로 — 흥분한 베두인이 흔히 보이는 — 이어지게 만들었다. 자신을 향한 군주의 시선을 느낀 베두인도 거품을 문 낯짝을 가슴팍으로 숙이고 꼬리를 길게 뻗은 채 마치 발이 땅에 닿지 않게 공중을 날 듯이 두 다리를 우아하게 높이 쳐들어 이쪽저쪽 바꾸어 가면서 멋지게 지나갔다.

로스토프는 다리를 뒤쪽으로 젖히고 배를 바짝 붙이고는

말과 하나가 된 자신을 느끼며 제니소프의 말대로 비거먹을 악마처럼 험악하게 찌푸린, 그러면서도 행복한 얼굴을 하고서 군주의 옆을 지나쳤다.

"훌륭해! 과연 파블로그라드 연대야!" 군주가 말했다.

'오, 하느님! 저분이 당장이라도 내게 불속으로 뛰어들라고 분부하신다면 얼마나 행복할까!' 로스토프는 생각했다.

사열식이 끝난 후 새로 도착한 부대의 장교들과 쿠투조프 휘하의 장교들은 여기저기 무리를 지어 포상에 대해, 오스트리아인들과 그들의 군복에 대해, 그들의 전선에 대해, 보나파르트에 대해 이야기를 나누기 시작했다. 특히 에센의 군대도 도착하고 프로이센이 아군의 편을 들게 되면 보나파르트가 얼마나 불리한 상황에 놓일지에 대해 이야기했다.

그러나 어느 무리에서나 가장 많이 화제에 오른 것은 알렉산드르 황제였다. 사람들은 그의 말 한 마디 한 마디, 동작 하나하나를 전하며 열광했다.

모두들 오직 한 가지, 즉 군주의 휘하에서 적군과 싸우러 진격하기만을 기대했다. 다름 아닌 군주의 지휘를 받는다면 상대가 누구든 무찌르지 않을 수 없을 것이다, 로스토프와 장교들 대부분은 사열식을 마치고 그런 생각을 했다.

사열식 후 다들 두 번의 전투에서 이겼을 때보다 더 강하게 승리를 확신하는 듯했다.

# 9

사열식 다음 날 보리스는 가장 좋은 군복을 차려입고 동료 베르크로부터 성공을 기원하는 말을 들으며 올뮈츠로 볼콘스키를 찾아갔다. 볼콘스키의 친절을 이용하여 가장 좋은 직위를, 특히 유력한 인물의 부관 직위 ─ 군대에서 유난히 그의 마음을 끈 ─ 를 마련하고 싶어서였다. '아버지가 수천 루블씩 보내 주는 로스토프라면 누구에게도 고개 숙이고 싶지 않다고, 누구의 하인도 되지 않겠다고 생각할 수 있겠지. 하지만 머리 외에 아무것도 가진 게 없는 나는 반드시 출세해야 해. 그러려면 기회를 놓치지 말고 이용해야 하지.'

그는 그날 올뮈츠에서 안드레이 공작을 만나지 못했다. 그러나 총사령부와 외교 사절단이 머물고 두 황제가 수행원인 궁중 대신들이며 측근들과 함께 지내는 올뮈츠의 광경은 이 최고의 사회에 속하고 싶은 그의 열망을 더욱더 부채질할 뿐이었다.

그는 아무도 몰랐다. 게다가 그가 세련된 근위대 군복을 입고 있어도, 화려한 승용 마차를 타고 깃털 장식과 리본과 훈장을 휘감은 채 거리를 오가는 이 최고 상류층 사람들은 궁내 대신이든 군인이든 할 것 없이 다들 근위대 장교 나부랭이인 그보다 까마득하게 높은 곳에 있어서 그의 존재를 알고 싶어 하지도 않을뿐더러 알아보지도 못하는 것 같았다. 그가 볼콘스키와 면회를 신청한 쿠투조프 총사령관 숙소에서는 모든 부관들, 심지어 졸병들마저 그와 같은 장교들이 이곳에 너무 많이 어슬렁대서 진절머리가 난다는 것을 알려 주고 싶어 하는 눈초리로 그를 바라보았다. 그렇지만, 아니 그 때문에 더욱 그는 다음 날인 15일에 식사를 끝낸 후 다시 올뮈츠로 가서 쿠투조프가 거처하는 집에 들어가 볼콘스키와의 면회를 신청했다. 안드레이 공작은 집에 있었다. 보리스는 큰 홀로 안내되었다. 아마도 예전에는 무도회장이었을 그곳에 이제 침대 다섯 개, 테이블과 의자 같은 다양한 가구, 그리고 클라비코드가 있었다. 문 가까이에는 페르시아풍 할라트를 걸친 부관이 테이블 앞에 앉아 뭔가 쓰고 있었다. 또 한 명은 얼굴이 불그레하고 뚱뚱한 네스비츠키로, 머리를 두 손으로 받친 채 침대에 누워 옆에 걸터앉은 장교와 낄낄거렸다. 세 번째 사람은 클라비코드로 빈의 왈츠를 치고, 네 번째 사람은 그 클라비코드 위에 누워 연주에 맞춰 노래를 불렀다. 볼콘스키는 없었다. 이 부관들 가운데 아무도 보리스를 보고 자세를 바꾸지 않았다. 보리스가 말을 걸자 글을 쓰던 사람은 짜증스럽게 돌아보며 볼콘스키는 당직이니 그를 만나야 한다면 왼쪽에 있는 문을 지나 접견실로 가라고 말했다. 보리스는 고맙다는 말을 하고 접견실로 향했다. 접견실에는 장교들과 장군들이 열 명가량 있었다.

보리스가 들어섰을 때 안드레이 공작은 경멸 어린 표정으로 눈을 가늘게 뜬 채(의무만 아니라면 내가 한순간이라도 당신과 이야기할 일은 없었을 거라고 분명히 말하는 정중하면서도 피곤한 듯한 그 특유의 표정으로) 훈장을 단 늙은 러시아 장군의 말을 듣고 있었다. 장군은 거의 발끝으로 서다시피 하여 부동자세를 취하고는 시뻘건 얼굴에 병사 같은 비굴한 표정을 띠고서 안드레이 공작에게 무언가를 보고하는 중이었다.

"아주 좋습니다. 잠시 기다려 주시겠습니까?" 그는 경멸조로 말하고 싶을 때 그러듯 러시아어를 프랑스어처럼 발음하며 장군에게 말했다. 그러다 보리스를 알아보고는 장군(뭔가 끝까지 더 들어 달라고 애원하며 안드레이 공작 뒤에서 뛰어오는)을 더 이상 상대하지 않고 즐거운 미소를 띤 채 보리스를 돌아보며 고개를 끄덕였다.

그 순간 보리스는 예전에 예감한 것, 즉 규정에 명시되고 자신이 연대에서 알게 된 상하 관계와 규율 외에도 군대에는 보다 본질적인 다른 상하 관계가 있다는 것, 대위인 안드레이 공작이 자신의 즐거움을 위해 준위인 드루베츠코이와 대화하는 편을 더 좋게 여길 때 몸에 꽉 끼는 옷을 입고 얼굴이 시뻘건 장군으로 하여금 정중히 기다리게 만드는 그런 상하 관계가 있다는 것을 분명히 깨달았다. 보리스는 앞으로 규정에 명시된 상하 관계가 아니라 이런 명시되지 않은 상하 관계에 따라 복무하겠다고 어느 때보다 굳게 결심했다. 이 순간 그는 단지 안드레이 공작에게 소개되었다는 이유만으로 다른 경우나 전선에서라면 근위대 준위인 그를 없애 버릴 수도 있었을 장군보다 더 높아진 기분을 느꼈다. 안드레이 공작이 그에게 다가와 손을 잡았다.

"어제 당신이 나를 못 보고 가서 무척 아쉬웠습니다. 난 하루 종일 독일인들과 바쁜 일정을 보냈지요. 바이로터와 함께 부대 배치를 살펴보러 다녔거든요. 독일인들은 꼼꼼히 따지기 시작하면 끝이 없답니다!"

보리스는 안드레이 공작이 누구나 아는 이야기인 양 넌지시 말한 것을 자신도 잘 안다는 듯 빙그레 웃었다. 그러나 그는 바이로터라는 이름도, 심지어 부대 배치라는 용어도 처음 들었다.

"자, 어때요, 친구, 아직도 부관이 되고 싶습니까? 난 그동안 당신 문제를 좀 생각해 보았습니다만."

"네." 보리스는 무엇 때문인지 자기도 모르게 얼굴을 붉히며 말했다. "총사령관님께 부탁해 볼 생각도 했습니다. 쿠라긴 공작님이 총사령관님 앞으로 저에 관해 쓴 편지가 있거든요. 제가 부탁드리려 한 것은 단지……." 그는 변명이라도 하듯 덧붙였다. "근위대가 전투에 나가지 않을까 봐 걱정이 되었기 때문입니다."

"좋아요! 좋아! 모든 것에 대해 함께 상의해 봅시다." 안드레이 공작이 말했다. "다만 이 신사분에 관해 보고하고 오지요. 그러고 나면 난 당신의 차지입니다."

안드레이 공작이 얼굴이 시뻘건 장군에 대하여 보고하러 간 동안 장군 — 명시되지 않은 상하 관계의 유리한 점에 관하여 보리스의 생각에 공감하지 않는 듯 보이는 — 은 부관에게 끝까지 이야기하지 못하게 방해한 이 건방진 준위를 뚫어지게 쳐다보았다. 그가 어찌나 집요하게 보는지 보리스는 그만 거북해지고 말았다. 그는 얼굴을 돌리고 안드레이 공작이 총사령관의 집무실에서 돌아오기를 초조하게 기다렸다.

"실은 당신에 대해 생각해 보았습니다." 그들이 클라비코드가 있는 큰 홀로 왔을 때 안드레이 공작이 말했다. "당신이 총사령관에게 가 보았자 소용없습니다." 안드레이 공작은 말했다. "그는 당신에게 입에 발린 말을 잔뜩 떠벌리고는 식사를 하러 오라고 말할 겁니다.('그런 복종 관계에 따른 근무를 위해서라면 그것도 그다지 나쁘지 않을 텐데.' 하고 보리스는 생각했다.) 그러나 그런 것에서는 더 이상 아무것도 얻을 게 없습니다. 우리 같은 부관과 사령부 소속 장교들이 곧 한 대대를 이룰 테니까요. 하지만 우리가 할 일은 바로 이겁니다. 나에게 훌륭한 친구가 있습니다. 시종무관장이고 멋진 사람이죠. 바로 돌고루코프 공작[194]입니다. 당신이 알 리 없겠지만, 문제는 지금 사령부를 거느린 쿠투조프나 우리 같은 사람들이나 다들 아무것도 아니라는 겁니다. 지금은 모든 것이 군주에게 집중되어 있습니다. 그러니 돌고루코프에게 가 봅시다. 난 그 사람에

194) 세르게이 니콜라예비치 돌고루코프(Sergei Nikolaevich Dolgorukov, 1769~1829). 러시아군 보병대 장교로 스웨덴 전쟁에 참전했다. 1805년부터 1811년까지 주로 외교 사절단으로 활동했고, 1812년 군에 복귀했다.

게 가 봐야 합니다. 그에게 이미 당신에 대해 이야기해 두었습니다. 그가 당신을 자기 옆에 두거나 태양에 더 가까운 저 어딘가에 자리를 마련해 줄 방도를 찾았는지 보러 갑시다."

안드레이 공작은 청년들을 지도하거나 그들의 세속적 성공을 도와야 할 때면 언제나 매우 활기를 띠었다. 긍지 때문에 자신을 위해서는 결코 받지 않을 그런 도움을 다른 사람에게 베푼다는 핑계로 그는 사람들에게 성공을 부여하고 그 자신의 마음을 끌기도 하는 환경을 가까이했다. 그는 아주 기꺼이 보리스를 데리고 돌고루코프 공작에게 함께 갔다.

그들이 두 황제와 그 측근들이 있는 올뮈츠 궁전에 들어선 때는 이미 늦은 밤이었다.

바로 그날 궁정 전쟁 위원회의 모든 위원과 두 황제가 참석한 군사 회의가 있었다. 회의에서는 노장파, 즉 쿠투조프와 슈바르첸베르크 공작[195]의 견해와 반대로 당장 진격하여 보나파르트와 결전을 한다는 결정이 내려졌다. 안드레이 공작이 보리스를 데리고 궁에 들어가 돌고루코프 공작을 찾은 것은 막

---

195) 카를 필리프 슈바르첸베르크(Karl Philipp Schwarzenberg, 1771~1820). 오스트리아 장군. 1788년 기병대에 들어가 프랑스와의 전투 초기에 참전했다. 1805년 울름에서 마크 장군이 적에게 포위되어 항복을 선택했을 때 슈바르첸베르크와 그의 기병대는 프랑스군의 전선을 차단했다. 1808년 페테르부르크 주재 대사로 파견되었다가 바그람 전투에 참전하기 위해 군에 복귀했다. 1810년 오스트리아 공주 마리아 루이자와 나폴레옹의 결혼을 협의하기 위해 파리로 파견되었다. 러시아 원정 때는 마지못해 나폴레옹 휘하에서 지원 부대를 지휘했다. 1813년 오스트리아가 대프랑스 동맹에 재가입하기로 결정한 후 그는 보헤미아군의 총사령관으로 임명되어 라이프치히 전투에서 나폴레옹의 군대를 무찔렀다.

군사 회의가 끝났을 때였다. 총사령부 사람들은 소장파가 승리를 거둔 오늘 군사 회의의 황홀함에 여전히 빠져 있는 상태였다. 진격하지 말고 무언가를 좀 더 기다려 보자고 조언하는 신중파의 목소리는 일방적으로 묵살되고, 그들의 논거는 진격의 유리함에 대한 의심할 여지 없는 증거로써 반박되었다. 그리하여 회의에서 논의된 것들, 즉 미래의 전투와 의심할 여지 없는 승리는 이미 미래가 아니라 과거의 일처럼 보였다. 모든 이점은 아군 편에 있었다. 의심할 여지 없이 나폴레옹의 병력을 능가하는 거대한 병력이 한곳에 집결해 있었다. 군대는 두 황제의 왕림에 고무되었고 전투를 열망했다. 군대를 지휘하는 오스트리아의 장군 바이로터는 전투가 벌어질 전략 지점을 아주 작은 것까지 상세하게 알고 있었다.(다행스럽게도 우연이 이제 곧 프랑스군과 전투를 벌이게 될 바로 그 들판에서 지난해에 오스트리아 군대가 기동 작전 훈련을 하도록 일을 꾸민 듯했다.) 눈앞에 놓인 지형을 아주 상세한 점까지 샅샅이 파악했을 뿐 아니라 지도로도 그려 놓았다. 쇠약해진 보나파르트는 아무것도 할 수 없을 듯했다.

진격을 가장 열렬히 지지하는 사람들 가운데 한 명인 돌고루코프는 이제 막 회의에서 돌아왔다. 그는 피로로 녹초가 되었지만 승리를 거머쥐게 되어 활기차고 당당해 보였다. 안드레이 공작은 자신이 보살피는 장교를 소개했다. 그러나 돌고루코프는 정중히 보리스의 손을 꽉 쥐었을 뿐 아무 말도 하지 않았다. 그 순간 무엇보다 강하게 자신의 마음을 사로잡은 생각을 드러내고 싶어 견딜 수 없었는지 그는 안드레이 공작에게 프랑스어로 말을 건넸다.

"친구, 우리가 얼마나 대단한 격전을 치렀는지 모릅니다! 하느님, 부디 그 결과로 일어날 것도 그처럼 승리를 거두게 해 주소서! 하지만 친구!" 그는 머뭇머뭇하면서도 활기차게 말했다. "난 오스트리아인들 앞에, 특히 바이로터 앞에 나의 죄를 고백해야만 합니다. 얼마나 정확하고 얼마나 세밀하던지요! 지형을 어찌나 잘 알고, 모든 가능성과 모든 조건과 모든 세부적인 것들을 어찌나 잘 내다보던지요! 아닙니다, 친구, 우리가 처한 조건보다 더 나은 것은 일부러 생각해 내려 해도 절대 그렇게 못 합니다. 오스트리아인의 면밀함과 러시아인의 용기가 결합되었어요. 당신은 도대체 뭘 더 바랍니까?"

"그렇다면 진격이 최종적으로 결정된 겁니까?" 볼콘스키가 말했다.

"그게 말이죠, 친구, 내가 보기에는 보나파르트가 확실히 자신의 라틴을 잃은 것 같거든요.[196] 당신도 오늘 황제께 보나파르트의 편지가 전달된 것을 알겠죠." 돌고루코프가 의미심장한 미소를 지었다.

"그런 일이! 보나파르트가 도대체 뭐라고 썼습니까?" 볼콘스키가 물었다.

"무슨 말을 쓸 수 있겠습니까? 이러니저러니 말은 하지만 그저 시간을 버는 게 목적이지요. 당신에게 말해 두는데 그는

---

196) '자신의 라틴을 잃다.'란 프랑스어의 관용적 표현으로 '곤경에 처하다.'라는 뜻이다.

우리 손아귀에 놓여 있어요. 확실합니다! 하지만 무엇보다 우스운 점은……." 그는 갑자기 선량한 웃음을 터뜨리며 말했다. "그에게 보내는 답장에 수신인의 이름을 어떻게 써야 할지 도저히 묘안이 떠오르지 않는다는 겁니다. 총독이 아니라면, 물론 황제도 아니라면 보나파르트 장군이라고 해야 할 것같군요."

"하지만 황제로 인정하지 않는 것과 보나파르트 장군이라부르는 것에는 차이가 있지요." 볼콘스키가 말했다.

"그게 문제입니다." 돌고루코프는 껄껄거리며 안드레이 공작의 말을 가로막고 빠르게 지껄였다. "당신도 빌리빈을 알겠지만 그는 매우 영리한 사람이지요. 그가 수신인 자리에 이렇게 쓰자고 제안했답니다. '왕위 찬탈자이자 인류의 적에게.'"

돌고루코프는 유쾌하게 낄낄거렸다.

"그것뿐입니까?" 볼콘스키가 말했다.

"어쨌든 빌리빈은 수신인을 위한 진지한 직함을 생각해 냈습니다. 그리고 그 기발하고 똑똑한 사람은……."

"뭡니까?"

"프랑스 정부의 정상에게." 돌고루코프 공작은 진지하게, 그러면서도 흡족하게 말했다. "좋지요, 그렇지 않습니까?"

"좋군요. 하지만 그는 아주 싫어할 겁니다." 볼콘스키가 지적했다.

"오, 아주 싫어하겠죠! 내 형이 그를 압니다. 형은 지금의 황제인 그와 파리에서 여러 차례 식사를 했습니다. 그보다 더 치밀하고 교활한 외교가는 본 적이 없다고 말하더군요. 프랑스인의 노련함과 이탈리아인의 연기력이 결합된 거죠. 그와 마르코프 백작 사이의 일화를 압니까? 마르코프 백작은 그를 다룰 줄 아는 유일한 사람입니다. 손수건 이야기를 아는지요? 멋진 이야기랍니다."

그러더니 보리스와 안드레이 공작을 번갈아 쳐다보면서 말 많은 돌고루코프는 보나파르트가 러시아 공사인 마르코프를 시험해 보려고 일부러 그 앞에서 손수건을 떨어뜨리고는 걸음을 멈추고 마르코프에게서 시중을 기대하는 눈치로 쳐다본 일, 마르코프가 즉시 자신의 손수건을 나란히 떨어뜨린 후 보나파르트의 손수건은 줍지 않고 자기 것을 집어 올린 일을 들려주었다.

"멋진데요." 볼콘스키가 말했다. "그런데 사실은 공작, 내가 당신에게 온 것은 이 청년에 대한 청원을 하기 위해서입니다. 알다시피……."

그러나 안드레이 공작이 미처 말을 끝맺기 전에 한 부관이 들어와 돌고루코프에게 황제의 부름을 전했다.

"아, 정말 유감이군요!" 돌고루코프는 황급히 일어나 안드레이 공작과 보리스에게 악수를 청하며 말했다. "당신도 알겠지만 당신을 위해, 그리고 이 잘생긴 청년을 위해 내가 할 수 있는 모든 일을 하게 되어 무척 기쁩니다." 그는 경박함이 뒤섞인 선량하고 진실하고 활기찬 표정으로 한 번 더 보리스의 손을 꽉 잡았다. "하지만 보다시피…… 그럼 다음에 봅시다!"

보리스는 최고 권력에 가까이 있다는 생각으로 흥분했다. 그 순간 자신이 그 최고 권력 안에 있는 듯한 기분을 느꼈다.

그는 이곳에서 대군의 거대한 모든 움직임을 이끄는 원동력과 접촉하고 있음을 인식했다. 연대에 있을 때는 자신이 대군의 작고 순종적이고 보잘것없는 일부로 느껴졌는데 말이다. 그들은 돌고루코프 공작을 뒤따라 복도로 나왔다가 방에서 나오는(돌고루코프가 들어간 군주의 방에서) 평복 차림의 키 작은 사내와 마주쳤다. 턱이 예리한 선을 그리며 앞으로 튀어나온 지적인 얼굴의 사내였다. 그 턱은 외모를 망치기보다 표정에 독특한 생기와 민첩함을 더했다. 그 키 작은 사내는 가까운 사이인 양 돌고루코프에게 고개를 끄덕이고는 안드레이 공작 쪽으로 똑바로 걸어오며 냉정한 시선으로 유심히 쳐다보았다. 아마도 안드레이 공작이 고개 숙여 인사하거나 길을 양보해 주기를 기대하는 듯했다. 안드레이 공작은 어느 것도 하지 않았다. 그의 얼굴에 적의가 떠올랐고, 젊은 남자는 얼굴을 휙 돌리며 복도의 가장자리로 지나갔다.

"누구입니까?" 보리스가 물었다.

"가장 뛰어난 인물들 가운데 한 명이지만 나에게는 가장 불쾌한 사람들 가운데 한 명이지요. 외무 대신인 아담 차르토리스키 공작[197]입니다."

"바로 저런 사람들이죠." 궁전에서 나올 때 볼콘스키는 탄

---

197) 아담 아다모비치 차르토리스키(Adam Adamovich Czartoryski, 1770~1861). 폴란드 공작. 리투아니아-폴란드의 야겔론 왕조 후손이다. 알렉산드르 1세의 가까운 친구였고, 1804년부터 1806년까지 러시아의 외무 대신을 역임했으며, 알렉산드르 1세를 설득하여 폴란드 왕국을 부흥시키려고 시도했다.

식을 억누르지 못하고 말했다. "바로 저런 사람들이 여러 민족들의 운명을 결정한답니다."

다음 날 군대는 진군을 시작했다. 보리스는 아우스터리츠 전투 때까지 볼콘스키에게도, 돌고루코프에게도 들르지 못하고 한동안 이즈마일로프 연대에 계속 머물렀다.

# 10

16일 새벽 니콜라이 로스토프가 복무하는, 그리고 바그라 치온 공작의 부대에 속한 제니소프의 기병 중대는 흔히 말하 듯 숙소에서 전장으로 이동했다. 그들은 다른 종대들 뒤에서 1베르스타 정도 나아가다가 큰길에서 행군을 멈췄다. 로스토 프는 코사크들, 기병 1중대, 기병 2중대, 보병 대대들과 포병 대가 옆을 지나쳐 전진하고 바그라치온 장군에 이어 부관을 거느린 돌고루코프가 말을 타고 지나가는 것을 보았다. 예전 처럼 그가 전투를 앞두고 경험한 모든 두려움, 이 두려움을 극 복하는 수단이 된 모든 내적 싸움, 이 전투에서 경기병으로서 어떻게 두각을 드러낼 것인가에 대한 모든 공상이 다 허사가 되고 말았다. 그들의 기병 중대는 예비 부대로 남겨졌고, 니콜 라이 로스토프는 그날 하루를 따분하고 우울하게 보냈다. 오 전 8시부터 9시 사이에 앞쪽에서 사격 소리와 "우라!" 하는 함성 소리를 들었고, 뒤쪽으로 실려 가는 부상병들(그들의 수는 많지 않았다.)을 보았고, 마침내 프랑스 기병의 한 부대 전체가 수백 명의 코사크들에게 포위되어 끌려가는 것을 보았다. 전투는 끝난 듯했다. 비록 크지는 않지만 성공적인 전투로 보였다. 되돌아오는 병사들과 장교들은 눈부신 승리에 대해, 비샤우시를 점령하고 프랑스군 기병 중대 하나를 생포한 것에 대해 지껄였다. 밤의 혹독한 추위가 물러간 후 날은 맑게 개고 햇빛이 비쳤다. 가을날의 즐거운 빛이 승리에 대한 소식과 어우러졌다. 전투에 참가한 사람들의 이야기뿐 아니라 로스토프 옆을 지나 전장으로 떠났다가 돌아오는 병사들, 장교들, 장군들, 부관들의 기쁜 표정이 그 소식을 전하고 있었다. 전투에 앞서 일어나는 모든 두려움을 부질없이 겪으며 이 즐거운 하루를 아무것도 하지 않고 보낸 로스토프의 마음은 그만큼 더욱 미어지듯 아렸다.

"고스토프, 이기 와, 슬픔을 곱씹으며 술이나 마시자!" 길가에 앉은 제니소프가 작은 물통과 자쿠스카를 앞에 놓고 외쳤다.

장교들이 제니소프의 휴대용 식량 가방 주위에 둥글게 모여 음식을 먹으며 떠들어 댔다.

"저기 또 한 놈 끌고 온다!" 장교들 가운데 한 명이 코사크 두 명에게 끌려 걸어오는 프랑스군 용기병 포로를 가리키며 말했다.

두 코사크 가운데 한 명은 포로에게서 빼앗은 키가 크고 아름다운 프랑스 말의 고삐를 끌고 갔다.

"말을 팔아!" 제니소프가 코사크에게 소리쳤다.

"좋습니다, 장교님."

장교들은 일어서서 코사크들과 프랑스인 포로를 에워쌌다. 프랑스 용기병은 독일어 억양으로 프랑스어를 말하는 알자스 지방의 젊은 사내였다. 그는 흥분으로 숨을 헐떡이기 시작했고, 얼굴은 새빨개졌다. 프랑스어를 들은 그는 이 사람 저 사람을 쳐다보며 장교들에게 빠른 속도로 말했다. 나는 어쩌면 잡히지 않았을지도 모른다, 내가 잡힌 것은 나 자신의 잘못이 아니라 나에게 말 덮개를 가져오라고 보낸 하사의 잘못이다, 나는 그 하사에게 러시아군이 이미 저기까지 왔다고 말했다. 그는 그렇게 지껄였다. 그러더니 모든 사람에게 "제 어린 말을 불쌍히 여겨 주십시오."라고 덧붙이고는 말을 어루만졌다. 자신이 어디에 있는지 잘 모르는 것 같았다. 그는 붙잡힌 것에 대해 변명하기도 하고, 눈앞에 상관이 있다고 생각하며 군인으로서 자신의 성실함과 꼼꼼함을 과시하기도 했다. 그는 프랑스 군대의 생기 넘치는 분위기를 아군의 후위대에 몰고 왔다. 아군에게는 너무나 낯선 것이었다.

코사크들은 금화 두 개를 받고 말을 넘겨주었다. 집에서 돈을 받아 요사이 장교들 가운데 가장 넉넉하던 로스토프가 그 말을 샀다.

"제 어린 말을 불쌍히 여겨 주십시오." 말이 경기병에게 건네지자 알자스 남자는 로스토프를 향해 선량하게 말했다.

로스토프는 빙그레 웃으며 용기병을 안심시키고 그에게 돈을 건넸다.

"알료, 알료!" 코사크 한 명이 포로의 팔을 잡고는 앞으로 계속 가라고 재촉하며 말했다.

"폐하다! 폐하!" 갑자기 경기병들 사이에서 소리가 들렸다.

모두들 서둘러 달리기 시작했다. 로스토프는 뒤쪽 길에서 하얀 깃털 장식이 달린 군모를 쓴 몇 사람이 말을 타고 다가오는 것을 보았다. 다들 곧 제자리로 돌아가 기다렸다.

로스토프는 자신이 어떻게 제자리로 달려와 말에 올라탔는지 기억하지도 느끼지도 못했다. 전투에 참가하지 못한 애석함과 싫증 난 얼굴들 틈에서 느끼던 지루한 기분이 순식간에 없어지고, 자신에 대한 온갖 상념들도 순식간에 사라졌다. 그는 군주가 가까이 온다는 사실에서 비롯된 행복한 감정에 푹 빠져 있었다. 그는 이렇듯 군주와 가까이 있는 것만으로도 그날의 손실을 보상받은 듯한 기분을 느꼈다. 고대하던 만남을 드디어 얻어 낸 연인처럼 행복했다. 대열 속에서 감히 주위를 돌아볼 엄두도 못 냈고 또 돌아보지도 않았지만 로스토프는 황홀에 겨운 감각으로 그의 접근을 느꼈다. 다가오는 기마 행렬의 말발굽 소리 때문만은 아니었다. 군주가 다가옴에 따라 주위의 모든 것이 더 환하고 더 기쁘고 더 의미심장하고 더 흥겨워졌기에 느꼈던 것이다. 이 태양은 부드럽고도 장엄한 광선을 주위에 뿌리며 로스토프 쪽으로 점점 더 가까이 다가왔다. 로스토프는 어느새 그 광선에 휩싸인 것을 느꼈고, 그의 목소리, 그 다정하고 평온하며 장엄하면서도 그만큼이나 소탈한 목소리를 들었다. 로스토프의 기분을 고려하면 당연한 일이지만 죽음 같은 고요가 찾아왔다. 그런 고요 속에서 군주의 목소리가 울려 퍼졌다.

"파블로그라드 경기병들인가?" 그가 뭔가 묻고 싶은 듯 말했다.

"예비 부대입니다, 폐하!" 누군가의 목소리가 대답했다. "파블로그라드 경기병들인가?" 하는 인간을 초월한 존재의 목소리 다음에 들렸기에 그 목소리는 그만큼 더 인간적이었다.

군주가 로스토프 옆에 나란히 섰다. 알렉산드르의 얼굴은 사흘 전의 사열식 때보다 더욱 매력적이었다. 그 얼굴은 열네 살 어린아이의 활발함을 떠올리게 하는 명랑함과 젊음으로, 그것도 티 없는 순수한 젊음으로 환하게 빛났다. 그러면서도 엄연히 위대한 황제의 얼굴이었다. 기병 중대를 우연히 돌아보던 군주의 눈이 로스토프의 눈과 마주쳤고 겨우 이 초 동안 머물렀다. 로스토프의 마음속에서 일어나는 것을 전부 알아차렸든 아니든(로스토프에게는 그가 모든 것을 아는 것처럼 느껴졌다.) 그는 하늘빛 눈동자로 로스토프의 얼굴을 이 초 동안 바라보았다.(그의 두 눈에서 부드럽고 온화한 빛이 흘러나왔다.) 그러고는 갑자기 눈썹을 치켜 올리며 왼발로 단호하게 말을 차더니 앞으로 질주하여 달려갔다.

전위 부대의 사격 소리를 들은 젊은 황제는 전장에 있고 싶은 마음을 억누를 수 없어 12시 무렵 궁정 신하들의 간언에도 아랑곳하지 않고 자신과 함께 움직이던 3종대에서 떨어져 나와 전위 부대 쪽으로 말을 몰았다. 그가 미처 경기병들에게 이르기 전에 부관 몇 명이 전투의 성공적인 결과에 대한 소식을 가지고 그를 맞이했다.

프랑스군의 한 기병 중대를 사로잡은 것에 불과한 전투가 프랑스군에 대한 눈부신 성공처럼 묘사되었기에, 특히 전장에 화약 연기가 흩어지지 않고 남아 있는 동안에는 군주와 군대 전체가 프랑스군이 패배하여 어쩔 수 없이 후퇴하는 중이라고 믿었다. 군주가 지나가고 나서 몇 분 후 파블로그라드 대대는 전진 명령을 받았다. 자그마한 독일 도시인 비샤우에서 로스토프는 군주를 한 번 더 만났다. 군주가 도착하기 전까지 꽤 격렬한 교전이 있었던 도시의 광장에는 미처 수송되지 못한 사상자 몇 명이 널브러져 있었다. 문관과 무관 수행원들에게 둘러싸인 군주는 사열식 때와 다르게 영국풍으로 꼬리를 짧게 자른 적갈색 암말을 타고 있었다. 그는 비스듬히 몸을 구부린 채 금으로 된 오페라글라스를 우아한 몸짓으로 눈가에 대고서 군모도 없이 피투성이 머리를 드러낸 채 엎어져 있는 병사를 바라보았다. 부상당한 병사가 어찌나 더럽고 추하고 역겨웠던지 로스토프는 그 병사가 군주와 가까이 있다는 사실에 모욕을 느꼈다. 로스토프는 마치 한기가 휩쓸고 지나간 듯 군주의 구부정한 등이 부르르 떨리는 것을, 그의 왼발이 경련하듯 박차로 말의 옆구리를 차는 것을 보았다. 이런 데 익숙한 말은 무심하게 주위를 둘러볼 뿐 제자리에서 꼼짝도 하지 않았다. 말에서 내린 부관들이 병사의 두 팔을 부축하여 방금 나타난 들것에 눕혔다. 병사가 신음했다.

"더 천천히, 더 천천히, 제발 더 천천히 할 수 없겠나?" 죽어 가는 병사보다 더 고통스러운 듯 군주는 이렇게 중얼거리고는 말을 몰고 그 자리를 떠났다.

로스토프는 군주의 눈에 고인 눈물을 보았고, 군주가 그곳을 떠나며 차르토리스키에게 프랑스어로 하는 말을 들었다.

"전쟁이란 얼마나 끔찍한가! 정말 끔찍하군! 전쟁은 정말 끔찍해!"

온종일 양쪽 군대가 서로 지극히 미미한 사격을 가한 끝에 적은 아군에게 그들의 자리를 넘겼고, 전위 부대는 적의 산병선이 보이는 비샤우 앞쪽에 주둔하게 되었다. 군주는 전위 부대에 감사를 표명하고 포상을 약속했으며 병사들에게 보드카를 평소보다 두 배로 지급했다. 야영지의 모닥불은 지난밤보다 더 경쾌한 소리를 내며 타올랐고 병사들의 노래도 더 명랑하게 울려 퍼졌다. 제니소프는 이날 밤 소령으로 승진한 데 대해 축하연을 베풀었다. 이미 꽤 취한 로스토프는 술자리가 파할 무렵 군주의 건강을 위해 건배를 제안했다. 그는 말했다. "하지만 장교들이 만찬에서 하는 대로 '황제 폐하의 건강을 위해서'가 아니라 '선하고 매력적이고 위대한 인간이신 폐하의 건강을 위해서'야. 그분의 건강과 프랑스군에 대한 확실한 승리를 위해 다 같이 마시자!"

"지금까지 싸우는 동안 우리는 쉰그라벤에서처럼 프랑스군에게 조금도 양보를 한 적이 없는데 그분이 직접 선두에 서신다면 어떻게 될까? 우리 다 함께 죽자. 그분을 위해 기쁜 마음으로 죽자. 여러분, 그럴 거지? 어쩌면 내가 제대로 말을 못했는지도 모르지. 술을 많이 마셔서 말이야. 하지만 내 기분은 그래. 자네들도 마찬가지겠지. 알렉산드르 1세[198]를 위하여!

---

198) 알렉산드르 1세(Aleksandr Pavlovich Romanov, 1777~1825)는 아버

우라아!"

"우라!" 장교들의 열렬한 목소리가 울려 퍼졌다.

늙은 기병 대위 키르스텐도 스무 살인 로스토프 못지않게 진심으로 열렬하게 외쳤다.

장교들이 술을 마신 후 각자 자신의 잔을 깨뜨리자[199] 키르스텐은 다른 잔에 술을 가득 따랐다. 희끗한 수염을 길게 기른 그는 루바시카와 승마 바지만 입은 차림으로 한 손에 잔을 들고 병사들의 모닥불로 다가가더니 앞 단추를 푼 루바시카 사이로 허연 가슴을 드러낸 채 불빛 속에 위풍당당한 자세로 서서 한 손을 치켜 올리고 흔들었다.

"젊은이들, 황제 폐하의 건강을 위해, 적에 대한 승리를 위해, 우라아!" 그는 용맹한 노병다운 특유의 굵은 저음으로 외쳤다.

경기병들은 한자리에 모여들어 사이좋게 커다란 함성으로 답했다.

밤이 이슥하여 다들 뿔뿔이 흩어지자 제니소프는 짤막한 손으로 자신이 좋아하는 로스토프의 어깨를 가볍게 두드렸다.

"원정 중에 사랑할 사람이 없어 차그를 사랑하게 되었나 보

---

지인 파벨 1세가 암살당한 후 1801년 왕위에 올랐다. 그는 자유주의 개혁의 정신을 품고 치세를 시작했다. 그러나 이후 보수주의자들이 정책을 좌지우지하게 내버려 두었으며, 1815년에는 프로이센, 오스트리아, 러시아의 신성 동맹을 구축하여 유럽에 확산되고 있던 혁명적이고 자유주의적인 이념을 차단하고자 했다.

199) 러시아에서는 중요한 서약을 하거나 작별을 할 때 악운을 쫓는 의식으로서 함께 술을 마신 후 빈 술잔을 바닥에 던져 깨뜨린다.

군." 그가 말했다.

"제니소프, 그런 식으로 농담하지 마." 로스토프가 소리쳤다. "그건 아주 고귀하고 아주 아름다운 감정이란 말이야. 아주……."

"알아, 안다니까, 친구. 나도 동감이야. 동의한다고."

"아냐, 자넨 몰라!"

그러더니 벌떡 일어나 모닥불 사이를 이리저리 헤매면서 로스토프는 목숨을 부지하기보다(그런 것은 감히 상상할 수도 없었다.) 군주의 눈앞에서 죽는다면 얼마나 행복할지 상상했다. 그는 정말로 차르를, 러시아군의 영광을, 미래의 승리에 대한 희망을 사랑하게 된 것이다. 그리고 아우스터리츠 전투를 앞둔 잊지 못할 며칠 동안 그런 감정을 느낀 것은 로스토프만이 아니었다. 비록 덜 열광적이긴 했지만 그때 러시아군에서 열 명 가운데 아홉 명은 차르와 러시아군의 영광을 사랑하게 되었다.

# 11

다음 날 군주는 비샤우에 머물렀다. 궁중 의사 빌리에는 여러 차례 군주에게 불려갔다. 군주의 건강이 좋지 않다는 소식이 총사령부와 근처의 가까운 부대들에 퍼졌다. 측근들이 하는 말에 따르면 군주는 아무것도 먹지 않았고, 그날 밤 잠도 제대로 이루지 못했다고 했다. 그 병의 원인은 사상자들의 모습이 군주의 다감한 영혼에 불러일으킨 강렬한 인상이었다.

17일 새벽 한 프랑스 장교가 최전선으로부터 급파되었다. 그는 휴전 깃발을 들고 와서 러시아 황제와 면담을 요청했다. 그 장교는 사바리[200]였다. 군주가 막 잠들었기에 사바리는 기다려야 했다. 정오 무렵 그는 군주를 알현하도록 허락받았고, 한 시간 후 돌고루코프 공작과 함께 프랑스군의 최전선으로 떠났다.

소문에 따르면 사바리를 파견한 목적은 평화 조약을 제안하고 알렉산드르 황제와 나폴레옹의 회담을 제의하는 것이었다. 사적인 회담은 거부되었고, 전 군대는 이에 기쁨과 긍지를 느꼈다. 그리고 군주 대신 돌고루코프 공작이 비샤우 전투의 승리자로서 나폴레옹과 교섭하기 위하여 ─ 이 교섭이 기대와 달리 평화 조약에 대한 진정한 갈망을 목적으로 삼는 한에서 ─ 사바리와 함께 파견되었다.

돌고루코프는 저녁에 돌아와 군주에게로 곧장 가서 오랫동안 단둘이 있었다.

11월 18일과 19일 군대는 두어 차례 더 앞으로 이동했다. 그리고 짧은 사격이 몇 차례 오간 끝에 적의 최전선은 퇴각했다. 19일 정오부터 군대의 최고 수뇌부에서 매우 분주하고 흥분된 움직임이 일었고, 그것은 다음 날, 즉 그 잊지 못할 아우스터리츠 전투가 일어난 11월 20일 아침까지 계속되었다.

19일 정오까지 움직임, 활기찬 대화, 떠들썩함, 부관들의 파견 등은 황제들의 사령부에만 한정되었다. 그러나 그날 정오 이후 쿠투조프의 사령부와 종대 지휘관들의 참모부에도 움직임이 전해졌다. 저녁 무렵에는 부관들을 통하여 이 움직임이 군대 전체에 구석구석 퍼져 나갔다. 19일에서 20일에 걸친 밤 동안에 8만 대군의 연합군은 숙영지를 벗어나 웅성웅성

---

200) 안느 장 마리 르네 사바리(Anne Jean Marie René Savary, 1774~1833). 프랑스의 군인이자 외교관. 드셰 휘하에서 이집트 원정과 마렝고 전투에 참전했다. 부르봉 왕가의 후예인 앙기앵 공작의 살해에 가담했고, 1808년 뮈라와 함께 에스파냐에서 싸웠다. 나폴레옹의 부관이 되어 외교 업무와 경찰 업무를 담당했다. 워털루 전투 이후 나폴레옹을 보좌하여 영국으로 갔으나 세인트헬레나섬까지는 동반이 허락되지 않아 나폴레옹을 따르지 못했다.

떠들고 파도처럼 굽이치면서 마치 9베르스타에 이르는 거대한 삼베처럼 움직이기 시작했다.

이른 아침 두 황제의 사령부에서 시작하여 이후의 모든 움직임에 자극을 준 응축된 움직임은 커다란 시계 탑에 있는 중간 바퀴의 첫 운동과 비슷했다. 바퀴 하나가 천천히 움직이자 두 번째 바퀴와 세 번째 바퀴가 돌고, 뒤이어 다른 바퀴들과 도르래와 톱니바퀴가 점점 더 빠르게 돌아가고, 음악이 울리면서 인형들이 튀어나오고, 시곗바늘이 운동의 결과를 드러내며 규칙적으로 움직이기 시작했다.

시계와 마찬가지로 전투의 메커니즘에서도 일단 운동이 주어지면 그 운동은 최후의 결과에 이르기까지 억제되지 않으며, 아직 전투에 이르지 않은 메커니즘의 부분부분들은 심지어 운동이 전달되기 일 분 전까지도 무심하게 꼼짝을 하지 않는다. 톱니들이 서로 맞물리며 바퀴들이 축 위에서 끽끽 소리를 내고 도르래들이 회전하며 빠른 속도 때문에 쉭쉭 소리를 내지만, 인접한 바퀴들은 꼼짝 않고 100년이라도 기꺼이 버티겠다는 듯 여전히 조용하게 가만히 있는다. 그러나 어느 순간이 오면 지렛대가 걸리고, 바퀴가 운동에 순종하여 삐걱거리며 돌아가기 시작하고, 스스로 그 결과와 목적을 헤아릴 수 없는 하나의 운동으로 합쳐진다.

시계에서 무수히 많은 각양각색의 바퀴들과 도르래들이 복잡하게 움직인 결과가 그저 시간을 가리키는 느리고 규칙적인 시곗바늘의 운동에 불과하듯 이 16만 명의 러시아인과 프랑스인이 만드는 인간의 모든 복잡한 움직임들, 즉 이 사람들의 모든 열정과 열망과 후회와 모욕과 고통과 자존심의 폭발과 공포와 희열의 결과는 이른바 '세 황제의 전투'[201]라 불리는 아우스터리츠 전투의 패배, 다시 말해 인류 역사의 숫자판 위에서 세계사의 시곗바늘이 느리게 이동한 것에 불과하다.

안드레이 공작은 이날 당직이어서 총사령관 옆에 계속 붙어 다녔다.

오후 5시가 지난 후 쿠투조프는 황제들의 사령부에 가서 군주와 잠시 시간을 보내고 궁내 대신인 톨스토이 백작에게 들렀다.

볼콘스키는 이 기회를 이용하여 사태를 상세히 알아보기 위해 돌고루코프를 찾았다. 안드레이 공작은 쿠투조프가 무엇 때문인지 실망하고 불만스러워한다는 것, 사령부에서도 그에게 불만을 품고 있다는 것, 황제의 사령부에 있는 모든 이들이 다른 사람은 모르는 어떤 것을 안다는 듯한 태도로 그를 대하는 것을 느꼈다. 그래서 그는 돌고루코프와 잠시 이야기를 나누고 싶었다.

"아, 안녕하십니까, **친구**." 돌고루코프가 말했다. 그는 앉아서 빌리빈과 차를 마시는 중이었다. "축하연은 내일입니다. 당신의 노인장은 어떻습니까? 기분이 안 좋던가요?"

"기분이 안 좋다고는 할 수 없어도 사람들이 자신의 말을 끝까지 들어 주었으면 하고 바라시는 듯합니다."

---

201) 나폴레옹은 1805년 아우스터리츠 전투에서 오스트리아와 러시아의 연합군을 격파했다. 이때 나폴레옹, 알렉산드르 1세, 프란츠 1세가 전부 전장에 있었기 때문에 아우스터리츠 전투는 '세 황제의 전투'라고도 불린다.

"다들 군사 회의에서 그 노인네의 말을 들었습니다. 그분이 진실을 말하는 한 다들 들을 겁니다. 하지만 보나파르트가 결전을 가장 두려워하는 지금 늦장을 부리고 무언가를 기다린다는 것은 불가능합니다."

"참, 당신은 그를 봤지요? 저, 보나파르트는 어떤 사람입니까? 어떤 인상을 주던가요?" 안드레이 공작이 말했다.

"네, 보았습니다. 그리고 그가 세상에서 가장 두려워하는 것이 결전이라는 점을 확인했습니다." 돌고루코프는 나폴레옹과의 만남에서 끌어낸 이 전반적인 결론을 대단한 것으로 여기는 듯 거듭 말했다. "그가 전투를 두려워하는 것이 아니라면 무엇 때문에 이런 회담을 요청하고, 교섭을 하고, 무엇보다 후퇴를 하는 걸까요? 후퇴는 전쟁을 수행하는 그의 모든 방식과 정반대인데 말입니다. 나를 믿어 주십시오. 그는 두려워하고 있어요. 결전을 두려워합니다. 그에게 최후의 순간이 온 거예요. 이게 내가 당신에게 하려는 말입니다."

"그래도 말씀해 주십시오. 그는 어떻던가요, 어떤 사람이던가요?" 안드레이 공작이 다시 물었다.

"회색 프록코트를 입은 사람, 내가 '폐하'라고 불러 주기를 몹시 바랐지만 원통하게도 나에게서 아무런 칭호도 듣지 못한 사람입니다. 이것이 그가 어떤 사람이냐에 대한 대답이에요. 그 이상 아무것도 아닙니다." 돌고루코프는 미소 띤 얼굴로 빌리빈을 돌아보며 대답했다.

"난 연로한 쿠투조프를 더할 나위 없이 존경합니다. 그러나 지금 나폴레옹이 확실하게 우리 손아귀에 있는데도 무언가를 기다리고 그로 인해 그에게 달아나거나 우리를 기만할 기회를 준다면, 우리 모두에게 좋을 리가 있습니까? 아뇨, 수보로프와 그의 원칙을 잊어서는 안 됩니다. 공격받을 위치에 있지 말고 직접 공격할 것. 그렇고말고요. 전쟁에서는 젊은 사람들의 에너지가 종종 늙은 쿤크타토르[202]들의 모든 노련함보다 더 확실하게 길을 가리키지요."

"하지만 도대체 어느 위치에서 그를 공격한단 말입니까? 나는 오늘 최전선에 다녀왔는데 그가 주력 부대와 함께 어디에 있을지 판단할 수 없었습니다." 안드레이 공작이 말했다.

그는 돌고루코프에게 자신이 세운 공격 계획을 말해 주고 싶었다.

"아, 그런 것은 정말이지 아무래도 상관없습니다." 돌고루코프는 자리에서 일어나 테이블 위에 지도를 펼치며 빠르게 지껄였다. "모든 가능성을 예상해 두었으니까요. 그가 브륀에 있다면……."

그러더니 돌고루코프 공작은 바이로터의 측면 이동 계획에 대해 빠른 속도로 불분명하게 떠들어 댔다.

안드레이 공작은 반박하며 자신의 계획을 주장하기 시작했

---

202) cunctator. 로마의 장군인 파비우스에게 붙여진 별명이었다. 라틴어 cunctatio, 즉 늦장, 지연 등을 뜻하는 단어에서 파생한 명사로 '늦장부리는 사람'이란 뜻이다. 이런 별명을 얻은 것은 파비우스가 로마로 진격할 때 카르타고의 장군 한니발과 직접 맞서기를 피하는 전술을 구사했기 때문이다. 러시아군과 오스트리아군의 장군들은 쿠투조프를 '쿤크타토르'라는 별명으로 지칭하곤 했다.

다. 그것은 바이로터의 계획 못지않게 훌륭했을지 모르지만 바이로터의 계획이 이미 승인되었다는 사실은 안드레이 공작의 계획에서 결점으로 작용했다. 안드레이 공작이 바이로터의 계획이 지닌 단점과 자신의 계획이 지닌 장점을 증명하려 들자마자 돌고루코프 공작은 더 이상 듣지 않고 지도가 아닌 안드레이 공작의 얼굴을 멍하니 바라보았다.

"어쨌든 오늘 쿠투조프의 거처에서 군사 회의를 할 예정입니다. 당신은 이 모든 것을 그 자리에서 말할 수 있을 겁니다." 돌고루코프가 말했다.

"그렇게 하겠습니다." 안드레이 공작은 지도에서 물러나며 말했다.

"그런데 여러분, 무엇에 대해 걱정하는 겁니까?" 지금까지 유쾌한 미소를 지으며 그들의 이야기를 듣고 있던 빌리빈이 이제 농담을 하려는 듯한 태도로 입을 열었다. "내일 승리하든 패배하든 러시아군의 영광은 보장되어 있습니다. 당신들의 쿠투조프 외에는 종대에 러시아 지휘관이 한 명도 없으니까요. 지휘관들은 빔프펜 장군,[203] 랑즈롱 백작,[204] 리히텐슈타

---

203) 막시밀리안 폰 빔프펜(Maximilian von Wimpfen, 1770~1818). 오스트리아 장군. 이탈리아 원정에 참전하여 프랑스군과 싸웠고, 아르콜레 전투에도 참가했다. 1805년 리히텐슈타인 휘하에서 아우스터리츠 전투에 참가했다. 1813년 오스트리아가 대프랑스 동맹에 합류하자 라이프치히 전투에 참가했으며, 원수로 임명되었다.

204) 가스파르 루이 앙드로 랑즈롱(Gaspard Louis Andrault Langeron, 1763~1831). 프랑스 혁명 후 오스트리아로 이민을 가서 오스트리아군에 들어갔고, 1790년 러시아군에 들어갔다. 이즈마일의 함락에 참여했다. 아우

인 대공,[205] 호겐로에 공작, 또 프르슈…… 프르슈…… 등등입니다. 폴란드 이름이 다 그렇죠."(프랑스어와 독일어 혼용)

"그만하십시오. 입이 험하시군요." 돌고루코프가 말했다. "그렇지 않습니다. 이제 러시아 지휘관이 둘이나 있어요. 밀로라도비치와 도흐투로프죠. 세 번째로 아락체예프 백작[206]도 있지만 그 사람은 신경이 허약해서 말이죠."

"그런데 미하일 일라리오노비치가 나오신 것 같군요." 안드레이 공작이 말했다. "행운과 성공을 기원합니다, 여러분." 그는 돌고루코프와 빌리빈과 악수를 하고는 이렇게 덧붙이며 밖으로 나왔다.

숙소로 돌아오는 길에 안드레이 공작은 옆에서 말없이 앉아 있는 쿠투조프에게 내일의 전투에 대하여 어떻게 생각하

---

스터리츠 전투에서 쿠투조프와 나란히 1개 사단을 지휘했으며, 베료지나 전투에도 참전했다. 이후 유럽 원정에도 참가했다.

205) 신성 로마 제국 치하에서 리히텐슈타인 공국을 다스린 마지막 리히텐슈타인 대공이다. 오스트리아군의 총사령관이었고, 이후 나폴레옹과의 평화 조약을 주도했다. 빈 의회는 리히텐슈타인 공국의 독립을 선언했다.

206) 알렉세이 안드레예비치 아락체예프(Aleksei Andreevich Arakcheev, 1769~1834). 파벨 1세와 알렉산드르 1세의 치세 동안 장군과 정치가로서 활동했다. 파벨의 치세 동안에 러시아군 전체를 재편성하는 임무를 맡았고, 알렉산드르 1세 즉위 후에는 포병대의 감찰 총감이 되어 포병대를 재편성했다. 포병대의 재편성은 1812년 전쟁에서 러시아가 승리하는 데 큰 역할을 했다. 그는 대체로 알렉산드르 1세가 추진하려던 자유주의적인 행정과 헌정 개혁에 반대했으나 알렉산드르 1세로부터 커다란 신임을 받았다. 이후 알렉산드르가 외교 문제에만 거의 전적으로 몰두하자 그는 내정 운영의 책임을 맡았다. 그가 러시아의 내정을 좌우하면서 잔혹하고 비정하게 직무를 수행한 시기를 흔히 '아락체예프시나(아락체예프의 학정)'라 칭한다.

는지 묻지 않을 수 없었다.

쿠투조프는 부관을 엄하게 바라보고는 잠시 침묵하더니 대답했다.

"전투에서 패할 거라고 생각하네. 톨스토이 백작에게도 그렇게 말했고, 그 말을 군주에게 전해 달라고 부탁했지. 자네는 그가 뭐라고 대답했을 거라 생각하나? 아, 친애하는 장군! 난 밥과 커틀릿에 신경을 쓰는데 당신은 전쟁 문제에 관심을 쏟는구려. 그렇다네…… 그게 내가 들은 대답이라네!"

# 12

밤 9시가 지나자 바이로터는 자신의 계획을 가지고 군사 회의가 열리는 쿠투조프의 숙소로 왔다. 종대의 모든 지휘관들이 총사령관의 호출을 받았다. 참석을 거절한 바그라치온 공작을 제외하고 모든 이들이 정해진 시각에 나타났다.

예정된 전투의 총지휘를 맡은 바이로터는 활기차고 조급한 모습이었다. 마지못해 군사 회의의 의장과 지도자의 역할을 수행하며 뿌루퉁하고 졸린 표정을 짓고 있는 쿠투조프와 선명한 대조를 이루었다. 바이로터는 분명히 더 이상 억누를 수 없게 된 움직임의 선두에 서 있다고 느끼는 듯했다. 마치 짐수레[207]를 끌고 산 아래로 내달리는 말 같았다. 그는 자신이 끌

---

207) voz. 'podvoda'와 마찬가지로 바퀴가 둘인 짐마차나 짐수레를 가리키기도 한다. 이 책에서는 '짐수레'로 옮긴다. 첼레가 역시 짐수레나 짐마차의 일종이지만 긴 직사각형 수레에 바퀴가 넷이고 말이 끄는 수송 수단이라는 점

고 가는지 떠밀려 가는지 알 수 없었다. 하지만 이 움직임이 어디로 향하는지 판단할 겨를도 없이 전속력으로 질주했다. 바이로터는 이날 밤 적의 산병선을 직접 시찰하러 두 차례 다녀왔고, 러시아 군주와 오스트리아 군주에게 보고하고 설명하기 위하여 두 차례 다녀왔으며, 그다음에는 집무실에 들러 독일어로 작전 계획을 받아 적게 했다. 지금 그는 지친 몸으로 쿠투조프에게 온 것이다.

그는 너무 바빠서 총사령관에게 예의를 갖추어야 한다는 것조차 잊은 듯했다. 그는 총사령관의 말을 가로막고 상대의 얼굴을 쳐다보지도 않은 채 자신이 받은 질문에 대꾸도 않고서 빠르고 불분명하게 지껄였으며, 진흙투성이가 된 모습으로 불쌍하고 지치고 당황한, 그러면서도 우쭐하고 자신만만한 표정을 지었다.

쿠투조프는 오스트랄리츠 부근에 있는 그다지 크지 않은 귀족의 성에서 묵었다. 총사령관의 집무실로 삼은 큰 응접실에 쿠투조프와 바이로터와 군사 회의 의원들이 모였다. 그들은 차를 마셨다. 군사 회의를 시작하기 위해 바그라치온 공작을 마냥 기다릴 뿐이었다. 7시가 넘자 바그라치온의 연락 장교가 공작은 참석하지 못한다는 소식을 가지고 왔다. 안드레이 공작은 총사령관에게 그에 대한 보고를 하러 왔다가 전에 쿠투조프에게서 회의에 참석해도 좋다고 허락받은 것을 기회삼아 응접실에 남았다.

---

에서 특징이 확연하여 '첼레가'라고 지칭하기로 한다.

"바그라치온 공작이 올 수 없다니 우리끼리 시작해도 되겠지요." 바이로터는 황급히 자리에서 일어나 브륀 부근의 커다란 지도가 펼쳐진 테이블 쪽으로 다가가며 말했다. 쿠투조프는 군복 단추를 풀어 헤치고 볼테르식 안락의자에 앉아 살이오른 노쇠한 두 팔을 대칭으로 팔걸이에 올려놓고는 거의 자다시피 했다. 살진 목이 자유를 찾은 듯 옷깃 위로 쑥 올라왔다. 그는 바이로터의 목소리에 간신히 한쪽 눈을 떴다.

"그래요, 그래. 부탁합니다. 그러지 않으면 늦어요." 그는 중얼거렸다. 그리고 고개를 끄덕이더니 머리를 툭 떨어뜨리고는 다시 눈을 감았다.

처음에 군사 회의의 의원들은 쿠투조프가 자는 척하는 것이라고 생각했을지 모른다. 그렇지만 이후 낭독이 이어지는 동안 코에서 난 소리는 다음과 같은 사실을 입증했다. 이 순간 총사령관에게는 작전 계획이든 다른 어떤 것에 대해서든 경멸을 드러내고 싶은 욕망보다 훨씬 더 중요한 문제가 있다는 것을……. 그에게는 억누를 수 없는 인간의 욕구, 즉 잠에 대한 욕구를 충족시키는 것이 문제였다. 그는 정말로 자고 있었다. 바이로터는 시간을 일 분이라도 허비할까 봐 지나치게 염려하는 사람의 몸짓으로 쿠투조프를 흘깃 쳐다보았다. 그가 자고 있는 것을 확인한 바이로터는 서류 한 장을 꺼내더니 '1805년 11월 20일 코벨니츠와 소콜니츠 뒤편의 적진 공격에 대한 작전 계획'이라는 제목을 낭독하고, 향후 전투에 대한 작전 명령을 크고 단조로운 음색으로 읽기 시작했다.

작전 계획은 매우 복잡하고 어려웠다. 원안에는 다음과 같이 기록되어 있었다.

적의 왼쪽 측면은 숲으로 덮인 산에 의지하고 오른쪽 측면은 코벨니츠와 소콜니츠를 따라 못들 뒤로 뻗어 있다. 반대로 아군은 왼쪽 측면이 적의 오른쪽 측면보다 우세하다. 아군으로서 는 적의 이쪽 측면을 공격하는 것이 유리하다. 특히 아군이 소콜니츠와 코벨니츠 마을을 점령한다면 더욱 그러할 것이다. 적의 측면을 공격하고, 적의 전선을 은폐한 슐라파니츠와 벨로비츠의 협로를 피해 슐라파니츠와 투에라사 숲 사이의 평지를 가로질러 적을 추적할 수 있기 때문이다. 이러한 목적을 위해 반드시…… 1종대는 진군하고…… 2종대는 진군하고…… 3종대는 진군하고…… 등등.(독일어)

바이로터가 낭독을 했다. 장군들은 어려운 작전 계획을 마지못해 듣는 것 같았다. 금발의 키가 큰 장군 부흐회브덴은 벽에 등을 기대고 서서 타오르는 촛불에 시선을 둘 뿐 듣는 것같지도 않고, 심지어 남들에게 듣고 있는 것처럼 보이고 싶어 하지도 않은 듯했다. 바이로터의 맞은편에서는 얼굴이 불그레하고 콧수염과 어깨가 살짝 들린 밀로라도비치가 두 팔꿈치를 바깥쪽으로 향한 채 두 손을 무릎에 올려놓고 군인다운 자세로 앉아서 빛나는 눈을 크게 뜨고 바이로터를 쏘아보았다. 그는 바이로터의 얼굴을 쳐다보며 고집스럽게 침묵했고, 이 오스트리아 참모장이 입을 다물 때에만 그에게서 눈길을 돌렸다. 이럴 때 밀로라도비치는 다른 장교들을 의미심장하게 둘러보았다. 그러나 그 의미심장한 시선의 의미를 판단해 보려 해 보았자 그가 작전 계획에 동의하는지 동의하지 않는지, 만족하는지 만족하지 않는지 알 수 없었다. 바이로터와 가장 가까이 앉은 사람은 랑즈롱 백작이었다. 그는 프랑스 남부 사람 같은 얼굴에 미묘한 미소를 띠고 ─ 그 미소는 낭독 내내 그의 얼굴에서 떠나지 않았다 ─ 자신의 가느다란 손가락을 보면서 초상화가 붙은 작은 금빛 담뱃갑의 귀퉁이들을 이리저리 옮겨 잡으며 빠르게 빙글빙글 돌렸다. 이루 말할 수 없이 긴 어느 문장의 중간쯤에서 담뱃갑 돌리기를 중단하고 고개를 들었다. 그는 얇은 입술 언저리에 불쾌한 정중함을 띠고서 바이로터의 말을 가로막으며 무언가 말하려고 했다. 그러나 오스트리아 장군은 낭독을 중단하지 않고 화가 난 듯 얼굴을 찌푸리며 두 팔꿈치를 흔들어 대기 시작했다. 마치 '나중에, 나중에 자신의 생각을 말하고 지금은 지도를 보며 들어 주지 않겠습니까?' 하고 말하는 듯했다. 랑즈롱은 어리둥절한 표정으로 눈을 치뜨며 마치 해명을 구하기라도 하듯 밀로라도비치를 돌아보았다. 그러나 의미 있는 듯 보이지만 아무것도 의미하지 않는 밀로라도비치의 시선과 마주치자 우울하게 눈을 내리깔고 다시 담뱃갑을 돌리기 시작했다.

"지리학 수업이군." 그는 혼잣말을 하듯, 그러나 사람들에게 들리도록 꽤 큰 소리로 중얼거렸다.

프셰비솁스키[208]는 공손하면서도 위엄 있는 정중한 태도를

---

208) 이그나치 야코블레비치 프셰비솁스키(Ignati Yakovlevich Przeby-

갖추고서 바이로터를 향해 한쪽 귀를 손으로 구부리고는 주의를 빼앗긴 사람의 표정을 지었다. 키가 작은 도흐투로프는 겸손하게 고심하는 표정으로 바이로터 맞은편에 앉아서 펼쳐 놓은 지도 위로 몸을 숙인 채 작전 계획과 자신이 모르는 지형을 진지하게 연구하고 있었다. 그는 잘 알아듣지 못한 단어와 어려운 마을 이름을 다시 말해 달라며 몇 번이고 바이로터에게 부탁했다. 바이로터가 요청을 들어주었고, 도흐투로프는 받아 적었다.

한 시간 넘게 계속된 낭독이 끝나자 랑즈롱은 다시 담뱃갑 돌리기를 멈추었고, 바이로터도 딱히 누구를 쳐다보지 않으며 그러한 작전 계획을 실행에 옮기는 것이 얼마나 어려운지에 대해 이야기하기 시작했다. 그 계획은 적의 위치가 이미 알려진 것으로 가정했다. 적이 이동 중이어서 아군으로서는 그 위치를 알 수 없는데도 말이다. 랑즈롱의 반박은 정당했다. 그러나 그 반박의 주된 목적은 초등학생을 대하듯 아주 자신만만하게 작전 계획을 낭독하던 바이로터 장군으로 하여금 그가 상대하는 이들이 바보가 아니라 군사(軍事) 면에서 그에게 가르침을 줄 수 있는 사람들이라는 점을 깨닫게 하려는 것임이 분명했다. 바이로터의 단조로운 목소리가 멎자 쿠투조프는 졸음을 부르는 방앗간 물레바퀴 소리의 중단에 잠에서 깬 방앗간 주인처럼 눈을 번쩍 뜨고 랑즈롱의 말에 귀를 기울였

széwski, 1755~1810). 러시아군에서 복무한 폴란드인 장교. 아우스터리츠 전투 당시 개전과 함께 자신이 이끄는 러시아군 종대를 적에게 넘기고 말았다. 이후 군법 재판에 회부되어 사병으로 강등되었다.

다. 그러더니 마치 '자네들은 아직도 그런 멍청한 소리나 하고 있나!' 하고 말하듯 얼른 눈을 감고는 더 깊이 고개를 숙였다.

랑즈롱은 작전 계획의 입안자라는 바이로터의 자부심에 최대한 신랄한 모욕을 가하고자 보나파르트는 공격을 당하기는커녕 오히려 쉽사리 공격해 올 수 있다고, 그러니 이 모든 작전 계획은 아무짝에도 쓸모없어질 것이라고 주장했다. 바이로터는 모든 반박에 대해 경멸 어린 단호한 미소로 답했다. 사람들이 무슨 말을 하든 모든 반박에 대비하여 미리 준비해 놓은 듯한 미소였다.

"그가 우리를 공격할 수 있다면 오늘 그렇게 했겠지요." 그가 말했다.

"그렇다면 당신은 그를 무력하다고 생각합니까?" 랑즈롱이 말했다.

"대군이지요. 그에게 4만 군대가 있다면 말입니다." 바이로터는 민간요법을 하는 아낙으로부터 치료법을 알려 주겠다는 말을 들은 의사 같은 미소를 띠며 대답했다.

"그런 경우에 그는 우리의 공격을 기다리다 파멸로 치닫게 됩니다." 비꼬는 듯 미묘한 미소를 지으며 랑즈롱은 맞장구쳐 줄 사람을 찾아 가장 가까이에 있던 밀로라도비치를 다시 돌아보았다.

그러나 밀로라도비치는 그 순간 장군들이 논쟁하는 바에 대해서는 조금도 생각하지 않는 것 같았다.

"분명 내일 전장에서 모든 것을 알게 되겠지요." 그가 말했다.

바이로터는 러시아 장군들의 반박에 부딪히게 되어, 그리고 그 자신만 지나칠 정도로 확신하는 데 그치지 않고 두 황제 폐하까지 이미 납득시킨 부분을 증명하게 되어 자기로서는 우스꽝스럽고 이상하다고 말하듯 다시 씩 웃었다.

"적은 불을 껐습니다. 그런데 저들의 진영에서 끊임없이 소음이 들립니다. 무슨 뜻일까요? 우리가 유일하게 두려워해야 할 것입니다만 적은 퇴각하고 있습니다. 혹은 위치를 바꾸고 있는지도요.(그는 씩 웃었다.) 하지만 설사 투에라사에 진영을 둔다 해도 저들은 그저 우리를 큰 번거로움에서 구해 줄 뿐입니다. 모든 지시는 지극히 세세한 부분까지 동일합니다." 그가 말했다.

"도대체 어떤 식으로 말입니까?" 안드레이 공작이 말했다. 그는 이미 오래전부터 자신의 의혹을 표현할 기회를 기다리고 있었다.

쿠투조프는 잠에서 깨어 힘겹게 기침을 내뱉고 장군들을 둘러보았다.

"여러분, 내일의, 아니 오늘(이미 12시가 지났으니까요.)의 작전 계획은 변경될 수 없소. 여러분은 작전 계획을 들었소. 이제 우리 모두 자신의 의무를 다하도록 합시다. 전투 전에 가장 중요한 것은(그는 잠시 입을 다물었다.) 푹 자두는 것이오." 그가 말했다.

그는 일어서려는 기색을 보였다. 장군들은 작별 인사를 하고 흩어졌다. 이미 자정이 넘은 시간이었다. 안드레이 공작은 밖으로 나왔다.

안드레이 공작이 자신의 바람대로 의견을 말하지 못한 군사 회의는 그에게 모호하고 불안한 인상을 남겼다. 누가 옳은지, 돌고루코프와 바이로터인지, 아니면 공격 계획에 찬성하지 않는 쿠투조프와 랑즈롱인지 알 수 없었다. '하지만 쿠투조프는 정말로 군주에게 자신의 생각을 직접 말할 수 없었을까? 정말로 이렇게 말고는 달리 방법이 없는 걸까? 과연 궁정 신하들의 판단과 개인적 판단 때문에 수만 명과 나의, 나의 목숨을 위험에 빠뜨려야만 하나?' 그는 생각했다.

'그래, 나는 아마 내일 죽을지도 모르지.' 그는 생각했다. 그러자 불현듯 죽음에 대한 이런 생각과 더불어 까마득히 아득한 가장 가슴 뭉클한 일련의 기억들이 뇌리를 스쳤다. 아버지와 아내와의 마지막 이별이 떠올랐다. 아내를 사랑하게 된 첫 순간이 떠올랐다. 그녀의 임신에 관한 기억이 떠올랐다. 그녀와 자신이 가련하게 느껴졌다. 그는 감상적이고 혼란스러운 상태로 네스비츠키와 함께 묵는 농가를 나와 집 앞을 거닐기 시작했다.

밤은 안개에 잠겨 있었다. 안개를 뚫고 달빛이 신비하게 비쳤다. '그래, 내일, 내일이다!' 그는 생각했다. '내일 어쩌면 나에게는 모든 것이 끝날지도 모른다. 이 모든 기억들은 더 이상 존재하지 않을 테고, 이 모든 기억들은 나에게 더 이상 아무런 의미도 띠지 않을 것이다. 어쩌면 내일, 아니 분명 내일이다. 그런 예감이 든다. 드디어 처음으로 내가 할 수 있는 모든 것을 보여 주어야 할 때가 왔다.' 그러자 눈앞에 전투와 패배, 한 지점에서 집중적으로 벌어지는 싸움, 모든 지휘관들의 당혹스러워하는 모습이 떠올랐다. 그리고 그 행복한 순간이, 그가 그토록 오랫동안 기다려 온 툴롱이 마침내 그의 앞에 나타난다. 그는 쿠투조프와 바이로터와 황제에게 자신의 견해를 단호하고 분명하게 말한다. 다들 그 판단의 정확함에 깊은 인상을 받는다. 그러나 아무도 그의 생각을 실행에 옮기려 하지 않는다. 그때 그가 1개 연대, 아니 1개 사단을 취하고 아무도 그의 명령에 간섭하지 않는다는 조건을 내세우고는 사단을 결전의 장소로 이끌고 가서 홀로 승리를 거둔다. '그럼 죽음과 고통은?' 다른 목소리가 말한다. 그러나 안드레이 공작은 그 목소리에 답하지 않고 자신의 성공을 연장한다. 다음 전투의 작전 계획은 오직 그가 혼자 수행한다. 그는 쿠투조프 군대의 당직 장교라는 직함을 달고도 혼자서 모든 것을 수행한다. 그는 홀로 다음 전투에서 승리를 거둔다. 쿠투조프는 경질되고, 그가 임명된다…… '그럼 그다음에는?' 다시 다른 목소리가 말한다. '그럼 그다음에는…… 설령 네가 그 이전에 부상도 입지 않고 전사도 하지 않고 속임수에도 넘어가지 않고 열 번이나 무사히 통과했다 치자. 그렇다면 그다음에는?' '뭐, 그다음에는……' 안드레이 공작은 스스로에게 답한다. '그다음에 무슨 일이 일어날지 난 모른다. 알고 싶지도 않고, 알 수도 없다. 하지만 그런 것을 바란다고 해서, 영광을 바란다고 해서, 사람들에게 알려지기를 바란다고 해서, 그들에게 사랑받기를 바란다고 해서 내가 그것을 바라는 게, 내가 오직 그것 하나만을 원하고 그것 하나만을 위해 사는 게 내 잘못은 아니지 않은가. 그래, 이것 하나만을 위해! 난 결코 누구에게도 이것을 말하지 않겠다. 하지만 하느님, 제가 영광과 사람들의 사랑 외에 아무것도 사랑하지 않는다면 전 도대체 어떻게 해야 합니까? 죽음, 부상, 가족의 상실 그 무엇도 저는 두렵지 않습니다. 많은 사람들, 아버지와 누이와 아내 — 나에게 가장 소중한 사람들 — 그 사람들이 저에게 아무리 소중하고 좋다 해도, 반면 이것이 아무리 무시무시하고 부자연스럽게 보일지라도 영광의 순간을 위해, 사람들에 대한 승리의 순간을 위해, 제가 알지 못하고 앞으로도 알지 못할 사람들로부터의 사랑을 위해, 바로 그런 사람들로부터의 사랑을 위해 당장이라도 그들 모두를 넘겨 드릴 수 있습니다.' 그는 쿠투조프의 숙소 안뜰에서 들리는 말소리에 귀를 기울이며 생각에 잠겼다. 쿠투조프의 안뜰에서 짐을 꾸리는 졸병들의 목소리가 들려왔다. 쿠투조프의 늙은 요리사를 놀리던 아마도 마부인 듯한 사람의 목소리가 말했다. "치트, 어이, 치트?" 안드레이 공작도 아는 치트라 불리는 요리사였다.

"어." 노인이 대답했다.

"치트, 탈곡이나 하러 가." 익살꾼이 말했다.

"쳇, 악마에게나 잡혀가라지." 하는 소리가 울렸다. 그 목소리는 졸병들과 하인들의 너털웃음에 묻혔다.

'그래도 내가 사랑하고 소중히 여기는 것은 오직 그들 모두에 대한 승리뿐이다. 나에게 소중한 것은 이 안개 속에서 바로 여기 내 머리 위를 떠도는 신비스러운 힘과 영광이다.'

# 13

그날 밤 로스토프는 소대를 거느리고 바그라치온 부대 전방의 측면 산병선에 있었다. 그의 경기병들은 둘씩 짝을 지어 산병선에 흩어져 있었다. 그는 도저히 저항할 수 없이 엄습하는 잠을 이기려 애쓰면서 말을 타고 이 산병선을 따라 왔다 갔다 했다. 뒤로는 아군의 모닥불들이 안개 속에 어렴풋이 타오르는 거대한 지역이 보이고, 앞에는 안개 자욱한 어둠이 있었다. 멀리 안개에 싸인 지역을 아무리 응시해도 로스토프는 아무것도 볼 수 없었다. 무언가가 때로는 잿빛을, 때로는 검은빛을 띠는 것 같았다. 적이 있음에 틀림없는 그곳에서 불빛이 깜빡이는 것 같기도 하고, 그것이 그저 그의 눈동자 안에서 반짝이는 것처럼 여겨지기도 했다. 눈이 자꾸 감겼다. 머릿속에 때로는 군주가, 때로는 제니소프가, 때로는 모스크바의 추억들이 떠올랐다. 다시 황급하게 눈을 뜨면 바로 앞에 자신이 탄 말의 머리와 귀가 보였다. 이따금 대여섯 걸음 거리를 두고 경기병들과 맞닥뜨릴 때면 그들의 검은 형체가 보이기도 했지만, 저 멀리서 모든 것들은 여전히 안개 짙은 어둠에 잠겨 있었다. '어째서? 충분히 그럴 수 있잖아.' 로스토프는 생각했다. '나와 마주친 폐하는 어느 장군들에게나 그랬던 것처럼 내게 임무를 맡기며 저기에 무엇이 있는지 가서 알아보라고 할지도 몰라. 이러쿵저러쿵 이야기가 많겠지. 어쩌다 폐하가 완벽한 우연으로 그처럼 한 장교를 알고 가까이하게 되었는지에 대해 말이야. 그분이 나를 측근으로 삼아 주시면 과연 어떻게 될까? 아, 어떻게든 내가 그분을 지켜 드리고 모든 진실을 아뢰고 간신들의 정체를 밝히고 말 텐데!' 그리고 로스토프는 군주에 대한 사랑과 충성을 생생하게 떠올리기 위해 눈앞에 적과 독일인 간신배를 그렸다. 그는 쾌감을 느끼며 그들을 죽이고 군주가 보는 앞에서 그들의 뺨을 쳤다. 갑자기 멀리서 외치는 소리가 로스토프를 깨웠다. 그는 흠칫 떨며 눈을 떴다.

'내가 어디에 있는 거지? 그래, 산병선이야. 군호와 암호는 '끌채'와 '올뮈츠'지. 내일 우리 기병 중대가 예비 부대를 맡다니 너무 분한걸.' 그는 생각했다. '전투에 참가하게 해 달라고 요청해야지. 이번이 폐하를 뵐 유일한 기회일지도 몰라. 그래, 이제 교대까지 얼마 안 남았군. 한 번 더 돌아보고, 돌아오는 대로 장군을 찾아가 요청해 봐야지.' 그는 자신의 경기병들을 한 번 더 둘러보고자 안장 위에서 자세를 바로잡고 말을 어루만졌다. 주위가 더 밝아진 것 같았다. 왼쪽으로 빛에 반사된 완만한 비탈과 그 건너편의 벽처럼 가파를 것 같은 검은 언덕이 보였다. 그 언덕에 로스토프가 도저히 짐작할 수 없는 하얀 반점이 있었다. 달빛을 받은 숲속의 빈터일까, 녹지 않고 남은 눈일까, 아니면 하얀 집일까? 로스토프에게는 심지어 그 하얀 반점을 따라 무언가가 꿈틀거리는 것처럼 보이기도 했다. '틀림없이 눈일 거야, 저 반점은…… 반점은 윈느 **타시**(une tache) 지. 이런, 타시가 아닌가…….' 로스토프는 생각했다.

'나타샤, 나의 여동생, 검은 눈동자. 나…… 타시카…….(내가 어떻게 폐하를 만났는지 들려주면 나타샤가 깜짝 놀라겠지!) 나타시카를…… 타시카를 가져와…….' "오른쪽으로 가 주십시오, 소위님, 거기 덤불이 있습니다." 로스토프가 꾸벅꾸벅 졸며 지나친 경기병의 목소리가 말했다. 로스토프는 어느 틈에 말의 갈기까지 내려온 머리를 번쩍 쳐들고 경기병 옆에 말을 세웠다. 어린아이에게 찾아오는 참기 힘든 졸음이 그를 덮쳤다. '참, 내가 무슨 생각을 했더라? 잊으면 안 돼. 폐하와 어떻게 이야기를 나눌까? 아냐, 그게 아냐. 그건 내일 일이지. 그래, 맞아! 가죽 부대를, 공격…… 우리를 무디게……. 누구? 경기병들이지. 또 경기병들과 콧수염…….[209] 콧수염이 난 그 경

---

209) 러시아어에서 '가죽 주머니 위로'는 '나 타시쿠(na tashku)'로 발음되며 '나타시카(나타샤의 애칭)를'을 뜻하는 'natashku'와 소리가 동일하다. '공격하다'는 '나스투피치(nastupit′)'로 발음되고, '우리를 무디게……'는 '나스투피치'라는 발음에서 '우리'를 뜻하는 '나스'를 뒤로 돌린 표현인 '투피치 나스(tupit′nas)'로 발음된다. '경기병들'은 '구사리(gusari)'로 발음되며, '콧수염'은 '경기병들'의 자모음을 일부 사용한 '우시(usi)'로 발음된다. 이 부분은 선잠에 빠진 로스토프가 나타샤를 생각하다가 비슷한 소리의 단어들을 연상하며 엉뚱한 상념에 잠기는 장면을 표현한 것이다.

기병이 트베르스카야 대로를 따라 말을 타고 지나갔지. 아직도 그 사람이 생각나네. 구리예프의 집 맞은편에서였지……. 구리예프 노인……. 아, 멋진 녀석이야, 제니소프는.[210] 그래, 이런 건 다 쓸데없어. 지금 중요한 것은 폐하가 이곳에 계시다는 사실이지. 그분이 나를 어떻게 바라보셨던가! 그분은 무언가 말씀하고 싶어 하셨지만 차마 그러실 수 없었지……. 아니야, 차마 그러지 못한 것은 바로 나야. 참, 이런 건 다 쓸데없는 짓이지. 요점은 내가 어떤 중요한 생각을 하고 있었다는 사실을 잊지 않는 거야, 그래. 가죽 부대 위를, 공격, 참, 그렇지, 맞아. 좋았어.' 그리고 그는 다시 말의 목덜미로 고개를 떨어뜨렸다. 불현듯 총격을 당하는 기분이 들었다. '뭐지, 뭐지, 뭐야? 놈들을 베어라! 뭐지……?' 로스토프는 정신을 차리며 중얼거렸다. 눈을 뜬 순간 로스토프는 적이 있는 전방으로부터 수천 명의 길게 늘인 듯한 함성을 들었다. 그의 말과 옆에 있던 경기병의 말이 그 함성 소리에 귀를 쫑긋 세웠다. 함성이 들려오는 곳에서 불꽃 하나가 번쩍 타오르다 꺼지더니 뒤이어 또 하나가, 그리고 마침내 산 위에 뻗은 프랑스 군대의 모든 전선에서 불꽃이 타오르기 시작했고 함성 소리는 점점 더 커졌다. 로스토프는 프랑스어를 듣긴 했지만 알아들을 수 없었다. 너무도 많은 목소리가 웅성거렸다. 그저 "아아아!"라든지 "르르르!" 하는 소리만 들릴 뿐이었다.

---

210) 구리예프(gur'ev)라는 이름은 경기병(gusar)의 'g' 소리에서 연상된 것이며, '멋진 녀석 제니소프(slavnyi malyi denisov)'는 '구리예프 노인(starik gur'ev)'에서 맨 앞의 's'와 맨 끝의 'v' 소리에서 연상된 것이다.

"저게 뭐지? 자네 생각은 어때?" 로스토프는 옆에 있는 경기병을 돌아보았다. "정말로 적진일까?"

경기병은 아무런 대꾸도 하지 않았다.

"뭐야, 설마 안 들린다는 건가?" 로스토프는 꽤 오랫동안 대답을 기다리다 다시 물었다.

"누가 알겠습니까, 소위님." 경기병은 마지못해 대꾸했다.

"장소로 봐서는 적진이 틀림없지?" 로스토프가 똑같은 말을 되풀이했다.

"아마 적이겠죠. 아마 그럴 겁니다." 경기병이 중얼거렸다. "밤이다 보니. 야, 장난칠래!" 그는 밑에서 꿈지럭거리는 말에게 버럭 소리를 질렀다.

로스토프의 말도 그 소리에 귀를 기울이고 불꽃들을 주시하면서 한쪽 발로 얼어붙은 땅을 차며 초조해했다. 숱한 목소리들의 함성은 점점 커져 수천 명의 군대만이 낼 수 있는 하나의 울림으로 어우러졌다. 불은 점점 더 넓게 퍼졌다. 아마도 프랑스군 진영의 전선을 따라 번지는 듯했다. 로스토프는 더 이상 졸리지 않았다. 적의 군대에서 들리는 유쾌하고 의기양양한 함성이 그를 자극했다. "황제 폐하, 황제 폐하 만세!" 하는 소리가 이제 로스토프의 귀에도 분명히 들렸다.

"멀지 않군. 틀림없이 개울 너머인데." 로스토프는 옆에 있는 경기병에게 말했다.

경기병은 아무 대꾸도 없이 그저 한숨만 쉬고는 화를 내며 가래를 뱉었다. 경기병의 전선을 따라 전속력으로 달리는 말발굽 소리가 들렸다. 그러더니 밤안개로부터 갑자기 거대한 코끼리처럼 보이는 경기병 부사관의 형체가 불쑥 나타났다.

"소위님, 장군들이 오십니다!" 부사관이 로스토프에게 다가 오며 말했다.

로스토프는 계속 불과 함성 쪽을 돌아보면서 전선을 따라 말을 타고 오는 사람들을 맞이하러 부사관과 함께 말을 몰았다. 한 명은 백마를 타고 있었다. 바그라치온 공작이 돌고루코프 공작과 몇몇 부관들을 거느리고 적군에 나타난 불과 함성이라는 기이한 현상을 살피러 나온 것이다. 바그라치온에게 다가간 로스토프는 보고를 끝내고 부관들 틈에 끼어 장군들이 하는 말에 귀를 기울였다.

"정말입니다." 돌고루코프 공작이 바그라치온을 돌아보며 말했다. "이것은 술책에 지나지 않습니다. 그가 후퇴하면서 우리를 속이기 위해 불을 지르고 웅성거리도록 후위대에 명령한 겁니다."

"아닐 겁니다." 바그라치온 공작이 말했다. "나는 저녁부터 저 언덕 위의 적들을 지켜보았습니다. 만일 퇴각했다면 저곳에서도 철수했겠지요." 바그라치온 공작이 로스토프를 돌아보며 말했다. "장교, 적의 측면 엄호대가 아직 저곳에 있나?"

"저녁부터 계속 있었습니다. 하지만 지금은 모르겠습니다, 각하. 명령을 내려 주십시오. 제가 경기병들과 가 보겠습니다." 로스토프가 말했다.

바그라치온은 그 자리에 멈췄다. 대답은 하지 않은 채 안개 속에서 로스토프의 얼굴을 제대로 보려고 애썼다.

"좋소, 다녀오시오." 그는 잠시 침묵하더니 입을 열었다.

"알겠습니다."

로스토프는 말에 박차를 가하고, 페드첸코 부사관과 다른 경기병 두 명을 큰 소리로 불러 뒤를 따라오라고 명령하고는 여전히 들려오는 함성을 쫓아 산 아래로 질주했다. 안개에 싸인 그 비밀스럽고 위험한 먼 곳으로 혼자서 세 경기병을 이끌고 가자니 로스토프는 무섭기도 하고 마음이 들뜨기도 했다. 산 위에서 바그라치온이 로스토프를 향하여 개울보다 더 멀리 가지 말라고 소리쳤다. 그러나 로스토프는 못 들은 척하며 말을 세우지 않고 계속 앞으로 나아갔다. 그리고 덤불을 나무로, 수레바퀴 자국을 사람으로 착각하면서 끊임없이 자신의 오해를 변명했다. 산을 질주하여 내려온 그의 눈에는 더 이상 아군도 적진의 불도 보이지 않았지만 프랑스군의 함성 소리는 점점 더 크고 분명하게 들려왔다. 협곡에 도착한 그는 눈앞에서 시냇물 같은 무언가를 보았다. 그러나 그곳에 이르렀을 때 그것이 밟혀서 다져진 길이라는 것을 알아차렸다. 길로 나온 그는 길을 따라갈까, 아니면 길을 건너 검은 들판을 지나 산으로 갈까 주저하며 말의 고삐를 조였다. 안개에 싸인 좀 더 밝은 길로 가는 편이 사람을 얼른 알아볼 수 있어 덜 위험했다. "날 따라와." 그는 이렇게 말하고 길을 건넜다. 그리고는 저녁부터 프랑스군 보초들이 서 있던 장소를 향하여 말을 전속력으로 몰며 산을 오르기 시작했다.

"소위님, 적군이 있습니다!" 뒤에서 한 경기병이 말했다.

안개 속에서 불쑥 나타난 검은 물체를 로스토프가 미처 알아보기도 전에 작은 불꽃이 번쩍 빛나고 탕 하는 발사 소리가 나더니, 마치 무언가 투덜거리듯 탄환이 안개 속 높은 곳에서 쉭쉭거리며 소리가 들리지 않을 만큼 멀리 날아가 버렸다. 다른 라이플총은 탄환을 발사하지 않았으나 약실에서 불꽃이 번쩍 일었다. 로스토프는 말을 돌려 전속력으로 달렸다. 불규칙한 간격을 두고 네 발의 총성이 더 울렸다. 탄환들은 안개 속 어딘가에서 다양한 음으로 노래했다. 로스토프는 총소리에 자신만큼이나 들뜬 말의 고삐를 조이며 천천히 말을 몰았다. '자, 좀 더, 좀 더!' 그의 마음속에서 어떤 유쾌한 목소리가 말했다. 그러나 사격 소리는 더 이상 들리지 않았다.

간신히 바그라치온이 있는 근처에 다다르자 로스토프는 다시 고삐를 늦추어 말을 전속력으로 달리면서 한 손을 모자 차양에 댄 채 바그라치온에게 다가갔다.

돌고루코프는 프랑스군이 후퇴했고 단지 아군을 속이기 위해 불을 피운 것이라는 견해를 계속 주장하고 있었다.

로스토프가 다가갔을 때 돌고루코프는 이렇게 말했다. "이 것이 도대체 무엇을 증명합니까? 적은 후퇴하고 보초만 남겨 둔 것인지도 모릅니다."

"아직 전부 물러간 것은 아닌 듯하군요, 공작." 바그라치온이 말했다. "내일 아침까지. 내일이면 모든 걸 알게 되겠지요."

"산 위에 보초가 있습니다, 각하. 저녁부터 있던 자리에 여전히 있습니다." 로스토프는 몸을 앞으로 숙인 채 한 손을 차양에 붙이고 보고했다. 그는 정찰이, 특히 탄환 소리가 마음속에 불러일으킨 즐거움의 미소를 억누를 수 없었다.

"좋아, 좋아." 바그라치온이 말했다. "고맙소, 장교."

"각하, 청이 있습니다." 로스토프가 말했다.

"뭐요?"

"내일 저희 기병 중대는 예비 부대로 정해졌습니다. 저를 기병 1중대에 파견해 주십시오."

"이름이 뭐요?"

"로스토프 백작입니다."

"아, 좋소. 내 옆에 연락 장교로 있으시오."

"일리야 안드레이치의 아들입니까?" 돌고루코프가 물었다. 하지만 로스토프는 그에게 대꾸하지 않았다.

"그렇게 되기를 희망합니다, 각하."

"지시해 두겠소."

'내일 어쩌면 어떤 임무를 띠고 폐하께 파견될지도 몰라. 하느님, 감사합니다!' 그는 생각했다.


적군에서 함성과 불길이 일어난 것은 나폴레옹의 명령서가 부대에 낭독될 때 황제가 몸소 말을 타고 야영지를 돌았기 때문이었다. 황제를 본 병사들은 짚단에 불을 붙이고 "황제 만세!"를 외치며 뒤따라 달렸다. 나폴레옹의 명령서는 다음과 같았다.


병사들이여! 러시아군이 울름에서 패한 오스트리아 군대의 복수를 하고자 그대들을 향해 진격하고 있다. 이자들은 홀라브룬에서 그대들에게 격파된 이후 계속 이곳까지 추격해 온 바로 그 부대다. 아군이 점유한 위치는 강력하다. 그리고 나를 오른쪽에서부터 에워싸기 위해 이동하는 동안 적은 나에게 측면을 노출할 것이다! 병사들이여! 내가 직접 그대들의 부대를 지휘할 것이다. 만약 그대들이 평소의 용맹함으로 적들의 대오에 무질서와 혼란을 일으킨다면 나는 포화로부터 멀리 떨어져 있을 것이다. 그러나 단 한 순간이라도 승리가 의심스러울 경우 그대들은 적에게 가장 먼저 공격받는 그대들의 황제를 보게 될 것이다. 승리에는 주저함이 있을 수 없기 때문이다. 특히 우리 국민의 명예를 위해 없어서는 안 될 프랑스 보병의 명예가 걸린 날에는 말이다.

부상병들을 데려간다는 구실로 대오를 흐트러뜨리지 마라! 우리 국민에 대한 커다란 증오심에 고무된 영국의 그 용병들을 반드시 물리쳐야 한다는 생각이 그대들 각자에게 충만하게 깃들기를! 이 승리가 우리의 원정을 끝낼 것이다. 그리고 우리는 겨울 병영으로 돌아갈 것이다. 현재 프랑스에서 편성 중인 새로운 프랑스군이 그곳에서 우리를 맞을 것이다. 그때야말로 내가 맺을 평화 조약이 나의 국민과 그대들과 나에게 어울리는 것이 되리라.

나폴레옹

# 14

새벽 5시 주위는 아직 캄캄했다. 중앙군, 예비 부대, 바그라 치온의 오른쪽 측면은 아직 꼼짝 않고 있었다. 그러나 왼쪽 측면에서는 작전 계획에 따라 프랑스군의 오른쪽 측면을 공격하여 보헤미아산으로 격퇴하기 위해 고지에서 가장 먼저 내려가야 할 보병과 기병과 포병의 종대들이 벌써부터 들썩이며 숙영지에서 움직이기 시작했다. 불필요한 것들을 전부 던져 넣은 모닥불의 연기가 눈을 아프게 했다. 춥고 어두웠다. 장교들은 서둘러 차를 마시고 아침 식사를 했다. 병사들은 비스킷을 씹고, 몸을 덥히느라 발을 동동 구르고, 불 앞에 모여 막사의 잔해, 의자, 테이블, 바퀴, 나무통 등 가져갈 수 없는 불필요한 것들을 전부 장작더미에 던졌다. 오스트리아군 종대의 지휘관들은 러시아군 부대 사이를 분주하게 오가며 출발을 알리는 사자 노릇을 했다. 한 오스트리아 장교가 연대장의 숙영지 부근에 모습을 드러내자 연대는 이내 술렁였다. 병사들은 모닥불 옆을 떠나 황급히 모여들어 파이프는 부츠 윗부분에, 작은 자루는 짐마차에 쑤셔 넣고 제각기 라이플총을 챙겨 정렬했다. 장교들은 단추를 잠그고 장검과 배낭을 착용하고 크게 소리를 지르며 대열 주위를 돌아다녔다. 수송병들과 졸병들은 말을 짐마차에 매고 짐을 마차에 실은 후 단단히 묶었다. 부관들과 대대장들과 연대장들은 말에 올라타 성호를 긋고, 뒤에 남을 수송병들에게 마지막 명령과 훈시와 임무를 전달했다. 그러고 나자 수천 개의 발소리가 단조롭게 울렸다. 종대들은 어디로 향하는지 모른 채, 에워싼 사람들과 연기와 짙어지는 안개 때문에 자신들이 벗어날 곳도 가야 할 곳도 보지 못한 채 움직이기 시작했다.

이동 중인 병사들은 수병이 자기가 탄 군함에 이끌려 가듯 자신의 연대에 에워싸여 속박된 채 나아갔다. 수병 주위에는 언제 어디를 보나 군함의 똑같은 갑판, 똑같은 돛대, 똑같은 밧줄뿐이듯이 아무리 멀리 걸어도, 아무리 낯설고 위험한 미지의 지역에 들어서도 병사들 주위에는 언제 어디서나 똑같은 전우들, 똑같은 대열들, 똑같은 이반 미트리치 상사, 똑같은 중대의 개 주치카, 똑같은 상관들이 있었다. 병사들은 자신의 군함이 떠 있는 지역을 좀처럼 알려고 하지 않는다. 그러나 전투의 날에는 어디에서 어떻게 오는지 하느님만 알겠지만 누구에게나 똑같이 들리는 정확한 음조가, 결정적이고 장엄한 어떤 것이 접근할 때 울리고 그들에게서 천성에 어울리지 않는 호기심을 불러일으키는 음조가 군인의 정신세계에 들려온다. 전투의 날에는 병사들이 흥분하여 자기 연대의 이해관계에서 벗어나 귀를 기울이고 주시하면서 주위에 무슨 일이 벌어지는지 탐욕스럽게 묻는다.

동이 텄는데도 안개가 너무 짙어 열 걸음 앞조차 보이지 않았다. 덤불이 커다란 나무처럼 보이고 평지가 절벽과 비탈처럼 보였다. 어디서든 열 걸음 앞의 보이지 않는 적들과 사방에서 부딪칠 수 있었다. 그러나 종대들은 오랫동안 계속 똑같은 안개 속을 행군하면서 적과 부딪치는 일 없이 산을 오르내리고 정원과 울타리를 지나 알지 못하는 새로운 지형을 통과했다. 반면 병사들은 앞, 뒤, 사방에서 아군의 종대들이 같은 방향으로 나아가고 있다는 것을 알아차렸다. 자신이 가는 바로 그곳으로, 즉 어딘지 알 수 없는 그곳으로 자기 말고도 아주 많은 아군이 가고 있었기에 모든 병사들은 기쁨을 느꼈다.

"저것 봐, 쿠르스크 놈들도 막 지나갔어." 대열들 틈에서 여러 명이 지껄였다.

"굉장한걸. 어이, 우리 편 군대가 얼마나 모인 거야! 어젯밤에 불을 지폈을 때 보니 끝이 보이지 않더군. 한마디로 모스크바야!"

종대 지휘관들 중에서 대열에 다가와 병사들과 이야기를 나눈 이는 아무도 없었지만(우리가 군사 회의에서 보았듯이 종대의 지휘관들은 지금 수행하는 전투 때문에 기분이 안 좋은 데다 불만에 차 있었기에 그저 명령에 복종할 뿐 병사들의 사기를 돋우는 일에는 조금도 신경 쓰지 않았다.) 병사들은 전투에, 특히 공격에 나설 때면 언제나 그렇듯 즐겁게 행군했다. 그러나 한 시간가량 계속 짙은 안개 속을 걷다 보니 군대의 상당수가 멈춰 설 수밖에 없었고, 현재 벌어지는 무질서와 혼란에 대한 불쾌한 자각이 대열들 사이로 빠르게 퍼져 나갔다. 이러한 자각이 어떤 식으로 전달되었는지 정의하기는 매우 어렵다. 그러나 매우 분명하게 전달되었고 협곡의 물처럼 어느 사이엔가 막을 길 없이 빠르게 흘러넘쳤다는 점에는 의심할 여지가 없다. 만약 동맹군 없이 러시아 군대만 있었다면 무질서에 대한 그러한 자각이 전체의 확신이 되기까지는 훨씬 더 많은 시간이 걸렸을지도 모른다. 그러나 지금은 유난히 즐거운 기분으로 자연스럽게 무질서의 원인을 어리석은 독일인의 탓으로 돌리면서 다들 현재 벌어지는 위험한 혼란이 소시지 장사꾼[211]들의 짓이라고 확신해 버렸다.

"어째서 멈춘 거야? 길이 막히기라도 했나? 아니면 벌써 프랑스군과 맞닥뜨린 건가?"

"아냐, 그런 소리는 안 들리는데. 만약 그랬다면 벌써 총을 쏘아 댔겠지."

"출발하라고 그렇게 재촉하더니만 막상 출발하니까 공연히 벌판 한가운데다 사람을 세워 두고 말이야. 빌어먹을 독일 놈들이 모든 걸 뒤죽박죽으로 만들어 버렸어. 멍청한 악마들 같으니!"

"정말이지 나 같으면 그놈들을 선두로 보낼 텐데. 하지만 놈들은 틀림없이 뒤에서 움츠리고 있겠지. 아직도 이런 데서

---

211) 독일인을 가리키는 속어.

밥도 못 먹고 서 있다니."

"도대체 얼마나 걸릴까? 기병대가 길을 막았다는 말이 있던데." 한 장교가 말했다.

"에잇, 빌어먹을 독일 놈들, 자기네 땅도 잘 모르잖아!" 또 한 사람이 말했다.

"자네들은 어느 사단인가?" 말을 탄 부관이 가까이 다가오며 소리쳤다.

"18사단입니다."

"그런데 도대체 왜 여기에 있나? 자네들은 한참 전에 앞으로 갔어야 하잖아. 이래서야 저녁까지 통과도 못 하겠군. 멍청한 명령을 내리니 그렇지. 자기가 무엇을 하는지 스스로도 몰라." 장교는 이렇게 말하고 그곳을 떠났다.

그러고 나자 한 장군이 말을 타고 지나가며 성난 목소리로 러시아어가 아닌 말로 뭐라고 외쳤다.

"타파라파라니 뭐라고 웅얼거리는 거야? 한마디도 못 알아듣겠네." 한 병사가 자리를 떠나는 장군을 흉내 내며 말했다. "나라면 저놈들을 총살시킬 텐데, 비열한 새끼들."

"9시 전까지 제 위치에 있어야 한다는 명령을 받았는데 아직 반도 못 왔으니. 뭐 그따위 명령이 다 있담!" 이런 말들이 곳곳에서 되풀이되었다.

그리하여 군대가 전투에 나갈 때 품었던 힘찬 기분은 어리석은 명령과 독일인에 대한 분노와 적의로 바뀌기 시작했다.

혼란의 원인은 오스트리아 기병대가 왼쪽 측면에서 진군하는 동안 군사령부가 아군의 중심이 오른쪽 측면으로부터 지나치게 멀리 떨어진 사실을 발견하고 기병대 전원에게 오른쪽으로 이동하라는 명령을 내렸기 때문이다. 수천 명의 기병대가 보병대 앞을 지나가고, 보병대는 기다려야 했다.

전방에서 오스트리아군 종대의 지휘관과 러시아군 장군 사이에 충돌이 일어났다. 러시아 장군은 기병대에게 정지할 것을 요구하며 큰 소리로 외쳤다. 오스트리아인은 책임자는 자기가 아니라 군사령부라고 주장했다. 그동안 군대는 따분해하며 의기소침하게 서 있었다. 한 시간 동안 지체한 후 군대는 마침내 앞으로 진군하여 산을 내려가기 시작했다. 산 위에서 깨끗하게 걷힌 안개가 그들이 내려가는 저지대에서는 더욱 짙어지기만 했다. 전방의 안개 속에서 한 발, 또 한 발 총성이 울렸다. 처음에는 일정하지 않은 간격으로 불규칙하게 트라트 타…… 타트 하고 울리더니, 그다음에는 한층 규칙적이고 빈번하게 들려왔다. 골드바흐강 부근에서 전투가 시작된 것이다.

아래쪽 강가에서 적을 마주치리라고 예상하지 못한 데다 안개 속에서 불시에 부딪친 탓에, 이제 늦었다는 자각이 부대에 퍼지고 고위급 지휘관들로부터 사기를 돋우는 말을 전혀 들을 수 없었던 탓에, 무엇보다 짙은 안개 속에서 전방과 주변을 전혀 볼 수 없었던 탓에 러시아인들은 지휘관이나 부관들에게서 제때에 명령을 받지 못한 채 꾸물거리며 느릿느릿 적과 총질을 주고받기도 하고 전진하다가 다시 멈추기를 반복했다. 지휘관들과 부관들은 자기 부대를 찾지 못해 안개 속에서 잘 알지도 못하는 지역을 헤매고 다녔다. 아래로 내려간 1, 2,

3종대에게 전투는 그렇게 시작되었다. 쿠투조프가 있는 4종대는 프라첸 고지에 주둔했다.

전투가 시작된 저지대에는 여전히 짙은 안개가 깔려 있었다. 위쪽은 완전히 개었지만 전방에서 벌어지는 일은 여전히 보이지 않았다. 적의 모든 병력이 아군의 예상대로 10베르스타 떨어진 곳에 있는지, 아니면 안개의 저 경계선 안에 있는지 8시가 넘도록 아무도 몰랐다.

오전 9시였다. 안개가 끝없는 바다처럼 지면에 깔려 있었다. 그러나 나폴레옹이 주둔한 고지대의 슐라파니츠 마을은 날이 완전히 갰다. 그 위에 맑고 파란 하늘이 있고, 속이 텅 빈 진홍색 부표 같은 거대한 공 모양의 태양이 안개의 우윳빛 바다 위에서 흔들리고 있었다. 프랑스군 전체, 그리고 참모들을 거느린 나폴레옹조차 아군이 진지를 구축하고 전투를 개시할 지역으로 생각해 둔 개천과 소콜니츠와 슐라파니츠 마을의 저지대 건너편이 아닌 이쪽 편에 있었다. 나폴레옹이 육안으로 아군의 기병과 보병을 구분할 만큼 아군과 아주 가까이 있었던 것이다. 나폴레옹은 이탈리아 원정을 치를 때 입은 바로 그 파란 외투 차림으로 회색의 작은 아라비아산 말을 탄 채 자기 군 원수들보다 조금 앞쪽에 서 있었다. 그는 안개의 바다로부터 쑥 떠오른 듯한, 러시아 군대가 저 멀리서 진군하고 있는 구릉을 말없이 응시하며 협곡에서 들리는 사격 소리에 귀를 기울였다. 당시만 해도 아직 야윈 편이던 얼굴은 근육 하나 꿈틀거리지 않았다. 빛나는 눈동자가 조금도 흔들림 없이 한 곳을 향했다. 그의 예상이 적중했다. 러시아군 중 일부는 이미 협곡의 못과 호수 쪽으로 내려갔고, 일부는 나폴레옹이 진지의 거점으로 생각하여 공격하려고 한 프라첸 고지로부터 철수하고 있었다. 그는 안개 속에서 보았다. 프라츠 마을 부근의 두 언덕 사이에 있는 우묵한 곳에서 러시아군 종대들이 총검을 번뜩이며 골짜기를 향하여 한 방향으로 계속 전진하다가 안개의 바다 속으로 차례차례 사라지는 모습을⋯⋯. 엊저녁부터 그에게 전달된 보고, 지난밤 전초지에서 들은 바퀴 소리와 발소리, 러시아 종대의 무질서한 움직임을 통해, 그리고 모든 가정을 통해 그는 확실히 알게 되었다. 연합군은 그가 먼 곳에 있다고 생각한다는 점, 프라츠 근처에서 움직이는 종대들이 러시아군의 중추라는 점, 그 중추는 이미 충분히 쇠약해 있으므로 공격해도 좋으리라는 점을 말이다. 그러나 그는 여전히 전투를 시작하려 하지 않았다.

오늘은 그의 경축일, 즉 대관식 기념일이었다. 아침이 밝기 전 그는 몇 시간 꾸벅꾸벅 졸았다. 그러고는 모든 것을 할 수 있고 모든 것에 성공할 것 같은 행복한 기분을 느끼며 건강하고 유쾌하고 생기 있는 모습으로 말에 올라 벌판으로 나갔다. 그는 안개 사이로 보이는 고지를 쳐다보며 꼼짝 않고 서 있었다. 냉정한 얼굴에는 사랑에 빠진 행복한 소년의 얼굴에서 볼 수 있는 독특한 느낌, 즉 행복을 확신하고 그것을 당연히 여기는 기색이 어려 있었다. 원수들은 감히 그의 주의를 흩트릴 수 없어 그 뒤에 섰다. 그는 안개로부터 떠오른 태양과 프라첸 고지를 번갈아 바라보았다.

태양이 안개에서 완전히 벗어나 눈을 멀게 할 듯한 광채를 벌판과 안개 위에 흩뿌리자(그는 전투의 개시를 위해 오직 이것만을 기다린 듯했다.) 그는 아름다운 하얀 손에서 장갑을 벗어 원수들에게 신호를 보내며 전투를 시작하라는 명령을 내렸다. 원수들은 부관을 거느리고 사방으로 말을 몰았다. 그리고 몇 분 후 프랑스군의 주력은 러시아 군대가 점차 철수하여 왼쪽 골짜기로 내려가고 있는 프라첸 고지를 향해 빠른 속도로 진군하기 시작했다.

# 15

8시, 쿠투조프는 밀로라도비치의 4종대 앞에서 프라츠를 향해 말을 몰았다. 이 종대는 이미 아래로 내려간 프셰비셉스키와 랑즈롱의 종대가 있던 곳을 맡기로 되어 있었다. 쿠투조프는 선두에 있는 연대의 병사들과 인사를 나누고 진군 명령을 내렸다. 이로써 그는 이 종대를 직접 지휘하겠다는 의지를 보인 것이다. 프라츠 마을 부근에 이르자 그는 말을 멈추었다. 안드레이 공작은 총사령관의 수행단을 이룬 무수한 사람들 틈에 섞여 쿠투조프의 뒤에 서 있었다. 안드레이 공작은 오랫동안 기다린 순간이 닥칠 때 인간이 경험하는 흥분과 초조, 그와 동시에 신중하고 침착한 기분을 느꼈다. 그는 오늘이 그에게 툴롱의 날 혹은 아르콜레 다리[212]의 날이 되리라고 굳게 믿

---

212) 아르콜레 다리에 대해서는 이 책 주 24를 참조.

었다. 어떤 식으로 일어날지는 몰랐지만 일어나리라는 점만
은 굳게 확신했다. 지형과 아군의 배치에 대해 그는 아군의 누
구나 알 만한 정도는 알았다. 그는 자신의 전략을 잊었다. 이
제 그것을 실행에 옮겨야겠다는 생각은 없는 게 분명했다. 이
미 바이로터의 계획에 참가한 안드레이 공작은 발생 가능한
온갖 가능성들을 떠올리고 자신의 민첩한 판단과 결단이 요
구될 수 있는 새로운 사정을 고려했다.

안개에 싸인 왼쪽 저지대에서 눈에 보이지 않는 두 군대가
서로에게 쏘아 대는 총소리가 들려왔다. 안드레이 공작이 보
기에 전투는 그곳에 집중되어 있고, 바로 그곳에서 장애물과
부딪치게 될 것 같았다. 그는 생각했다. '난 여단이나 대대와
함께 저곳으로 파견되겠지. 저곳에서 손에 군기를 들고 전진
하여 내 앞에 놓인 모든 것들을 무너뜨리고 말리라.'

안드레이 공작은 지나가는 대대들의 군기를 도저히 무심하
게 볼 수 없었다. 그는 깃발을 바라보며 계속 생각했다. 어쩌
면 저것이 내가 군대의 선두에서 진격할 때 쥐게 될 군기일지
도 모르지.

동틀 무렵 밤안개가 고지에 남긴 서리는 이슬로 바뀌어 갔
고, 골짜기에는 여전히 하얀 우윳빛 바다처럼 안개가 깔려 있
었다. 아군이 내려가는 왼쪽 골짜기에는 아무것도 보이지 않
고 사격 소리만 울릴 뿐이었다. 고지 위에 맑게 갠 어둑한 하
늘이 있고, 오른쪽에 거대한 공 같은 태양이 있었다. 앞쪽 멀
리 안개 바다의 해안가에는 적군이 있음에 틀림없는, 나무가
우거진 구릉들이 서서히 떠오르며 모습을 드러냈다. 그리고

또 무언가가 보였다. 오른쪽으로 발걸음과 바퀴 소리를 울리며 이따금 총검을 번득이는 근위대가 안개 지역에 들어섰고, 왼쪽으로 그만큼 많은 기병대들이 마을 너머 안개의 바다로 접근하여 자취를 감추었다. 앞쪽과 뒤쪽에서는 보병대가 움직였다. 총사령관은 마을 입구에 서서 자기 옆으로 군대를 통과시켰다. 이날 아침 쿠투조프는 극도로 피로하고 신경질적이어 보였다. 그의 옆을 지나가던 보병대는 전방의 무언가가 앞을 가로막는 바람에 명령도 없이 그 자리에 멈춰 섰다.

"자, 이제 종대를 대대별로 정렬하여 마을을 우회하라고 말해 주시오." 쿠투조프는 가까이 다가오는 장군에게 성을 내며 말했다. "어째서 이해를 못 하는 거요, 장군. 적을 향해 가는데 마을의 이런 좁은 길을 따라 길게 늘어설 수는 없잖소."

"마을 밖에서 정렬시킬 생각이었습니다, 각하." 장군이 대답했다.

쿠투조프는 신경질적으로 웃어 댔다.

"당신도 참 대단하구려. 적의 면전에서 전선을 펼치다니 정말 대단해!"

"적은 아직 멀리 있습니다, 각하. 작전 계획에 따르면……."

"작전 계획이라니, 누가 당신에게 그런 것을 말해 주었소? 제발 명령대로 해 주시오." 쿠투조프가 신경질적으로 외쳤다.

"알겠습니다!"

"친구, 노인네가 기분이 아주 안 좋은데." 네스비츠키가 안드레이 공작에게 소곤거렸다.

하얀 군복을 입고 군모에 녹색 깃털을 단 오스트리아 장군이 쿠투조프 쪽으로 말을 타고 달려와 4종대가 전투를 시작했느냐고 황제를 대신하여 물었다.

쿠투조프는 대꾸 없이 얼굴을 돌렸다. 그의 시선이 무심코 그 옆에 서 있던 안드레이 공작에게 향했다. 볼콘스키를 본 쿠투조프는 지금 벌어지는 일이 부관의 탓이 아니라는 것을 깨달은 듯 적의에 찬 신랄한 표정을 누그러뜨렸다. 그는 오스트리아 부관에게는 대답하지 않고 볼콘스키에게 말을 걸었다.

"3사단이 마을을 통과했는지 보고 오시오. 그들에게 진군을 멈추고 내 명령을 기다리라고 전하시오."

안드레이 공작이 막 떠나려는데 쿠투조프가 그를 불러 세웠다.

"그리고 저격병들을 배치했는지 물어보시오." 그가 이렇게 덧붙였다. "뭘 하는지, 도대체 뭘 하는 건지!" 그는 여전히 오스트리아인에게는 대답을 하지 않고 혼잣말을 중얼거렸다.

안드레이 공작은 임무를 수행하기 위해 말을 타고 질주했다. 선두에서 행군하던 대대들을 전부 제친 그는 3사단을 멈추게 했다. 그리고 아군의 종대 앞에 정말로 저격병의 산병선이 없음을 확인했다. 연대의 선두에 있던 연대장은 총사령관의 명령, 즉 저격병들을 파견하라는 명령을 전달받고 매우 놀랐다. 연대장은 앞에 다른 부대가 더 있다고, 10베르스타 이내에 적이 있을 리 없다고 굳게 믿으며 그곳에 서 있었던 것이다. 정말로 전방에는 앞쪽이 경사지고 짙은 안개에 덮인 황량한 지형 외에 아무것도 보이지 않았다. 소홀히 방치한 일을 수행하도록 총사령관의 이름으로 지시한 후 안드레이 공작은 말을 몰아 되돌아왔다. 쿠투조프는 여전히 같은 자리에 서 있었다. 그는 노인답게 안장 위에서 뚱뚱한 몸을 축 늘어뜨리고 앉아 눈을 감은 채 크게 하품을 했다. 부대는 이미 진군을 멈추고 라이플총을 벗어 발치에 세워 놓았다.

"좋아, 좋아." 그는 안드레이 공작에게 이렇게 말하고 장군을 돌아보았다. 손에 시계를 든 장군은 왼쪽 측면의 종대가 전부 내려갔으니 이제 진군할 때가 되지 않았느냐고 말했다.

"아직 시간이 있소, 장군." 쿠투조프가 하품을 하며 말했다. "시간이 있다니까요!" 그가 똑같은 말을 되풀이했다.

그때 쿠투조프 뒤쪽으로부터 각 연대들이 경의를 표하는 소리가 아련하게 들려왔다. 그 목소리는 진격 중인 러시아 종대의 길게 뻗은 대열을 따라 빠른 속도로 가까워졌다. 인사를 받는 사람이 빠르게 말을 몰고 오는 것이 분명했다. 바로 뒤에 있는 연대의 병사들이 함성을 지르기 시작하자 쿠투조프는 옆으로 약간 물러나며 인상을 쓴 채 돌아보았다. 프라츠로부터 뻗어 나온 길을 따라 기병 중대처럼 보이는 다채로운 복장의 기수들이 말을 달렸다. 그 가운데 다른 사람들보다 앞에 있는 두 사람은 대단히 빠른 속도로 나란히 말을 달렸다. 한 사람은 검은 군복에 하얀 깃털 장식을 단 군모를 쓰고 꼬리를 짧게 자른 적갈색 말을 탔으며, 또 한 사람은 하얀 군복에 검은 말을 탔다. 그들은 바로 수행단을 거느린 두 황제였다. 쿠투조프는 전선에 출정한 베테랑의 허세를 드러내며 그 자리에 서 있던 부대에게 차려 자세를 시키고는 경례를 하면서 황제 쪽으로 말을 몰았다. 갑자기 모습과 태도가 돌변했다. 스스로 판

단을 내리지 않는 복종적인 사람의 표정을 지었다. 그는 알렉
산드르 황제에게 틀림없이 불쾌한 충격을 안겨 주었을 정중
한 척하는 태도로 다가가 경례를 했다.

불쾌한 인상은 그저 맑은 하늘에 낀 안개의 자취처럼 젊고
행복한 황제의 얼굴을 잠시 스치고 사라졌다. 병을 앓고 난 뒤
라 그날 그는 올뮈츠 평원 — 그곳은 볼콘스키가 국외에서 처
음으로 황제를 본 곳이었다 — 에서보다 다소 수척해 보였다.
그러나 아름다운 회색 눈동자는 여전히 매력적으로 어우러진
위엄과 온화함을 간직했고, 얇은 입술은 다양한 표정을 지을
수 있는 가능성과 무엇보다 온화하고 순수한 젊음의 표정을
띠었다.

올뮈츠 사열식 때는 보다 당당했다면, 이곳에서 그는 좀 더
쾌활하고 힘차 보였다. 그 3베르스타를 질주한 탓에 얼굴은
다소 상기되어 있었다. 그는 말을 세우고 숨을 몰아쉬고는 마
찬가지로 젊고 생기 넘치는 수행원들의 얼굴을 돌아보았다.
차르토리스키와 노보실쵸프, 볼콘스키 공작,[213] 스트로가노
프,[214] 그 밖에 하나같이 호화롭게 차려입은 쾌활한 청년들은
손질이 잘된 아름답고 생기 넘치고 이제야 약간 땀을 흘리는 말

---

213) 표트르 미하일로비치 볼콘스키(Pyotr Mikhailovich Volkonskii,
1776~1852). 이 소설의 주요 등장인물이자 가공인물인 안드레이 니콜라예
비치 볼콘스키(Andrei Nikolaevich Bolkonskii)와 다른 실존 인물이다. 파벨
1세를 제거하는 음모에 가담했고, 파벨 1세를 계승한 알렉산드르 1세의 측
근이 되었다. 1805년 처음에는 부흐회브덴의 군대에, 그 후에는 쿠투조프의
군대에 소속되었으며, 아우스터리츠 전투에도 참가했다. 1812년 알렉산드
르 1세를 수행했으며, 이후 육군 참모장이 되었다.

을 탄 채 서로 이야기를 나누고 미소 짓고 하면서 군주 뒤에 멈춰 섰다. 얼굴이 길고 불그레한 청년인 프란츠 황제는 아름다운 검은 수말에 매우 꼿꼿한 자세로 앉아 근심에 찬 눈길로 침착하게 주위를 둘러보았다. 그는 하얀 군복을 입은 부관들 가운데 한 명을 가까이 불러 무언가 물었다. '틀림없이 군대가 몇 시에 출발했느냐는 질문이겠지.' 안드레이 공작은 생각했다. 억누를 수 없는 미소를 머금은 채 그는 알현한 일을 떠올리며 이전에 만난 적 있는 황제를 관찰했다. 두 황제의 수행원들 중에는 러시아군과 오스트리아군의 근위 연대와 일반 연대에서 선발한 젊은 연락 장교들이 있었다. 그들 사이에서 조마사들이 수놓은 덮개를 씌운 황제의 아름다운 예비 말들을 끌고 있었다.

열어 놓은 창문을 통해 답답한 방 안에 갑자기 들판의 신선한 공기가 불어오듯, 말을 타고 온 이 눈부신 청년들로부터 젊음과 힘찬 기운과 성공에 대한 확신이 쿠투조프의 우울한 사령부로 불어왔다.

"어째서 시작하지 않는 거요, 미하일 라리오노비치?"[215] 알렉산드르 황제는 쿠투조프를 재촉하는 동시에 프란츠 황제를 정중하게 쳐다보았다.

---

214) 파벨 알렉산드로비치 스트로가노프(Pavel Aleksandrovich Stroganov, 1774~1817). 러시아 장군이자 정치가. 알렉산드르 1세의 치세 초기에 자유주의 개혁을 조언한 추밀원 4인 가운데 한 명이었다. 나폴레옹과의 전쟁 중에 1개 보병 사단을 지휘했다.
215) 톨스토이는 쿠투조프의 부칭인 일라리오노비치를 라리오노비치로 쓰기도 했다.

"기다리는 중입니다, 폐하." 쿠투조프는 정중하게 고개를 숙이며 대답했다.

황제는 얼굴을 살짝 찌푸리며 제대로 알아듣지 못했다는 표시로 한쪽 귀를 동그랗게 모았다.

"기다리는 중입니다, 폐하." 쿠투조프가 다시 한번 말했다.(안드레이 공작은 쿠투조프가 "기다리는 중입니다."라고 말할 때 윗입술이 부자연스럽게 떨린 것을 알아차렸다.) "종대들이 아직 전부 모이지 않았습니다, 폐하."

군주는 제대로 알아들었다. 그러나 그 대답이 마음에 들지 않는 듯했다. 그는 굽은 어깨를 으쓱하며 쿠투조프에 대해 불평을 하려는 듯 옆에 있던 노보실쵸프를 힐끗 보았다.

"미하일 라리오노비치, 우리가 차리친 평원에 있는 게 아니지 않소. 그곳에서라면 모든 연대가 도착할 때까지 사열식을 시작하지 않지." 군주는 다시 한번 프란츠 황제의 눈을 흘깃 쳐다보며 말했다. 마치 말을 거들지 않을 거면 자신의 말을 잘 들어라도 달라고 요청하는 듯했다. 그러나 프란츠 황제는 계속 주위를 두리번거리기만 할 뿐 그의 말을 듣지 않았다.

"그래서 시작하지 않는 겁니다, 폐하." 쿠투조프는 말이 들리지 않을 경우를 고려한 듯 우렁찬 목소리로 말했다. 그의 얼굴에서 또 한 번 무언가가 꿈틀거렸다. "제가 시작하지 않은 것은 우리가 사열식을 하는 것도 아니고 차리친 평원에 있는 것도 아니기 때문입니다, 폐하." 그는 분명하게 또박또박 말했다.

순간적으로 서로 눈길이 마주친 모든 수행원들의 얼굴에 불평과 비난이 떠올랐다. '아무리 나이가 많아도 저러면 안 되지. 절대 저렇게 말하면 안 돼.' 그들의 얼굴이 그렇게 말했다.

군주는 쿠투조프가 무슨 말을 더 하지 않을까 기대하며 눈을 뚫어지게 유심히 바라보았다. 그러나 쿠투조프 역시 정중히 고개를 숙인 채 군주의 말을 기다렸다. 일 분 정도 침묵이 이어졌다.

"하지만 폐하의 명이라면……." 쿠투조프는 고개를 들며 말했다. 생각 없이 복종하는 아둔한 장군의 어조로 다시 돌아갔다.

그는 말을 움직였다. 그리고 종대의 지휘관인 밀로라도비치를 불러 공격 명령을 하달했다.

부대가 다시 들썩거렸고, 노브고로드 연대의 2개 대대와 아프셰론 연대의 1개 대대가 군주를 지나 앞으로 진군했다.

그 아프셰론 대대가 지나갈 때 얼굴이 불그레한 밀로라도비치가 외투 없이 훈장을 단 군복 차림에 커다란 깃털 장식이 있는 군모를 비스듬히 눌러쓰고서 앞으로 앞으로 말을 달렸다. 그러고는 씩씩하게 경례를 한 후 군주 앞에서 말의 고삐를 당겼다.

"하느님께서 함께하실 거요, 장군." 군주가 그에게 말했다.

"폐하, 힘닿는 한 무엇이든 하겠습니다. 폐하!" 서툰 프랑스어 발음 때문에 군주의 수행원들로부터 비웃음을 사면서도 그는 명랑하게 대답했다.

밀로라도비치는 말을 휙 돌려 군주의 뒤에 조금 떨어져 섰다. 군주가 있다는 사실에 흥분한 아프셰론 연대의 병사들은 씩씩하고 기운차게 발맞추어 걸으며 군주와 수행원들을 지나쳤다.

"제군들!" 밀로라도비치는 자신만만하고 쾌활한 목소리로 크게 외쳤다. 사격 소리와 전투에 대한 기대와 수보로프 시절부터 전우였던 용맹스러운 아프셰론 병사들의 모습에 군주의 존재를 잊어버릴 만큼 흥분한 듯 보였다. "제군들, 그대들은 마을을 점령하는 게 처음이 아니지 않은가!" 그가 소리쳤다.

"최선을 다하겠습니다!" 병사들이 외쳤다.

군주의 말이 예기치 못한 고함 소리에 흠칫 물러났다. 러시아에서 사열식을 할 때 군주를 태웠던 그 말은 이곳 아우스터리츠 벌판에서도 위에 탄 사람이 왼발로 무심하게 가하는 박차를 참으면서 여전히 그를 태우고 있었다. 들려오는 그 포성의 의미도, 자신이 프란츠 황제의 검은 수말과 함께 있는 의미도, 자기 위에 탄 사람이 그날 말하고 생각하고 느끼는 모든 것의 의미도 전혀 헤아리지 못하면서 마르스 벌판에서 그랬듯이 사격 소리에 귀를 쫑긋 세웠다.

군주는 미소 띤 얼굴로 한 측근을 돌아보면서 용맹스러운 아프셰론 연대의 병사들을 가리키며 뭐라고 말했다.

# 16

부관들을 거느린 쿠투조프는 기총병(騎銃兵) 뒤에서 천천히 말을 몰았다.

종대의 후미에 붙어 0.5베르스타 정도 갔을 때 그는 길이 두 갈래로 갈라지는 분기점 근처의 황폐한 외딴집(예전에는 선술집이었던 듯했다.)에서 멈춰 섰다. 두 길 모두 산 아래로 이어졌고, 군대는 그 두 길을 따라 행군하고 있었다.

안개가 흩어지기 시작했다. 그러자 2베르스타가량 떨어진 맞은편 고지에서 흐릿하게나마 벌써 적군이 보였다. 저지대 왼쪽 지역에서 사격 소리가 점점 뚜렷하게 들려왔다. 쿠투조프는 멈춰 서서 오스트리아 장군과 이야기를 나누었다. 안드레이 공작은 뒤쪽에 조금 떨어져 적들을 응시하다가 망원경을 빌리려고 부관을 돌아보았다.

"보십시오, 보십시오." 그 부관이 멀리 있는 부대가 아닌 바로 눈앞의 산 아래를 보면서 말했다. "저건 프랑스군입니다!"

두 장군과 부관들은 앞다투어 망원경을 잡았다. 모든 사람의 표정이 갑자기 변했고, 모두의 얼굴에 공포가 떠올랐다. 프랑스군이 2베르스타 떨어진 곳에 있을 거라 예상했는데 뜻밖에도 갑자기 아군 앞에 나타난 것이다.

"저들이 적군일까요?" "아닙니다!" "맞아요, 보십시오, 저들은 틀림없이……." "이게 어떻게 된 일일까요?" 사람들의 목소리가 들려왔다.

안드레이 공작은 오른편 아래에서 아프셰론 병사들을 향해 빽빽하게 올라오는 프랑스군 종대를 육안으로 보았다. 쿠투조프가 있는 장소에서 채 500걸음도 떨어지지 않은 곳이었다.

'드디어 왔군. 결정적인 순간이 왔어! 이제 나의 차례가 온 거야.' 하고 안드레이 공작은 생각했다. 그는 말에 박차를 가하여 쿠투조프에게 다가갔다.

"아프셰론 연대의 병사들을 멈추게 해야 합니다, 각하!" 그가 소리쳤다.

그러나 그와 동시에 모든 것이 연기로 덮이고 가까이에서 사격 소리가 들렸다. 그리고 안드레이 공작으로부터 두어 걸음 떨어진 곳에서 두려움에 휩싸인 순박한 목소리가 외쳤다. "어이, 이제 끝장이야!" 마치 구령 같았다. 그 목소리에 다들 부랴부랴 달아나기 시작했다.

점점 늘어나는 혼잡한 무리는 오 분 전 두 황제의 옆을 지나친 장소로 다시 뛰어갔다. 이 무리를 멈춰 세우기도 어려웠지만 무리와 함께 뒤로 떠밀리지 않는 것도 불가능했다. 볼콘스키는 그저 쿠투조프에게서 떨어지지 않으려고 애쓰며 눈앞에서 무슨 일이 벌어지는지 이해하지 못한 채 곤혹스럽게 주위를 두리번거렸다. 네스비츠키는 평소와 달리 벌겋게 상기된 얼굴에 격분한 표정을 띠고서 쿠투조프를 향하여 지금 떠나지 않으면 틀림없이 사로잡힐 것이라고 부르짖었다. 쿠투조프는 그 자리에 그대로 선 채 아무런 대꾸 없이 손수건을 꺼냈다. 뺨에서 피가 흘렀다. 안드레이 공작이 사람들을 헤치고 다가갔다.

"다치셨습니까?" 그는 아래턱의 떨림을 간신히 억누르며 물었다.

"다친 곳은 여기가 아니라 바로 저곳이오." 쿠투조프는 상처 입은 뺨을 손수건으로 누른 채 달아나는 병사들을 가리키며 말했다.

"저들을 멈추게 하시오!" 이렇게 외치면서도 그는 그들을 멈출 수 없을 거라고 확신하는 듯했다. 그는 박차를 가하여 오른쪽으로 말을 몰았다.

또다시 밀어닥친 패주병들의 무리가 쿠투조프를 덮쳐 뒤쪽으로 끌고 갔다.

군대가 어찌나 빽빽하게 무리를 이루어 달리는지 일단 한가운데에 휩쓸리면 벗어나기 힘들 정도였다. 누군가는 "어서 가, 뭘 꾸물거려?"라고 소리쳤고, 누군가는 그 자리에서 등을 돌려 허공에 총을 쏘아 댔고, 누군가는 쿠투조프가 탄 말을 후려쳤다. 사람들의 급류에서 안간힘을 다해 왼쪽으로 벗어난 쿠투조프는 절반 넘게 줄어든 수행원들을 거느리고 근처에서 들리는 포성을 향해 말을 몰았다. 패주병들의 무리를 벗어나 쿠투조프에게서 떨어지지 않으려고 애쓰던 안드레이 공작은 연기에 휩싸인 산비탈에서 여전히 대포를 쏘고 있는 러시아 포병 중대와 그들 쪽으로 달려가는 프랑스군을 보았다. 좀더 높은 곳에는 러시아군 보병대가 있었다. 그들은 포병 중대를 돕기 위해 전진하려고도, 패주병들과 같은 방향으로 후퇴하려고도 하지 않았다. 말을 탄 장군이 그 보병대에서 떨어져나와 쿠투조프에게로 다가왔다. 쿠투조프의 수행원들 가운데 남은 사람은 겨우 네 명뿐이었다. 다들 창백한 얼굴로 말없이 서로에게 눈짓만 보냈다.

"저 파렴치한 놈들을 멈추게 하시오!" 쿠투조프는 연대장에게 패주병들을 가리켜 보이며 숨가쁘게 말했다. 그러나 바로 그 순간 마치 그 말에 대한 벌이라는 듯 총알들이 휙휙 소리를 내며 연대와 쿠투조프의 수행원들 위로 새 떼처럼 날아들었다.

프랑스군이 포병 중대를 공격하다가 쿠투조프를 보고 총을 쏘아 댄 것이다. 이 일제 사격과 동시에 연대장이 한쪽 다리를 움켜잡았다. 몇몇 병사들이 쓰러졌으며, 군기를 들고 서 있던 특무 상사는 손에서 군기를 놓쳤다. 군기가 이리저리 흔들리다 쓰러지며 옆에 있던 병사의 라이플총에 걸렸다. 병사들은 명령을 받지도 않고 사격을 시작했다.

"오오!" 쿠투조프는 절망에 찬 표정으로 울부짖듯 말하며 주위를 보았다. "볼콘스키." 그는 늙어 버린 자신의 무력함을 자각하며 떨리는 목소리로 속삭였다. "볼콘스키." 그는 적군과 무질서한 러시아 대대를 가리키며 속삭였다. "이게 도대체 뭐란 말인가?"

그러나 그가 그 말을 다 끝내기도 전에 안드레이 공작은 목구멍으로 치밀어 오르는 수치와 분노의 눈물을 느끼며 말에서 훌쩍 뛰어내려 군기를 향해 달려갔다.

"제군들이여, 전진하라!" 그는 어린아이 같은 높고 날카로운 목소리로 부르짖었다.

'드디어 때가 왔다!' 깃대를 쥔 안드레이 공작은 그를 겨냥한 것이 분명한 총탄 소리에 쾌감을 느끼며 생각했다. 몇몇 병사들이 쓰러졌다.

"우라!" 안드레이 공작은 무거운 군기를 두 손으로 간신히 지탱하며 이렇게 외치고는 대대 전체가 뒤따라 달려오리라는 확고한 믿음을 가지고서 앞으로 돌격했다.

실제로 그가 혼자 달린 것은 겨우 몇 걸음에 지나지 않았다. 한 병사가 움직이자 또 한 병사가 움직이고, 이윽고 전 대대가 "우라!" 하는 함성과 함께 안드레이 공작을 앞질러 돌격했다. 대대의 부사관이 달려와 안드레이 공작의 두 손에서 무게 때문에 흔들리는 군기를 넘겨받았으나 곧 전사하고 말았다. 안드레이 공작은 다시 군기를 잡고 깃대를 질질 끌면서 대대와 함께 달렸다. 그는 눈앞에서 아군의 포병들을 보았다. 어떤 이들은 적과 싸웠으며, 어떤 이들은 대포를 버리고 그를 향해 달려왔다. 포병대의 말을 붙잡고 대포를 돌리는 프랑스 보병들도 보았다. 안드레이 공작과 대대는 이미 대포로부터 스무 걸음 떨어진 곳에 있었다. 머리 위에서 그칠 새 없는 총탄 소리가 들렸고, 안드레이 공작의 양옆에서는 병사들이 계속 신음하며 쓰러졌다. 그러나 그는 그들을 보지 않았다. 오로지 앞에서, 즉 포병 중대에서 벌어지는 일만 주시했다. 그는 원통형 군모를 비뚜름히 쓴 채 꽂을대의 한쪽 끝을 잡아당기는 붉은 머리 포병의 모습을 뚜렷이 보았다. 꽂을대의 반대쪽 끝은 프랑스 병사가 잡아당기고 있었다. 안드레이 공작은 두 사람의 얼굴에서 당황한 기색이 확연하면서도 적의에 찬 표정을 보았다. 그들은 자신들이 무엇을 하고 있는지 모르는 듯했다.

'저들은 무엇을 하는 걸까?' 안드레이 공작은 그들을 쳐다보며 생각에 잠겼다. '어째서 붉은 머리 포병은 무기도 없으면서 달아나지 않을까? 어째서 저 프랑스인은 그를 죽이지 않는 걸까? 저 사내가 미처 여기까지 달려오기 전에 프랑스인은 무기를 생각해 내고 그를 죽이겠지.'

실제로 다른 프랑스인이 서로 맞붙어 싸우는 두 사람에게 라이플총을 겨누고 달려왔다. 그리하여 무엇이 자신을 기다리는지 여전히 알지 못한 채 의기양양하게 꽂을대를 잡아챈 붉은 머리 포병의 운명이 이제 막 결정되려는 순간이었다. 그러나 안드레이 공작은 그 운명이 어떤 식으로 끝나는지 보지 못했다. 마치 가장 가까이 있는 병사들 가운데 한 명이 단단한 몽둥이로 머리를 힘껏 친 것 같았다. 조금 아프기도 했지만 무엇보다 불쾌했던 것은 통증이 주의를 흐트러 그가 주시하던 장면을 못 보게 방해했기 때문이었다.

'어떻게 된 거지? 내가 쓰러지는 건가! 다리가 말을 듣지 않아.' 그는 이런 생각을 하며 뒤로 쓰러졌다. 그는 프랑스인들과 포병들의 싸움이 어떻게 끝나는지 보고 싶어서, 붉은 머리 포병이 죽었는지 어떤지, 대포를 뺏겼는지 지켰는지 알고 싶어서 눈을 떴다. 그러나 아무것도 보이지 않았다. 머리 위에는 하늘 외에 아무것도 없었다. 높은 하늘, 맑지는 않지만 헤아릴 수 없이 높은 하늘, 조용히 떠다니는 회색 구름. '정말 고요하고 평온하고 장엄하군! 내가 달릴 때와 전혀 달라.' 안드레이 공작은 생각했다. '우리가 달리고 소리치고 서로 싸울 때와 달라. 프랑스인과 포병이 적의와 두려움에 찬 얼굴로 서로 꽂을대를 잡아당기던 때와도 전혀 다르군. 구름은 저 높고 무한한 하늘에서 전혀 다른 방식으로 흐르는구나. 어째서 예전에는 저 높은 하늘을 보지 못했을까? 마침내 저 하늘을 알게 되었으니 나는 얼마나 행복한가! 그렇군! 모든 것이 공허해. 이 무한한 하늘 외에는 모든 게 다 허위야. 저 하늘 외에는 아무것도, 아무것도 존재하지 않아. 하지만 심지어 그마저도 없군. 정적과 평온 외에 아무것도 없어. 아, 하느님, 감사합니다!'[216]

---

216) 러시아어로 'slava bogu'라는 표현은 직역하면 '하느님께 영광을!'이라는 뜻이지만 좋은 일에 대한 감정을 나타내는 표현으로도 널리 사용된다. 이 경우에 고맙게도, 좋다, 훌륭하다, 다행이다 등으로 다양하게 번역할 수 있다.

# 17

9시, 바그라치온의 오른쪽 측면에서는 아직 전투가 시작되지 않았다. 전투를 시작하라는 돌고루코프의 요구에 동의하고 싶지 않은 데다 책임을 회피하고 싶었기에 바그라치온 공작은 총사령관에게 사람을 보내 그 문제에 대해 물어보자고 돌고루코프에게 제안했다. 양 측면 사이의 거리가 10베르스타 정도 되었기에 설사 전령이 죽지 않는다 해도,(죽을 가능성은 매우 높았다.) 설사 전령이 총사령관을 찾아낸다 해도(그것은 매우 어려운 일이었다.) 저녁때까지 돌아올 수 없다는 점을 바그라치온은 알고 있었다.

바그라치온은 아무것도 드러내지 않는, 잠을 충분히 자지 못한 듯 흐리멍덩한 큰 눈으로 수행단을 돌아보았다. 자기도 모르게 흥분과 기대로 얼어붙은 로스토프의 어린아이 같은 얼굴이 가장 먼저 눈에 들어왔다. 바그라치온은 로스토프를 파견했다.

"만약 총사령관님보다 폐하를 먼저 뵙게 되면 어떻게 합니까, 각하." 로스토프가 한 손을 군모의 챙에 붙이고 말했다.

"폐하께 전해도 좋아." 돌고루코프가 바그라치온의 말을 황급히 가로막으며 말했다.

산병선에서 교대하고 돌아온 후 아침이 밝기까지 몇 시간 정도 눈을 붙일 수 있었기에 로스토프는 동작의 탄력, 자신의 행복에 대한 확신, 모든 것이 쉽고 즐겁고 가능해 보이는 마음 상태와 더불어 즐겁고 대담하고 결연한 감정을 느꼈다.

그의 모든 희망이 이날 아침에 다 이루어졌다. 결전이 벌어졌고, 그 자신도 거기에 참가했다. 게다가 가장 용감한 장군의 연락 장교가 되었다. 그뿐 아니라 임무를 띠고 쿠투조프에게 가게 되었다. 어쩌면 군주에게 갈지도 몰랐다. 밝게 빛나는 아침이었고, 그가 탄 말은 훌륭했다. 그는 즐겁고 행복했다. 명령을 받자 말을 몰고 전선을 따라 질주했다. 처음에는 아직 전투를 시작하지 않은 채 꼼짝 않고 서 있는 바그라치온 부대의 전선을 따라 말을 달렸다. 그다음에 그는 우바로프[217]의 기병대가 점유한 지역에 들어섰고, 여기에서 이미 부대의 이동과

---

217) 표도르 페트로비치 우바로프(Fyodor Petrovich Uvarov, 1773~1824). 기병대 장군으로 알렉산드르 1세의 측근이었다. 아우스터리츠 전투에서 근위 기병 연대를 지휘했고, 퇴각하는 러시아군을 엄호했다. 틸지트 조약과 에어푸르트 조약을 맺을 때 알렉산드르 1세와 동행했다. 1812년 전쟁에서 기병 1군단을 지휘했고, 보로지노에서 큰 활약을 보였으며, 프랑스군이 퇴각할 때 밀로라도비치 장군의 부대를 지원했다. 이후 유럽 원정에도 참가했다.

전투 준비의 전조를 알아차렸다. 우바로프의 기병대를 지나 칠 때 벌써 대포와 여러 화포의 발사 소리를 뚜렷하게 들었던 것이다. 그 소리는 점점 더 맹렬해졌다.

불규칙한 간격으로 두세 발의 총소리와 뒤이은 한두 발의 화포 소리가 들리던 이전과 달리 싱그러운 아침 공기 속에서 프라츠 앞쪽의 산비탈을 따라 우레 같은 라이플총 소리가 들려왔다. 그 사이사이 화포 소리가 어찌나 자주 끼어드는지 이따금 몇몇 포성들은 더 이상 따로 구분되지 않고 하나의 전체적인 울림으로 어우러졌다.

라이플총 연기가 마치 산비탈을 따라 서로를 추격하며 달리는 듯한 모습, 화포의 연기가 빙글빙글 소용돌이치며 올라가 사방으로 흩어져 뒤섞이는 모습이 보였다. 연기 속에서 번뜩이는 총검의 광채로 크게 무리를 지어 이동하는 보병들과 녹색 포차로 좁은 띠를 이룬 포병들을 알아볼 수 있었다.

로스토프는 무슨 일이 벌어지는지 살피기 위해 언덕에서 잠시 말을 세웠다. 그러나 아무리 주의를 집중해도 무슨 일이 벌어지고 있는지 전혀 이해할 수도 파악할 수도 없었다. 저기 연기 속에서 어떤 사람들이 움직이고 있었다. 아마포처럼 펼쳐진 어떤 부대들이 앞뒤로 움직였다. 하지만 어째서일까? 누구일까? 어디로 향하는 걸까? 도무지 헤아릴 수가 없었다. 그 광경과 소리는 그에게 어떤 음울하고 소심한 감정을 불러일으키기는커녕 오히려 힘과 결의를 북돋았다.

'자, 더, 좀 더 힘을 내!' 그는 마음속으로 그 소리에 말을 걸었다. 그러고는 다시 전선을 따라 말을 몰며 벌써 부대들이 전투를 시작한 지역으로 점점 더 깊숙이 침투했다.

'앞으로 저곳이 어떻게 될지는 모르겠지만 다 잘되겠지!' 로스토프는 생각했다.

어느 오스트리아 부대를 지나친 로스토프는 그다음 전선(그것은 근위대였다.)이 이미 전투태세에 들어섰다는 사실을 알아차렸다.

'더 잘됐군! 가까이에서 봐야지.' 그는 생각했다.

그는 거의 최전선을 따라 달렸다. 말을 탄 몇몇 사람들이 그가 있는 쪽으로 질주해 왔다. 그들은 대열이 흐트러진 채 공격에서 돌아오는 아군의 근위 창기병[218]이었다. 로스토프는 그들을 비켜 지나다 피투성이가 된 이들 가운데 한 명을 무심결에 보았으나 앞으로 계속 질주했다.

'나와 아무 상관 없는 일이야!' 그는 생각했다. 그러고 나서 몇백 걸음을 가기도 전에 벌판 전체를 뒤덮은 기병대의 거대한 무리가 왼쪽에서 앞을 가로지르며 나타났다. 눈부신 하얀 군복을 입고 검은 말을 탄 그들은 그를 향하여 똑바로 질주해왔다. 로스토프는 이 기병들이 통과하는 길에서 벗어나기 위해 전속력으로 말을 몰았다. 만약 그들이 계속 같은 속도로 달렸다면 로스토프도 그들로부터 벗어날 수 있었을 것이다. 그러나 그들은 계속 속도를 높였다. 그래서 몇몇 말들은 이미 전속력으로 질주하고 있었다. 말발굽 소리와 무기들의 금속성

---

218) 기병의 한 분과이며 근본적으로는 경기병과 동일하다. 다만 총 대신에 창을 소지한다. 러시아군의 편성에 대해서는 이 책 주 28을 참조.

이 로스토프의 귀에 점점 더 크게 들려왔고 말과 사람들, 심지어 얼굴까지 더욱더 또렷하게 보이기 시작했다. 그들은 맞은편에서 접근해 오는 프랑스 기병대를 공격하러 가는 아군의 근위 기병들이었다.

근위 기병들은 빠른 속도로 말을 몰긴 했지만 아직은 말을 억제하고 있었다. 로스토프는 이미 그들의 얼굴을 보았고, 한 장교가 자신의 순종 말을 전속력으로 몰면서 "돌격, 돌격!" 하고 외치는 구령을 들었다. 로스토프는 프랑스군에 대한 공격에 휩쓸리거나 짓밟힐까 봐 두려워 전선을 따라 말을 최대한 힘껏 달렸지만 여전히 벗어날 수 없었다.

키가 엄청나게 크고 곰보 자국이 있는 맨 끝의 근위 기병은 앞쪽에서 충돌을 피할 수 없게 된 로스토프를 보자 사납게 인상을 썼다. 만약 로스토프가 그 근위 기병이 탄 말의 눈을 채찍으로 후려칠 생각을 해내지 못했다면 근위 기병은 분명 로스토프와 그의 말 베두인을 쓰러뜨렸을 것이다.(로스토프에게는 그 거대한 인간들과 말들에 비해 자신이 너무 작고 연약하게 느껴졌다.) 키가 50베르쇼크[219]나 되는 덩치 좋은 검은 말은 귀를 접은 채 옆으로 비켰다. 그러나 곰보 근위 기병이 거대한 박차로 옆구리를 세차게 치자 말은 꼬리를 흔들고 목을 쑥 빼면서 더욱 빠르게 달렸다. 근위 기병들이 로스토프를 거의 다 지나쳐 갈 즈음 로스토프는 "우라!" 하고 외치는 그들의 함성 소리를 들었다. 뒤를 돌아본 그는 근위 기병의 선두 대열들이 붉은

---

219) 제정 러시아 시대의 길이 단위로 1베르쇼크는 약 4.5센티미터다.

견장을 단, 아마도 프랑스군인 듯한 낯선 기병들과 뒤섞이는 광경을 보았다. 더 이상은 아무것도 보지 못했다. 곧이어 어디에선가 대포를 쏘기 시작했고 주위가 온통 연기로 뒤덮였기 때문이다.

로스토프를 지나친 근위 기병들이 연기 속으로 자취를 감춘 순간 그는 그들을 뒤따라 질주해야 할지, 자신이 가야 할 곳으로 향해야 할지 망설였다. 그것은 프랑스군조차 경탄하게 만든 근위 기병들의 눈부신 공격이었다. 나중에 로스토프는 거구의 미남들로 이루어진 그 대군 전체에서, 1000루블짜리 말을 탄 부자, 젊은이, 장교, 사관후보생 등 그를 지나쳐 달려간 그 눈부신 사람들 전체에서 공격 후 살아남은 사람이 겨우 열여덟 명이라는 사실을 듣고 두려움에 떨었다.

'내가 왜 저들을 부러워해야 하지? 내 몫이 없어지는 것도 아닌데. 그리고 이제 난 어쩌면 군주를 만날지도 모르잖아!' 로스토프는 이런 생각을 하며 앞으로 달렸다.

근위 보병대와 나란히 가게 된 그는 그들 위로, 그들 주위로 포탄이 날아다니는 것을 알아차렸다. 포탄 소리를 들어서라기보다 병사들의 얼굴에서 불안을 보고, 장교들의 얼굴에서 부자연스러울 정도로 용감하고 엄숙한 분위기를 보았기 때문이다.

대열을 지은 근위 보병 연대들 가운데 한 연대의 뒤를 지나치려 할 때 로스토프는 그의 이름을 부르는 목소리를 들었다.

"로스토프!"

"뭐야?" 그는 보리스를 알아보지 못한 채 부름에 대꾸했다.

"어때, 우리도 제1전선에 오게 됐어! 우리 연대가 공격을 했다니까!" 보리스는 처음으로 공격에 참가하는 청년들이 흔히 그러듯 행복한 미소를 지으며 말했다.

로스토프는 그 자리에 멈췄다.

"정말? 그래서 어떻게 됐어?" 그가 말했다.

"물리쳤지!" 말이 많아진 보리스가 활기차게 말했다. "상상할 수 있겠어?"

그러더니 보리스는 어떻게 해서 제 위치에 있던 근위대가 눈앞의 군대를 보고 오스트리아군으로 착각하게 되었는지, 어떻게 해서 그 군대가 발사한 포탄에 자신들이 제일선에 있다는 것을 불현듯 깨닫게 되었는지, 어떻게 해서 근위대가 뜻밖의 전투를 할 수밖에 없었는지 늘어놓기 시작했다. 로스토프는 이야기를 다 듣기도 전에 말을 움직였다.

"어디로 가는데?" 보리스가 물었다.

"임무를 띠고 폐하께 가는 길이야."

"저기 계셔!" 보리스가 말했다. 그는 로스토프의 말을 '폐하'가 아닌 '전하'를 만나야 한다는 뜻으로 들었다.

그러더니 그는 100걸음 정도 떨어진 곳에 있는 대공을 로스토프에게 가리켜 보였다. 대공은 철모를 쓰고 근위 기병용 상의를 입은 차림으로 언제나처럼 어깨를 으쓱 올리고 눈썹을 찌푸린 채 하얗고 창백한 오스트리아 장군에게 뭐라고 고함을 지르고 있었다.

"저분은 대공이잖아. 난 총사령관님이나 폐하께 가야 해." 로스토프는 이렇게 말하며 말을 움직였다.

"백작, 백작."보리스처럼 활기에 넘친 베르크가 다른 쪽에서 달려오며 외쳤다. "백작, 난 오른팔에 부상을 입었지만(그는 손수건으로 동여맨 피투성이 손을 보이며 말했다.) 전선에 남았습니다. 백작, 난 이제 왼손으로 장검을 줍니다. 백작, 우리 폰 베르크 가문에서는 모두가 기사였답니다."

베르크가 뭐라고 더 말했지만 로스토프는 끝까지 듣지 않고 출발해 버렸다.

근위대와 텅 빈 지역을 지나친 로스토프는 근위 기병의 공격에 휘말린 것처럼 또다시 제1전선에 들어가지 않도록 총성과 포성이 가장 격렬한 곳을 멀리 우회하며 예비 부대의 전선을 따라 말을 몰았다. 갑자기 앞쪽과 아군의 뒤쪽에서, 즉 결코 적이 있을 거라고 예상하지 못한 장소에서 라이플총 소리가 가깝게 들려왔다.

'어떻게 이럴 수 있지? 적이 아군의 뒤쪽에 있나? 그럴 리 없어.' 로스토프는 생각했다. 그러자 자신과 전투 전체의 결과에 대한 소름 끼치는 공포가 불현듯 그를 엄습했다. '하지만 어떻게 된 일이든 이제 우회할 지점도 없어. 이곳에서 총사령관님을 찾아야 해. 만일 모두 죽으면 나의 임무도 그 사람들과 함께 끝장나는 거야.'

프라츠 마을 너머 온갖 부대의 무리가 뒤섞여 있는 지역으로 깊숙이 들어갈수록 갑작스럽게 로스토프를 덮친 불길한 예감은 점점 더 확실해졌다.

"어떻게 된 거야? 어떻게 된 거냐고? 누구에게 쏘고 있어? 누가 쏘는 거야?"로스토프는 그의 길목을 막고 서로 뒤섞여 도망치는 러시아와 오스트리아 병사들 무리와 나란히 달리며 물었다.

"그런 건 악마나 알겠지! 전부 죽었어! 전멸이라고!"도주하는 무리가 러시아어로, 독일어로, 체코어로 그에게 대꾸했다. 로스토프와 마찬가지로 그들 역시 그곳에서 무슨 일이 벌어지는지 전혀 알지 못했다.

"독일 놈들을 쳐부수자!"한 사람이 말했다.

"악마에게 그놈들을 잡아가라고 해! 배신자들."

"저 러시아 놈들이나 악마에게 보내 버려!"(독일어) 독일인이 뭐라고 투덜거렸다.

부상자들 몇 명이 길을 걸어가고 있었다. 욕설과 고함과 신음이 하나의 전체적인 울림으로 뒤섞였다. 사격 소리가 잦아들었다. 나중에 로스토프가 알아보니 러시아 병사들과 오스트리아 병사들이 서로에게 총질을 한 것이었다.

'아, 하느님! 이게 도대체 뭐람?' 로스토프는 생각했다. '폐하께서 어느 때라도 저들을 보실 수 있는 바로 이곳에서……. 아니야. 틀림없이 몇몇 불한당들의 짓이야. 이런 일은 곧 지나갈 거야. 이건 아니야. 있을 수 없는 일이지. 그저 얼른, 얼른 저놈들에게서 떨어지자!' 그는 생각했다.

패배니 도주니 하는 생각은 로스토프의 머리에 아예 들어올 수도 없었다. 프라첸 고지에 있는 프랑스군의 대포와 군대를 보면서도, 바로 그곳에서 총사령관을 찾도록 지시를 받았으면서도 그는 그것을 믿을 수 없었고 믿고 싶지도 않았다.

# 18

로스토프는 프라츠 마을 부근에서 쿠투조프와 군주를 찾으라는 명령을 받았다. 그러나 그곳에는 그 두 사람만 아니라 단한 명의 지휘관도 없었고, 그저 무질서한 군대의 잡다한 무리뿐이었다. 그는 한시바삐 이 무리를 지나치기 위해 이미 지쳐버린 말을 급하게 몰아댔다. 그러나 앞으로 나아갈수록 무리는 더욱 무질서해 보였다. 로스토프가 들어선 큰길은 콜랴스카들, 온갖 종류의 승용 마차들, 온갖 병종(兵種)의 러시아 병사들과 오스트리아 병사들, 부상자들과 부상을 당하지 않은자들로 붐볐다. 프라첸 고지에 배치된 프랑스 포병 중대로부터 날아오는 포탄들의 음울한 소리 아래에서 이 모든 것들이와글거리며 어지럽게 꿈틀거리고 있었다.

"폐하는 어디 계신가? 쿠투조프는 어디 계시지?" 로스토프는 붙잡아 세울 수 있었던 모든 이들에게 물었으나 아무에게서도 대답을 듣지 못했다.

마침내 그는 한 병사의 옷깃을 움켜잡고서 강제로 대답을 받아 냈다.

"어, 형제! 다들 한참 전에 저기 앞쪽으로 줄행랑을 쳤네." 병사는 무엇 때문인지 킬킬거리며 몸을 빼려고 버둥거리면서 말했다.

로스토프는 술에 취한 것이 분명한 이 병사를 내버려 두고는 종졸 혹은 고위층 인사의 조마사인 듯한 사람의 말을 멈춰 세우고 그에게 이것저것 묻기 시작했다. 종졸은 군주를 실은 카레타가 한 시간 전에 바로 이 길을 따라 전속력으로 달려갔으며 군주가 중상을 입었다고 알려 주었다.

"그럴 리 없어. 틀림없이 다른 사람이겠지." 로스토프가 말했다.

"제가 직접 봤습니다." 종졸은 자신만만하게 씩 웃으며 말했다. "이제 저 같은 놈도 폐하를 알아볼 때가 되었죠. 페테르부르크에서 이만큼 가까운 거리에서 여러 번 뵌 것 같습니다. 지독하게 창백한 모습으로 카레타에 앉아 계셨죠. 정말이지 검은 말이 끄는 사두마차가 우리 옆을 빠른 속도로 지나치는데 어찌나 덜그럭대던지…… 이제 저도 차르의 말과 일리야 이바노비치를 알아볼 때도 되지 않았나 싶은데요. 마부 일리야가 차르 외에는 아무도 마차로 모시지 않는 것 같아서요."

로스토프는 그의 말을 놓아주고 앞으로 가려 했다. 옆을 지나치던 부상당한 장교가 그에게 말을 걸었다.

"누구를 찾으십니까?" 장교가 물었다. "총사령관님 말입니까? 포탄에 맞아 전사하셨습니다. 우리 연대에서 가슴에 포탄을 맞으셨지요."

"전사하신 게 아니라 부상을 당하셨지." 다른 장교가 말을 바로잡았다.

"누가요? 쿠투조프가요?" 로스토프가 물었다.

"쿠투조프가 아닙니다. 그 사람 이름이 뭐더라? 뭐, 어쨌든 마찬가지입니다. 살아남은 사람이 얼마 없으니까요. 저기 저 마을로 가십시오. 저곳에 지휘관들이 모두 모여 있습니다." 그 장교는 호스티에라데크 마을을 가리키며 이렇게 말하고는 지나쳐 가 버렸다.

로스토프는 지금 누구에게 왜 가는지도 모른 채 천천히 말을 몰았다. 군주는 부상당했고 아군은 전투에서 패했다: 이제 그 사실을 믿지 않을 수 없었다. 로스토프는 장교가 가리킨 대로 멀리 탑과 교회가 보이는 방향을 향했다. 무엇 때문에 서두른단 말인가? 설사 군주와 쿠투조프가 살아 있고 부상을 당하지 않았다 해도 이제 와서 그들에게 무슨 말을 할 것인가?

"이 길로 가십시오, 장교님. 거기에 있다가는 즉사합니다." 한 병사가 그에게 소리쳤다. "거기에 있으면 죽는다고요!"

"아니, 무슨 소리!" 다른 병사가 말했다. "저 사람은 어디로 가는 거야? 이쪽이 더 가까운데."

로스토프는 잠시 생각하다가 거기로 가면 죽게 될 거라고 들은 방향으로 향했다.

'이제 어떻게 되든 상관없어! 폐하께서 부상을 당하셨는데 어떻게 내가 스스로를 소중히 할 수 있겠어?' 그는 생각했다. 그는 프라츠에서 도망친 사람들이 가장 많이 죽은 지역으로 들어섰다. 아직은 프랑스군이 점령하지 않았지만 살았거나 부상당한 러시아인들은 오래전에 그곳을 버리고 떠났다. 벌판에는 기름진 밭에 쌓인 낟가리처럼 1제샤치나[220]당 열 명에서 열다섯 명가량 되는 사상자들이 쓰러져 있었다. 부상자들은 둘이나 셋씩 함께 기어갔다. 불쾌하고, 때로는 억지로 꾸민 듯한 — 로스토프에게는 그렇게 들렸다 — 비명과 신음 소리가 들려왔다. 로스토프는 고통스러워하는 그 모든 사람들을 보지 않기 위해 빠른 속도로 말을 몰았다. 무서워졌다. 목숨 때문이 아니라 용기 때문에 두려웠다. 그에게는 용기가 필요했다. 그는 자신의 용기로는 그 불행한 사람들의 모습을 견딜 수·없으리라는 것을 알았다.

생존자 없이 사상자들로 뒤덮인 이 벌판에 사격을 중지했던 프랑스군은 벌판을 돌아다니는 부관을 보자 그에게로 대포를 돌려 포탄을 몇 발 쏘았다. 바람을 휙휙 가르는 그 무시무시한 소리에 대한 느낌과 주위를 에워싼 시체들이 로스토프의 마음속에서 공포와 자기 연민이라는 하나의 인상으로 어우러졌다. 어머니의 마지막 편지가 뇌리에 떠올랐다. '어머니가 지금 이곳에서, 이런 벌판에서, 대포가 나를 겨누고 있는 이런 상황에서 날 보신다면 어떠실까?'

호스티에라데크 마을에는 비록 혼란에 빠졌어도 매우 질서 있게 전장으로부터 떨어져 이동하는 러시아 군대가 있었

---

220) 제정 러시아 시대의 넓이 단위로 1제샤치나는 4046.8제곱미터다.

다. 프랑스군의 포탄이 이곳까지는 미치지 않아 사격 소리가 아련하게 들렸다. 여기에서는 이미 다들 아군이 전투에 패한 것을 분명히 알았고, 또 그렇게 말했다. 누구에게 물어보든 군주가 어디에 있는지, 쿠투조프가 어디에 있는지 말해 줄 사람은 아무도 없었다. 어떤 이들은 군주의 부상에 대한 소문이 옳다고 말했다. 또 어떤 이들은 그렇지 않다고 말하면서, 그런 헛소문이 유포된 것은 사실 황제의 수행단에 속한 다른 사람들과 전장에 나갔던 궁내 대신 톨스토이 백작이 겁에 질린 창백한 얼굴로 군주의 카레타를 타고 전장에서 달아났기 때문이라고 설명했다. 한 장교는 로스토프에게 마을 너머 왼편에서 최고위층 지휘관들 가운데 누군가를 보았다고 말했다. 그래서 로스토프는 더 이상 누군가를 발견하리라는 기대도 없이 그저 스스로에게 양심의 거리낌이 남지 않도록 하기 위하여 그곳으로 출발했다. 3베르스타를 지나 러시아군의 마지막 부대를 지나친 로스토프는 도랑으로 에워싸인 채소밭 주위에서 말을 탄 채 도랑을 마주하고 서 있는 두 사람을 보았다. 군모에 하얀 깃털 장식을 단 사람은 어쩐지 로스토프에게 낯이 익었다. 멋진 적갈색 말(그 말은 로스토프에게 친숙했다.)을 탄 또 한 명의 낯선 사람은 도랑 쪽으로 다가가 말에 박차를 가하고 고삐를 늦추어 채소밭의 도랑을 사뿐히 넘었다. 말의 뒷발굽에 흙이 두둑 아래로 조금 흩어져 내렸을 뿐이었다. 그는 말을 확 돌려 다시 도랑을 넘더니 하얀 깃털 장식을 단 사람에게 정중히 말을 건넸다. 아마도 똑같이 해 보라고 권하는 듯했다. 로스토프에게 낯익은 형상을 하고 어떤 이유 때문인지 스스로도 모르는 사이에 로스토프의 주의를 끄는 이 사람은 고개와 한 손으로 거절하는 몸짓을 해 보였다. 이 몸짓에 로스토프는 그가 자신의 애통과 숭배의 대상인 군주라는 것을 순간적으로 알아차렸다.

'하지만 저 사람이 그분일 리 없어. 이런 황량한 벌판 한가운데에 혼자 있다니…….' 그 순간 알렉산드르가 고개를 돌렸고, 로스토프는 기억 속에 그토록 생생하게 새겨진 흠모하는 이의 생김새를 보았다. 군주의 얼굴빛은 창백했고 두 뺨은 홀쭉했으며 두 눈은 푹 꺼졌다. 그러나 그런 점이 그의 얼굴에 매력과 온화함을 더했다. 로스토프는 군주의 부상에 대한 소문이 사실이 아님을 확인하게 되어 행복했다. 군주를 보게 되어 행복했다. 그는 군주를 직접 알현하며 돌고루코프의 명을 전할 수 있게 되었다는 것, 또 그래야 한다는 것을 알았다.

그러나 사랑에 빠진 젊은이가 막상 꿈꾸던 순간이 찾아와 연인과 단둘이 있게 되면 기쁨으로 어리둥절하여 부들부들 떨기만 할 뿐 밤마다 꿈꾸던 것을 차마 말하지 못하듯, 또한 도움을 구하거나 때를 미루고 달아날 기회를 노리며 두려운 눈으로 주위를 두리번거리기만 하듯, 이 순간 로스토프는 세상에서 가장 바라던 기회를 얻고도 군주에게 어떻게 다가가야 할지 몰랐다. 또한 그런 행동이 왜 부적절하고 무례하며 있을 수도 없는 일인지에 대한 생각이 수천 가지나 떠올랐다.

'뭐야, 마치 내가 저분이 의기소침하게 혼자 있는 틈을 이용하게 되어 기뻐하는 것 같잖아. 이런 슬픈 순간에는 낯선 사람의 얼굴이 불쾌하고 괴롭게 보일 수도 있어. 그리고 저분을 보기만 해도 심장이 멎을 것 같고 입안이 바짝바짝 타들어 가는 지금 같은 때 내가 무슨 말을 할 수 있겠어?' 그동안 상상 속에서 군주를 바라보며 준비한 무수한 말들이 이 순간에는 머릿속에 단 한 마디도 떠오르지 않았다. 그런 말들은 대부분 전혀 다른 상황을 위해 준비된 것이었다. 그 말들은 대부분 승리와 환희의 순간에, 특히 부상으로 인한 죽음의 순간에, 군주가 그의 영웅적인 행동에 감사를 표하고 죽음을 앞에 둔 로스토프가 전투에서 증명한 자신의 사랑을 군주에게 고백하는 순간에 표현될 것들이었다.

'그렇다면 오른쪽 측면을 위한 명령에 대해 폐하께 뭐라고 여쭙지? 벌써 오후 3시가 지났고 전투에는 패했는데 말이야. 안 돼. 난 절대로 폐하께 다가가서는 안 돼. 폐하의 상념을 방해해서는 안 돼.' 로스토프는 그렇게 결심하고 가슴에 슬픔과 절망을 안은 채 물러났다. 그러고는 여전히 머뭇거리며 똑같은 자리에 서 있는 군주를 계속 돌아보았다.

로스토프가 그런 생각을 하며 슬프게 군주에게서 물러나는 동안 폰 톨 대위[221]가 우연히 똑같은 장소에 왔다가 군주를 발견하고는 곧장 말을 몰고 다가갔다. 대위는 도움을 드리고 싶다고 말하고 군주가 말에서 내려 도랑을 건널 수 있도록 도왔

---

221) 카를 표도로비치 폰 톨(Karl Fyodorovich von Toll, 1777~1842). 독일 태생의 러시아 장군. 수보로프의 지휘 아래 스위스에서 싸웠고, 오스트리아 원정과 튀르크 전쟁에도 참전했다. 1810년에는 알렉산드르 1세의 수행원으로, 1812년 전쟁에서는 병참부 장군으로, 유럽 원정에서는 황제 휘하 사령부의 병참부 장군으로 복무했다.

다. 군주는 쉬고도 싶고 몸도 안 좋아 사과나무 아래 앉았으며 톨은 그 옆에 머물렀다. 폰 톨이 오랫동안 군주에게 무언가 열심히 말하는 모습을, 군주가 울기 시작한 듯 한 손으로 눈을 가리고 다른 한 손을 톨에게 내미는 모습을 로스토프는 질투와 후회를 가슴에 품은 채 멀리서 바라보았다.

'내가 저 자리에 설 수 있었는데!' 로스토프는 생각했다. 그리고 군주의 운명에 대한 동정의 눈물을 간신히 참으며 완전한 절망 속에서 자신이 지금 어디로 무엇 때문에 가는지도 모른 채 앞으로 말을 몰았다.

자신의 나약함이 이 슬픔의 원인이라고 느끼면서 그의 절망은 점점 더 커져 갔다.

그는 군주에게 다가갈 수 있었다……. 그렇게 할 수 있었을 뿐 아니라 그렇게 해야만 했다. 그리고 그것은 군주에게 자신의 충성을 내보일 유일한 기회였다. 그런데도 그 기회를 이용하지 않았다……. '내가 무슨 짓을 한 거지?' 그는 생각했다. 그래서 말을 돌려 황제를 보았던 장소로 서둘러 되돌아갔다. 그러나 도랑 너머에는 이미 아무도 없었다. 짐마차와 승용 마차만 지나다녔다. 로스토프는 한 수송병으로부터 쿠투조프 사령부가 그곳에서 멀지 않은 마을에 있으며, 수송 대열이 지금 그곳으로 가는 중이라는 사실을 알아냈다. 로스토프는 그들을 뒤따라갔다.

로스토프의 앞쪽에는 쿠투조프의 조마사가 덮개를 씌운 말 여러 필을 끌며 걸어가고 있었다. 조마사 뒤로는 짐마차 한 대가, 짐마차 뒤로는 챙이 달린 모자를 쓰고 반외투를 걸친 다리가 구부정한 늙은 하인이 따랐다.

"치트, 어이, 치트!" 조마사가 말했다.

"왜?" 노인이 무심하게 대꾸했다.

"치트! 탈곡이나 하러 가시지."

"뭐? 멍청이 같으니, 퉤!" 노인은 화가 나서 침을 탁 뱉으며 말했다. 묵묵히 이동하는 가운데 얼마의 시간이 흘렀고, 다시 똑같은 농담이 되풀이되었다.

오후 5시 무렵 전투는 모든 지점에서 패배로 종결되었다. 100문이 넘는 대포가 프랑스군의 수중에 떨어졌다.

프셰비솁스키와 그의 군대는 무기를 내려놓고 항복했다. 다른 종대들은 병력을 절반 정도 잃은 채 무질서하게 혼잡한 무리를 이루어 퇴각했다.

랑즈롱과 도흐투로프의 부대에서 살아남은 병사들은 서로 뒤섞여 아우게스트 마을에 있는 못 부근의 둑과 제방에 빼곡히 모여 있었다.

5시가 지나자 프랑스군의 일방적인 포격 소리가 계속 들려오는 곳은 아우게스트의 둑뿐이었다. 프랑스군은 프라첸 고지의 비탈에 무수한 포대를 배치하고서 퇴각하는 아군 부대에 포화를 퍼부었다.

후위대에서는 도흐투로프와 여러 사람들이 대대를 모아 아군을 추격하는 프랑스 기병대에 맞서 방어 사격을 하고 있었다. 어둠이 깔리기 시작했다. 아우게스트의 좁은 둑 위에서는, 그토록 오랜 세월 모자 쓴 방앗간 노인이 낚싯대를 쥔 채 평화로이 앉아 있는 동안 손자가 루바시카의 소매를 걷고 바가지로 펄떡이는 은빛 물고기를 떠올리던 그 둑 위에서는, 그토록 오랜 세월 털모자와 파란 웃옷을 입은 모라비아인들이 말 두 필이 끄는 짐수레에 밀을 싣고서 평화롭게 지나갔다가 밀가루를 온통 뒤집어쓴 채 하얀 짐수레를 끌고 되돌아오던 그 둑 위에서는, 이제 그 좁은 둑 위에서는 죽음의 공포로 추악한 몰골을 한 사람들이 치중차와 대포 사이에서, 말 아래에서, 바퀴 사이에서 북적대며 고작 몇 걸음 더 가 봤자 똑같이 죽음을 당할 뿐인데도 서로를 짓누르고, 죽어 가고, 죽은 사람들을 타넘고, 서로를 죽이고 있었다.

이 빽빽한 무리 한가운데로 십 초마다 포탄이 공기를 압축하며 쿵 떨어지고 유탄이 폭발하여 부근에 있던 사람들이 죽거나 피를 뒤집어썼다. 팔에 부상을 입고 자기 중대의 병사 열 명과 함께 걸어서 이동하고 있는 돌로호프(그는 이미 장교였다.)와 말을 탄 연대장이 연대 전체의 생존자였다. 그들은 군중에게 떠밀려 둑 입구로 들어섰다가 사방에서 짓눌려 그 자리에 멈추었다. 앞쪽에서 사람들이 대포 아래 깔린 말을 끌어내고 있었기 때문이다. 포탄 하나가 그들 뒤에 있던 누군가를 죽였다. 또 다른 포탄이 앞쪽에 떨어지며 돌로호프에게 피를 튀겼다. 무리는 필사적으로 서서히 나아가다가 주춤하고, 또 몇 걸음 나아가다가 다시 멈추었다.

'이 100걸음 거리만 통과하면 난 틀림없이 목숨을 건질 수 있어. 하지만 이 분만 더 이렇게 있다가는 죽고 말 거야. 틀림없이.' 모두가 그렇게 생각했다.

무리 한가운데에 서 있던 돌로호프는 병사 두 명을 넘어뜨리고 둑 가장자리로 달려가 못을 뒤덮은 미끄러운 얼음 위로 뛰어내렸다.

"방향을 틀어!" 그는 발밑에서 쩍쩍 갈라지는 얼음 위를 껑충껑충 뛰면서 소리쳤다. "방향을 틀라니까!" 그는 대포를 향해 외쳤다. "안 깨져!"

빙판은 그를 지탱하긴 했으나 푹 꺼지고 쩍쩍 갈라졌다. 대포나 군중은커녕 그 한 사람의 무게만으로도 금방 산산조각이 날 것 같았다. 사람들은 그를 보고 못 기슭으로 몰려들었지만 빙판에 올라서야 할지 말아야 할지 망설였다. 둑 입구에서 말을 멈추고 서 있던 연대장은 손을 번쩍 들면서 돌로호프에게 말을 걸려고 입을 열었다. 갑자기 포탄 하나가 무리 위로 아주 낮게 휙 날아오는 바람에 모두 몸을 숙였다. 무언가가 축축한 것 속으로 철퍼덕 떨어졌고, 뒤이어 장군이 말과 함께 피가 고인 웅덩이로 쓰러졌다. 그를 일으켜야겠다고 생각하는 사람은커녕 눈길을 주는 사람조차 없었다.

"빙판으로 가! 빙판을 지나라니까! 어서 가! 방향을 틀어! 내 말이 안 들려! 빨리 가!" 장군에게 포탄이 떨어진 후 갑자기 스스로도 무슨 말을 왜 외치는지 모르는 무수한 목소리들이 들려왔다.

둑에 들어선 뒤쪽의 대포들 가운데 하나가 빙판 쪽으로 방향을 틀었다. 둑에서 병사들의 무리가 얼어붙은 못 위로 뛰어내리기 시작했다. 앞쪽에 있던 한 병사의 발밑에서 빙판이 갈라지며 한쪽 발이 물속에 쑥 빠졌다. 그는 몸을 바로 세우려 했지만 허리까지 빠지고 말았다. 옆에 있던 병사들은 머뭇거리고 대포 수송병은 말을 세웠다. 그러나 뒤에서는 여전히 "빙판으로 가! 왜 멈춘 거야? 전진, 전진!" 하고 외치는 고함 소리가 들려왔다. 무리 사이에서 공포에 질린 비명 소리도 들렸다. 대포를 에워싼 병사들은 방향을 돌려 앞으로 나아가기 위해 말들에게 주먹질을 했다. 말들이 못 기슭에서 걸음을 떼기 시작했다. 보병들을 지탱하던 빙판이 거대한 조각으로 내려앉고, 빙판에 있던 마흔여 명의 병사들은 서로를 물에 빠뜨리며 앞으로 뒤로 내달렸다.

포탄은 여전히 획획 소리를 내며 규칙적으로 날아와 빙판 위로, 물속으로, 특히 둑과 못과 기슭을 뒤덮은 무리 속으로 쿵쿵 떨어졌다.

# 19

프라첸 언덕에서, 즉 손에 깃대를 든 채 쓰러진 바로 그 자리에서 안드레이 볼콘스키 공작은 피를 흘리며 누워 자기도 모르게 아이처럼 나직하고 애처로운 신음 소리를 내뱉었다.

저녁 무렵 그는 신음을 그치고 완전히 잠잠해졌다. 그는 얼마나 오랫동안 의식을 잃었는지 몰랐다. 문득 자신이 살아 있으며 머릿속의 뭔가를 쥐어뜯는 것 같은 타는 듯한 통증으로 고통스러워하고 있다는 사실을 새삼 깨달았다.

'어디에 있을까? 내가 이제껏 알지 못하다 오늘에야 본 그 높은 하늘은…….' 그의 머리에 가장 먼저 떠오른 생각은 바로 이것이었다. '이런 고통도 전에는 몰랐지.' 그는 생각했다. '그래, 난 지금껏 아무것도, 아무것도 몰랐던 거야. 그런데 내가 어디에 있는 거지?'

그는 가만히 귀를 기울였다. 그러자 가까이 다가오는 말발굽 소리와 프랑스어로 말하는 목소리가 들렸다. 눈을 떴다. 위에는 또다시 변함없는 높은 하늘과 훨씬 높은 곳에서 떠다니는 구름이 있었다. 그 구름 사이로 푸르른 무한이 보였다. 그는 고개를 돌리지 않았고, 말발굽 소리와 목소리로 미루어 자기 쪽으로 다가와 멈춘 듯한 사람들을 쳐다보지도 않았다. 말을 타고 다가온 사람은 나폴레옹과 그가 거느린 두 부관이었다. 보나파르트는 전장을 돌아보면서 아우게스트 둑을 포격하는 포병 중대를 강화하도록 마지막 명령을 내리고는 전장에 버려진 사상자를 살펴보고 있었다.

"훌륭한 사내들이군!" 나폴레옹은 전사한 러시아 척탄병을 보면서 말했다. 그 척탄병은 추위에 이미 얼어 버린 한 팔을 멀리 뻗은 채 얼굴을 땅에 처박고 검어진 뒷덜미를 드러내고서 엎어져 있었다.

"더 이상 포탄이 없습니다, 폐하." 때마침 아우게스트를 포격하는 포병 중대로부터 돌아온 부관이 말했다.

"예비 부대에서 가져오라고 지시하시오." 나폴레옹이 말했다. 그리고 말을 탄 채 몇 발짝 더 둘러보다가 고개를 젖히고 쓰러진 안드레이 공작과 그 부근에 버려진 깃대 옆에 멈춰 섰다.(깃발은 프랑스군이 이미 전리품으로 가져갔다.)

"여기 아름다운 죽음이 있군." 나폴레옹은 볼콘스키를 바라보며 말했다.

안드레이 공작은 그것이 자신을 두고 한 말이며, 그 말을 한 사람이 나폴레옹이라는 것을 깨달았다. 그는 그 말을 한 사람이 '폐하'라고 불리는 것을 들었다. 그러나 마치 파리가 붕붕

거리는 소리를 듣듯 그 말을 들었다. 그는 그들에게 관심이 없었을 뿐 아니라 주의를 기울이지도 않았고, 그마나 곧 잊었다. 머릿속이 타는 것 같았다. 피가 빠져나가는 기분이 들었다. 그는 저 위 아득히 높고 영원한 하늘을 보았다. 그는 이 사람이 자신의 영웅 나폴레옹임을 알았다. 그러나 구름이 빠르게 흘러가는 저 높고 무한한 하늘과 자신의 영혼 사이에서 지금 벌어지는 일에 비해 이 순간 나폴레옹은 몹시도 작고 보잘것없는 인간으로 보였다. 누가 옆에 서 있든, 자신에 대해 무슨 말을 하든 이 순간 그로서는 정말이지 아무 상관이 없었다. 그저 사람들이 옆에 멈춰 주어 기뻤으며, 이 사람들이 도움의 손길을 내밀어 너무나 아름답게 느껴지는 삶으로 자신을 되돌려 주기만 바랄 뿐이었다. 이제 그는 삶을 아주 다른 식으로 생각하게 되었기 때문이다. 그는 조금이라도 움직여 어떤 소리를 내려고 안간힘을 썼다. 그는 힘없이 한쪽 다리를 꿈틀거리며 측은하게 느껴지는 가늘고 고통스러운 신음 소리를 냈다.

"아! 살아 있군." 나폴레옹이 말했다. "이 청년을, **이 청년**을 일으켜 야전 의무실로 데려가라!"

그렇게 말한 후 나폴레옹은 란 원수를 향해 앞으로 계속 말을 몰았다. 원수는 모자를 벗고 미소 띤 얼굴로 승리에 대한 축하 인사를 건네면서 황제에게 다가오고 있었다.

안드레이 공작은 더 이상 아무것도 기억하지 못했다. 지독한 통증으로 의식을 잃었다. 들것에 실리고 운반될 때 충격을 받고 야전 응급 치료소에서 상처 부위를 검사받은 것이 그 통증의 원인이었다. 날이 저물 무렵 부상을 입고 포로가 된 다른 러시아 장교들과 함께 병원으로 이송되고 나서야 그는 정신을 차렸다. 이동하는 사이에 다소 기분이 개운해져 주위를 둘러보고, 심지어 말도 할 수 있었다.

그가 의식을 회복하고 처음 들은 것은 다급하게 지껄이는 프랑스군 호송 장교의 말이었다.

"여기서 멈춰야 해. 곧 폐하께서 지나가실 거야. 폐하께서도 이 포로 신사분들을 보시면 기뻐하실걸."

"오늘은 포로가 너무 많아서 말이야, 거의 러시아군 전체라고나 할까. 그러니 폐하도 진절머리를 내실걸." 다른 장교가 말했다.

"뭐, 그렇긴 하지만! 그런데 이 사람이 알렉산드르 황제의 근위대 전체를 지휘했다지." 첫 번째 장교가 하얀 근위 기병 군복을 입은 부상당한 러시아 장교를 가리키며 말했다.

볼콘스키는 페테르부르크 사교계에서 만난 적 있는 레프닌 공작[222])을 알아보았다. 그 옆에는 역시 부상당한 근위 기병 장교인 열아홉 살의 풋내기 청년이 있었다.

질주하여 달려온 보나파르트가 말을 세웠다.

"누가 최고참인가?" 그가 포로들을 보며 물었다.

---

222) 니콜라이 그리고리예비치 레프닌-볼콘스키(Nikolai Grigorievich Repnin-Volkonskii, 1778~1845). 러시아 장군. 아우스터리츠 전투에 참가했다가 심각한 부상을 입고 포로가 되었다. 그가 회복하자 나폴레옹은 그를 알렉산드르 1세에게 보내 평화 협상을 제안했다. 1812년 전쟁에서 1개 사단을 지휘했고, 이후 유럽 원정에도 참가했다.

대령인 레프닌 공작의 이름이 불렸다.

"당신이 알렉산드르 황제의 근위 기병 연대를 이끈 지휘관이오?" 나폴레옹이 물었다.

"나는 기병 중대를 지휘했습니다." 레프닌이 대답했다.

"당신의 연대는 임무를 성실하게 수행했소." 나폴레옹이 말했다.

"위대한 사령관의 칭찬은 병사에게 최고의 상입니다." 레프닌이 말했다.

"기쁜 마음으로 당신에게 찬사를 건네오." 나폴레옹이 말했다. "당신 옆에 있는 이 청년은 누구요?"

레프닌 공작은 수흐첼렌 중위[223]라고 밝혔다.

잠시 그를 바라본 나폴레옹은 빙그레 웃으며 말했다.

"우리와 싸우러 나서기에는 어리군."

"젊음이 용기에 걸림돌이 되지는 않습니다." 수흐첼렌이 끊어지는 목소리로 말했다.

"훌륭한 대답이군." 나폴레옹이 말했다. "젊은이, 당신은 장차 크게 성공할 것이오!"

안드레이 공작도 포로라는 전리품의 완성도를 위해 황제의 눈에 띄는 맨 앞쪽에 운반된 만큼 황제의 관심을 끌지 않을 수 없었다. 나폴레옹은 벌판에서 안드레이 공작을 본 것을 기억

---

223) 파벨 파블로비치 수흐첼렌(Pavel Pavlovich Sukhtelen, 1788~1833). 러시아 장군. 열일곱 살에 아우스터리츠 전투에 참전했다가 큰 부상을 입고 포로가 되었다. 1807년 나폴레옹에 맞서 계속 전투에 참전했으며, 1811년 외교 사절단으로 런던을 방문했다.

했는지 말을 걸 때 청년이라는 바로 그 호칭을 사용했다. 볼콘스키는 나폴레옹의 기억에 그러한 호칭으로 처음 각인되었던 것이다.

"당신이오, 청년? 그러니까 당신이 그 청년이오?" 나폴레옹이 안드레이 공작에게 말했다. "기분이 어떻소, 우리의 용사여?"

오 분 전만 해도 자신을 운반해 준 병사들에게 몇 마디 건넬 수 있었던 안드레이 공작은 이제 나폴레옹을 똑바로 응시하며 침묵을 지킬 뿐이었다……. 이 순간 그에게는 나폴레옹을 사로잡은 모든 관심거리가 몹시 초라해 보였다. 자신이 보고 헤아리게 된 드높고 공평하고 선한 하늘에 비하면 그 저급한 허영과 승리에 대한 기쁨을 드러내는 자신의 영웅이 너무도 졸렬해 보였다. 그래서 아무런 대답도 할 수 없었다.

심한 출혈로 인한 쇠약, 고통, 임박한 죽음에 대한 예감이 마음에 불러일으킨 준엄하고 위대한 일련의 상념에 비하면 참으로 모든 것이 너무나 쓸모없고 하찮게 느껴졌다. 나폴레옹의 눈을 쳐다보면서 안드레이 공작은 위대함의 보잘것없음에 대해, 아무도 그 의미를 이해할 수 없었던 생의 보잘것없음에 대해, 산 사람들 가운데 어느 누구도 그 의미를 이해할 수 없고 설명할 수도 없었던 죽음의 한층 더 보잘것없음에 대해 생각했다.

황제는 대답을 기다리지 않고 고개를 돌렸다. 그리고 자리를 떠나며 한 지휘관에게 말했다.

"저 신사분들을 잘 보살피고 저들을 내 막사로 데려오시오.

그리고 나의 주치의 라리[224]에게 저들의 부상을 진찰하게 하시오." 그런 다음 그는 말을 가볍게 치고 빠르게 앞으로 달려갔다.

그의 얼굴에는 자기만족과 행복의 광채가 어려 있었다.

안드레이 공작을 운반하다가 우연히 눈에 띈 작은 황금 이콘, 즉 마리야 공작 영애가 오빠에게 걸어 준 이콘을 목에서 벗긴 병사들은 황제가 포로들을 대하는 부드러운 태도를 보더니 부랴부랴 이콘을 제자리에 돌려놓았다.

안드레이 공작은 누가 어떻게 그것을 다시 걸어 주었는지 보지 못했다. 그러나 문득 정신을 차려 보니 군복 위 가슴팍에 가느다란 금 사슬이 달린 이콘이 놓여 있었다.

'그렇게 되면 좋을 텐데.' 안드레이 공작은 누이가 그토록 다감하고 경건하게 걸어 준 그 작은 이콘을 보며 생각했다. '모든 것이 마리야 공작 영애에게 보이듯 그처럼 분명하고 단순하다면 좋을 텐데. 이쪽 생에서는 어디에서 도움을 구해야 할지, 그 후에 저기 관 너머에서는 무엇을 기다려야 할지 알 수 있다면 얼마나 좋을까! 지금 "하느님, 제게 자비를 베풀어 주소서!"라고 말할 수 있다면 얼마나 행복하고 평안할까! 하지만 이 말을 누구에게 하지? 내가 말을 건넬 수도 없을 뿐 아니라 위대한 전체인지 무(無)인지 말로 표현할 수도 없는 그

---

224) 도미니크 라리(Dominique Larrey, 1766~1842). 나폴레옹 시대의 뛰어난 외과 의사. 전장에 응급 처치와 수송 차량을 도입했다. 이집트 원정 이후 나폴레옹의 모든 원정에 참가했고, 1805년 프랑스군의 수석 외과 의사로 임명되었다.

불분명하고 이해할 수 없는 힘? 아니면 마리야 공작 영애가 여기 이 부적 주머니 안에 넣어 꿰매 준 그 하느님? 내가 아는 모든 것의 보잘것없음과 이해할 수는 없지만 지극히 중요한 무언가의 위대함 외에 분명한 것은 아무것도, 아무것도 없어!' 그는 혼잣말을 했다.

들것이 움직이기 시작했다. 들것이 흔들릴 때마다 그는 다시 참기 힘든 통증을 느꼈다. 열에 들뜬 상태가 점차 심해지면서 헛소리를 하기 시작했다. 아버지, 아내, 여동생, 장차 태어날 아들에 대한 망상, 전투 전야에 경험한 부드러운 감정, 작달막하고 보잘것없는 나폴레옹의 형상, 그리고 그 모든 것 위에 있는 높은 하늘이 열에 들뜬 그의 생각에서 주된 토대를 이루었다.

리시에 고리의 조용한 생활과 평온한 가정의 행복이 떠올랐다. 그가 그 행복을 즐기고 있을 때 특유의 냉담하고 어리석고 타인들의 불행에 행복해하는 눈빛을 지닌 작달막한 나폴레옹이 갑자기 나타났다. 그러자 의심과 고뇌가 시작되었고 오직 하늘만이 평온을 약속했다. 아침 무렵에는 모든 공상이 뒤섞여 의식 불명과 망각의 혼돈과 암흑으로 한데 어우러졌다. 나폴레옹의 주치의인 라리의 견해에 따르면 그러한 상태는 쾌유보다 죽음으로 끝날 가능성이 아주 높았다.

"이 사람은 신경질적이고 예민해서 병이 낫지 않을 겁니다." 라리가 말했다.

안드레이 공작은 가망 없는 다른 부상자들에 섞여 주민들의 보호 아래 맡겨졌다.

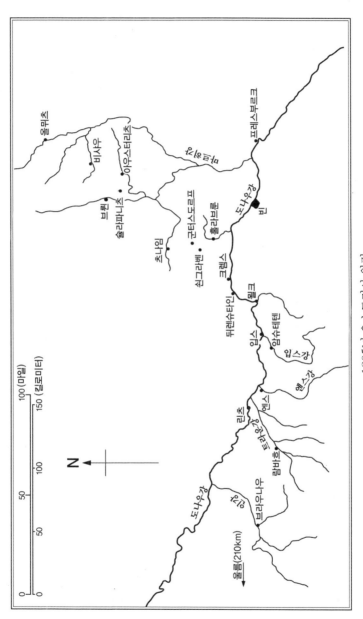

울미츠

비사우

아우스테리츠

파블로위

브륀

슐라파니츠

프레스부르크

혼라브룬

군터스도르프

슈그라벤

츠나임

도나우강

빈

크렘스

뒤렌슈타인

몰크

암슈테텐

입스

입스강

엔스

엘스강

린츠

트라운강

람바흐

브라우나우

도나우강

인강

울름(210km)

100(마일)

150(킬로미터)

0   50   100   150

N

1805년 오스트리아 원정

세계문학전집 353

# 전쟁과 평화 1

1판 1쇄 펴냄  2018년 6월 15일
1판 12쇄 펴냄  2024년 6월 21일

지은이  레프 톨스토이
옮긴이  연진희
발행인  박근섭, 박상준
펴낸곳  (주)민음사

출판등록  1966. 5. 19. (제 16-490호)
서울특별시 강남구 도산대로1길 62(신사동) 강남출판문화센터 5층 (우편번호 06027)
대표전화 02-515-2000  팩시밀리 02-515-2007
www.minumsa.com

ISBN 978-89-374-6353-2 04800
ISBN 978-89-374-6000-5 (세트)

*잘못 만들어진 책은 구입처에서 교환해 드립니다.

# 세계문학전집 목록

세계문학전집은 계속 간행됩니다.